Jeffery Deaver
Der Komponist

Autor

Jeffery Deaver gilt als einer der weltweit besten Autoren intelligenter psychologischer Thriller. Seit seinem ersten großen Erfolg als Schriftsteller hat der von seinen Fans und den Kritikern gleichermaßen geliebte Jeffery Deaver sich aus seinem Beruf als Rechtsanwalt zurückgezogen und lebt nun abwechselnd in Virginia und Kalifornien. Seine Bücher, die in 25 Sprachen übersetzt werden und in 150 Ländern erscheinen, haben ihm zahlreiche renommierte Auszeichnungen eingebracht.

Die »Lincoln Rhyme«-Reihe:

Der Knochenjäger · Letzter Tanz · Der Insektensammler · Das Gesicht des Drachen · Der faule Henker · Das Teufelsspiel · Der gehetzte Uhrmacher · Der Täuscher · Opferlämmer · Todeszimmer · Der Giftzeichner · Der talentierte Mörder · Der Komponist · Der Todbringer

Besuchen Sie uns auch auf www.facebook.com/blanvalet
und www.twitter.com/BlanvaletVerlag

Jeffery Deaver

Der Komponist

Thriller

Ins Deutsche übertragen
von Thomas Haufschild

blanvalet

Die Originalausgabe erschien 2017 unter dem Titel
»The Burial Hour« bei Grand Central Publishing, New York.

Sollte diese Publikation Links auf Webseiten Dritter enthalten,
so übernehmen wir für deren Inhalte keine Haftung,
da wir uns diese nicht zu eigen machen, sondern lediglich auf
deren Stand zum Zeitpunkt der Erstveröffentlichung verweisen.

Verlagsgruppe Random House FSC® N001967

1. Auflage
Copyright der Originalausgabe © 2017 by Gunner Publications, LLC
Copyright der deutschsprachigen Ausgabe © 2018
by Blanvalet in der Verlagsgruppe Random House GmbH,
Neumarkter Str. 28, 81673 München
Copyright dieser Ausgabe © 2020 by Blanvalet
in der Verlagsgruppe Random House GmbH,
Neumarkter Str. 28, 81673 München
Redaktion: Dr. Rainer Schöttle
Umschlaggestaltung: www.buerosued.de
Umschlagmotiv: Des Panteva/Arcangel Images
AF · Herstellung: wag
Satz: Uhl + Massopust, Aalen
Druck und Bindung: GGP Media GmbH, Pößneck
Printed in Germany
ISBN 978-3-7341-0842-6

www.blanvalet.de

*Im Gedenken an meinen Freund Giorgi Faletti.
Die Welt vermisst dich.*

ANMERKUNG DES VERFASSERS

Die italienischen Strafverfolgungsbehörden, die ich in diesem Roman erwähne, sind zwar echt, doch ich hoffe, dass die ehrbaren Angehörigen dieser Institutionen, von denen ich viele kennengelernt und deren Gesellschaft ich sehr genossen habe, mir die kleinen Änderungen bei den Beschreibungen ihrer Vorgehensweisen sowie diverser Örtlichkeiten verzeihen werden. Es war für die zeitliche Abstimmung und den Verlauf der Geschichte notwendig.

Zudem möchte ich mich herzlich bei dem Musiker, Autor, Übersetzer und erstklassigen Dolmetscher Seba Pezzani bedanken, ohne dessen Freundschaft, Sorgfalt und Hingabe zur Kunst dieses Buch nicht hätte geschrieben werden können.

Der Winterwind weht, und die Nacht ist dunkel;
Stöhnen ertönt aus den Lindenbäumen.
Weiße Skelette ziehen durch die Finsternis,
Laufen und springen in ihren Totenhemden.

Henri Cazalis
Danse Macabre

I

DER HENKERSWALZER

Montag, 20. September

1

»Mommy.«

»In einer Minute.«

Sie marschierten entschlossen die ruhige Straße an der Upper East Side entlang. Es war ein kühler Herbstmorgen, und die Sonne stand noch tief. Rote und gelbe Blätter trudelten von den lichten Ästen zu Boden.

Mutter und Tochter, beladen mit dem Gepäck, das Kinder heutzutage zur Schule mitschleppen mussten.

Zu meiner Zeit...

Claire verschickte hektisch Textnachrichten. Ihre Haushaltshilfe war – ist das zu glauben? – krank geworden, nein, *wohl* krank geworden, und das am Tag der Dinnerparty! *Der* Party. Und Alan musste länger arbeiten. Musste *wohl* länger arbeiten.

Als hätte ich mich je auf ihn verlassen können.

Ping.

Die Antwort von ihrer Freundin.

Sorry Carmella hat heut Abnd zu tun.

Herrje. Die Nachricht wurde von einem Tränen-Emoji begleitet. Wieso fehlt bei »Abend« das verdammte »e«? Hast du dadurch eine kostbare Millisekunde gespart? Und schon mal was von Kommas gehört?

»Aber Mommy...« Im Singsang-Tonfall einer Neunjährigen.

»Eine Minute, Morgynn. Du hast mich doch gehört.« Claires Stimme blieb freundlich und gleichmütig. Nicht im Mindesten verärgert, kein Stückchen angefressen oder sauer. Sie dachte an die wöchentlichen Sitzungen: Wie sie auf dem Sessel saß – nicht auf der Couch lag: der gute Doktor hatte nicht mal eine Couch in seinem Behandlungszimmer –, und sich ihren Schwachpunkten stellte, dem Zorn und der Ungeduld. Claire hatte ganz bewusst daran gearbeitet, nicht mehr schroff oder laut zu werden, wenn ihre Tochter sie nervte (nicht mal wenn die sich absichtlich so verhielt, was nach Claires Schätzung glatt auf ein Viertel der wachen Stunden des Mädchens zutraf).

Und ich bin verdammt gut darin geworden, mich im Zaum zu halten.

Vernünftig. Erwachsen. »Eine Minute«, wiederholte sie, weil sie spürte, dass das Mädchen schon wieder etwas sagen wollte.

Claire wurde langsamer und blieb stehen. Sie durchsuchte das Adressbuch ihres Telefons und geriet im Angesicht der drohenden Katastrophe allmählich in Panik. Es war noch früh, aber der Tag würde schnell vergehen und die Party über sie hereinbrechen wie eine Flutwelle. Gab es denn in ganz Manhattan wirklich niemanden, nicht *einen*, der ihr eine halbwegs anständige Bedienung für eine Party ausleihen konnte? Ein Party für zehn verflixte Leute! Das war doch gar nichts. Wie schwierig konnte das schon sein?

Sie überlegte. Ihre Schwester?

Nein. Die war nicht eingeladen.

Sally aus dem Klub?

Nein. Verreist. Und obendrein ein Miststück.

Claire bemerkte, dass Morgynn sich suchend umschaute. Hatte ihre Tochter etwas verloren? Anscheinend. Sie lief zurück, um es aufzuheben.

Wehe, es war ihr Telefon. Sie hatte schon eines zerbrochen. Die Reparatur des Displays hatte 187 Dollar gekostet.

Also ehrlich. Kinder.

Dann scrollte Claire weiter und flehte inständig um Errettung aus dem Kellnernotstand. Sieh sich einer all die Namen an. Ich muss diese verfluchte Kontaktliste unbedingt mal ausdünnen. Die Hälfte der Leute kenne ich nicht mal. Und den größten Teil vom Rest kann ich nicht leiden. Sie verschickte das nächste Bittgesuch.

Morgynn kehrte an ihre Seite zurück. »Mommy«, drängte sie, »sieh mal...«

»Pssst.« Ein Zischen. Aber ein wenig Schärfe konnte gelegentlich nicht schaden, dachte sie bei sich. Auch das gehörte zur Erziehung. Kinder *mussten* manches einfach lernen. Sogar die niedlichsten Welpen brauchten hin und wieder einen kräftigen Ruck am Halsband, um zu begreifen.

Ein weiteres Signal ihres iPhones.

Ein weiteres Nein.

Verdammt noch mal.

Halt, was war mit dieser Frau, von der Terri aus der Firma erzählt hatte? Eine Hispanierin oder Latino... *Latina*. Wie auch immer diese Leute sich heutzutage nannten. Die fröhliche Frau war der Star der Abschlussparty von Terris Tochter gewesen.

Claire fand Terris Nummer und rief an.

»Hallo?«

»Terri, hier ist Claire. Wie geht's?«

Ein Zögern, dann sagte Terri: »Hallo. Bei dir alles klar?«

»Ich...«

In diesem Moment unterbrach Morgynn sie erneut. »Mommy!«

Peng. Claire wirbelte herum und starrte wütend auf die zierliche Blondine hinunter, das Haar zu Zöpfen geflochten, bekleidet mit einer passgenauen pinkfarbenen Lederjacke von Armani Junior. »Ich bin am *Telefon*!«, tobte sie. »Bist du blind? Was habe ich dir dazu gesagt? Wenn ich am Telefon bin? Was ist so verd...?« Okay, achte auf deine Ausdrucksweise, ermahnte sie sich. Claire rang sich ein Lächeln ab. »Was ist so... *wichtig*, Liebling?«

»Das versuche ich dir ja die ganze Zeit zu sagen. Dieser Mann da drüben...« Das Mädchen zeigte die Straße hinauf. »Er ist zu einem anderen Mann gegangen, hat ihn geschlagen oder so und ihn dann in den Kofferraum gestoßen.«

»*Was?*«

Morgynn warf sich einen ihrer Zöpfe, der in einem winzigen Häschen-Clip endete, von der Schulter. »Er hat das hier auf dem Boden liegen gelassen und ist dann weggefahren.« Sie hielt ein Stück Schnur oder dünnes Seil hoch. Was war das?

Claire keuchte auf. Ihre Tochter hielt die Miniaturausführung einer Henkersschlinge zwischen den zarten Fingern.

»*Das* war so...« Morgynn hielt inne und verzog die kleinen Lippen zu einem Lächeln. »...w*ichtig*.«

2

»Grönland.«

Lincoln Rhyme starrte aus dem Salonfenster seines Stadthauses am Central Park West. In seinem unmittelbaren Blickfeld gab es zwei Objekte: einen komplizierten Gaschromatographen von Hewlett-Packard und, draußen vor dem großen Fenster aus dem neunzehnten Jahrhundert, einen Wanderfalken. Diese Raubvögel waren in der Stadt keine Seltenheit, denn es gab hier für sie reichlich Beute zu holen. Doch es war außergewöhnlich, dass sie so weit unten nisteten. Rhyme, so unsentimental, wie ein Wissenschaftler nur sein konnte – vor allem ein Kriminalforensiker wie er –, empfand die Anwesenheit der Tiere gleichwohl auf kuriose Weise als tröstlich. Im Laufe der Jahre hatte er sein Zuhause mit mehreren Generationen von Wanderfalken geteilt. Im Augenblick war Mom hier, ein prachtvolles Exemplar mit herrlichem braungrauen Federkleid, dessen Schnabel und Fänge wie Geschützbronze glänzten.

Eine ruhige, belustigte Männerstimme meldete sich zu Wort. »Nein. Du kannst mit Amelia nicht nach Grönland fahren.«

»Warum nicht?«, fragte Rhyme herausfordernd Thom Reston. Der schlanke, aber kräftige Mann war ungefähr genauso lange sein Betreuer, wie außen an dem alten Gebäude die Falken nisteten. Als Querschnittsgelähmter hatte Rhyme von den Schultern abwärts so gut wie keine Kontrolle über seinen Körper, und Thom ersetzte ihm nicht nur Arme und Beine, sondern war sehr viel mehr für ihn. Rhyme hatte ihn schon häufig gefeuert, Thom genauso oft von selbst gekündigt, und doch war er noch da und würde, das wussten beide tief im Innern, auch weiterhin bleiben.

»Weil ihr euch einen *romantischen* Ort aussuchen müsst. Florida, Kalifornien.«

»Klischee, Klischee, Klischee. Da können wir ja gleich zu den Niagarafällen fahren.« Rhymes Stirn legte sich in Falten.

»Was stimmt nicht mit denen?«

»Das würdige ich nicht mal einer Antwort.«

»Und was sagt Amelia dazu?«

»Sie hat es mir überlassen. Was ziemlich ärgerlich war. Weiß sie denn nicht, dass ich mir über wichtigere Dinge den Kopf zerbrechen muss?«

»Du hast doch neulich die Bahamas erwähnt. Du wolltest noch mal dorthin, hast du gesagt.«

»Zu dem Zeitpunkt war das auch so. Jetzt ist es das nicht mehr. Kann man denn nicht mal seine Meinung ändern? Das ist doch wohl kein Verbrechen.«

»Was ist der wahre Grund für Grönland?«

Rhymes Gesicht – mit der vorstehenden Nase und Augen wie Pistolenmündungen – hatte selbst etwas Raubtierhaftes, ähnlich wie die Vögel. »Was soll das denn heißen?«

»Könnte es sein, dass es einen praktischen Anlass für deinen Wunsch gibt, nach Grönland zu reisen? Einen *beruflichen* Anlass? Einen *zweckdienlichen* Anlass?«

Rhyme schaute zu der Flasche Single Malt Scotch, die knapp außerhalb seiner Reichweite stand. Er war zum größten Teil gelähmt, ja. Doch dank operativer Eingriffe und täglichen Trainings konnte er seinen rechten Arm und die Hand wieder eingeschränkt bewegen. Auch das Schicksal hatte geholfen. Der Balken, der ihm vor vielen Jahren an einem Tatort ins Genick gefallen war und dabei diverse Nervenstränge durchtrennt und gequetscht hatte, hatte einige am Rande liegende Nervenverbindungen intakt gelassen, wenngleich verletzt und beeinträchtigt. Rhyme konnte daher Gegenstände greifen – wie eine Flasche Single Malt Scotch, um ein beliebiges Beispiel zu wählen –, aber er konnte nicht aus seinem komplizierten Rollstuhl aufstehen und sie sich holen, falls Thom mal wieder Kindermädchen spielte und sie außerhalb seiner Reichweite hinstellte.

»Es ist noch keine Cocktailstunde«, verkündete der Betreuer, dem der Blick seines Chefs auffiel. »Also, Grönland? Raus damit.«

»Es wird unterschätzt. Heißt ›grünes Land‹, obwohl es weitgehend unfruchtbar ist. Überhaupt nicht grün. Und im Vergleich dazu Island, das ›Eisland‹? Ziemlich grün. Die Ironie gefällt mir.«

»Das ist keine Antwort.«

Rhyme seufzte. Es gefiel ihm nicht, durchschaubar zu sein, und noch viel weniger, dabei erwischt zu werden. Er würde sich auf die Wahrheit berufen. »Wie es scheint, hat die Rigspolitiet, die dänische Polizei, in Grönland recht wichtige Forschungen über ein neues System spektroskopischer Pflanzenanalysen angestellt. In einem Labor in Nuuk. Das ist übrigens die Hauptstadt. Man kann damit eine Probe viel genauer geografisch eingrenzen als mit den Standardverfahren.« Rhyme hob unwillkürlich die Augenbrauen. »Fast auf zellularer Ebene! Stell dir das mal vor! Wir glauben, alle Pflanzen seien gleich...«

»Ich nicht.«

»Du weißt, was ich meine«, erwiderte Rhyme ungehalten. »Diese neue Technik kann das Zielgebiet auf bis zu drei Meter bestimmen!« Er lächelte. »Stell dir das mal vor«, wiederholte er.

»Ich versuch's. Grönland – nein. Und hat Amelia wirklich gesagt, dass du allein entscheiden sollst?«

»Wird sie noch. Sobald ich ihr von der spektroskopischen Analyse erzähle.«

»Wie wäre es mit England? Das würde ihr gefallen. Läuft diese Sendung noch, die sie so mag? *Top Gear*? Ich glaube, das Original wurde eingestellt, aber es soll wohl eine neue Version geben. Sie würde darin eine tolle Figur machen. Die lassen die Leute auf eine Rennstrecke. Sie schwärmt doch andauernd davon, wie es wohl wäre, mit zweihundertneunzig Kilometern pro Stunde auf der falschen Straßenseite zu fahren.«

»England?«, spottete Rhyme. »Du widersprichst dir selbst. Grönland und England dürften in etwa gleich romantisch sein.«

»Das glaubst auch nur du.«

»Ich und die Grönländer.«

Lincoln Rhyme reiste nicht viel. Dabei hätte – trotz der praktischen Konsequenzen seiner Behinderung, die für gewisse Komplikationen sorgten – nach Ansicht seiner Ärzte gesundheitlich nichts dagegen gesprochen. Seine Lunge funktionierte bestens – er hatte sich vor Jahren selbstständig von einem Beamtungsgerät entwöhnt, an das eine halbwegs dezente Narbe auf seiner Brust erinnerte –, und solange das Pinkeln und Kacken – seine Worte – geregelt sowie für locker sitzende Kleidung gesorgt war, bestand nur geringe Gefahr, den Fluch aller Querschnittsgelähmten zu erleiden: eine autonome Dysregulation. Ein guter Teil der Welt war mittlerweile behindertengerecht gestaltet, sodass in den meisten Restaurants, Bars und Museen Rollstuhlrampen und angepasste Toiletten zur Verfügung standen. (Rhyme und Sachs hatten lächeln müssen, als Thom einen Artikel aus der Zeitung erwähnte, in dem es um eine Schule ging, die kürzlich eine solche Rampe und Toilette installiert hatte; das einzige Unterrichtsfach dort war aber Stepptanz.)

Nein, Rhymes Zurückgezogenheit und Abneigung gegen

das Reisen lagen vor allem darin begründet, dass er ein Einsiedler war. Von Natur aus. Die Arbeit in seinem Labor – diesem ehemaligen Salon voller entsprechender Ausrüstung –, seine Lehrtätigkeit und die Artikel für wissenschaftliche Fachzeitschriften sagten ihm weitaus mehr zu als abgegriffene Sehenswürdigkeiten, die speziell für die Touristen aufpoliert wurden.

Doch angesichts der Pläne, die er und Sachs für die nächsten paar Wochen hatten, war es notwendig, Manhattan zu verlassen; sogar er räumte ein, dass man seine Flitterwochen nicht in der eigenen Heimatstadt verbringen konnte.

Die Entscheidung darüber, ob sie nun ein Labor für spektroskopische Pflanzenanalysen oder doch eher einen romantischeren Ort aufsuchen würden, musste jedoch auf später verschoben werden, denn es klingelte an der Tür. Rhyme schaute auf den Bildschirm der Überwachungskamera und dachte: Ach, sieh an.

Thom stand auf und kehrte einen Moment später mit einem Mann mittleren Alters in einem kamelhaarfarbenen Anzug zurück, der aussah, als hätte er in ihm geschlafen, was vermutlich nicht der Fall war. Er bewegte sich langsam, aber gleichmäßig, und Rhyme nahm an, dass er schon bald keinen Gehstock mehr benötigen würde, mochte dieser auch ein ziemlich schickes Accessoire darstellen. Schwarz mit einem silbernen Griff in der Form eines Adlers.

Der Mann sah sich im Labor um. »Ruhig hier.«

»Stimmt. In letzter Zeit gab es nur ein paar kleinere private Aufträge. Nichts Umwerfendes. Nichts Aufregendes. Nicht seit dem talentierten Mörder.« Ein raffinierter Täter hatte vor einer Weile Haushaltsgeräte und öffentliche Transporteinrichtungen sabotiert – mit tragischem und bisweilen schaurigem Ergebnis.

Lon Sellitto, Detective in der Abteilung für Kapitalverbrechen des New York Police Department, war einst Rhymes Partner gewesen – bevor man Rhyme zum Captain und Leiter der Spurensicherung befördert hatte. Heutzutage engagierte Sellitto ihn gelegentlich als Berater bei Fällen, die besondere forensische Fachkenntnis erforderten.

»Was guckst du so? Ich hatte nur noch sandfarben.« Sellitto wies auf seinen Anzug.

»Ich gucke gar nicht, ich träume so vor mich hin«, entgegnete Rhyme.

Was nicht stimmte, aber er hatte weder auf die seltsame Farbe noch auf die enormen Knitterfalten des Anzugs geachtet, sondern zufrieden festgestellt, dass Sellitto sich gut erholte, wenngleich der Giftanschlag schwere Nerven und Muskelschäden verursacht hatte – daher auch der Gehstock. Und obwohl der Detective seit jeher mit seinem Gewicht rang, gefiel er Rhyme mit wieder etwas mehr Fleisch auf den Rippen besser als vorher. Der Anblick eines ausgemergelten, aschfahlen Lon Sellitto war erschreckend gewesen.

»Wo ist Amelia?«, fragte Sellitto.

»Vor Gericht. Sie sagt im Fall *Gordon* aus. Seit heute früh. Müsste bald vorbei sein. Danach wollte sie einkaufen gehen. Für unsere Reise.«

»Um sich einen Trousseau zu kaufen? Was ist das überhaupt?«

Rhyme hatte nicht die geringste Vorstellung. »Es hat wohl was mit Heiraten zu tun oder mit Klamotten. Keine Ahnung. Aber ein Kleid hat sie schon. Irgendwas mit Rüschen. Blau. Vielleicht auch rosa. Heute kauft sie für mich ein. Was gibt's denn da zu lachen, Lon?«

»Ich stelle dich mir gerade in einem Smoking vor.«

»Bloß Hose und Hemd. Eventuell eine Krawatte. Mal sehen.«

»Eine Krawatte? Und du hast nicht protestiert?«

Ja, Rhyme hatte für Affektiertheit nicht viel übrig. Doch dies war ein besonderer Anlass. Ungeachtet all ihrer Ecken und Kanten, ihrer Vorliebe für schnelle Autos und Faustfeuerwaffen sowie ihrer Leidenschaft für taktische Zugriffe trug Sachs doch auch ein halbwüchsiges Mädchen in sich und genoss es, die eigene Hochzeit zu planen. Dazu gehörte es, sich einen Was-auch-immer-das-zum-Teufel-sein-mochte-Trousseau zu kaufen und romantische Flitterwochen zu verbringen. Und wenn es sie glücklich machte, herrje, dann würde Rhyme ihr mit Freuden jeden Gefallen tun.

Obwohl er wirklich hoffte, sie von Grönland überzeugen zu können.

»Nun, sag ihr, sie soll später einkaufen gehen. Ich brauche sie für eine Tatortuntersuchung. Es eilt.«

Rhyme konnte das *Ping* in seinem Kopf beinahe hören, als würde das Sonar eines U-Boots plötzlich etwas Unerwartetes voraus an Backbord orten.

Er schickte Sachs eine Textnachricht und erhielt keine Antwort. »Vielleicht sitzt sie gerade im Zeugenstand. Erzähl mir mehr.«

Thom erschien im Eingang – Rhyme hatte gar nicht gemerkt, dass er weggegangen war. »Lon, einen Kaffee?«, fragte der Betreuer. »Und ein paar Kekse? Ich habe gebacken, zwei verschiedene Sorten. Eine ist...«

»Ja, ja, ja«, unterbrach Rhyme ihn. »Bring ihm etwas. Entscheide *selbst*. Ich will seine Geschichte hören.«

Es eilt...

»Red weiter«, forderte er Sellitto auf.

»Irgendwas mit Schokolade«, rief dieser Thom hinterher.

»Kein Problem.«

»Eine Entführung, Linc. An der Upper East Side. Offenbar hat ein Mann sich einen anderen geschnappt.«

»Offenbar? Was gibt es da zu interpretieren?«

»Die einzige Augenzeugin ist neun Jahre alt.«

»Aha.«

»Der Täter packt das Opfer, wirft es in den Kofferraum eines Wagens und fährt weg.«

»Und das Mädchen ist sich sicher? Der Vorfall ist kein Produkt einer wilden kindlichen Fantasie, womöglich angestachelt durch endlose Stunden vor dem Fernseher, daumenzerstörende Videospiele und die Lektüre von zu vielen Hello-Pony-Geschichten?«

»Hello Kitty. Pony-Bücher gibt's nur ohne ›Hello‹.«

»Hat Mommy oder Daddy es bestätigt?«

»Morgynn, das Mädchen, war die Einzige, die es gesehen hat. Doch ich glaube ihr. Der Täter hat eine Art Visitenkarte hinterlassen.« Sellitto hob sein Telefon und zeigte ihm ein Foto.

Im ersten Moment konnte Rhyme den Gegenstand nicht identifizieren. Eine dunkle, schmale Form, die auf einem Bürgersteig lag.

»Es ist eine...«

»...Schlinge«, erkannte Rhyme.

»Ja.«

»Und sie besteht aus?«

»Ich bin mir nicht sicher. Das Mädchen sagt, er hat sie an der Stelle des Überfalls zurückgelassen. Sie hat das Ding aufgehoben, aber die ersten Kollegen vor Ort haben es dann wieder an die ursprüngliche Stelle gelegt.«

»Super. Ich hatte noch nie einen Tatort, der von einer Neunjährigen verunreinigt wurde.«

»Nur die Ruhe, Linc. Sie hat nicht mehr gemacht, als die Schlinge aufzuheben. Und die Kollegen haben Handschuhe getragen. Der Tatort ist jetzt abgesperrt und wartet auf seine Untersuchung. Durch jemanden wie Amelia.«

Die Schlinge bestand aus einem dunklen Material, das zudem steif war, denn sie stand stellenweise vom Untergrund ab, auf dem sie lag. Von der Größe der aus Beton gegossenen Gehwegplatte her zu schließen, betrug die Länge des Gegenstands insgesamt dreißig bis fünfunddreißig Zentimeter, wovon ungefähr ein Drittel auf die Öffnung entfiel.

»Die Zeugin ist noch vor Ort. Mit Mommy. Die nicht besonders glücklich ist.«

Das war Rhyme auch nicht. Alles, was sie hatten, war ein neunjähriges Schulkind mit der Beobachtungsgabe und dem Auffassungsvermögen eines... nun ja, neunjährigen Schulkinds.

»Und das Opfer? Reich, politisch aktiv, mit Verbindungen zum organisierten Verbrechen oder einer Vorstrafenliste?«

»Wir wissen bislang nicht, um wen es sich handelt«, sagte Sellitto. »Es wurde noch niemand als vermisst gemeldet. Einige Minuten nach dem Vorfall hat jemand beobachtet, dass ein Telefon aus einem Wagen geflogen kam – eine dunkle Limousine, mehr nicht. Dritte Avenue. Dellrays Leute kümmern sich darum. Kennen wir das Wer, kennen wir auch das Wieso. Ein geplatztes Geschäft, das Opfer hat Informationen, die jemand will, oder die alte Nummer: Lösegelderpressung.«

»Oder es ist ein Verrückter. Vergiss die Schlinge nicht.«

»Ja«, sagte Sellitto. »Und das Opfer war einfach nur FZFO.«

»Was?«

»Falsche Zeit, falscher Ort.«

Rhyme runzelte missmutig die Stirn. »Lon?«

»Was denn? Das macht im Department gerade die Runde.«

»Grippeviren – nicht Virusse, nebenbei bemerkt – machen die Runde. Idiotische Ausdrücke nicht. Zumindest sollten sie das nicht.«

Sellitto benutzte den Gehstock, um aufzustehen, und steuerte den Teller Kekse an, den Thom soeben abstellte, als wäre er ein Immobilienmakler, der bei einer Hausbesichtigung die potenziellen Käufer verführen wollte. Der Detective aß einen, dann zwei, dann noch einen und nickte beifällig. Er schenkte sich aus einer silbernen Kanne eine Tasse Kaffee ein und fügte Süßstoff hinzu. Das war seine Konzession im Kampf gegen die Kalorien: Er verzichtete zugunsten des Gebäcks auf Raffinadezucker.

»Gut«, verkündete er mit vollem Mund. »Willst du auch einen? Oder Kaffee?«

Die Augen des Kriminalisten richteten sich auf den Glenmorangie, der golden und verlockend auf dem hohen Regalbrett stand.

Doch Lincoln Rhyme beschloss: Nein. Er wollte seine Sinne lieber bei sich behalten. Es beschlich ihn nämlich die Ahnung, dass die Neunjährige zutreffende Angaben gemacht und die Entführung genau so verlaufen war, wie sie es beschrieben hatte. Und die makabere Visitenkarte war die höhnische Ankündigung eines bevorstehenden Todes.

Und womöglich folgte danach noch mehr.

Er schickte Amelia Sachs eine weitere Textnachricht.

3

Ein Plopp, als Wasser von der Decke zu Boden tropfte.
Drei Meter.
Alle vier Sekunden.
Plopp, plopp, plopp.
Die Tropfen spritzten beim Aufprall nicht. Der Boden dieser alten, sehr alten und längst verlassenen Fabrik wies tiefe Kratzer auf, hinterlassen von metallenen und hölzernen Objekten, und das Wasser sammelte sich nicht in Pfützen, sondern versickerte in Ritzen und Spalten, so zahlreich wie die Falten im Gesicht eines alten Mannes.
Plopp, plopp.
Und Stöhnen, weil die kalte Herbstbrise über die Enden von Rohren, Leitungen und Abzugsöffnungen strich, als würde jemand über eine geöffnete Flasche pusten. Das mit der Flasche sah man heutzutage übrigens kaum noch. Weil die Kids dazu früher hauptsächlich Limonadenflaschen benutzt hatten, und die waren jetzt aus Plastik, nicht mehr aus Glas. Mit Plastik funktionierte das nicht so gut. Bierflaschen gingen auch, aber Erwachsene hatten keinen Spaß daran, diese klagenden Geräusche zu erzeugen.

Stefan hatte mal ein Musikstück für Limonadenflaschen geschrieben, jeweils gefüllt mit einer unterschiedlichen Menge Wasser, um eine chromatische Leiter von zwölf Tönen zu erreichen. Da war er sechs Jahre alt gewesen.

Die Töne hier in der Fabrik waren ein Cis, ein F und ein

G. Allerdings ohne Rhythmus, weil der Wind ungleichmäßig blies. Hinzu kamen:

Konstante Verkehrsgeräusche in größerer Entfernung.

Noch weiter weg befindliche Düsentriebwerke von Flugzeugen.

Und überhaupt nicht weit weg: das Scharren einer Ratte.

Dazu als vorherrschendes Geräusch das rasselnde Atmen des Mannes, der auf einem Stuhl in der Ecke dieses dunklen Lagerraumes saß. Hände gefesselt. Füße gefesselt. Um seinen Hals eine Schlinge. Das kleine Exemplar, das Stefan als schaurige Bekanntgabe der Entführung auf dem Gehweg hinterlassen hatte, war aus einer Cellosaite gebunden; die Schlinge hier bestand aus zwei aneinandergeknoteten anderen Saiten, um die erforderliche Länge zu erhalten – den tiefsten und dicksten Saiten eines Kontrabasses, eines jener Instrumente, denen der erfreuliche Übergang von der klassischen Musik zum Jazz geglückt war. Sie bestanden aus Hammel-Serosa – dem Futter eines Schafdarms – und waren die derzeit teuersten Saiten am Markt. Jede hatte 140 Dollar gekostet. Sie lieferten die sattesten Töne, und es gab erstklassige Violinisten, Cellisten und Bassisten, die ein Barockstück niemals auf etwas anderem spielen würden. Darmsaiten waren weitaus eigenwilliger als ihre Gegenstücke aus Metall oder Nylon und mussten bisweilen schon bei der kleinsten Änderung von Temperatur oder Luftfeuchtigkeit neu gestimmt werden.

Für Stefans gegenwärtige Verwendung spielte diese Empfindlichkeit jedoch keine Rolle; um jemanden zu erhängen, waren die Saiten hervorragend geeignet.

Die Schlinge hing locker um den Hals des Mannes, und das Ende lag auf dem Boden.

Stefan erschauderte vor Aufregung, so wie wohl jeder Pilger am Beginn seiner Reise. Außerdem war es hier kalt, auch wenn er gut isoliert sein mochte – und das in jeder Hinsicht: Er war korpulent, hatte langes, volles, lockiges dunkles Haar bis weit über die Ohren und einen Vollbart, dazu einen seidigen Pelz aus Brust- und Armbehaarung. Darüber hinaus trug er warme Kleidung: ein weißes ärmelloses Unterhemd unter einem dicken dunkelgrauen Arbeitshemd, eine schwarze wasserdichte Jacke und eine Latzhose, ebenfalls dunkelgrau. Dieses spezielle Exemplar hatte allerdings keine Taschen, weil dort, wo er bis vor Kurzem gelebt hatte, Taschen nicht erlaubt waren. Stefan war dreißig Jahre alt, wirkte dank seiner glatten Babyspeckhaut aber jünger.

Der Raum, in dem die beiden Männer sich befanden, lag tief im Innern des weitläufigen Gebäudes. Stefan hatte hier gestern alles vorbereitet und einen Tisch und Stühle aus anderen Ecken der Fabrik hergebracht. Dazu eine kleine batteriebetriebene Lampe. Sowie seine Musik, Aufnahme und Videoausrüstung.

Laut seiner Armbanduhr war es 10.15 Uhr. Er sollte anfangen. Zwar hatte er Vorsicht walten lassen, aber bei der Polizei wusste man nie. Hatte dieses kleine Mädchen womöglich mehr gesehen, als es den Anschein hatte? Das Nummernschild war mit Dreck beschmiert, doch jemand könnte die ersten beiden Buchstaben erkannt haben. Was vielleicht ausreichte, um das Auto bis zum Langzeitparkplatz am Flughafen JFK zurückzuverfolgen, wo es bis gestern noch gestanden hatte. Unter Einsatz von Algorithmen, Schlussfolgerungen und Vernehmungstechniken entstand so letztlich noch ein schlüssiges Bild.

Und das können wir überhaupt nicht gebrauchen, nicht wahr? Wir müssen vorsichtig sein.

Das bin ich, keine Sorge.

Hatte Stefan das gerade laut gesagt? Manchmal war er sich nicht sicher, ob er seine Botschaften an Sie nur *dachte* oder *aussprach*.

Und genauso wenig war er sich sicher, ob Sie ihm tatsächlich antwortete oder nicht.

Er stellte nun alles vor sich hin und überprüfte die Tastaturen und Computer, Kabel und Stecker. Legte Schalter um. Festplatten erwachten summend zum Leben, lieferten Geräusche hinzu.

Plopp.

Stöhn.

Summ.

Gut.

Ah, und auch die Ratte.

Scharr.

Solange es Geräusche gab, ablenkende Geräusche, verführerische Geräusche, bestand die reelle Chance, dass Stefan die Schwarzen Schreie auf Abstand halten konnte.

So weit, so gut.

Und nun noch ein weiteres Geräusch, ein von ihm selbst erzeugtes. Er spielte eine Melodie auf dem Casio-Keyboard. Er war zwar kein sonderlich überragender Musiker, aber angesichts seiner Vorlieben, seiner Sucht, seiner Besessenheit konnte er halbwegs mit einem Keyboard umgehen. Er ging die Musik einmal durch, dann noch mal. Das hörte sich ja schon ganz gut an. Er versuchte es ein weiteres Mal.

Stefan betete nicht im eigentlichen Sinne, aber er schickte in Gedanken einen Dank an Sie, weil Sie ihn zur Auswahl dieser Komposition inspiriert hatte.

Nun stand er auf und ging zu dem Mann mit den verbundenen Augen. Er trug eine dunkle Anzughose und ein weißes Hemd. Sein Jackett lag auf dem Boden.

Stefan hielt einen Digitalrekorder in der Hand. »Sagen Sie nichts.«

Der Mann nickte und blieb stumm. Stefan nahm die Schlinge und zog sie zu. Mit der anderen Hand hielt er dem

Mann den Rekorder vor den Mund. Die Erstickungslaute, die über seine Lippen drangen, waren herrlich. Komplex, abwechslungsreich in Tonlage und Modulation.

Fast schon melodisch, könnte man sagen.

4

Entführungen und andere vorrangig eingestufte Fälle wurden für gewöhnlich von der Abteilung für Kapitalverbrechen an der Police Plaza Nummer eins übernommen, und es gab in dem nichtssagenden Gebäude unweit des Rathauses in Downtown Manhattan eine Reihe von Konferenzräumen, die für die jeweils zuständigen Einsatzgruppen vorgesehen waren. Ohne viel Hightech, nicht besonders sexy, anders als in den dämlichen Fernsehserien. Ganz gewöhnliche Räume.

Da jedoch Lincoln Rhyme hinzugezogen worden war und sein Zustand die Fahrt zur Police Plaza und zurück ziemlich beschwerlich gestaltet hätte, diente für diesen Entführungsfall sein Salon als zentrale Anlaufstelle der Ermittlungen.

Und in dem viktorianischen Gebäude herrschte inzwischen Hochbetrieb.

Lon Sellitto war immer noch da, dazu zwei Neuankömmlinge. Der Erste war ein schmaler, adretter Akademikertyp mittleren Alters in blauer Tweedkleidung, die bestenfalls als altmodisch durchgehen konnte. Mel Cooper war blass, hatte schütteres Haar und eine Brille auf der Nase, die nur dank Harry Potter als schick galt. Zudem trug er beigefarbene Hush Puppies.

Der andere war Fred Dellray, ein erfahrener Special Agent vom New Yorker Southern District des FBI. Seine Hautfarbe entsprach der des Mahagonitisches, auf dem er halb saß und halb lehnte, und gekleidet war der hochgewachsene, auffallend langgliedrige Mann auf eine... nun ja, einzigartige Weise. Ein dunkelgrünes Jackett, ein orangefarbenes Button-down-Hemd und eine Krawatte, die ein Vogelliebhaber womöglich als zu kanariengelb, um wahr zu sein, beschrieben hätte. Sein Einstecktuch war lila. Verglichen damit wirkte die Hose mit dem marineblauen Hahnentrittmuster geradezu schlicht.

Während Cooper geduldig auf einem Laborhocker saß und auf die Beweismittel wartete, die Sachs bald mitbringen würde, stand Dellray nun von dem Tisch auf und lief hin und her, wobei er zwei Telefonate gleichzeitig führte. Ob Staats- oder Bundesbehörden die Ermittlungen in einem Kriminalfall übernehmen mussten, war oft nicht eindeutig geregelt und die Übergangszone so grau wie der East River im März, mit einer unbestrittenen Ausnahme, die eine gemeinsame Zuständigkeit vorschrieb: Entführungen. Und bei solchen Fällen gab es auch nur selten Streit darüber, wer die Leitung innehatte. Das Leben eines gewaltsam verschleppten Menschen zu retten ließ sogar aufgeblähten Egos schnell die Luft ab.

Dellray unterbrach zuerst die eine Verbindung, dann die auf dem anderen Telefon und verkündete: »Wir wissen vielleicht, wer das Opfer ist. A und B zusammenzufügen hat etwas Fantasie erfordert, aber alles in allem ist das Ergebnis hinreichend wahrscheinlich.«

Dellray besaß mehrere erweiterte Abschlüsse – unter anderem in Psychologie und Philosophie (ja, man konnte Philosophieren als Hobby betreiben) –, doch er drückte sich meistens eher umgangssprachlich aus. Auch das war, so wie seine Kleidung und die Vorliebe für die Lektüre von Heidegger und Kant, eben typisch Dellray.

Er berichtete von dem Telefon, das Sellitto gegenüber Rhyme bereits erwähnt hatte und das der Entführer vermutlich aus dem Fenster seines Wagens geworfen hatte, um nicht angepeilt werden zu können, während er mit dem Opfer im Kofferraum davonraste.

»Unsere Technikzauberer waren alle ganz gespannt, ob es ihnen gelingen würde, es zu knacken – die Leute von Apple machen es uns wirklich nicht einfach. Aber dann war es für die Leute aus dem Team, als würden sie eine Runde *Angry Birds* spielen. Denn das Gerät war allen Ernstes nicht passwortgeschützt! Und das in der heutigen Zeit! Sie sind also gerade damit beschäftigt, die Anruflisten durchzugehen, als das Telefon, kein Scherz, plötzlich klingelt. Am anderen Ende ist irgendein geschäftsmäßig klingender Kerl, der darauf wartet, dass der Telefon-Typ zum Frühstück aufkreuzt. Die Grapefruit wird schon ganz warm und der Haferbrei kalt.«

»Fred?«

»Oh, wir sind heute Morgen aber ungeduldig. Das Telefon gehört einem gewissen Robert Ellis, Chef eines – jedenfalls nach meiner Einschätzung – klitzekleinen Start-ups in San José. Er sucht hier in der Stadt nach Geldgebern. Keine Vorstrafen, zahlt seine Steuern. Sein Profil klingt so langweilig wie das eines Korsagenvertreters. Und wenn ich Start-up sage, denken Sie bloß nicht an Facebook, Crap-Chat oder irgendwas anderes, das sexy und lukrativ wäre. Er ist spezialisiert auf Medieneinkauf. Daher sieht es nicht danach aus, dass ein Konkurrent ihn entführt haben könnte.«

»Haben seine Geschäftspartner oder Angehörigen von dem Täter gehört? Wegen Lösegeld?«, fragte Sellitto.

»Nein. Laut den Verbindungsdaten hat er mehrmals das Mobiltelefon einer Frau angerufen, die unter derselben Adresse wie er selbst wohnt. Wahrscheinlich also eine Verwandte oder Lebensgefährtin. Nach Auskunft des Providers befindet ihr Telefon sich allerdings weit, weit weg, nämlich in Japan. Die Frau dementsprechend wohl auch, eine gewisse Sabrina Dillon. Mein Boss hat sie angerufen und eine Nachricht hinterlassen, aber noch keine Antwort erhalten. Sonst war da nichts von Belang. Bloß ein Kerl hier in der Stadt, ein Geschäftskontakt. Ellis scheint keine große Familie zu haben, soweit wir bisher wissen.«

»Probleme in der Partnerschaft?«, fragte Mel Cooper. Er war zwar Labortechniker, aber auch ein Detective des NYPD und hatte jahrelang Fälle bearbeitet.

»Nicht, dass wir wüssten«, antwortete Dellray. »Und selbst wenn, ein Fremdgänger landet meistens nicht in irgendeinem Kofferraum.«

»Stimmt«, sagte Sellitto.

»Organisiertes Verbrechen?«, fragte Rhyme.

»Auch nicht. Der Kerl ist kein Gangster, es sei denn, das lernt man heutzutage an der UCLA. Seine Alma Mater.«

»Wir neigen also eher zu einem Verrückten«, stellte Sellitto fest.

Es gab ja immerhin die Schlinge ...

»Würde ich auch vorläufig vermuten, Lon«, sagte Dellray.

»Reine Spekulation«, murrte Rhyme. »Wir verschwenden unsere Zeit.«

Wo, zum Teufel, blieben Sachs und die Beweismittel?

Coopers Computer gab ein fröhliches Geräusch von sich. Er sah nach.

»Aus Ihrem Labor, Fred.«

Rhyme fuhr zu ihm. Die Spurensicherung des FBI – das Physical Evidence Response Team – hatte das Telefon sorgfältig untersucht und keine Fingerabdrücke gefunden. Der Täter hatte es abgewischt und dann erst aus dem Wagen geworfen.

Doch es gab einige Partikelspuren – kleine Schmutzflecke und ein kurzes helles Haar, das unsichtbar in der Schutzhülle des Telefons klemmte. Es stammte von einem Menschen. Leider hing keine Wurzel mehr daran, also war eine DNS-Analyse nicht möglich. Es war trocken und schien platinblond gefärbt worden zu sein.

»Haben wir ein Foto von Ellis?«

Wenige Minuten später lud Cooper bei der kalifornischen Führerscheinstelle ein Bild herunter.

Ein unscheinbarer Mann von fünfunddreißig Jahren. Schmales Gesicht. Braune Haare.

Zu wem gehörte also das hellere Haar?

Zum Entführer?

Zu der besagten Sabrina?

Die Haustür ging auf, und Rhyme erkannte sofort Amelia Sachs an ihrem charakteristischen Schritt. Noch bevor sie zu sehen war, rief er bereits: »Sachs! Her damit!«

Sie kam durch den offenen Türbogen herein und nickte zum Gruß allen zu. Dann reichte sie den Karton mit den Beweismitteltüten an Cooper weiter, der ihn zunächst abstellte und spezielle Kleidung anlegte – Füßlinge, Handschuhe, Haube und Sichtvisier, um sowohl sich selbst als auch die Spuren zu schützen.

Danach breitete er die Tüten auf mehreren Untersuchungstischen aus, die in einem anderen Teil des Salons standen, weiter weg von den Personen in Straßenkleidung, um eine Verunreinigung zu vermeiden.

Viel war es nicht. Rhyme wusste das bereits, denn er war mit Sachs per Videoübertragung verbunden gewesen, während sie den Tatort untersucht hatte. Abgesehen von der Schlinge gab es diverse Partikel vom Ort der Entführung sowie Schuh- und hoffentlich Reifenabdrücke.

Doch sogar der winzigste Rest einer Substanz kann theoretisch direkt zur Haustür des Täters führen.

»Und?«, fragte Sellitto. »Was hatte die Kleine zu sagen?«

»Ich würde das Mädchen – Morgynn – jederzeit gegen zwei ihrer Mütter eintauschen«, sagte Sachs. »Die geht mal in die Politik. Oder zur Polizei. Sie wollte meine Waffe halten. Wie dem auch sei, der Täter war ein kräftiger Weißer mit langem schwarzen Haar, Vollbart, dunkler Freizeitkleidung und dunkler Baseballmütze mit langem Schirm. Etwas größer als ich. So alt wie ihr Tennislehrer, Mr. Billings, und der ist – ich hab's überprüft – einunddreißig. Das Modell des Autos konnte sie nicht sagen, nur dass es kein Tesla war, wie ihr Vater einen fährt – was er jedem brühwarm auf die Nase bindet. Ansonsten ist Morgynn an dem Mann nichts Konkretes aufgefallen, aber er hat blaue Handschuhe getragen.«

»Mist«, murmelte Rhyme. »Sonst noch was?«

»Nein, aber das ist mir auch noch nie passiert: Ihre Mutter, Claire, hat mich gefragt, ob ich – oder sonst jemand, den ich bei der Polizei kenne – wohl Interesse hätte, heute Abend bei einer Party als Bedienung einzuspringen.«

»Was zahlt sie denn?«, fragte Sellitto.

Rhyme war nicht in der Stimmung für Scherze. »Wir fangen mit der Schlinge an. Irgendwelche Abdrücke?«

Cooper testete das Beweisstück im Bedampfungskasten auf unsichtbare Fingerabdrücke. »Ein paar einzelne Leisten«, sagte er dann. »Nichts Verwertbares.«

»Woraus besteht das Ding?«, fragte Dellray.

»Das überprüfe ich gerade.« Cooper nahm das Material sorgsam unter einem Mikroskop in Augenschein – mit relativ geringer Vergrößerung. Dann zog er eine Bilddatenbank zurate.

»Ich kann es durch den Chromatographen schicken, aber ich bin mir sicher, es sind Proteine – Kollagen, Keratin und Fibroin. Katgut, würde ich sagen.«

Sellitto runzelte die Stirn. »Wer ist Katt? Und warum ist er gut?«

Thom lachte. »Irrtum, Detective.«

»Ganz recht«, bestätigte Cooper. »Katgut wird aus Schaf- oder Ziegendärmen hergestellt.«

»Das ist ja ekelhaft«, sagte Sellitto.

Der Techniker ging online. »Früher wurde Katgut als chirurgisches Nähmaterial verwendet«, fuhr er fort. »Heutzutage benutzt man es nur noch für die Saiten von Musikinstrumenten. Stahl- und Synthetiksaiten sind zwar häufiger, aber Katgut ist noch immer weit verbreitet.« Er zuckte die Achseln. »Es könnte aus einem beliebigen Geschäft, einem Konzertsaal oder einer Schulaula stammen. In Anbetracht der Länge würde ich auf ein Cello tippen.«

»Und die Schlinge?«, fragte Dellray. »Müsste die nicht dreizehn Windungen haben? Aus Aberglauben?«

Rhyme wusste nichts über Katgut und nur wenig über Musikinstrumente, aber mit Schlingen kannte er sich aus. Dieses Exemplar war genau genommen ein Henkersknoten. Er sollte sich nicht zuziehen wie ein Laufknoten und das Opfer erdrosseln. Der Tod trat durch einen Genickbruch ein, der zwar auch zum Ersticken führte, aber nicht durch das Einschnüren der Kehle, sondern weil die Lunge kein Signal mehr vom Gehirn erhielt. Der breite Knoten, der fachgerecht hinter dem linken Ohr des Verurteilten platziert wurde, brach das Rückgrat knapp oberhalb der Stelle, an der Rhyme seine Verletzung erlitten hatte.

»Manche hatten dreizehn Windungen«, antwortete er nun Dellray. »Die meisten Henker haben früher acht benutzt. Das hat genauso gut funktioniert. Okay, was noch?«

Sachs hatte mit Gelatinefolien und einem elektrostatischen Verfahren Schuhabdrücke gesichert, die vermutlich vom Täter stammten, basierend auf den Angaben des Mädchens darüber, wo er gestanden hatte und gegangen war.

Cooper verglich die Abdrücke mit einer Datenbank. »Ein Converse Con«, meldete er. »Größe zehneinhalb.«

Natürlich, ein Allerweltsmodell. Nur anhand des Sohlenabdrucks ließ es sich unmöglich zu einem spezifischen Händler zurückverfolgen. Rhyme erkannte das sofort, denn er war derjenige, der die Schuhdatenbank des NYPD einst angelegt hatte und bis heute mit Daten versorgte.

Sachs' Versuch, Reifenspuren zu sichern, war dagegen erfolglos verlaufen. Seit der Abfahrt des Entführers hatten zahlreiche andere Fahrzeuge die Stelle passiert und sämtliche charakteristischen Abdrücke vernichtet.

»Ich schätze, wir sollten wohl eher fragen, was das Mädchen sonst noch zu berichten hatte«, sagte Rhyme.

Sachs beschrieb den Ablauf der Entführung.

»Eine Kapuze über dem Kopf des Opfers? Und dann ist er umgefallen?«, fragte Sellitto. »Aus Luftmangel?«

»Das wäre aber ziemlich schnell«, stellte Rhyme fest. »Vielleicht hat er ein Betäubungsmittel eingesetzt. Zum Beispiel Chloroform, den Klassiker. Oder er hat sich selbst was zusammengebraut.«

»Welche Farbe hatte die Kapuze?«, fragte Cooper.

»Sie war dunkel.«

»Ich habe hier eine Baumwollfaser«, fügte der Techniker hinzu und las die Beschriftung der Beweismitteltüte. »Amelia, Sie haben sie direkt neben der Schlinge gesichert.«

Rhyme schaute auf den Monitor, auf den das Abbild der Faser übertragen wurde. Er musste eine Entscheidung treffen. Die Faser konnte zu einem wichtigen Beweisstück werden. Mal angenommen, im Besitz eines Verdächtigen wurde eine Kapuze gefunden; sie würde ihn mit dem Verbrechen in Verbindung bringen, sofern ihre Fasern zu dieser einen passten (man sprach in so einem Fall nicht von einer »Übereinstimmung«; das traf lediglich auf DNS-Spuren und Fingerabdrücke zu).

Ein solcher Beweis wäre günstig, um vor Gericht Anklage erheben zu können. Doch zum jetzigen Zeitpunkt und in ihrem gegenwärtigen Zustand lieferte die Faser keinen Hinweis auf die Identität des Entführers und seinen Arbeitsplatz oder Wohnort. Baumwolle war jedoch wunderbar saugfähig, und dieses winzige Stück enthielt womöglich überaus hilfreiche

Hinweise. Leider kam man an diese nur durch den Einsatz des Gaschromatographen samt Massenspektrometer heran – ein Gerät, das Substanzen isolierte und identifizierte. Und die Faser wurde dabei vernichtet.

»Verbrenn sie, Mel. Ich will wissen, ob sie etwas zu bieten hat.«

Der Techniker bereitete die Probe vor. Der Prozess würde insgesamt nicht mehr als zwanzig Minuten dauern.

Sellitto und Dellray setzten sich unterdessen mit ihren jeweiligen Vorgesetzten in Verbindung. Es war noch immer keine Lösegeldforderung eingetroffen, und die Überwachungskameras in der Gegend hatten weder die Entführung noch ein davonrasendes Auto aufgenommen. Danach lud Dellray alle Informationen, die ihnen vorlagen, an das NCIC hoch, das National Crime Information Center, um herauszufinden, ob irgendwo ähnliche Vorfälle gemeldet worden waren. Vergeblich.

»Lasst uns eine Tabelle anlegen«, sagte Rhyme.

Sachs zog eine der weißen Rolltafeln vor und nahm einen abwaschbaren Filzstift. »Wie nennen wir ihn?«

Ein unbekannter Täter wurde häufig mit dem zugehörigen Monat und Tag bezeichnet. Dieser Verdächtige würde demnach Täter 920 heißen, benannt nach dem 20. September.

Doch noch bevor sie sich auf einen vorläufigen Spitznamen einigen konnten, rührte Cooper sich und schaute auf den Monitor des GC/MS. »Ah. Du hattest recht, Lincoln. Die Faser, die mutmaßlich von der Kapuze stammt, weist Spuren von Chloroform auf. Und von Olanzapin.«

»Sind das K.-o.-Tropfen?«, fragte Dellray.

Cooper tippte etwas ein. »Ein Antipsychotikum. Heftiges Zeug.«

»Aus dem Arzneischrank unseres Verdächtigen? Oder dem des Opfers?«, grübelte Sellitto.

»Medieneinkauf und Psychosen passen auf Anhieb nicht so gut zusammen«, sagte Rhyme. »Ich würde den Täter vorschlagen.«

Cooper entnahm Bodenproben aus einer Beweismitteltüte mit der Aufschrift: *Nähere Umgebung der Schuhe des Täters.* »Die schicke ich auch durch den GC«, sagte er und ging zu dem Chromatographen.

Dellrays Telefon summte, und ein langer Finger drückte auf *Abheben.* »Ja?... Nein... Wir sehen uns das mal an.«

Er wandte sich an die anderen. »Das war ein Freund und Kollege von mir, aus Des Moines. Er hatte gerade erst unsere NCIC-Anfrage gelesen, als eine Frau ihn anrief. Ihr Sohn war auf YouVid, dieser Streamingseite, und hat was Übles entdeckt. Das Livevideo eines Mannes, der mit einer Schlinge erdrosselt wird. Wir sollten das überprüfen.«

Sachs ging zu einem Laptop, der mit einem breiten, flachen HDMI-Kabel an einen großen Wandmonitor angeschlossen war. Sie rief die Internetseite auf.

Das Video zeigte einen Mann im Schatten. Er war schwer zu erkennen, und man hatte ihm zudem die Augen verbunden, aber das konnte durchaus Robert Ellis sein. Sein Kopf war zur Seite geneigt – weil die Schlinge seinen Hals nach oben zog. Seine Fußgelenke hatte man mit Textilklebeband gefesselt, die Hände hinter dem Rücken vermutlich ebenfalls. Er stand auf einer etwa sechzig mal sechzig Zentimeter großen Holzkiste.

So schrecklich schon dieser Anblick war, so schaurig auch die Geräuschuntermalung. Jemand hatte ein kurzes menschliches Keuchen aufgenommen und als ersten Taktschlag eines Musikstücks benutzt, das auf einer Orgel oder einem elektrischen Keyboard eingespielt worden war. Die Melodie klang vertraut: »An der schönen blauen Donau.«

Man konnte den Walzertakt mitzählen: *Keuch*, zwei, drei, *keuch*, zwei, drei.

»O Gott«, murmelte Sellitto.

Wie lange konnte ein Mann so stehen, bevor er zusammenbrach oder abrutschte, bevor seine Beine den Dienst versagten oder er das Bewusstsein verlor – und in die Schlinge stürzte?, überlegte Rhyme. Die kurze Fallstrecke würde nicht ausreichen, um ihm das Genick zu brechen. Im Gegensatz zu einer traditionellen Hinrichtung würde dieses Opfer langsam und qualvoll erdrosselt werden.

Je länger das Video dauerte, desto gemächlicher wurde die Musik und damit das perfekt eingefügte Keuchen.

Auch das Bild des Mannes wurde immer dunkler.

Am Ende der dreiminütigen Laufzeit hörten die Musik und das verzweifelte Keuchen ganz auf, und das Bild wurde schwarz.

Auf dem Monitor erschienen blutrote Buchstaben – Worte, die eigentlich ganz normal waren und deshalb hier umso grausamer wirkten:

© DER KOMPONIST

5

»Rodney?«

Lincoln Rhyme sprach mit seinem Kontaktmann bei der NYPD-Abteilung für Computerkriminalität, Downtown, Police Plaza Nummer eins.

Rodney Szarnek war brillant und schrullig (ein Nerd, wie er im Buch stand), doch zugleich auch Fan der ohrenbetäubendsten Heavy-Metal-Musik, die man sich in seinen schlimmsten Albträumen vorzustellen vermochte.

»Rodney, bitte!«, rief Rhyme in das Mikrofon der Freisprecheinrichtung. »Machen Sie das aus.«

»Oh, Verzeihung.«

Die Musik wurde sehr leise, verschwand aber nicht ganz.

»Rodney, ich habe Sie auf den Lautsprecher gelegt. Wir sind hier ein ganzer Haufen Leute. Es würde zu lange dauern, alle vorzustellen.«

»Hallo, ich...«

»Wir haben eine Entführung, und der Täter hat dafür gesorgt, dass dem Opfer kaum noch Zeit zum Überleben bleibt.«

Die Musik wurde abgeschaltet.

»Legen Sie los.«

»Amelia schickt Ihnen gerade einen YouVid-Link. Das ist ein Video des Opfers.«

»Ist der Film immer noch online?«, fragte er.

»Soweit wir wissen. Warum?«

»Wenn ein Gewaltvideo auftaucht – echte Gewalt, nichts

Vorgetäuschtes –, wird YouVid es höchstwahrscheinlich löschen. Sobald erste Beschwerden kommen oder deren Algorithmus es erwischt und die Kontrolleure entscheiden, dass es gegen deren Nutzungsbestimmungen verstößt, fliegt es raus. Sorgen Sie dafür, dass jemand es herunterlädt und sichert.«

»Unsere Jungs sind schon dran«, sagte Dellray. »Wird alles bereits erledigt.«

»Hallo, Fred.« Einen Moment lang herrschte Stille, dann sagte Szarnek: »Jetzt sehe ich es auch... O Mann. Schon mehr als zwanzigtausend Aufrufe. Und haufenweise Likes. Was für eine kranke Welt. Ist das der Kerl, der vor ein paar Stunden entführt wurde? Ich habe das Memo gelesen.«

»Wir nehmen es an«, sagte Sachs.

»He, Amelia. Okay. Und Sie benötigen den Ort, von dem aus das hier geschickt wurde. In der Hoffnung, dass er noch lebt. Okay, okay. So. Ich habe das Video mit einem Dringlichkeitsvermerk an die Rechtsabteilung geschickt. Die rufen sofort einen Richter an, der so schnell wie möglich einen Beschluss erlässt. Innerhalb weniger Minuten. Ich hatte zuvor schon mit YouVid zu tun. Die sitzen zum Glück hier in den USA, in New Jersey, und werden daher kooperieren. Falls die Server in Übersee stünden, würden wir vielleicht nie von denen hören. Ich melde mich bei Ihnen, sobald ich mit der Rückverfolgung loslegen kann.«

Sie trennten die Verbindung. »Fang mit der Tabelle an«, sagte Rhyme zu Sachs und nickte in Richtung der Tafel. »Was haben wir bis jetzt?« Sie nahm einen Stift und machte sich an die Arbeit.

Während sie schrieb, wollte Rhyme sich noch einmal das Video ansehen. Aber auf dem Bildschirm erschien lediglich eine Meldung in roter Schrift:

Dieses Video hat gegen unsere Nutzungsbestimmungen verstoßen und wurde daher entfernt.

Gleich darauf jedoch schickten Dellrays Techniker die aufgezeichnete MP4-Datei per E-Mail. Rhyme und die anderen sahen sich den Film ein weiteres Mal an. Sie hofften, Anhaltspunkte für den Ort der Aufzeichnung finden zu können.

Nichts. Eine Steinmauer. Eine Holzkiste. Robert Ellis, das Opfer, das auf dem provisorischen Galgen um sein Leben kämpfte.

Eine falsche Bewegung, ein Muskelkrampf würde ihn töten.

Wenig später war Sachs mit den Einträgen fertig. Rhyme musterte die Tabelle und fragte sich, ob irgendetwas davon Hinweise darauf enthielt, wo der Täter wohnte oder arbeitete oder wohin er sein Opfer gebracht hatte, um das perverse Video aufzunehmen.

86. STRASSE OST 213, MANHATTAN

- Straftat: Überfall/Entführung.
  - Vorgehensweise: Täter hat Kapuze (dunkel, vermutlich Baumwolle) über den Kopf des Opfers geworfen, versetzt mit Betäubungsmitteln, um Bewusstlosigkeit herbeizuführen.
- Opfer: Robert Ellis.
  - Single, lebt vermutlich mit Sabrina Dillon zusammen; ihr Rückruf wird erwartet (geschäftlich in Japan).
  - Wohnhaft in San José.
  - Eigentümer eines kleinen Start-ups, Agentur für Medieneinkauf.
  - Keine Vorstrafen, kein Eintrag auf nationaler Warnliste.
- Täter:
  - Nennt sich selbst der Komponist.
  - Männlich, Weißer.
  - Alter: ca. 30.
  - 1,80 bis 1,85 Meter groß.
  - Dunkler Vollbart und langes Haar.
  - Beleibte Statur.
  - Hat dunkle Baseballmütze mit langem Schirm getragen.
  - Dunkle Freizeitkleidung.
  - Schuhe.
  - Wahrscheinlich Converse Cons, Farbe unbekannt, Größe 10½.
  - Fährt dunkle Limousine; Nummernschild, Modell, Baujahr unbekannt.
- Profil:
  - Motiv unbekannt.
- Spuren:
  - Telefon des Opfers.
    - Keine ungewöhnlichen Anrufe/Anrufmuster.
    - Kurzes Haar, blond gefärbt. Keine DNS.
    - Keine Fingerabdrücke.
  - Schlinge.
    - Traditioneller Henkersknoten.

- Katgut, Länge einer Cellosaite.
- Zu verbreitet; nicht zurückverfolgbar.
- Dunkle Baumwollfaser.
  - Von Kapuze, benutzt zur Überwältigung des Opfers?
  - Chloroform.
  - Olanzapin, Antipsychotikum.
- YouVid-Video.
  - Männlicher Weißer (vermutlich Opfer) mit Schlinge um den Hals.
  - »An der schönen blauen Donau« wird gespielt, im Takt mit Keuchen (des Opfers?).
  - »© Der Komponist« wird am Ende eingeblendet.
  - Endet mit schwarzem Bildschirm und Stille. Um drohenden Tod anzudeuten?
  - Ort der Aufnahme wird ermittelt.

Rodney Szarnek von der Abteilung für Computerkriminalität rief zurück. Und diesmal war am anderen Ende der Leitung dankenswerterweise nur seine Nerd-Stimme zu hören, keine vergewaltigte E-Gitarre. »Lincoln?«

»Kennen Sie den Ort?«

»Er liegt im Großraum New York.«

Etwas, das ich noch *nicht* weiß, bitte.

»Ich kann verstehen, dass Sie enttäuscht sind. Aber das lässt sich noch weiter eingrenzen. Nur wird es vier oder fünf Stunden dauern.«

»Das ist zu lange, Rodney.«

»Ich wollte es nur gesagt haben. Er hat mehrere Proxy-Server benutzt. Das ist die schlechte Neuigkeit. Die gute lautet, dass er nicht wirklich weiß, was er tut. Er hat sich in einige offene VPNs eingeloggt, die...«

»Für Griechisch bleibt keine Zeit«, murrte Rhyme.

»Das ist Amateurkram. Ich arbeite mit YouVid zusammen, und wir können das knacken, aber...«

»… es dauert vier Stunden.«

»Hoffentlich weniger.«

»Das hoffe ich auch.« Rhyme unterbrach die Verbindung.

»Ich habe hier noch etwas, Lincoln.« Mel Cooper stand bei dem Hewlett-Packard-Gaschromatographen samt Massenspektrometer.

»Von den Schuhabdrücken? Ist er in etwas getreten?«

»Genau. Zunächst mal gibt es mehr von dem Olanzapin, dem Antipsychotikum. Und dann noch etwas Unheimliches.«

»Unheimlich ist keine chemische Eigenschaft, Mel. Und allzu hilfreich ist es auch nicht.«

»Uranylnitrat«, sagte Cooper.

»Wow«, flüsterte Rhyme.

Dellray runzelte die Stirn. »Linc, was ist denn? Sollte uns das Zeug irgendwie zu denken geben?«

Rhyme lehnte sich an die Kopfstütze seines Rollstuhls zurück und starrte an die Decke. Er hatte die Frage kaum mitbekommen.

»Uranusnitrat«, sagte nun Sellitto. »Ist das gefährlich?«

»*Uranyl*«, verbesserte Rhyme ihn ungehalten. »Selbstverständlich ist es gefährlich. Wie würdest *du* denn Uransalz einschätzen, das in Salpetersäure gelöst wurde?«

»Linc«, sagte Sellitto geduldig.

»Es ist radioaktiv und führt zu Nierenversagen und akuter Tubulusnekrose. Es ist außerdem explosiv und höchst instabil. Doch mein Ausruf war positiv gemeint, Lon. Ich bin entzückt, dass unser Täter in diese Substanz getreten sein könnte.«

»Denn sie ist äußerst, absolut und herrlich selten«, sagte Dellray.

»Bingo, Fred.«

Rhyme erklärte, die Substanz sei benutzt worden, um waffenfähiges Uran für das Manhattan Projekt herzustellen – die Entwicklung der ersten Atombombe während des Zweiten

Weltkriegs. Da die technische Leitung vorübergehend von Manhattan aus erfolgt war, trug das Projekt diesen Namen, doch der größte Teil der tatsächlichen Konstruktion der Bomben hatte an anderen Orten stattgefunden, hauptsächlich in Oak Ridge, Tennessee, Los Alamos, New Mexico und Richland im Bundesstaat Washington.

»Aber *ganz* unbeteiligt an dem eigentlichen Bau war New York dann doch nicht. Eine Firma in Bushwick, Brooklyn, hat Uranylnitrat hergestellt. Sie konnte jedoch nicht die benötigte Menge liefern und musste den Auftrag zurückgeben. Die Firma existiert längst nicht mehr, aber das Gelände weist nach wie vor eine Reststrahlung auf.«

»Woher weißt du …?«, setzte Sellitto an.

»Aus den Jahresberichten der EPA, unserer Umweltschutzbehörde«, erwiderte Rhyme ruhig. »Die sind großartig, Lon. Liest du sie denn etwa nicht? Du solltest sie sogar sammeln.«

Ein Seufzen. »Linc.«

»Ich jedenfalls lese sie. Sie verraten uns wundervolle Dinge über unsere unmittelbare Umgebung.«

»Wo liegt das Gelände?«, fragte Cooper.

»Nun, ich habe die Adresse nicht auswendig gelernt. Es handelt sich um eine offiziell gekennzeichnete belastete Fläche. In Bushwick, Brooklyn. Wie viele kann es davon schon geben? Schau doch einfach nach!«

Cooper benötigte nur eine Minute. »Wyckoff Avenue, nicht weit von der Covert Street.«

»Beim Knollwood Park Cemetery«, sagte Sachs, die in Brooklyn geboren und aufgewachsen war. Sie streifte den Laborkittel und die Handschuhe ab und lief aus dem Salon. »Lon«, rief sie, »fordern Sie ein Einsatzteam an. Wir treffen uns dort.«

6

Das Geräusch ließ Stefan erstarren.

Ein Geräusch, das fast so beunruhigend war wie ein Schwarzer Schrei, auch wenn es nur leise und sanft erklang: ein Piepton seines Mobiltelefons.

Es verriet ihm, dass jemand das Fabrikgelände betreten hatte. Eine App war per WLAN mit einer billigen Überwachungskamera an der Einfahrt verbunden.

O nein, dachte er. Es tut mir leid! Er flehte Sie stumm an, nicht wütend zu werden.

Ein Blick in den Nachbarraum, wo Robert Ellis so bedenklich auf der Holzkiste balancierte. Dann wieder auf sein Telefon. Die Webcam – hochauflösend und in Farbe – zeigte einen kastanienbraunen Sportwagen, ein älteres Modell aus den Sechzigern oder Siebzigern, aus dem soeben eine rothaarige Frau ausstieg. An ihrem Gürtel hing eine Dienstmarke. Hinter ihr kamen mehrere Streifenwagen ins Bild.

Sein Unterkiefer bebte. Wie hatten die hergefunden und dann auch noch so schnell?

Er schloss die Augen, denn in seinem Kopf hämmerte es, dröhnte ein ganzer Ozean.

Kein Schwarzer Schrei, nicht jetzt. Bitte!

Schnell! Du musst hier weg.

Er schaute zu seiner Ausrüstung. Nichts hiervon durfte gefunden werden. Stefan war vorsichtig gewesen, aber es ließen sich dennoch Verbindungen herstellen und Spuren entdecken, und er konnte es sich absolut nicht leisten, aufgehalten zu werden.

Er durfte Sie unter keinen Umständen enttäuschen.

Es tut mir leid, wiederholte er. Doch Euterpe antwortete natürlich nicht.

Stefan verstaute seinen Laptop in dem Rucksack und nahm zwei Gegenstände aus der Sporttasche, die er mitgebracht hatte. Ein Schraubglas mit einem Liter Benzin. Und ein Feuerzeug.

Stefan liebte Feuer. Von ganzem Herzen. Nicht den zuckenden Tanz der orangefarbenen und schwarzen Flammen, auch nicht die wohlige Hitze. Nein, er liebte, was wenig überraschend war, das Geräusch.

Er bedauerte nur, dass er diesmal nicht bleiben konnte, um das Prasseln und Ächzen zu hören, wenn das Feuer Existenz in Nichtexistenz verwandelte.

* * *

Sachs rannte zu dem dreieinhalb Meter hohen Maschendrahtzaun, gefolgt von sechs uniformierten Kollegen.

Das Tor war mit einer Kette und einem beeindruckenden Vorhängeschloss gesichert.

»Hat jemand ein Brecheisen oder einen Bolzenschneider dabei?«

Doch dies waren Streifenbeamte. Sie führten Verkehrskontrollen durch, schlichteten häusliche Auseinandersetzungen, halfen Autofahrern, fingen gefährliche Hunde ein oder nahmen kleine Straßendealer fest. Einbruchwerkzeug gehörte nicht zu ihrer Standardausrüstung.

Sachs stemmte die Hände in die Seiten und musterte den Firmenkomplex.

EPA Sperrzone
Achtung! – Gefahrstoffe in Boden und Wasser!
ZUTRITT VERBOTEN

Sie konnten nicht auf das Sondereinsatzkommando warten; das Opfer befand sich in unmittelbarer Lebensgefahr. Sie mussten sich nur irgendwie Zutritt verschaffen.

Tja, da blieb ihnen wohl nur die offensichtliche Methode übrig. Sachs hätte notfalls ihren Ford Torino geopfert, doch die Schnauze des fünfzig Jahre alten Muscle Cars war empfindlich. Die Streifenwagen waren hingegen mit einem Rammschutz ausgestattet – dem robusten schwarzen Metallgestänge, das bei Verfolgungsjagden zum Einsatz kam.

»Her mit dem Wagenschlüssel«, rief sie einer jungen Streifenbeamtin in ihrer Nähe zu, einer stämmigen Afroamerikanerin. Die Frau gehorchte sofort. Das machten die meisten Leute, wenn Amelia Sachs energisch etwas einforderte.

»Alle aus dem Weg!«

»Was haben Sie ...? Oh, Detective, nein, das geht nicht. Sie verbeulen mir die Karre, und ich hab den ganzen Papierkram am Hals.«

»Ich schreibe die Fußnoten zu Ihrem Bericht.« Sachs nahm auf dem Fahrersitz Platz, gurtete sich an und setzte mit dem Wagen ein Stück zurück. Dann steckte sie den Kopf aus dem Fenster. »Folgen Sie mir, schwärmen Sie aus, und durchsuchen Sie alles gründlich«, befahl sie. »Vergessen Sie nicht, dem Opfer bleiben nur Minuten.«

Falls er überhaupt noch lebt.

»He, Detective. Sehen Sie mal!« Einer der Beamten zeigte auf das Gelände. Am Ende eines zweigeschossigen Gebäudeflügels verwandelten sich weiße und graue Schwaden soeben in leberfarbenen Rauch, der schnell emporstieg – weil die starke Hitze eines Feuers ihm Auftrieb verschaffte.

»O Gott.«

Der Täter hatte sie bemerkt und den Raum in Brand gesetzt, in dem er das Video angefertigt hatte, vermutete Sachs. Er wollte wohl alle Beweise vernichten.

Und das hieß auch, dass Robert Ellis ein Opfer der Flammen werden würde, ob noch am Leben oder nicht.

»Ich verständige die Feuerwehr«, rief eine Stimme.

Sachs trat das Gaspedal durch. Die Ford Interceptors mit ihren 370 PS beschleunigten nicht allzu gut, doch dank der dreißig Meter Anlauf riss das bullige Fahrzeug die Torflügel aus den Scharnieren, als wären sie aus Plastik, und schleuderte sie davon.

Sachs fuhr weiter und ließ den Sechszylinder aufbrüllen.

Die anderen Wagen folgten unmittelbar hinter ihr.

Nach weniger als einer Minute befand sie sich vor dem Gebäude, in dem es brannte. Hier vorn deutete nichts auf ein Feuer hin, der Rauch stieg an der Rückseite auf. Aber er würde sich auch im Innern ausgebreitet haben, in das Sachs und die anderen sich nun eilig vorwagen mussten, wenn sie das Opfer retten wollten.

Sie hatten weder Masken noch Sauerstoffflaschen, doch Sachs verschwendete keinen Gedanken daran. Sie schnappte sich eine Taschenlampe aus dem Streifenwagen, zog ihre Glock und nickte zwei Kollegen zu – einem kleinen, gut aussehenden Latino und einer blonden Frau, die ihr Haar zu einem straffen Pferdeschwanz zurückgebunden hatte.

»Wir können nicht warten. Sie beide kommen mit mir. Wir gehen rein, Rauch oder nicht.«

»Natürlich, Detective.« Die Frau nickte.

Sachs, die derzeitige Einsatzleiterin, wandte sich an die anderen. »Alonzo und Wilkes stoßen mit mir durch die Mitte vor. Drei von Ihnen gehen nach hinten, um dem Täter möglichst den Weg abzuschneiden. Und einer nimmt einen Wagen und umrundet das Gelände. Unser Mann kann noch nicht weit gekommen sein. Lassen Sie bei jedem Fahrzeug und jeder Person äußerste Vorsicht walten.«

Die anderen gehorchten.

Wilkes, die blonde Beamtin, gab Alonzo und Sachs Deckung, als diese die Tür aufrissen – die zum Glück nicht abgeschlossen war. Die beiden gingen drinnen sofort in die Hocke und richteten ihre Taschenlampen und Waffen nach vorn. Wilkes folgte.

Amelia musste daran denken, dass der Täter durchaus geistesgestört sein konnte und vielleicht beschlossen hatte, vor Ort zu bleiben und ein paar Polizisten mit sich in den Tod zu reißen.

Doch niemand schoss auf sie.

Sie lauschte.

Nichts.

War Ellis tot? Falls ja, dann hoffentlich schon vorher durch die Schlinge und nicht erst jetzt durch die Flammen.

Die drei liefen nun den Korridor hinunter. Sachs versuchte, nicht die Orientierung zu verlieren und ungefähr die Stelle anzusteuern, von der der Rauch aufgestiegen war. Das Gebäude war baufällig und stank nach Moder. In der Nähe des Eingangs waren die Wände mit Graffiti übersät, und auf dem Boden lagen benutzte Kondome, Streichhölzer, Spritzen und Zigarettenstummel. Die Anzahl hielt sich allerdings in Grenzen, und Sachs nahm an, dass sogar die unvorsichtigsten Freier und Süchtigen wussten, was eine Gefahrstoff-Sperrzone war und dass es gesündere Orte gab, um sich einen Schuss zu setzen oder einen Blowjob geben zu lassen.

Über und neben den Türen hingen alte Schilder: *Bedienzentrale. Spaltstoffforschung. Teststelle Strahlenschutz – Passieren Sie Kontrollpunkt B erst nach Freigabe Ihrer Plakette!*

»Komisch, Detective«, keuchte der Mann, der neben ihr lief.

»Was denn, Alonzo?«

»Hier ist gar kein Rauch.«

Stimmt. Seltsam.

Die schwarzen, dichten Schwaden waren von irgendwo ganz in der Nähe aufgestiegen. Doch hier war tatsächlich keinerlei Rauch festzustellen.

Verdammt, dachte sie. Hier war einst radioaktives Material hergestellt worden. Vielleicht würden sie am Ende des Flurs auf eine dicke, undurchdringliche Sicherheitstür stoßen, die nicht nur den Rauch zurückhielt, sondern ihnen auch den Weg versperrte.

Der Korridor knickte rechtwinklig ab, und sie blieben kurz vor der Ecke stehen. Sachs duckte sich und schwenkte die Waffe um die Biegung, Wilkes sicherte nach hinten, und Alonzo beschrieb einen weiten Bogen.

Nichts als Leere.

Ihr Funkgerät erwachte knisternd zum Leben. »Hier Streife vier acht sieben acht. Melde ein Loch im Zaun auf der Rückseite. Ein Anwohner hat einen stämmigen Weißen mit Vollbart gesehen, der vor fünf Minuten mit einer Tasche oder einem Rucksack von hier weggerannt ist. Der Zeuge kann nicht sagen, wohin oder ob er ein Auto hatte.«

»Verstanden«, flüsterte Sachs. »Geben Sie das an das örtliche Revier und die ESU weiter. Ist jemand auf der Rückseite des Gebäudes und kann etwas über den Ursprung des Feuers sagen?«

Niemand antwortete. Doch ein anderer Beamter meldete, die Feuerwehr sei soeben eingetroffen und auf das Gelände gefahren.

Sachs und ihre Kollegen liefen weiter den Flur entlang. Schneller, schneller, spornte sie sich schwer atmend an.

Sie hatten das Ende des Gebäudeflügels nun fast erreicht. Vor ihnen kam eine Tür in Sicht, die sich als nicht so einschüchternd und undurchdringlich wie befürchtet erwies, sondern aus ganz gewöhnlichem Holz bestand und sogar einen Spalt geöffnet war. Und trotzdem gab es hier immer noch keinen Rauch. Es musste also jenseits dieser Tür noch einen weiteren, verschlossenen Raum geben, in dem sich das Opfer befand.

Sachs stürmte durch die Türöffnung, um das brennende Zimmer zu finden.

Und prallte mit voller Wucht gegen Robert Ellis, der von der Kiste gestoßen wurde und panisch aufschrie.

»O mein Gott«, rief sie. »Schnell, hier rein.« Das galt ihren Kollegen.

Sie packte Ellis um die Taille und hob ihn an, um den Druck der Schlinge um seinen Hals zu mindern. Verflucht, war der schwer.

Während Wilkes ihnen abermals Deckung gab – sie konnten nicht sicher sein, dass es sich bei dem Flüchtenden auch wirklich um den Täter handelte, und wussten zudem nicht, ob er hier Komplizen hatte –, stemmten Sachs und der andere Beamte Ellis hoch. Alonzo nahm ihm erst die Schlinge und dann die Augenbinde ab. Der Blick des Mannes zuckte hektisch umher. Er wirkte wie ein verschrecktes Tier.

Ellis würgte und schluchzte zugleich. »Danke, danke! O Gott, ich war fast tot!«

Sachs sah sich um. Kein Feuer. Weder hier noch in einem angrenzenden Raum. Was, zum Teufel, war hier los?

»Sind Sie verletzt, haben Sie Schmerzen?« Sie half Ellis, sich auf den Boden zu setzen.

»Er wollte mich erhängen! Gott. Wo ist er?« Er klang benommen.

Sie wiederholte die Frage.

»Keine Ahnung. Ich glaube, es geht halbwegs. Mein Hals tut weh. Er hat mich an dieser beschissenen Schlinge durch die Gegend gezerrt. Aber ansonsten ist alles noch heil.«

»Wissen Sie, wohin er wollte?«

»Nein. Ich konnte nichts sehen. Er war in einem anderen Raum, glaube ich. So hat es zumindest geklungen. Ich hatte die meiste Zeit diese Binde vor den Augen.«

Ihr Funkgerät meldete sich. »Streife sieben drei acht eins. Detective Sachs, sind Sie da?«

»Reden Sie weiter.«

»Wir sind auf der Rückseite des Gebäudes. Das Feuer ist hier. In einem Ölfass. Offenbar hat er darin Beweise zerstören wollen. Elektronikkram, Papiere, irgendwas aus Stoff. Alles weg.«

Sachs streifte sich Handschuhe über und entfernte das Klebeband, mit dem Ellis an Händen und Füßen gefesselt war. »Können Sie gehen, Mr. Ellis? Ich würde Sie gern hier heraushaben, damit ich den Raum durchsuchen kann.«

»Ja, ich versuch's.« Er war zwar etwas wacklig auf den Beinen, aber mit Sachs' und Alonzos Hilfe schaffte er es auf den leeren Platz hinter dem Gebäude, wo das Feuer inzwischen gelöscht worden war.

Amelia warf einen Blick in das Ölfass. Scheiße. Es waren nur noch Asche, verrußtes Metall und geschmolzenes Plastik übrig. Dieser Täter, der Komponist, mochte ja durchaus verrückt sein, doch er war weitsichtig genug gewesen, die Vernichtung seiner Spuren vorzubereiten.

Wahnsinn und Intelligenz waren eine sehr unerfreuliche Kombination, vor allem bei einem Verbrecher.

Ellis setzte sich auf etwas, das wie eine große Kabeltrommel aussah. Zwei Rettungssanitäter kamen um die Ecke, und Sachs winkte sie herüber.

Mit verwirrtem Blick nahm Ellis den Schauplatz in Augenschein, der wie aus einem schlechten Weltuntergangsfilm wirkte. »Detective?«, fragte er.

»Ja?«

»Ich bin einfach die Straße entlanggegangen, und dann hatte ich plötzlich dieses Ding über meinem Kopf und wurde ohnmächtig«, murmelte er. »Was will dieser Kerl? Ist er ein Terrorist? Vom IS oder so?«

»Ich wünschte, ich wüsste es, Mr. Ellis. Leider haben wir bislang nicht die geringste Ahnung.«

7

Er schwitzte.

Seine Hände, seine Kopfhaut, seine dicht behaarte Brust. Alles feucht, trotz der Herbstkühle.

Er beeilte sich, zum Teil, um nicht gesehen zu werden.

Zum Teil aber auch, weil die Harmonie seiner Welt erschüttert worden war. Als hätte jemand einen Kreisel angeworfen.

Als würde man die falschen Töne treffen, als würde man den perfekten Rhythmus eines Metronoms verlieren.

Stefan ging eine Straße in Queens hinunter. Manisch. Seine Achseln kribbelten, sein Kopf juckte. Der Schweiß lief in Strömen. Er hatte soeben die Absteige verlassen, in der er gewohnt, nun ja, *sich versteckt* hatte, seitdem ihm die Flucht aus der furchtbaren stillen Welt der letzten Jahre geglückt war.

Nun war er mit einem Rollkoffer und einer Computertasche unterwegs. Es handelte sich natürlich nicht um seinen gesamten Besitz. Doch vorläufig reichte es aus. Mittlerweile wusste er, dass die Entführung zwar in den Nachrichten vermeldet wurde, aber niemand ihn damit in Verbindung zu bringen schien. Auch nicht mit der Komposition einer Melodie, die eine sehr beeindruckende, wenngleich verstörende Rhythmussektion besaß.

Seine Muse ... Sie wachte vom Olymp aus über ihn, jawohl. Dennoch war die Polizei ihm auf die Spur gekommen.

Haarscharf!

Diese rothaarige Polizeibeamtin, die er auf dem Bild der Webcam gesehen hatte. Hätte er keine Kamera installiert gehabt oder deren leises Warnsignal überhört, wäre er womöglich gefangen worden und Harmonie ihm auf ewig versagt geblieben.

Mit gesenktem Kopf schritt er schnell voran und wehrte einen Schwarzen Schrei ab – als eine jähe Dissonanz seine Haut prickeln ließ.

Nein...

Er bekam sie gerade noch unter Kontrolle.

Stefan musste unwillkürlich an die Sphärenharmonie denken...

Dieses philosophische Konzept berührte ihn zutiefst. Es beinhaltete die Überzeugung, dass alles im Universum – Planeten, die Sonne, Kometen, andere Sterne – Energie in Form hörbarer Töne abgab.

Musica mundana hatten die alten Römer das genannt.

Analog dazu gab es die *Musica humana*, die Laute, die in Körper und Seele des Menschen entstanden.

Und schließlich folgte die *Musica instrumentalis*, die Musik, die durch Instrumente und Gesang erzeugt wurde.

Wenn diese Töne – ob Planeten, das menschliche Herz, das Spiel eines Cellos – im Gleichklang waren, war alles gut. Das Leben, die Liebe, Beziehungen, die Hingabe an einen Gott deiner Wahl.

Wenn aber die Proportionen nicht stimmten, führte das zu einer verderblichen Kakofonie.

Die Sphären waren nun ins Wanken geraten, und seine Aussicht auf Errettung, auf die Erlangung des Status der Harmonie, der reinen Harmonie, war gefährdet.

Stefan wäre am liebsten in Tränen ausgebrochen. In seiner Jackentasche fand er ein Papierhandtuch. Er wischte sich Gesicht und Hals ab und steckte das feuchte Knäuel wieder ein.

Dann sah er sich um. Niemand beachtete ihn. Keine rothaarige Polizistin lief im Vierviertelktakt auf ihn zu.

Doch das bedeutete nicht, dass er in Sicherheit war. Er umrundete den Block zweimal zu Fuß und blieb im Schatten unweit des gestohlenen Wagens stehen. Letztlich hielt er es nicht mehr aus. Er musste weg von hier. Musste sich in Sicherheit bringen.

Beim Auto hielt er inne, schaute sich ein weiteres Mal um, legte dann seinen Koffer auf die Rückbank und die Computertasche auf den Beifahrersitz. Er stieg ein und ließ den Motor an.

Das Ächzen, das Stottern, das Surren der Zylinder.

Er reihte sich langsam in den Verkehr ein.

Niemand folgte ihm; niemand hielt ihn auf.

Es tut mir leid, dachte er an Sie gewandt. Ich werde vorsichtiger sein. Ganz bestimmt.

Er musste unbedingt dafür sorgen, dass Sie glücklich war, zufrieden mit ihm. Er konnte es sich nicht leisten, Euterpe zu verärgern. Sie leitete ihn an auf seinem Weg zur Harmonie, die im Konzept der Sphärenklänge dem Himmel entsprach, der höchstmöglichen Existenzform. Jesus hatte auf seiner Reise die Stationen des Kreuzwegs zu bewältigen. Für Stefan galt Vergleichbares.

Euterpe, die Tochter des Zeus, zählte zu den neun Musen und war natürlich die Muse der Musik, häufig dargestellt in einem Kleid und mit einer Flöte oder Panflöte in der Hand, dazu ein hübsches und intelligentes Gesicht, wie es sich für ein Gotteskind ziemte.

Stefan bog mehrmals ab, bis er nach einem halben Dutzend Blocks überzeugt war, dass niemand ihm folgte.

Beim Gedanken an seine Muse fiel ihm noch etwas ein. Er war zwar kein guter Schüler gewesen, hatte aber dennoch Gefallen an den Götter- und Heldensagen gefunden. Zeus hatte noch andere Kinder gehabt, darunter Artemis, die Göttin der Jagd. Stefan konnte sich nicht mehr an deren Mutter erinnern, doch es war eine andere als die von Euterpe; die beiden Töchter waren Halbschwestern.

Das hieß allerdings nicht, dass zwischen ihnen Harmonie geherrscht hätte. Oh, keineswegs. Sogar ganz im Gegenteil. Sie waren verfeindet.

Euterpe, die Stefan den Weg zur Harmonie wies.

Artemis – in Gestalt der rothaarigen Polizistin –, die versuchte, sie beide aufzuhalten.

Doch das wird dir nicht gelingen, dachte er.

Und während er fuhr, verdrängte er einen aufkeimenden Schwarzen Schrei und konzentrierte sich auf seine folgende Komposition. Er hatte für diesen nächsten Henkerswalzer bereits ein hübsches Musikstück im Sinn. Nun brauchte er nur noch ein neues Opfer, das die perfekte Basslinie des Dreivierteltakts liefern würde.

8

Sachs beendete die Gitternetzsuche und nahm den Schauplatz als Ganzes in Augenschein.

Der Galgen war eine notdürftige Konstruktion – die Schlinge hing an einem Besenstiel, der in einem Spalt zwischen den Betonsteinen der Fabrikwand steckte. Die Holzkiste, auf der Robert Ellis hatte stehen müssen, war alt und an den Seiten mit militärischer Schablonenschrift versehen, einer unverständlichen Ziffern- und Buchstabenfolge in verblichenem Olivgrün. Als Sachs ihn versehentlich umgerissen hatte, so Ellis' Angabe, sei ihm von der Anstrengung bereits schwindlig gewesen. Er war sich nicht sicher, ob er noch länger als fünf Minuten hätte durchhalten können.

Sie ging nach draußen, wo die Techniker der Spurensicherung soeben die letzten Beweismitteltüten beschrifteten. Es gab nicht viel zu dokumentieren; das Feuer hatte ganze Arbeit geleistet.

»Haben Sie schon mit Sabrina gesprochen?«, fragte sie Robert Ellis.

»Nein. Sie hat sich noch nicht gemeldet. Der Zeitunterschied. Ich weiß nicht, wie spät es in Japan gerade ist.« Er war immer noch benommen. Die Sanitäter hatten an ihm keine gravierenden Verletzungen festgestellt, wie er selbst ja bereits versichert hatte, doch die Betäubungsmittel und wahrscheinlich auch die enge Schlinge um seinen Hals – um das Keuchen für die Aufnahme zu bewirken – hatten ihm zugesetzt.

»Er hat es immer wieder gemacht«, sagte Ellis ungläubig. »Drei- oder viermal.«

»Was hat er gemacht?«

»Die Schlinge zugezogen, damit er mein Röcheln aufnehmen konnte. Ich habe gehört, wie er es abgespielt hat, wieder und wieder. Als wären die Geräusche, die ich von mir gebe, nicht das, was er wollte. Er war wie ein Dirigent, Sie wissen schon. Als könnte er in seinem Kopf das gewünschte Ergebnis hören, bekäme es aber nicht geliefert. Er war dabei so berechnend, so kalt.«

»Hat er etwas gesagt?«

»Nicht zu mir. Er hat Selbstgespräche geführt. Einfach nur Geplapper. Das meiste konnte ich ohnehin nicht hören. Ich habe ›Musik‹ verstanden und ›Harmonie‹ und irgendein wirres Zeug. So genau kann ich mich gar nicht daran erinnern. Ich bin ziemlich benebelt. Nichts hat einen Sinn ergeben. ›Hör mal, hör mal, hör mal. Ah, da ist es. Herrlich.‹ Er schien mit einer, ich weiß auch nicht, imaginären Person zu reden.«

»Aber es war sonst niemand da?«

»Ich konnte nichts sehen – wegen der Augenbinde, Sie wissen schon. Doch außer uns beiden war niemand hier, da bin ich mir sicher. Ich hätte den anderen gehört.«

Was hast du vor?, fragte Sachs sich im Hinblick auf den Komponisten – denn so würden sie ihren Verdächtigen nennen, hatte Rhyme ihr mitgeteilt. Es schien besser zu einem komplizierten, bedrohlichen Täter zu passen als das aktuelle Datum.

»Ist Ihnen inzwischen eingefallen, warum er sich ausgerechnet Sie ausgesucht haben könnte?«

»Ich habe weder Feinde noch Exfrauen. Meine Freundin und ich sind seit Jahren zusammen. Und keiner von uns beiden ist reich.«

Ihr Telefon summte. Es war die Beamtin, die das Fabrikgelände mit dem Streifenwagen umrundet und den Zeugen – einen Jungen – gefunden hatte, dem die Flucht des Komponisten aufgefallen war. Sachs führte nun ein kurzes Gespräch mit ihr.

Danach schloss sie die Augen und seufzte.

Sie rief Rhyme an.

»Sachs, wo bist du?«

»Ich bin fast auf dem Rückweg.«

»*Fast*. Wieso *fast*?«

»Die Untersuchung hier ist abgeschlossen. Ich will nur noch die Zeugenaussage aufnehmen.«

»Das kann jemand anders erledigen. Ich brauche die Beweismittel.«

»Da gibt es etwas, das du wissen solltest.«

Er musste ihr die Besorgnis angehört haben. »Red weiter«, sagte er ruhig.

»Eine Kollegin hat nach weiteren Augenzeugen für die Flucht des Verdächtigen gesucht, konnte aber niemanden finden. Doch sie hat eine Plastiktüte entdeckt, die ihm aus der Tasche gefallen sein muss, als er weggelaufen ist. Darin waren zwei weitere Miniaturschlingen. Wie es aussieht, hat er gerade erst angefangen.«

* * *

Rhymes Blick schweifte über die Schätze, die Sachs und die Kollegen von der Spurensicherung mitgebracht hatten.

Als die Techniker gingen, sagte einer von ihnen etwas zu Rhyme. Einen Scherz. Eine Verabschiedung. Irgendwas über das Wetter oder die Sauberkeit des Hewlett-Packard-Gaschromatographen. Wer wusste das schon, wen kümmerte es? Rhyme achtete nicht darauf. Ihm stieg von den zerstörten Beweisen ein Geruch nach verbranntem Plastik und heißem Metall in die Nase.

Genau genommen von den Beweisen, die der Täter zu zerstören *versucht* hatte. Wasser hätte die Spuren sogar noch gründlicher verwischt als Feuer, wenngleich Flammen verheerend auf DNS und Fingerabdrücke wirkten.

Oh, Herr Komponist, netter Versuch. Mal sehen, wie erfolgreich du warst.

Fred Dellray hatte sich verabschiedet. Er war unerwartet zur Federal Plaza beordert worden – ein vertraulicher Informant hatte vor dem drohenden Mordanschlag auf einen Bundesstaatsanwalt gewarnt, der die Anklage in einem großen Drogenfall vertrat.

»*Drohend* im Gegensatz zu *tatsächlich*, Fred?«, hatte Rhyme sich beklagt. »Kommen Sie schon. *Unser* Opfer wurde mit hundertprozentiger Sicherheit entführt.«

»Befehl ist Befehl«, hatte der Agent erwidert und war aufgebrochen.

Doch wie zum Hohn hatte Dellray sich nun wiederum telefonisch gemeldet und mitgeteilt, es sei nur blinder Alarm gewesen. Er könne in einer Stunde wieder bei ihnen sein.

»Gut, gut, gut.«

Lon Sellitto war weiterhin hier und graste derzeit Strafverfolgungsbehörden im ganzen Land nach ähnlichen Vorgehensweisen wie der des Komponisten ab.

Bislang ohne Erfolg.

Rhyme interessierte das nicht.

Beweise. Das war alles, was für ihn zählte.

Also fingen sie an, sich die Spuren aus der Fabrik anzusehen.

Hier, ein einzelner Converse-Con-Schuhabdruck, Größe zehneinhalb.

Hier, zwei kurze helle Haare, die zu dem Exemplar zu passen schienen, das an Ellis' Mobiltelefon gefunden worden war.

Hier, vier glänzende Streifen – offenbar Fotopapier.

Hier, ein verbranntes T-Shirt, wahrscheinlich der »Lappen«, mit dem die Spuren am Boden sowie die Fingerabdrücke weggewischt worden waren.

Hier, die fast vollständig verbrannte Baseballkappe, die er getragen hatte. Keine Haare, kein Schweiß.

Hier, geschmolzenes Plastik und Metallteile – von einem Keyboard und einer LED-Lampe.

Hier, ein Frischhaltebeutel, dreieinhalb Liter, mit zwei weiteren kleinen Henkersschlingen, vermutlich aus Cellosaiten gefertigt. Keine Fingerabdrücke. Das half ihnen zwar nicht weiter, verriet aber immerhin, dass der Täter es noch auf andere Opfer abgesehen hatte.

Kein Telefon, kein Computer – jene Geräte, die wir so sehr lieben... und die so nonchalant Auskunft über uns und unsere Geheimnisse erteilen.

Trotz der Versuche des Täters, den Schauplatz zu reinigen, hatte Sachs im und um den Galgenraum zahlreiche Staubpartikel, Holzsplitter und Betonkrümel vom Boden sichern können. Das GC/MS hatte eine Weile zu tun und verbrannte eine Probe nach der anderen. Es ergaben sich Spuren von Tabak, Kokain, Heroin und Pseudoephedrin – einem Bestandteil von Erkältungsmedizin, der sich auch zur Herstellung von Methamphetamin eignete.

»Die Fabrik liegt ein bisschen ungünstig, scheint aber ein beliebtes Crackhaus gewesen zu sein«, stellte Sachs fest.

Einer der Funde war ein weitgehend intakter Fetzen Papier.

ÜBERN
WÄHRU
UMGER
TRANS

»Fast wie beim *Glücksrad*«, sagte Mel Cooper.

»Was ist das?«

Niemand antwortete auf Rhymes Frage, denn alle bemühten sich, die Worte zu vervollständigen, auch Thom. Keiner hatte eine zündende Idee, also gingen sie vorläufig zum nächsten Beweisstück über.

Die Überreste des Keyboards, mutmaßlich des Exemplars, mit dem der Komponist sein schauriges Werk aufgenommen hatte, besaßen eine Seriennummer. Sellitto rief bei der Herstellerfirma an, doch die Niederlassung in Massachusetts hatte schon geschlossen. Er würde es am nächsten Morgen erneut versuchen. Allerdings war der Komponist bei so vielen Aspekten der Entführung dermaßen vorsichtig vorgegangen, dass er das Keyboard bestimmt bar bezahlt hatte.

Fingerabdrücke waren jedenfalls nicht daran festzustellen. Und auch sonst nirgendwo.

Die Schlinge, die für den Mordversuch an Robert Ellis benutzt worden war, bestand aus zwei Darmsaiten, verbunden durch einen Kreuzknoten. Doch wie Rhyme wusste, war dieser Knoten sehr verbreitet und ließ keine Rückschlüsse auf seemännische oder sonstige Fachkenntnisse zu.

Die Saiten, größere Versionen des Materials der kleinen Schlinge, die das Mädchen gefunden hatte, waren für einen Kontrabass gedacht. Angesichts der dürftigen Täterbeschreibung hatte Rhyme wenig Hoffnung, dass sie einen Verkäufer finden würden, der sich an einen Kunden wie den Komponisten erinnern könnte, denn es musste im Großraum New York Tausende von Musikern geben, die derartige Saiten benutzten.

Um auf das Fabrikgelände vorzudringen, hatte der Komponist die Kette am Tor mit einem Bolzenschneider durchtrennt und durch ein eigenes Exemplar ersetzt. Sowohl das Schloss als auch die Kette waren handelsübliche Massenware.

Der batteriebetriebene Router und die WLAN-fähige Webcam – die den Täter anscheinend vor der Ankunft der Polizei gewarnt hatten – ließen sich ebenfalls nicht zurückverfolgen.

Trotz der Bemühungen von mehreren Dutzend Streifenbeamten fanden sich keine weiteren Augenzeugen außer dem Jungen, der angegeben hatte, ein Mann, auf den die Beschreibung des Komponisten zutraf, habe zum ungefähren Zeitpunkt des Feuers fluchtartig das Fabrikgelände verlassen.

Nachdem die Tabelle entsprechend erweitert worden war, fuhr Rhyme zu der Tafel.

Auch Sachs musterte die Einträge. Sie rief auf einem der großen Bildschirme eine Karte der Gegend auf, zeigte auf den Bereich nördlich der Fabrik, in dessen Richtung er geflohen war, und murmelte: »Wo, zum Teufel, willst du hin?«

»Er hat ein Auto«, sagte Sellitto. »Er könnte nach Hause fahren. Oder er fährt zu einer U-Bahn-Station und lässt den Wagen am Straßenrand stehen. Er könnte auch...«

Rhyme kam jäh ein Gedanke. »Sachs!«

Sie, Sellitto und Cooper sahen ihn an. Alle drei wirkten erschrocken. Vielleicht wegen seiner verärgerten Miene.

»Was ist denn, Rhyme?«

»Du hast gerade eine Frage gestellt.«

»Wo er wohnt.«

»Nein, das war es nicht. Du hast gefragt, wohin er will.«

»Na ja, gemeint habe ich, wo seine Wohnung liegt.«

»Vergiss das.« Er überflog die Tabelle. »Diese Streifen, die du gefunden hast. Aus Fotopapier.«

»Ja?«

»Leg die aneinander. Mal sehen, wie die zusammenpassen.«

Nachdem Sachs sich Handschuhe angezogen hatte, öffnete sie die Beweismitteltüte und fand schnell die korrekte Anordnung der Streifen. »Sie ergeben einen Rahmen, siehst du? Aus der Mitte wurde etwas ausgeschnitten. Ein perfektes Quadrat.«

Rhyme schlug etwas auf seinem Computer nach. »Ein Quadrat, dessen Seitenlänge zufällig einundfünfzig Millimeter beträgt?«

Sachs legte ein Lineal an. Sie lachte. »Genau.«

»Wie zum Teufel konntest du das wissen, Linc?«, grunzte Sellitto.

»Gottverdammt.« Rhyme wies auf den halb verbrannten Papierfetzen mit dem rätselhaften Code.

ÜBERN

WÄHRU

UMGER

TRANS

Er zog erneut den Computer zurate und nickte schließlich. »Wie wäre es hiermit? ›Übernommener Betrag. Währungskurs. Umgerechneter Betrag. Transaktionsgebühr.‹« Er zeigte auf den Monitor. »Das ist der Beleg für einen Devisenumtausch. Und das Quadrat, das aus dem Fotopapier ausgeschnitten wurde, hat die Größe ...«

»... eines Passbilds«, erkannte Sellitto. »Oh, verflucht.«

»Genau«, sagte Rhyme und atmete langsam aus. »Ruft in Washington an.«

»DC?«, fragte Cooper.

»*Selbstverständlich* DC. Ich möchte wohl kaum einen Kaffee bei Starbucks bestellen oder ein Upgrade für Microsoft Windows erwerben, oder was glaubst du? Das Außenministerium soll unsere Botschaften verständigen, dass der Komponist das Land verlässt. Und sagt Dellray Bescheid. Er soll die FBI-Dienststellen im Ausland benachrichtigen.« Er runzelte die Stirn. »Hoffentlich nützt es was. Wir können der Passkontrolle weder eine präzise Beschreibung noch sonstige Informationen liefern.« Er schüttelte bestürzt den Kopf. »Und falls er so gerissen ist, wie es den Anschein hat, verschwendet er keine Zeit. Vermutlich befindet er sich in diesem Moment bereits auf halbem Weg nach London oder Rio.«

II

TRÜFFELN UND ANDERE VERBRECHEN

Mittwoch, 22. September

9

Konnte dies der Ort und Zeitpunkt sein, auf den er gewartet hatte?

Gehofft hatte?

Würde er endlich diesen Teufel erwischen, hinter dem er seit Monaten her war?

Ercole Benelli ließ das Fenster seines Polizeifahrzeugs herunter, eines verstaubten Ford SUV. Es gab in Italien viele amerikanische Autos, wenngleich nur selten so große Geländewagen. Doch die Natur seiner Arbeit erforderte einen Allradantrieb und gute Federung. Ein stärkerer Motor wäre nett gewesen, aber Ercole hatte gelernt, was Budgetdisziplin hieß, und war dankbar für alles, was er kriegen konnte. Er spähte nun durch das dichte Laub eines der Magnoliensträucher, die diese wenig befahrene Landstraße säumten, zwanzig Kilometer nordwestlich von Neapel.

Ercole war jugendlich und durchtrainiert, groß, mit schmalem Gesicht und dünner, als seine Mutter es sich gewünscht hätte. Er richtete sein Fernglas auf das hundert Meter entfernte verlassene Gebäude auf der anderen Seite des Feldes. Es war schon Abend, und das Licht reichte gerade noch aus, um ohne Nachtsichtgerät zurechtzukommen. Das Stück Land hier war ungepflegt und von Unkraut überwuchert. Vereinzelte wilde Gemüsepflanzen schossen ins Kraut. Ungefähr alle zehn Meter lagen – wie riesige, weggeworfene Spielzeuge – Teile von alten Maschinen herum, metallene Röhren und Fahrzeugkarosserien, die den dreißigjährigen Ercole an Skulpturen einer Ausstellung im Pariser Centre Georges Pompidou erinnerten, Ziel eines langen Wochenendes mit seiner damaligen Freundin. Die Kunstwerke hatten Ercole nicht gefallen. Seiner Freundin hingegen schon – leidenschaftlich und tränenreich –, was vielleicht auch erklärte, warum die Beziehung nur von kurzer Dauer gewesen war.

Er stieg aus dem Wagen und nahm das Gebäude jenseits des Feldes noch einmal sorgfältig unter Beobachtung. Er kniff die Augen zusammen, konnte aber zusehends weniger erkennen. Allmählich wurde es zu dunkel. Er duckte sich. Seine Uniform und die Schirmmütze, deren Abzeichen einen grimmigen Adler zeigte, waren grau und hoben sich von der blassbraunen Umgebung ab. Er musste aufpassen, um nicht gesehen zu werden.

Würde dies die Gelegenheit sein, sich den Kerl zu schnappen?, dachte er erneut.

War der Mann da drinnen?

Nun, irgendjemand hielt sich eindeutig dort auf. In dem Bauernhaus brannte eine Lampe, und ein Schatten bewegte sich. Der stammte nicht von einem Tier. Jede Spezies hatte so ihre Eigenarten, und Ercole kannte sich gut mit Bewegungsmustern aus; der Schatten dort gehörte zu einem Menschen, der nichts ahnend und sorglos im Haus umherging. Und trotz der heraufziehenden Dunkelheit konnte man im Gras und an einigen Weizenhalmen Reifenspuren erkennen. Manche der Halme hatten sich fast wieder aufgerichtet, was darauf hindeutete, dass Antonio Albini – sofern das dort tatsächlich der Verdächtige, der *Teufel* war – sich schon seit einiger Zeit in dem Haus befand. Ercole nahm an, dass er vor Tagesanbruch hier eingetroffen war und nach vielen Stunden gewissenlosen Tuns vorhatte, sich wieder wegzuschleichen, sobald die Dämmerung die sanfte Hügellandschaft in tiefes Blau tauchte.

Also bald.

Albini suchte sich für seine Verbrechen stets derartige verlassene Gebäude, trat den Hin- und Rückweg aber nur im Dunkeln an, um nicht gesehen zu werden. Der erfahrene Stratege kundschaftete die Örtlichkeiten zumeist im Voraus aus, und Ercole hatte dank gründlicher Ermittlungen einen Zeugen auftreiben können, einen Landarbeiter ein Stück die Straße hinauf, der angab, ein Mann, auf den Albinis Beschreibung passte, hätte vor zwei Wochen dieses Gebäude inspiziert.

»Der hat sich echt verdächtig benommen«, hatte der Grauhaarige gesagt. »Ganz bestimmt.« Allerdings ging Ercole davon aus, dass der Mann sich der Polizei gegenüber auch etwas wichtigmachen wollte. Er selbst hätte als Jugendlicher vielleicht ganz ähnlich reagiert, wenn ihn auf der Spaccanapoli oder einem der umliegenden Plätze Neapels ein Carabiniere oder Staatspolizist mit gelangweilter Stimme gefragt hätte, ob er gesehen habe, wohin ein Handtaschendieb gelaufen sei oder wer einem unaufmerksamen Touristen die Omega vom Handgelenk gestohlen habe.

Ob der Eindringling sich nun verdächtig benommen hatte oder nicht, der Aussage des Landarbeiters musste nachgegangen werden, und Ercole hatte viel Zeit mit der Überwachung des Bauernhauses verbracht. Sein Vorgesetzter war der Ansicht, wilde Vermutungen würden einen solchen Aufwand nicht rechtfertigen, aber Ercole konnte nicht anders. Er jagte Albini mit der gleichen Verbissenheit, wie er den oder die berüchtigten Serienmörder verfolgt hätte, die als das Monster von Florenz bekannt wurden, wäre er vor vielen Jahren Polizist in der Toskana gewesen.

Albinis Verbrechen würden nicht ungesühnt bleiben.

Wieder ein Schatten.

Dann fing ein Frosch an zu quaken, um bei seinesgleichen Eindruck zu schinden.

Die hohen Weizenhalme neigten sich in einer Brise wie Kirchgänger vor einem Priester.

Ein Kopf erschien im Fenster. Und ja! Es war der Schurke, an dessen Ergreifung er so hart gearbeitet hatte. Der dicke, rosige Antonio Albini. Ercole konnte den Kahlkopf mit dem buschigen Haarkranz erkennen. Im ersten Moment wollte er sich ducken, um dem dämonischen Blick des Finsterlings zu entgehen. Doch der Verdächtige schaute nicht nach draußen, sondern nach unten.

Die Lampe ging aus.

Und Ercoles Herz blieb vor Entsetzen fast stehen.

Nein, nein! Er wollte *jetzt* weg? Obwohl es noch nicht richtig dunkel war? Vielleicht glaubte er, in dieser abgelegenen Ecke würde ihn sowieso niemand bemerken. Ercole hatte gedacht, ihm bliebe ausreichend Zeit, um nach der Identifizierung des Täters auch noch Verstärkung anzufordern.

Demnach stellte sich nun die Frage: Sollte er den Mann auf eigene Faust festnehmen?

Doch eigentlich war das keine Frage, erkannte er.

Ihm blieb gar keine andere Wahl. Albinis Verhaftung war seine Mission, und er würde alles Nötige tun, ungeachtet des Risikos, um diese Aufgabe zu erfüllen.

Seine Hand legte sich auf die Beretta an seiner Hüfte. Er atmete tief durch, drang weiter über das Feld vor und achtete auf seine Schritte. Ercole Benelli las regelmäßig in den Diensthandbüchern der Carabinieri, der Staatspolizei und der Finanzpolizei – ganz zu schweigen von den Strafverfolgungsbehörden anderer Länder sowie Europol und Interpol. Obwohl sich für ihn nicht oft die Gelegenheit ergab, eine Verhaftung vorzunehmen, kannte er die bewährten Vorgehensweisen zur Überwältigung und Kontrolle eines Verdächtigen.

Er blieb beim Wrack eines Mähdreschers stehen, lief dann zu einem Stonehenge aus Ölfässern und ging dahinter in Deckung. Aus der an das Bauernhaus angrenzenden Garage ertönten dumpfe Geräusche. Benelli wusste, wodurch sie verursacht wurden, und wurde nur noch wütender auf Albinis Verbrechen.

Los jetzt!

Und ohne jede Deckung bezog er mitten auf der Zufahrt Position.

In diesem Moment schoss ein Kleinlaster, Modell Piaggio Poker, aus der Garage und raste genau auf ihn zu.

Der junge Beamte rührte sich nicht vom Fleck.

Viele erfahrene Kriminelle hätten davor zurückgescheut, einen Polizisten zu töten. In Italien gab es immer noch so etwas wie Ganovenehre. Aber Albini?

Der Transporter hielt nicht an. Würde der Mann sich von Ercoles Waffe überzeugen lassen? Er hob die große schwarze Pistole. Mit klopfendem Herzen und schnellem Atem zielt er sorgfältig wie auf dem Schießstand und legte den Zeigefinger um den Abzug. Die Beretta hatte einen sehr geringen Abzugswiderstand, und Ercole achtete darauf, noch keinen Druck auszuüben, sondern nur sanft über das Metall zu streichen.

Es schien den gewünschten Effekt zu haben. Von Ehre keine Spur.

Der hässliche kleine Laster hielt mit quietschenden Bremsen an. Albini musterte Ercole argwöhnisch und stieg dann aus. Der dicke Mann stampfte ein paar Schritte vor, blieb stehen und stemmte die Hände in die Seiten. »Äh, äh, was soll *das* denn?«, fragte er, als wäre er aufrichtig verwirrt.

»Ich will Ihre Hände sehen.«

»Wer sind Sie?«

»Ich nehme Sie fest, Signor Albini.«

»Weswegen?«

»Das wissen Sie nur zu gut. Sie handeln mit gefälschten Trüffeln.«

Italien war berühmt für seine Trüffeln: die schmackhaftesten und gesuchtesten weißen aus dem Piemont und die erdigeren schwarzen aus der Toskana. Doch auch in Kampanien wurde rege mit Trüffeln gehandelt – schwarzen aus dem Umland der Stadt Bagnoli Irpino, in der Nähe des Naturschutzgebiets der Monti Picentini. Diese Trüffeln wurden für ihren kräftigen Geschmack geschätzt. Im Gegensatz zu ihren helleren Vettern aus Mittel- und Norditalien, die nur zu einfachen Eierspeisen oder Pasta gereicht wurden, konnten die kampanischen Pilze auch in gehaltvolleren Gerichten und Soßen bestehen.

Albini wurde verdächtigt, chinesische Trüffeln zu importieren – die viel billiger und qualitativ minderwertiger als die italienischen Produkte waren – und sie dann als vermeintlich einheimische Ware an Großhändler und Restaurants in ganz Kampanien und dem südlich gelegenen Kalabrien zu verkaufen. Er war sogar so weit gegangen, zwei teure Lagotti Romagnolo zu kaufen – oder auch zu stehlen –, die traditionellen Trüffelspürhunde. Die beiden Tiere standen nun auf der kleinen Ladefläche des alten Transporters und blickten Ercole schwanzwedelnd entgegen. Albini dienten sie jedoch nur dazu, bei seinen Kunden Eindruck zu schinden. Die einzige Trüffeljagd, die er betrieb, fand auf den Docks statt, wenn er nach dem Lagerhaus suchte, das die Lieferungen aus Guangdong enthielt.

Ercole hielt die Waffe weiterhin auf Albini gerichtet, ging zum hinteren Ende des Piaggio Poker und spähte unter die Plane, die einen Teil der Ladefläche bedeckte. Er konnte deutlich ein Dutzend chinesisch bedruckter Versandkartons mit ebenfalls chinesischen Seefrachtbriefen erkennen. Daneben standen Eimer mit Erde und Dutzenden grauschwarzer Trüffeln. Von ihrer Verladung stammten die dumpfen Geräusche, die Ercole kurz zuvor gehört hatte.

»Sie irren sich! Ich habe nichts Unrechtes getan, Signor...« Er neigte den Kopf.

»Benelli.«

»Ah, Benelli! Stellt Ihre Familie die Motorräder her?« Albini strahlte. »Oder die Gewehre?«

Der Beamte erwiderte nichts darauf, obwohl es ihm ein Rätsel war, wie der Kriminelle die – tatsächlich nicht existente – Verwandtschaft mit einer berühmten Familie zu seinem Vorteil nutzen wollte.

Dann wurde Albini ernst. »Doch Scherz beiseite. Ich verkaufe lediglich ein Produkt, für das Bedarf und große Nachfrage besteht, und ich verlange einen fairen Preis. Ich habe nie behauptet, die Trüffeln würden aus Kampanien stammen. Oder wirft mir etwa jemand das Gegenteil vor?«

»Ja.«

»Er lügt.«

»Es sind Dutzende von Leuten.«

»Dann sind sie alle Lügner. Jeder Einzelne von ihnen.«

»Davon abgesehen besitzen Sie keine Importgenehmigung.«

»Was für ein Schaden entsteht denn? Ist jemand krank geworden? Nein. Und selbst wenn die Trüffeln aus China kommen, sind sie von gleicher Qualität wie die Exemplare aus unserer Gegend. Riechen Sie mal daran!«

»Signor Albini, schon die Tatsache, dass ich die Trüffeln von hier aus *nicht* riechen kann, verrät ihre deutlich mindere Qualität.«

Das war mit Sicherheit der Fall. Hochwertige Trüffeln verströmen einen intensiven, einzigartigen und verführerischen Duft.

Der Betrüger setzte ein Lächeln auf, das wohl ein Eingeständnis bedeuten sollte. »Aber, aber, Signor Benelli, glauben Sie nicht, dass die meisten Gäste eines Restaurants keine Ahnung haben, ob sie gerade Trüffeln aus Kampanien, der Toskana, aus Peking oder aus New Jersey in Amerika essen?«

Ercole bezweifelte nicht, dass das stimmte.

Doch Gesetz war immer noch Gesetz.

Er nahm die Handschellen vom Gürtel.

»Ich habe etwas Bargeld dabei«, sagte Albini. »Genau genommen sogar eine ganze Menge.« Er lächelte.

»Und es wird ordnungsgemäß als Beweis registriert werden, jeder einzelne Euro.«

»Sie Mistkerl!«, regte Albini sich auf. »Das können Sie nicht tun.«

»Strecken Sie die Hände aus.«

Die kalten Augen des Mannes richteten sich auf Ercoles Uniform, zunächst verächtlich auf das Abzeichen der Mütze, dann auf das Jackett. »Sie? Sie wollen *mich* verhaften? Sie sind ein Kuhbulle. Ein Beamter für seltene Arten. Ein Brandschutzwart. Alles andere als ein echter Polizist.«

Die ersten drei Behauptungen trafen zu, trotz des unverschämten Tonfalls. Die vierte Feststellung war jedoch falsch. Ercole war ein ordentlicher Polizeibeamter im Dienst der italienischen Regierung. Er arbeitete für das CFS, die staatliche Forstwache, zu deren Aufgaben es in der Tat gehörte, Agrarbestimmungen durchzusetzen, gefährdete Tierarten zu schützen und Waldbrände zu verhindern und zu bekämpfen. Es war eine stolze und viel beschäftigte Polizeibehörde, deren Geschichte bis ins frühe neunzehnte Jahrhundert zurückreichte und die mehr als achttausend Angehörige zählte.

»Kommen Sie, Signor Albini. Ich nehme Sie in Gewahrsam.«

»Ich habe Freunde«, knurrte der Betrüger. »Freunde in der Camorra!«

Das war eindeutig *nicht* wahr; ja, die kriminelle Organisation hatte ihren Sitz in Kampanien und war auch in krumme Geschäfte mit Lebensmitteln und Wein verwickelt (sowie ironischerweise mit deren Endergebnis: Abfall), doch kein Bandenanführer, der etwas auf sich hielt, würde jemals einen kleinen, schmierigen Schieber wie Albini in seine Reihen aufnehmen. Sogar die Camorra hatte einen gewissen Standard.

»Bitte machen Sie es sich nicht unnötig schwer, Signore.« Ercole trat näher. Doch noch bevor er dem Verbrecher Fesseln anlegen konnte, rief jemand etwas aus Richtung der Straße. Die Worte waren nicht zu verstehen, klangen aber dringlich.

Albini wich zurück und brachte sich damit außer Reichweite. Auch Ercole trat beiseite, drehte sich um und hob die Waffe. Vielleicht hatte er sich geirrt, und Albini stand tatsächlich mit der Camorra in Verbindung. Und nun kamen seine Komplizen.

Doch dann sah er, dass ein junger Mann auf einem Rennrad schnell in ihre Richtung kam und dabei auf der ungepflasterten Zufahrt ordentlich durchgeschüttelt wurde. Schließlich gab der Radfahrer es auf, stieg ab, legte das Fahrrad hin und lief zu Fuß weiter. Er trug einen mandelförmigen Helm, enge blaue Shorts und ein schwarz-weißes Juventus-Trikot mit dem serifenlosen Schriftzug des Werbepartners Jeep.

»Signore! Signore!«

Albini wollte sich umdrehen. »Nein«, befahl Ercole und hob einen Finger. Der dicke Mann erstarrte.

Der atemlose Radfahrer erreichte sie, warf einen Blick auf die Pistole und den Verdächtigen, ließ sich davon aber nicht beirren. Sein Gesicht war rot, und auf seiner Stirn trat deutlich eine Vene hervor. »Ein Stück die Straße hinauf! Ich hab's gesehen! Es ist direkt vor mir passiert. Sie müssen mitkommen.«

»Was denn? Immer langsam. Beruhigen Sie sich.«

»Ein Überfall! Ein Mann hat an der Bushaltestelle gewartet. Er hat einfach dort gesessen. Und ein anderer Mann ist aus einem in der Nähe geparkten Auto gestiegen und hat den Wartenden einfach gepackt. Die beiden haben miteinander gerungen!« Er zückte sein Telefon. »Ich habe die Polizei angerufen, aber die hat gesagt, sie kann erst in einer halben Stunde hier sein. Dann ist mir eingefallen, dass ich an Ihrem Wagen von der Forstwache vorbeigefahren bin. Also habe ich kehrtgemacht, um zu sehen, ob Sie noch hier sind.«

»War der Mann bewaffnet?«

»Mir ist zumindest nichts aufgefallen.«

Ercole schüttelte den Kopf und schloss kurz die Augen. Herrje. Warum ausgerechnet jetzt? Ein Blick zu Albini, der eine Unschuldsmiene zur Schau stellte.

Nun, er konnte einen solchen Angriff nicht einfach ignorieren. War das ein Raubüberfall?, fragte er sich. Ein Ehemann, der auf den Liebhaber seiner Frau losging?

Ein Irrer, der zum Vergnügen mordete?

Der Cousin des Monsters von Florenz?

Er kratzte sich am Kinn und überlegte, was zu tun war. Also gut. Er würde Albini Handschellen anlegen, ihn auf der Ladefläche des Transporters zurücklassen und später abholen.

Doch der Betrüger hatte eine gute Gelegenheit gewittert. Er lief zu seinem Wagen und sprang auf den Fahrersitz. »Leben Sie wohl, Signor Benelli!«, rief er.

»Nein!«

Der Motor wurde angelassen, und dann tuckerte der winzige Laster an Ercole und dem Radfahrer vorbei.

Der Beamte hob die Pistole.

»Oh, würden Sie wegen ein paar Trüffeln auf mich schießen?«, rief Albini durch das offene Fenster. »Das wage ich doch sehr zu bezweifeln. Auf Nimmerwiedersehen, Signor Schweinebulle, Signor Kuhbulle, Hüter der gefährdeten Bisamratte! Auf Nimmerwiedersehen!«

Ercole wurde rot vor lauter Wut und Scham. Er steckte die

Pistole zurück ins Holster und lief zu seinem Ford. »Kommen Sie«, rief er über seine Schulter dem Radfahrer zu. »Sie fahren bei mir mit. Zeigen Sie mir genau, wo das war. Schnell, Mann. Schnell!«

10

Die Fahrzeuge erreichten die Bushaltestelle.

Zwei Beamte des Überfallkommandos aus Neapel – in einem blauen Alfa Romeo der Staatspolizei – ebenso wie mehrere Kollegen der Gemeindepolizei des nächstgelegenen Dorfes in einem Fiat-Streifenwagen. Die Staatspolizisten stiegen aus, und eine von ihnen, eine blonde Frau mit straffem Haarknoten, nickte Ercole zu.

Trotz seiner Verzweiflung über den entwischten Trüffelfälscher und des Schrecks, in einen Fall derartigen Ausmaßes hineingestolpert zu sein, verschlug es ihm angesichts einer solchen Schönheit fast den Atem: herzförmiges Gesicht, volle Lippen, dünne flachsblonde Strähnen an den Schläfen. Ihr Lidschatten entsprach dem Blau ihres Wagens. Für Ercole sah sie wie ein Filmstar aus, und laut ihrem Namensschild hieß sie Daniela Canton. Sie trug keinen Ehering. Es überraschte sie sichtlich, als er begeistert ihre Hand mit beiden Händen umschloss und schüttelte. Noch im selben Moment hielt er es für keine gute Idee mehr.

Er begrüßte auch ihren Partner per Handschlag, den der junge Mann anstandslos erwiderte. Giacomo Schiller, mit schmaler Statur und ernster Miene. Er hatte helles Haar, und sein Name ließ auf eine Herkunft aus Asiago oder einer anderen Stadt im Norden schließen, wo als Folge des früher häufig wechselnden Grenzverlaufs viele Italiener deutsche oder österreichische Wurzeln hatten.

Dann traf eine zivile Limousine ein, am Steuer ein uniformierter Beamter, auf dem Beifahrersitz ein Mann in Anzug und sandfarbenem Regenmantel. Ercole erkannte ihn sofort: Inspektor Massimo Rossi. Obwohl Ercole der Forstwache angehörte, hatte er in und um Neapel bisweilen mit der Staatspolizei zusammengearbeitet und schon viel von Rossi gehört. Der Mann mit dem offenbar permanenten Dreitagebart und dem dichten schwarzen Haarschopf mit Seitenscheitel war ungefähr fünfzig Jahre alt.

Rossi erinnerte an den Schauspieler Giancarlo Giannini – gut aussehend, dunkle Augen mit markanten Augenbrauen, nachdenklich – und war nicht nur hier in Kampanien, sondern in ganz Süditalien weithin bekannt. Er hatte im Laufe der Jahre zahlreiche Täter dingfest machen und ihrer Verurteilung zuführen können, darunter ranghohe Mitglieder der Camorra und albanische und nordafrikanische Drogenschmuggler ebenso wie Geldwäscher, Betrüger, Gattenmörder (und -mörderinnen) sowie psychotische Serienkiller. Ercole, der im Dienst Uniform tragen musste, war beeindruckt, dass Rossi kein Stutzer war, im Gegensatz zu vielen anderen Inspektoren, die elegante Designeranzüge (oft wohl eher Imitate) bevorzugten. Rossi hingegen wirkte wie ein Journalist oder Versicherungsangestellter. Außerdem war seine schlichte Kleidung, zumindest heute Abend, staubig und faltig. Ercole nahm an, es sollte die Verdächtigen in Sicherheit wiegen und ihn begriffsstutzig und nachlässig erscheinen lassen. Es konnte jedoch auch einfach daran liegen, dass Rossis Aufmerksamkeit vornehmlich seiner Arbeit und nicht dem eigenen Aussehen galt. Darüber hinaus hatten er und seine Frau fünf Kinder, an deren Erziehung er regen Anteil nahm und die ihm vermutlich wenig Zeit für Eitelkeit ließen.

Rossi beendete ein Telefonat und stieg aus dem Wagen. Er streckte sich und ließ den Blick in die Runde schweifen: von der staubigen Straße über das wacklige Wartehäuschen der Bushaltestelle zu den Bäumen, den Schatten des Waldes. Dann zu dem Radfahrer.

Und zu Ercole.

Er ging auf ihn zu. »Forstwachtmeister Benelli. Wie es aussieht, sind Sie hier auf etwas Größeres als einen Wilderer gestoßen. Sie haben den Tatort abgesperrt. Das war klug.« Er nahm den Bereich um die Haltestelle erneut in Augenschein. Ercole bekam es nur selten mit Tatorten zu tun und führte daher kein Absperrband mit sich. Stattdessen hatte er ein Kletterseil benutzt, das kein Privatbesitz, sondern ein offizieller Ausrüstungsgegenstand war, denn zu den Erfordernissen seiner Arbeit gehörte auch die Rettung von Wanderern und Bergsteigern.

»Jawohl, Signor Inspektor. Ja. Das hier ist Salvatore Crovi.« Ercole reichte ihm den rötlichen Personalausweis des Radfahrers.

Rossi nickte, warf einen Blick auf den Ausweis und gab ihn zurück. Crovi erzählte noch einmal, was er beobachtet hatte: einen kräftigen Mann in einer dunklen Limousine, deren Marke und Modell er ebenso wenig benennen konnte, wie er das Nummernschild erkannt hatte. Auch den Angreifer vermochte er kaum zu beschreiben, abgesehen von dessen dunkler Kleidung und einer Mütze. Der Mann habe das Opfer zu Boden geworfen, und es sei zu einem Kampf gekommen. Der Radfahrer habe umgedreht, um Ercole zu holen. Das Opfer sei ein Mann mit dunkler Haut und Bart gewesen und habe eine hellblaue Jacke getragen.

Der Inspektor zog ein Notizbuch aus der Tasche und schrieb sich etwas auf.

»Doch als wir hier eingetroffen sind, war niemand mehr da«, übernahm Ercole. »Weder das Opfer noch der Angreifer.«

»Haben Sie die nähere Umgebung abgesucht?«

»Ja.« Ercole vollführte eine weit ausholende Geste. »Das ganze Gebiet da drüben. Ja. Er hätte noch weiter weg sein können, doch auf meine Rufe hat niemand geantwortet. Signor Crovi hat mir geholfen. Er ist in die andere Richtung gegangen.«

»Auch ich habe nichts entdeckt, Inspektor«, sagte der Radfahrer.

»Könnten die Fahrgäste im Bus etwas gesehen haben?«, fragte Rossi.

»Nein, Inspektor. Da war kein Bus. Ich habe beim Verkehrsverbund angerufen. Der nächste Bus kommt erst in einer halben Stunde hier durch. Oh, und ich habe bei den umliegenden Krankenhäusern nachgefragt. Es wurde niemand eingeliefert.«

»Es könnte sich also um eine Entführung handeln«, sagte Rossi langsam. »Obwohl die Umstände schon etwas merkwürdig erscheinen.«

Eine Hupe erklang. Rossi blickte auf und sah eine kleine Wagenschlange. Im vordersten Fahrzeug, einem uralten Opel, saß ein drahtiger Mittsechziger mit schütterem Haar und gestikulierte wild. Er wollte vorbei, und Ercoles SUV verstellte ihm den Weg. Im zweiten Wagen saß eine Familie, und dieser Fahrer fing nun auch an zu hupen. Ein dritter schloss sich an.

»Ist das Ihr Ford da mitten auf der Straße?«, fragte Rossi.

Ercole wurde rot. »Ja. Verzeihen Sie, Inspektor. Ich habe es für das Beste gehalten, den Tatort zu schützen. Aber ich mache sofort den Weg frei.«

»Nein«, murmelte Rossi. Er ging zu dem Opel, beugte sich vor und flüsterte dem Fahrer ruhig etwas zu. Ercole konnte trotz der Dunkelheit erkennen, dass der Mann blass wurde. Danach sprach Rossi auf gleiche Weise mit dem nächsten Fahrer, woraufhin beide Wagen eilig wendeten und davonfuhren. Das dritte Auto schloss sich unaufgefordert an. Ercole kannte die Gegend gut; um jenseits des Tatorts wieder auf diese Straße zu gelangen, mussten die Fahrer einen Umweg von fast zwanzig Kilometern in Kauf nehmen.

Rossi kam zu ihm zurück.

»Inspektor, als ich mit dem Seil den Tatort abgesperrt habe, ist mir etwas aufgefallen«, fügte Ercole hinzu. Er ging zu einer Stelle neben dem Wartehäuschen, das aus kaum mehr als einer abgewetzten Bank und einem Blechdach auf zwei Pfosten bestand. Auf dem Boden lag etwas Geld.

»Hier hat das Handgemenge stattgefunden, richtig?«

Crovi bestätigte es.

»Das sind elf Euro in Münzen und dreißig libysche Dinar in Scheinen«, berichtete Ercole.

»Libysch? Hm. Der Mann war dunkelhäutig, nicht wahr?«

»Ja, Inspektor«, sagte Crovi. »Er hätte durchaus ein Nordafrikaner sein können. Sehr gut sogar, würde ich sagen.«

Daniela Canton kam hinzu und warf einen Blick auf das Geld. »Die Spurensicherung ist unterwegs.«

Die Techniker würden das Geld und alle weiteren Spuren des Kampfes mit Zifferntafeln versehen und fotografieren sowie alle Schuhabdrücke und Reifenspuren sichern. Dann würden sie eine gründlichere Suche durchführen, als dies Ercole möglich gewesen war.

»Das Opfer hat vielleicht gerade das Fahrgeld für den Bus heraussuchen wollen, als es überfallen wurde«, sagte Rossi langsam und schien sich derweil den Ablauf der Ereignisse zu vergegenwärtigen. »Daraufhin ist das Geld zu Boden gefallen. Welche Erklärung könnte es sonst dafür geben? Das bedeutet, der Mann hatte keine Fahrkarte. Womöglich war dies keine geplante Fahrt.«

Daniela hatte mitgehört. »Oder falls er ein Illegaler war, ein libyscher Flüchtling, wollte er eventuell keinen Fahrkartenschalter aufsuchen.«

»Stimmt.« Rossi blickte auf und sah sich um. »Hier liegen

die Münzen. Die Scheine sind ein Stück entfernt und etwas verstreut. Mal angenommen, er hatte seine Taschen geleert, um das Geld abzuzählen. Dann wird er angegriffen, die Münzen fallen direkt herunter, und die libyschen Scheine werden ein kleines Stück weggeweht. Hat er vielleicht noch etwas Leichteres in der Hand gehalten, das der Wind mit sich genommen haben könnte?« Rossi wandte sich an Daniela und Giacomo. »Suchen Sie in dieser Richtung. Wir sollten das sofort erledigen und nicht auf die Spurensicherung warten.«

Ercole sah ihnen dabei zu, wie sie Füßlinge und Latexhandschuhe hervorholten und überstreiften. Dann durchsuchten sie das Unterholz und leuchteten den Boden mit ihren Taschenlampen ab.

Ein weiteres Fahrzeug näherte sich.

Es war kein Dienstwagen, sondern ein ganz gewöhnlicher schwarzer Volvo. Der Fahrer war ein schlanker, ernst dreinblickender Mann mit kurz geschorenem grauen Haar. Sein grau gesprenkelter Kinnbart war meisterhaft gepflegt und endete in einer akkuraten Spitze.

Das Fahrzeug hielt an, und er stieg aus.

Ercole Benelli erkannte auch ihn. Er war ihm zwar noch nie persönlich begegnet, doch er besaß ein Fernsehgerät.

Dante Spiro, der Oberstaatsanwalt von Neapel, trug ein marineblaues Sportsakko und eine blaue Jeans, beide körperbetont. Aus seiner Brusttasche ragte ein gelbes Tuch.

Stutzer...

Er war kein großer Mann, und seine tiefbraunen knöchelhohen Stiefel hatten dicke Absätze, die ihm drei oder vier zusätzliche Zentimeter verliehen. Seine mürrische Miene verleitete Ercole zu der Annahme, der Mann sei womöglich beim Abendessen mit einer schönen Frau gestört worden und daher wenig begeistert. Spiro war genau wie Rossi für seine erfolgreiche Arbeit gegen hochrangige Kriminelle bekannt. Zwei

Handlanger eines Camorra-Bosses, der dank Spiro hinter Gittern saß, hatten einst versucht, ihn zu ermorden. Er hatte einen der beiden eigenhändig entwaffnet und den anderen mit der so erlangten Pistole erschossen.

Ercole konnte sich auch an die Ausführungen einer Klatschreporterin erinnern, Spiro strebe eine Karriere in der Politik an, in erster Linie in Rom, notfalls aber auch als Richter am Internationalen Gerichtshof in Den Haag. Das belgische Brüssel als Hauptstadt der EU sei ebenfalls eine Möglichkeit.

Aus der rechten Jackentasche des Staatsanwalts ragte ein kleines Buch, offenbar in Leder gebunden und mit Goldschnitt.

Ein Tagebuch?, fragte Ercole sich. Eine Bibel war es wohl kaum.

Spiro steckte sich eine Zigarre zwischen die schmalen Lippen, zündete sie aber nicht an. Er nickte Rossi zu. »Massimo.«

Der Inspektor nickte zurück.

»Signore ...«, setzte Ercole an.

Spiro ignorierte ihn und fragte Rossi, was vorgefallen sei.

Rossi nannte ihm die Einzelheiten.

»Eine Entführung, hier draußen? Seltsam.«

»Das kommt mir auch so vor.«

»Signore ...«, versuchte Ercole es erneut.

Spiro brachte ihn mit erhobener Hand zum Schweigen und wandte sich an Crovi, den Radfahrer. »Sie haben gesagt, das Opfer sei Nordafrikaner gewesen. Nicht aus Schwarzafrika?«

Noch bevor der Mann antworten konnte, musste Ercole unwillkürlich lachen. »Natürlich kommt er aus dem Norden. Er hatte Dinare dabei.«

Spiro behielt den Blick auf die Stelle gerichtet, an der der Kampf stattgefunden hatte. »Würde ein Eskimo, der Tripolis besucht, sein Abendessen denn nicht mit libyschen Dinar bezahlen, Forstwachtmeister?«, fragte er leise. »Anstatt mit Eskimogeld?«

»Ein Eskimo? Tja, vermutlich schon, Herr Staatsanwalt.«

»Und würde jemand aus Mali oder dem Kongo in Libyen nicht leichter etwas zu essen bekommen, wenn er mit Dinar zahlen kann und nicht mit Francs?«

»Es tut mir leid. Ja.«

»So«, wandte Spiro sich wieder an Crovi. »Zurück zu meiner Frage: Ließ das Aussehen des Opfers Rückschlüsse darauf zu, aus welchem Teil Afrikas es stammt?«

»Der Mann hatte nicht allzu dunkle Haut, und seine Gesichtszüge kamen mir eher arabisch vor. Vielleicht aus Libyen, Tunesien oder Marokko. Jedenfalls nordafrikanisch, da würde ich mich festlegen.«

»Vielen Dank, Signor Crovi.« Er sah Rossi an. »Was macht die Spurensicherung?«

»Ist unterwegs. Unsere Abteilung.«

»Ja, es dürfte nicht nötig sein, Rom zu behelligen.«

Ercole wusste, dass die Staatspolizei in Neapel über ein eigenes Labor im Erdgeschoss der Zentrale verfügte. Die Hauptstelle der Spurensicherung war jedoch in Rom ansässig, und alle anspruchsvolleren Analysen wurden dort durchgeführt. Ercole hatte noch nie etwas zur Untersuchung eingereicht. Gepanschtes Olivenöl und falsch deklarierte Trüffeln ließen sich auch so identifizieren.

Nun traf noch ein weiteres Fahrzeug ein, ein dunkelblauer Dienstwagen mit der Aufschrift »Carabinieri«.

»Ah, unsere Freunde«, merkte Rossi lakonisch an.

Spiro kaute lediglich mit ungerührter Miene auf seiner Zigarre herum.

Ein hochgewachsener Mann in makelloser Uniform stieg auf der Beifahrerseite aus. Er trug eine dunkelblaue Jacke und eine schwarze Hose mit roten Streifen an den Seiten. Während er nun seinen Blick in die Runde schweifen ließ, wirkte er wie ein Soldat – was natürlich angemessen war, denn obwohl die Carabinieri allgemeinen Polizeidienst verrichteten, waren sie eine eigenständige Teilstreitkraft des italienischen Militärs.

Ercole bewunderte die Uniform und die Haltung des Mannes. Die perfekte Schirmmütze, die Rangabzeichen, die Stiefel. Er hatte immer davon geträumt, einmal zu ihnen zu gehören, denn die Carabinieri galten ihm als die Elite der zahlreichen Polizeibehörden Italiens. Die Forstwache war ein Kompromiss gewesen. Da er seinem Vater bei der Pflege der kranken Mutter helfen wollte, hätte Ercole nicht an der strapaziösen Ausbildung der Carabinieri teilnehmen können – selbst wenn er als Anwärter akzeptiert worden wäre.

Der Fahrer, ebenfalls ein Offizier, aber von geringerem Rang als der andere, gesellte sich zu ihnen.

»Guten Abend, Hauptmann«, rief Rossi. »Und Leutnant.«

Die beiden nickten dem Inspektor und Spiro zu. »So, Massimo, was haben wir denn hier?«, fragte der Hauptmann. »Eher verführerisch oder eher primitiv? Wie ich sehe, waren Sie als Erster vor Ort.«

»Nein, Giuseppe«, sagte Spiro. »Die *Forstwache* war zuerst hier.« Es war vielleicht als Witz gemeint, doch er lächelte nicht. Der Hauptmann hingegen lachte.

War dies ein Wettstreit um die Zuständigkeit? Falls der Carabiniere es darauf anlegte, würde er wohl gewinnen, denn sein politischer Einfluss übertraf den der Staatspolizei.

Ob Dante Spiro persönlich lieber mit der Staatspolizei oder den Carabinieri zusammenarbeitete, spielte für seine Karriere keine Rolle; die Anklage würde bei ihm liegen, unabhängig davon, wer die Ermittlungen leitete.

»Wer war das Opfer?«, fragte Giuseppe.

»Das wissen wir noch nicht«, sagte Rossi. »Vielleicht jemand hier aus der Gegend.«

Oder ein Eskimo, dachte Ercole, hatte aber natürlich nicht vor, es laut auszusprechen.

»Ein guter Fall«, fuhr Rossi fort. »Mit viel Medieninteresse. Das sind Entführungen immer. Die Camorra? Albaner? Diese tunesische Bande aus Scampia?« Er verzog das Gesicht. »Ich hätte es gern selbst herausgefunden. Aber nun sind Sie ja hier. Also, viel Glück, Giuseppe. Wir machen uns auf den Rückweg nach Neapel. Falls Sie etwas brauchen, geben Sie uns bitte Bescheid.«

Rossi gab den Fall so einfach aus der Hand? Ercole war überrascht. Doch womöglich waren die Carabinieri einflussreicher als gedacht. Dante Spiro betrachtete sein Telefon.

Giuseppe neigte den Kopf. »Sie überlassen den Fall uns?«

»Ihre Behörde ist der unseren übergeordnet. Sie selbst stehen im Rang über mir. Und es ist eindeutig eine große Sache. Eine Entführung. Die Meldungen, die Sie unterwegs gehört haben, treffen nicht zu.«

»Welche Meldungen?«

Rossi hielt inne. »Die ursprünglichen Meldungen aus der Funkzentrale. Ich glaube ja, die wollten den Vorfall herunterspielen.«

»Massimo«, sagte Giuseppe. »Bitte werden Sie deutlich.«

»Na, diese Jugendlichen natürlich. Das war reine Spekulation. Ich glaube, hier steckt die Camorra dahinter. Oder schlimmstenfalls die Tunesier.«

»Was für Jugendliche?«, hakte Giuseppe nach.

»Da ist nichts dran, ich bin mir sicher.«

»Könnten Sie das erläutern?«

Rossi runzelte die Stirn. »Oh, haben Sie denn nichts darüber gelesen? Über die Aufnahmerituale?«

»Nein, nein, nicht, dass ich wüsste.«

»Es geschieht meistens eher im Norden. Nicht in Kampanien.« Er wies auf den Tatort. »Deshalb kann das hier auch kein solcher Fall sein.«

»Inspektor, wie läuft ein solches Ritual ab?«, fragte der zweite Carabiniere.

»Nun, soweit ich weiß, sind das Studenten. Der Anwärter muss in der Gegend herumfahren, und wenn er jemanden sieht, fragt er ihn nach dem Weg oder ob er Geld wechseln könne. Sobald das Opfer abgelenkt ist, wird es in den Wagen geworfen und erst nach vielen Kilometern wieder abgesetzt. Das alles wird fotografiert und die Bilder anonym gepostet. Ein Streich, ja, aber es kann Verletzte geben. Ein Junge in der Lombardei hat sich dabei mal den Daumen gebrochen.«

»Den Daumen.«

»Ja. Und sobald die Bilder im Netz stehen, werden die Täter in die Studentenverbindung aufgenommen.«

»Eine Studentenverbindung? Keine kriminelle Bande?«

»Nein, nein, nein. Doch lassen Sie mich wiederholen, so was passiert eher im Norden, nicht hier bei uns.«

»Vielleicht noch nicht. Aber eine Entführung an einer Bushaltestelle, hier draußen, weit außerhalb der Stadt? Das ergibt keinen Sinn.«

»Sehen Sie mal, was ich gefunden habe«, ertönte eine Stimme. Der Leutnant der Carabinieri deutete auf die Euromünzen. »Er hat wohl gerade das Geld für den Bus abgezählt.«

Giuseppe ging zu dem Seil, das Ercole als Absperrung benutzt hatte, und schaute nach unten. »Tja, vielleicht ist es also *doch* ein solcher Streich.«

Spiro sah schweigend zu.

»Hm. Das ist bloß Zufall. Ganz bestimmt.« Massimo Rossi nickte und wollte zu seinem Wagen gehen.

Der Carabiniere beriet sich leise mit seinem Kollegen. »Ach, Massimo, der Leutnant hat mich gerade daran erinnert, dass wir ja diesen Drogenfall in Positano haben. Schon davon gehört?«

»Nein, tut mir leid.«

»Nein? Der Zugriff ist schon seit Tagen geplant. Ich glaube, wir werden Ihnen diese Entführung hier überlassen müssen.«

Rossi wirkte beunruhigt. »Aber ich habe gar keine Zeit für so umfassende Ermittlungen.«

»Umfassend, wirklich? Ein paar alberne Studenten?« Giuseppe lächelte. »Der Ruhm gehört ganz Ihnen, mein Freund. Sobald wir zurück sind, bestätige ich Ihnen auch formell Ihre Zuständigkeit.«

Rossi seufzte. »Na gut. Aber dafür sind Sie mir etwas schuldig.«

Der Hauptmann zwinkerte ihm zu. Dann stiegen die beiden Carabinieri in ihr Auto und fuhren davon.

Spiro schaute ihnen hinterher. »Diese Drogengeschichte in Positano wurde vor zwei Monaten fallen gelassen«, sagte er zu Rossi.

»Ich weiß. Als er sie erwähnt hat, war mir klar, dass ich den kleinen Wettstreit hier gewinnen würde.«

Spiro zuckte die Achseln. »Giuseppe ist ein guter Mann. Ein erfahrener Offizier. Aber ... ich arbeite lieber mit Ihnen zusammen. Die Militärvorschriften machen alles nur komplizierter.«

Ercole erkannte, dass er soeben Zeuge einer raffinierten Partie Schach geworden war. Massimo Rossi hatte den Fall aus irgendeinem Grund behalten wollen. Also hatte er die psychologische Methode der paradoxen Intervention eingesetzt, indem er so tat, als wolle er die Angelegenheit, die ihm selbst am Herzen lag, auf die Carabinieri abwälzen, was sofort deren Misstrauen erregt hatte.

Und der Positano-Fall war ebenso erfunden wie das Studentenritual.

»Inspektor?«, fragte Daniela Canton.

Rossi, Spiro und Ercole gingen zu ihr.

Sie zeigte auf ein kleines Stück Pappe. »Die ist noch neu. Wahrscheinlich ist sie ihm mit dem Geld aus der Hand gefallen und wurde hergeweht. Neben ihr lag ein weiterer Dinarschein.«

»Eine Prepaidtelefonkarte. Gut.« Rossi zog eine Beweismitteltüte aus Plastik hervor und verstaute die Karte darin. »Die Postpolizei soll das analysieren.« Er sah die uniformierte Beamtin an. »Noch etwas?«

»Nein.«

»Dann ziehen Sie sich jetzt zurück. Die Spurensicherung wird noch mal gründlicher suchen, sobald sie hier ist.«

Sie gingen zur Straße. Rossi drehte sich zu Ercole um. »Vielen Dank, Signor Benelli. Bitte setzen Sie noch kurz eine schriftliche Aussage auf, und dann können Sie nach Hause fahren.«

»Jawohl, Inspektor. Es freut mich, Ihnen helfen zu können.« Er nickte dem Staatsanwalt zu.

»Wir dürfen nicht einfach davon ausgehen, dass die Dinare und die Telefonkarte dem Opfer gehört haben«, sagte Spiro zu Rossi. »Wahrscheinlich haben sie das, ja, aber es könnte auch sein, dass der Angreifer kürzlich in Libyen gewesen ist.«

»Nein, das ist unmöglich«, sagte Ercole Benelli leise, fast flüsternd. Er starrte die Bank der Bushaltestelle an, eine uralte Konstruktion, deren einstiger Anstrich nahezu vollständig abgeblättert war.

»Was?«, herrschte Spiro ihn an, als sähe er Ercole zum ersten Mal.

»Die Zeit hätte nicht dafür ausgereicht, erst nach Libyen und dann nach Italien zu reisen.«

»Wovon um alles in der Welt reden Sie da?«, fragte Rossi.

»Er ist am späten Montagabend aus den USA geflohen und gestern hier eingetroffen. Am Dienstag.«

»Genug davon!« Dante Spiros Stimme war schneidend wie eine Klinge. »Reden Sie gefälligst Klartext, Forstwachtmeister!«

»Er ist ein Entführer, allerdings hat er vor, das Opfer am Ende zu töten. Sein Spitzname lautet ›Der Komponist‹. Er fertigt von seinen sterbenden Opfern Musikvideos an.«

Der Inspektor, der Staatsanwalt und auch Daniela wussten nichts darauf zu erwidern.

»Sehen Sie.« Ercole zeigte auf die Rückseite der Bank. An einer der Latten hing eine kleine Henkersschlinge.

11

»Es stand gestern in der Europol-Alarmmeldung«, sagte Ercole Benelli zu den anderen. »Eine Mitteilung der amerikanischen Botschaft in Brüssel. Haben Sie die nicht gelesen?«

Spiro starrte den jungen Beamten nur wütend an.

»Nun, Signore«, fuhr Ercole fort, »dieser Mann – ein Weißer unbekannten Namens – hat in New York jemanden entführt und am Tatort genau so eine Schlinge hinterlassen, gewissermaßen als Visitenkarte. Er hat das Opfer gefoltert. Es wäre fast gestorben, konnte aber im letzten Moment gerettet werden. Der Täter ist entkommen. Das amerikanische Außenministerium glaubt, er hat das Land verlassen, wusste bislang aber nicht, mit welchem Ziel. Wie es scheint, ist er nun in Italien.«

»Das muss ein Nachahmungstäter sein.« Spiro wies auf die Schlinge.

»Nein, unmöglich«, entgegnete Ercole sofort.

»Inwiefern?«, knurrte Spiro.

Der junge Mann wurde rot und senkte den Blick. »Na ja, Signor Spiro, vielleicht sollte ich lieber sagen, unwahrscheinlich. Den Medien wurde nichts von der Schlinge mitgeteilt, eben weil man Nachahmungstäter verhindern wollte. Jemand könnte das Video gesehen haben, ja, aber nach Crovis Aussage war der Täter ein stämmiger Weißer in dunkler Kleidung. Das passt zu der Beschreibung der New Yorker Polizei über den dortigen Fall, ebenso wie die kleine Schlinge. Ich glaube, es ist derselbe Mann.«

Rossi lachte leise auf. »Sie arbeiten bei der Forstwache. Wieso lesen Sie die Europol-Meldungen?«

»Die von Interpol auch. Und unsere eigenen aus Rom, sowohl von der Staatspolizei als auch den Carabinieri. Schon immer. Vielleicht lerne ich dabei etwas, das ich irgendwann für meine eigene Arbeit gebrauchen kann.«

»Bei der *Forstwache*?«, murmelte Spiro. »Das dürfte so häufig vorkommen wie der Tod eines Papstes.« Er blickte hinaus in die dunkle Landschaft. »Was stand noch in diesem Bericht? Was ist das für ein Video?«

»Er hat ein Video gepostet, auf dem das Opfer wie auf einem Galgen steht, mit einer Schlinge um den Hals. Dazu spielt Musik. Die Internetseite heißt YouVid.«

»Ist der Kerl ein Terrorist?«, fragte Rossi.

»Offenbar nicht. In der Meldung stand, er nimmt Antipsychotika.«

»Die eindeutig nicht die gewünschte Wirkung zeigen«, stellte Daniela fest.

»Die Postpolizei«, sagte Rossi zu Spiro. »Ich lasse sie diese Seite überwachen, damit wir sein Video zurückverfolgen können, falls er wieder eines postet.«

»Postpolizei« war die altertümliche Bezeichnung für eine hochmoderne Abteilung der italienischen Strafverfolgungsbehörden. Sie wurde immer dann hinzugezogen, wenn bei einem Verbrechen Telekommunikationsgeräte oder Computer zum Einsatz kamen.

»Hat noch jemand eine Idee?«, fragte Spiro.

Ercole wollte etwas sagen, doch der Staatsanwalt sprach weiter. »Massimo?«

»Falls er den Tod des Opfers aufzeichnen und daraus ein Video erstellen will, sollten wir zum jetzigen Zeitpunkt weder viel Zeit noch Leute auf die Suche nach einer Leiche verwenden«, sagte der Inspektor. »Nur ein Team. Die anderen Beamten sollen sich hier in der Gegend weiträumig umhören und nach Überwachungskameras suchen.«

»Gut.«

Was Ercole freute, denn es entsprach weitgehend dem Vorschlag, den er selbst hatte machen wollen.

»Ich muss jetzt zurück nach Neapel«, fügte Spiro hinzu.

»Gute Nacht, Massimo. Halten Sie mich auf dem Laufenden. Ich will alle Berichte sehen, vor allem die Ergebnisse der Spurensicherung. Und wir sollten dem hier nachgehen, falls es tatsächlich stichhaltig ist.« Bei diesen Worten sah er die Schlinge an. Dann schüttelte er den Kopf und ging zu seinem Wagen. Bevor er einstieg, blieb er an der Fahrertür stehen, zog das in Leder gebundene Buch aus der Tasche und machte sich einige Notizen. Er steckte das Buch wieder ein, setzte sich in seinen Volvo und fuhr davon. Während er noch über den Schotter der Böschung rollte, ertönte in einiger Entfernung plötzlich ein weiteres Geräusch. Das gutturale Brummen eines nahenden Motorrads.

Fast alle Anwesenden wandten sich danach um und sahen eine herrliche Moto Guzzi Stelvio 1200 NTX über die unebene Fahrbahn brausen. Auf ihr saß ein athletisch wirkender Mann mit dichtem Haar und glatt rasiert. Er trug enge Jeans, Stiefel, ein schwarzes Hemd und eine dunkelbraune Lederjacke. Links an seinem Gürtel hing eine Dienstmarke der Staatspolizei, rechts eine große Beretta Px4, Kaliber 45. In Polizeikreisen hieß es, diese Pistole verstehe keinen Spaß, wenngleich Ercole das Wort »Spaß« im Zusammenhang mit einer Waffe generell für unangebracht hielt.

Nun kam das Motorrad schlitternd zum Stehen. Der Fahrer war Silvio De Carlo, ein junger stellvertretender Inspektor ungefähr in Ercoles Alter. Er ging zu Rossi und nickte ihm zu, was wohl seiner Art entsprach, vor einem Vorgesetzten zu salutieren. Rossi und De Carlo fingen an, den Fall zu erörtern.

Der Stellvertreter entsprach dem Klischeebild eines jungen italienischen Polizisten – gut aussehend, selbstsicher, bestimmt klug und scharfsinnig. Zudem eindeutig in guter Verfassung und vermutlich ein erstklassiger Schütze mit seiner wuchtigen Kanone. Karate oder – was wahrscheinlicher war – irgendein obskurerer Kampfsport spielte eine große Rolle in seinem Leben. Frauen fanden ihn attraktiv – und er glänzte natürlich auch auf diesem Gebiet.

De Carlo lebte in einer Welt, die Ercole völlig fremd war.

Auch so ein Stutzer...

Dann korrigierte Ercole sich. Er wurde De Carlo nicht gerecht. Der Mann hatte sich seine Stellung bei der Staatspolizei mit Sicherheit hart erarbeiten müssen. Auf der Führungsebene einer jeden Polizeiorganisation überall auf der Welt mochte es so manchen inkompetenten Bürohengst geben, der durch gute Beziehungen oder Arschkriecherei auf seinem Sessel gelandet war, doch ein junger Beamter wie De Carlo konnte nur aufgrund seiner Leistungen aufgestiegen sein.

Nun, beschloss Ercole, seine Arbeit hier war getan – er hatte die Ermittler umfassend informiert und ihnen von dem Komponisten berichtet. Der Trüffelfälscher war längst weg, und für ihn wurde es Zeit, in seine kleine Wohnung an der Via Calabritto im Stadtteil Chiaia zurückzukehren. Das Viertel war eigentlich zu wohlhabend für Ercoles Geschmack, aber er hatte die Wohnung für ein Butterbrot mieten können und viele Monate darauf verwandt, es sich dort hübsch und bequem zu machen, unter anderem mit vielen Familienerbstücken und weiteren Gegenständen aus dem Haus seiner Eltern auf dem Land. Außerdem wohnte er in der obersten Etage und konnte so schnell zu seinen Tauben emporsteigen. Er freute sich schon darauf, heute Abend mit einem Kaffee auf dem Dach zu sitzen, die Lichter der Stadt zu betrachten und den Ausblick auf jeweils einen Teil des Parks und der Bucht zu genießen.

Er konnte Isabella, Guillermo und Stanley praktisch schon gurren hören.

Ercole setzte sich in seinen Ford, nahm sein Telefon und verschickte einige E-Mails. Er wollte das Gerät gerade wieder hinlegen, als ein Signal den Eingang einer Nachricht meldete. Sie stammte von seinem Vorgesetzten, der sich nach dem Stand der Operation erkundigte.

Die Operation...

Die Ergreifung des Trüffelbetrügers.

Erschrocken antwortete Ercole, er würde sich später melden.

Er konnte den Fehlschlag einfach noch nicht eingestehen.

Ercole drehte den Zündschlüssel und legte den Sicherheitsgurt an. Hatte er überhaupt etwas zu essen in der Küche?

Nein, hatte er nicht. Jedenfalls nichts, das nur wenig Zeit erforderte.

Vielleicht würde er sich irgendwo an der Via Partenope eine Pizza bestellen. Dazu ein Mineralwasser.

Von dort aus waren es nur wenige Schritte bis nach Hause.

Ein Kaffee.

Seine Tauben.

Isabella nistete...

Ein lautes Klopfen an seinem linken Ohr ließ Ercole zusammenzucken.

Er wandte sich um und sah Rossi am Wagen stehen. Der Kopf des Inspektors wirkte übergroß, als würde er ihn durch eine dicke Glasscheibe oder eine Schicht Wasser betrachten. Ercole ließ das Fenster herunter.

»Inspektor.«

»Habe ich Sie erschreckt?«

»Nein. Na ja, doch. Ich habe es nicht vergessen. Ich schicke Ihnen meinen Bericht gleich morgen früh.«

Der Inspektor wollte etwas sagen, doch seine Worte wurden

vom Dröhnen des Motors der Moto Guzzi übertönt. De Carlo wendete die große Maschine und raste davon. Schotter spritzte auf, und er zog eine Staubfahne hinter sich her.

»Mein Assistent«, sagte Rossi, als es wieder ruhig war.

»Ja, Silvio De Carlo.«

»Ich habe ihn nach der Schlinge gefragt. Und er wusste nichts darüber. Auch nicht über den Fall in Amerika, diesen Komponisten.« Rossi kicherte. »Ich wusste ja selbst nicht Bescheid. Und Staatsanwalt Spiro auch nicht. Im Gegensatz zu *Ihnen*, Forstwachtmeister Benelli. Der ziemlich viel über den Fall wusste.«

»Ich lese nur gern die Berichte und Meldungen. Das ist alles.«

»Ich möchte eine vorübergehende Änderung in meiner Abteilung vornehmen.«

Ercole Benelli blieb stumm.

»Würden Sie mit mir zusammenarbeiten wollen? Als mein Assistent? Nur bei diesem Fall natürlich.«

»*Ich?*«

»Ja. Silvio wird einige meiner anderen Ermittlungen übernehmen. Und Sie assistieren mir bei dem Fall des Komponisten. Ich werde Ihren Chef anrufen und lasse Sie zu mir versetzen. Es sei denn, Sie haben gerade mit einem eigenen wichtigen Fall zu tun.«

Es musste reine Einbildung sein, aber Ercole hatte plötzlich den Eindruck, es würde nach Trüffeln riechen.

»Nein. Ich habe zwar Fälle, aber die sind nicht dringend und können auch von meinen Kollegen übernommen werden.«

»Gut. Wen muss ich anrufen?«

Ercole nannte ihm den Namen und die Telefonnummer seines Vorgesetzten. »Soll ich mich morgen früh bei Ihnen zum Dienst melden?«

»Ja. In der Questura. Wissen Sie, wo das ist?«

»Ich war schon mal da, ja.«

Rossi trat zurück und schaute erst auf das Feld und dann zu der Bushaltestelle. »Was verrät Ihr Instinkt Ihnen über diesen Mann? Glauben Sie, das Opfer ist noch am Leben?«

»Solange kein Video gepostet wurde, würde ich davon ausgehen. Weshalb sollte er seine Vorgehensweise ändern, nur weil er sich nun in einem anderen Land aufhält?«

»Vielleicht könnten Sie ja die Behörden in Amerika kontaktieren und darum bitten, dass man uns alle greifbaren Informationen über diesen Kerl schickt.«

»Das habe ich bereits getan, Signor Inspektor.«

Die E-Mails, die er soeben verschickt hatte, waren an die New Yorker Polizei und an Interpol gegangen.

»Im Ernst?«

»Ja. Und ich habe mir erlaubt, Sie als Ansprechpartner zu benennen.«

Rossi musterte ihn ungläubig. Dann lächelte er. »Bis morgen also.«

12

Neapel sehen und sterben.
Das war ein Zitat von irgendeinem Dichter.
Oder sonst wem.
Stefan wusste, wie es gemeint war: Sobald du die Stadt gesehen und all ihre Vorzüge genossen hattest, konnte das Leben dir keine schönere Erfahrung mehr bieten.
Nun, auf ihn traf das jedenfalls zu. Denn wenn er hier fertig war – sofern er Erfolg hatte und Sie zufriedenstellte –, würde er auf direktem Weg Harmonie erlangen. Sein Lebensweg wäre vollendet.
Er hielt sich zurzeit in seiner vorübergehenden Unterkunft in Kampanien auf, der Heimatregion von Neapel. Das Gebäude war alt – wie so viele hier. Ein muffiger Geruch nach Schimmel und Moder schien allgegenwärtig. Und es war kalt hier. Doch das störte ihn kaum. Geruch, Geschmack, Tastsinn und Sehkraft interessierten Stefan nur wenig. Wichtig war allein sein Hörvermögen.
Er befand sich in einem dunklen Raum, nicht unähnlich seiner Zuflucht in New York. Er trug Jeans und ein ärmelloses weißes T-Shirt unter einem dunkelblauen Arbeitshemd. Beide waren eng (die Medikamente hielten seine Seele in Schach und sein Körpergewicht hoch). An den Füßen trug er Sportschuhe. Er sah nun anders aus als noch in Amerika. Er hatte sich den Kopf rasiert – was in Italien üblich war – und auch den Bart vollständig abgenommen. Er musste unsichtbar bleiben. Frü-

her oder später würde man bestimmt auch hier von der Entführung und seinen »Kompositionen« erfahren.

Er stand auf und schaute zum Fenster hinaus in die Dunkelheit.

Keine Polizeiwagen.

Keine neugierigen Blicke.

Keine Artemis. Er hatte die rothaarige Polizistin in Amerika zurückgelassen, aber das hieß nicht, dass es hier nicht auch eine geben würde, die nach ihm suchte – oder einer ihrer Götterbrüder, -vettern oder sonst wer. Er musste jedenfalls davon ausgehen.

Doch im Augenblick sah er nur Finsternis und ein paar ferne Lichter in der italienischen Landschaft.

Italien …

Was für ein herrliches Land, geradezu magisch.

Von hier stammten die berühmten Stradivari-Geigen, die Millionen wert waren und gelegentlich gestohlen oder auf der Rückbank eines Taxis vergessen wurden, was in der *New York Post* zu Schlagzeilen über zerstreute Genies führte. Die Instrumente kamen ihm auch deswegen in den Sinn, weil er gerade wieder Kontrabasssaiten zu einer Schlinge für seine nächste Komposition zusammenfügte. Bald würde es so weit sein. Italien war zudem das Land mit den absolut besten Instrumentensaiten aller Zeiten. Schaf- und Ziegendärme, liebevoll gedehnt und geschabt. Stefan empfand sogar einen Anflug von Schuldgefühl, dass die Saiten, die er hier für sein Abenteuer benutzte, in den Vereinigten Staaten gefertigt worden waren.

Doch das hatte allein praktische Gründe. Er hatte dort drüben gleich einen Vorrat gekauft, um hier nicht womöglich das Aufsehen der Behörden zu erregen.

Italien …

Die Heimat von Opernkomponisten wie Verdi und Puccini. Brillant ohnegleichen.

Die Heimat der Scala, deren Akustik weltweit unübertroffen war.

Die Heimat von Niccolò Paganini, dem berühmten Violinisten, Gitarristen und Komponisten.

Stefan kehrte zu seiner Bank zurück, setzte sich Kopfhörer auf und erhöhte die Lautstärke. Während er weiter die Darmsaiten zu einer neuen Schlinge verdrehte, lauschte er den Geräuschen, die seine Trommelfelle, sein Hirn und seine Seele liebkosten. Die meisten Playlists, die Leute auf ihren Smartphones speicherten, enthielten Folk, Klassik, Pop, Jazz und alles dazwischen. Stefan hatte durchaus eine Menge Musik auf seiner Festplatte. Doch wesentlich mehr Gigabytes waren reinen Geräuschen gewidmet. Das Zirpen von Grillen, das Schlagen von Vogelschwingen, Rammhämmer, Dampfkessel, Blut, das durch Adern floss, Wind und Wasser ... Er sammelte einfach alles. Inzwischen besaß er Millionen davon – fast so viele wie das Verzeichnis der Tondokumente in der Kongressbibliothek.

Wenn seine Stimmung sank und Schwarze Schreie drohten, war er manchmal ganz deprimiert, dass seine Sammlung auf Geräusche aus jüngerer Zeit begrenzt war, nicht älter als das späte neunzehnte Jahrhundert. Oh, die Gebrüder Banū Mūsā hatten bereits im Bagdad des neunten Jahrhunderts automatisierte Musikinstrumente konstruiert, eine hydraulische Orgel und eine Flöte, und Spieldosen gaben noch heute die gleichen Melodien von sich wie vor Hunderten von Jahren, als sie gebaut wurden. Doch das war, als würde man nach einer Partitur spielen, eine vorgegebene Abfolge von Tönen.

Irgendwie geschummelt.

Nicht das Wahre.

Wir können zum Beispiel durchaus ein Porträt aus der Hand von Rembrandt bewundern. Doch es zeigt nichts Echtes, oder? Es bildet das *Konzept* ab, das der Künstler von der betreffenden Person hatte. Falls Stefan eher visuell veranlagt gewesen wäre, hätte er hundert Werke niederländischer Meister gegen eine einzige Fotografie von Mathew Brady, Frank Capra oder Diane Arbus getauscht.

Die ersten Aufzeichnungen einer menschlichen Stimme wurden in den Fünfzigerjahren des neunzehnten Jahrhunderts von Édouard-Léon Scott de Martinville angefertigt, einem französischen Erfinder, der den sogenannten Phonautographen ersann. Das Gerät hielt die Geräusche aber nicht wirklich fest, sondern bildete sie als Grafik ab, ähnlich wie die Linien eines Seismografen. (Stefan wusste von den Gerüchten, de Martinville habe Abraham Lincolns Stimme aufgezeichnet; er hatte sich verzweifelt bemüht, diese Angabe zu verifizieren, und letztlich herausgefunden, dass sie gegenstandslos war. Diese Erkenntnis hatte ihm eine depressive Phase beschert.) Fast ebenso niederschmetternd war für ihn die Geschichte des Paleophons, das von Charles Cros, einem weiteren Franzosen, zwanzig Jahre später erfunden wurde. Es war in der Lage, echte Tonaufzeichnungen vorzunehmen, blieb aber ein Konzept und wurde nie tatsächlich gebaut. Das erste greifbare Gerät dieser Art, das bis in die Gegenwart überdauert hatte, war Edisons Phonograph aus dem Jahr 1878. Stefan besaß jede Aufzeichnung, die Edison jemals angefertigt hatte.

Was hätte Stefan nicht alles dafür gegeben, dass Phonographen vor zweitausend Jahren erfunden worden wären! Oder vor dreitausend oder viertausend!

Er testete nun die Schlinge und zog fest daran – achtete jedoch darauf, seine Latexhandschuhe nicht zu beschädigen.

Die nächste Datei auf seiner Playlist war eine Abfolge metallischer Geräusche – ein Messer, das über einen Wetzstahl gezogen wurde. Es zählte zu Stefans Lieblingen, und er schloss die Augen, um es zu genießen. Wie viele, wenn nicht sogar die meisten Geräusche konnte es auf allerlei Arten gehört werden:

als Bedrohung, als handwerkliche Aufgabe, als Arbeitsschritt einer Mutter, die das Abendessen für ihre Kinder zubereitete.

Als diese Aufnahme endete, nahm er den Kopfhörer ab und schaute erneut nach draußen.

Keine Lichter.

Keine Artemis.

Er schaltete sein neues Casio-Keyboard ein und fing an zu spielen. Stefan kannte diesen Walzer recht gut und spielte ihn aus dem Gedächtnis, erst einmal, dann noch mal. Und noch mal. Während der dritten Version verlangsamte er das Stück ab der Mitte und ließ es bis zu einer einzelnen gehaltenen D-Note auslaufen.

Er nahm die Hand vom Keyboard. Dann spielte er die Aufzeichnung des Stücks ab und war zufrieden.

Nun zur Rhythmussektion.

Das würde leicht werden, dachte er und warf vom Wohnzimmer aus einen Blick in die winzige Kammer, in der Ali Maziq, früher wohnhaft in Tripolis, Libyen, schlaff wie eine Puppe lag.

III

DER AQUÄDUKT

Donnerstag, 23. September

13

Die Questura, das Präsidium der Staatspolizei in Neapel, gelegen in der Via Medina 75, ist ein beeindruckender heller Steinbau im Stil des Faschismus. Die Buchstaben des Schriftzugs »Questura« würden jedem Lateinstudenten sofort bekannt vorkommen, denn jedes der beiden »U« sieht wie ein »V« aus, und manche der architektonischen Elemente gemahnen an das antike Rom (zum Beispiel Adler).

Ercole Benelli blickte an dem einschüchternden Gebäude empor, zog seine graue Uniform glatt und wischte ein Staubkorn weg. Mit klopfendem Herzen und einer seltsamen Mischung aus Freude und Angst trat er ein.

Er ging auf eine Verwaltungsbeamtin zu. Noch bevor Ercole etwas sagen konnte, fragte die Frau: »Sie sind Benelli?«

»Ich... Äh, ja.« Er war überrascht, dass man ihn erkannt hatte. Und dass Rossi anscheinend immer noch seine Anwesenheit wünschte.

Ihr ernstes Gesicht musterte ihn und seine Papiere – den Personalausweis und den Dienstausweis der Forstwache. Dann reichte sie ihm einen Passierschein und nannte ihm eine Zimmernummer.

Fünf Minuten später betrat er einen Raum, der so etwas wie das Lagezentrum des Entführungsfalls darstellte. Es gab nur wenig Platz, und das Sonnenlicht wurde von verstaubten Jalousien in Streifen geschnitten. Der Boden war verschrammt, die Wände ebenfalls, und an einem schwarzen Brett hingen Zettel, deren Ränder sich einrollten. Sie verkündeten neue Polizeivorschriften, die an die Stelle von alten Polizeivorschriften treten würden, und luden zu Versammlungen ein... die bei genauerem Hinsehen schon vor Monaten oder Jahren stattgefunden hatten. Gar nicht so anders als bei uns, dachte Ercole und hatte den großen Besprechungsraum der Forstwache vor Augen, wo die Beamten sich immer dann trafen, wenn eine Razzia bei einem Olivenölpanscher bevorstand, eine Bergrettung oder die Bekämpfung eines Waldbrandes.

Auf einer Art Staffelei stand ein großer weißer Block mit Fotos und Notizen in schwarzer Schrift. An einer anderen – offenbar als Scherz – hing das Fahndungsplakat einer klotzköpfigen *Minecraft*-Figur, die Ercole erkannte, weil er das Spiel gemeinsam mit dem zehnjährigen Sohn seines älteren Bruders spielte. Kürzlich hatte der kleine Andrea ihn prompt und mit dem größten Vergnügen niedergemetzelt, nachdem er das Spiel auf den Überlebensmodus umgestellt hatte, ohne Onkel Ercole vorzuwarnen.

Im Raum hielten sich zwei Personen auf. Massimo Rossi und eine rundliche junge Frau mit dichtem welligen, glänzend schwarzen Haar und einer grellen grün gerahmten Brille. Sie trug eine weiße Jacke mit dem Schriftzug *Spurensicherung* auf der üppigen Brust.

Rossi blickte auf. »Ah, Ercole. Hereinspaziert, hereinspaziert. Sie haben uns also gefunden.«

»Jawohl, Inspektor.«

»Das hier ist Beatrice Renza, die Technikerin der Spurensicherung, die dem Komponisten-Fall zugeteilt wurde. Ercole Benelli von der Forstwache. Er war gestern Abend eine große Hilfe und wird uns einstweilen unterstützen.«

Die Frau, Anfang dreißig, nickte geistesabwesend.

»Signor Rossi, hier ist mein Bericht.« Ercole reichte ihm zwei handschriftliche Seiten.

Beatrice nahm sie stirnrunzelnd zur Kenntnis. »Haben Sie keinen Computer?«

»Doch, habe ich. Warum fragen Sie?«

»Und hat der einen Drucker?«

»Nicht bei mir zu Hause.« Er fühlte sich in die Defensive gedrängt.

»Das hier ist schwer zu lesen. Sie hätten uns auch eine E-Mail schicken können.«

Er wurde nervös. »Ja, hätte ich vermutlich. Aber ich wusste Ihre E-Mail-Adresse nicht.«

»Das geht auch über die Internetseite der Questura.« Sie wandte sich wieder an Rossi und gab ihm ein Blatt ordentlich ausgedrucktes Papier sowie ein halbes Dutzend Fotos. Dann verabschiedete sie sich von ihm und ging hinaus, ohne Ercole weiter zu beachten. Das war ihm nur recht; er konnte blasierte Wichtigtuer sowieso nicht ausstehen.

Wenngleich er wünschte, er hätte tatsächlich daran gedacht, den Bericht zu tippen und per E-Mail zu verschicken. Oder sich eine neue Kartusche für seinen Drucker zu besorgen.

»Beatrice hat die Spuren analysiert, die gestern Abend bei der Bushaltestelle gesichert worden sind«, sagte Rossi. »Könnten Sie das hier auf eines der Flipcharts dort schreiben? Dazu auch Ihre und meine Notizen. Und hängen Sie die Tatortfotos daneben. So behalten wir den Überblick über den Fortschritt der Ermittlungen und können Verbindungen zwischen den Spuren und Personen erkennen. Das ist viel anschaulicher und hilft uns beträchtlich weiter.«

»Jawohl, Inspektor.«

Er nahm die Seiten von Rossi entgegen und fing an, die Informationen zu übertragen. Mit rotem Gesicht fiel ihm auf, dass auch die Notizen des Inspektors, den er eher altmodisch eingeschätzt hätte, per Computer erfasst und ausgedruckt worden waren.

»Ich habe noch nichts von den Amerikanern gehört«, sagte Rossi. »Sie?«

»Nein. Aber als ich sie kontaktiert habe, hieß es, man würde uns so schnell wie möglich mit allen Einzelheiten und Spurenanalysen versorgen. Die Frau, mit der ich zu tun hatte, eine Beamtin des New York Police Department, war ziemlich erleichtert, dass wir den Mann gefunden haben. Wie es scheint, hatte seine Flucht alle in große Aufregung versetzt.«

»Konnte sie sich erklären, warum er ausgerechnet hierhergekommen ist?«

»Nein, Inspektor.«

»Ich habe neulich gelesen, dass die Amerikaner besorgt wegen ihrer Exporte sind«, sagte Rossi nachdenklich. »In Bezug auf die Wirtschaft und Arbeitsplätze, Sie verstehen schon. Aber müssen die unbedingt Serienmörder exportieren? Sie sollten sich auf Popmusiker, Softdrinks und computergenerierte Hollywoodfilme beschränken.«

Ercole wusste nicht, ob er lachen sollte oder nicht. Er lächelte. Rossi tat es ihm gleich und las einen Bericht. Der junge Beamte schrieb, hängte Fotos auf und bewegte sich dabei an dem Flipchart entlang. Mit seiner schlaksigen Statur fühlte er sich im Wald und an Felswänden weitaus wohler als in Restaurants, Geschäften oder Wohnzimmern (daher auch sein Lieblingsplatz in der Stadt: der Tisch und der Stuhl vor seinem Taubenschlag auf dem Dach des Mietshauses). Seine Glieder – Arme, Beine, Ellbogen, Knie, die in der freien Natur wie eine gut geölte Maschine funktionierten – wurden an Orten wie diesen ungeschickt und aufsässig.

Er trat nun zurück, um die Tabelle zu betrachten, und rempelte dabei Silvio De Carlo an, Rossis Assistenten, der unbemerkt den Raum betreten hatte, um dem Inspektor eine Akte zu geben. Der gut aussehende, absolut selbstsichere junge Mann reagierte nicht etwa verärgert, sondern – und das war schlimmer – schenkte Ercole ein geduldiges Lächeln, als wäre dieser ein Kind, das versehentlich einen Brombeereisfleck auf seinem gestärkten Hemd hinterlassen hatte.

De Carlo, davon war Ercole überzeugt, musste diesen linkischen Eindringling hassen, der ihn vorübergehend von seinem Posten als Rossis bevorzugter Protegé verdrängt hatte.

»Die Postpolizei überwacht YouVid?«, fragte Ercole den Inspektor, nachdem De Carlo den Raum elegant und unerschütterlich selbstbewusst wieder verlassen hatte.

»Ja, ja. Aber das ist eine schwierige Aufgabe. Dort werden stündlich Tausende von Videos hochgeladen. Die Leute verschwenden ihre Zeit lieber mit solchem Blödsinn, anstatt zu lesen oder Gespräche zu führen.«

Noch jemand kam zur Tür herein. Ercole freute sich, die Frau vom Überfallkommando wiederzusehen, Daniela Canton, die atemberaubende Blondine. So ein hübsches Gesicht, dachte er erneut. Wie eine Elfe. Ihr Lidschatten besaß die reizvolle himmelblaue Farbe, an die er sich von gestern Abend erinnerte und wie man sie heutzutage nicht mehr oft zu sehen bekam. Es verriet ihm, dass diese Frau einen eigenen Kopf besaß und nicht mit dem Strom schwamm. Ihm fiel außerdem auf, dass sie darüber hinaus nicht geschminkt war und weder Lippenstift noch Wimperntusche trug. Ihre blaue Bluse betonte ihre sinnliche Figur. Auch die Hose saß eng.

»Inspektor.« Sie hob den Kopf und warf Ercole einen freundlichen Blick zu. Anscheinend hatte sein überschwänglicher Händedruck vom Vortag keinen negativen Eindruck hinterlassen.

»Daniela. Was haben Sie herausgefunden?«, fragte Rossi.

»Obwohl der Fall ein wenig nach Camorra riecht, hatten unsere Freunde wohl nichts damit zu tun. Jedenfalls nicht laut meinen Kontakten.«

Ihren Kontakten?, wunderte Ercole sich. Daniela war beim

Überfallkommando. Man sollte meinen, Camorra-Fälle würden auf höherer Ebene bearbeitet.

»Danke, dass Sie sich umgehört haben«, sagte Rossi. »Aber es war von vornherein unwahrscheinlich, dass unsere Spieler beteiligt gewesen sind.«

Spieler ...

Das war die umgangssprachliche Bezeichnung der Mitglieder dieser Bande, deren Name eine Mischung aus *Capo*, was Boss hieß, und *Morra* war, einem alten neapolitanischen Straßenspiel.

»Doch ich kann es nicht mit Gewissheit sagen«, fügte Canton hinzu. »Sie wissen ja, wie die vorgehen. In aller Stille und Verschwiegenheit.«

»Natürlich.«

Die Camorra bestand aus einer Anzahl unterschiedlicher Zellen, wobei eine Gruppe nicht unbedingt wusste, was die anderen gerade taten.

»Da ist noch etwas«, sagte sie dann. »Was auch immer es letztlich bedeuten mag, gerüchteweise ist vor Kurzem ein ausgesprochen unangenehmer Vertreter der 'Ndrangheta in der Gegend von Neapel aufgetaucht. Genaueres weiß ich nicht, aber ich dachte, Sie sollten es erfahren.«

Das ließ Rossi aufmerken.

Italien war bekannt für mehrere Vereinigungen des organisierten Verbrechens: die Mafia auf Sizilien, die Camorra in und um Neapel, die Sacra Corona Unita in Apulien, dem Südosten Italiens. Doch die vielleicht gefährlichste und einflussreichste Bande – mit Verbindungen bis nach Schottland und New York – war die 'Ndrangheta, beheimatet in Kalabrien, einer Region südlich von Neapel.

»Seltsam, dass einer von denen sich hierherwagen sollte.«

Die 'Ndrangheta und die Camorra waren Rivalen.

»Ja, Inspektor, das ist es.«

»Können Sie dem weiter nachgehen?«

»Ich werd's versuchen«, sagte Daniela. Sie sah Ercole an und schien sich beim Anblick seiner grauen Uniform plötzlich an ihn zu erinnern. »Ja, von gestern Abend.«

»Ercole.« Demnach hatte er ihr Lächeln vorher falsch gedeutet; sie hatte ihn zunächst gar nicht wiedererkannt.

»Daniela.«

Er wagte es nicht, ihr abermals die Hand anzubieten, und nickte ihr nur cool zu. Wie es auch Silvio De Carlo getan hätte.

Einen Moment lang herrschte Stille.

»Möchten Sie ein Wasser?«, platzte es aus Ercole heraus.

Und als wüsste sie nicht, was Mineralwasser wohl sein könnte, deutete er auf das San Pellegrino des Inspektors, das offen am Rand des Tisches stand.

Dabei stieß er die Literflasche aus Plastik mit Wucht zu Boden. Dank der Kohlensäure verteilte sie ihren Inhalt binnen weniger Sekunden im halben Raum.

»Oh, nein, oh. Das tut mir so leid…«

Rossi kicherte. Daniela verfolgte verblüfft, wie Ercole Papiertücher von einer Rolle in der Zimmerecke abriss, sich bückte und hektisch anfing, den Boden zu wischen.

»Ich…«, stammelte der Mann und wurde rot. »Was habe ich getan? Es tut mir leid, Inspektor. Haben Sie etwas abbekommen, Daniela?«

»Nicht der Rede wert«, erwiderte sie.

Ercole wischte weiter.

Daniela verließ den Raum.

Als Ercole ihr auf Knien hinterherblickte, kam jemand anderes herein. Es war Dante Spiro, der Staatsanwalt.

Der Mann schaute an Ercole vorbei, als wäre dieser gar nicht anwesend. Er grüßte Rossi und nahm das Flipchart in Augenschein. Dabei steckte er beiläufig das lederne Buch ein, das Ercole noch vom Vorabend kannte. Und er schob außerdem einen Stift in seine Jackentasche. Er hatte sich gerade etwas notiert.

Spiro trug heute eine schwarze Stoffhose, ein weißes Hemd und ein enges braunes Jackett mit gelbem Einstecktuch. Keine Krawatte. Er stellte einen Aktenkoffer auf einen Tisch in der Ecke, den er anscheinend mit Beschlag belegt hatte, und Ercole nahm an, er würde ein häufiger Besucher sein. Die Dienststelle des Mannes – Procura della Repubblica presso il Tribunale di Napoli – lag an der Via Costantino Grimaldi, gegenüber dem Strafgerichtshof. Die Fahrt bis zur Questura dauerte ungefähr zehn Minuten.

»Staatsanwalt Spiro«, sagte er, immer noch wischend.

Ein Blick zu Ercole, dann ein Stirnrunzeln. Spiro fragte sich eindeutig, wer das sein mochte.

»Gibt's was Neues, Massimo?«, fragte er Rossi.

»Beatrice hat die Spuren untersucht. Ercole hat alles in die Tabelle eingetragen, dazu seine und meine Notizen.« Er wies auf das Flipchart.

»Wer?«

Rossi zeigte auf Ercole, der soeben ein tropfnasses Papiertuch in den Mülleimer warf.

»Der Forstwachtmeister von gestern Abend.«

»Oh.« Es war klar, dass Spiro ihn für eine Reinigungskraft gehalten hatte.

»Es freut mich, Sie wiederzusehen, Signore.« Ercoles Lächeln erstarb, als der Staatsanwalt ihn von Neuem ignorierte.

»Was ist mit der Telefonkarte?«, fragte Spiro.

»Die Postpolizei will sich innerhalb der nächsten Stunde deswegen melden. Und sie überwacht weiterhin die Internetseiten auf neue Videos. Bislang ist noch nichts aufgetaucht. Und Ercole rechnet damit, dass wir bald etwas von den Amerikanern hören müssten.«

»Ach, tut er das?«, fragte Spiro spöttisch. Er zog eine Zigarre aus der Tasche, steckte sie sich in den Mund, zündete sie aber nicht an. Dann betrachtete er das Flipchart.

ENTFÜHRUNG, BUSHALTESTELLE, VIA DEL FRASSO, UNWEIT GEMEINDE ABRUZZO

- Opfer:
  - Unbekannt. Libyer oder mit Verbindung nach Libyen? Wahrscheinlich Nordafrikaner. Flüchtling? Alter ca. 30-40. Schmale Statur. Bart. Dunkles Haar.
- Täter:
  - Von Zeuge nicht klar erkannt, aber mutmaßlich weißer Amerikaner, Anfang bis Mitte dreißig. Bart, langes buschiges Haar. (Laut Information der New Yorker Polizei.)
  - Dunkle Kleidung, dunkle Mütze.
  - Bekannt als der Komponist. (Laut Information der New Yorker Polizei.)
  - Überprüfen Passagierlisten auf Flug nach Rom, Neapel. Anderswo? Bislang negativ.
- Fahrzeug:
  - Dunkle Limousine. Marke und Modell unbekannt, aber Radstand deutet auf großes Fahrzeug hin: amerikanisch, deutsch?
  - Reifenspur von Michelin 205/55 R16 91H.
- Spuren:
  - Menschliches Blut (AB positiv) in Probe mit Propylenglykol, Triethanolamin, Nitrosaminen, Natriumlaurylsulfat.
  - DNS-Ergebnisse, keine Übereinstimmung in:
    - Großbritannien: National DNA-Database (NDNAD).
    - Vereinigte Staaten: Combined DNA Index System (CODIS).
    - Interpol: DNA Gateway.
    - Datenbank Prümer Vertrag.
    - Nationale Datenbank Italien.
  - Stickstoffverbindungen (Ammoniak, Harnstoff und Harnsäure), Wasserstoff, Sauerstoff, Phosphate, Sulfate, Kohlendioxid. Außerdem: C_8H_7N

(Indol), 4-Methyl-2,3-Benzopyrrol (Skatol) und Sulfhydryl (Thiol), durchsetzt mit Papierfasern. Ausgetrocknet. Alt.
- In Zerfall befindliche Polymerstücke cis-1,4-Polyisopren, Duroplast (vulkanisiert). Durchscheinend. Relativ alt.
- Bakterien *Bartonella elizabethae*.
- Zweiunddreißig Tierhaare – Hund? Erwarten genauere Laborbestimmung.
- Blei.
- Metallspäne (Eisen), Rost auf einer Seite (siehe Foto).
- Kalkstein.
- Telefonkarte, gekauft bei Arrozo Tabaccaio, Neapel. Keine Überwachungskamera, bar bezahlt.
  - Erwarten Analyse der Postpolizei.
- Fingerabdrücke:
  - Keine Übereinstimmung bei Eurodac, Interpol, Europol oder in Italien; IAFIS (USA); Ident1 (UK).
- Schuhabdrücke:
  - Opfer offenbar in Nike-Sportschuhen, Größe 42.
  - Täter offenbar in Converse Cons, Größe 45.
- Blut, andere Flüssigkeiten: siehe oben.
- Bargeld, 11 Euro und 30 libysche Dinar.
- Miniatur-Henkersschlinge, gefertigt aus Instrumentensaite – vermutlich Cello. Ungefähr 36 Zentimeter lang. (Entspricht Schlinge bei New Yorker Entführung, laut NYPD.)
- Zeugenaussage:
  - Zeuge auf Fahrrad hat sich Bushaltestelle genähert, wo Opfer gesessen hat. In der Nähe ist ihm das geparkte dunkle Fahrzeug aufgefallen, etwa zehn Meter entfernt am Straßenrand, hinter Büschen. Verdächtiger hat vermutlich auf das Opfer gewartet; kann aber auch nach Ankunft des Opfers eingetroffen sein. Hat das Opfer plötzlich angegriffen. Es kam zu einem Handgemenge. Keine beobachtete Provokation. Zeuge hat sich dann entfernt, um Polizei zu holen. (Personenangaben des Zeugen vermerkt; siehe Inspektor Rossi.)

- Befragungen: Außer dem Radfahrer keine Zeugen für den Zwischenfall oder das Fahrzeug.
- Überwachungskameras: Keine in 10 Kilometer Umkreis.
- Vermisstenmeldungen: Keine.
- Keine ersichtliche Verbindung zu Camorra oder anderem organisierten Verbrechen.
- Eventuell 'Ndrangheta-Angehöriger in der Gegend, aber kein bestätigter Zusammenhang mit der Entführung.
- Kein bekanntes Motiv.
- Amerikaner liefern Ermittlungsergebnisse vom Tatort in New York City.
- Postpolizei überwacht YouVid; bereit zur Rückverfolgung, falls Verdächtiger ein Video des Opfers hochlädt.

»Beatrice hat wie immer gründliche Arbeit geleistet«, sagte Spiro.

»Ja. Sie ist gut.«

Der Staatsanwalt schien beim Lesen des Flipcharts leicht zu schwanken. »Was soll das da heißen?«

»Bakterien, Signore.«

»Es lässt sich kaum entziffern. Schreiben Sie deutlicher.« Dann überflog er die Fotos. »Wir haben hier also einen verrückten Amerikaner, der bei uns Urlaub macht, um außerhalb seines gewohnten Reviers auf die Jagd zu gehen«, stellte Spiro fest. »Welche Muster lassen sich erkennen?«

»Muster?«, fragte Ercole lächelnd, wischte noch etwas Wasser auf und erhob sich.

Der schlanke Mann mit den durchdringendsten schwarzen Augen, die Ercole je gesehen hatte, drehte sich langsam zu ihm um. »Verzeihung?« Obwohl Spiro kleiner war, hatte Ercole das Gefühl, er würde zu dem Staatsanwalt aufblicken.

»Nun, Signore, ich bin mir diesbezüglich nicht sicher.«

»›Nicht sicher, nicht sicher.‹ Reden Sie gefälligst Klartext«, dröhnte er. »Ich bin sehr neugierig. Sie sind sich wegen etwas nicht sicher? Was könnte das wohl sein?«

Ercole lächelte nicht mehr, sondern wurde rot und schluckte vernehmlich. »Nun, Signore, mit Respekt, wie soll es da irgendwelche Muster geben? Er wählt seine Opfer zufällig aus.«

»Erklären Sie das.«

»Nun, das ist doch offensichtlich. Er überfällt jemanden in New York City, laut dem Europol-Bericht wohl einen Geschäftsmann. Dann flieht er nach Italien und sucht sich, wie es scheint, einen Ausländer mit begrenzten Mitteln aus, der an einer Landstraße auf den Bus wartet.« Er lachte auf. »Ich sehe da kein Muster.«

»›Sehe kein Muster, sehe kein Muster.‹« Spiro ließ sich die Worte auf der Zunge zergehen, als probiere er einen dubiosen Wein. Er ging langsam auf und ab und studierte die Tabelle.

Ercole schluckte erneut und sah zu Rossi, der die beiden amüsiert beobachtete.

»Wie erklären Sie sich den Umstand, Forstwachtmeister...«

»Benelli.«

»...dass der Wagen des Entführers in dieser einsamen Gegend am Straßenrand geparkt stand und der Täter in den Büschen gelauert hat? Deutet das denn nicht auf eine Planung hin?«

»Wir wissen nicht, wann der Entführer eingetroffen ist. Es kann vor oder nach dem Opfer gewesen sein. Ich würde sagen, es gab allenfalls den Plan, jemanden zu entführen, aber nicht notwendigerweise *dieses* Opfer. Deshalb bin ich mir nicht sicher, ob hier ein Muster zu erkennen ist.«

Spiro sah auf seine große goldene Armbanduhr. Ercole konnte nicht erkennen, um welche Marke es sich handelte.

»Ich habe oben eine Besprechung mit einem anderen Inspektor«, sagte der Staatsanwalt zu Rossi. »Lassen Sie mich wissen, falls es irgendwelche Videos gibt. Ach, und... Forstwachtmeister?«

»Ja, Signore?«

»Sie heißen Ercole, richtig?«

»Ja.«

Endlich nimmt er mich zur Kenntnis. Und er wird mir zustimmen, was die Muster angeht. Ercole war siegessicher.

»Wie in der Mythologie.«

Seine Name war die italienische Version von Herkules, dem griechischen Gott.

»Mein Vater hat die Heldensagen immer gemocht und...«

»Sind Sie mit den zwölf Aufgaben vertraut, die Herkules erfüllen musste?«

»Ja, ja!« Ercole lachte. »Als Buße, im Dienst von König Eyrystheus.«

»Sie sind mit Ihren im Rückstand.«

»Meinen...?«

»Ihren Aufgaben.«

Stille.

Ercole hielt dem bohrenden Blick des Mannes nicht stand. »Wie bitte, Signore?«

Spiro streckte den Arm aus. »Sie haben da etwas Wasser übersehen. Sie wollen doch nicht, dass es unter die Bodenfliesen sickert, oder? Die Götter wären nicht erfreut.«

Ercole senkte den Kopf, biss die Zähne zusammen und war wütend, dass er ungewollt schon wieder rot wurde. »Ich mache mich sofort an die Arbeit, Signore.«

Spiro ging hinaus, und Ercole sank auf die Knie. Als er kurz aufblickte, sah er draußen auf dem Flur Silvio De Carlo stehen, Rossis Protegé, und zur Tür hereinschauen. Der gut aussehende Beamte musste die gesamte Abkanzelung mitbekommen haben – und den Befehl, weiter den Boden zu wischen, als wäre Ercole nicht mal als Putzhilfe zu gebrauchen, geschweige denn als Ermittler. De Carlo verzog keine Miene und ging weiter.

»Was habe ich getan, Inspektor?«, wandte Ercole sich an

Rossi. »Ich habe doch nur festgestellt, was mir nach Faktenlage logisch erscheint. Ich konnte kein Muster erkennen. Eine Entführung in New York, eine Entführung in den Hügeln von Kampanien.«

»Oh, Sie haben viel zu voreilig Scheuklappen angelegt.«

»Scheuklappen? Wie ist das gemeint?«

»Das kommt bei noch unerfahrenen Ermittlern häufig vor. Sie haben – auf der Grundlage von sehr vorläufigen Erkenntnissen – bereits die Schlussfolgerung gezogen, dies sei ein zufälliges Verbrechen. Indem Sie sich darauf festlegen, werden Sie wenig geneigt sein, den Ermittlungshorizont zu erweitern und in Betracht zu ziehen, dass der Komponist bei der Auswahl dieser speziellen Opfer planvoll gehandelt haben könnte, was uns vielleicht ermöglichen würde, ein zugrunde liegendes Muster zu erkennen und den Täter zu ergreifen. Kann man zu diesem Zeitpunkt ein Muster ausmachen? Natürlich nicht. Hält Staatsanwalt Spiro das für wahrscheinlich? Natürlich nicht. Aber ich kenne niemanden, der in dieser Hinsicht aufgeschlossener wäre als er. Er wird alle Fakten vorurteilsfrei berücksichtigen, nachdem andere längst ihre Schlüsse gezogen haben. Oft hat er am Ende recht und die anderen nicht.«

»Er ist unvoreingenommen.«

»Ja, unvoreingenommen. Was die wichtigste Eigenschaft ist, die ein Ermittler haben kann. Daher werden wir uns in Bezug auf die Muster noch nicht festlegen.«

»Ich werde es mir merken, Inspektor. Vielen Dank.«

Ercole schaute zu der Pfütze auf dem Fliesenboden. Die Papiertücher waren alle aufgebraucht. Er ging hinaus auf den Flur und kam an De Carlo vorbei, der einen Text auf seinem Mobiltelefon tippte. Mein Gott, dieser Mann ist wie aus dem Ei gepellt, von der Frisur bis zu den blank polierten Schuhen. Ercole ignorierte seinen Blick und ging weiter zur Herrentoilette, um mehr Tücher zu holen.

Als er zurückkam, sah er Daniela Canton auf dem Korridor stehen. Sie beendete soeben ein Gespräch mit ihrem Kollegen, dem blonden Giacomo Schiller. Nachdem dieser gegangen war, versteckte Ercole die Papiertücher hinter seinem Rücken, zögerte kurz und ging dann zu ihr. »Verzeihung. Darf ich Sie etwas fragen?«

»Ja, natürlich, Forstwachtmeister ...«

»Bitte nennen Sie mich Ercole.«

Sie nickte.

»Staatsanwalt Spiro«, flüsterte er. »Ist der immer so streng?«

»Nein, nein, nein«, sagte sie.

»Aha.«

»Normalerweise ist er längst nicht so höflich wie eben.«

Ercole zog eine Augenbraue hoch. »Sie haben ihn gehört?«

»Das haben wir alle.«

Ercole schloss kurz die Augen. Ach, du liebe Zeit. »Und er kann noch schlimmer sein? Stimmt das?«

»O ja. Er ist schwierig. Sehr intelligent, daran besteht kein Zweifel. Aber er toleriert bei anderen keine Fehler – weder im Handeln noch im Denken. Verärgern Sie ihn bloß nicht.« Sie senkte die Stimme. »Haben Sie das Buch in seiner Tasche gesehen? Das mit dem Ledereinband?«

»Ja.«

»Das hat er immer dabei. Es heißt, er notiert sich darin die Namen all derjenigen, die ihm unangenehm aufgefallen oder inkompetent sind und daher seinen guten Ruf beeinträchtigen könnten.«

Ercole erinnerte sich daran, vor nicht allzu langer Zeit ein Fernsehinterview des Staatsanwalts gesehen zu haben, in dem dieser geschickt allen Fragen ausgewichen war, die seinen möglichen Wechsel in die Politik betrafen.

»Er hat gerade eben etwas aufgeschrieben, als er gegangen ist!«

Es war ihr unangenehm. »Das war vielleicht nur ein Zufall.« Ihre schönen blauen Augen musterten sein Gesicht. »Nehmen Sie sich aber auf jeden Fall in Acht, Forstwachtmeister.«

»Das werde ich. Vielen Dank. Sie sind sehr nett, und ich ...«

»Ercole!«, rief hinter ihm eine Stimme.

Erschrocken drehte er sich um und sah Massimo Rossi aus dem Besprechungsraum eilen. Es war seltsam und beunruhigend, den sonst so gelassenen Mann dermaßen aufgeregt zu sehen.

Hatte die Postpolizei ein neues Video des Komponisten gemeldet?

Hatte man die Leiche des Libyers gefunden?

»Entschuldigen Sie mich.« Er wandte sich von Daniela ab.

»Ercole«, sagte sie.

Er hielt inne und schaute zurück.

Sie wies auf den Boden. Er hatte die Papiertücher fallen gelassen.

»Oh.« Er bückte sich, hob sie auf und lief dann zu Rossi.

»Wie es scheint, sind die Informationen eingetroffen, die Sie aus Amerika über die Entführung erbeten haben«, sagte der Inspektor.

Ercole war verwirrt. Rossis Miene wirkte nun sogar noch besorgter als kurz zuvor. »Und ist das nicht gut für uns, Inspektor?«

»Ganz und gar nicht. Kommen Sie mit.«

14

Lincoln Rhyme ließ den Blick durch die abgenutzte Eingangshalle des Polizeipräsidiums von Neapel schweifen.

Obwohl dies sein erster Besuch hier war, kam das Gebäude ihm sofort vertraut vor. Alle Strafverfolgungsbehörden gleichen einander.

Leute kamen und gingen, Beamte in mehreren, nein, *vielen* verschiedenen Uniformen – von denen die meisten schicker und würdevoller aussahen als ihre amerikanischen Gegenstücke. Einige Ermittler in Zivil trugen Dienstmarken an ihren Gürteln oder um den Hals. Dazu Zivilisten. Opfer, Zeugen, Anwälte.

Es ging geschäftig zu. Neapel war hektisch, ob drinnen oder draußen.

Rhyme musterte erneut die Architektur.

»Aus der Vorkriegszeit«, sagte Thom zu ihm und Sachs.

Rhyme kam der Gedanke, dass hier die meisten Leute dabei an den Zweiten Weltkrieg denken würden. Im Gegensatz zu den USA der letzten achtzig Jahre hatte Italien nicht regelmäßig seine Panzer, Soldaten und Drohnen in die Welt hinausgeschickt.

Thom folgte dem Blick seines Chefs. »Faschistischer Baustil«, sagte er. »Wusstet ihr, dass Italien der Geburtsort des Faschismus gewesen ist? Kurz vor dem Ersten Weltkrieg. Später hat Mussolini die Bewegung übernommen und geprägt.«

Das war neu für Rhyme. Andererseits gab er offen zu, dass

sein Wissen sich weitgehend auf die Kriminalistik beschränkte. Falls eine Tatsache ihm nicht bei der Lösung eines Falls half, vergaß er sie sofort wieder. Er wusste jedoch, woher das Wort stammte. Und teilte es den anderen mit. »Der Begriff ›faschistisch‹ kommt von den Fasces, den Rutenbündeln mit Beil, die als Symbole der Amtsgewalt den römischen Magistraten vorangetragen wurden.«

»So wie man heutzutage sagt, sprich leise, aber hab einen großen Knüppel dabei?«, fragte Sachs.

Clever. Doch Lincoln Rhyme war nicht in der Stimmung dafür. Er wollte so schnell wie möglich an dem ungewöhnlichen, vertrackten Fall des Komponisten weiterarbeiten.

Ah, endlich.

Zwei Männer kamen aus einem der Korridore auf sie zu, einer Mitte fünfzig, zerknittert, stämmig, mit Schnurrbart. Er trug einen dunklen Anzug mit weißem Hemd und Krawatte. Der andere war ein hochgewachsener junger Mann, ungefähr dreißig Jahre alt, in einer grauen Uniform mit Abzeichen auf Brust und Schulter. Die beiden sahen sich kurz an und gesellten sich dann zu dem Trio.

»Sie sind Lincoln Rhyme«, sagte der Ältere auf Englisch, mit starkem Akzent, aber gut zu verstehen.

»Und dies sind Detective Amelia Sachs und Thom Reston.«

Sie zeigte, wie geplant, ihre goldene Dienstmarke vor. Die war zwar nicht so imposant wie ein Fascis, aber immerhin ein Zeichen von Autorität.

Sogar in der kurzen Zeit, die Rhyme in Italien verbracht hatte – ungefähr drei Stunden –, waren ihm die vielen Umarmungen und Wangenküsse aufgefallen. Mann und Frau, Frau und Frau, Mann und Mann. Nun aber wurde nicht einmal eine Hand zum Gruß gereicht – jedenfalls nicht von dem älteren Beamten, der hier natürlich das Sagen hatte. Er nickte nur mit argwöhnischer Miene. Sein jüngerer Kollege trat mit ausgestreckter Hand vor, bemerkte die Reserviertheit seines Vorgesetzten und wich sofort wieder zurück.

»Ich bin Inspektor Massimo Rossi von der Staatspolizei. Sie sind den ganzen Weg aus New York hergekommen?«

»Ja.«

Der Blick des jungen Mannes ließ Ehrfurcht erkennen, als würde er vor einem lebendigen Einhorn stehen. »Ich bin Ercole Benelli. Und ich fühle mich geehrt, einen so geschätzten Kollegen kennenzulernen. Und Sie ebenfalls, Signorina Sachs.« Sein Englisch war besser und weniger akzentuiert als Rossis. Das lag vermutlich an seinem Alter. Rhyme nahm an, dass YouTube und amerikanische Fernsehserien für den jüngeren Beamten eine größere Rolle spielten.

»Lassen Sie uns nach oben gehen«, sagte Rossi. »Vorerst«, fügte er hinzu, als sei das vonnöten.

Sie fuhren schweigend in den dritten Stock – der nach amerikanischer Zählweise der vierte wäre. Rhyme hatte unterwegs in einem Reiseführer gelesen, dass in Europa das Erdgeschoss als nullte Etage galt, nicht als erste.

Vom Aufzug aus folgten sie einem hell erleuchteten Flur. »Haben Sie einen Linienflug genommen?«, fragte Ercole.

»Nein, mir stand ein Privatjet zur Verfügung.«

»Ein Privatjet? Aus Amerika?« Ercole stieß einen anerkennenden Pfiff aus.

Thom kicherte. »Der gehört uns nicht. Ein Anwalt, dem Lincoln kürzlich bei einem Fall behilflich war, hat ihn uns geliehen. Die Besatzung fliegt während der nächsten zehn Tage einige seiner Mandanten zu diversen Gerichtsterminen in ganz Europa. Wir hatten eigentlich ein anderes Reiseziel geplant, aber dann hat sich das hier ergeben.«

Grönland, dachte Rhyme. Oder irgendein anderer flitterwochentauglicher Ort. Das teilte er dem Polizisten allerdings nicht mit.

Als die Dauer ihres Aufenthalts zur Sprache kam – zehn Tage, nicht etwa nur ein Tag oder gar wenige Stunden –, neigte Rossi den Kopf und wirkte wenig begeistert. Nach Ercoles E-Mail über die Anwesenheit des Komponisten in Italien hatten Rhyme und Sachs sich angesehen und beschlossen, nach Neapel zu fliegen. Er hatte vom ersten Moment an gewusst, dass sie hier nicht willkommen sein würden. Daher freute es ihn, dass Thom nun so beiläufig die zehn Tage erwähnte; die Italiener sollten sich ruhig schon mal an den Gedanken gewöhnen, dass die Besucher eine Weile bleiben würden.

»Sie sprechen gut Englisch«, sagte Sachs zu Ercole.

»Danke. Ich beschäftige mich mit der Sprache, seit ich ein *ragazzo* war, ein Junge. Sprechen Sie Italienisch?«

»No.«

»Doch, tun Sie! Das heißt ›Nein‹ auf Italienisch.«

Niemand lächelte. Er verstummte und wurde rot.

Rhyme sah sich um und bemerkte erneut, wie vertraut alles war, wie wenig es sich vom Big Building an der Police Plaza Nummer eins in New York unterschied. Gestresste Beamte in Zivil und Uniform, manche scherzten, andere blickten finster drein, wieder andere wirkten gelangweilt. Anweisungen von oben hingen an schwarzen Brettern oder waren direkt an die Wand geklebt. Die Computer waren mindestens ein Jahr veraltet. Telefone klingelten – mehr Mobilgeräte als Festnetzanschlüsse.

Nur die Sprache war anders.

Nun ja, das und noch etwas: Es gab hier keine Kaffeebecher aus Pappe wie auf den Schreibtischen der amerikanischen Polizei. Und keine Fast-Food-Tüten. Anscheinend mieden die Italiener diese nachlässige Gewohnheit. Umso besser. Zu seiner Zeit als Leiter der New Yorker Spurensicherung hatte Rhyme mal einen Techniker gefeuert, der an einem Mikroskop Objektträger untersuchte und gleichzeitig einen Big Mac verschlang. »Sie verunreinigen die Spuren!«, hatte Rhyme gerufen. »Raus hier!«

Rossi führte sie in ein Besprechungszimmer von etwa drei mal sechs Metern. Es enthielt einen verschrammten Tisch, vier Stühle, einen Aktenschrank und einen Laptop. Entlang der Wand reihten sich Gestelle mit großen Papierblöcken voller handschriftlicher Einträge und Fotos. Sie sahen genauso aus wie Rhymes eigene Beweistabellen, nur dass die auf abwaschbaren Tafeln standen. Und obwohl er hier manche der Worte nicht kannte, ließen viele Einträge sich dennoch verstehen.

»Mr. Rhyme«, sagte Rossi.

»Captain«, warf Ercole ein. »Er wurde als Captain des NYPD in den Ruhestand versetzt.« Dann schien ihm einzufallen, dass er seinen Vorgesetzten lieber nicht verbessern sollte. Er wurde rot.

Rhyme winkte mit seiner funktionierenden Hand ab. »Das spielt keine Rolle.«

»Verzeihung«, fuhr Rossi fort und schien sein Versehen aufrichtig zu bedauern. »Captain Rhyme.«

»Er ist nun Berater«, fügte Ercole hinzu. »Ich habe von ihm gelesen. Er arbeitet oft mit Detective Sachs hier zusammen. Stimmt das auch?«

»Ja«, bestätigte sie.

Ein Fan wie dieser Ercole könnte sich als nützlich erweisen, dachte Rhyme. Der Mann interessierte ihn. Er wirkte gleichzeitig zuversichtlich *und* wie ein Anfänger. Und Rhyme hatte im ganzen Gebäude keine graue Uniform wie seine gesehen. Dahinter steckte eine Geschichte.

Sachs klopfte auf ihre Umhängetasche. »Wir haben hier die Ergebnisse der Spurenanalyse beider Tatorte des Komponisten in New York. Fotos, Schuhabdrücke und so weiter.«

»Ja«, sagte Rossi. »Die haben wir schon sehnlich erwartet.

Hat sich seit Ihrem Gespräch mit Officer Benelli noch etwas Neues ergeben?«

»Nichts Entscheidendes«, sagte Sachs. »Wir konnten nicht herausfinden, woher die Instrumentensaiten stammen, aus denen er die Schlingen gefertigt hat. Sein Keyboard wurde gegen Barzahlung bei einem großen Einzelhändler gekauft. Es gab keinerlei Fingerabdrücke außer kleinen Fragmenten, die uns nicht weiterhelfen.«

»Unser FBI geht die Passagierlisten der Flüge nach Italien durch«, ergänzte Rhyme.

»Das haben wir auch schon, aber ohne Erfolg. Doch Passagierlisten wären ohnehin weit hergeholt. Ohne Foto, ohne Passnummer? Außerdem könnte Ihr Komponist irgendwo in der EU gelandet sein und unbemerkt die Binnengrenzen passiert haben. Vielleicht hat er in Amsterdam oder Genf ein Auto gemietet oder gestohlen und ist hergefahren. Ich nehme an, Sie haben berücksichtigt, dass er nicht unbedingt von New York aus abgeflogen sein muss. Es könnte auch Washington gewesen sein oder Philadelphia... oder sogar Atlanta, mit Delta Air Lines. Hartsfield ist der Flughafen mit dem weltweit größten Passagieraufkommen, habe ich mir sagen lassen.«

Nun, Rossi war offenbar ein Könner seines Fachs.

»Ja, daran haben wir gedacht«, sagte Rhyme.

»Und Sie glauben, er ist Amerikaner?«, fragte Rossi.

»Davon gehen wir vorläufig aus, aber wir sind uns nicht sicher.«

»Warum würde ein Serienmörder das Land verlassen und herkommen, um zu töten?«, fragte Ercole.

»Der Komponist ist kein Serienmörder«, sagte Sachs.

Ercole nickte. »Nein, er hat nicht getötet, das stimmt. Sie konnten das Opfer retten. Und hier wurde auch noch keine Leiche gefunden.«

»So hat Detective Sachs das nicht gemeint, Ercole«, sagte Rossi.

»Ganz recht, Inspektor. Ein Serienmörder ist ein seltenes Vorkommnis mit spezifischer Prägung. Bei Männern sind die Motive überwiegend sexueller oder andernfalls sadistischer Natur. Und obwohl es öfter mal zu rituellem Verhalten kommt, beschränkt sich das in den meisten Fällen auf die Fesselung oder arrangierte Pose des Opfers, auf am Tatort zurückgelassene Fetische oder die postmortale Entnahme von Trophäen. Eine so sorgfältige Inszenierung wie die des Komponisten ist außergewöhnlich – die Videos, die Schlinge, die Musik. Er hat mehr als nur einen Antrieb.«

Einen Moment lang blieb es still. »Wir danken Ihnen für Ihre Einsichten und die Unterstützung«, sagte Rossi dann.

»Unser bescheidener Beitrag«, sagte Rhyme. Nicht allzu bescheiden.

»Und für die weite Reise, die Sie unternommen haben, um uns diese Akte zu bringen.« Nicht allzu subtil.

Dann sah Rossi ihn nachdenklich an. »Ich glaube, Captain Rhyme, Sie sind es nicht gewohnt, dass ein Täter sich – *come si dice?* – aus dem Schmutz macht?«

»Aus dem Staub«, korrigierte Ercole seinen Chef. Dann erstarrte er und wurde abermals rot.

»Nein, fürwahr nicht«, bestätigte Rhyme vielleicht etwas zu melodramatisch. Wenngleich er den Tonfall angemessen fand, weil er auch Rossi für einen Polizisten hielt, an dem es nagte, wenn ein Täter sich aus dem Schmutz machte.

»Sie hoffen auf eine Auslieferung«, sagte Rossi. »Nachdem wir ihn gefasst haben.«

»So weit habe ich noch gar nicht gedacht«, log Rhyme.

»Nein?« Rossi strich sich über den Schnurrbart. »Ob der Prozess hier oder in den USA stattfindet, hat das Gericht zu entscheiden und nicht Sie oder ich. *Allora*, ich weiß zu schätzen, was Sie getan haben, Captain Rhyme. All die Anstrengung. Es muss sehr strapaziös sein.« Er vermied es, den Rollstuhl anzusehen. »Doch nachdem Sie nun Ihren Bericht abgeliefert haben, wüsste ich nicht, was Sie noch für uns tun könnten. Sie sind ein Experte der Spurensicherung, aber die haben wir hier auch.«

»Das weiß ich nur zu gut.«

»Oh, Sie kennen die Abteilung?«

»Ich habe vor Jahren mal einen Vortrag in deren Hauptstelle in Rom gehalten.«

»Es tut mir leid, Sie enttäuschen zu müssen, und Sie ebenfalls, Signorina Sachs. Aber noch einmal, ich wüsste nicht, wie Sie uns noch helfen könnten, abgesehen *davon*.« Er wies auf ihre Tasche. »Außerdem gibt es praktische Gründe. Officer Benelli und ich sprechen brauchbares Englisch, aber die meisten anderen, die mit dem Fall zu tun haben, leider nicht. Ich muss auch hinzufügen, dass Neapel keine besonders…« Er suchte nach einem Wort. »… *zugängliche* Stadt ist. Für jemanden wie Sie.«

»Das ist mir schon aufgefallen.« Rhyme zuckte die Achseln, was ihm mühelos möglich war.

Dann wieder Stille.

Die Rhyme letztlich durchbrach: »Dank Google sind Übersetzungen kein Problem. Und was die Mobilität angeht: In New York suche ich fast nie die Tatorte auf. Es ist nicht nötig. Sachs und andere Kollegen übernehmen das. Und dann kommen sie zurück wie Bienen mit ihrem Nektar. Und gemeinsam machen wir Honig daraus. Verzeihen Sie die Metapher. Doch was kann es schaden, Inspektor, wenn wir eine Weile bleiben? Wir werden so etwas wie Resonanzböden für Ihre Ideen sein.«

»Resonanzböden« schien ihn zu verwirren.

Ercole übersetzte…

Rossi überlegte. »Was Sie hier vorschlagen, verstößt gegen

die Vorschriften, und das ist für uns durchaus ein Problem«, sagte er dann.

In diesem Moment hörte Rhyme, dass jemand den Raum betrat. Er wendete den Rollstuhl und sah einen schlanken Mann von schmächtiger Statur mit modischem Jackett, Stoffhose, spitzen Stiefeln, kaum Haaren und grau gesprenkeltem Ziegenbart. Seine Augen waren schmal und winzig. Das Wort »dämonisch« kam Rhyme in den Sinn. Der Neuankömmling musterte Sachs und ihn von oben bis unten. »Nein«, sagte er. »Keine Resonanzböden. Es wird keine Beratertätigkeit geben, keine Unterstützung welcher Art auch immer. Das kommt nicht infrage.« Sein Akzent war stärker ausgeprägt als der von Rossi und Ercole, doch Grammatik und Satzbau waren perfekt. Das verriet Rhyme, dass der Mann häufig Englisch las, sich aber vermutlich noch nicht oft in den USA oder Großbritannien aufgehalten hatte und auch kaum englischsprachige Filme oder Fernsehprogramme sah.

Der Mann wandte sich auf Italienisch mit einer barschen Frage an Ercole.

Nervös und errötend murmelte der junge Beamte etwas zu seiner Verteidigung, offenbar eine Verneinung. Rhyme schätzte, dass die Frage lautete: »Haben Sie die etwa hergebeten?«

»Captain Rhyme, Detective Sachs und Signor Reston, dies ist Staatsanwalt Spiro«, sagte Rossi. »Er ermittelt mit uns in dem Fall.«

»Er ermittelt?«

Rossi hielt kurz inne und dachte anscheinend über den Sinn von Rhymes Frage nach. »Ah, ja. Soweit ich weiß, ist das in Amerika anders. Hier in Italien haben Staatsanwälte auch einige Polizeibefugnisse. *Procuratore* Spiro und ich sind die leitenden Ermittler im Fall des Komponisten. Wir arbeiten zusammen.«

Spiros dunkle Augen bohrten sich in die von Rhyme. »Es

obliegt uns, diesen Mann zu identifizieren, sein Versteck in Italien und den Aufenthaltsort des Opfers in Erfahrung zu bringen sowie Beweise zu sammeln, die bei dem Prozess nach seiner Ergreifung gegen ihn verwendet werden können. Was den ersten Punkt betrifft, können Sie uns eindeutig nicht helfen, denn Sie haben ihn ja schon in Ihrem eigenen Land nicht identifizieren können. Punkt zwei? Sie kennen sich in Italien nicht aus, also wäre selbst Ihre Fachkenntnis kaum von Nutzen. Und was den dritten Punkt angeht, liegt es nicht in Ihrem Interesse, uns bei einem Verfahren *hier* zu unterstützen, da Sie eine Auslieferung des Verdächtigen in die USA bewirken wollen, um ihn *dort* vor Gericht zu stellen. Wie Sie also sehen, wäre Ihre Beteiligung bestenfalls nicht hilfreich und schlimmstenfalls ein Interessenkonflikt. Ich danke Ihnen für die Liebenswürdigkeit, uns Ihre Akten zur Verfügung zu stellen. Doch nun müssen Sie gehen, Mr. Rhyme.«

»Es heißt *Capitano*...«, platzte es aus Ercole heraus.

Spiros Blick ließ ihn abrupt verstummen. »*Che cosa?*«

»Nichts, *Procuratore*. Verzeihen Sie.«

»Also, bitte gehen Sie.«

Anscheinend hatten Staatsanwälte – zumindest *dieser* Staatsanwalt – bei Ermittlungen mehr zu sagen als Polizeiinspektoren. Rhyme hatte nicht den Eindruck, dass Rossi anderer Meinung war. Er nickte Sachs zu. Sie griff in die Umhängetasche und reichte dem Inspektor eine dicke Akte. Rossi blätterte sie durch. Die ersten Seiten waren Fotos der Beweistabellen.

Er nickte und reichte den Ordner an Ercole weiter. »Übertragen Sie diese Informationen auf das Flipchart, Forstwachtmeister.«

»Benötigen Sie Unterstützung für den Weg zum Flughafen?«, fragte Spiro.

»Wir kommen allein zurecht, vielen Dank«, sagte Rhyme.

»Er hat einen Privatjet«, betonte Ercole voller Ehrfurcht.

Spiros Lippen wurden schmal, fast ein Hohnlächeln.

Die drei Amerikaner wandten sich zur Tür, und Ercole begleitete sie – wie Rossi ihm mit einem Nicken befohlen hatte.

Kurz vor dem Ausgang hielt Rhyme jedoch an und wendete den Rollstuhl. »Gestatten Sie mir ein oder zwei Anmerkungen?«

Spiro verzog keine Miene, aber Rossi nickte. »Bitte.«

»Heißt *fette di metallo* ›Metallstücke‹?« Rhymes Augen waren auf die Tabelle gerichtet.

Spiro und Rossi sahen sich an. »›Späne‹, ja.«

»Und *fibre di carta* sind ›Papierfasern‹?«

»Das ist korrekt.«

»Hm. Also gut. Der Komponist hat sein Aussehen verändert. Er hat sich den Bart abrasiert und höchstwahrscheinlich auch die Haare. Das Opfer ist an einem sehr alten Ort versteckt, und zwar tief unter der Erde. Aller Voraussicht nach in einer städtischen Umgebung, nicht auf dem Land. Das Gebäude ist seit geraumer Zeit nicht mehr für die Öffentlichkeit zugänglich, war es aber früher mal. Es liegt in einem Viertel, in dem Prostituierte gearbeitet haben. Vielleicht tun sie das immer noch. Das kann ich nicht sagen.«

Ercole starrte ihn völlig fasziniert an, merkte Rhyme.

»Und noch etwas«, fuhr er fort. »Er wird nicht noch einmal YouVid benutzen. Er verbirgt seine IP-Adresse durch den Einsatz von Proxy-Servern, ist aber nicht gut darin und mit Sicherheit klug genug, das auch zu wissen. Daher wird er damit rechnen, dass Ihre Computerleute und die Sicherheitsabteilung von YouVid auf ihn lauern. Sie sollten *andere* solcher Streamingseiten überwachen. Und weisen Sie Ihre Zugriffteams an, sich bereitzuhalten. Dem Opfer bleibt kaum noch Zeit.« Während er den Stuhl wieder zur Tür drehte, sagte er: »Jetzt aber auf Wiedersehen oder eher *arrivederci*.«

15

Bin ich tot?

Und in Dschanna?

Ali Maziq vermochte es wirklich nicht zu sagen. Er glaubte, sein Leben lang ein guter Mensch und guter Moslem gewesen zu sein und daher einen Platz im Paradies verdient zu haben. Vielleicht nicht auf der höchsten Ebene, Firdaws, die den Propheten vorbehalten ist, den Märtyrern und Frömmsten der Frommen, aber jedenfalls an einer ehrbaren Stelle.

Und doch... und doch...

Wie konnte es im Himmel bloß so kalt, feucht und dunkel sein?

Er erschrak und fing an zu zittern, was nur zum Teil an der Kälte lag. War er in alNar?

Vielleicht hatte er alles falsch gemacht und war direkt zur Hölle gefahren. Er versuchte sich an die letzten Ereignisse zu erinnern. Jemand war schnell auf ihn zugekommen, jemand Starkes und Großes. Dann wurde ihm etwas über den Kopf gezogen und dämpfte die Schreie.

Und danach? Lichtblitze. Ein paar seltsame Worte. Etwas Musik.

Und nun dies... Kälte, Feuchtigkeit, Dunkelheit und nur ein schwaches Licht von oben.

Ja, ja, das konnte sein. Nicht Dschanna, sondern alNar.

Ihn beschlich die Ahnung, dass dies womöglich *doch* die Hölle war. Denn eventuell hatte er letztlich *kein* so anständiges Leben geführt. Er war *kein* so guter Mensch gewesen. Er hatte Böses getan. Ihm fiel zwar nichts Konkretes ein, aber irgendwas war da bestimmt.

Vielleicht sah so die Hölle aus: nie versiegendes Unbehagen, weil du glaubst, du hättest Sünden begangen, ohne genau zu wissen, welche.

Dann meldete sich sein Verstand, sein rationaler, gebildeter Verstand. Nein, er konnte nicht tot sein. Er hatte Schmerzen. Und er wusste, falls Allah, gepriesen sei Sein Name, ihn nach alNar geschickt hätte, würde er viel stärkere Schmerzen verspüren. Und falls er in Dschanna wäre, würde er gar keinen Schmerz empfinden, sondern nur die Herrlichkeit Gottes, gepriesen sei Sein Name.

Demnach konnte er nicht tot sein.

Wo war er also dann?

Vage Erinnerungen schossen ihm durch den Kopf. Vielleicht auch nur Ausgeburten seiner Fantasie. Warum kann ich nicht klarer denken? Wieso erinnere ich mich an so wenig?

Eindrücke. Er lag auf dem Boden, roch Gras. Der Geschmack von Essen. Das wunderbare Gefühl von Wasser in seinem Mund. Gutes kaltes Wasser und schlechter Tee. Oliven. Die Hände eines Mannes auf seinen Schultern.

Stark. Der große Mann. Alles wurde dunkel.

Musik. Westliche Musik.

Er hustete, und sein Hals tat weh. Sehr sogar. Vielleicht hatte man ihn gewürgt. Und der Luftmangel hatte sein Gedächtnis beeinträchtigt. Sein Kopf tat auch weh. Womöglich war er gestürzt und deswegen so durcheinander.

Ali Maziq gab es auf, sich einen Reim darauf machen zu wollen.

Viel wichtiger war: Wo befand er sich, und wie kam er von hier weg?

Er kniff die Augen zusammen und erkannte, dass er auf

einem Stuhl saß – an einen Stuhl *gefesselt* war –, und zwar in einem zylindrischen Raum von sechs oder sieben Metern Breite. Steinwände, keine Decke. Über ihm gab es bloß eine trübe Leere, aus der dieses sehr schwache Licht kam. Der Boden, ebenfalls aus Stein, war schartig und zerkratzt.

Und woran genau erinnerte dieser Raum ihn?

Woran? Woran?

Ah, von irgendwo tief hinten in seinem Gedächtnis meldete sich die Erinnerung an einen Schulausflug in ein Museum in Tripolis: die Grabkammer eines karthagischen Heiligen.

Dann flackerte erneut eine jüngere Erinnerung auf: Er nippte an kaltem Wasser, aß Oliven, trank sauren Tee, aufgebrüht mit Wasser, das aus der Dampfdüse einer Cappuccinomaschine stammte und Milchrückstände enthielt.

Gemeinsam mit jemandem?

Dann die Bushaltestelle. Etwas war an einer Bushaltestelle geschehen.

In welchem Land bin ich? Libyen?

Nein, das glaubte er nicht.

Aber ich befinde mich auf jeden Fall in einer Grabkammer.

Irgendwo hier drinnen tropfte Wasser, ansonsten war es still.

Er war geknebelt, hatte ein Stück Stoff im Mund, der mit Klebeband umwickelt war. Trotzdem versuchte er, um Hilfe zu rufen – auf Arabisch. Auch wenn er sich in einem anderen Land befand, wo eine andere Sprache gesprochen wurde, würde der Klang seiner Stimme hoffentlich Helfer anlocken.

Doch der Knebel funktionierte gut, und es drang kaum ein Geräusch aus seinem Mund.

Ali keuchte erschrocken auf, denn plötzlich drückte etwas gegen seine Luftröhre. Was mochte das sein? Er konnte nur undeutlich sehen und seine Hände nicht benutzen, aber indem er seinen Kopf hin und her drehte und das damit verbundene Gefühl analysierte, erkannte er, dass sein Kopf in einer Schlinge steckte, die sich nach einer dünnen Schnur anfühlte. Und sie war soeben ein Stück enger geworden.

Er blickte hoch und nach rechts.

Und dann sah er sie – die Vorrichtung, die ihn töten sollte.

Die Schnur um seinen Hals verlief nach oben zu einem Stab, der in der Wand steckte, dann über einen weiteren Stab und hinunter zu einem Eimer. Der wiederum hing unter einem alten rostigen Rohr, aus dem Wasser tropfte.

O nein, nein! Gott schütze mich, gepriesen sei Sein Name!

Er begriff nun, was die Geräusche zu bedeuten hatten. Die Wassertropfen füllten allmählich den Eimer. Je schwerer er wurde, desto mehr zog er die Schlinge zu.

Die Größe des Eimers entsprach mindestens fünf oder sechs Litern. Ali wusste nicht, wie viele Kilos das waren. Doch er nahm an, dass der Konstrukteur dieser schrecklichen Vorrichtung es wusste. Und dass dessen Berechnungen genau genug waren, um sicherzustellen – aus Gründen, die nur Gott wusste, gepriesen sei Sein Name –, dass der Eimer bald schwer genug sein würde, um Ali ersticken zu lassen.

Oh, halt! Sind das Schritte?

Er hielt den Atem an und lauschte angestrengt.

Hatte jemand ihn gehört?

Doch nein, das war bloß das langsame *Plick, Plick, Plick* des Wassers, das aus dem alten Rohr tropfenweise in den Eimer fiel.

Die Schlinge ruckte abermals ein kleines Stück höher, und Ali Maziqs gedämpfte Hilferufe hallten leise in seiner Grabkammer wider.

16

»Hm, ich war sicher, ich würde einen Strafzettel kriegen.« Thom war sichtlich verblüfft.

Die drei Amerikaner standen vor dem Polizeipräsidium, und der Betreuer schaute zu dem behindertengerechten Van, den er online gemietet und vor wenigen Stunden am Flughafen von Neapel in Empfang genommen hatte. Das verbeulte, staubige Gefährt, ein umgebauter Mercedes Sprinter, stand mehr auf dem Bürgersteig als in einer Parklücke. Einen besseren Platz hatte Thom hier in der Nähe der Questura nicht finden können.

Sachs musterte den chaotischen Verkehrsstrom. »In Neapel scheint man nicht so viel Wert auf Strafzettel zu legen«, sagte sie. »Ich wünschte, das würde auch für Manhattan gelten.«

»Wartet hier. Ich hole den Wagen.«

»Nein, ich würde gern etwas trinken.«

»Zu viel Alkohol ist nicht gut, nachdem du geflogen bist. Wegen der Druckunterschiede.«

Nach Rhymes Überzeugung war dieses Argument völlig an den Haaren herbeigezogen. Ja, ein Querschnittsgelähmter reagiert empfindlicher als ein Nichtbehinderter, und körperliche Anstrengung *kann* ein Problem sein. Das verwirrte Nervensystem in Zusammenarbeit mit einem ebenso desorientierten Gefäßkreislauf kann den Blutdruck bisweilen rapide ansteigen lassen, was einen Schlaganfall, zusätzliche Nervenschäden und den Tod nach sich ziehen kann, falls es nicht schnell behandelt wird. Rhyme nahm an, dass der Kabinendruck eines Flugzeugs in seltenen Fällen einen solchen Zustand – eine autonome Dysregulation – auslösen mochte, aber den Konsum von Alkohol in diesem Zusammenhang als Risikofaktor zu bezeichnen, war nichts als ein schäbiger Trick, um ihn zum Verzicht zu bewegen.

Und das sagte er nun auch.

»Ich habe es in einer Studie gelesen«, gab Thom zurück.

»Egal, ich habe ja bloß *Kaffee* gemeint. Außerdem, wozu die Eile? Die Maschine ist nach London geflogen, um diese Zeugen nach Amsterdam zu bringen. Die Piloten können nicht einfach umdrehen, weil wir nach Amerika wollen. Wir übernachten hier in Neapel.«

»Wir fahren ins Hotel. Vielleicht später. Ein Glas Wein. Ein kleines.«

Sie hatten vorab eine Suite mit zwei Schlafzimmern reserviert. Thom hatte das Hotel in Ufernähe entdeckt. »Behindertengerecht und romantisch«, hatte der Betreuer es beschrieben, was Rhyme die Augen verdrehen ließ.

Nun sah Rhyme sich um. »Aber erst einen Kaffee. Ich *bin* erschöpft, das gebe ich zu. Seht mal. Da drüben ist ein Café.« Er nickte in Richtung der anderen Seite der Via Medina.

Sachs schaute zu einem tief liegenden, schimmernden Sportwagen, der mit grollendem Motor an ihnen vorbeirollte. Rhyme hätte weder den Hersteller noch das Modell oder die Pferdestärken benennen können, aber um Sachs' Aufmerksamkeit zu erregen, musste es sich um ein ernst zu nehmendes Geschoss handeln. Sie blickte wieder zu Rhyme. »Was soll bloß dieser ewige Streit um die Zuständigkeit?«, fragte sie.

Er lächelte. Sie dachte weiterhin an den Fall.

»Bei uns zu Hause sind es immer die Bundesbehörden gegen die Beamten vor Ort. Hier gerade ist es Italien gegen Amerika. Wie es aussieht, passiert das überall. Das ist doch Scheiße, Rhyme.«

»Ist es, ja.«

»Du scheinst aber nicht allzu sauer zu sein.«

»Na ja.«

Sie drehte sich zum Präsidium um. »Wir müssen diesen Kerl aufhalten. Verdammt noch mal. Vielleicht können wir ja von New York aus etwas bewirken. Sobald wir wieder da sind, rufe ich Rossi an. Der schien ganz vernünftig zu sein. Jedenfalls vernünftiger als der andere. Der Staatsanwalt.«

»Der Name gefällt mir: Dante Spiro«, sagte Rhyme. »Was ist nun mit dem Kaffee?«, wiederholte er.

Sie machten sich auf den Weg. Es schien in dem Laden auch Gebäck und Eis zu geben. »Du bist müde«, sagte Thom zu Rhyme. »Bestell dir ein Tiramisu. Die Süßspeise, du weißt schon. Übersetzt heißt das ›zieh mich hoch‹. So wie der Tee in England – er gibt dir nachmittags neue Energie. Denk dran, ›Kaffee‹ ist hier das, was wir Espresso nennen. Außerdem gibt es Cappuccino und Latte und Americano; das ist Espresso mit heißem Wasser in einer größeren Tasse.«

Die Wirtin brachte sie zu einem der Außentische, die von einer niedrigen metallenen Absperrung vom Rest des Bürgersteigs getrennt wurden. Auf die Trennwand war ein Banner gemalt, das früher mal rot gewesen sein musste und längst zu rosa verblasst war. Darin stand das Wort »Cinzano«.

Dann kam die Kellnerin, eine einsilbige Frau Mitte zwanzig in dunklem Rock und weißer Bluse, und fragte in gebrochenem Englisch nach ihrer Bestellung.

Sachs und Thom entschieden sich jeweils für einen Cappuccino und der Betreuer zudem für eine Portion Vanilleeis. Dann wandte die Frau sich an Rhyme. »*Per favore, una grappa grande*«, sagte er.

»*Sì.*«

Sie verschwand, bevor Thom protestieren konnte. Sachs lachte. »Du hast mich ausgetrickst«, murmelte der Betreuer.

»Das ist eine Eisdiele. Wer konnte wissen, dass die hier eine Schanklizenz haben?«

»Italien gefällt mir«, sagte Rhyme.

»Und wo hast du Italienisch gelernt? Woher weißt du überhaupt, was Grappa ist?«

»Aus meinem Reiseführer«, sagte Rhyme. »*Ich* habe die Zeit an Bord des Flugzeugs gut genutzt. Du hingegen hast geschlafen.«

»Was du auch hättest tun sollen.«

Die Getränke kamen. Rhyme nahm mit seiner rechten Hand das Glas und nippte daran. »Das ist… erfrischend. Aber auch etwas gewöhnungsbedürftig, würde ich sagen.«

Thom griff danach. »Wenn es dir nicht schmeckt…«

Rhyme zog das Glas zurück. »Ich muss mich vielleicht nur an den Geschmack gewöhnen.«

Die Bedienung war in der Nähe und hatte den Wortwechsel gehört. »Ach, wir haben hier nicht den besten Grappa«, sagte sie entschuldigend. »Aber gehen Sie zu einem größeren Restaurant, und da wird man Ihnen mehr und besseren Grappa anbieten können. Und Distillato. Der ist ähnlich wie Grappa. Sie müssen beides probieren. Die besten Sorten stammen aus Barolo im Piemont und Venetien im Norden. Jedenfalls meiner Meinung nach. Woher kommen Sie, wenn ich fragen darf?«

»Aus New York.«

»Oh, New York!«, sagte sie mit glänzenden Augen. »Etwa Manhattan?«

»Ja«, sagte Sachs.

»Eines Tages will ich auch dorthin. In Disney World bin ich mit meiner Familie schon gewesen. In Florida. Aber eines Tages fahre ich nach New York. Ich möchte auf der Bahn am Rockefeller Center Schlittschuh laufen. Geht das die ganze Zeit?«

»Nur im Winter«, sagte Thom.

»*Allora*, vielen Dank!«

Rhyme trank noch einen Schluck Grappa. Diesmal schmeckte es etwas milder, aber er war nun entschlossen, eine der besseren Sorten zu probieren. Seine Augen blieben, wie schon den größten Teil der Zeit, auf das Polizeipräsidium gerichtet. Er gönnte sich einen weiteren Schluck.

Thom, dem das Eis und der Kaffee eindeutig zusagten, schaute argwöhnisch zu Rhyme hinüber. »Dir scheint es ja schon viel besser zu gehen. Kaum noch müde.«

»Ja. Wie durch ein Wunder.«

»Aber du bist ungeduldig.«

Stimmt, das war er.

»Weswegen denn?«

»Deswegen«, sagte Rhyme, als Sachs' Telefon summte.

Sie runzelte die Stirn. »Unbekannter Anrufer.«

»Geh dran. Wir wissen, wer das ist.«

»Ach ja?«

»Und leg es auf den Lautsprecher.«

Sie drückte auf das Display. »Hallo?«

»Detective Sachs?«

»Ja.«

»Ja, ja. Massimo Rossi hier.«

»Bezahl die Rechnung«, sagte Rhyme zu Thom und trank den Grappa aus.

»Und Captain Rhyme?«, fragte Rossi.

»Inspektor.«

»Ich hatte gehofft, Sie noch irgendwo in der Nähe zu erwischen.«

»Wir sitzen in einem Café auf der anderen Straßenseite und trinken einen Grappa.«

Eine Pause. »Nun, ich muss Ihnen leider mitteilen, dass der Komponist sein nächstes Video hochgeladen hat. Sie hatten recht. Nicht bei YouVid, sondern bei NowChat.«

»Wann?«, fragte Rhyme.
»Laut Zeitstempel vor zwanzig Minuten.«
»Aha.«
»Bitte, Captain Rhyme«, sagte Rossi. »Ich halte Sie nicht für jemanden, der Spielchen spielt. Eindeutig nicht. Ich habe die Angelegenheit mit Staatsanwalt Spiro besprochen, und wir waren, gelinde gesagt, sehr beeindruckt von Ihren Beobachtungen.«
»Schlussfolgerungen, nicht Beobachtungen.«
»Ja, natürlich. *Allora*, wir haben beschlossen, Sie zu fragen, da wir unsere Meinung geändert haben, ob Sie wirklich bereit wären...?«
»Wir sind in fünf Minuten bei Ihnen.«

17

Auf Rhymes – dringende – Anregung hin wurde das Lagezentrum von der oberen Etage in einen größeren Besprechungsraum im Erdgeschoss verlegt, direkt neben dem Labor der Spurensicherung.

Das Labor war durchdacht konstruiert. Es gab einen sterilen Bereich, in dem Partikelspuren ausgepackt und analysiert wurden, sowie eine größere Abteilung für Finger und Schuhabdrücke, Reifenspuren und andere Arbeiten, bei denen eine mögliche Verunreinigung keine Rolle spielte. Der Besprechungsraum war mit diesem Teil des Labors verbunden.

Rhyme, Sachs und Thom waren nun mit Rossi und dem hochgewachsenen, schlaksigen Ercole Benelli hier.

Außerdem waren zwei Beamte zugegen, deren blaue Uniformen sich von Ercoles hellgrauer unterschieden. Ein junger Mann namens Giacomo Schiller und eine Frau namens Daniela Canton, anscheinend seine Partnerin. Beide waren blond – sie dunkler als er –, beide stellten ernste Mienen zur Schau und beide hörten aufmerksam Rossi zu, der mit ihnen wie ein gütiger Großvater sprach, dem man dennoch lieber Gehorsam schenkte. Die zwei gehörten zum Überfallkommando, erklärte Rossi, was wohl am ehesten den motorisierten Streifen des NYPD entsprach, folgerte Rhyme.

»Und Dante Spiro?«, fragte er.

»*Procuratore* Spiro musste andere Verpflichtungen wahrnehmen.«

Der temperamentvolle Mann hatte also widerstrebend eingewilligt, die Amerikaner zurückzuholen, wollte aber nichts mit ihnen zu tun haben. Das war Rhyme nur recht. Er konnte sich mit der italienischen Gepflogenheit, einen Staatsanwalt aktiv an den Ermittlungen teilhaben zu lassen, ohnehin nicht anfreunden. Nicht wegen eines möglichen Interessenkonflikts – und intelligent schien Spiro auch zu sein. Nein, es lief auf das alte Klischee hinaus: Zu viele Köche verdarben den Brei.

Ercole baute soeben die Flipcharts mit den Tabellen auf und übersetzte die Einträge ins Englische. Im Durchgang stand die rundliche, sachlich kühle Beatrice Renza, eine leitende Technikerin hier, und beriet ihn.

Sie sprach mit Ercole in knappen, rasend schnellen italienischen Sätzen, woraufhin er das Gesicht verzog und gereizt etwas erwiderte. Anscheinend ging es um einen Einwand gegen seine Übersetzung oder den genauen Wortlaut des Geschriebenen. Sie verdrehte hinter ihrer modischen Brille die Augen, trat dann vor, nahm ihm den Stift aus der Hand und verbesserte den Eintrag selbst.

Eine echte Schulmeisterin, dachte Rhyme, aber das bin ich schließlich auch. Er bewunderte ihre professionelle Art. Und ihre gekonnte Analyse der Spuren. Die Aufschlüsselung der einzelnen Partikel war exzellent.

Daniela und Giacomo hatten einen großen Laptop aufgestellt und eingerichtet. Sie nickte Rossi zu. »Hier ist das Video«, sagte er.

Giacomo tippte etwas ein, und der Bildschirm erwachte zum Leben.

»Die Seite hatte das Video bereits heruntergenommen«, erklärte Daniela auf Englisch mit leichtem Akzent. »Gewaltdarstellungen sind dort nicht gestattet, und in Italien kann so etwas als Straftat geahndet werden. Aber auf unsere Bitte hin haben sie uns eine Kopie geschickt.«

»Gab es schon irgendwelche Zuschauerkommentare über das Video?«, fragte Sachs.

»Darauf haben wir auch gehofft«, sagte Rossi. »Dass der Komponist womöglich auf eine solche Anmerkung antwortet und wir dadurch mehr erfahren. Doch leider ist das nicht geschehen. Wir haben dafür gesorgt, dass die Seite mit der Kommentarspalte weiterhin zugänglich bleibt, nur ohne das Video. Und Giacomo hier überwacht etwaige neue Einträge. Aber der Komponist hat sich noch nicht gemeldet.«

Der junge Mann lachte humorlos auf. »Es ist schon traurig. Die meisten Kommentare sind wütende Beschwerden darüber, dass das Video gelöscht wurde. Die Leute wollen einem Mann beim Sterben zusehen.« Er zeigte auf den Computer. »*Ecco.*«

Sie alle starrten den Monitor an.

Das Video zeigte einen schwach beleuchteten Raum mit anscheinend feuchten, stellenweise von Schimmel bedeckten Wänden. Das geknebelte Opfer – ein schlanker, bärtiger Mann mit dunkler Haut – saß auf einem Stuhl und hatte eine dünne Schlinge um den Hals. Sie war nicht besonders eng. Die Kordel – erneut aus Instrumentensaiten gefertigt – verschwand nach oben aus dem Bild. Der Mann war bewusstlos und atmete langsam. Genau wie bei dem Video aus New York erklang auch hier Musik, gespielt auf einem Keyboard.

Und auch diesmal handelte es sich um einen Walzer im Dreivierteltakt mit dem Keuchen eines Mannes auf dem ersten Taktschlag. Das Bild wurde dunkler, die Musik und Atemzüge wurden langsamer.

»*Cristo!*«, flüsterte Ercole, obwohl er das Video wahrscheinlich schon mindestens einmal gesehen hatte. Er schaute zu Daniela, die das Geschehen ungerührt verfolgte. Ercole räusperte sich und setzte eine gelassene Miene auf.

Die Musik klang bekannt, aber Rhyme konnte sie nicht einordnen. Er erwähnte das.

Die anderen schienen überrascht zu sein. »Der ›Blumenwalzer‹«, sagte Thom. »Aus dem *Nussknacker*.«

»Aha.« Rhyme hörte gelegentlich Jazz; es lag eine gewisse Faszination darin, dass etwas so absolut Mathematisches wie eine musikalische Komposition dennoch Raum für Improvisationen ließ (so ging auch er an die Spurenanalyse heran). Doch im Allgemeinen empfand Lincoln Rhyme Musik wie auch die meisten anderen Künste als Zeitverschwendung.

Das Opfer regte sich, als Erde oder kleine Steine auf seine Schulter rieselten, offenbar von der Wand oder Decke. Aber der Mann kam nicht zu sich. Das Bild wurde immer dunkler, die Musik immer langsamer. Schließlich war alles schwarz und still.

Der perverse Copyright-Vermerk erschien auf dem Schirm.

»Was ist mit den Metadaten?«, fragte Rhyme. Das waren in Bilder und Videos eingebettete Angaben über die Kamera, Brennweite, Datum und Uhrzeit, Geschwindigkeits- und Blendeneinstellungen, manchmal sogar die GPS-Koordinaten. Aus dem New Yorker Video waren sie entfernt worden, aber vielleicht hatte der Komponist es diesmal vergessen.

»Es gibt leider keine«, sagte Rossi. »Die Postpolizei sagt, das Video wurde ein zweites Mal kodiert und die Daten dabei alle gelöscht.«

»Die Postpolizei?«

»So heißt unsere Telekommunikationsabteilung.«

Rossi starrte einen Moment lang den dunklen Monitor an. »Was glauben Sie, wie viel Zeit haben wir?«

Rhyme schüttelte den Kopf. Jede Zeitangabe wäre reine Spekulation und daher überflüssig.

»Wie funktioniert dieser Galgen?«, grübelte Sachs. »Irgendetwas außerhalb des Bildes wird die Schlinge zuziehen, ein Gewicht oder so.«

Sie sahen sich das Video daraufhin ein weiteres Mal an, konnten aber keine Hinweise entdecken.

»Nun, wir sollten anfangen und versuchen, dieses Rätsel zu lösen. Captain Rhyme...«

»Wie ich vorhin zu den Schlussfolgerungen gelangt bin?«

»Ja. Bitte erläutern Sie es uns.«

Rhyme nickte in Richtung der nun übersetzten Tabelle. »Durch die Partikel natürlich. Die Substanzen in der Probe mit dem Propylenglykol sind Rasierschaum. Da außerdem menschliches Blut enthalten ist, besteht Grund zu der Annahme, dass er sich beim Rasieren geschnitten hat. Um sein Aussehen so gründlich wie möglich zu ändern, würde er Bart *und* Haar abrasieren, zumal rasierte Köpfe hier in Italien gerade in Mode zu sein scheinen. – Indol, Skatol und Thiol sind Exkremente.« Ein erneuter Blick zu der Tabelle. »Scheiße also. Dazu die Papierfasern? Ergibt menschliche Scheiße. Ich wüsste sonst keine Kreatur, die sich mit Papier den Hintern abwischt. Es ist alte, ausgetrocknete Scheiße. Das erkennt man auf dem Foto – und sie ist von unterschiedlicher Art. Sehen Sie die Variationen in Farbe und Textur? Ich würde vermuten, dass sich in der Nähe ein Abwasserkanal befindet, der seit einiger Zeit nicht mehr benutzt wird.

Die Tierhaare stammen von einer Ratte. Sie hat sie verloren, weil sie sich kratzt, und zwar wegen einer Hautirritation, hervorgerufen durch die Bartonella-Bakterien. Diese besondere Art befällt vor allem Ratten. Tja, und Ratten und Abwasserkanäle findet man überall, aber eher in Städten als auf dem Land. Daher die städtische Umgebung.«

»*Bene*«, sagte Beatrice Renza.

»Die Eisenspäne verraten mir, dass der Komponist ein Schloss oder eine Kette durchtrennt hat, um sich Zutritt zu dem Ort zu verschaffen. Eisen wird heutzutage kaum noch verwendet – die meisten Schlösser bestehen aus Stahl –, also muss es alt sein. Da der Rost sich nur auf einer Seite befindet – man kann es dort auf dem Foto sehen –, wurde das Metall erst vor Kurzem durchtrennt.«

»Sie haben gesagt, der Ort sei früher öffentlich zugänglich gewesen«, erinnerte Rossi ihn.

»Ja, wegen des Gummis.«

»Des Gummis?«, fragte Ercole. Er schien sich alles einzuprägen, das Rhyme gesagt hatte.

»Was sonst würde vulkanisiert sein? Durchscheinend, in Zerfall befindlich. Vulkanisiertes Gummi.«

Beatrice nickte. »Das sind alte Kondome, nicht wahr?«

»Genau. Angesichts der Ratten und Abwasserkanäle ist es schwerlich der Ort für ein romantisches Rendezvous, aber perfekt für Straßenmädchen.« Rhyme zuckte die Achseln. »Es sind gewagte Schlussfolgerungen. Aber wir haben einen Mann, der erdrosselt werden soll. Da dürfen wir nicht zaghaft sein. So, wenn Sie all das berücksichtigen, wo könnte das Opfer stecken? Im Untergrund von Neapel? Es muss natürlich ein abgelegener Ort sein.«

»Davon gibt es hier nicht viele«, sagte Rossi. »Wir sind eine dicht bevölkerte Stadt.«

»Und Neapel verfügt über mehr unterirdische Gänge und Kanäle als jede andere Stadt in Italien. Vielleicht sogar in Europa. Kilometer um Kilometer.«

»Aber nicht so viele mit einem einsam gelegenen Zugang«, widersprach Ercole.

»Doch, jede Menge«, raunte die Technikerin ihm zu. »Wir müssen das unbedingt weiter eingrenzen.«

»Eine Karte«, sagte Rhyme. »Es muss doch eine Karte der unterirdischen Anlagen geben.«

»Vielleicht als historisches Dokument«, spekulierte Daniela.

»Ja, gut möglich«, stimmte Ercole ihr lächelnd zu. »In einer Bibliothek, einem akademischen Fachbereich oder einer historischen Gesellschaft.«

Rhyme sah ihn an und hob eine Augenbraue.

Ercole zögerte. »Ist das falsch? Es war bloß ein Vorschlag.«

Rossi sah ihn ebenfalls an. »Ercole, ich glaube nicht, dass Captain Rhyme Ihre Idee anzweifelt – die ist nämlich gut, wenn auch auf der Hand liegend –, sondern Sie auffordert, eine solche Karte zu *besorgen*.«

»Oh, ja, ja, natürlich.«

»Gehen Sie online«, wies Sachs ihn an. »Wir haben nicht die Zeit, Sie in Bibliotheken herumstöbern zu lassen, als wäre dies ein Roman von Dan Brown.«

Muss mir dieser Name etwas sagen?, dachte Rhyme. Nie gehört.

»Diese unterirdischen Gänge, die Sie erwähnt haben«, wandte Sachs sich an Beatrice. »Gibt es Führungen?«

»Ja«, erwiderte sie. »Ich habe mit den Kindern meiner Schwester schon mehrere mitgemacht. Insgesamt drei.«

»Ercole, laden Sie auch all diese Tour-Routen herunter«, rief Rhyme.

»Ja, mache ich. Wollen Sie diese Bereiche dann aus unserer Suche ausklammern? Weil er Orte mit Touristen meiden würde?«

»Ich will mich orientieren. Ein Stadtplan. Wir brauchen einen Stadtplan.«

Rossi sprach mit Daniela. Sie verschwand, kehrte gleich darauf mit einer großen Faltkarte von Neapel wieder und klebte sie an die Wand.

»Wie geht es voran, Ercole?«

»Ich ... Es gibt eine ganze Reihe unterirdischer Bereiche der Stadt. Mir war nicht klar, wie – *come si dice* – wie ausgedehnt die sind.«

»Hab ich doch gleich gesagt«, merkte Beatrice an.

»Manches hier ist widersprüchlich. Auf der einen Karte taucht es auf, auf der anderen nicht.«

»Einige der Gänge dürften im Zuge von Bauarbeiten auch zugeschüttet worden sein«, sagte Rossi. »Das ist in Italien oft problematisch«, erklärte er Rhyme, Sachs und Thom. »Ein Unternehmer will ein neues Gebäude hochziehen, aber sobald die Baugrube ausgehoben wird, stößt man auf römische oder hier oft auch griechische Ruinen, und alle Arbeiten werden gestoppt.«

»Geben Sie mir etwas, mit dem ich arbeiten kann, Ercole. Wir müssen vorankommen.«

»Ein paar Funde habe ich. Einige Gänge, alte Gebäude, Getreidelager und sogar mehrere Höhlen, die vielversprechend aussehen.« Er blickte auf. »Wie kann ich drucken?«, fragte er Daniela.

»Hier.« Sie beugte sich über ihn, betätigte ein paar Tasten, und einen Moment später erwachte der Hewlett-Packard in der Ecke zum Leben. Rhyme wusste nicht, warum ihn das überraschte – vielleicht weil er in einer sehr alten Stadt war und sehr alte Karten vor sich hatte; da wirkten WLAN-Drucker irgendwie fehl am Platz.

Sachs holte die Blätter aus der Ablage und reichte sie Daniela. »Übertragen Sie die Passagen auf den Stadtplan«, verlangte Rhyme.

»*Tutti?* Alle?«

»Außer denen, die zugemauert zu sein scheinen.«

Sie umriss mit festen, flinken Strichen die unterirdischen Gangsysteme.

»Nun fügen Sie die Abwässerkanäle hinzu«, sagte Rhyme. »Aber nur die älteren von den historischen Karten. Alte Scheiße, wissen Sie noch? Und es müssen offene Kanäle sein, nicht geschlossene Rohre. Der Komponist ist auf die Partikel *getreten*.«

Ercole fing mit einer neuen Suche an. Die Karten, die er fand, waren offensichtlich unvollständig, zeigten jedoch Teile der Kanalisation, die schon im achtzehnten und neunzehnten Jahrhundert existiert hatten. Daniela zeichnete sie in den Stadtplan ein.

»Okay, nun streichen wir die Tour-Routen«, befahl Rhyme.

Ercole druckte die Informationen der Internetseite »Das unterirdische Neapel. Erleben Sie Geschichte aus nächster Nähe!« und einem halben Dutzend Weiterer aus. Daniela sah sich die Routen an und markierte all jene, die mit den Gängen und Kanälen zusammenfielen, die sie bisher entdeckt hatten.

Es blieben trotzdem noch endlose Meilen von möglichen Verstecken übrig.

»Und wenn wir die Prostituierten berücksichtigen, die Sie erwähnt haben?«, schlug Rossi vor. Er sah zu Giacomo, der neben dem Stadtplan stand und nun erklärte: »Ich war früher beim Sittendezernat und kenne viele der einschlägigen Ecken: die spanischen Viertel, die Piazza Garibaldi, den Corso Umberto, den Bahnhof Gianturco, den Piazzale Tecchio mit dem Stadion San Paolo, die Via Terracina, Via Fuorigrotta, Via Agnano und den Corso Lucci. Die sind alle aktuell. Die Gegend entlang der Via Domiziana, nördlich und westlich von Neapel, war früher und ist immer noch für Prostitution bekannt. Aber sie ist sehr dicht besiedelt und hauptsächlich von Einwanderern bewohnt. Der Komponist könnte sich dort mit seinem Opfer nur unter großen Schwierigkeiten bewegen. Und es gibt in der Nähe keine unterirdischen Gänge.«

»Kreisen Sie die zuerst erwähnten Bereiche ein, Officer«, sagte Rhyme.

Giacomo nahm von Daniela den Stift entgegen und markierte eine Stelle nach der anderen.

Das grenzte die Anzahl der Gänge und Kammern auf ungefähr zwei Dutzend ein.

»Worum genau handelt es sich dabei?«, fragte Sachs.

»Um römische Straßen, Gassen und Gehwege, die irgendwann überbaut worden sind«, sagte Rossi. »Dann haben sie als Tunnel zur Anlieferung von Waren gedient, um dem dichten Verkehr zu entgehen. Auch als Wasserreservoire und Aquädukte. Oder Getreidespeicher.«

»Wasser?«

»Ja. Die Römer haben die weltweit beste *infrastruttura* zur Wasserversorgung entwickelt.«

»Beatrice, haben Sie nicht Kalkstein und Blei gefunden?«, rief Rhyme.

Sie verstand ihn nicht, und Ercole übersetzte.

»*Sì*. Ja, haben wir. Da steht es, schauen Sie.«

»Waren die alten römischen Aquädukte aus Kalkstein gebaut?«

»Ja, waren sie, und um Ihren Gedanken fortzuführen, die Rohre, die das Wasser zu den Brunnen, Wohnungen und Häusern ... geliefert, nein, geleitet haben, waren aus Blei. In unserer Zeit wurden sie natürlich aus Gesundheitsgründen ersetzt.«

»Ercole, gibt es einen Plan der alten römischen Wasserversorgung?«

Das Dokument ließ sich schnell in den historischen Archiven finden.

Ercole reichte den Ausdruck an Daniela weiter und zeigte darauf. »Es gibt hier zehn römische Wasserspeicher in den von uns markierten Bereichen. Die sind rund wie große Brunnen oder Silos und waren mit den Aquädukten verbunden, die aus Norden und Westen in die Stadt verlaufen sind. Manche sind große städtische Reservoire von zwanzig mal zwanzig Metern, andere sind für eng begrenzte Gebiete oder einzelne Häuser gedacht und wesentlich kleiner. Als die Wasserversorgung modernisiert wurde und es Pumpstationen gab, hat man viele dieser Speicher in Lagerräume umgewandelt. Dazu wurden Türen und Fenster in die Wände geschlagen.«

Daniela markierte die Räume.

»Ich will noch mal das Video sehen«, sagte Rhyme.

Der Film erschien ein weiteres Mal auf dem Monitor. »Sehen Sie sich die Wände an, den Stein. Ist das ein Wasserreservoir?«

»Könnte sein.« Ercole zuckte die Achseln. »Behauener Stein. Mit Verfärbungen, die von Wasser herrühren können. Und vielleicht nachträglich mit einem Zugang versehen. Da, dieser Schatten könnte auf einen Eingang hindeuten.«

»Wir haben es jetzt auf neun oder zehn Orte eingegrenzt«, stellte Sachs fest. »Können wir die nicht alle durchsuchen? Mit hundert Streifenbeamten?«

Es schien Rossi unangenehm zu sein. »Das ist leider derzeit nicht möglich.« Er erklärte, es habe in letzter Zeit vermehrte Terrorwarnungen für Italien und andere Teile Europas gegeben, und viele Beamte seien daraufhin von anderen Ermittlungen abgezogen worden.

Rhyme ließ das Video erneut ablaufen: der Stein, die Schlinge, das bewusstlose Opfer, dessen Brust sich langsam hob, der rieselnde Staub, das...«

»Ah. Sieh sich das einer an.« Er flüsterte nur, doch alle im Raum drehten sich sofort zu ihm um. Rhyme verzog das Gesicht. »Ich habe es zuvor schon gesehen, mir aber nichts dabei gedacht.«

»Was denn, Rhyme?«

»Den Staub und die Steinchen, die von der Wand fallen.«

Sachs und Ercole sprachen gleichzeitig. Sie: »Die U-Bahn!« Er: »*Rete Metropolitana!*«

»Ein Zug lässt die Wände erzittern. Ercole, schnell, welche Linien verlaufen durch die Bereiche, die wir markiert haben?«

Er rief auf dem Laptop eine schematische Übersicht des U-Bahn-Netzes auf. Daniela zeichnete die Gleisverbindungen in ihren Stadtplan ein.

»Da!«, rief Rossi. »Das Wasserreservoir, das kleine.«

Es war ein Raum von etwa sechs mal sechs Metern am Ende eines Aquädukts. Der Zugang erfolgte durch einen Tunnel, der bis zu einer Straße führte, gelegen an einem Platz am Viale Margherita.

»Ich kenne die Gegend«, fügte Giacomo hinzu. »Das Reservoir muss sich im Keller eines alten, leer stehenden Gebäudes befinden. Und früher könnten die Gänge durchaus von Prostituierten benutzt worden sein, ja.«

»Leer stehend«, wiederholte Rhyme. »Die Türen könnten demnach mit der Kette oder dem Vorhängeschloss gesichert gewesen sein, die der Komponist durchtrennt hat, was die Metallspäne und den Rost erklären würde.«

»Ich verständige den SCO«, sagte Rossi.

»Servizio Centrale Operativo«, erklärte Daniela. »Unser Sondereinsatzkommando.«

Rossi sprach mehrere Minuten am Telefon, erteilte strikte Anweisungen und legte dann auf. »Sie stellen ein Team zusammen.«

Sachs und Rhyme sahen sich an. Er nickte.

»Wie weit ist das von hier?«, fragte sie und zeigte auf die Stelle der Karte, an der Daniela den Zugang rot eingekreist hatte.

»Das sind nur ein paar Kilometer.«

»Ich will da hin«, verkündete Sachs.

»Ja, ist gut«, willigte Rossi nach kurzem Zögern ein. Dann beriet er sich auf Italienisch mit Giacomo und Daniela.

»Der Dienstwagen der beiden wurde von Kollegen übernommen«, übersetzte Rossi. »Ercole, Sie fahren Detective Sachs.«

»Ich?«

»Sie.«

Die beiden gingen zur Tür. »Geben Sie ihr eine Waffe«, forderte Rhyme.

»Was?«, fragte Rossi.

»Ich will nicht, dass sie unbewaffnet in den Einsatz geht.«

»Aber das verstößt gegen die Vorschriften.«

… und das ist für uns durchaus ein Problem.

»Sie ist ein Detective des NYPD und eine hervorragende Schützin.«

Rossi überlegte. »Ich weiß nicht, welche Vereinbarung wir mit den Vereinigten Staaten getroffen haben, aber als französische Gendarmen einen Kriminellen aus Frankreich verfolgt haben, durften sie bewaffnet nach Kampanien einreisen. Also gut, ich gestatte es.« Er verschwand und kehrte kurz darauf mit einem Pistolenkoffer aus Kunststoff zurück. Dann übertrug er die Nummer auf dem Koffer in ein Formular und öffnete den Behälter. »Dies ist eine…«

»…Beretta sechsundneunzig«, fiel Sachs ihm ins Wort. »Die A-eins, Kaliber vierzig.« Sie nahm die Pistole, richtete sie nach unten und zog leicht den Schlitten zurück, um sich zu vergewissern, dass die Waffe nicht geladen war. Dann nahm sie zwei schwarze Magazine und die Schachtel Munition, die Rossi ebenfalls mitgebracht hatte.

»Unterzeichnen Sie hier. Und da wo ›Rang‹ und ›Einheit‹ steht – das sind diese beiden Worte da –, schreiben Sie irgendwas Unleserliches. Aber bitte, Detective Sachs, erschießen Sie niemanden, sofern es sich vermeiden lässt.«

»Ich tue meine Bestes.«

Sie kritzelte etwas an die bezeichneten Stellen des Formulars, schob ein Magazin in die Waffe und lud sie durch, um eine Patrone in die Kammer zu befördern. Dann sicherte sie die Pistole, steckte sie sich hinten in den Hosenbund und eilte zur Tür.

Ercole schaute von Daniela zu Rossi. »Soll ich…?«

»Los!«, sagte Rhyme. »Worauf warten Sie noch?«

18

»*Das* ist es?«, fragte Amelia Sachs. Sie waren von der Questura ein Stück die Straße entlanggerannt. »*Das* ist Ihr Auto?«

»Ja, ja.« Ercole stand neben einem kleinen kantigen Vehikel, das offenbar Mégane hieß, mattblau, verstaubt und ramponiert. Er wollte den Wagen umrunden und Sachs die Tür öffnen.

»Ich komme schon klar.« Sie winkte ab. »Wir müssen los.«

Der junge Beamte setzte sich ans Steuer, und Sachs ließ sich auf den Beifahrersitz fallen.

»Es ist nichts Besonderes. Tut mir leid.« Er lächelte verlegen. »Das Überfallkommando hatte sogar mal zwei Lamborghinis. Einer war vor ein paar Jahren in einen Unfall verwickelt, also bin ich mir nicht sicher, ob sie immer noch beide haben. Mit offizieller Polizeilackierung. Was für ein...«

»Wir sollten uns beeilen.«

»Natürlich.«

Er ließ den Motor an. Dann legte er den ersten Gang ein, setzte den Linksblinker und schaute über die Schulter, um eine Lücke im Verkehr abzuwarten.

»Ich fahre«, sagte Sachs.

»Wie bitte?«

Sie zog den Ganghebel in den Leerlauf, riss die Handbremse hoch und sprang aus dem Wagen.

»Haben Sie denn einen hier gültigen Führerschein?«, protestierte Ercole. »Wahrscheinlich müssen erst Formulare ausgefüllt werden. Ich nehme an...«

Dann war sie auch schon an der Fahrertür und öffnete sie. Er stieg aus. »Sie können mich lotsen«, sagte Sachs. Ercole lief auf die andere Seite und stieg wieder ein, während sie schon das Lenkrad packte. Den Sitz brauchte sie nicht neu einzustellen; Ercole war größer als sie und der Sitz bereits so weit hinten wie möglich.

Sie schaute zu ihm. »Legen Sie den Gurt an.«

»Oh, das kümmert hier niemanden.« Er kicherte. »Und man bekommt auch nie einen Strafzettel.«

»Legen Sie ihn trotzdem an.«

»Also gut, wenn Sie unbedingt…«

Sobald das Klicken seines Gurtschlosses ertönte, legte sie den ersten Gang ein, gab Gas, ließ die Kupplung kommen und schoss in eine winzige Lücke im Verkehr. Ein anderes Fahrzeug wich aus, ein zweites bremste. Beide hupten. Sachs würdigte sie keines Blickes.

»*Mamma mia*«, flüsterte Ercole.

»Wo entlang?«

»Auf dieser Straße einen Kilometer geradeaus.«

»Und wo ist Ihre Leuchte?«

»Da.« Er zeigte auf einen Schalter. Für die Scheinwerfer.

»Nein, ich meine die Signalleuchte. Hier in Italien ist sie blau, nicht wahr?«

»Blau? Ach, das Polizeilicht? Ich habe keins…« Er keuchte auf, als sie sich zwischen einem Laster und drei Motorradfahrern einreihte. »Das ist mein Privatwagen.«

»Aha. Und wie viele Pferdestärken? Achtzig?«

»Nein, nein, eher hundert«, sagte Ercole. »Genau genommen hundertzehn.«

Ich fasse es nicht, dachte sie, sagte aber nichts. Amelia Sachs würde niemals jemandem das eigene Auto madig machen.

»Und Sie haben in Ihren Privatfahrzeugen keine Signalleuchten?«

»Vielleicht bei der Staatspolizei. Inspektor Rossi und Daniela. Aber wie Sie wissen, bin ich bei der Forstwache. Wir haben keine. Zumindest weder ich noch einer meiner Kollegen. Oh, wir müssen gleich abbiegen.«

»Welche Straße, welche Richtung?«

»Links. Die da vorn. Aber ich habe zu lange gewartet. Tut mir leid. Ich glaube, wir schaffen es nicht mehr rechtzeitig da hinüber.«

Sie schafften es rechtzeitig da hinüber.

Mit kreischendem zweiten Gang in einer Neunzig-Grad-Kehre. Ihm stockte der Atem.

»Wie weiter?«

»Nach einem halben Kilometer rechts in die Via Letizia.«

Er sog erschrocken die Luft ein, denn Sachs beschleunigte auf achtzig Kilometer pro Stunde und wechselte dabei zwischen allen vier Fahrspuren hin und her.

»Bekommen Sie von der Staatspolizei die Kosten erstattet?«

»Das wären nur ein paar Euro Kilometergeld. Es ist den Papierkram nicht wert.«

Sie hatte die Reparatur des Getriebes gemeint, ging aber nicht näher darauf ein. Wie viel Schaden konnten einhundert PS denn schon anrichten?

»Hier abbiegen.«

Via Letizia ...

Die Straße war verstopft. Fahrzeug reihte sich an Fahrzeug, Bremslichter leuchteten auf.

Sachs musste beide Bremsen benutzen. Schlitternd kam sie nur wenige Zentimeter hinter dem Vordermann zum Stehen.

Sie hupte. Niemand rührte sich.

»Halten Sie Ihre Dienstmarke hoch«, verlangte Sachs.

Sein Lächeln verriet ihr, dass es nichts nützen würde.

Sie hupte erneut und lenkte den Wagen kurzerhand auf den Bürgersteig. Wütende Gesichter wandten sich ihr entgegen, wenngleich manche der jüngeren Männer beim zweiten Hinsehen belustigt oder sogar bewundernd reagierten, sobald sie erkannten, dass die Verrückte am Steuer eine wunderschöne Rothaarige war.

Sie erreichte die nächste Kreuzung und bog ab, wie Ercole sie angewiesen hatte. Dann gab sie wieder Gas.

»Rufen Sie an«, sagte Sachs. »Fragen Sie, ob das – wie war doch gleich der Name Ihrer taktischen Einheit? Finden Sie heraus, wo die bleiben.«

»Oh, der SCO.« Er nahm sein Telefon und wählte eine Nummer. Wie die meisten Gespräche, die sie bisher mit angehört hatte, verlief auch dieses in irrwitziger Geschwindigkeit. Es endete mit einem stakkatohaften *»Ciao, ciao, ciao, ciao ...«* Ercole packte das Armaturenbrett, als sie zwischen zwei Lastwagen hindurchschoss. »Die Leute sind unterwegs«, berichtete er. »Sie dürften ungefähr fünfzehn Minuten brauchen.«

»Und wir?«

»*Cinque.* Ich meine ...«

»Fünf.« Sachs verzog das Gesicht. »Kann denn nicht jemand schneller vor Ort sein? Der Komponist hat es bestimmt wie in New York gemacht und den Zugang wieder versperrt. Wir brauchen wahrscheinlich geeignetes Werkzeug.«

»Die werden vermutlich daran gedacht haben.«

»Erinnern Sie sie trotzdem.«

Ein weiterer Anruf. Und obwohl Sachs die Worte nicht verstand, erkannte sie am Tonfall, dass die Ankunft des Zugriffteams sich nicht beschleunigen ließ.

»Sie haben Hämmer, Bolzenschneider und einen Schneidbrenner dabei.«

Sachs schaltete vom vierten in den zweiten Gang und trat das Gaspedal durch. Der Motor heulte auf.

Ihr fiel unwillkürlich ein, was ihr Vater oft gesagt hatte und was zu ihrem Lebensmotto geworden war.

Wenn du in Schwung bist, kriegt dich keiner...

Doch dann passierte es: Ein blonder Halbwüchsiger, dessen lange Locken im Wind wehten, fuhr mit seinem leuchtend orangefarbenen Motorroller über eine rote Ampel, ohne auf den Verkehr zu achten.

»Scheiße.«

Mit rasend schnellen Bewegungen betätigte Sachs Kupplung, Gangschaltung und beide Bremsen, um das Tempo drastisch zu verringern und dem Roller auszuweichen. Sie verfehlte den Jungen um nur wenige Zentimeter. Er bemerkte es nicht einmal. Sachs sah, dass er Ohrhörer trug.

Sie legte den ersten Gang ein, und schon ging es weiter.

»Hier links«, rief Ercole über das Kreischen des gequälten Motors hinweg.

Sie rasten durch eine schmale Straße voller Wohnhäuser, ohne Geschäfte. Über ihnen waren Wäschestücke wie Fahnen zum Trocknen aufgehängt. Dann erreichten sie einen Platz und umrundeten einen winzigen farblosen Park, in dem auf verschrammten Bänken ein halbes Dutzend ältere Männer und Frauen saßen, dazu eine jüngere Frau mit Kinderwagen und zwei Kinder, die mit struppigen Hunden spielten. Es war eine kaum bevölkerte Gegend, und der Komponist hätte sein Opfer mühelos aus dem Wagen und unter die Erde verfrachten können, ohne dass jemand es bemerkte.

»Da vorn, das ist es«, verkündete Ercole und zeigte auf eine schäbige Holztür in dem leer stehenden Gebäude, das Giacomo Schiller beschrieben hatte. Die Fassade war, wie bei den Nachbarhäusern, mit Graffiti übersät. Man konnte gerade noch ein verblasstes Schild erkennen: *Non Entrare.*

Sachs hielt mit dem Wagen einige Meter vor der Tür an, damit das Zugriffteam und der Krankenwagen genug Platz haben würden. Dann stieg sie aus, dicht gefolgt von Ercole.

Obwohl sie sich beeilte, achtete sie auf ihre Bewegungen.

Sachs musste aufpassen, denn sie litt an Arthritis, die sich so stark verschlimmert hatte, dass sie fast an einen Schreibtisch versetzt worden wäre. Eine Hüft und Knieoperation hatte den Schmerz zwar fast vollständig gelindert, aber sie durfte deswegen nicht leichtsinnig werden. Ihr Körper konnte sie jederzeit wieder im Stich lassen. Im Augenblick jedoch funktionierte alles bestens.

»Das ist neu für Sie, nicht wahr? Ein Zugriff.«

»Zugriff?«

Das beantwortete die Frage.

Sachs hingegen kannte sich aus. »Zuerst müssen wir den Schauplatz sichern, um nicht von etwaigen Gegnern überrascht zu werden. Auch falls das Opfer nur noch wenige Sekunden zu leben hätte, wäre ihm kaum geholfen, wenn wir ebenfalls sterben. Verstanden?«

»*Sì.*«

»Sobald alles klar ist, versuchen wir ihn zu retten. Mit Herz-Lungen-Wiederbelebung, Freimachung der Atemwege, falls das möglich ist, oder der Anwendung von Druck, um eine Blutung zu stoppen, obwohl der Blutverlust hier wohl weniger ein Problem sein wird. Danach sperren wir den Tatort ab, um die Spuren zu schützen.«

»Alles klar... o nein!«

»Was denn?«

»Ich habe die Füßlinge vergessen. Für unsere Schuhe. Man soll doch...«

»Die würden wir jetzt ohnehin nicht benutzen. Sie sind zu glatt. Hier.«

Sie zog ein paar Gummibänder aus der Tasche und reichte sie ihm. »Streifen Sie die über Ihre Fußballen.«

»Die haben Sie dabei?«

Sie legten beide die Gummibänder an.

»Und Handschuhe?«, fragte er. »Latexhandschuhe?«

Sachs lächelte. »Nein. Nicht bei einem Zugriff.«

Sie stellte nun überrascht fest, dass die Tür lediglich mit einem überaus billigen Vorhängeschloss gesichert war, dessen Haspe man zudem nur mit kleinen Schrauben an Rahmen und hölzernem Türblatt befestigt hatte.

Sachs zückte ihr Springmesser. Ercole bekam große Augen, und sie musste lächeln, weil es eine italienische Waffe war – ein Frank-Beltrame-Stilett mit zehn Zentimeter langer Klinge und Hirschhorngriff. Sachs ließ die Klinge hervorschnellen, hebelte mit einem kurzen Ruck die Schrauben der Haspe aus dem Holz und steckte das Messer wieder ein.

Sie hob den ausgestreckten Zeigefinger an die Lippen und musterte Ercoles nervöses, verschwitztes Gesicht. Der Schreck der Fahrt saß ihm noch in den Knochen, und darüber hinaus war er zwar fest entschlossen, aber ohne jede Kampferfahrung.

»Bleiben Sie hinter mir«, flüsterte Sachs.

»Ja, ja.« Es war eher gehaucht als gesprochen.

Sie zog eine Halogentaschenlampe hervor, eine Fenix PD35, zwar winzig, aber mit eintausend Lumen sehr leistungsstark.

Ercoles Blick schien zu besagen: Gummibänder, Taschenlampe, Springmesser? Diese Amerikaner sind wohl auf alles vorbereitet.

Sie wies auf die Tür.

Sein Adamsapfel bewegte sich auf und ab.

Sachs drang ins Innere vor, hob Taschenlampe und Waffe.

Es gab einen lauten Knall. Die Tür war gegen einen Tisch gestoßen und hatte eine große Plastikflasche Mineralwasser zu Boden befördert, wo sie nun auslief.

»Er ist hier!«, flüsterte Ercole.

»Nicht unbedingt. Aber gehen Sie davon aus. Der Tisch und die Flasche sollten ihn vielleicht warnen im Falle, dass jemand eindringen würde. Wir müssen uns beeilen.«

Hier am Eingang stank es, und die Wände waren voller Graffiti. Es erinnerte eher an eine Höhle in der Wildnis als an ein von Menschenhand errichtetes Gebäude. Eine steile Treppe führte nach unten. Sie gingen langsam voran. Die Taschenlampe verriet zwar ihre Position, aber es war ihre einzige Lichtquelle. Ein Sturz auf diesen steinernen Stufen konnte tödlich enden.

»Moment«, sagte Sachs und blieb am Fuß der Treppe stehen. Sie glaubte, ein Stöhnen oder Ächzen gehört zu haben. Doch da war nichts.

Sie fanden sich in einem alten gemauerten Tunnel von etwa zweieinhalb Metern Breite und dreieinhalb Metern Höhe wieder. Der Aquädukt, eine sechzig Zentimeter breite Rinne mit quadratischem Querschnitt, verlief durch die Mitte des Bodens. Er war fast ausgetrocknet, wenngleich aus alten eisernen Rohren über ihren Köpfen Wasser tropfte.

Ercole zeigte nach links. »Das Reservoir liegt dort, falls die Karte stimmt.«

Aus einiger Entfernung ertönte ein Rattern und wurde lauter. Der Boden erbebte. Sachs nahm an, dass es die in der Nähe verlaufende U-Bahn-Linie war, doch ihr kam auch in den Sinn, dass Neapel in Reichweite des Vesuv lag, der als aktiver Vulkan jederzeit ausbrechen konnte, wie sie gelesen hatte. Das wiederum würde mit einem Erdbeben einhergehen und konnte sie hier unter dem Schutt begraben – was für sie eine der schlimmstmöglichen Todesarten wäre. Klaustrophobie war ihre größte Angst.

Doch das Dröhnen steigerte sich zu einem Crescendo und entfernte sich dann wieder.

Die U-Bahn. Okay.

Sie erreichten eine Gabelung. Von hier aus führten drei Tunnel weiter, jeder mit einer eigenen Rinne im Boden.

»Wo entlang?«

»Tut mir leid, das weiß ich nicht. Dieser Teil war nicht auf der Karte.«

Such dir was aus, dachte sie.

Und dann sah sie, dass die linke Abzweigung zudem ein größtenteils zerbrochenes Terrakottarohr aufwies. Wahrscheinlich eine alte Abwasserleitung. Sie dachte an die skatologischen Partikel an den Schuhen des Komponisten. »Da lang.« Sachs ging auf dem feuchten Boden weiter. Der beißende Geruch nach Moder kitzelte ihren Rachen und erinnerte sie an das Fabrikgelände in Brooklyn, wo der Komponist seinen ersten Mordversuch unternommen hatte.

Wo bist du?, fragte sie in Gedanken das Opfer. Wo?

Sie folgten weiter vorsichtig dem Aquädukt, bis der Tunnel endete – in einem großen, schmutzigen Keller, schwach erhellt durch einige Luftschächte und Risse in der Decke. Der Aquädukt führte auf einer gewölbten Bogenstellung zu einem runden steinernen Zylinder von je sechs Metern Breite und Höhe. Er war oben offen, und in seine Seite hatte man eine Türöffnung gehauen.

»Das ist es«, flüsterte Ercole. »Das Reservoir.«

Sie stiegen aus der Rinne des Aquädukts und gelangten über einige Steinstufen auf den drei Meter unterhalb gelegenen Boden.

Ja, von da drinnen hörte Sachs ein Keuchen. Sie bedeutete Ercole, nach hinten und in Richtung der Kellerzugänge zu sichern. Er verstand und zog seine Pistole. Sein unbeholfener Griff verriet ihr, dass er nur selten schoss. Doch er vergewisserte sich, dass eine Patrone in der Kammer lag und die Waffe entsichert war. Und er wusste, in welche Richtung die Mündung zeigte. Das musste reichen.

Sie atmete tief durch, dann noch einmal.

Dann drehte sie sich geduckt um die Ecke und leuchtete den Raum aus.

Das Opfer saß rund vier Meter von ihr entfernt, war mit Klebeband an einen wackligen Stuhl gefesselt und reckte den Kopf nach oben, um den Druck der Schlinge zu mildern. Sachs erkannte nun, welche Vorrichtung der Komponist gebaut hatte – die tödlichen Basssaiten verliefen über einen Holzstab, der über dem Kopf des Opfers in einem Riss der Wand steckte, zu einem zweiten Stab und hinunter zu einem hängenden Eimer, der sich mit Wasser füllte, um durch sein Gewicht letztlich das Opfer zu erdrosseln.

Der Mann kniff im hellen Licht der Taschenlampe die Augen zusammen.

Er gab hier keine weiteren Türen, und der Komponist war nicht zugegen.

»Stellen Sie sich hinter mir in den Eingang, und sichern Sie von dort aus«, befahl Sachs.

»*Sì!*«

Sie steckte die Waffe in den Hosenbund und lief zu dem Mann. Er schluchzte. Sie befreite ihn von dem Knebel.

»*Saedumi, saedumi!*«

»Es wird alles gut.« Sie fragte sich, ob er wohl Englisch verstand.

Sachs hatte zwar Handschuhe dabei, verlor aber nun keine Zeit. Beatrice konnte später ihre Fingerabdrücke mit den Spuren abgleichen und ausschließen. Sie packte die Schlinge, zog sie nach unten, wodurch der Eimer angehoben wurde, und streifte sie dem Mann vom Kopf. Dann wollte sie den Eimer behutsam hinunterlassen, doch noch bevor er unten ankam, löste der zweite Stab sich aus der Wand und der Eimer stürzte zu Boden.

Verdammt. Das Wasser konnte dort alle möglichen Spuren verunreinigen.

Doch daran ließ sich nichts ändern. Sachs nahm den armen Mann genauer in Augenschein. Sein panischer Blick wanderte von ihr zu der Fessel um seine Arme, dann senkrecht nach oben und zurück zu Amelia.

»Es wird alles gut. Ein Krankenwagen ist unterwegs. Verstehen Sie mich? Sprechen Sie Englisch?«

Er nickte. »Ja, ja.«

Der Mann schien nicht schwer verletzt zu sein. Nun, da er vorerst gerettet war, zog Sachs sich Latexhandschuhe über. Sie nahm ihr Messer und drückte den Kopf. Die Klinge schnellte hervor. Der Mann zuckte zusammen.

»Keine Sorge.« Sie durchtrennte das Klebeband und befreite erst seine Hände und dann die Füße.

Die Augen des Mannes waren geweitet und bewegten sich unkoordiniert. Er redete leise vor sich hin.

»Wie heißen Sie?«, fragte Sachs und wiederholte die Frage auf Arabisch. Alle Beamten der NYPD-Abteilung für Kapitalverbrechen, die auch mit der Terrorismusbekämpfung zu tun hatte, kannten ein halbes Dutzend Worte und Redewendungen.

»Ali. Ali Maziq.«

»Sind Sie irgendwo verletzt, Mr. Maziq?«

»Mein Hals. Meine Kehle.« Er fing wieder an, wirr zu plappern, und seine Augen huschten abermals umher.

»Es scheint nicht allzu schlimm zu sein«, sagte Ercole.

»Nein.«

»Aber er ist offenbar ziemlich desorientiert.«

Entführt von einem Verrückten und dann gefesselt und beinahe erhängt in einer Ruine aus der Römerzeit? Kein Wunder.

»Bringen wir ihn nach oben.«

19

Das Zugriffteam war da.

Ein Dutzend SCO-Beamte. Sie rückten tödlich entschlossen vor, sicherten fachmännisch das Gelände und hielten ihre Waffen wie echte Könner.

Sachs erwartete sie am Eingang. Sie hatte sich die NYPD-Dienstmarke an den Gürtel gesteckt. Als Detective trug sie ein goldenes Abzeichen, was ihr ein wenig Autorität verlieh, wie zweifelhaft diese auch sein mochte. »FBI?«, fragte der Truppführer mit starkem Akzent.

»So ähnlich«, sagte sie. Was ihm zu genügen schien.

Der Mann war von massiger Statur, mit auffallend großem Kopf. Sein lockiges Haar hatte ungefähr den gleichen roten Farbton wie das von Amelia. Er nickte ihr zu. »Michelangelo Frasca.«

»Amelia Sachs.«

Er schüttelte ihr energisch die Hand.

Sie winkte die nun eintreffenden Rettungssanitäter herbei, einen stämmigen Mann und eine fast ebenso imposante Frau, die wie Geschwister aussahen. Die beiden ließen Maziq auf einer Rolltrage Platz nehmen und untersuchten ihn. Der Sanitäter begutachtete die roten Striemen am Hals, sagte auf Italienisch etwas zu seiner Partnerin und wandte sich dann an Sachs. »Er ist okay, es geht ihm gut. Körperlich. Aber im Kopf ist er sehr verwirrt. Wäre er kein Moslem, würde ich ihn für betrunken halten. Vielleicht wurde er unter Drogen gesetzt.«

Die Sanitäter halfen Maziq in den Krankenwagen und redeten mit Ercole.

Danach sprach der junge Beamte ausführlich mit Michelangelo, vermutlich über den Ablauf der Ereignisse. Er wies auf den Eingang.

»Ich habe ihnen gesagt, wo sie suchen müssen und dass der Killer noch in der Nähe sein könnte.«

Die Männer trugen schwarze Handschuhe und Sturmhauben, würden also weder Fingerabdrücke noch Haare hinterlassen. Sachs griff in die Tasche und gab Michelangelo ein Dutzend Gummibänder.

Er sah sie fragend an.

»*Fai così*«, sagte Ercole und zeigte auf seine Füße.

Der Truppführer nickte und schien beeindruckt zu sein. »*Per le nostre impronte.*«

»*Sì.*«

»*Buono!*« Er lachte. »*Americana.*«

»Sagen Sie ihnen, sie möchten den Eingangsraum mit dem Tisch und der Wasserflasche bitte schnell durchqueren und die Kammer, in der wir das Opfer gefunden haben, nicht betreten. Dort dürften sich die meisten Spuren befinden, und wir wollen nicht noch mehr Verunreinigungen riskieren.«

Ercole gab die Bitte weiter, und der große Mann nickte. Dann schickte er seine Leute los.

Sachs hörte Stimmengewirr von hinten. Eine große Menschenmenge hatte sich versammelt – darunter auch viele Reporter, die Fragen riefen und von der Polizei ignoriert wurden. Um die Leute zurückzuhalten, sperrten uniformierte Beamte den Bereich mit gelbem Band ab, genau wie in Amerika.

Ein großer weißer Transporter traf ein. Auf der Seite stand *Polizia Scientifica* geschrieben. Zwei Männer und eine Frau stiegen aus und öffneten die hintere Doppeltür. Sie zogen sich weiße Tyvek-Overalls an, auf deren Brust links die Worte *Spray*

Guard standen und rechts der Name der Einheit. Dann sprachen sie einen uniformierten Beamten an, der auf Sachs und Ercole zeigte. Daraufhin führten die drei ein längere Unterredung mit Ercole, der ihnen, so glaubte Sachs anhand der Gesten zu erkennen, den Tatort schilderte. Die Frau warf Amelia dabei ein oder zwei kurze Blicke zu.

»Falls die Kollegen mir einen Overall borgen, kann ich sie bei der Suche unterstützen«, sagte Sachs. »Ich kann ihnen zeigen, wo genau ...«

»Das ist nicht nötig«, wurde sie von einer Männerstimme unterbrochen.

Sachs drehte sich um und erblickte Dante Spiro, den Staatsanwalt. Er kam hinter einer Gruppe von Streifenpolizisten und Fahrzeugen zum Vorschein. Einer der Beamten sprang herbei und hob das gelbe Absperrband für ihn an, sodass Spiro sich nicht bücken musste.

»*Procuratore*...«, setzte Ercole an.

Der Mann überschüttete ihn mit einem italienischen Redeschwall.

Der junge Beamte erwiderte zunächst nichts, sondern senkte nur den Kopf und nickte alle paar Sekunden, während Spiro unverwandt auf ihn einredete.

Dann sagte Ercole etwas und wies auf Maziq, der hinten in dem Krankenwagen saß und schon viel besser aussah.

Und erneut herrschte Spiro ihn verärgert an.

»*Sì, Procuratore.*«

Ercole wandte sich an Sachs. »Er sagt, wir können jetzt gehen.«

»Ich würde dem Team gern bei der Suche helfen.«

»Nein, das ist unmöglich«, sagte Spiro.

»Die Sicherung von Spuren ist mein Beruf.«

Michelangelo trat aus dem dunklen Eingang, entdeckte Spiro, ging zu ihm und redete kurz mit ihm.

»Sie haben die Suche abgeschlossen«, übersetzte Ercole. »Vom Komponisten keine Spur. Sie haben ab der Gabelung alle Abzweigungen überprüft und sämtliche Kellerräume durchsucht. Es gibt einen Versorgungstunnel, der zur U-Bahn-Station führt. Aber nichts deutet darauf hin, dass er ihn benutzt hat.«

»Was ist mit dem Haus über dem Keller?« Sie zeigte darauf.

»Die Durchgänge sind zugemauert«, sagte Michelangelo. »Man kann von *sottoterra* nicht nach oben gelangen.«

Die Beamtin der Spurensicherung kam an Sachs vorbei. »Keine Sorge, wir schreiten das Gitternetz ab«, sagte sie lächelnd.

Sachs war verblüfft.

»Ja, wir wissen, wer Sie sind. Das Buch von *Ispettore* Lincoln Rhyme wird bei unserer Ausbildung benutzt. Es wurde nicht auf Italienisch veröffentlicht, also haben wir es selbst übersetzt. Sie beide sind eine große Inspiration für uns. Willkommen in Italien!«

Sie und ihre Kollegen betraten das Gebäude.

Spiro feuerte ein weiteres Dutzend Sätze auf Ercole ab, machte sich dann ebenfalls auf den Weg nach drinnen und zog unterdessen blaue Latexhandschuhe an.

»*Procuratore* Spiro weiß Ihre Unterstützung und Ihr Hilfsangebot zu schätzen«, übersetzte Ercole, »aber er hält es aus Gründen der Kontinuität für das Beste, wenn die Untersuchungen von italienischen Beamten vorgenommen werden.«

Sachs kam zu dem Schluss, dass sie Ercole nur in Verlegenheit bringen würde, falls sie jetzt hartnäckig blieb. Er schaute sehnsüchtig zu dem Mégane und berührte Amelias Schulter, als wolle er sie dorthin geleiten. Ihr Blick ließ ihn die Hand jäh zurückziehen, und sie wusste, dass dies sein einziger Versuch bleiben würde, sie zu etwas zu drängen.

Als sie sich dem Wagen näherten, schaute er zögernd zum Fahrersitz.

»Sie fahren«, sagte Sachs.

Zu Ercoles großer Erleichterung.

Sie gab ihm den Schlüssel.

Sobald sie und Ercole im Wagen saßen und der Motor lief, fragte sie: »Was Sie gerade wegen der Kontinuität gesagt haben ... ist das wirklich das, was Spiro behauptet hat?«

Ercole wurde rot und legte übertrieben sorgfältig den ersten Gang ein. »Es war eine ungefähre Übersetzung.«

»Ercole?«

Der junge Beamte schluckte. »Er hat gesagt, ich soll die Frau – also Sie – sofort vom Tatort wegschaffen, und falls ich je wieder zulassen würde, dass Sie mit irgendeinem anderen Beamten oder gar mit der Presse sprechen, ohne dass er es vorher gestattet hat, würde er mich feuern lassen. Nicht nur aus diesem Team, sondern aus dem Polizeidienst.«

Sachs nickte. »Hat er wirklich das Wort ›Frau‹ benutzt?«, fragte sie dann.

Er schwieg einen Moment. »Nein, hat er nicht.« Ercole setzte den Blinker, ließ die Kupplung kommen und bog dann langsam auf die Straße ein, die um den Platz herumführte. Dabei ging er so behutsam vor, als würde seine gebrechliche alte Großmutter auf der Rückbank sitzen.

20

Überfordert.

Diesen Eindruck hatte Lincoln Rhyme von Ali Maziq.

Rhyme war in ihrem Besprechungsraum im Polizeipräsidium und beobachtete das Entführungsopfer durch die offenen Türen und über den Flur hinweg. Maziq saß dort in einem der Erdgeschossbüros.

Der dünne Mann hockte auf einem Stuhl und hielt eine Flasche Orangeade umklammert. Er hatte bereits eine davon geleert, und in seinem Bart hingen mehrere kleine Tropfen. Sein Gesicht war hager – aber wohl von Natur aus, vermutete Rhyme, denn sein Martyrium hatte nur ungefähr einen Tag gedauert. Maziq hatte dunkle Ringe unter den Augen, abstehende Ohren, eine große Nase… und eine beeindruckende Menge von schwarzen drahtigen Haaren, die seine Kopfhaut und den unteren Teil seines Gesichts vollständig bedeckten.

Rossi, Ercole und Sachs waren bei Rhyme. Es gab hier für Thom derzeit wenig zu tun, also war er ins Hotel gefahren, um dort alle Formalitäten zu erledigen und sich zu vergewissern, dass die behindertengerechte Ausstattung tatsächlich den Angaben entsprach.

Maziq war in der letzten halben Stunde von einem Beamten der Staatspolizei vernommen worden, der sowohl Arabisch als auch Englisch sprach.

Sachs hatte an dem Verhör teilnehmen und eigene Fragen

stellen wollen, doch Rossi hatte es abgelehnt. Wahrscheinlich steckte Dante Spiro dahinter.

Der Vernehmungsbeamte kam nun zu ihnen, reichte Rossi seine Notizen und kehrte in das Büro gegenüber zurück. Dort sagte er etwas zu Maziq, der immer noch verwirrt aussah, dann langsam aufstand und dem Beamten den Korridor hinunter folgte. Dabei hielt er sein Getränk mit beiden Händen fest umschlossen, als wäre es ein Glücksbringer.

»Er bleibt hier vorläufig in Schutzhaft«, erklärte Rossi. »Zum einen ist er weiterhin nicht ganz bei sich, und wir sollten ihn lieber im Auge behalten. Zum anderen befindet der Komponist sich nach wie vor auf freiem Fuß, und wir können nicht wissen, ob Maziq vor ihm sicher ist. Allerdings ist bislang kein Motiv für die Auswahl ausgerechnet dieses Opfers erkennbar.«

»Wer ist er?«, fragte Sachs.

»Ein Asylbewerber aus Libyen. Einer von so vielen. Das Schiff, mit dem er übergesetzt ist, hatte eine Bruchlandung.« Er runzelte die Stirn und sprach mit Ercole, der daraufhin sagte: »Es ist gestrandet.«

»*Sì. Gestrandet*, vor einer Woche in Baia, das ist ein Ferienort nordwestlich von Neapel. Er und vierzig andere waren an Bord und wurden festgenommen. Sie hatten Glück. Das Wetter war gut, und so haben sie alle überlebt. Am selben Tag ist vor Lampedusa ein anderes Schiff gesunken und hat zwölf Menschen in den Tod gerissen.«

»Wenn man ihn festgenommen hat, wieso war er dann da draußen bei der Bushaltestelle?«, wollte Sachs wissen.

»Eine sehr gute Frage«, sagte Rossi. »Vielleicht ist es hilfreich, Ihnen kurz die Flüchtlingssituation in Italien zu erklären. Sie wissen, dass die Menschen aus Syrien fliehen und in die Türkei, nach Griechenland und Mazedonien strömen?«

Rhyme interessierte sich zumeist kaum für aktuelle Ereignisse, doch über die Notlage der Flüchtlinge im Nahen Osten wurde in allen Nachrichtensendungen berichtet. Er hatte sogar gerade erst einen Artikel darüber gelesen – während des langen Flugs aus den Vereinigten Staaten.

»Wir haben hier ähnliche Probleme. Um aus Syrien nach Italien zu gelangen, muss man sich auf eine lange, gefährliche Reise begeben. Von Ägypten, Libyen und Tunesien aus geht es schneller. Libyen ist ein durch und durch gescheiterter Staat; seit dem Arabischen Frühling wütet dort ein Bürgerkrieg, und die Extremisten gewinnen immer mehr an Einfluss, sowohl der IS als auch andere Gruppen. Zusätzlich zu den politischen Unruhen herrscht schreckliche Armut. Und als wäre das noch nicht genug, treiben die Dürre und Hungersnot in Schwarzafrika Flüchtlinge aus dem Süden nach Libyen, wo man ihnen aber auch nicht helfen kann. Daher können Menschenschmuggler – die oft auch Vergewaltiger und Diebe sind – hohe Summen verlangen, um die Leute nach Lampedusa überzusetzen, die Insel, die ich erwähnt habe. Sie liegt relativ dicht vor der afrikanischen Küste, ist aber italienisches Staatsgebiet.« Er seufzte. »Als ich ein Junge war, haben wir dort oft Urlaub gemacht. Heute würde ich meine Kinder niemals dahin mitnehmen. Die Schmuggler bringen also die ärmeren Asylbewerber nach Lampedusa. Wer es sich aber leisten kann, mehr zu bezahlen, wird – wie Maziq – auf dem italienischen Festland abgesetzt und hofft, einer Festnahme zu entgehen.

Doch die meisten werden trotzdem erwischt, obwohl das für unsere Armee, Marine und Polizei eine gewaltige Herausforderung bedeutet.« Er sah Rhyme an. »Ihr Land ist weniger davon betroffen, aber hier bei uns ist das eine Krise großen Ausmaßes.«

In dem Artikel, den Rhyme unterwegs gelesen hatte, ging es um eine gegenwärtig in Rom stattfindende Konferenz über die Flüchtlingssituation. Die Teilnehmer aus aller Welt suchten nach Möglichkeiten, einerseits humanitäre Hilfe zu leisten und andererseits den Wirtschafts- und Sicherheitsbedenken ihrer Heimatländer gerecht zu werden. Zu den erwogenen Notfallmaßnahmen, so der Artikel, zählte eine amerikanische Gesetzesvorlage, laut der 150 000 Einwanderer ins Land gelassen werden sollten, und in Italien würde bald über eine Lockerung der Abschiebepraxis entschieden werden. Beide Vorschläge waren jedoch umstritten und stießen auf großen Widerstand.

»Ali Maziq ist ein typisches Beispiel für diese Leute. Nach den Vorschriften des Dubliner Übereinkommens musste er seinen Asylantrag in dem EU-Land stellen, in das er zuerst eingereist war – Italien. Eine Überprüfung bei Eurodac erbrachte keine…«

»Daktyloskopie?«, fragte Rhyme. Der Fachbegriff für die Auswertung von Fingerabdrücken.

Es war Ercole, der antwortete. »Ja, das ist korrekt. Die Fingerabdrücke von Flüchtlingen werden registriert und ihre Vorgeschichte überprüft.«

»Maziqs Lage ist folgendermaßen«, fuhr Rossi fort. »Er hat die erste Überprüfung bestanden – das heißt, er ist weder als Straftäter noch als Terrorist aufgefallen. Falls doch, hätte man ihn sofort abgeschoben. Aber er hat bestanden, also hat man ihn aus dem Aufnahmelager entlassen und woanders einquartiert. Das sind meistens Hotels oder ehemalige Militärkasernen. Von dort aus schleichen viele sich davon, doch falls sie nicht zurückkehren, wird man sie in ihr Heimatland ausweisen, sobald man sie erwischt.

Maziq war in einem Apartment-Hotel in Neapel untergebracht. Keine allzu heimelige Umgebung, aber akzeptabel. Was die Ereignisse vor der Entführung anbelangt, kann er sich an nichts mehr erinnern. Der Vernehmungsbeamte hat das für glaubhaft gehalten – wegen des Schocks, der Drogen und des Sauerstoffmangels. Doch Daniela hat sich in dem Hotel umgehört. Ein anderer Flüchtling hat ihr erzählt, Maziq habe mit dem Bus nach Abruzzo fahren wollen, um sich dort mit jemandem zum Abendessen zu treffen. Das ist ein kleiner Ort auf dem Land.«

»Wir sollten diesen Jemand aufspüren und mit ihm sprechen«, sagte Sachs. »Er könnte den Komponisten gesehen haben. Vielleicht hat der Täter Maziq zunächst verfolgt.«

»Das ist durchaus möglich«, sagte Rossi. »Die Postpolizei hat die Daten der Telefonkarte analysiert, die wir am Ort der Entführung gefunden haben. Sie dürfte ihm gehört haben, nicht dem Komponisten. Wie alle Flüchtlinge hat er ein Prepaidtelefon benutzt und bis kurz vor der Entführung mit anderen Leuten gesprochen, die Prepaidgeräte besaßen – in Neapel, in Libyen und in Bozen, das ist eine Stadt in Norditalien, kurz vor der Grenze. Die Postpolizei glaubt, die Pings korrelieren zu können. Verstehen Sie, was ich meine?«

»Ja«, sagte Rhyme. »Dadurch kann man bestimmen, wo er sich während dieses Abendessens aufgehalten hat.«

»Genau. Ich müsste bald das Ergebnis erhalten.«

»Was hat er denn ausgesagt?«, fragte Sachs.

»Er erinnert sich nur an sehr wenig. Er glaubt, er habe die meiste Zeit eine Augenbinde getragen. Als er zu sich kam, sei er in dem Reservoir gewesen und der Entführer nicht mehr da.«

Die ernste Beatrice – mit weiblichen Rundungen wie ein Botticelli-Modell – kam aus dem Labor in den Besprechungsraum.

»*Ecco.*« Sie hielt ein paar Ausdrucke hoch.

Ercole nahm einen Filzstift und trat an das Flipchart. Sie schüttelte energisch den Kopf, nahm ihm den Stift aus der Hand, sah Rossi an und sagte etwas.

Ercole runzelte die Stirn und Rossi lachte. »Sie hat gesagt, die Handschrift des Forstwachtmeisters sei nicht die Beste«, erklärte er dann. »Er wird die Ergebnisse der Spurensicherung auf Englisch vorlesen, und Beatrice wird sie in unsere Tabelle eintragen. Ercole hilft bei der Übersetzung.«

Während der Mann nun von den Blättern ablas, huschten die kurzen dicken Finger der Frau über den Block auf dem Gestell. Und ja, tatsächlich, sie hatte eine ziemlich elegante Handschrift.

ENTFÜHRUNG DURCH DEN »KOMPONISTEN«, VIALE MARGHERITA 22, NEAPEL

- Tatort: Wasserreservoir eines altrömischen Aquädukts.
- Opfer: Ali Maziq.
  - Flüchtling, vorübergehend untergebracht im Hotel Paradiso, Neapel.
  - Leicht verletzt an Hals und Kehle durch Strangulation.
  - Leicht dehydriert.
  - Desorientierung und Gedächtnislücken als Folge von Drogen und Sauerstoffmangel.
- Spuren an Kleidung des Opfers:
  - Arzneiderivat Amobarbital.
  - Reste von flüssigem Chloroform.
  - Tonhaltige Erde. Herkunft unbekannt.
- Schuhabdrücke:
  - Von Opfer.
  - Converse Cons, Größe 45, wie an den bisherigen Tatorten.
- Flasche, Inhalt Wasser. Herkunft unbekannt.
- Prepaidmobiltelefon, Marke Nokia (zur Analyse bei Postpolizei); EID-Nummer ergibt Kauf gegen Bargeld zwei Tage zuvor in Tabakladen am Viale Emanuele. Gerät kurzgeschlossen durch verschüttetes Wasser beim Betreten des Gebäudes. SIM-Karte belegt fünf Anrufe zuvor am selben Tag von einer Nummer, Prepaid, nicht länger aktiv.

- DNS an Telefon (wahrscheinlich Schweiß).
  - Entspricht der des Komponisten.
- Spuren von Olanzapin, Antipsychotikum.
- Kleine Menge Natriumchlorid, Propylenglykol, Mineralöl, Glycerylmonostearat, Polyoxyethylenstearat, Stearylalkohol, Chlorkalzium, Kaliumchlorid, Methylparaben, Butylparaben.
- Textilklebeband. Herkunft unbekannt.
- Baumwolltuch, als Knebel benutzt. Herkunft unbekannt.
- Schlinge, gefertigt aus zwei Instrumentensaiten (jeweils E-Saite für Kontrabass). Entspricht der Schlinge vom Tatort in New York, Opfer Robert Ellis.
- Eimer, handelsüblich. Herkunft unbekannt.
- Vorhängeschloss und Haspe an Eingangstür. Handelsüblich. Herkunft unbekannt.
- Holzstab, improvisierter Galgen. Handelsüblich. Herkunft unbekannt.
- Keine Fingerabdrücke außer von Opfer. Schmierspuren deuten auf Latexhandschuhe hin.
- Zugehörig: Hochgeladenes Video auf Streamingseite NowChat, Länge: 4 Minuten, 3 Sekunden, zeigt Opfer in Schlinge. Begleitmusik: »Blumenwalzer« aus *Der Nussknacker* sowie menschliches Keuchen (mutmaßlich von Opfer).
  - Postpolizei versucht Ursprung zurückzuverfolgen, aber der Einsatz von Proxy-Servern und Virtual Private Networks erschwert Suche.

Dann hängte Beatrice ein Dutzend Tatortfotos auf. Sie zeigten das Wasserreservoir, in dem Maziq festgehalten worden war, den Eingang des alten Gebäudes, den Aquädukt und den schmutzigen gemauerten Keller.

Ercole starrte die Bilder des Reservoirs an, das wie eine mittelalterliche Folterkammer anmutete. »Was für ein grausiger Ort.«

Rhyme reagierte nicht darauf, sondern überflog die Tabelle. »Tja, ich habe ihn ja schon mehrmals als Verrückten bezeichnet, aber nun haben wir die Bestätigung.«

»Wie meinen Sie das, Captain Rhyme?«

»Sehen Sie das Natriumchlorid, Propylenglykol und so weiter?«

»Ja. Was ist das?

»Leitfähiges Gel. Es wird auf die Haut aufgetragen, und zwar bei der Elektrokonvulsionstherapie eines Psychotikers. Heutzutage eher selten.«

»Könnte der Komponist hier bei einem Psychiater in Behandlung sein?«, fragte Ercole. »Für diese Therapie?«

»Nein, nein«, sagte Rhyme. »Die Prozedur erfordert einen Klinikaufenthalt. Wahrscheinlich wurde sie an demselben Ort vorgenommen, an dem der Komponist das Antipsychotikum erhalten hat: in einem amerikanischen Krankenhaus. Er funktioniert passabel, also schätze ich, seine letzte Behandlung ist wenige Tage vor dem New Yorker Überfall erfolgt. Und was ist Amobarbital? Ein weiteres Antipsychotikum?«

»Ich sehe in der NYPD-Datenbank nach«, sagte Sachs. »Es ist ein schnell wirkendes Sedativum gegen Panikattacken«, berichtete sie kurz darauf. »Entwickelt wurde es vor hundert Jahren in Deutschland als Wahrheitsserum – das hat nicht geklappt, aber die Ärzte konnten als Nebenwirkung beobachten, dass aufgeregte oder aggressive Personen sich schnell beruhigt haben.«

Rhyme wusste aus früheren Fällen, dass viele bipolare und schizophrene Patienten oft von Angst gequält wurden.

Jemand betrat langsam den Raum. Es war Dante Spiro, der mit regloser Miene seinen Blick über alle Anwesenden schweifen ließ.

»*Procuratore*«, sagte Ercole.

Der Staatsanwalt neigte den Kopf und schrieb etwas in sein ledernes Buch.

Rhyme bemerkte, dass Ercole Benelli es aus irgendeinem Grund mit Sorge zur Kenntnis nahm.

Spiro steckte das Buch ein und musterte die Beweistabelle. »Englisch. Aha«, war sein einziger Kommentar.

Dann wandte er sich an Sachs und Rhyme. »Also. Ihre Beteiligung an dem Fall ist von nun an auf diese vier Wände beschränkt. Sind Sie einverstanden, Inspektor?« Ein Blick zu Rossi.

»Ja, natürlich.«

»Mr. Rhyme, Sie sind aufgrund unseres Wohlwollens hier. Sie haben keinerlei Befugnis, in diesem Land polizeiliche Ermittlungen anzustellen. Ihr Beitrag zur Analyse der Spuren wird berücksichtigt, sofern er sich als stichhaltig erweist. Dies ist bereits der Fall, und ich weiß das zu würdigen. Ferner werden alle Anmerkungen, die Sie zur geistigen Verfassung des Komponisten haben mögen, von uns mit einbezogen. Doch das ist auch schon alles. Haben Sie mich verstanden?«

»Voll und ganz«, murmelte Rhyme.

»Ich möchte noch etwas hinzufügen, und zwar im Hinblick auf ein Thema, das bereits angesprochen wurde, nämlich eine etwaige Auslieferung. *Sie* haben die Zuständigkeit für den Komponisten und seine Verbrechen in Amerika verloren, wir hingegen haben sie erlangt. Falls Sie einen Auslieferungsantrag stellen, werde ich mit aller Macht dagegen angehen.« Er betrachtete Rhyme und Sachs für einen Moment. »Bitte lassen Sie mich Ihnen einen juristischen Grundsatz erläutern, Mr. Rhyme und Detective Sachs. Stellen Sie sich eine italienische Stadt namens Cioccie della Lupa vor. Die gibt es nicht wirklich. Der Name ist ein Scherz. Er heißt Wolfszitzen.«

»Romulus und Remus, der Gründungsmythos von Rom«, sagte Rhyme. Er klang gelangweilt, denn er *war* gelangweilt. Sein Blick war auf die Flipcharts gerichtet.

»Die Zwillinge, die von einem Wolf gesaugt wurden«, sagte Ercole.

»Das Baby *saugt*, die Wölfin *säugt*«, korrigierte Rhyme ihn geistesabwesend.

»Oh, das wusste ich…«

Spiro ließ Ercole mit einem wütenden Blick verstummen.

»Ich will auf Folgendes hinaus«, sprach er weiter zu Rhyme. »Anwälte aus Amerika gewinnen in Cioccie della Lupa keine Fälle. Nur Anwälte aus Cioccie della Lupa gewinnen Fälle in Cioccie della Lupa. Und Sie sind Amerikaner, die sich derzeit mitten im Zentrum von Cioccie della Lupa befinden. Sie werden keine Auslieferung durchsetzen können, also verabschieden Sie sich lieber endgültig von dieser Idee.«

»Vielleicht sollten wir uns darauf konzentrieren, den Täter zu fangen«, sagte Rhyme. »Meinen Sie nicht auch?«

Spiro sagte nichts, sondern zog nur langsam sein Telefon aus der Tasche und verschickte eine Textnachricht.

Rossi war bei diesem Wortwechsel sichtlich unbehaglich zumute.

»*Procuratore*, Inspektor«, sagte Ercole. »Ich möchte gern einen Vorschlag machen.«

Nach einem Moment steckte Spiro sein Telefon ein, sah den jungen Mann an und zog eine Augenbraue hoch. »*Sì?*«

»Wir sollten den Ort, an dem wir Maziq gefunden haben, überwachen lassen. Den Zugang zu dem Aquädukt.«

»Überwachen?«

»Ja, klar.« Ercole lächelte, weil Spiro anscheinend nicht erkannte, was für ihn so offensichtlich war. »In den Medien wurde noch nicht darüber berichtet. Die Polizei ist abgezogen. Die Tür ist zwar versiegelt, aber das kann man nur aus nächster Nähe erkennen. Vielleicht kehrt der Täter dorthin zurück, und sobald er dort auftaucht – peng! –, können wir ihn verhaften. Mir sind dort gute Verstecke auf der anderen Straßenseite aufgefallen. Da könnte man Position beziehen.«

»Und Sie glauben nicht, das wäre eine Verschwendung unserer Ressourcen – die leider ziemlich begrenzt sind, wie wir alle wissen?«

Wieder ein Grinsen. »Keineswegs. Eine Verschwendung? Wie kommen Sie darauf?«

Spiro riss den Arm hoch. »Wieso höre ich Ihnen überhaupt zu? Machen Sie so was im Wald, Forstwachtmeister? Sie verkleiden sich als Hirsch oder Bär und warten auf den Wilderer?«

»Ich wollte nur...« Dann stammelte er ein paar Worte auf Italienisch.

Rhyme schaute zur Tür und bemerkte, dass ein anderer Beamter den Zwischenfall vom Korridor aus verfolgte. Er war ein gut aussehender junger Mann in modischer Kleidung und musterte mit neutraler Miene, wie Ercole rot wurde.

»Ich dachte einfach, es wäre sinnvoll, Signore.«

Rhyme beschloss, der Sache ein Ende zu machen. »Er wird nicht zurückkehren.«

»Nein?«

»Nein«, sagte Spiro. »Erklären Sie ihm, warum, Mr. Rhyme.«

»Wegen des Wassers, das verschüttet wurde, als Sie und Sachs die Tür geöffnet haben.«

»Das verstehe ich nicht.«

»Was wurde denn von dem Wasser durchnässt?«

Ercole sah zu den Fotos. »Das Telefon.«

»Der Komponist hat den Tisch und die Gegenstände darauf sorgfältig platziert. Sollte jemand die Tür öffnen, ohne dabei äußerst behutsam vorzugehen, würde die Flasche umkippen und mit dem Wasser den Kurzschluss des Telefons bewirken.«

Ercole schloss kurz die Augen. »Ja, natürlich. Der Komponist hat in regelmäßigen Abständen angerufen und auf das Klingeln des Mobiltelefons gewartet. Als der Apparat dann plötzlich tot war, wusste er, dass jemand dort gewesen sein musste und er daher nicht zurückkehren konnte. So simpel und doch ist es mir entgangen.«

Spiro warf Ercole einen verächtlichen Blick zu. »Wo ist Maziq jetzt?«

»Hier bei uns in Schutzhaft«, sagte Rossi.

»Forstwachtmeister«, sagte Spiro.

»Ja, Signore?«

»Machen Sie sich nützlich und holen Sie unseren arabisch sprechenden Beamten. Mich interessiert diese Substanz, das leitfähige Gel.«

»*Allora*...« Ercole verstummte.

»Was wollten Sie sagen?«

Der Beamte räusperte sich.

»Wir gehen davon aus, dass es von dem Komponisten stammt«, schaltete Rhyme sich ein. »Er nimmt Antipsychotika, daher haben wir vermutet, dass er außerdem eine Elektrokonvulsionstherapie hinter sich hat.«

»Das wäre logisch«, erwiderte Spiro. »Aber es ist denkbar, dass auch Maziq krank ist und in Libyen eine solche Behandlung erhalten hat. Das würde ich gern als Möglichkeit ausschließen.«

Rhyme nickte, denn es handelte sich um eine begründete Theorie, auf die er selbst nicht gekommen war.

»*Sì, Procuratore.*«

»Und diese andere Substanz, das Amobarbital?« Spiro wies auf die Tabelle.

Sachs erläuterte ihm, es sei ein Sedativum, das der Komponist gegen Panikattacken einsetze.

»Auch hier sollten wir herausfinden, ob Maziq dieses Mittel jemals eingenommen hat.«

»Ich gehe jetzt«, sagte Ercole.

»Na los.«

»Staatsanwalt Spiro«, sagte Rhyme, nachdem Benelli den Raum verlassen hatte, »es kommt nicht oft vor, dass jemand die Bestandteile von leitfähigem Gel erkennt.« Als Rhyme diese Tatsache verkündet hatte, war Spiro noch nicht zugegen gewesen.

»Ach ja?«, fragte Spiro zerstreut, denn er konzentrierte sich auf die Tabelle. »Nun, in unserem merkwürdigen Beruf lernt man eine ganze Menge, nicht wahr?«

* * *

Draußen auf dem Flur stieß Ercole Benelli beinahe mit Silvio De Carlo zusammen, Rossis Günstling.

Dem modischen Klischeeschönling von der Staatspolizei.

Mamma mia. Und nun muss ich mir die Kommentare anhören.

Wird De Carlo mich auch dafür verspotten, dass ich das verschüttete Mineralwasser aufgewischt habe, oder beschränkt er sich auf die letzte Zurechtweisung durch Spiro?

Macht er sich über die Forstwache lustig?

Zucchinibulle. Schweinebulle...

Ercole zog kurz in Erwägung, einfach an dem jungen Mann vorbeizugehen, der abermals Kleidung trug, die Ercole sich nicht nur nicht leisten konnte, sondern die er mangels Geschmack auch nie ausgewählt hätte, nicht mal bei freiem Zugriff auf ein Ferragamo-Lagerhaus. Doch dann beschloss er, nicht wegzulaufen. So wie früher, als die anderen Jungen sich über seine schlaksige Gestalt und seine Unbeholfenheit beim Sport lustig gemacht hatten; er hatte gelernt, dass es besser war, sich ihnen zu stellen, auch wenn das mit einer blutigen Nase oder aufgeplatzten Lippe endete.

Er sah De Carlo in die Augen. »Silvio.«

»Ercole.«

»Kommen Ihre Fälle gut voran?«

Doch der stellvertretende Inspektor war nicht an Small Talk interessiert. Er schaute an Ercole vorbei, den Korridor auf und ab. Dann richteten seine tiefbraunen Augen sich wieder auf den Forstwachtmeister. »Sie haben Glück gehabt«, sagte er.

»Glück?«

»Bei Dante Spiro. Die Schnitzer, die Sie sich geleistet haben...«

Schnitzer?

»...waren nicht allzu schlimm. Er hätte Sie in Stücke reißen können. Sie abstechen wie ein Schwein.«

Ah, eine Anspielung auf die Forstwache.

»Doch Sie sind mit einem leichten Tadel davongekommen«, fuhr De Carlo fort.

Ercole sagte nichts, sondern wartete auf die Beleidigung, das Hohnlächeln, die Herablassung, wie auch immer sie sich äußern mochte.

Wie würde er reagieren?

Es spielte kaum eine Rolle, denn was er auch sagte, es würde ins Auge gehen. Er würde sich zum Narren machen. So wie bei allen Silvio De Carlos dieser Welt.

Doch dann sprach der Beamte weiter. »Falls Sie heil aus dieser Sache herauskommen wollen, um letztlich von der Forstwache zur Staatspolizei zu wechseln, was vermutlich Ihr Wunsch ist – und dies womöglich Ihre einzige Gelegenheit –, müssen Sie lernen, mit Dante Spiro zu arbeiten. Können Sie schwimmen, Ercole?«

»Ich... ja.«

»Im Meer?«

»Natürlich.«

Sie waren in Neapel. Jeder Junge konnte im Meer schwimmen.

»Dann wissen Sie, was ein Brandungsrückstrom ist. Man darf nie dagegen ankämpfen, denn man kann nicht gewinnen. Stattdessen lässt man sich mitziehen und schwimmt dann langsam und sachte diagonal zurück ans Ufer. Dante Spiro ist so eine Strömung. Man legt sich nicht mit ihm an. Man widerspricht ihm nicht, man stellt ihn nie infrage. Man pflichtet ihm bei. Man gibt ihm das Gefühl, er sei brillant. Falls Sie einen

Ansatz verfolgen wollen, der ihm nicht passt, müssen Sie Ihr Ziel auf einem Umweg erreichen, von dem er entweder nie erfährt oder der zumindest so aussieht – wohlgemerkt *aussieht* –, als läge er auf Spiros Linie. Verstehen Sie?«

Ercole verstand die Worte, würde aber Zeit benötigen, um sich Gedanken über die Umsetzung zu machen. Es war eine ganz andere Art von Polizeiarbeit als die, die er gewohnt war.

»Ja, ist klar«, sagte er nun.

»Gut. Zum Glück hat ein viel netterer – und ebenso fähiger – Mann Sie unter seine Fittiche genommen. Massimo Rossi wird Sie so weit wie möglich beschützen. Er und Spiro befinden sich auf Augenhöhe und respektieren einander. Aber er kann Sie nicht retten, falls Sie dem Löwen Ihren Kopf direkt ins Maul legen. Wozu Sie offenbar neigen.«

»Haben Sie vielen Dank.«

»Gern.« De Carlo wandte sich ab, ging ein paar Schritte und drehte sich dann noch einmal um. »Ihr Hemd.«

Ercole schaute an dem cremefarbenen Hemd hinab, das er an diesem Morgen angezogen hatte. Ihm war gar nicht bewusst gewesen, dass seine graue Uniformjacke offen stand.

»Armani? Oder vielleicht einer seiner Schüler?«, fragte De Carlo.

»Es musste heute so schnell gehen. Ich fürchte, ich habe gar nicht auf das Etikett geachtet.«

»Nun, es steht Ihnen jedenfalls sehr gut.«

Ercole erkannte, dass das nicht ironisch gemeint war, sondern dass das Hemd De Carlo tatsächlich gefiel.

Er bedankte sich. Und er verkniff sich die Anmerkung, dass das Hemd nicht in Mailand, sondern in einer vietnamesischen Fabrik zusammengenäht worden war und dass er es nicht in einer Boutique im angesagten Viertel Vomero gekauft hatte, sondern vom Karren eines albanischen Straßenhändlers auf der Spaccanapoli, dem groben und lauten Straßenzug, der Neapels

Altstadt in der Mitte teilte. Der ausgehandelte Preis hatte vier Euro betragen.

Sie reichten sich die Hände, und der stellvertretende Inspektor machte sich auf den Weg. Dabei zog er ein iPhone in einer modischen Hülle aus seiner eleganten Gesäßtasche.

21

Das war eindeutig nicht mehr Kansas.

Garry Soames schlenderte in Neapel an einigen Wohnhäusern vorbei – es war Zeit zum Abendessen und daher weniger los auf der Straße – und musste an das abgedroschene Zitat aus dem *Zauberer von Oz* denken. Und dann flüsterte er es leise vor sich hin, als ihm eine junge Brünette mit langen, langen Haaren und langen Beinen entgegenkam, die gerade telefonierte. Es war eine gewisse Art von Blick, und sie erwiderte ihn bewusst; ihre Augen verweilten einen Sekundenbruchteil länger auf seinem markanten amerikanischen Mittelwest-Gesicht, als nötig gewesen wäre.

Und dann war die Frau, diese Verkörperung süditalienischen Elans mit ihren wiegenden sexy Schritten auch schon wieder weg.

Verdammt. Nicht schlecht.

Garry ging weiter. Er sah zwei andere junge Frauen, die miteinander plauderten und dabei so scharf – und das mit voller Absicht – angezogen waren wie jede beliebige heiße Braut an der Upper East Side von Manhattan.

Im Gegensatz zu Frau Nummer eins, gerade eben, wurde Garry von *diesen* beiden ignoriert, aber das störte ihn nicht. Er war in bester Laune. Welcher Dreiundzwanzigjährige wäre das nicht gewesen, nachdem er seine Heimat Missouri (also irgendwie tatsächlich Kansas) gegen Italien eingetauscht hatte (Oz ohne die fliegenden Affen)?

Der athletische junge Mann – gebaut wie ein Footballspieler – zog sich den schweren Rucksack höher auf die Schulter und bog um die Ecke, die ihn zu seiner Wohnung am Corso Umberto I führen würde. Sein Kopf tat ein wenig weh – als Folge von etwas zu viel Vermentino und (Himmel, hilf!) billigem Grappa zu seinem frühen Abendessen vor einer halben Stunde.

Doch er hatte es sich verdient, nachdem er schon am frühen Nachmittag mit den Hausaufgaben fertig geworden und dann durch die Straßen gelaufen war, um sein Italienisch auszuprobieren. Allmählich lernte er die Sprache, die anfangs so überwältigend gewirkt hatte, hauptsächlich wegen der verschiedenen Genera. Teppiche waren Jungen, Tische waren Mädchen.

Und dann die Aussprache! Erst neulich hatte er erstaunte Blicke und lautes Gelächter hervorgerufen, als er in einem Restaurant Penisse mit Tomatensoße bestellte, weil das Wort für das männliche Geschlechtsteil gefährlich nah an Penne lag, der Pasta (und auch an *pane*, dem Wort für Brot).

Nach und nach jedoch kam er besser zurecht und erfuhr zudem mehr über die Kultur.

Poco a poco ...

Ja, das fühlte sich gut an.

Obwohl er nachts nicht mehr so lange feiern sollte. Zu viel Alkohol. Zu viele Frauen. Halt, nein, *das* war ein Widerspruch in sich, man konnte gar nicht zu viele Frauen haben. Doch es konnten zu viele besitzergreifende, temperamentvolle und hilfsbedürftige Frauen werden.

Mit denen er natürlich viel zu häufig im Bett landete.

Neapel war weitaus sicherer als Teile seiner Heimatstadt St. Louis, aber sein Instinkt riet ihm, lieber nicht so oft in fremden Wohnungen zu übernachten und neben einem Mädchen aufzuwachen, das ihn verschlafen und verunsichert anstarrte und vor sich hin murmelte. Und ihn dann bat zu gehen.

Reiß dich einfach mal zusammen, dachte er.

Valentina, ein paar Wochen zuvor, sollte ihm ein warnendes Beispiel sein.

Wie war doch gleich ihr Nachname?

Ach ja, Morelli. Valentina Morelli. Oh, so wunderschöne, sexy braune Augen... die deutlich weniger hübsch und dafür ziemlich eisig dreingeblickt hatten, als er relativieren musste, was er ihr anscheinend im Bett versprochen hatte. Wie es aussah, hatte er zu ihr gesagt – danke, Mr. *Vino* –, sie könne ihn in die Vereinigten Staaten begleiten, und sie könnten gemeinsam San Diego besuchen. Oder San José. Oder sonst was.

Sie hatte sich in eine rasende Furie verwandelt und eine Flasche (den teuren Super-Toskaner, aber leer, Gott sei Dank) in seinen Badezimmerspiegel geschleudert, was zu jeder Menge Scherben führte.

Und sie hatte ihm irgendwas Italienisches zugefaucht. Es hatte wie ein Fluch geklungen.

Also, sei bitte etwas vorsichtiger.

»Verbring das Jahr in Europa, Junge«, hatte sein Vater bei der Abreise vom Lambert International Airport zu ihm gesagt. »Hab viel Spaß und schneide als Klassenschlechtester ab. Genieße das Leben!« Dann hatte der hochgewachsene Mann – eine ältere Version von Garry mit silbernen Strähnen im blonden Haar – seine Stimme gesenkt. »Aber wenn du auch nur ein Milligramm Koks oder Pot anfasst, bist du geliefert. Du landest in Neapel im Knast, und wir schicken dir vielleicht mal eine Postkarte, wenn überhaupt.«

Und Garry konnte seinem Vater wahrheitsgemäß berichten, dass er weder Koks noch Pot jemals probiert hatte.

Es gab so viele andere Zerstreuungen.

Wie Valentina. (San Diego? Ehrlich? *Das* hatte er als Anmache benutzt?) Oder Ariella. Oder Toni.

Dann dachte er an Frieda.

Das holländische Mädchen, das er am Montag bei Natalias Party kennengelernt hatte. Ja, wie sie beide auf dem Dach gesessen hatten, ihr herrliches Haar auf seine Schulter fiel, ihre feste Brust gegen seinen Arm drückte, ihre feuchten Lippen auf seine trafen.

»Weißt du, du siehst wirklich gut aus. Bist du Footballspieler?«

»Euer Football oder unserer?«

Das hatte sie zum Lachen gebracht.

»Foot... ball...« Sie küsste ihn erneut. Über ihnen wölbte sich der neapolitanische Abendhimmel, milchig von Millionen von Sternen. Er und sein wunderschönes holländisches Mädchen, blond und nach Minze schmeckend, allein in einer einsamen Nische auf dem Dach.

Wie sie die Augen schloss...

Und Garry auf sie hinunterblickte und dachte: Verzeih, verzeih, verzeih... Ich kann nichts dafür. Ich weiß auch nicht, was mit mir los ist.

Nun erschauderte er und machte die Augen zu und wollte nicht mehr an Frieda denken.

Garrys Stimmung verfinsterte sich, und er beschloss, was soll's, eine neue Flasche Grappa zu öffnen, sobald er zu Hause war.

Frieda...

Scheiße.

Er näherte sich dem Eingang des alten Gebäudes, einem heruntergekommenen zweigeschossigen Bau an einem ruhigen Abschnitt der Straße. Früher hatte es vermutlich als Einfamilienhaus gedient, war dann aber in zwei Wohnungen aufgeteilt worden. Garry wohnte im Untergeschoss.

Er blieb stehen und zog seinen Schlüssel aus der Tasche. Dann erschrak er, weil plötzlich zwei Leute auf ihn zukamen. Er war misstrauisch. Man hatte ihn bereits einmal überfallen.

Mit einer zweideutigen Drohung: Zwei magere, aber heimtückisch wirkende Männer hatten ihn gefragt, ob er ihnen Geld leihen könne. Er hatte es ihnen gegeben, zusammen mit seiner Armbanduhr, die sie zwar gar nicht verlangt, aber dennoch mit Freuden eingesteckt hatten.

Nun jedoch sah er, dass dies hier Polizisten waren – mittleren Alters, stämmig, ein Mann und eine Frau, in den blauen Uniformen der Staatspolizei.

Trotzdem blieb er vorsichtig.

»Ja?«

»Sind Sie Garry Soames?«, fragte die Frau in gutem Englisch.

»Der bin ich.«

»Dürfte ich Ihren Pass sehen?«

In Italien musste jedermann einen Pass oder Personalausweis bei sich tragen und auf Verlangen vorzeigen. Das ärgerte den freiheitsliebenden Bürgerrechtler in ihm, aber er gehorchte anstandslos.

Die Frau begutachtete das Dokument. Und steckte es ein.

»He.«

»Sie haben am Montag eine Party besucht, in der Wohnung von Natalia Garelli.«

Gerade eben noch hatte er daran zurückgedacht.

»Ich ... äh, ja, habe ich.«

»Sie waren den ganzen Abend da?«

»Was verstehen Sie darunter?«

»Wann waren Sie da?«

»Keine Ahnung, von etwa zehn Uhr abends bis drei Uhr früh oder so. Was soll das alles?«

»Mr. Soames«, sagte der Mann mit deutlich ausgeprägterem Akzent als seine Partnerin. »Wir verhaften Sie hiermit wegen gewisser Ereignisse, die sich auf jener Party zugetragen haben. Bitte strecken Sie Ihre Hände aus.«

»Meine...?«

Der Beamte zückte stählerne Handschellen.

Garry zögerte.

»Bitte, Sir«, sagte der Polizist. »Ich rate Ihnen, dem Folge zu leisten.«

Die Frau nahm ihm den Rucksack von der Schulter und fing an, den Inhalt zu überprüfen.

»Das dürfen Sie nicht!«

Sie ignorierte ihn und machte weiter.

Der Mann legte ihm Handschellen an.

Die Frau beendete die Inspektion des Rucksacks und sagte nichts. Der Mann durchsuchte seine Taschen, nahm ihm aber nur die Brieftasche ab. Er fand darin drei ungeöffnete Kondompackungen und hielt sie hoch. Die beiden Beamten sahen sich an. Der Mann steckte seine Funde in eine Beweismitteltüte.

Dann nahmen die zwei Polizisten ihn jeweils bei einem Arm und führten ihn die Straße hinauf zu einem Zivilfahrzeug.

»Was soll das alles?«, wiederholte er empört. Die beiden blieben stumm. »Ich habe nichts getan!« Dann versuchte er es auf Italienisch. »*Non ho fatto niente di sbagliato!*«, versicherte er flehentlich.

Immer noch keine Reaktion. »*Qual è il crimine?*«, verlangte er zu wissen.

»Ihnen wird Körperverletzung und Vergewaltigung vorgeworfen. Da Sie sich nun in unserem Gewahrsam befinden, teile ich Ihnen pflichtgemäß mit, dass Sie das Recht auf einen Anwalt sowie einen Dolmetscher haben. Signore, bitte steigen Sie in den Wagen.«

22

Rhyme und Sachs musterten die Beweistabelle, die Beatrice und Ercole zusammengestellt hatten.

Rossi und Spiro standen hinter ihnen und waren ebenfalls auf die Einträge konzentriert.

Beatrice hatte bei der Isolierung und Bestimmung der Bestandteile gründliche Arbeit geleistet.

»Haben Sie eine geologische Datenbank?«, wandte Rhyme sich an Rossi. »Mit deren Hilfe wir den Ursprung der tonhaltigen Erde festlegen könnten?«

Rossi rief Beatrice herbei, gab die Frage an sie weiter und übersetzte ihre Antwort. »Die Erde wurde mit einer Anzahl von Proben verglichen, kommt in dieser Form aber an Hunderten von Stellen vor, die sich nicht genauer eingrenzen lassen.«

»Können wir die Geschäfte abklappern, in denen es Textilklebeband, Holzstäbe und Eimer zu kaufen gibt?«, fragte Rhyme.

Rossi und Spiro sahen sich belustigt an. »Das ist bei unserer Personallage leider nicht zu leisten«, erwiderte der Inspektor schließlich.

»Nun, wir können zumindest herausfinden, ob der Tabakladen, in dem das Telefon gekauft wurde, eine Videokamera hat.«

»Daniela und Giacomo überprüfen das bereits«, sagte Rossi.

Ercole Benelli erschien im Eingang und betrat zaghaft den

Raum, als fürchte er, Dante Spiro könne sich gleich auf ihn stürzen.

»Signore, nein, Ali Maziq hat keine Elektrokonvulsionstherapie erhalten. Er weiß nicht mal, was das ist. Und er nimmt auch keine Medikamente. Na ja, das stimmt nicht ganz. Er schluckt derzeit Paracetamol gegen seine Schmerzen.«

»Das ist nicht relevant, Forstwachtmeister.«

»Nein, natürlich nicht, *Procuratore*.«

»Elektrokonvulsion, Antipsychotika, Angstlöser«, zählte Spiro auf. »Der Komponist war demnach in letzter Zeit Patient auf einer psychiatrischen Station. Haben Sie die Krankenhäuser und Nervenheilanstalten überprüft?«

Rhyme fragte sich, ob das als spöttische Revanche dafür gedacht war, dass er sich nach den Geschäften mit Holzstäben, Klebebändern und Eimern erkundigt hatte. Womöglich hatte der Staatsanwalt es ja als Kritik an der vermeintlichen Unfähigkeit der Italiener missverstanden.

»Es gibt zu viele Krankenhäuser und Ärzte, die dafür in Betracht kämen. Und der Diebstahl einer kleinen Menge des Sedativums würde nicht in der nationalen Datenbank vermerkt werden. Laut unserem NCIC hat es noch nie ein ähnliches Verbrechen gegeben.«

Bei unserer Personallage ...

Spiro las in der Tabelle. »Und es deutet auch nichts darauf hin, wo er sich versteckt und wohin er das Opfer unmittelbar nach der Entführung gebracht hat.«

»Nicht dorthin, zum Aquädukt?«, fragte Ercole zögernd.

»Nein«, antwortete Spiro, ohne das näher zu erläutern.

»Maziq hatte weder gepinkelt noch Stuhlgang gehabt«, erklärte Rhyme. Andernfalls hätten Sachs oder die Sanitäter es festgestellt und erwähnt. »Der Komponist muss in oder bei Neapel einen Unterschlupf haben. Er hat Maziq zwar in dem Wasserreservoir gefilmt, aber bearbeitet und hochgeladen wurde das Video an einem anderen Ort. Vielleicht finden wir hier etwas, das uns genaueren Aufschluss darüber geben kann. Vielleicht auch nicht.« Er nickte in Richtung der Flipcharts.

Rossi erhielt einen Anruf auf seinem Mobiltelefon und führte ein kurzes Gespräch. »Das war mein Kollege von der Postpolizei«, berichtete er im Anschluss. »Die Analyse von Maziqs Telefonkarte ist abgeschlossen. Sie konnten das Gebiet, von dem aus er in der Stunde vor der Entführung telefoniert hat, beträchtlich eingrenzen, und zwar auf den Radius eines Mobilfunkmastes, der etwa zehn Kilometer nordöstlich des Ortes Abruzzo steht.«

»Ich kenne mich in der Gegend dort nicht aus«, sagte Spiro. »Warum sollte der Komponist so weit außerhalb von Neapel auf die Jagd gehen? *Allora*. Können Ihre Beamten sich da draußen mal umhören, Massimo? Morgen?«

»Vielleicht, aber erst später. Daniela und Giacomo haben zunächst mal hier zu tun. Warum schicken wir nicht Ercole?«

»Ihn?« Spiro sah ihn an. »Haben Sie je derartige Erkundigungen eingezogen?«

»Ich habe schon oft Verdächtige und Zeugen vernommen.«

Rhyme fragte sich, ob der Staatsanwalt nun irgendeine hämische Bemerkung über die Befragung von Wildtieren machen würde. Doch der Mann zuckte nur die Achseln. »Ja, meinetwegen.«

»Verlassen Sie sich auf mich.« Ercole hielt inne und schaute zu dem Raum, in dem Maziq vernommen worden war. »Können Sie mir jemanden mitgeben, der Arabisch versteht? Vielleicht den Beamten, der vorhin mit dem Opfer gesprochen hat?«

»Wieso Arabisch?«, fragte Rossi.

»Wegen dem, was Sie gesagt haben, *Procuratore*.«

»Ich?«

»Ja, gerade eben. Warum würde er diese lange Fahrt unternehmen, wenn es dort draußen keine Landsleute gäbe? Er beherrscht kein Italienisch. Daher nehme ich an, dass er sich mit jemandem getroffen hat, der Arabisch spricht.«

Spiro überlegte. »Gut möglich.«

Doch Rossi sagte: »Unsere Dolmetscher, Marco und Federica, sind leider völlig überlastet.« Und zu Rhyme: »Das ist einer unserer größten Engpässe angesichts der vielen Flüchtlinge: ein gewaltiger Mangel an Übersetzern.«

Der junge Beamte runzelte die Stirn. »Sie haben doch Arabisch gesprochen«, sagte er zu Sachs.

»Ich? Ach, das ...«

»Und zwar wirklich flüssig«, fiel Ercole ihr ins Wort. »Sie hat mit Maziq geredet«, erklärte er Rossi und sah Sachs an. »Vielleicht könnten Sie mir ja helfen.« Dann wurde er ernst. »Aber mehr auf keinen Fall. Sie übersetzen für mich, sagen sonst aber nichts.«

Sachs schwieg verblüfft.

Rhyme fand es irgendwie lustig, dass der sanfte junge Mann auf einmal so zu klingen versuchte wie ein gestrenger, belehrender Vater.

»Ich habe nicht vergessen, was Sie gesagt haben, *Procuratore*«, fuhr Ercole fort. »Sie wird nur übersetzen, und falls jemand fragen sollte, werde ich das auch klarstellen. Doch ich halte es für wichtig – und hoffe, Sie stimmen mir da zu –, die Person ausfindig zu machen, die mit Maziq zu Abend gegessen hat. Wir könnten auch auf weitere Spuren des Komponisten stoßen oder auf Zeugen, denen er aufgefallen ist. Vielleicht wird das dazu führen, das Muster zu erkennen, von dem Sie gesprochen haben.«

»Aber auf keinen Fall ...«

»... wird sie auch nur ein Wort gegenüber der Presse verlieren.«

»Genau.«

Spiro schaute von Ercole zu Sachs. »Nur unter dieser Bedingung«, sagte er. »Absolutes Stillschweigen, es sei denn, Sie übersetzen die Worte des Forstwachtmeisters. Solange dafür kein Bedarf besteht, bleiben Sie im Wagen sitzen.«

»Jawohl.«

Spiro ging zur Tür. Dort blieb er stehen und drehte sich noch einmal zu Sachs um. »*Hal tatahaddath alearabia?*«

Sie hielt seinem Blick ruhig stand. »*Nem fielaan.*«

Spiro sah sie einen Moment lang prüfend an, zog dann ein Feuerzeug und eine Zigarre aus der Tasche und verschwand damit hinaus auf den Korridor.

Rhyme nahm an, dass der Staatsanwalt mit seiner Frage den größten Teil seines gesamten arabischen Wortschatzes aufgebraucht hatte. Der von Sachs umfasste ungefähr zwei Dutzend Vokabeln, wusste er.

Als er sich umdrehte, stand Thom im Eingang.

»Wir fahren jetzt ins Hotel«, verkündete der Betreuer entschlossen.

»Ich brauche...«

»Du brauchst Ruhe.«

»Es gibt noch ein Dutzend unbeantworteter Fragen.«

»Ich ziehe den Stecker der Steuerung und schiebe dich einfach zum Van.«

Der Rollstuhl wog annähernd fünfzig Kilogramm. Doch Rhyme wusste, dass Thom seine Drohung ungerührt in die Tat umsetzen würde.

Er verzog das Gesicht. »Na gut, na gut, na gut.« Dann fuhr er hinaus auf den Flur und überließ es Sachs, den anderen in ihrer beider Namen eine Gute Nacht zu wünschen.

23

Kurz vor 23.00 Uhr.

Stefan war mit dem Wagen außerhalb von Neapel unterwegs. Angespannt. Nervös. Er wollte mit der nächsten Komposition anfangen. Er *musste* mit der nächsten Komposition anfangen.

Er wischte sich den Schweiß von der Stirn, immer wieder. Stopfte die Papiertücher in die Tasche. Stets überaus vorsichtig, nicht in diese beschissene DNS-Falle zu tappen.

Selbstverständlich achtete er auf alle Geräusche, immer. Doch heute Abend konnten sie ihn nicht beruhigen, die Beklemmung nicht lindern: das Brummen des Motors, das Rauschen des Gummis über den Asphalt, die zwei Dutzend Töne des einen Dutzends Insekten, eine Eule, nein, zwei. Ein Flugzeug über ihm, dessen großartiges Donnergrollen alles andere dominierte.

Zum Lauschen sind Abende am besten. Die kühle feuchte Luft nimmt die Geräusche vom Boden und aus den Bäumen mit, die man andernfalls nie wahrnehmen würde, und trägt sie zu dir wie die Geschenke der Heiligen Drei Könige.

Stefan hielt sich sorgfältig ans Tempolimit – er hatte keinen Führerschein, und das Auto war gestohlen. Doch es waren ihm weder Töchter noch Söhne der griechischen Götter dicht auf den Fersen. Ein Streifenwagen der Staatspolizei kam ihm entgegen. Dann ein Fahrzeug der Carabinieri. Keiner der beiden Fahrer schenkte ihm oder sonst jemandem auf der belebten Straße auch nur die geringste Beachtung.

Die Medikamente strömten durch seinen Kreislauf, und auch seine Muse Euterpe, die er im Herzen trug, war ihm behilflich. Dennoch blieb er unstet, mit zittrigen Fingern und schweißfeuchter Haut.

An Ali Maziq, den Mitwirkenden seines letzten Kunstwerks, verschwendete der Komponist keinen Gedanken mehr. Die dürre kleine Kreatur existierte nicht länger für ihn. Sie hatte zu Stefans Reise zur Harmonie einen Beitrag leisten dürfen – und der war wirklich gut ausgefallen.

Er summte den »Blumenwalzer« vor sich hin.

Keuch, zwei, drei, *keuch*, zwei, drei ...

Der Wagen erreichte eine Hügelkuppe. Stefan fuhr auf die grasbewachsene Böschung und hielt an. Sein Blick schweifte über die Felder von Capodichino. Dieser heutige Vorort von Neapel war einst der Schauplatz eines heroischen Gefechts der Neapolitaner gegen die Besatzungstruppen der Nazis gewesen – am dritten Tag des berühmten und erfolgreichen Aufstands im September 1943, der als die Vier Tage von Neapel bekannt wurde.

Inzwischen stand auf den Feldern der Flughafen von Neapel, dazu eine Reihe von Firmen, kleinen Fabriken und Lagerhallen. Und bescheidene Wohnhäuser.

Außerdem gab es hier noch etwas, das hartnäckig die Blicke aller Passanten auf sich zog: das Durchgangslager Capodichino, eines der größten Flüchtlingszentren von ganz Italien. Es erstreckte sich über viele Hektar und war mit ordentlichen Reihen blauer Kunststoffzelte gefüllt, auf deren Dächern in schmucklosen weißen Buchstaben *Ministero dell'Interno* geschrieben stand.

Das Lager wurde von einem zweieinhalb Meter hohen Zaun mit Stacheldrahtkrone umgeben, der allerdings nicht besonders stabil und wenig bewacht war, wie Stefan bemerkte. Sogar jetzt, zu so später Stunde, war dort jede Menge los. Viele,

viele Leute saßen, hockten oder gingen zwischen den Zelten umher. Er hatte gehört, alle Lager in Italien seien völlig überbelegt und die Sicherheitsmaßnahmen unzureichend.

Was Stefan natürlich sehr entgegenkam. Ein chaotisches Jagdrevier ist ein gutes Jagdrevier.

Nachdem er sich vergewissert hatte, dass nur wenige Wachen, teils motorisiert, teils zu Fuß auf den Straßen rund um das Lager patrouillierten, bog er mit dem alten Mercedes wieder auf die Fahrbahn ein. Er parkte in der Nähe des Haupteingangs und stieg aus. Dann ging er näher heran und mischte sich unter eine Gruppe gelangweilter Reporter, die wahrscheinlich irgendwelche Geschichten aus dem Leben recherchierten. Demonstranten waren auch da. Die meisten Transparente konnte er nicht lesen, aber einige waren auf Englisch.

Geht nach Hause!

Er betrachtete das Lager. Es war sogar noch überlaufener als beim ersten Mal, vor Kurzem. Doch davon abgesehen hatte sich kaum etwas geändert. Männer mit einer Takke oder Kofia auf dem Kopf. Fast alle Frauen mit Hidschab oder einer anderen Art von Schleier. Manche der Neuankömmlinge hatten Koffer, aber die meisten trugen Stoffbeutel oder Plastiktüten bei sich, darin alle Besitztümer, die ihnen auf der Welt noch geblieben waren. Einige umklammerten die dicken Steppdecken, die sie von der italienischen Marine erhalten hatten, nachdem die Boote ihrer Schleuser aufgebracht worden waren oder man sie aus dem Mittelmeer gefischt hatte. Vereinzelt sah man auch noch die orangefarbenen Rettungswesten, die ebenfalls vom Militär ausgegeben wurden, aber auch von Nichtregierungsorganisationen oder bisweilen sogar den Schleusern (zumindest von denen, die befürchteten, ertrunkene Kunden könnten sich nachteilig auf das Geschäft auswirken).

Viele der Flüchtlinge waren Familien. Die zweitgrößte Gruppe schienen alleinstehende Männer zu sein. Und es gab

Aberhunderte von Kindern. Einige spielten fröhlich. Die meisten aber wirkten traurig und verstört.

Und erschöpft.

Hinzu kamen zahlreiche Soldaten und Polizeibeamte in vielen verschiedenen Uniformen, die auf die große Anzahl von beteiligten Behörden hindeuteten. Sie sahen müde und streng aus, schienen die Flüchtlinge aber gut zu behandeln. Keiner von ihnen achtete auf Stefan, genau wie beim ersten Mal.

Chaos.

Ein Jagdrevier…

Ihm fiel etwas auf. Stefan sah einen Mann, der am hinteren Ende des Zauns durch eine senkrechte Lücke im Maschendraht schlüpfte. Wollte er fliehen? Doch dann schlenderte der Mann unbekümmert zu einem der diversen Straßenhändler rund um das Lager, die Speisen, Kleidung und kleinere Gebrauchsgegenstände anboten. Er kaufte etwas und kehrte zurück.

Ja, die Sicherheitsvorkehrungen ließen zu wünschen übrig.

Stefan kaufte bei einem der Stände etwas zu essen, ein nahöstliches Gericht. Es schmeckte gut, aber er hatte wenig Appetit. Er wollte einfach nur etwas Energie tanken. Während er aß, ging er die Straße am Lager auf und ab. Dann begab er sich zurück zum Haupteingang.

Bald darauf traf ein großer Lieferwagen ein, auf dessen Ladefläche weitere Flüchtlinge saßen, mit unterschiedlich dunklen Hautschattierungen und Kleidung, die Stefan für typisch nordafrikanisch hielt. Manche der Leute mochten auch aus Syrien stammen, obwohl die Reise über so viele Kilometer rauer See – bis an die Westküste Italiens – kaum vorstellbar schien.

In seiner Fantasie malte Stefan sich das Knarren der Planken bei den altersschwachen Kähnen aus, den dumpfen Aufprall der schwarzen Schlauchboote auf die Wellen, das ungleichmäßige Stottern der überlasteten Motoren, die Schreie der Babys, das Rauschen der Wogen, die Rufe der Vögel, das Brausen und Flattern des Windes. Er schloss die Augen und erschauderte, weil die eingebildeten Geräusche ihn schier übermannten. Dann beruhigte er sich wieder, wischte den Schweiß weg und steckte das Tuch ein. Siehst du, dachte er an Sie gewandt, ich bin vorsichtig.

Für seine Muse würde er alles tun.

Die etwa dreißig Flüchtlinge stiegen nun von der Ladefläche und blieben am Eingang des Lagers stehen, bewacht von zwei Posten. Ohne Gewehre. Nur mit weißen Lederholstern, darin Pistolen an Kordeln. Sie wiesen den Neuankömmlingen den Weg zur Aufnahmestation – einem langen, niedrigen Tisch, an dem vier Hilfskräfte mit Klemmbrettern und Laptops saßen.

Stefan ging noch näher heran. Es war so viel los, dass niemand ihn beachtete. Dann entdeckte er ein freudlos und erschöpft dreinblickendes Paar, fast so müde wie das zweijährige Kind, das auf dem Arm der Mutter schlief. Die beiden traten zum Tisch vor, und der Mann – sie trugen Eheringe – sagte: »Khaled Jabril.« Er wies auf seine Frau. »Fatima.« Dann strich er dem Kind über das Haar. »Muna.«

»Ich bin Rania Tasso«, sagte die Frau, vor der sie standen. Alle nickten sich zu, aber es wurden keine Hände gereicht.

Khaled war westlich gekleidet – mit Jeans und einem nachgemachten Hugo-Boss-T-Shirt. Fatima trug ein Kopftuch sowie ein langärmeliges Überkleid, dazu aber ebenfalls Jeans. Beide hatten Joggingschuhe an den Füßen. Das kleine Mädchen steckte in einem gelben Kostüm. Irgendeine Disney-Figur.

Die Frau begutachtete ihre Pässe. Rania hatte ihr dunkelrotes Haar zu zwei Zöpfen geflochten, die auf dem Rücken fast bis zum Gürtel reichten. Das Funkgerät an ihrer Hüfte und der Ausweis, der um ihren Hals hing, bedeuteten, dass sie eine Verwaltungsangestellte war. Nachdem Stefan sie einige

Minuten lang beobachtet hatte, gelangte er zu dem Schluss, sie müsse eine hohe Position innehaben, vielleicht sogar die Leitung des gesamten Lagers. Und sie war attraktiv. Die römische Nase und der olivfarbene Teint ließen auf italienische und griechische oder gar tunesische Vorfahren schließen.

Die Flüchtlinge beantworteten Fragen. Und, oje, Stefan gefiel Fatimas Stimme überhaupt nicht. Sie war mit einem Schnarren unterlegt – was bei Frauen häufiger auftrat als bei Männern, glaubte er. Dadurch ähnelte sie eher einem Krächzen oder Knurren.

Die Frau sagte noch etwas.

Oh, das war wirklich ganz furchtbar.

Rania tippte einige Angaben in den Computer ein. Dann schrieb sie etwas – in arabischer Schrift – auf eine kleine Karteikarte und gab sie Fatima, die daraufhin einige Fragen stellte. Dabei runzelte sie die Stirn. Es war fast, als würde sie, die doch nur dank des Wohlwollens der Italiener hier war, nun Auskunft von Rania darüber verlangen, was *diese* denn vorhabe und darstelle.

Die Leiterin antwortete geduldig.

Fatima wollte erneut etwas sagen, doch ihr Mann, Khaled, sprach leise mit ihr – in einem recht angenehmen Bariton. Fatima verstummte und nickte. Dann sagte sie etwas, das für Stefan wie eine Entschuldigung klang.

Danach war das Gespräch vorbei. Die Eheleute nahmen ihren Rucksack, die zwei großen Plastiktüten und ihr Kind und verschwanden im Lager, wo man ihnen den Weg in den hinteren Teil des Geländes wies.

Plötzlich und überraschend ertönte laute, nahöstliche Musik. Sie erklang vor einem der Zelte, wo ein paar junge Männer einen CD-Player aufgestellt hatten. Die Musik der arabischen Welt war seltsam. Sie kannte weder Themen noch ein Narrativ und entsprach weder im Rhythmus noch in der Sequenz den westlichen Gewohnheiten. Das Stück hier war wie ein Gedicht aus Tönen, sich ständig wiederholend, aber auf eigene Weise wohlklingend. Verführerisch. Beinahe sinnlich.

Wenn Ali Maziqs Keuchen den Takt für Stefans Walzer geliefert hatte, würde diese Musik eher das Säuseln und Summen des Korpus sein.

Wie dem auch sei, die Musik beruhigte ihn und erstickte einen drohenden Schwarzen Schrei. Er schwitzte etwas weniger.

Fatima blieb abrupt stehen und richtete ihr hübsches, aber verkniffenes Gesicht auf die jungen Männer. Dann sagte sie etwas mit finsterer Miene und ihrer schnarrenden Stimme.

Verlegen schaltete einer der Getadelten das Gerät aus.

Sie hatte also nicht nur eine grauenhafte Stimme, sie konnte auch Musik nicht ausstehen.

Euterpe würde sie nicht mögen.

Und es war nie ratsam, das Missfallen einer Muse zu erregen. Man hielt sie für bezaubernd, für zarte Geschöpfe, die ein stilles Leben in der abgeschiedenen Welt von Kunst und Kultur führten, hoch auf dem Olymp. Doch sie waren natürlich die Töchter des mächtigsten und unbarmherzigsten Gottes da oben.

IV
DAS LAND OHNE HOFFNUNG

Freitag, 24. September

24

Amelia Sachs war unten in der Lobby des Hotels, in dem sie wohnten, dem Grand Hotel di Napoli.

Edler Schuppen. Das Design hieß Rokoko, glaubte sie. Golden-rote Tapeten, gefleckter Samt, reich verzierte Schränke mit Glasfronten, darin Keramik und silberne, goldene oder aus Elfenbein gefertigte Gegenstände wie Tintenfässer, Fächer und Schlüsselanhänger. An den Wänden hingen Gemälde vom Vesuv – manche zeigten einen Ausbruch, andere nicht. Der Künstler hatte vielleicht genau an dieser Stelle gearbeitet, denn südöstlich von hier ragte der dunkelbraune Kegel auf. Er wirkte sanft und nicht im Mindesten einschüchternd oder bedrohlich – aber galt das nicht für viele Killer?

Darüber hinaus hingen an den Wänden des Grand Hotels Fotos von Berühmtheiten, die hier vermutlich einst logiert oder zu Abend gegessen hatten: Frank Sinatra und Dean Martin, Faye Dunaway, Jimmy Carter, Sophia Loren, Marcello Mastroianni, Harrison Ford, Madonna, Johnny Depp und Dutzende andere, Schauspieler, Musiker und Politiker. Sachs erkannte allenfalls die Hälfte von ihnen.

»Frühstück, Signorina?« Der Portier an der Rezeption lächelte sie an.

»No, *grazie*.« Sie hatte sich noch nicht an die Zeitumstellung gewöhnt; ihr Körper glaubte, es sei drei Uhr morgens. Außerdem hatte sie bereits einen kurzen Abstecher in den Frühstücksraum unternommen, um sich ein Glas Orangensaft zu holen, und war von der Fülle des Angebots überwältigt gewesen. Man konnte hier mit einer einzigen Mahlzeit die Kalorien eines ganzen Tages zu sich nehmen. Sie hätte nicht einmal gewusst, wo sie anfangen sollte.

Um genau neun Uhr hielt Ercole Benelli vor dem Hotel an. Die Via Partenope war größtenteils von Fußgängern bevölkert, aber niemand stellte sich dem schlaksigen Mann in seiner grauen Uniform in den Weg, auch wenn sein Fahrzeug ein abgenutzter babyblauer Mégane ohne jede Kennzeichnung war, abgesehen von einem Aufkleber mit der Silhouette eines Vogels. Merkwürdig.

Amelia trat hinaus in die Hitze und wurde mit einer spektakulären Aussicht auf die Bucht und, direkt vor dem Hotel, eine leibhaftige Burg belohnt.

Ercole stieg aus und hatte den Schlüssel schon in der Hand, aber sie bedeutete ihm, er solle sich wieder ans Lenkrad setzen. Die Erleichterung war ihm deutlich anzusehen. Heute bestand kein Anlass für ein Formel-1-Rennen, und sie stieg auf der Beifahrerseite ein.

Belustigt stellte sie fest, dass ein Mittel gegen Reisekrankheit im Becherhalter lag. Gestern war es noch nicht dort gewesen.

Sachs zog ihre schwarze Jacke aus. Darunter trug sie eine beigefarbene Bluse zu einer schwarzen Jeans. Dann verstaute sie die Beretta in ihrer Umhängetasche und stellte diese vor sich auf den Boden des Wagens.

Beide gurteten sich an. Ercole setzte den Blinker und bog auf die vollen, chaotischen Straßen von Neapel ein.

»Gefällt Ihnen das Hotel?«

»Ja, sehr.«

»Es ist ziemlich berühmt. Haben Sie gesehen, wer dort schon gewohnt hat?«

»Ja. Das Hotel muss ja regelrecht ein Wahrzeichen sein. Aus dem neunzehnten Jahrhundert?«

»Oh, nein, nein. Es gibt hier zwar viele alte Gemäuer – denken Sie nur an den Ort, an dem Ali Maziq gefangen gehalten wurde –, aber viele der oberirdischen Bauten wurden zerstört.«

»Im Krieg?«

»Ja, genau. Neapel war im Zweiten Weltkrieg die am meisten bombardierte italienische Stadt. Vielleicht sogar in ganz Europa. Das weiß ich nicht. Es gab mehr als zweihundert Luftangriffe. Übrigens, eines macht mir ein wenig Sorge: Ihnen ist doch klar, dass ich Sie nicht als Dolmetscherin mitgenommen habe.«

»Das war ein wenig seltsam.«

»Ja, ja. Ich kenne die Gegend gut. Die Region rund um Neapel kenne ich sogar wie meine Westentasche. Und ich weiß, dass es dort keine arabisch sprechenden Gemeinden gibt. Doch wissen Sie, ich glaube, hier könnte sich eine für uns wichtige Spur verbergen.«

»Das glauben Lincoln und ich auch.«

»Aber ich bin der Aufgabe nicht gewachsen. Ich weiß nicht, welche Fragen man stellen und an welchen Orten man nachschauen muss. Im Gegensatz zu Ihnen. So etwas ist Ihr Fachgebiet. Und deshalb habe ich Sie gebraucht.«

»Sie haben Spiro ausgetrickst?«

»Ausge...?«

»Überlistet.«

Sein langes Gesicht verhärtete sich. »Tja, das habe ich wohl. Ein Kollege hat mir gesagt, man müsse Spiro schmeicheln und seine Ansichten respektieren, auch wenn sie falsch sind. Das habe ich gemacht. Oder jedenfalls versucht. Ich habe keine Übung darin.«

»Es hat funktioniert. Vielen Dank.«

»Gern.«

»Ach, und ich beherrsche bloß ein paar arabische Sätze – zum Beispiel den, mit dem ich Dante geantwortet habe. Außerdem noch: ›Kann ich Ihren Ausweis sehen?‹ und ›Waffe weg, Hände hoch‹.«

»Lassen Sie uns hoffen, dass wir den letzten Satz nicht brauchen werden.«

Schweigend fuhren sie zehn Minuten weiter. Die dicht bebaute Innenstadt wich einer Mischung aus Fabriken, Lagerhallen und Wohnhäusern und ging schließlich in Ackerland über, mit kleinen Dörfern, die verstaubt und still im Dunst der Herbstsonne lagen. Ercole fuhr sehr umsichtig. Sachs bemühte sich nach Kräften, keineswegs ungeduldig zu erscheinen. Der Mégane blieb knapp unter den erlaubten neunzig Kilometern pro Stunde und wurde regelmäßig von deutlich schnelleren Autos – und sogar Lastwagen – überholt. Ein Fahrer – in einem Mini Cooper – schien doppelt so schnell wie sie selbst zu sein.

Sie kamen an einem weitläufigen Bauernhof vorbei, der aus irgendeinem Grund Ercoles Aufmerksamkeit erregte.

»Oh, sehen Sie, da drüben. Den Ort muss ich mir für später merken.«

Sie schaute nach links, wohin er zeigte – mit beiden Händen. Das schien so eine Art italienische Angewohnheit zu sein. Egal, wie hoch die Geschwindigkeit oder wie dicht der Verkehr war, die Fahrer schienen nicht in der Lage zu sein, während eines Gesprächs das Lenkrad mit beiden Händen zu halten – bisweilen nicht mal mit einer.

Sachs musterte den Hof. Hauptsächlich Schweine, bemerkte sie, dazu etwa achttausend Quadratmeter mit verschachtelten, niedrigen Gebäuden und jeder Menge Schlamm. Ein heftiger und ekelhafter Gestank drang in den Wagen ein.

Sie sah, dass Ercole aufrichtig besorgt wirkte.

»Zu meiner Arbeit gehört auch die Überwachung der Tierhaltung. Und schon auf den ersten Blick habe ich hier den Eindruck, dass diese Schweine nicht angemessen untergebracht sind.«

Für Sachs sahen sie wie Schweine im Schlamm aus.

»Der Bauer wird nachbessern müssen, was die Entwässerung und Kanalisation angeht. Das ist nicht nur gesünder für die Leute, sondern auch besser für die Tiere. Die haben nämlich auch eine Seele. Davon bin ich fest überzeugt.«

Sie fuhren durch die Gemeinde Abruzzo – die man nicht mit den Abruzzen verwechseln dürfe, einer Region östlich von Rom, erklärte Ercole. Sachs war sich nicht sicher, weshalb er glaubte, ihr könne dieser Fehler unterlaufen, aber sie bedankte sich trotzdem für den Hinweis. Danach gelangten sie in das hügelige Gebiet aus Feldern und Brachflächen, in dem laut Auskunft der Postpolizei Ali Maziqs Telefon benutzt worden war.

Sachs hatte eine Landkarte mit einem großen eingekreisten Bereich dabei, der sechs kleine Ortschaften oder Ansammlungen von Geschäften, Cafés, Restaurants und Bars umfasste, in denen Maziq und sein Freund sich getroffen haben konnten. Sie zeigte sie Ercole. Er nickte und wählte einen der Orte aus.

»Der liegt am nächsten. In zwanzig Minuten sind wir da.«

Sie folgten der zweispurigen Straße. Ercole sprach über alles Mögliche, das ihm durch den Kopf schoss: seine Tauben, die er nur deswegen hielt, weil er das Gurren mochte und Spaß an den Wettflügen hatte. (Ah, jetzt ergab auch der Autoaufkleber einen Sinn.) Seine bescheidene Wohnung in einem hübschen Teil von Neapel, seine Familie – zwei Brüder, einer älter, einer jünger, beide verheiratet – und vor allem seine Neffen. Und er erwähnte ehrfurchtsvoll seine Eltern, die beide schon verstorben waren.

»*Allora*, darf ich Sie etwas fragen? Sie und *Capitano* Rhyme, Sie wollen bald heiraten?«

»Ja.«

»Wie schön. Und wann?«

»Eigentlich innerhalb der nächsten zwei Wochen, aber dann ist der Komponist aufgetaucht, und nun verzögert sich alles.«

Sachs erzählte Ercole, Rhyme habe Grönland für die Flitterwochen vorgeschlagen.

»Wirklich? Komisch. Ich habe Fotos davon gesehen. Irgendwie öde. Ich würde Italien vorschlagen. Wir haben Cinque Terre und Positano – gar nicht mal weit von hier. Oder Florenz, den Piemont und den Comer See. *Ich* würde in Courmayeur heiraten. Das liegt im Norden am Mont Blanc. Oh, so wunderschön.«

»Haben Sie eine Freundin?«

Sie hatte bemerkt, wie sehr er Daniela Canton bewunderte, und fragte sich, ob die beiden sich schon vor dem Komponisten gekannt hatten. Die Frau schien klug zu sein, wenngleich etwas zu ernst; bildschön war sie auf jeden Fall.

»Nein, zurzeit nicht. Das ist eine Sache, die ich bedauere. Dass meine Mutter nicht mehr erlebt hat, wie ich heirate.«

»Sie sind noch jung.«

Er zuckte die Achseln. »Momentan habe ich andere Interessen.«

Dann erzählte er ihr von seiner Arbeit und seinem Wunsch, zur Staatspolizei oder, noch besser, zu den Carabinieri zu wechseln. Sachs erkundigte sich nach dem Unterschied. Letztere schienen eine militärische Polizeibehörde zu sein, wurden aber auch für den allgemeinen Dienst eingesetzt. Dann gab es noch die Finanzpolizei, die für Wirtschaftskriminalität und den Grenzschutz zuständig war. Das lag ihm weniger. Er wollte ein Straßenbulle sein, ein Ermittler.

»So wie Sie«, sagte er lächelnd und wurde rot.

Es war klar, dass er den Komponisten als Eintrittskarte in jene Welt betrachtete.

Er fragte sie auch nach der Polizeiarbeit in New York City, und Sachs erzählte ihm von ihrem Berufsweg – erst Mannequin, dann NYPD. Und von ihrem Vater, der sein Leben lang Streifenbeamter gewesen war.

»Ach, wie der Vater, so die Tochter!« Ercoles Augen strahlten.

»Ja.«

Wenig später erreichten sie das erste Dorf und fingen mit der Befragung an. Es war eine zähe Angelegenheit. Sie betraten ein Restaurant oder eine Bar und wandten sich an den Kellner oder Eigentümer. Dann zeigte Ercole ein Foto von Maziq vor und erkundigte sich, ob man ihn am Mittwochabend gesehen habe. Beim ersten Mal entspann sich daraufhin eine langwierige und angestrengte Diskussion. Sachs nahm es als gutes Zeichen, denn die Person konnte ihnen offenbar weitere Hinweise liefern.

»Er hat Maziq also gesehen?«, fragte sie auf dem Rückweg zum Wagen.

»Wer, der Kellner? Nein, nein, nein.«

»Worüber haben Sie denn so lange geredet?«

»Die Regierung will in der Nähe eine neue Straße bauen, die zur Belebung der Wirtschaft dienen soll. Er hat gesagt, die Geschäfte hätten sich in letzter Zeit verschlechtert. Trotz der gesunkenen Benzinpreise scheint niemand mehr einen Ausflug aufs Land zu unternehmen, denn die alte Straße wird oft unterspült, auch schon bei relativ wenig Regen. Und…«

»Ercole, wir sollten uns wirklich beeilen.«

Er schloss kurz die Augen und nickte. »Oh. Ja, natürlich.« Dann lächelte er. »Wir in Italien lieben es zu plaudern.«

Innerhalb der nächsten zwei Stunden klapperten sie achtzehn verschiedene Läden ab. Ohne Erfolg.

Kurz nach zwölf Uhr beendeten sie die Befragungen in einem der kleinen Orte und strichen ihn von der Liste. Ercole sah auf die Uhr. »Lassen Sie uns etwas essen.«

Sie schaute sich an der kleinen Kreuzung um. »Ich hätte nichts gegen ein Sandwich einzuwenden.«

»*Un panino, sì.* Gern.«

»Wo kriegen wir eines auf die Hand? Und Kaffee.«
»Auf die Hand?«
»Zum Mitnehmen.«
Er wirkte verwirrt. »Wir... Nun ja, in Italien ist das nicht üblich. Zumindest nicht in Kampanien. Nein, nirgendwo in Italien, soweit ich weiß. Wir werden uns hinsetzen. Es dauert nicht lange.« Er wies auf das Restaurant, dessen Eigentümer sie soeben befragt hatten. »Wie wäre es damit?«
»Sieht gut aus.«
Sie setzten sich draußen an einen Tisch, dessen Vinyldecke mit lauter kleinen Eiffeltürmen bedruckt war, obwohl keine französischen Gerichte auf der Karte standen.
»Wir sollten mit Mozzarella anfangen. Neapel ist bekannt dafür – und für die Pizza. Die haben nämlich wir erfunden. Was auch immer in Brooklyn erzählt wird.«
Sie sah ihn verständnislos an. »Wie bitte?«
»Das habe ich in einem Artikel gelesen. Ein Restaurant in Brooklyn behauptet, sie hätten sich die Pizza ausgedacht.«
»In dem Stadtteil wohne ich.«
»Nein!« Er war entzückt, das zu hören. »Nun, ich wollte Sie nicht beleidigen.«
»So habe ich es auch nicht aufgefasst.«
Er bestellte für sie beide. Ja, frischen Mozzarella vorweg und dann Pasta mit *ragù*. Er trank ein Glas Rotwein, sie einen Kaffee Americano, was die Kellnerin merkwürdig fand – anscheinend war dieses Getränk für *nach* dem Essen gedacht.
Noch vor dem Käse wurde ihnen jedoch ein Teller mit Antipasti gebracht, den sie gar nicht bestellt hatten, mikroskopisch dünn geschnittene Schinken und Wurstsorten. Dazu Brot. Und die Getränke.
Sachs nahm einen Bissen von dem Schinken und dann noch einen. Salzig und von überwältigendem Aroma. Kurz darauf kam der Mozzarella – nicht in Scheiben, sondern als Kugel von

der Größe einer Navelorange. Eine für jeden. Amelia bekam große Augen. »Das essen Sie alles auf?«

Ercole, der seine Kugel schon halb verspeist hatte, musste über diese unsinnige Frage lachen. Sachs probierte etwas davon – es *war* der beste Mozzarella, den sie je gegessen hatte, und sie sagte das auch – und schob dann den Teller weg.

»Es schmeckt Ihnen also doch nicht?«

»Ercole, das ist zu viel. Normalerweise trinke ich mittags einen Kaffee und esse einen halben Bagel.«

»Auf die Hand.« Er schüttelte den Kopf und zwinkerte ihr zu. »Das ist nicht gesund für Sie.« Seine Augen leuchteten auf. »Ah, da ist die Pasta.« Zwei Teller wurden serviert. »Das hier sind Ziti, eine kampanische Spezialität. Die werden aus unserem Hartweizengrieß hergestellt, aber der besonders fein gemahlenen Sorte, *semolina rimacinata*. Dazu den hiesigen *ragù*. Die Nudeln sind eigentlich lang und werden vor dem Kochen gebrochen. Auch gut wären hier die Gnocchi – so umgehen wir in Kampanien unsere Verachtung für Kartoffeln –, aber die sind als Mittagsgericht etwas zu schwer.«

»Sie kochen bestimmt auch selbst«, sagte Sachs.

»Ich?« Das schien ihn zu amüsieren. »Nein, nein, nein. Aber jeder hier in Kampanien kennt sich mit Essen aus. Man ... man wächst irgendwie da hinein.«

Die Soße war köstlich und intensiv und mit genau der richtigen Menge Hackfleisch versetzt, das auf der Zunge zerging. Und die Menge passte genau, sie ertränkte die Pasta nicht, sodass deren eigener großartiger Geschmack zur Geltung kam.

Schweigend aßen sie eine Weile.

»Was machen Sie denn sonst noch so in ... wie heißt Ihre Behörde doch gleich?«, fragte Sachs.

»Übersetzt würde das CFS wohl ›staatliches Forstkorps‹ heißen. Es gibt Tausende von uns Beamten, und wir sind für vieles zuständig. Zum Beispiel die Bekämpfung von Waldbränden – obwohl ich selbst nichts damit zu tun habe. Wir verfügen über eine Reihe von Löschflugzeugen. Und über Hubschrauber, um Bergsteiger und Skifahrer zu retten. Wir überwachen Agrarvorschriften. Italien nimmt seine Speisen und Weine sehr ernst. Kennen Sie Trüffeln?«

»Klar, die Schokoladenkugeln.«

Er benötigte einen Moment, um es zu verstehen. »Oh, nein, nein, nein. Trüffeln, Funghi. Pilze.«

»Ach, richtig. Die von Schweinen aufgespürt werden.«

»Hunde sind besser. Es wird eine spezielle Rasse dafür verwendet. Die Tiere sind sehr teuer und berühmt für ihre feinen Nasen. Ich hatte schon mehrere Fälle, bei denen Lagotti Romagnolo von Trüffeljägern entführt worden waren.«

»Das muss schwierig sein. Ich meine, so ganz ohne eine Datenbank für Pfotenabdrücke.«

Er lachte. »Es heißt ja, Humor würde an der Landesgrenze haltmachen, aber das war echt witzig. Und ganz im Ernst, so eine Datenbank könnten wir wirklich gut gebrauchen. Manche Eigentümer lassen ihren Hunden Chips einsetzen, Mikrochips, obwohl ich gehört habe, das sei nicht immer sicher.«

Er fuhr fort und erklärte, dass die weißen Trüffeln aus dem Norden Italiens sowie die schwarzen aus der Mitte und dem Süden überaus wertvoll seien, vor allem Erstere. Ein einziges Exemplar könne eintausend Euro kosten.

Und er erzählte von seiner Suche nach einem örtlichen Trüffelfälscher, der chinesische Ware als einheimische Sorten ausgab. »Eine Schande!« Der Komponisten-Fall habe ihn um den Erfolg seiner Jagd gebracht. Er verzog das Gesicht. »Der *furfante...* der Schurke ist entkommen. Sechs Monate Arbeit waren umsonst.« Mit finsterer Miene leerte er sein Glas Wein auf einen Zug.

Dann erhielt er eine Textnachricht, las sie und verfasste eine Antwort.

Sachs hob fragend eine Augenbraue.

»Oh, es geht nicht um den Fall. Das war ein Freund von mir. Wegen der Tauben, die ich erwähnt habe; er und ich nehmen zusammen an Wettkämpfen teil. Bald ist wieder ein Rennen. Haben Sie Interesse an den Tieren, Detective Sachs?«

»Amelia.«

Ihre Erfahrungen beschränkten sich auf die Generationen von Wanderfalken, die an der Fassade von Lincoln Rhymes Stadthaus am Central Park West genistet hatten. Es waren wunderschöne, eindrucksvolle und – gemessen an ihrer Körpergröße – vielleicht die effizientesten und unbarmherzigsten Raubtiere der Welt.

Und am liebsten fraßen sie die fetten, ignoranten Tauben von New York City.

»Na ja, ich weiß praktisch nichts über sie, Ercole.«

»Ich habe speziell für Rennen gezüchtete Brieftauben. Meine erreichen zwischen fünfzig und einhundert Kilometern pro Stunde.« Er wies auf das Telefon. »Mein Freund und ich treten mit einem gemeinsamen Team an. Das kann wirklich aufregend sein, ein echter Konkurrenzkampf. Manche Leute beklagen, die Tauben würden dadurch in Gefahr gebracht, weil es Falken, schlechtes Wetter oder künstliche Hindernisse gibt. Aber ich würde als Taube lieber eine Aufgabe haben, anstatt den ganzen Tag auf einer Garibaldi-Statue zu hocken.«

Sie kicherte. »Ich auch.«

Eine Taube in geheimer Mission ...

Die Mittagspause hatte lange genug gedauert. Sachs bat um die Rechnung, aber Ercole bestand darauf, den vollständigen Betrag zu übernehmen.

Dann setzten sie ihre eigene Mission fort.

Und kurioserweise zahlte sich die – kulinarisch erstklassige – Verzögerung für sie aus.

Im nächsten Ort hielten sie bei einem Restaurant, in dem

die Kellnerin soeben erst ihren Dienst angetreten hatte; hätten Sachs und Ercole nicht zu Mittag gegessen, hätten sie die Frau verpasst. Die Bedienung im Ristorante San Giancarlo war eine schlanke Blondine mit altmodischer Flip-Frisur und modernen Tätowierungen. Sie sah auf das Foto von Ali Maziq, das Sachs ihr zeigte, und nickte. Ercole übersetzte ihre Angaben: »Der Mann auf dem Foto hat hier mit einem Italiener zu Abend gegessen, der ihrer Ansicht nach aber nicht aus Kampanien stammt. Sie selbst kommt aus Serbien, konnte den Akzent also nicht zuordnen, aber der Mann hat anders geklungen als die Leute hier in der Gegend.«

»Kennt sie ihn? Hat sie ihn zuvor schon mal gesehen?«

»Nein«, sagte sie zu Sachs und fügte noch etwas auf Italienisch hinzu.

Ercole erklärte, Maziq habe sich während des gesamten Essens unwohl gefühlt und sich ständig umgeschaut. Die Männer hätten englisch gesprochen, aber stets innegehalten, wenn die Frau in die Nähe kam. Maziqs Bekannter – sie hielt die beiden nicht für Freunde – sei »nicht besonders nett« gewesen. Der kräftige Mann, mit dunkler Haut und dichtem schwarzen Haar, habe sich beklagt, seine Suppe sei kalt. Was sie nicht war. Und die Rechnung sei fehlerhaft. Was sie nicht war. Sein dunkler Anzug sei staubig gewesen, und er habe stinkende Zigaretten geraucht, ohne sich um die Belästigung aller anderen zu scheren.

»Haben die beiden mit einer Kreditkarte bezahlt?«, fragte Sachs hoffnungsvoll.

»Nein«, erwiderte die Kellnerin. »In bar. Und natürlich haben sie kein Trinkgeld gegeben.« Sie verzog schmollend das Gesicht.

Sachs fragte, ob die beiden mit einem Auto angereist seien, aber die Frau war sich nicht sicher. Sie seien einfach zur Tür hereingekommen.

»Hat jemand die Männer beobachtet?«, fragte Sachs. »Jemand in einem schwarzen Wagen?«

Die Kellnerin verstand die englischen Fragen. »*Da!* Ich meine, ja.« Ihre Augen weiteten sich. »Faszinierend, dass Sie das erwähnen.«

Dann sprach sie auf Italienisch weiter.

Ercole übersetzte wieder: »Während sie noch mitten beim Essen waren, ist ein großes schwarzes oder dunkelblaues Auto vorbeigefahren und plötzlich langsamer geworden, als würde der Fahrer sich für das Restaurant interessieren. Sie hat gedacht, vielleicht würden gleich reiche Touristen als Gäste hereinkommen, aber dann ist der Mann weitergefahren.«

»Und könnte er die beiden gesehen haben?«

»Ja«, sagte die Kellnerin. »Gut möglich. Die zwei Männer haben draußen gesessen. Da, an der *tavola*... äh, dem Tisch.«

Sachs blickte die stille Straße auf und ab. Auf der anderen Seite gab es ein Grundstück voller Bäume und dahinter Ackerland. »Sie haben gesagt, die Männer seien oft verstummt, aber haben Sie vielleicht doch etwas von dem Gespräch mitbekommen?«

Ercole unterhielt sich kurz mit der Kellnerin. »Sie hat gehört, wie die beiden Trenitalia erwähnt haben, die Eisenbahngesellschaft«, erklärte er dann. »Und sie glaubt, der Italiener habe gesagt, ›er‹, gemeint war Maziq, müsse von einer sechsstündigen Reise ausgehen, was diesem nicht zu gefallen schien. Sechs Stunden – das heißt, er wollte nach Norden.« Ercole lächelte. »Unser Land ist nicht so groß. In der Zeit könnte man fast schon die nördliche Grenze erreichen.«

Mehr hatte die Frau nicht zu berichten, und sie schien enttäuscht zu sein, dass die beiden kein zweites Mittagessen wollten. Die Tortellini seien die besten in ganz Süditalien, versprach sie.

Der Komponist war also durch die Gegend gefahren und

hatte nach einer möglichen Zielperson Ausschau gehalten – womöglich nach einem Einwanderer. Und er hatte Maziq gesehen. Was dann? Sachs musterte die staubige, menschenleere Straße. Dann bedeutete sie Ercole, ihr zu folgen. Sie überquerten die Fahrbahn und bahnten sich einen Weg durch die Bäume und Sträucher am Rand des unbebauten Grundstücks gegenüber dem Restaurant.

Sachs streckte die Hand aus. Sie zeigte auf die Reifenspuren eines Wagens mit großem Radstand. Das Profil schien denen der Michelins bei der Entführung an der Bushaltestelle zu entsprechen. Das Fahrzeug war von hinten auf das Grundstück gefahren und hatte geparkt. Der Boden hier bestand aus feuchter Erde mit kargem Grasbewuchs, und man konnte mühelos erkennen, dass der Fahrer ausgestiegen und auf die Beifahrerseite gegangen war – die zu den Bäumen und Sträuchern wies und damit auch genau zu dem Tisch, an dem Maziq und sein unangenehmer Begleiter gesessen hatten. Wie es schien, hatte der Komponist die Beifahrertür geöffnet und sich gesetzt, mit den Beinen nach draußen, in Richtung des Restaurants.

»Der Anblick seiner Beute hat ihm wohl gefallen«, sagte Ercole. »Er hat hier gesessen und Maziq beobachtet.«

»Sieht ganz danach aus«, sagte sie und ging bis zu den Bäumen. Das Tortellini-Restaurant war deutlich zu erkennen.

Sachs zog sich Latexhandschuhe an und forderte Ercole auf, es ihr gleichzutun, was er auch machte. Dann wollte sie ihm Gummibänder reichen, aber er winkte ab und zog selbst welche aus der Tasche. Amelia musste lächeln.

»Machen Sie Fotos von den Schuh- und Reifenabdrücken.«

Er fertigte eine Reihe von Aufnahmen aus verschiedenen Winkeln an.

»Beatrice Renza. Ist sie gut?«

»Als Kriminaltechnikerin? Ich kenne sie erst seit gestern. Vergessen Sie nicht, ich bin neu bei der Staatspolizei. Aber sie scheint gut zu sein, ja. Obwohl sie sich spröde gibt. Und... ist das ein Wort: starrhalsig?«

»Halsstarrig, ja.«

»Nicht wie Daniela«, sagte Ercole sehnsüchtig.

»Was meinen Sie, werden die Fotos ihr ausreichen, um die Abdrücke zu bestimmen, oder sollten wir die Spurensicherung anfordern?«

»Ich glaube, die Fotos werden ihr genügen. Sie wird sie so lange einschüchtern, bis sie ihr gehorchen.«

Sachs lachte. »Und nehmen Sie Erdproben von den Stellen, an denen er gestanden und gesessen hat.«

»Ja, mache ich.«

Sie hielt ihm einige leere Tüten hin, doch er hatte bereits selbst eine Handvoll davon aus der Tasche seiner Uniformjacke geholt.

Amelia blickte zurück zu dem Restaurant. »Und dann wäre da noch etwas.«

»Was denn, Detective? Amelia.«

»Sie sind von der Forstwache. Haben Sie zufällig eine Säge im Kofferraum?«

»Ich habe sogar drei.«

25

»*Cos'è quello?*«

Das verstand Rhyme, auch ohne Italienisch zu beherrschen. Genau genommen fragte er sich gerade das Gleiche wie Staatsanwalt Spiro.

Ercole, der soeben das – vermutliche – Beweisstück hereinschleppte, antwortete: »Das ist ein Johannisbrotbaum. Sie kennen ihn vielleicht auch als Karobbaum. *Ceratonia siliqua*.« Das Ding war voller Laubwerk, etwa anderthalb Meter hoch und bestand aus vier Ästen, die sich zu einem Stamm vereinigten. Man hatte ihn an der Basis abgesägt.

Ercole, der Handschuhe trug, brachte außerdem eine große Plastiktüte mit, in der kleinere Tüten mit Erd- und Grasproben lagen.

Sie befanden sich erneut im Lagezentrum. Sachs kam in Begleitung von Ercole. Massimo Rossi und die ernste Kriminaltechnikerin Beatrice Renza waren ebenfalls anwesend. Obwohl es sich um ein ungewöhnliches Beweisstück handelte, betrachtete die Frau das große Gewächs mit der gleichen nüchternen Unvoreingenommenheit, die sie auch bei einer Patronenhülse oder einem Fingerabdruck an den Tag gelegt hätte.

Rhyme bemerkte, dass Sachs ohne Handschuhe erschien – wie es zu ihrer untergeordneten Funktion als Dolmetscherin passte. Zumindest dem Anschein nach.

»Es ist eine recht interessante Pflanze«, fuhr Ercole begeistert fort. »Aus der Frucht wird Karobpulver gewonnen, das

Kakaopulver ähnelt. Den Namen ›Karob‹ finde ich übrigens höchst interessant, denn aus ihm wurde ›Karat‹ abgeleitet, die Maßeinheit für Diamanten.«

»Forstwachtmeister, der Platz dieses Baumes in der Ruhmeshalle der Pflanzenwelt ist mir egal«, knurrte Spiro. »Würden Sie bitte meine Frage beantworten?« Er steckte das schmale Buch ein, das er wie immer mit sich führte und in dem er sich gerade Notizen gemacht hatte.

Ercole schien das Buch auch diesmal mit Sorge zu beäugen und antwortete sofort. »Ich habe eine Stelle gefunden, von der aus der Komponist Ali Maziq und dessen Bekannten beim Abendessen beobachtet hat.«

»Haben Sie diesen Araber auch gefunden?«, fragte Spiro.

»Nein. Aber ich habe in Erfahrung gebracht, dass er Italiener ist, wenngleich höchstwahrscheinlich nicht aus Kampanien«, fuhr Ercole fort und sah Beatrice an. »Konnten Sie schon einen Blick auf die Fotos werfen, die ich hochgeladen habe?«

»Ich kann bestätigen, dass die Schuhabdrücke denen ähneln, die der Entführer in New York und an der Bushaltestelle hinterlassen hat, an der Maziq entführt wurde. Voraussichtlich von Converse Cons. Und auch die Reifenabdrücke deuten auf das gleiche Modell wie an der Haltestelle hin. Die Michelins.«

Gesprochen wie eine wahre Kriminalistin, obwohl Rhyme unter den gegebenen Umständen auch eine gewagtere Aussage akzeptiert hätte, zum Beispiel: *Sì*, es waren seine Schuhe und sein Auto.

Rossi erkundigte sich nach der genauen Lage des Restaurants, und Ercole nannte sie ihm. Der Inspektor ging zu einer Landkarte und markierte die Stelle. »Dorthin fährt kein Bus«, sagte er dann. »Nach dem Essen dürfte also der Bekannte oder sonst jemand Maziq bei der Haltestelle abgesetzt haben. Und der Komponist ist ihm gefolgt.«

Ercole erklärte, der Wagen sei an dem Restaurant vorbeigekommen und habe jäh das Tempo verringert, vermutlich beim Anblick von Maziq und seinem Bekannten, die an einem Außentisch saßen. Dann sei der Komponist um die Ecke gebogen, habe geparkt und die beiden beobachtet. »Ich habe Erd- und Grasproben von den Stellen genommen, an denen er gestanden und gesessen hat.« Er reichte die Tüten an Beatrice weiter, die ebenfalls Handschuhe trug.

Sie unterhielten sich kurz auf Italienisch. Es ging eindeutig um irgendeine Streitfrage, und am Ende schüttelte Beatrice den Kopf, und Ercole verzog das Gesicht. Die Frau verschwand im Labor.

Als Ercole fortfuhr, wurde er halb von den Zweigen verdeckt. »Nach den Fußspuren zu schließen, ist er zu den Sträuchern vorgetreten, um das Restaurant besser sehen zu können. Ich hoffe, er hat sie auch angefasst.«

Rossi zückte sein Telefon. »Ich werde einen der Kollegen anrufen, die Ali Maziq bewachen. Vielleicht helfen Ihre Erkenntnisse seinem Gedächtnis auf die Sprünge.« Er wählte eine Nummer und begann mit gesenktem Kopf ein Gespräch.

Spiro deutete auf den großen belaubten Ast, den Ercole ihm direkt vor die Nase hielt. »Stellen Sie das irgendwo ab, Forstwachtmeister. Das ist ja, als würde ich mit einem Baum sprechen.«

»Natürlich, *Procuratore*.« Er brachte die Pflanze ins Labor und kehrte mit einigen Notizen zurück, die Beatrice ihm mitgegeben hatte. Und da er anscheinend fürchtete, seine Handschrift sei hier in der Questura nicht mehr gefragt, diktierte Ercole, und Sachs schrieb:

BEOBACHTUNGSPUNKT GEGENÜBER RISTORANTE SAN GIANCARLO, 13 KILOMETER VON ABRUZZO ENTFERNT

- Ali Maziq, Entführungsopfer des Komponisten, hat Bekannten getroffen, eine Stunde vor der Entführung.
- Begleiter:
  - Identität unbekannt.
  - Höchstwahrscheinlich Italiener. Nicht aus Kampanien. Groß. Dunkle Haut. Schwarzes Haar. Dunkler Anzug, staubig. Hat stinkende Zigaretten geraucht. Mürrisches Auftreten.
- Bei dem Treffen wurde Englisch gesprochen, aber möglichst nicht in Anwesenheit der Kellnerin.
  - Erwähnung von Trenitalia-Reise, sechs Stunden.
- Dunkler Wagen (schwarz, blau) hat Restaurant passiert. Wurde langsamer, mutmaßlich, um Maziq und Begleiter zu begutachten.
- Schuhabdrücke am Beobachtungspunkt: Converse Cons, Größe 45, wie an den anderen Tatorten.
- Reifenspuren am Beobachtungspunkt: Michelin 205/55 R16 91H.
- Partikelspuren am Beobachtungspunkt:
  - Werden derzeit analysiert.
- Zweige am Beobachtungspunkt:
  - Werden derzeit auf Partikelspuren und Fingerabdrücke überprüft.

Rossi beendete sein Telefonat und las die neuen Einträge. Er lächelte gequält. »Nein, Signor Maziq kann sich immer noch an nichts erinnern, das sich am Tag der Entführung zugetragen hat. Zumindest behauptet er das. Doch inzwischen liegt es meiner Meinung nach weniger an den Drogen des Komponisten oder dem Sauerstoffmangel als vielmehr an der typischen Amnesie eines Kriminellen.«

»Wie kommen Sie darauf?«, fragte Rhyme.

»Wie ich bereits erwähnt habe, ist das kurze Verlassen einer

Flüchtlingsunterkunft kein schweres Vergehen. Im Gegensatz zu dem Versuch, das EU-Land zu verlassen, in das man zuerst eingereist ist. Und wie es scheint, hat Maziq genau das vorgehabt.«

»Ja, dadurch ergeben auch die Verbindungen zwischen Maziqs Mobiltelefon und Bozen einen Sinn«, fügte Spiro hinzu. »Das liegt in Südtirol, weit im Norden Italiens, kurz vor der österreichischen Grenze. Und von hier aus eine etwa sechsstündige Zugfahrt entfernt. Es wäre eine gute Zwischenstation für einen Einwanderer, der Italien unerlaubt verlassen und nach Nordeuropa reisen will, wo er sich in den großen Städten bessere Aussichten als hier verspricht. Und der Mann, mit dem er zu Abend gegessen hat? Das könnte ein weiterer Schleuser sein, der seinen Grenzübertritt im Norden arrangieren soll. Natürlich gegen entsprechende Bezahlung. Das wäre eine ernste Straftat, und daher erinnert Maziq sich an nichts.«

Rhyme bemerkte, dass Ercoles Miene sich beim Blick zur Tür aufhellte. Die blonde Beamtin des Überfallkommandos, Daniela Canton, betrat forsch und in perfekter Haltung den Raum.

Spiro nickte ihr zu.

Sie sprach zu den Anwesenden auf Italienisch, und Ercole übersetzte für die Amerikaner. »Sie und Giacomo haben sich rund um Maziqs Fundort am Viale Margherita nach Augenzeugen umgehört und eventuelle Überwachungskameras gesucht. Leider ohne Erfolg. Ein Mann glaubt, er habe am späten Abend einen schwarzen Wagen gesehen, konnte aber nicht mehr dazu sagen. Und der *tabaccaio*, in dem der Komponist das Nokia gekauft hat, das ihn warnen sollte, falls jemand das Gebäude über dem Aquädukt betritt, hat keine Kamera, und die Angestellten können sich an niemanden erinnern.«

Daniela ging wieder, und Ercole blickte ihr mit treuem Hundeblick hinterher.

»Also, der Komponist fährt durch die Gegend und sucht nach einem potenziellen Opfer«, sagte Sachs. »Er sieht Maziq und beschließt, ihn zu entführen. Aber warum? Warum gerade ihn?«

»Ich habe eine Idee«, warf Ercole zögernd ein.

»Und zwar?«, fragte Rossi.

Ein Blick zu Spiro. »Sie hat mit Ihrem Interesse an Mustern zu tun, *Procuratore*.«

»Inwiefern?«, murmelte der Staatsanwalt.

»Wir haben die Medikamente und die Hinweise auf die Elektrokonvulsionstherapie gefunden. Wir wissen, dass der Komponist ein Psychotiker ist. Und eine verbreitete Form der Psychose ist die Schizophrenie. Diese Patienten glauben wirklich, dass sie etwas Gutes tun – manchmal im Auftrag von Gott, von Außerirdischen oder von mythologischen Figuren. Nun, oberflächlich betrachtet mögen Maziq und Robert Ellis sich sehr voneinander unterscheiden. Ein Flüchtling in Italien und ein Geschäftsmann in New York. Aber der Komponist könnte zu der Überzeugung gelangt sein, dass sie die Reinkarnationen irgendwelcher böser Gestalten sind.«

»Mussolini?«, fragte Spiro. »Billy the Kid? Hitler?«

»Ja, so ungefähr. Er hat das Recht, sie zu töten, weil er so die Welt von ihrem Bösen befreit. Oder um Vergeltung im Namen einer Gottheit oder eines Geistes zu üben.«

»Und die Musik? Das Video?«

»Vielleicht damit andere Dämonen oder Übeltäter es sehen. Und zurück in die Hölle fliehen.«

»Sofern sie über einen schnellen Internetzugang verfügen«, spottete Spiro. »Sie müssen bei der Forstwache ja ziemlich viel Zeit haben, Ercole, um sich mit solchen Themen zu befassen.«

Er wurde rot. »*Procuratore*, diese speziellen Einzelheiten über kriminelle Psychosen weiß ich erst seit gestern Abend. Als ich meine... *come si dice*?« Ein Stirnrunzeln. »...meine Hausaufgaben gemacht habe.«

»Mythologische Figuren beauftragen den Komponisten, die Welt vom Bösen zu befreien.« Spiro musterte nachdenklich die Tabelle. »Ich glaube, dieses Muster stellt mich noch nicht ganz zufrieden.« Er sah auf seine teure Armbanduhr. »Ich muss jemanden in Rom anrufen.«

Er wandte sich ohne ein weiteres Wort ab und verließ den Besprechungsraum. Dabei zog er eine Zigarre aus der Tasche.

Rhymes Telefon meldete summend den Eingang einer Textnachricht. Er nahm an, sie stamme von Thom, der sich ein paar Stunden freigenommen hatte, um die Sehenswürdigkeiten von Neapel zu besichtigen. Doch er merkte sofort, dass er sich irrte. Der Text war lang, und nachdem Rhyme ihn gelesen hatte, nickte er Sachs zu. Sie nahm das Telefon und legte die Stirn in Falten.

»Was hältst du davon, Rhyme?«

»Was ich davon halte?« Seine Miene verfinsterte sich. »Ich frage mich: Warum, zum Teufel, ausgerechnet jetzt?«

26

Lincoln Rhyme zu begrüßen, stellte manche Leute vor ein Problem.

Zum Beispiel Charlotte McKenzie.

Sollte man ihm die Hand reichen und riskieren, den »Patienten« dadurch in Verlegenheit zu bringen, weil er nicht fähig war, sie zu ergreifen? Sollte man es unterlassen und ihn dadurch auch in Verlegenheit bringen, weil es so aussah, als wolle man keinen Behinderten berühren?

Rhyme war das völlig gleichgültig, und so zeigte er keinerlei Reaktion, als die Frau nach einem verschämten Blick auf den Rollstuhl einfach nur nickte und mit gekünsteltem Lächeln behauptete, sie wolle lieber etwas Abstand wahren, denn sie sei erkältet.

Das war eine der üblichen Ausreden.

Rhyme, Sachs und Thom trafen sich mit McKenzie im amerikanischen Konsulat, einem weißen, fünfgeschossigen Zweckbau in Form eines großen Schuhkartons unweit der Bucht von Neapel. Sie hatten bei den US-Marines im Erdgeschoss ihre Pässe vorgezeigt und waren in die oberste Etage gebracht worden.

»Mr. Rhyme«, sagte die Frau. »Captain?«

»Lincoln.«

»Ja, Lincoln.« McKenzie war etwa fünfundfünfzig Jahre alt, mit einem teigigen, großmütterlichen Gesicht, das gepudert, aber ansonsten weitgehend ungeschminkt zu sein schien. Ihr helles Haar trug sie kurz, so wie irgendeine berühmte britische Schauspielerin, deren Name ihm gerade nicht einfiel.

McKenzie klappte einen Aktenordner auf. »Haben Sie vielen Dank für Ihren Besuch. Lassen Sie mich kurz erklären: Ich bin Kontaktbeamtin für Rechtsfragen und arbeite für das Außenministerium. Wir kümmern uns um amerikanische Staatsbürger, die im Ausland Schwierigkeiten mit der einheimischen Justiz bekommen haben. Ich sitze eigentlich in Rom, aber es hat sich ein Fall in Neapel ergeben, und ich bin hergeflogen, um ihn zu prüfen. Ich hoffe, Sie können mir dabei behilflich sein.«

»Woher haben Sie gewusst, dass wir hier sind?«, fragte Sachs.

»Wegen Ihres Falls, dieses Serientäters. Die Botschaft und alle Konsulate wurden vom FBI benachrichtigt. Wie war doch gleich sein Name?«

»Den kennen wir nicht. Wir nennen ihn den Komponisten.«

Die Frau setzte eine besorgte Miene auf. »Ja, richtig. Bizarr. Die Entführung und dann das Musikvideo. Aber wie ich gelesen habe, konnten Sie gestern das Opfer retten. Geht es ihm gut?«

»Ja«, versicherte Rhyme schnell, um Sachs und Thom davon abzuhalten, womöglich ausführlichere Erklärungen abzugeben.

»Und wie läuft es so mit der Staatspolizei? Oder sind es die Carabinieri?«

»Die Staatspolizei. Wir arbeiten ganz gut zusammen.« Rhyme verstummte und schaute nur deswegen nicht auf seine Armbanduhr, weil er keine trug. Daher musste er seine Ungeduld durch eine desinteressierte Haltung zum Ausdruck bringen. Aber die beherrschte er perfekt.

McKenzie schien es zu bemerken und kam sogleich zur Sache. »Nun, ich bin sicher, Sie haben viel zu tun. Also nochmals danke für Ihren Besuch. Ihr Ruf eilt Ihnen voraus, Lincoln. Sie gelten als der vielleicht beste Forensiker der Vereinigten Staaten.«

Nur der Vereinigten Staaten?, dachte er und war fast beleidigt. Er sagte nichts, sondern lächelte nur kühl.

»Wir haben folgendes Problem«, fuhr sie fort. »Ein amerikanischer Student, der die Federico der Zweite besucht, das ist die Universität von Neapel, wurde wegen sexueller Nötigung verhaftet. Er heißt Garry Soames. Er und das Opfer – in der Polizeiakte steht sie als Frieda S. – waren auf einer Party hier in der Stadt. Sie ist eine Studentin im ersten Semester aus Amsterdam. Zu irgendeinem Zeitpunkt an jenem Abend hat sie das Bewusstsein verloren und wurde missbraucht.« McKenzie hob den Kopf und schaute zur Tür. »Ah, gut. Elena kann uns bestimmt mehr berichten.«

Zwei weitere Personen betraten das Büro. Die Erste war eine Frau Mitte vierzig von athletischer Statur und hatte sich das Haar zu einem straffen Knoten festgesteckt, wenngleich vereinzelte Strähnen entkommen waren. Sie trug eine Brille mit einem komplizierten Gestell aus Metall und Schildpatt, wie man es in einem teuren Modemagazin erwarten würde. (Rhyme fühlte sich an Beatrice Renzas Brille erinnert.) Bekleidet war die Frau mit einem dunkelgrauen Nadelstreifenkostüm und einer dunkelblauen, am Hals offenen Bluse. Begleitet wurde sie von einem kleinen, schmächtigen Mann in einem konservativen Anzug, ebenfalls grau, aber etwas heller. Mit seinem schütteren blonden Haar hätte er dreißig oder auch fünfzig sein können. Seine Haut war so bleich, dass Rhyme im ersten Moment glaubte, er leide an Albinismus, doch nein, wie es schien, kam er bloß nicht oft vor die Tür.

»Das ist Elena Cinelli«, sagte McKenzie.

»Ich bin Italienerin und Anwältin«, erklärte die Frau mit leichtem Akzent auf Englisch. »Mein Schwerpunkt ist die Verteidigung von Ausländern, denen man hier Straftaten zur Last legt. Charlotte hat wegen Garry Kontakt mit mir aufgenommen. Seine Familie hat mir das Mandat übertragen.«

»Captain Rhyme, Detective Sachs, ich bin Daryl Mulbry«, stellte der blasse Mann sich vor. »Ich arbeite für die Pressestelle des Konsulats.« Dem Klang nach stammte er aus einem der beiden Carolinas oder vielleicht auch Tennessee. Er sah, dass Rhymes rechter Arm funktionierte, und reichte ihm daher die Hand. (Rhyme musste außerdem seinen Eindruck von Charlotte McKenzie revidieren, denn die Frau fasste sich an die Nase und unterdrückte ein Niesen; anscheinend hatte sie tatsächlich einen Grund dafür, niemandem die Hand zu schütteln – auch nicht einem Krüppel.)

Dann begrüßte Mulbry auch Thom. Und er warf McKenzie einen Blick mit hochgezogener Augenbraue zu – offenbar als Anerkennung dafür, dass es ihr gelungen war, Rhyme zum Herkommen zu bewegen, zweifellos, um ihn um etwas zu bitten.

Nun, das bleibt noch abzuwarten.

»Bitte«, sagte McKenzie und deutete auf eine Sitzgruppe rund um einen Couchtisch. Rhyme fuhr nah heran, und alle anderen nahmen dort Platz. »Ich habe unseren Besuchern gerade erst von der Verhaftung erzählt. Signorina Cinelli, Sie können die Sachlage gewiss besser erläutern als ich.«

Cinelli wiederholte einiges von dem, was McKenzie gesagt hatte. »Garry und das Opfer haben ziemlich viel getrunken«, führte sie dann aus. »Die beiden kamen sich näher und sind schließlich nach oben auf das Dach gestiegen, um allein zu sein. Die junge Frau sagt, sie könne sich noch daran erinnern, nach oben gegangen zu sein, aber kurz darauf habe sie das Bewusstsein verloren. Als Nächstes wisse sie nur noch, dass sie Stunden später auf dem Dach eines Nachbargebäudes zu sich gekommen und in der Zwischenzeit sexuell missbraucht worden sei. Garry räumt ein, mit ihr oben gewesen zu sein, aber dann sei Frieda müde geworden, und er habe sie allein gelassen und sei wieder nach unten gegangen. Es waren während des ganzen Abends auch immer mal wieder andere Leute auf dem

Dach – hauptsächlich, um dort zu rauchen –, aber das angrenzende Dach, wo der Übergriff stattgefunden hat, ist von dort aus nicht einsehbar. Niemand hat etwas gesehen oder gehört.«

»Warum wurde Garry beschuldigt?«, fragte Sachs.

»Die Polizei hat einen anonymen Anruf erhalten, er habe dem Opfer anscheinend etwas in den Wein geschüttet. Die Anruferin konnte bisher nicht identifiziert werden. Als Folge dieses Hinweises hat die Polizei Garrys Wohnung durchsucht und dort Spuren einer Vergewaltigungsdroge gefunden. So etwas Ähnliches wie K.-o.-Tropfen.«

»Das Prinzip ist mir bekannt«, sagte Rhyme.

»Und ein Test nach dem Übergriff hat ergeben, dass Frieda S. genau diese Droge im Blut hatte.«

»*Genau* diese Droge? Molekular identisch? Oder bloß das gleiche Mittel?«

»Ja, das ist eine wichtige Frage, Signor Rhyme. Aber wir wissen es noch nicht. Die Proben aus seinem Schlafzimmer und vom Blut des Opfers wurden zwecks umfassender Analyse an die Hauptstelle der Spurensicherung in Rom geschickt.«

»Wann liegt das Ergebnis vor?«

»Das könnte Wochen dauern. Oder noch länger.«

»Und Garrys Schlafzimmer?«, hakte Rhyme nach. »Sie haben gesagt, die Polizei habe dort Spuren gefunden. Waren es Tabletten?«

»Nein. Die Wohnung wurde gründlich durchsucht. Es waren lediglich Partikel. Und an der Jacke, die er während der Party getragen hat, wurden Haare und DNS des Opfers gefunden.«

»Die beiden haben geknutscht«, sagte Charlotte McKenzie. »Natürlich waren da Haare und DNS. Die Vergewaltigungsdroge steht selbstverständlich auf einem ganz anderen Blatt.«

»Es wurde außerdem DNS in einem Vaginalabstrich festgestellt«, fuhr Cinelli fort. »Allerdings nicht von Garry. Frieda hat eingeräumt, in letzter Zeit mit mehreren Männern verkehrt zu haben. Die kommen also auch als Urheber in Betracht und werden noch entsprechend getestet.«

»Gibt es DNS-Tests der anderen Besucher der Party?«

»Die sind im Gange.« Sie hielt kurz inne. »Ich habe bereits mit einigen Leuten gesprochen – mit Freunden und Kommilitonen von Garry. Sie sagen, er halte sich für einen tollen Liebhaber. Anscheinend ist er mit Dutzenden von Frauen zusammen gewesen, obwohl er erst seit wenigen Monaten in Italien lebt. Er hat keine einschlägige Vorgeschichte, was etwaige Nötigungen oder den Einsatz von Vergewaltigungsdrogen angeht. Aber er hat einen ziemlich großen sexuellen Appetit. Und er hat mit seinen Eroberungen geprahlt. Zudem soll er, gelinde gesagt, verärgert reagiert haben, wenn eine Frau ihn mal zurückgewiesen hat.«

»Das ist irrelevant«, sagte Sachs.

»Nein, ich fürchte, das ist es nicht. Hier in Italien sind die Prozessvorschriften nicht so eng gefasst wie in den Vereinigten Staaten. Fragen zum Charakter und früheren Verhalten eines Angeklagten – auch wenn es nicht strafbar war – sind zulässig und können manchmal den Ausschlag geben, ob jemand für schuldig befunden wird oder nicht.«

»Haben die beiden sich vor diesem Abend gekannt?«, fragte Sachs. »Frieda und Garry?«

»Nein. Das Mädchen kannte dort nur die beiden Gastgeber, Dev und Natalia.«

»Hätte jemand ein Motiv, Garry etwas anzuhängen?«

»Er hat gesagt, eine seiner Bekanntschaften sei sehr wütend geworden, als er sein Angebot zurückzog, sie nach Amerika mitzunehmen. Eine gewisse Valentina Morelli. Sie kommt aus der Nähe von Florenz und hat bislang nicht auf meine Anrufe reagiert. Die Polizei scheint nicht daran interessiert zu sein, sie als mögliche Verdächtige zu überprüfen.«

»Wie weit sind die Ermittlungen gediehen?«, fragte Rhyme.

»Sie stehen noch ganz am Anfang. Und die Angelegenheit wird lange dauern. In Italien können sich Verfahren über Jahre hinziehen.«

»Für die Medien ist das ein gefundenes Fressen«, sagte Daryl Mulbry von der Pressestelle. »Ich bekomme fortwährend neue Interviewanfragen. Und die Zeitungen haben ihn bereits verurteilt.« Er schaute zu McKenzie. »Wir würden gern mit positiver Publicity darauf antworten, falls Sie auch nur einen kleinen Anhaltspunkt dafür finden, dass jemand anders hinter dem Übergriff stecken könnte.«

Rhyme hatte sich schon gewundert, was jemand wie Mulbry bei diesem Gespräch zu suchen hatte. Wahrscheinlich war auch hier die öffentliche Meinung so wichtig wie DNS und Fingerabdrücke. In den Vereinigten Staaten war die erste Person, die ein vermögender Krimineller nach seinem Anwalt anheuerte, jedenfalls stets ein guter Imagefachmann.

»Was glauben Sie, Miss Cinelli?«, fragte Sachs. »Sie haben mit ihm geredet. Ist er unschuldig?«

»Ich würde sagen, er hat durch seinen zügellosen Lebensstil und die Prahlerei in letzter Zeit schlechtes Urteilsvermögen bewiesen. Und er kann so arrogant sein, wie es gut aussehende Charmeure manchmal sind. Aber ich bin überzeugt, dass er dieses Verbrechen nicht begangen hat. Garry kommt mir nicht so roh und gefühllos vor, wie jemand es zweifellos sein müsste, um eine Frau zu betäuben und dann zu vergewaltigen.«

»Was genau möchten Sie von uns?«, fragte Rhyme.

McKenzie sah zu Cinelli. »Dass Sie sich die gesammelten Beweise vornehmen«, sagte die Anwältin. »Damit meine ich den Bericht. Die Beweismittel selbst sind Ihnen nicht zugänglich. Und falls möglich könnten Sie auch die Schauplätze noch einmal untersuchen, soweit das eben geht. Wir brauchen lediglich einen glaubhaften Hinweis auf einen anderen Verdächtigen. Nicht unbedingt einen Namen, nur die Möglichkeit, dass jemand anderes als Garry der Täter gewesen sein könnte. Um begründete Zweifel zu wecken.«

»Ich würde dann entsprechende Meldungen an die Medien lancieren, um letztlich zu erreichen, dass ihm bis zum Prozess die Untersuchungshaft erspart bleibt«, sagte Mulbry.

»Das Gefängnis, in dem er zurzeit einsitzt, ist kein finsterer Kerker«, fügte McKenzie hinzu. »Die Haftbedingungen in Italien sind generell ganz passabel. Aber er wird der Vergewaltigung beschuldigt und steht damit in der Hierarchie der Gefangenen fast auf einer Stufe mit Kinderschändern. Die Wärter behalten ihn zwar im Auge, doch es hat bereits Drohungen gegeben. Ein Richter kann ihn bis zur Verhandlung auf freien Fuß setzen oder ihm Hausarrest verordnen, wobei er natürlich seinen Pass abgeben muss. Und falls die Beweislage gegen ihn sich erhärten sollte, kann das Gericht ihm gestatten, sich schuldig zu bekennen, und dann eine Vereinbarung über seine sichere Haftunterbringung treffen, damit er seine Strafe antreten kann.«

Sachs und Rhyme sahen sich an.

Warum ausgerechnet jetzt...?

Er warf einen Blick in den offenen Aktenkoffer der Anwältin und sah dort eine italienische Zeitung liegen. Eine Übersetzung der Schlagzeile war gar nicht nötig:

SOSPETTO DI VIOLENZA SESSUALE

Darunter war das Foto eines auffallend gut aussehenden, studentisch wirkenden blonden Mannes zwischen zwei Polizisten abgedruckt. Ein Junge aus dem Mittelwesten. Seine Miene war eine unheimliche Mischung aus Angst, Bestürzung... und Großspurigkeit.

Rhyme nickte. »Also gut. Wir werden tun, was wir können. Aber unsere Suche nach dem Serienentführer hier hat Vorrang.«

»Ja, natürlich«, sagte McKenzie. Die Dankbarkeit war ihr deutlich anzusehen.

»*Grazie*, vielen Dank«, sagte Cinelli.

»Wegen dieser Interviewanfragen«, merkte Daryl Mulbry an. »Würden Sie vielleicht...?«

»Nein«, unterbrach Rhyme.

Elena Cinelli nickte. »Ich würde davon abraten, öffentlich zu erwähnen, dass Captain Rhyme und Detective Sachs mit dem Fall zu tun haben.« Sie sah Rhyme an. »Sie müssen sehr diskret vorgehen. Um Ihrer selbst willen. Der zuständige Staatsanwalt ist ein brillanter Mann, das steht außer Frage, aber er kann schwierig und nachtragend sein, und er ist kalt wie Eis.«

Sachs warf Rhyme einen Blick zu.

»Heißt er zufällig Dante Spiro?«, fragte er.

»*Santo Cielo!* Woher haben Sie das gewusst?«

27

Wann hört das auf?, dachte sie.

Und musste wegen der Absurdität dieser Frage beinahe lächeln.

Es hört *nie* auf.

Die Welt, ihre Welt, war wie dieses mathematische Gebilde damals im Unterricht, im Internat, vor so vielen Jahren, so vielen Leben: ein Möbiusband, ohne Ende.

Rania Tasso, in einem langen grauen Rock und hochgeschlossener, langärmeliger Bluse, eilte mit großen Schritten zum Haupttor des Durchgangslagers Capodichino. Dort waren soeben drei Busse vorgefahren, vollgestopft mit Männern, Frauen und Kindern, dunkelhäutig und eingeschüchtert und verängstigt.

Manche der Gesichter waren auch voller Kummer. Auf dem Mittelmeer herrschten seit einer Weile zwar gute Wetterbedingungen, doch die Seelenverkäufer, auf denen diese Menschen die Überfahrt gewagt hatten – aus Tunesien und Libyen, aus Ägypten und Marokko oder von noch weiter weg –, waren jämmerlich unzureichend gewesen. Uralte Schlauchboote, klapprige Holzkähne oder gar simple Flöße. Und der »Kapitän« war oft weniger kompetent als ein Taxifahrer.

Manche dieser Unglücklichen hatten auf der qualvollen Reise jemanden verloren. Verwandte, Kinder, Eltern… und auch Freunde. Freunde, die sie unterwegs gefunden hatten. Einer von Ranias Untergebenen im Lager (sie wusste nicht mehr, wer; die meisten Leute hielten es nicht lange hier aus) hatte gesagt, die Flüchtlinge seien wie Soldaten: zufällig zusammengewürfelt durch unmögliche Umstände, verzweifelt bemüht, ihr Ziel zu erreichen, und oft damit konfrontiert, dass ein lieb gewonnener Kamerad urplötzlich sein Leben verlor.

Rania, die Leiterin des Durchgangslagers Capodichino, gab immerzu Anweisungen. Denn die Arbeit hier hörte nie auf. Sie befehligte eine bunte Schar: die bezahlten Angestellten des Ministero dell'Interno, die Freiwilligen, die Polizisten, die Soldaten, die UN-Mitarbeiter und die Bau- und Reparaturtrupps. Mit entschiedener Stimme, aber geduldig und höflich (außer vielleicht, wenn wieder mal irgendeine unerträgliche Berühmtheit aus London oder Kapstadt einflog, um sich hier fotografieren zu lassen und vor der Presse mit ihrer Spende zu prahlen, bevor es zum Abendessen weiter nach Antibes oder Dubai ging).

Nun umrundete Rania einen riesigen Haufen Schwimmwesten in den verschiedensten Orangetönen, der wie ein gewaltiger und viel zu breiter Verkehrskegel aussah, und wies einige freiwillige Helfer an, in den Bussen Wasserflaschen zu verteilen. Der September hatte leider kein Ende der Hitze bedeutet.

Ihr Blick schweifte über den Strom der unglückseligen Neuankömmlinge.

Sie seufzte.

Das Lager war für zwölfhundert Personen gedacht gewesen. Mittlerweile zählte es fast dreitausend Insassen. Trotz aller Versuche, den Flüchtlingsstrom aus Nordafrika – vor allem Libyen – einzudämmen, kamen immer mehr geschundene Menschen, um Vergewaltigung und Armut und Verbrechen zu entgehen oder der wahnsinnigen Ideologie des IS und anderer Extremisten. Es gab Überlegungen, sie zurückzuschicken und in ihren Heimatländern Auffanglager und Schutzzonen zu errichten, doch das war nur absurdes Gerede. Es würde nie geschehen.

Nein, diese Leute mussten aus dem Land ohne Hoffnung

fliehen, wie einer der Flüchtlinge seine Heimat bezeichnet hatte. Die Bedingungen dort waren dermaßen schrecklich, dass nichts sie davon abhalten würde, ihr Heil in überlaufenen Zeltstädten wie Capodichino zu suchen. Allein in diesem Jahr hatten schon fast siebzigtausend Asylbewerber italienischen Boden erreicht.

Eine Stimme riss Rania aus den trüben Gedanken.

»Ich würde gern etwas tun. Bitte.«

Rania drehte sich zu der Frau um. Sie hatte Arabisch gesprochen. Die Leiterin musterte das hübsche Gesicht, die tiefbraunen Augen, den Hauch von Make-up auf der mokkafarbenen Haut. Der Name…? Ach ja, Fatima. Fatima Jabril. Hinter ihr stand ihr Ehemann. Und der hieß Khaled, erinnerte Rania sich. Sie selbst hatte tags zuvor die Aufnahmeformalitäten des Paars erledigt.

Der Mann hielt die schlafende Tochter auf dem Arm, deren Namen Rania vergessen hatte. Fatima schien den fragenden Blick der Leiterin zu bemerken.

»Das ist Muna.«

»Ja, richtig – was für ein hübscher Name.« Das runde Gesicht des Kindes wurde von glänzenden schwarzen Locken eingerahmt.

»Ich war gestern ziemlich vorlaut«, fuhr Fatima fort. »Die Reise war sehr schwierig. Ich möchte mich entschuldigen.« Sie schaute zu ihrem Mann, der sie offenbar zu diesem Schritt ermutigt hatte.

»Schon gut, das ist nicht nötig.«

»Wir haben uns erkundigt, und man hat uns gesagt, dass Sie die Leiterin des Lagers sind.«

»Das stimmt.«

»Ich habe eine Frage. In Tripolis habe ich im Gesundheitswesen gearbeitet. Ich war Hebamme, und während der Befreiung habe ich als Krankenschwester gedient.«

Damit meinte sie den Sturz von Gaddafi und die Monate danach, als der so lang ersehnte und so tapfer erkämpfte Frieden und die Stabilität sich in Luft auflösten wie Wasser auf heißem Sand.

»Befreiung« – was für ein Hohn.

»Ich würde hier im Lager gern aushelfen. Bei so vielen Leuten gibt es bestimmt auch schwangere Frauen, die bald gebären werden. Und Kranke. All die Verbrennungen.«

Sie meinte die Sonnenbrände. Ja, eine Woche auf dem Mittelmeer, völlig ungeschützt, forderte einen schrecklichen Tribut – vor allem von junger Haut. Und es gab auch andere Krankheiten. Die sanitären Einrichtungen des Lagers waren zwar halbwegs ausreichend, aber viele der Flüchtlinge wurden von diversen Gebrechen gequält.

»Das wäre großartig. Ich begleite Sie zu unserer Klinik. Welche Sprachen sprechen Sie?«

»Außer Arabisch noch ein wenig Englisch. Mein Mann spricht aber gut Englisch.« Sie wies auf Khaled, der freundlich lächelte. »Wir bringen Muna beide Sprachen bei. Und ich werde Italienisch lernen. Jeden Tag eine Stunde, in dem Unterricht hier.«

Rania hätte fast gelächelt – das Mädchen war erst zwei Jahre alt, und eine zweisprachige Erziehung kam ihr etwas verfrüht vor. Doch Fatimas Augen waren hart und ihre Lippen schmal. Die Leiterin erkannte, dass die Entschlossenheit der Frau, sich hier nützlich zu machen, Asyl zu erhalten und sich zu integrieren, kein Grund zur Belustigung waren.

»Wir können Sie aber nicht bezahlen. Dafür stehen keine Mittel zur Verfügung.«

»Ich will keine Bezahlung«, versicherte Fatima sogleich. »Ich möchte helfen.«

»Danke.«

Die Flüchtlinge reagierten unterschiedlich auf ihre neue Situation. Einige – wie Fatima – boten selbstlos Unterstützung an. Andere schotteten sich ab, und manche waren sogar wütend darüber, dass nicht mehr für sie getan wurde oder dass die Asylverfahren so lange dauerten.

Während Rania nun Fatima die medizinischen Einrichtungen beschrieb, warf sie zufällig einen Blick durch den Zaun und stutzte.

Draußen, zwischen den vielen hundert Zaungästen – Reportern, Familienangehörigen und Freunden der Flüchtlinge – stand ein Mann etwas abseits. Er hielt sich im Schatten auf, daher konnte sie ihn nicht deutlich erkennen, aber er starrte eindeutig in ihre Richtung. Der korpulente Fremde trug eine Mütze, wie amerikanische Sportler sie trugen und wie man sie hier in Italien, wo Kopfbedeckungen die Ausnahme waren, selten sah. Seine Augen wurden durch eine Pilotenbrille verdeckt. Und er wirkte irgendwie bedrohlich.

Rania wusste, dass viele Leute sie für ihren Einsatz hier hassten. In allen Aufnahmeländern waren die Flüchtlinge bei manchen Teilen der Bevölkerung enorm unbeliebt. Doch dieser Mann stand nicht bei den Demonstranten. Nein, seine Aufmerksamkeit – die offenbar allein Rania galt – schien einen völlig anderen Grund zu haben.

Rania verabschiedete sich von Fatima und Khaled und zeigte auf die Klinik des Lagers. Als die Familie sich dorthin auf den Weg machte, nahm Rania ihr Funkgerät vom Gürtel und bat den Chef der Sicherheitsmannschaft – einen Hauptmann der Staatspolizei –, sich fünfzig Meter südlich des Haupttors mit ihr zu treffen.

Tomas erwiderte, er mache sich sofort auf den Weg.

Zwei oder drei Minuten später war er da. »Gibt es ein Problem?«

»Da draußen ist ein Mann, der mir merkwürdig vorkommt.«

»Wo denn?«

»Er hat neben den Magnolien gestanden.«

Sie wies auf die Stelle, aber die Sicht wurde durch einen weiteren Flüchtlingsbus blockiert, der im Schritttempo die Straße entlangrollte.

Und danach war der Mann nicht mehr da. Rania konnte ihn weder auf der Straße noch auf den angrenzenden Feldern entdecken.

»Soll ich ein paar Leute nach ihm suchen lassen?«

Sie überlegte.

»Rania, Rania!«, rief plötzlich jemand aus Richtung des Büros. »Die können die Plasma-Lieferung nicht finden. Jacques muss mit Ihnen sprechen. Jacques vom Roten Kreuz.«

Ein weiterer Blick zur Straße. Immer noch nichts.

»Nein, bemühen Sie nicht. Danke, Tomas.«

Sie machte kehrt, um in ihr Büro zurückzukehren und sich um die nächste Krisenkaskade zu kümmern.

Es hört nie auf...

28

»Wir wollen ja nicht, dass es uns allzu sehr vom Komponisten abhält, oder, Sachs? Aber es ist ein interessanter Fall. Ein *verlockender* Fall.«

Rhyme bezog sich auf Garry Soames.

Sie lachte humorlos auf. »Eine Tretmine von einem Fall.«

»Ach, wegen Dante Spiro? Wir werden vorsichtig sein.«

Sie befanden sich in ihrem sekundären Lagezentrum, dem Café gegenüber der Questura. Sachs, Rhyme und Thom. Rhyme hatte versucht, einen Grappa zu bestellen, aber Thom, verflucht noch mal, war ihm zuvorgekommen: mit Mineralwasser und Kaffee für alle. Wie sollte er sich denn an den Geschmack gewöhnen, wenn er gar keine Gelegenheit dazu erhielt?

Er musste allerdings einräumen, dass der Cappuccino wirklich gut war.

»Ah, da ist er ja.«

Rhyme sah den schlaksigen Ercole Benelli aus dem Polizeipräsidium kommen und das Café ansteuern. Der junge Mann entdeckte die Amerikaner, überquerte die Straße, umrundete die Cinzano-Absperrung und setzte sich auf einen wackligen Aluminiumstuhl.

»Hallo«, sagte er, klang dabei aber fragend. Er wunderte sich bestimmt, weshalb Sachs ihn angerufen und hergebeten hatte.

»Hat Beatrice auf den Blättern der Pflanze irgendwelche Fingerabdrücke gefunden?«, fragte Rhyme. »Oder hat der

Komponist gegenüber von dem Restaurant bei Abruzzo womöglich andere Spuren hinterlassen?«

Ercole verzog das Gesicht. »Diese Frau ist ziemlich *insopportabile*. Wie sagt man, unerträglich?«

»Ja, oder unausstehlich.«

»*Sì*, unausstehlich trifft es besser! Ich habe sie mehrere Male nach ihren Fortschritten gefragt, und sie hat mich nur wütend angesehen. Und ich wollte wissen, ob man von Baumrinde Fingerabdrücke nehmen kann. Eine unschuldige Frage. Ihre Miene war furchterregend. Als wolle sie sagen: ›Selbstverständlich! Wie kann jemand nur so blöd sein, das nicht zu wissen?‹ Und könnte sie nicht mal lächeln? Das kann doch nicht so schwer sein.«

Von Lincoln Rhyme durfte man sich bei derartigen Dingen kein Mitgefühl erhoffen. »Und?«, fragte er ungeduldig.

»Nein, nichts, fürchte ich. Noch nicht. Sie und ihre Leute arbeiten aber wirklich hart. Das muss man ihr lassen.«

Ercole bestellte etwas bei der Kellnerin. Kurz darauf brachte sie ihm einen Orangensaft.

»Nun, wir benötigen Ihre Hilfe noch in einer anderen Angelegenheit«, sagte Rhyme.

»Gibt es etwas Neues über unseren musikalischen Entführer?«

»Nein, es geht um einen anderen Fall.«

»Einen anderen?«

Sachs breitete vor ihnen auf dem kleinen Tisch einige Dokumente aus: Kopien der Vernehmungsprotokolle sowie der Berichte der Spurensicherung im Vergewaltigungsfall Garry Soames. Die von ihm und seiner Familie beauftragte Anwältin hatte sie ihnen gegeben.

»Wir brauchen hiervon Übersetzungen, Ercole.«

Er blätterte die Unterlagen kurz durch und überflog sie. »Inwiefern hat das mit dem Komponisten zu tun?«

»Gar nicht. Wie gesagt, es ist ein anderer Fall.«

»Ein anderer ...?« Ercole biss sich auf die Unterlippe und las etwas sorgfältiger. »Ja, ja, der amerikanische Student. Das ist keiner von Massimo Rossis Fällen. Die Ermittlungen werden von *Ispettore* Laura Martelli geleitet.« Er wies auf die Questura.

»Wir wurden von einer Vertreterin des Außenministeriums gebeten, einen Blick auf die Beweise zu werfen«, erklärte Sachs. »Die Anwältin des Verdächtigen ist von seiner Unschuld überzeugt.«

Ercole trank einen Schluck Orangensaft, der – wie die meisten Getränke hier in Italien – ohne Eis serviert worden war. Rhyme war außerdem aufgefallen, dass Coca-Cola stets mit Zitrone kam.

»Oh, das geht aber nicht«, sagte der Forstwachtmeister. »Das kann ich nicht tun. Es tut mir leid.« Als wäre ihnen etwas vollkommen Offensichtliches entgangen. »Verstehen Sie denn nicht? Das wäre *un conflitto d'interesse*. Ein ...«

»Nicht wirklich«, fiel Rhyme ihm ins Wort.

»Nein? Und wieso nicht?«

»Es *wäre*, nein, es *könnte* ein Interessenkonflikt sein, wenn Sie direkt für die Staatspolizei arbeiten würden. Aber genau genommen sind Sie doch nach wie vor ein Beamter der Forstwache oder etwa nicht?«

»Signor Rhyme, *Capitano* Rhyme, mit dieser Verteidigung dürfte ich bei meinem Prozess kaum punkten können. Und sie wird *Procuratore* Spiro auch nicht davon abhalten, mich halb totzuschlagen, sobald er es herausfindet. Moment ... wer ist der zuständige Staatsanwalt?« Er blätterte durch die Seiten. Und schloss die Augen. »*Mamma mia!* Es ist *Spiro!* Nein, nein, nein. Ich kann das nicht tun! Falls er davon erfährt, wird er mich *ganz* totschlagen!«

»Jetzt übertreiben Sie aber«, versicherte Rhyme, obwohl er

sich insgeheim eingestehen musste, dass Dante Spiro durchaus dazu fähig schien, die Fäuste sprechen zu lassen.

Schwierig, nachtragend, kalt wie Eis...

»Außerdem bitten wir Sie doch nur um eine Übersetzung. Wir könnten jemanden dafür anheuern, aber das würde zu lange dauern. Wir möchten uns einen schnellen Überblick verschaffen, unsere Einschätzung abgeben und uns dann wieder dem Komponisten widmen. Dante muss nichts davon erfahren.«

»Es geht hier wahrscheinlich um einen unschuldigen Amerikaner, der für eine Straftat hinter Gittern sitzt, die er nicht begangen hat«, fügte Sachs hinzu.

»Vor ein paar Jahren gab es so einen ähnlichen Fall«, sagte Ercole. »In Perugia. Er hat für alle Beteiligten kein gutes Ende genommen.«

Rhyme zeigte auf die Akte. »Es kann auch sein, dass die Spuren Soames' Schuld ergeben. In dem Fall hätten wir der Anklage und der Regierung einen Gefallen getan. Völlig kostenlos.«

»Bitte«, ließ Sachs nicht locker. »Nur eine Übersetzung. Was kann es denn schaden?«

Ercole zog die Seiten mit resignierter Miene zu sich herüber, warf einen Blick in die Runde, als könne Spiro dort irgendwo im Schatten lauern, und fing an zu lesen.

»Leg eine Tabelle an, eine Mini-Tabelle«, sagte Rhyme.

Sachs suchte in ihrer Computertasche und holte einen großen Schreibblock hervor. Dann zog sie die Kappe von einem Stift und sah Ercole an. »Sie diktieren, und ich schreibe.«

»Ich bin immer noch Erfüllungsgehilfe bei einer Straftat«, flüsterte er.

Rhyme lächelte nur.

ERMITTLUNGEN GEGEN GARRY SOAMES
WEGEN SEXUELLER NÖTIGUNG

- Ort des Überfalls.
  - Via Carlo Cattaneo 18, Wohnung in der obersten Etage (Mieterin: Natalia Garelli) und Hausdach (Opfer hat dort Party besucht).
  - Via Carlo Cattaneo 20, Dach (Schauplatz des Übergriffs).
- Untersuchung des Opfers. Frieda S.
  - Geringfügige vaginale Blutungen als Folge gewaltsamen Eindringens.
  - Garrys DNS an ihrem Hals und ihrer Wange. Schweiß oder Speichel, kein Sperma.
  - Vaginalproben:
    - Cyclomethicon, Polydimethylsiloxan (PDMS), Silikon, Dimethicone Copolyol und Tocopherylacetat (VitaminE-Acetat). Gleitmittel auf Silikonbasis. Mutmaßlich von Kondom Marke Comfort-Sure. Keine Übereinstimmung mit Kondomen in Garrys Wohnung oder in seinem Besitz bei Verhaftung.
    - Unidentifizierte DNS von einzelner Person in Vagina (Schweiß oder Speichel, kein Sperma – höchstwahrscheinlich vom Angreifer beim Überziehen des Kondoms). Keine Übereinstimmung bei Europol, Interpol oder CODIS (USA) sowie italienischen Datenbanken. Proben von 14 der 29 männlichen Partygäste ergeben keine Übereinstimmung. Weitere Tests werden derzeit veranlasst. Zudem werden Proben der früheren Sexualpartner des Opfers genommen.
  - Im Blut des Opfers Rückstände von Gamma-Hydroxybuttersäure, vergleichbar mit Rohypnol, einer Vergewaltigungsdroge.
- Kein Kondom gefunden.
  - Gründliche Durchsuchung der Umgebung, Mülltonnen und Abwasserkanäle im Umkreis von fünf Häuserblocks.
- Fundort der belastenden Beweise: Garrys Wohnung, Schlafzimmer.
  - Jacke, die auf der Party getragen wurde.
    - Enthält geringe Spuren von Gamma-Hydroxybuttersäure.
    - Kopfhaare des Opfers, keine Schamhaare.

- DNS des Opfers, Speichel.
- Weitere Kleidungsstücke: Hemden, Unterwäsche, Socken.
  - Enthalten geringe Spuren von Gamma-Hydroxybuttersäure.
- Zwei Weingläser auf Sims, nahe dem Ort der Vergewaltigung.
  - Garrys DNS auf beiden Gläsern.
  - Friedas DNS auf einem Glas. Weinrest enthält Rückstände von Gamma-Hydroxybuttersäure.
- Tatort: Dach von Via Carlo Cattaneo 20 (Nachbargebäude der Party).
  - Kies auf Dach zeigt Scharrspuren am Schauplatz des Übergriffs.
  - Haar des Opfers.
  - Speichel des Opfers.
  - Keine weiteren Spuren gefunden.
- Dachterrasse von Natalia Garellis Wohnung (Rauchstation).
  - Fünf Weingläser.
    - Keine Rückstände von Gamma-Hydroxybuttersäure.
    - Acht Fingerabdrücke, keine Übereinstimmungen bei nationalen oder internationalen Datenbanken.
    - Keine DNS-Übereinstimmungen bei nationalen oder internationalen Datenbanken.
  - Zwei Stummel von Marihuana-Zigaretten, heruntergebrannt auf 8 Millimeter Länge.
    - Keine DNS-Übereinstimmungen bei nationalen oder internationalen Datenbanken.
  - Sieben kleine Teller, Reste von Speisen, Süßigkeiten.
    - Dreizehn Fingerabdrücke; zwei von Gastgeberin; keine Übereinstimmungen bei nationalen oder internationalen Datenbanken.
    - Keine DNS-Übereinstimmungen bei nationalen oder internationalen Datenbanken.
  - Weinflasche auf Terrassentisch bei Party.
    - Pinot Nero.
    - Keine Rückstände von Gamma-Hydroxybuttersäure im Weinrest.
    - Sechs Fingerabdrücke; Gastgeberin, zwei weibliche Gäste, Dev Nath (Natalias Freund).

- Keine DNS-Übereinstimmungen bei nationalen oder internationalen Datenbanken.
- 27 Zigarettenstummel in Aschenbecher und auf der Terrasse.
  - Vier Fingerabdrücke stammen von Gastgeberin und Freund.
  - 16 weitere Fingerabdrücke bei Rauchstation. Einer positiv, Verhaftung wegen Drogenvergehen vor sechs Monaten in Apulien. Betreffende Person hatte Party vor dem Übergriff bereits verlassen.
- Keine weiteren Übereinstimmungen bei nationalen oder internationalen Datenbanken.
  - Keine DNS-Übereinstimmungen bei nationalen oder internationalen Datenbanken.

Nachdem Sachs fertig war, nahmen sie gemeinsam die Tabelle in Augenschein. Gute Arbeit, dachte Rhyme. Er hätte zwar gern Partikelproben vom Dach, der Rauchstation und dem Ort des eigentlichen Übergriffs gehabt, aber für den Anfang war das nicht schlecht.

Sachs warf einen Blick auf die verbleibenden Seiten, die Ercole nun vor sich hatte, den offiziellen Bericht. »Reden Sie weiter«, bat sie freundlich. »Bitte. Ich möchte gern die Aussagen hören.«

Ercole hatte anscheinend gehofft, er würde es bei der Übersetzung der forensischen Ergebnisse bewenden lassen können. Mit den Aussagen der Zeugen und des Verdächtigen beging er dann aber kein minderes Delikt mehr, sondern ein schweres Vergehen, jedenfalls in seiner Vorstellung.

Dennoch las er weiter. »Natalia Garelli, einundzwanzig, besucht die Universität von Neapel. Sie hat in ihrer Wohnung eine Party für Kommilitonen und Freunde gegeben. Das Opfer, Frieda S., ist um zweiundzwanzig Uhr dort eingetroffen. Allein. Sie erinnert sich daran, mit einigen Leuten etwas getrunken und geredet zu haben – hauptsächlich mit Natalia und deren Freund –, ansonsten aber eher schüchtern gewesen zu sein. Sie ist ebenfalls Studentin und erst kürzlich aus Holland eingetroffen. Gegen dreiundzwanzig Uhr oder Mitternacht, da ist sie sich nicht mehr sicher, hat der Beschuldigte sie angesprochen. Sie haben unten in der Wohnung an einem Tisch gesessen, hatten jeder ein Glas Wein, und Garry hat ihr beständig nachgeschenkt. Dann haben sie sich umarmt und ... *limonarono* ... ich weiß nicht, wie ... «

»Rumgemacht?«, schlug Sachs vor.

»*Sì*. Geküsst und so weiter.« Er fuhr fort. »Es war voll, also sind sie auf das Dach gestiegen. Danach fehlt Frieda jede Erinnerung bis vier Uhr morgens, als sie auf dem Dach des Nachbargebäudes aufgewacht ist und ihr klar wurde, dass man sie missbraucht hatte. Sie fühlte sich immer noch ziemlich schwindlig, schaffte es aber bis zu der Mauer, die beide Dächer voneinander trennt. Sie ist hinübergestiegen, hingefallen und hat um Hilfe gerufen. Natalia, die Gastgeberin, hat sie gehört und hat Frieda nach unten in die Wohnung gebracht. Natalias Freund, Dev, hat dann die Polizei verständigt.

Die Ermittler haben die Tür zum Dach des Nachbargebäudes überprüft, aber sie war verschlossen und schien auch in letzter Zeit nicht geöffnet worden zu sein. Natalia hat der Polizei erzählt, sie habe einige serbische Nachbarn von nebenan im Verdacht, weil die sich schon oft primitiv verhalten hätten und viel trinken würden, aber die Nachforschungen haben ergeben, dass diese Leute zur fraglichen Zeit verreist gewesen sind. Und auch alle anderen Bewohner des Hauses wurden als Verdächtige ausgeschlossen.

Ein paar Leute auf dem Dach – an dem Tisch für Raucher, der Rauchstation – haben Garry und Frieda kurz zusammen gesehen, wie sie zu einer Nische auf dem Dach gegangen sind, in der eine Bank steht. Die Nische selbst ist von der Rauchstation aus nicht einsehbar. Zwischen ungefähr ein und zwei Uhr morgens waren die beiden allein dort oben. Um zwei Uhr ist Garry die Treppe zur Wohnung hinuntergekommen und hat die Party dann verlassen. Mehrere Zeugen haben ausgesagt, er habe beunruhigt gewirkt. Frieda wurde von niemandem vermisst. Die Leute haben angenommen, sie sei schon gegangen. Am nächsten Tag gab es einen anonymen Anruf – eine Frau, von einem Münztelefon in einem *tabaccaio* in der Nähe der Universität von Neapel. Sie hat gesagt, sie habe von der Vergewaltigung gehört und wolle der Polizei mitteilen, dass sie glaube, gesehen zu haben, wie Garry etwas in Friedas Glas gemischt habe.«

»Und ihre Identität ist weiterhin völlig unbekannt?«, fragte Rhyme.

»Ja«, bestätigte Ercole. »Als Folge des Anrufs wurde eine Durchsuchung von Garrys Wohnung angeordnet. Die führte zu der Entdeckung der Spuren der Vergewaltigungsdroge an der Jacke, die er am Abend der Party getragen hatte, sowie an den anderen Kleidungsstücken.«

»Und was hat Garry ausgesagt?«, fragte Sachs.

»Er räumt ein, dass er und Frieda in der Wohnung Wein getrunken und dann – wie war das? – rumgemacht haben. Sie seien nach oben gegangen, um allein zu sein. Bei der Rauchstation waren Leute, also seien sie um die Ecke gegangen, wo sonst niemand war, hätten sich hingesetzt und weiter rumgemacht. Aber sie sei müde geworden und habe sich gelangweilt und das Interesse verloren. Gegen ein Uhr dreißig sei auch er müde geworden, also sei er nach unten gegangen und habe die Party verlassen. Zu dem Zeitpunkt habe Frieda auf der Bank auf dem Dach gesessen und sei eingedöst gewesen.«

»Er wurde ebenfalls müde, weil er einen Schluck von ihrem Wein getrunken hat, und der war präpariert«, mutmaßte Sachs. »Seine DNS war an ihrem Glas.«

»Was bedeuten würde, er hat nichts von der Droge gewusst!«, sagte Ercole und wirkte für einen Moment regelrecht begeistert und vom Jagdfieber gepackt. Dann kehrten das Schuldgefühl und die Nervosität zurück.

»Die Anklage hat ein großes Problem«, sagte Rhyme. »Die DNS in Friedas Vagina war nicht die von Garry.« Er warf Ercole einen unschlüssigen Blick zu und fragte sich, ob die drastischen Einzelheiten des Verbrechens einen jungen Beamten, der noch nie mit einem sexuellen Übergriff und erst recht nicht mit einer Vergewaltigung zu tun gehabt hatte, wohl überfordern würden.

Ercole sah Rhyme an und erkannte dessen Sorge. »*Capitano* Rhyme, letzten Monat habe ich verdeckte Ermittlungen geleitet, um Männer zu überführen, die minderwertiges Bullensperma als das von preisgekrönten Zuchtstieren ausgegeben haben. Dabei habe ich mehrmals Videoaufnahmen des Gewinnungsverfahrens angefertigt. Und als jemand, der Kuhpornos gewöhnt ist, können mich solche Dinge nicht mehr umwerfen, falls das Ihre Frage sein sollte.«

Rhyme nickte belustigt. Ihm fiel auf, dass eine Zeile in dem Bericht durchgestrichen und mit einer handschriftlichen Anmerkung versehen worden war. »Was ist das da?«

»Hier steht: ›Unangemessen und irrelevant, rügen Sie den Fragesteller‹.«

»Und was wurde gestrichen?«, fragte Sachs.

Er benötigte einen Moment, um die Worte unter der dicken schwarzen Linie zu entziffern. »Es ist die Anmerkung eines der Beamten des Überfallkommandos und bezieht sich auf die Vernehmung der Partygäste. Er hat geschrieben, manche der Leute hätten das Opfer für ziemlich kokett gehalten.«

»Ah. Das hat der Inspektorin nicht gepasst«, sagte Sachs. »Oder Spiro. Völlig zu Recht.«

Frauen die Schuld dafür zu geben, dass sie sexuell genötigt wurden, war unverzeihlich… und offenbar eine Entgleisung, die überall vorkam.

»Was also ist passiert, falls Garry die Wahrheit sagt?«, fragte Sachs.

»Jemand, ein Mr. X, hat ein Auge auf Frieda geworfen«, sagte Rhyme. »Er schafft es, ihren Wein zu präparieren, aber es ist voll und dunkel in der Wohnung, daher glaubt die Augenzeugin fälschlich, es sei Garry gewesen. Bevor X aktiv werden und Frieda in ein Schlafzimmer oder einen unbeobachteten Teil der Wohnung bugsieren kann, gehen sie und Garry nach oben. X folgt ihnen und beobachtet sie. Frieda wird müde, und Garry verliert die Lust und verabschiedet sich. Als niemand sonst auf dem Dach ist, trägt Mr. X das Opfer auf das Nachbargebäude. Dort kommt es zur Vergewaltigung.«

»Und die Drogenreste an Garrys Jacke?«, fragte Ercole. »Wie lassen die sich erklären?«

»Ein Möglichkeit wäre, dass er auf der Party mit Mr. X in Berührung gekommen ist«, erwiderte Rhyme. »Doch vergessen Sie nicht, Ercole, die Drogenspuren wurden auch an anderen Kleidungsstücken festgestellt.«

»Ja, aber was ergibt sich daraus?«

»Das wissen wir noch nicht. Es könnte sein, dass Garry schuldig ist und oft Vergewaltigungsdrogen mit sich führt. Oder dass er unschuldig ist, und jemand ist bei ihm eingebrochen und hat die Spuren dort platziert. Und da derjenige nicht mehr genau wusste, was Garry auf der Party getragen hat, hat er mehrere Kleidungsstücke präpariert.«

Rhyme musterte die Tabelle. »Einer der Einträge gefällt mir nicht: ›Keine weiteren Spuren gefunden.‹ Es gibt immer Spuren. Ercole, kennen Sie den Namen ›Locard‹?«

»Nicht, dass ich wüsste.«

»Das war ein französischer Kriminalist, der vor langer Zeit gelebt hat. Er hat ein Prinzip formuliert, das immer noch gilt. Seiner Meinung nach kommt es bei jedem Verbrechen zu einem Spurenaustausch zwischen dem Täter und dem Opfer oder dem

Schauplatz. Und anhand dieser Spuren ist es möglich, wenngleich bisweilen überaus schwierig, Rückschlüsse auf die Identität oder den Aufenthaltsort des Täters zu ziehen. Er hat damit das gemeint, was wir heute Partikelspuren nennen.«

Ercole schien auf einmal etwas klar zu werden. »*Allora*, es freut mich, dass ich Ihnen helfen konnte«, sagte er hastig. »Jetzt muss ich aber los. Mal sehen, ob Beatrice etwas herausgefunden hat. Vermutlich ja. Das dürfte uns beim Komponisten weiterhelfen. Unserem wichtigen Fall.« Er warf Sachs einen Hilfe suchenden Blick zu. Ohne Erfolg.

»Natalias Wohnung muss ein zweites Mal untersucht werden, Ercole«, sagte Rhyme. »Vor allem die Rauchstation. Ich wette, von dort aus hat Mr. X sein Opfer im Blick behalten. Außerdem das Dach des Nachbargebäudes. Und wir müssen uns Garrys Wohnung vornehmen – um herauszufinden, ob die Drogenreste platziert wurden, um Garry etwas anzuhängen ... Zwei simple Begehungen. Von vielleicht zwei Stunden Dauer. Ach, höchstens.«

Er und Sachs sahen durchdringend Ercole Benelli an, der soeben die Unterlagen wieder zusammenfügte, als würde er durch das Zuklappen der Akte auch den Fall ein für alle Mal abschließen können. Schließlich hielt er dem Druck nicht mehr stand und blickte auf. »*Quello che chiedete è impossibile.* Verstehen Sie? *Impossibile!*«

29

Die Party, auf der es zu der Vergewaltigung gekommen war, hatte im Stadtteil Vomero stattgefunden.

Die Gegend lag auf einem Hügel, der mit einer Seilbahn oder über steile, gewundene Straßen erreicht werden konnte. Von der Kuppe aus bot sich ein Ausblick wie vom Olymp – auf die Bucht, den fernen Vesuv und das endlose Flickwerk aus Farben, Texturen und Formen, die sich zu Neapel vereinigten.

Das Viertel gelte als das schönste der Stadt, hatte Sachs' Chauffeur, Ercole Benelli, ihr versichert. Vomero besaß sowohl Jugendstilbauten als auch moderne Büro- und Wohnhäuser, während Tante-Emma-Läden und altehrwürdige Bekleidungsgeschäfte Tür an Tür mit den elegantesten Designerboutiquen lagen, die Italien vorweisen konnte... als Land ohnehin der Inbegriff des modischen Chic.

Zu Beginn ihrer Fahrt, nachdem Rhyme etwas Überzeugungsarbeit geleistet hatte, war Ercole noch eingeschnappt gewesen. Sein *»impossibile«* hatte sich erst in ein *»forse«* – vielleicht – verwandelt und dann in das italienische Gegenstück zu einem mürrischen »Na gut, meinetwegen«. Doch am Ende war seine gute Laune zurückgekehrt, und während sie so durch die Straßen Neapels kurvten, schien Ercole sich damit abgefunden zu haben, womöglich Prügel von Spiro zu beziehen. Er verwandelte sich in einen Fremdenführer und bombardierte Sachs mit Informationen über die Geschichte der Stadt, sowohl aus jüngerer als auch aus ferner Vergangenheit.

Das Navigationsgerät lotste sie letztlich zu Natalias Wohnung, gelegen in einem Haus im klassisch mediterranen Stil an einer kleinen Wohnstraße, der Via Carlo Cattaneo. Sie parkten, und Ercole ging voran. Eine Schar Kinder starrte ihnen fasziniert hinterher, sowohl wegen seiner Uniform als auch wegen des goldenen NYPD-Abzeichens an ihrem Gürtel. Manche der Jungen versuchten, einen Blick unter Amelias Jacke zu erhaschen, vermutlich auf der Suche nach irgendeiner Waffe. Andere waren zurückhaltender.

Sachs erschrak, als ein Halbwüchsiger dicht an ihnen vorbeirannte.

Ercole lachte. »*Bene, bene*... Schon gut. In manchen anderen Ecken Neapels würde er jetzt seinen Vater oder Bruder vor der Polizei warnen. Hier aber hat er es einfach nur eilig, weil er zu einem Spiel oder zu seiner Freundin will... oder weil er später mal ein berühmter Sprinter werden möchte. Ja, in Neapel werden Straftaten verübt. Ohne jeden Zweifel. Taschendiebstahl, Handtaschenraub, Autoklau – in gewissen Gegenden muss man vorsichtig sein. Die Camorra sitzt in den Vororten Secondigliano und Scampia sowie in den spanischen Vierteln der Stadt. Die afrikanischen Banden trifft man dagegen eher in Pozzuoli an. Aber beide nicht hier.«

Die Fassade von Natalia Garellis Haus hätte einen neuen Verputz und Anstrich gebrauchen können, doch durch die blitzblanke Glastür blickte man in eine überaus geschmackvolle Eingangshalle. Ercole betätigte die Klingel. Gleich darauf ertönte blechern die Stimme eine Frau aus der Gegensprechanlage. Die Tür ging auf, und sie traten ein. An einer Wand der Lobby hing ein abstraktes Gemälde, das einen Strudel zeigte. An einer anderen eine stählerne Skulptur. Ein Engel? Oder eine Taube? Ein reines Fantasiegebilde? Sie fuhren mit dem Aufzug in die oberste Etage, den fünften Stock. Es gab hier oben nur eine Wohnung.

Ercole zog eine Augenbraue hoch und küsste die geballten Fingerspitzen einer Hand, was offenbar als anerkennende Geste für dieses Haus gemeint war.

Dann drückte er den Klingelknopf am hellen hölzernen Türrahmen. Einen Moment später öffnete ihnen eine sehr schlanke und bildschöne Frau Anfang zwanzig.

Ercole stellte sich und Sachs vor, und die Frau nickte mit freundlichem Lächeln. »Sie sind Polizistin aus Amerika, ja. Weil Garry Amerikaner ist. Natürlich. Bitte kommen Sie herein. *Sono* Natalia.«

Man reichte sich die Hände.

Der Schmuck und die Kleidung des Mädchens – Lederhose, Seidenbluse, beneidenswerte Stiefel – deuteten für Sachs auf eine wohlhabende Familie hin. Ebenso die Wohnung. Bestimmt hatten ihre Eltern sie dabei unterstützt; kaum ein Student konnte sich eine solche Unterkunft leisten. Man hätte hier Modefotos für Prada schießen können. Die Wände waren mit lavendelfarbenem Stuck verziert und mit überdimensionalen Ölgemälden behangen, die in kühnen Farben entweder abstrakte Muster zeigten oder Akte beiderlei Geschlechts. Die Sofas und Sessel waren mit dunkelgrünem Leder bezogen, ihre Gestelle aus gebürstetem Stahl. Eine Wand wurde von einer gläsernen Bar eingenommen, eine andere von einem riesigen Fernsehgerät, auf dem gerade ohne Ton Musikvideos liefen.

»Schön hier.«

»Danke«, sagte sie. »Mein Vater ist Designer in Mailand. Für Möbel und Gebrauchsgegenstände. Design ist auch mein Studienfach hier, und sobald ich meinen Abschluss habe, will ich im gleichen Beruf wie er arbeiten. Oder in der Modebranche. Bitte sagen Sie mir, wie geht es Garry?« Ihr Englisch war perfekt, unterlegt mit einem Hauch von Akzent.

»So gut, wie man es unter den gegebenen Umständen erwarten darf«, antwortete Sachs.

Das konnte alles und nichts bedeuten.

»Wir gehen in dem Fall noch einigen offenen Fragen nach«, sagte Ercole. »Es wird nicht lange dauern.«

»Was geschehen ist, war furchtbar!«, beteuerte Natalia. »Und lassen Sie es sich gesagt sein, wer auch immer das war, er gehört nicht zu unserer Gruppe. Das sind alles so nette Leute. Aber im Haus nebenan wohnen Serben.« Sie rümpfte vor Abscheu die Nase. »Drei oder vier Männer. Ich habe schon oft vermutet, dass die nicht ganz sauber sind. Das habe ich auch bereits Ihren Kollegen erzählt.«

»Alle Bewohner des Nachbarhauses wurden überprüft und befragt und konnten als Verdächtige ausgeschlossen werden«, merkte Ercole respektvoll an. »Die Polizei hat festgestellt, dass die von Ihnen erwähnten Männer an jenem Abend verreist gewesen sind.«

»Trotzdem. Jemand von der Uni? Das ist unmöglich.«

»Vielleicht hat jemand sich einfach an einen der Gäste drangehängt, um in die Wohnung zu gelangen.«

»Ja, das kann sein. Ich hätte wohl besser aufpassen müssen.« Ihre schönen dunkelvioletten Lippen wurden schmal.

»Kennen Sie Frieda gut?«

»Nicht besonders. Erst seit ein paar Wochen, als das Semester angefangen hat. Mein Freund und ich haben sie in einem Seminar über die Geschichte der europäischen Politik kennengelernt.«

»Haben Sie Frieda auf der Party mit jemandem gesehen, den Sie nicht kannten?«

»Es war sehr voll. Ich habe sie mit Garry und ein paar unserer Freundinnen gesehen. Aber ich habe auch nicht wirklich darauf geachtet.«

»Falls es Ihnen nichts ausmacht, erzählen Sie uns doch bitte noch einmal, woran Sie sich erinnern, was den Abend betrifft«, bat Sachs.

»Mein Freund und ich sind gegen zwanzig Uhr essen gegangen und haben hier danach den Wein, ein paar Snacks und *dolce* bereitgestellt. Ab ungefähr zweiundzwanzig Uhr sind die Gäste eingetroffen.« Sie zuckte die Achseln und strich sich das Haar zurecht. Sachs kannte sich als ehemaliges Mannequin mit Schönheit aus, und Natalia war eine der atemberaubendsten Frauen, die sie je gesehen hatte. Das würde ihr bei ihrer Karriere von unschätzbarem Wert sein, auch falls sie einfach nur Designerin wurde und nicht Fotomodell. So war nun mal der Lauf der Welt.

Schönheit siegt.

»Garry war einer der Ersten. Ich kenne ihn nicht so gut und habe mich eine Weile mit ihm unterhalten. Ich bin oft mit den Amerikanern, Briten und Kanadiern zusammen, um mein Englisch zu verbessern. Es kamen immer mehr Leute, und gegen Mitternacht habe ich Frieda und Garry zusammen gesehen. Eng beieinander. Wie Leute eben sind, wenn sie flirten, Sie wissen schon. Sie berühren sich, küssen sich, flüstern. Dann sah ich sie mit ihren Gläsern zum Dach hinaufgehen. Sie waren beide betrunken.« Sie schüttelte den Kopf. »Irgendwann war Garry dann wieder hier in der Wohnung. Er sah – wie sagt man? – groggy aus. Ganz unsicher auf den Beinen. Ich weiß noch, wie ich gedacht habe, dass er hoffentlich nicht mehr Auto fährt. Er sah nicht gut aus. Aber bevor ich noch mit ihm sprechen konnte, ist er gegangen. Die Party lief weiter bis gegen vier Uhr, dann waren alle weg. Mein Freund Dev und ich haben aufgeräumt. Und wir hörten auf einmal Rufe vom Dach. Ich bin nach oben gegangen und habe Frieda neben der Mauer gefunden, die beide Dächer trennt. Sie war gestürzt. Und sie war in schrecklicher Verfassung – der Rock zerrissen, die Beine zerkratzt. Ich habe ihr aufgeholfen; sie war völlig hysterisch. Sie wusste, man hatte sie missbraucht, aber sie konnte sich an nichts erinnern. Dev hat die Polizei gerufen, und wenig später war die hier.«

»Können Sie uns zeigen, wo das gewesen ist?«

»Ja.«

Natalia führte sie zu einer federgelagerten Treppe im hinteren Teil des Korridors, an deren Ende sich eine Luke befand. Sogar diese Treppe – eine Konstruktion aus Kabeln und Stahl, die sich von oben herunterklappen ließ – war elegant. Mit einem Rock wäre der Aufstieg ein wenig riskant, dachte Sachs. Doch ebenso wie die Gastgeberin trug sie eine Hose – in ihrem Fall eine Jeans, kein Tausend-Dollar-Lederbeinkleid. Auf dem Dach gab es eine hölzerne Terrasse und mehrere drei Meter hohe Schuppen, in denen sich Wassertanks oder Geräte befinden mochten. In einem Bereich von etwa dreieinhalb mal dreieinhalb Metern standen metallene Stühle und Tische mit Aschenbechern.

Die Rauchstation.

Sachs nahm an, dass Nikotinsüchtige sich häufig auf Balkone und Terrassen zurückziehen mussten, denn in Italien war das Rauchen in Innenräumen oft untersagt oder zumindest nicht erwünscht. Die Aussicht von hier war spektakulär. Man konnte die gesamte Bucht von Neapel überblicken, vom verschwommenen Umriss des Vulkans bis hin zu einer gewaltigen Burg ganz in der Nähe.

Sachs ging von der Rauchstation um die Ecke eines der Schuppen zu einer Nische, die vor fremden Blicken geschützt war. Hier stand eine Bank, auf die Garry und Frieda sich für ihr *limonarono* zurückgezogen haben dürften – oder wie auch immer die Verlaufsform dieses Verbs lauten mochte.

»Der Überfall hat da drüben stattgefunden«, sagte Natalia leise und zeigte auf das Dach des angrenzenden Gebäudes, wo gelbes Absperrband gespannt war. »Hier oben wird es nie mehr so sein wie früher. Es war so schön. Und nun so schrecklich.«

Sie gingen zu der Absperrung. Zwischen den beiden Häusern gab es keine Lücke; sie wurden nur durch eine etwa neunzig Zentimeter hohe Backsteinmauer getrennt. Links von ihnen konnten Sachs und Ercole auf dem Nachbardach einen weiteren abgesperrten Bereich erkennen. Dort hatte das Verbrechen sich ereignet. Die Stelle war von der Rauchstation aus nicht zu sehen. Der logische Ort für einen Übergriff.

»Lassen Sie uns gehen.«

»Aber das Absperrband!«, flüsterte Ercole.

Sie lächelte ihn an. Um ihre Gelenke zu schonen, setzte Sachs sich auf die Mauer, schwang die Beine hinüber und stellte sich auf das Nachbardach. Ercole seufzte und sprang hinterher. Natalia blieb auf ihrem Gebäude. Der Kies auf der Teerpappe bedeutete, dass es keine Schuhabdrücke geben würde, also mussten sie sich auch keine Füßlinge oder Gummibänder überstreifen. Sachs zog Latexhandschuhe an und nahm Proben der Steine und der Dachpappe, sowohl am Ort des Überfalls als auch auf dem Weg dorthin.

Als sie fertig war, schaute sie zu einem hohen Gebäude auf der anderen Straßenseite, einen halben Block weiter südlich.

»Was ist das?«

Ercole sah ebenfalls zu dem modernen Hochhaus. »Ein Hotel. Das NV, glaube ich. Sehr hübsch.«

Sachs blinzelte in die Sonne. »Ist das da ein Parkhaus?«

»Ja, sieht so aus.«

»Ungefähr auf der gleichen Höhe wie dieses Dach. Lassen Sie uns herausfinden, ob es dort Überwachungskameras gibt, die in diese Richtung zeigen.«

»Ja, ja, gute Idee. Viele Parkhäuser werden so überwacht. Ich kümmere mich darum.«

Sie nickte, und dann kehrten sie zur Rauchstation zurück. Dort nahm Sachs ebenfalls diverse Proben. Natalia schaute ihr neugierig zu. »Das ist wie bei *CSI* im Fernsehen, oder?«

»Ziemlich ähnlich, ja«, bestätigte Sachs.

Nach zehn Minuten waren sie fertig. Sachs und Ercole bedankten sich bei der jungen Frau. Sie verabschiedete die beiden mit festem Händedruck und öffnete ihnen die Tür. »Bitte, ich bin mir sicher, dass Garry zu so etwas nicht fähig wäre. Ich weiß es in meinem Herzen.« Ihre Miene verfinsterte sich, und sie blickte zum Nachbargebäude. »Sie sollten sich diese Männer, diese Serben, noch einmal vornehmen. Meine Menschenkenntnis hat mich selten im Stich gelassen. Und diesen Kerlen traue ich kein Stück weit.«

30

»Sie ist frei.«

»Frei?«

»Sie hat vor Kurzem eine lange Beziehung beendet«, sagte Beatrice Renza zu Ercole Benelli. »Aber die lief schon eine Weile nicht mehr gut.«

»Eine Weile?«

»Warum wiederholen Sie meine Angaben als Fragen?«

Also ehrlich. Diese Frau. Ercole runzelte die Stirn. »Ich verstehe nicht, von wem Sie da reden.«

Doch, er hatte so eine Ahnung. Nein, er wusste es genau.

»Natürlich tun Sie das. Von Daniela Canton, wem sonst?«

Er hätte den Namen beinahe als Frage wiederholt, hielt jedoch rechtzeitig inne, um der reizbaren Frau nicht noch mehr Munition an die Hand zu geben. (Außerdem wusste er als Polizeibeamter, dass die Wiederholung einer Frage praktisch einem Schuldeingeständnis gleichkam: »Ein Wilderer? Ich? Wie können Sie behaupten, ich sei ein Wilderer?«)

»Wieso erzählen Sie mir das?«, fragte er stattdessen.

Sie standen in dem Labor im Erdgeschoss der Questura. Im Lagezentrum des Komponistenfalls war derzeit keiner von Ercoles Kollegen anwesend. Nur Amelia Sachs, Rhyme und sein Betreuer Thom waren dort – die Mitverschwörer im Fall Garry Soames –, weshalb er sich getraut hatte, ins Labor zu schleichen, um Beatrice zu bitten, die Proben zu analysieren, die sie auf den beiden Hausdächern genommen hatten. Doch noch bevor er die Bitte hatte äußern können, hatte Beatrice ihn mit geneigtem Kopf gemustert und zu reden angefangen. Vielleicht hatte sie seinen langen Blick zu Daniela gesehen, die weiter hinten im Korridor stand.

Sie ist frei…

»Es war eine traurige Geschichte.« Offenbar war Beatrice nicht geneigt, ihm zu erklären, warum sie ihm diese Informationen überhaupt anvertraute. Sie schob sich die grün gerahmte Brille ein Stück höher die Nase hinauf. »Er war ein Schwein«, schimpfte sie. »Ihr früherer Freund.«

Ercole war in zweierlei Hinsicht gekränkt. Zum einen ging es diese seltsame Frau nichts an, ob er sich für Daniela interessierte. Und zum anderen mochte er Schweine.

Dennoch, gut zu wissen: Daniela. Nicht in festen Händen.

»Ich hatte mir über ihren Beziehungsstand noch gar keine Gedanken gemacht.«

»Nein, natürlich nicht«, sagte die Kriminaltechnikerin, die ihm eindeutig nicht glaubte. Beatrice hatte ein rundes Gesicht, das von dichtem, widerspenstigem schwarzen Haar eingerahmt wurde, im Moment gebändigt durch eine Plastikhaube. Sie war hübsch wie eine Bäckerstochter, dachte Ercole bei sich, obwohl er weder irgendwelche Bäcker noch deren Kinder kannte. Ihre Statur ließ sich, nun ja, als klein, üppig und kompakt beschreiben. Ihre Füße wiesen nach außen, und sie neigte zu einem watschelnden Gang, was ein ausgeprägtes Schlurfgeräusch mit sich brachte, wenn sie Füßlinge trug. Daniela hingegen bewegte sich mit der Anmut einer… was? Nun, Beatrice hatte mit den Tiermetaphern angefangen. Daniela bewegte sich mit der Anmut einer schlanken Gepardin. Einer schlanken und sexy Gepardin.

Beatrice war da eher wie ein Faultier oder eine Koalabärin.

Dann begriff Ercole, wie gemein und unfair der Vergleich war, und errötete vor Scham.

Beatrice streifte sich Handschuhe über und nahm die Beweismitteltüten. »Sie war drei Jahre mit Arci zusammen – Arcibaldo. Er war ein Stück jünger als sie. Wie man unschwer erkennen kann, ist Daniela schon fünfunddreißig.«

So alt? Nein, das konnte er nicht erkennen, nicht im Geringsten. Er war überrascht. Und zugleich fasziniert, weil sie jüngere Männer mochte. Ercole war dreißig.

»Er wollte Rennfahrer werden, aber das war natürlich bloß ein Traum; das Fahren liegt ihm einfach nicht im Blut.«

Im Gegensatz zu Amelia Sachs, dachte er bekümmert und ermahnte sich erneut, einen Werkstatttermin für seinen Mégane zu vereinbaren. Das Getriebe klang gar nicht gesund.

»Er hat sich nur oberflächlich mit dem Sport befasst«, fuhr Beatrice fort. »Arci, meine ich. Aber er war ein gut aussehender Mann.«

»*War*? Ist er bei einem Unfall ums Leben gekommen?«

»Nein. Das ›war‹ bezieht sich darauf, dass er für Daniela Vergangenheit ist. Als gut aussehender Fahrer, wie mittelmäßig auch immer, hatte er reichlich Gelegenheit für Bungabunga.«

Der Ausdruck war durch einen früheren italienischen Ministerpräsidenten geprägt worden, zwar ohne konkrete Erläuterung, aber die konnte man sich leicht selbst denken.

Beatrice warf einen Blick auf die Tüten und legte sie auf einen Untersuchungstisch. Dann trug sie sich auf den Registrierkarten der Verwahrkette ein (auf denen nur Ercoles Name stand, nicht der von Amelia). »Er hat für einen Rennstall in Modena gearbeitet. Als Hilfskraft, um den Mechanikern zur Hand zu gehen oder sich hier und da um die Autos zu kümmern. Dann ist Folgendes passiert: Er und Daniela sind aus Sanremo zurückgekommen und...«

»Sie war beim Festival?«

»Allerdings.« Beatrice lachte abfällig, es war fast ein verächtliches Schnauben. Sie musste sich schon wieder die Brille zurechtrücken. »Kaum zu glauben, oder?«

»Ihnen ist das Festival also nicht so wichtig«, stellte Ercole nach kurzem Nachdenken fest.

»Wieso sollte es? Das ist Kinderkram.«

»*Manche* mögen das so empfinden, ja«, versicherte er schnell.

Das Festival von Sanremo existierte seit mehr als sechs Jahrzehnten und war der bedeutendste Musikwettbewerb Italiens. Es wurde jedes Jahr im Fernsehen übertragen, war aufwendig produziert und erstreckte sich über jeweils mehrere Tage. Die Musik wurde oft als belangloser Pop kritisiert, seicht und kitschig. Trotzdem war Ercole ein begeisterter Fan. Er hatte das Festival bereits sechs Mal besucht und besaß Karten für das nächste Finale. Zwei Karten.

Denn man sollte die Hoffnung nie aufgeben.

»Die beiden sind also von dort zurückgekommen und wurden vor seiner Wohnung von der Polizei erwartet. Er hatte geheime Informationen über die Kraftstoffanlage an ein Team der Konkurrenz verkauft. Letztlich wurde er nur zu einem Bußgeld verurteilt, aber die Leute in Italien nehmen das Fahren natürlich sehr ernst. Ich zum Beispiel war persönlich beleidigt.«

»Sie mögen Autorennen?«

»Ich lasse mir keines entgehen, das hier in der Nähe stattfindet«, schwärmte sie. »Eines Tages werde ich einen Maserati besitzen, das Coupé. Gebraucht, natürlich. Anders geht es nicht. Ein Ferrari ... tja, der wird wohl ein Traum bleiben müssen, jedenfalls mit einem Gehalt von der Staatspolizei. Gehen Sie zu den Rennen?«

»Nicht oft. Meistens habe ich keine Zeit.« In Wahrheit interessierte er sich überhaupt nicht für Autorennen. »Der Film *Rush* hat mir gefallen.« Er konnte sich nicht an die Namen der

Fahrer erinnern. Dabei war einer von denen Italiener gewesen. Oder?

»Ah, der war klasse, nicht wahr? Niki Lauda, was für ein Könner! Er ist für Ferrari gefahren, was auch sonst? Ich habe die DVD. Und ich gehe oft zu Rennen. Aber die sind nicht für jeden was. Man sollte Ohrstöpsel tragen. Ich nehme immer meinen Gehörschutz vom Schießstand mit. Damit kriege ich auch stets einen guten Platz. Die Leute sehen den Schriftzug *Staatspolizei* auf den Ohrmuscheln und gehen mir aus dem Weg.«

»Ich lasse Renntauben fliegen«, sagte er aus irgendeinem Grund.

»Die Vögel?«

»Natürlich die Vögel.«

Was für andere Tauben gab es denn sonst noch?

»Davon habe ich noch nie was gehört. Wie dem auch sei, obwohl Arci kein Schwerverbrechen begangen hatte, konnte Daniela wohl kaum einen Straftäter als Freund behalten.«

»Der außerdem Bunga-bunga begangen hat, wenn er bei den Rennen unterwegs war.«

»Genau.«

»Armes Ding. Sie muss am Boden zerstört gewesen sein.«

Beatrice schnalzte mit der Zunge, als würde im Unterricht einer Klosterschule die Mutter Oberin ihre Missbilligung ausdrücken. »Ich würde sie nicht als *Ding* bezeichnen. Das ist herabwürdigend. Aber ja, sie war natürlich bestürzt.« Beatrice schaute in Richtung der Frau, die dreißig Zentimeter größer und sieben Kilo leichter war und zudem das Antlitz einer engelsgleichen Gepardin besaß. »Sogar schöne Menschen können an gebrochenem Herzen leiden«, stellte sie mitfühlend fest. »Niemand ist davor gefeit. Daher teile ich Ihnen lediglich mit, dass sie ungebunden ist, nur für den Fall, dass Sie die Angelegenheit mit ihr erörtern möchten.«

Ercole war nun vollkommen durcheinander. »Nein, nein, nein«, behauptete er. »Ich habe diesbezüglich nicht das geringste Interesse an ihr. Ich bin bloß neugierig. Von Natur aus. In Bezug auf jeden. Ich interessiere mich für Leute aus verschiedenen Gegenden. Leute unterschiedlichen Alters. Leute unterschiedlicher Herkunft, unterschiedlicher Hautfarbe. Ich interessiere mich für Männer, für Frauen, Schwarze, Weiße, Braune ...« Ihm fielen keine Beispiele mehr ein.

»Wie wäre es mit Kindern jeglichen Teints?«, half Beatrice aus.

Ercole stutzte und begriff dann erst, dass es als Scherz gemeint war. Er lachte über den trockenen Tonfall, wenngleich unbehaglich. Sie reagierte nicht, sondern widmete sich wieder den Beweismitteltüten.

»So, was haben wir denn hier?« Sie hielt die Karte in der Hand. »›Von der Rauchstation.‹ Was ist das?«

»Der Aufenthaltsort eines möglichen Zeugen für ein Verbrechen. Oder eines Täters.«

Sie las eine andere Karte. »›Der Ort des Überfalls.‹«

Er trat vor, um ihr den Inhalt zu erläutern, doch sie winkte ihn zurück hinter eine gelbe Linie. »Nein, nein, nein. Sie sind ohne Schutzkleidung. Treten Sie zurück!«

Er seufzte und gehorchte. »Das ist Kies ...«

»Von einem Dach. Offensichtlich.«

»Und können Sie herausfinden, ob das NV-Hotel in Vomero auf der obersten Ebene des Parkhauses eine Überwachungskamera hat, die nach Nordosten zeigt?«, fragte er dann.

Beatrice runzelte die Stirn. »Ich? Das fällt doch wohl eher in den Aufgabenbereich der Postpolizei.«

»Aber da kenne ich niemanden.« Er wies auf sein Abzeichen der Forstwache.

»Na gut, das kriege ich schon hin. Um welchen Fall geht es?«

»Um eine unabhängige Ermittlung.«

»Da sieh sich einer Ercole Benelli an. Sie kommen wie ein frisch geschlüpftes Küken von der Forstwache zur Staatspolizei, und plötzlich sind Sie ein ausgewachsener Ermittler. Mit einem eigenen Fall. Sie sind wohl der neue Montalbano.« Das war der allseits beliebte sizilianische Kommissar aus den Krimis von Andrea Camilleri. »Deshalb ist es nur verständlich, dass Sie die Abläufe hier noch nicht kennen. Eine Spurenanalyse wie diese muss mit einer Fallnummer oder wenigstens dem Namen eines Verdächtigen verknüpft sein.«

»Seine Identität kennen wir nicht.« Das stimmte durchaus. Falls man der Anwältin von Garry Soames – und auch Garry selbst – Glauben schenken durfte, hatte jemand anders die Frau auf dem Dach vergewaltigt, ein Unbekannter.

Ah. Perfekt.

»Schreiben Sie Täter Nummer eins.«

»Einfach so? Das ist bei uns aber unüblich.«

»Die Amerikaner machen es so. Wenn der Name noch unbekannt ist, nummerieren sie die Verdächtigen.«

Beatrice musterte ihn von oben bis unten. »Falls es Sie eher zu den Amerikanern zieht, sind Sie wohl auch eher Columbo als Montalbano.«

War das eine Beleidigung? Columbo war doch dieser linkische, ungepflegte Inspektor, nicht wahr? Andererseits war er der Held der Serie.

»Was die Ergebnisse anbelangt, soll ich Sie verständigen oder Inspektor Rossi oder Staatsanwalt Spiro? Oder einen anderen Staatsanwalt?«

»Mich, bitte.«

»Gut. Hat dies Vorrang vor dem Komponisten? Ich bin mit den Spuren, die Sie außerhalb von Abruzzo gefunden haben, fast fertig.«

»Die haben Priorität. Der Komponist könnte jederzeit wieder zuschlagen. Aber könnten Sie vielleicht zuerst wegen der Überwachungskamera beim NV-Hotel anrufen? Mich interessieren die Aufnahmen aus der Nacht des Zwanzigsten, zwischen Mitternacht und vier Uhr morgens.«

»Mitternacht bis vier Uhr am Zwanzigsten? Oder doch eher am einundzwanzigsten September?«

»Äh, stimmt, das war schon der Einundzwanzigste.«

»Sie meinen also in Wahrheit den ›Morgen‹ des Einundzwanzigsten. ›Nacht‹ ist nämlich ein bisschen unklar.«

Er seufzte. »Ja.«

»Also gut.« Sie nahm ein Telefon, und Ercole ging ins Lagezentrum und nickte Captain Rhyme und Thom zu. Detective Sachs sah ihn fragend an.

»Sie wird die Spuren untersuchen«, flüsterte er. »Im Moment telefoniert sie mit dem Hotel. Wegen der Überwachungskamera.«

»Gut«, sagte Rhyme.

Kurz darauf kam Beatrice zur Tür herein und nickte allen zu. »Nein, Ercole«, sagte sie auf Italienisch. »Das NV-Hotel hat zwar eine Kamera, aber die scheint zur Zeit des Überfalls leider nicht funktioniert zu haben. Auf der Festplatte ist nichts gespeichert.«

»Danke, dass Sie nachgefragt haben.«

»Kein Problem«, sagte sie und schien ihn erneut zu mustern, bevor sie kehrtmachte und ging. Er schaute an seiner Uniform hinunter. War er etwa so zerknittert wie Columbo? Er wischte sich ein Staubkorn vom Ärmel.

»Ercole?«, fragte Captain Rhyme.

»Äh, ja. Verzeihung.« Dann übersetzte er die Neuigkeiten über die Kamera.

»Das wäre auch zu schön gewesen, oder?« Captain Rhyme klang nicht überrascht. »Schreiben Sie es in unsere tragbare Tabelle.«

»Welche tragbare Tabelle?«

Thom reichte ihm den Block, auf dem Sachs im Café die von ihm übersetzten Angaben über die Spuren im Fall Soames festgehalten hatte, basierend auf den Unterlagen von Elena Cinelli, Garrys Anwältin. Er vermerkte die defekte Überwachungskamera und schob den Block dann unter einen Aktenstapel auf dem Tisch. Außer Sicht. Gut versteckt. Ercole wollte unbedingt vermeiden, dass Staatsanwalt Spiro Wind davon bekam.

»Nun fehlt uns noch die Untersuchung von Garry Soames' Wohnung«, sagte Captain Rhyme. »Um herauszufinden, ob es Anzeichen dafür gibt, dass jemand die Drogen dort platziert hat.«

Ercole erschrak. Doch dann sagte Captain Rhyme: »Aber das kann noch warten. Die Spurenanalyse eurer kleinen Landpartie müsste bald vorliegen. Ich tue dem Konsulat ja gern mal einen Gefallen, aber wie ich denen schon gesagt habe, geht der Komponist vor.«

Ercole nickte voller Erleichterung. »Ja, ja, *Capitano*. Ein guter Plan.«

Dann sah Ercole aus dem Augenwinkel eine Bewegung auf dem Korridor. Es war Daniela, die dort mit gesenktem Kopf stand, mit einer Hand geistesabwesend an einem Zopf herumspielte und mit der anderen einen dicken Aktenordner hielt, in dem sie las.

Sie ist frei...

Ercole grübelte geschlagene sechzig Sekunden darüber nach, wie er es glaubhaft bewerkstelligen konnte, sie in ein Gespräch über Polizeiangelegenheiten zu verwickeln und dann elegant – und schlau – auf das Festival von Sanremo zu sprechen zu kommen.

Ihm fiel aber nichts ein.

Doch das hielt ihn nicht davon ab, sich bei den anderen zu

entschuldigen und hinaus auf den Flur zu treten. Er nickte Daniela zum Gruß zu und sagte mit schüchternem Lächeln, er habe gehört, dass sie das Festival möge. Aus reiner Neugier – nicht, dass es wichtig wäre – wolle er sie fragen, wie ihr der Drittplatzierte des Vorjahrs gefallen habe. Er halte das Lied nämlich für den besten Beitrag seit Jahren.

Ercole war, gelinde gesagt, überrascht, als sie ihm zustimmte.

31

Los jetzt.

Mach schon!

Stefan lag im muffigen Schlafzimmer dieses muffigen Hauses und zwang sich zum Aufstehen. Wie immer zog er sich als Erstes Latexhandschuhe an. Mit zittrigen Fingern und schweißfeuchter Haut... Er wischte sich Stirn und Hals ab und steckte das Tuch ein, um es später zu entsorgen. Dann schob er sich eine Tablette in den Mund. Olanzapin. Zehn Milligramm. Nach vielen vergeblichen Versuchen waren die Ärzte zu dem Schluss gelangt, dass dieses Mittel aus ihm noch am ehesten eine halbwegs normale Person machte. Oder anders ausgedrückt, wie er es mal hinter seinem Rücken zufällig mitbekommen hatte: ihn nicht ganz so verflucht schizoid sein ließ wie alles andere. (In Stefans Fall blieben zur Behandlung und Kontrollsteuerung praktisch nur Medikamente übrig; eine Psychotherapie war zwecklos, wenn der Patient sich weitaus mehr für den *Klang* der Worte interessierte als für ihren Inhalt. »Schildern Sie mir, was Sie gefühlt haben, Stefan, als Sie an jenem Tag im April in den Keller gegangen sind und gesehen haben, was Sie gesehen haben«, war für ihn nichts als eine Abfolge von Tönen, die je nach der Stimme des Arztes so hinreißend schön sein konnte, dass sie ihn geradezu elektrisierte, oder so dermaßen verstörend, dass sie bei ihm eine Panikattacke auslöste.)

Olanzapin. Das »atypische Neuroleptikum« – so die Bezeichnung für Antipsychotika der zweiten Generation – schlug bei ihm meistens an. Aber heute lief es nicht so gut. Die Schwarzen Schreie nagten an den Rändern seines Verstands. Und die Verzweiflung wuchs. Er musste los, los, *los*, um die Stationen seines eigenen Kreuzwegs zu absolvieren, an dessen Ende die Harmonie stand.

Mit zittrigen Fingern und schweißfeuchter Haut.

Wäre er ein Trinker gewesen, hätte er jetzt den ersten Schnaps gekippt.

Als Aufreißer hätte er eine Frau flachgelegt.

Doch er war weder das eine noch das andere. Daher blieb ihm nur eine Möglichkeit, sich vor den Schwarzen Schreien zu retten: Er musste einen neuen »Freiwilligen« für den nächsten Walzer finden.

Also. Los!

In seinem Rucksack verstaute er die schwarze Stoffhaube, die kleine verschlossene Tüte mit dem Chloroform, das Textilklebeband, zusätzliche Handschuhe und den Knebel. Und natürlich seine Visitenkarte: die zu einer Henkersschlinge gebundene Cellosaite. Er streifte die blauen Latexhandschuhe ab, duschte, zog sich Jeans und ein graues T-Shirt an, Socken, seine Converse Cons und schließlich neue Handschuhe. Dann spähte er aus dem Fenster. Die Luft war rein. Er ging hinaus, schloss die massive Tür ab und holte den alten Mercedes 4MATIC aus der Garage. Drei Minuten später befand er sich auf der holprigen Landstraße, die zur Autobahn und in die Stadt führte.

Ein weiterer Schritt auf dem Weg zur Harmonie.

Auf dem Weg in den Himmel.

Religion und Musik waren seit jeher miteinander verknüpft. Lieder zur Lobpreisung des Herrn. Die Leviten, wie sie mit Gesang und dem Klang von Zimbeln, Leiern und Harfen die Bundeslade auf den Schultern tragen. David, der viertausend

Gerechte zu den musischen Stimmen des Tempels beruft, den er zu erbauen gehofft hat. Und natürlich die Psalmen – 150 an der Zahl.

Dann diese Trompete bei Jericho.

Stefan war als Erwachsener nie zur Kirche gegangen, hatte aber viele, viele Stunden seiner frühen Jugend in der Sonntagsschule und mit Bibelstudien verbracht, weil seine Mutter stets nach günstigen Gelegenheiten gesucht hatte, den Jungen einen Nachmittag hierhin oder einen Vormittag dorthin abzuschieben, manchmal auch das ganze Wochenende. Sie hatte vermutlich erkannt, dass er in den Wahnsinn abzudriften drohte (die Tendenz war ihr selbst nicht ganz fremd) und bald notgedrungen zu Hause bleiben müsste, also ließ Abigail sich kaum eine Chance entgehen, ihn in nach Fingerfarben riechenden Kellern oder Zelten der Kirchenfreizeit unterzubringen, bevor ihre Männerbekanntschaften zu Besuch kamen.

Zu Zeiten der Sonntagsschule hatten die Schwarzen Schreie noch nicht ernsthaft begonnen, und der kleine Stefan war so zufrieden, wie ein Junge sein konnte, der zwischen anderen nichts ahnenden Kindern saß und sich bei Saft und Keksen ein wenig von dem alten Bibelkram anhörte. Er hatte noch heute im Ohr, wie hingebungsvoll die stocksteifen Lehrer ihre frommen Phrasen gedroschen hatten.

Das meiste davon war Blödsinn, das wusste er damals schon, aber eine Geschichte blieb ihm im Gedächtnis: wie Saul, der erste König Israels, nur durch Musik Linderung fand, wenn Gott ihm böse Geister schickte, um ihn zu quälen. Die Musik von Davids Harfe war Sauls Labsal.

Genauso ging es Stefan, dem nur Musik oder Geräusche wirklich halfen, die Schwarzen Schreie auf Abstand zu halten.

Auch heute fuhr Stefan besonders umsichtig. Er nahm sein Telefon und rief die Playlist auf. Diesmal wählte er aus seiner Sammlung keine reinen Geräusche aus, sondern ein Lied,

»Greensleeves«, genau genommen kein Walzer, aber verfasst im Sechsachteltakt, also praktisch das Gleiche. (Und gerüchteweise aus der Feder von Heinrich VIII.)

»Greensleeves«... Eine traurige Liebesballade – über einen Mann, der von seiner Muse verlassen wird –, deren Melodie neben vielen weiteren Variationen auch als das christliche Weihnachtslied »What Child Is This?« bekannt wurde.

Die Welt liebte dieses Lied, war ganz verrückt danach.

Warum hatte ausgerechnet diese Melodie sich über so viele Jahrhunderte gehalten? Weshalb berührte diese Abfolge von Noten in genau diesem Tempo auch nach einem halben Jahrtausend noch die Seelen der Menschen? Sie schien zu uns zu sprechen wie nur wenige andere. Stefan hatte lange über diese Frage nachgedacht, war aber letztlich nur zu der Erklärung gelangt, dass Klang Gott war und Gott Klang.

Harmonie.

Während nun die schwermütige Weise in einer Endlosschleife ertönte, nahm für Stefan die unmittelbare Zukunft konkrete Gestalt an.

Alas, my love, you do me wrong, to cast me off discourteously...

Stefan verlangsamte die Geschwindigkeit und bog auf die Nebenstraße ein, die zum Durchgangslager Capodichino führte.

32

Im Lagezentrum neben dem Labor der Spurensicherung im Erdgeschoss der Questura hatte Beatrice Renza eine sachliche Mitteilung zu machen: »Ich fürchte, ich muss Sie enttäuschen.« Sie schien deswegen allerdings nicht besonders betrübt zu sein, was angesichts ihrer dauerhaft mürrischen Miene aber auch nur eine Vermutung war.

Im Raum befanden sich außerdem Lincoln Rhyme, Massimo Rossi, Ercole Benelli und Amelia Sachs.

Rossi stellte ihr eine Frage auf Italienisch.

Die Kriminaltechnikerin antwortete auf Englisch. »Ich konnte von den Blättern, die Sie« – ein Nicken in Richtung Ercole – »mitgebracht haben, nur einen Teilabdruck rekonstruieren. Ja, er hat das Laub angefasst, und es dürfte tatsächlich unser *furfante* gewesen sein, unser Bösewicht, der Komponist, denn er hat dort, wo Sie den Johannisbrotbaum abgesägt haben, auch seinen Schuhabdruck hinterlassen. Doch es ist nur ein winziger Teil eines Fingerabdrucks. Für einen Datenbankabgleich reicht er nicht aus.«

»Und die anderen Spuren?«, fragte Rhyme.

»Da hatte ich mehr Erfolg. Im Abdruck des Sohlenprofils seiner Converse-Schuhe habe ich mehrere fremde Erdpartikel gefunden … durchsetzt mit Kohlendioxid, unverbrannten Kohlenwasserstoffen, Stickoxiden, Kohlenmonoxid und Kerosin.«

»Abgase«, sagte Rhyme.

»Ja, genau meine Meinung.«

»Worauf deuten die Mengenverhältnisse hin?«

»Auf Düsentriebwerke. Wegen des hohen Kerosinanteils. Das war kein Auto oder Lastwagen. Und außerdem habe ich Fasern gefunden, die *coerente*...«

»Übereinstimmend«, sagte Ercole.

»*Sì*, die mit denen von Servietten oder Papierhandtüchern übereinstimmen. Und an diesen Fasern und Partikeln gab es Substanzen, die von folgenden Nahrungsmitteln stammen: Sauermilch, Weizen, Kartoffeln, Chilipulver, Kurkuma, Tomaten. Und Bockshornklee. Wissen Sie, worauf das hindeutet?«

»Nein.«

»Solche Zutaten finden man vor allem in der nordafrikanischen Küche«, sagte Ercole.

»Ja, genau«, bestätigte Beatrice. »Die Bestandteile würden zu einem Fladenbrot aus Liberia oder Tunesien passen.« Sie legte sich eine Hand auf den Bauch. »Mit Essen kenne ich mich aus. Und zwar ziemlich gut, möchte ich behaupten.« Das sagte sie, ohne eine Miene zu verziehen und auch ohne den geringsten Anflug von Verlegenheit.

»*Allora*«, fügte sie hinzu, »ich habe in der fraglichen Gegend, also im Umkreis von fünfzehn Kilometern um Abruzzo, alle möglichen Restaurants angerufen, aber die bieten ausnahmslos nur klassisch italienische Küche. Niemand dort kocht nahöstlich oder nordafrikanisch.« Sie sagte etwas zu Ercole, der übersetzte: »Der Komponist muss sich demnach vor Kurzem in der Nähe eines solchen Restaurants oder auch einer privaten Küche aufgehalten haben.«

Rhyme runzelte die Stirn.

»Stimmt etwas nicht?«, fragte Massimo Rossi.

»Die Analyse ist einwandfrei. Ich weiß nur nicht, wie das Ergebnis einzuordnen ist. In unserem Geschäft muss man mit den Örtlichkeiten vertraut sein. Mit der Landschaft und der Kultur der Tatorte.«

»*Sì*, das ist korrekt«, sagte Beatrice.

»*Allora*«, sagte Rossi. »Vielleicht kann ja ich in diesem Punkt behilflich sein, Captain Rhyme. Wir hatten hier vor nicht allzu langer Zeit einen Zwischenfall. Flüchtlinge aus Afrika haben sich geweigert, italienische Pasta zu essen. Es stimmt, es gab dazu bloß schlichte *pomodoro* – Tomaten – Soße.« Er rümpfte die Nase. »Ich selbst bevorzuge *ragù* oder Pesto. Doch egal: Die Flüchtlinge haben sich beschwert, ist das zu glauben? Und sie haben ihr heimisches Essen verlangt. Ich finde ja, in einer solchen Situation darf man nicht wählerisch sein, aber viele Leute haben sich den Protest zu Herzen genommen und sich bemüht, den Flüchtlingen traditionelle libysche und nordafrikanische Speisen vorzusetzen. Doch in den Durchgangslagern und Flüchtlingseinrichtungen ist das nicht immer möglich. Daher gibt es im Umkreis der Lager viele Straßenhändler, die libysche und tunesische Zutaten oder auch fertig zubereitetes Essen anbieten.«

»Das muss doch für eine ganze Reihe von Orten gelten.«

Rossi lächelte auf einmal. »Tut es auch, abgesehen von...«

»...den Düsentriebwerken«, warf Rhyme ein.

»Genau! Das Durchgangslager Capodichino ist das größte seiner Art in ganz Kampanien und liegt in der Nähe des Flughafens. Und es gibt dort nordafrikanische Imbissstände.«

»Flüchtlinge«, sagte Ercole. »Wie Ali Maziq.« Er sah Rossi an. »Könnte dies das Muster sein, an das *Procuratore* Spiro gedacht hat?«

»Ich würde sagen, dafür wissen wir noch zu wenig. Der Komponist *könnte* sich als nächstes Opfer wieder einen Flüchtling aussuchen. Doch es könnte auch jemand anders dort sein. Zum Beispiel ein Angestellter.«

»Schicken Sie Michelangelo und die taktische Einheit zum Lager«, sagte Sachs. »Und verständigen Sie die Sicherheitsleute vor Ort. Außerdem mache ich mich selbst auf den Weg.«

Rossi warf ihr einen skeptischen Blick zu.

»Ich weiß, ich weiß«, sagte Sachs. »Spiro wird nicht glücklich sein. Aber um ihn kümmere ich mich später.« Sie musterte ihn von oben bis unten. »Werden Sie mich davon abhalten, Inspektor?«

Rossi drehte sich kurzerhand um und starrte die Beweistabelle an. »Wenn ich nur wüsste, wo Detective Sachs abgeblieben ist«, sagte er an niemand Bestimmtes gerichtet. »Zuletzt habe ich sie hier in der Questura gesehen. Dann war sie plötzlich weg. Ich nehme an, sie besucht die Sehenswürdigkeiten von Neapel. Höchstwahrscheinlich die Ruinen von Pompeji.«

»Danke«, flüsterte sie Rossi zu.

»Wofür?«, fragte er. »Ich habe nicht die geringste Ahnung.«

Als sie und der Forstwachtmeister sich zum Ausgang wandten, sah Rhyme, dass Ercole in seiner Tasche nach etwas suchte. Und dann wirkte der junge Mann aus irgendeinem Grund, der Rhyme verborgen blieb, geradezu entsetzt, sobald er Sachs' ausgestreckte Hand bemerkte. Widerwillig übergab er ihr einen Autoschlüssel.

33

Ihre Schlussfolgerung hatte Hand und Fuß – dass der Komponist sich sein nächstes Opfer beim Flüchtlingslager am Flughafen suchen könnte.

Die Spuren ergaben ein schlüssiges Bild: Kerosin verwies auf einen Flughafen, und die Zutaten für libysches Essen ließen an die Mahlzeiten der Flüchtlinge oder an Straßenhändler denken, die sich an einem Ort wie dem Durchgangslager Capodichino aufhielten.

Und doch …

Sogar die fundierteste und am schlauesten konstruierte Theorie wies bisweilen einen tragischen Makel auf.

Sie war zu spät aufgestellt worden.

Der Komponist hatte genau das gemacht, was Rhyme und die anderen geargwöhnt hatten. Wenngleich mit einer Abweichung: Er hatte diesmal nicht das Keuchen eines Entführungsopfers für die Rhythmussektion eines Walzers benutzt, sondern einfach jemandem die Kehle durchgeschnitten, seine charakteristische Schlinge zurückgelassen und war geflohen.

Ungefähr eine halbe Stunde nachdem das Team in der Questura auf das Lager als den Schauplatz der nächsten Entführung geschlossen hatte, waren Amelia Sachs und Ercole Benelli vor Ort eingetroffen und hatten dort ein Dutzend Staatspolizisten und Carabinieri vorgefunden, dazu einige auf Einwanderungsfragen spezialisierte Beamte der Finanzpolizei. Sachs waren die blinkenden Signalleuchten und die Menschenmenge außerhalb des Zauns am hinteren Ende des Lagers sofort aufgefallen. Jemand hatte dort offenbar den Maschendraht durchtrennt, um entkommen zu können.

Vor dem Zaun drängten sich etwa einhundert Leute – und die wachsamen Blicke der Polizisten ließen Sachs vermuten, dass viele der Schaulustigen Flüchtlinge waren, die sich hinausgeschlichen hatten, um den Vorfall zu beobachten. Die restlichen Anwesenden waren Straßenverkäufer, Demonstranten, Journalisten und Passanten, die alle einen Blick auf das Blutbad erhaschen wollten, nahm Sachs an.

Sie legte einen Ohrhörer mit Mikrofon an, betätigte eine Kurzwahltaste und schob das Mobiltelefon dann in die Gesäßtasche ihrer Jeans, gleich neben das Springmesser.

»Sachs. Wie sieht der Tatort aus?«

»Verunreinigt trifft es nicht mal annähernd. Da sind bestimmt fünfzig Personen rund um die Leiche.«

»Verdammt.«

»Wir müssen den Bereich räumen«, sagte sie zu Ercole. »Nicht nur den unmittelbaren Tatort, sondern die ganze Umgebung.«

»*Sì*. Ich kümmere mich darum. Ich versuche es jedenfalls. Sieh sich einer all diese Leute an.«

Er wandte sich an einige Beamte der Staatspolizei, die ihm zunächst kaum Beachtung schenkten. Dann hörte Sachs ihn die Namen »Rossi« und »Spiro« erwähnen, woraufhin die Männer schlagartig aufmerksam wurden und seinen Anweisungen Folge leisteten. Mehrere Männer und Frauen, anscheinend Soldaten der Armee, gingen ihnen bei der Räumung des Schauplatzes zur Hand.

Sachs teilte Rhyme mit, sie würde ihn zurückrufen, nachdem sie den Tatort abgesperrt habe, und trennte die Verbindung.

»Finden Sie heraus, wer hier das Sagen hat«, bat sie Ercole.

»Mache ich.«

Amelia zog sich Handschuhe an und streifte Gummibänder über ihre Schuhe – was angesichts der zertrampelten Erde eigentlich sinnlos war. Dann hockte sie sich hin, hob eine Ecke des Lakens an und betrachtete das Opfer.

Es war ein junger, dunkelhäutiger Mann mit halb geöffneten Augen. Er lag in einer großen Blutlache. An seinem Hals konnte man ein halbes Dutzend Einschnitte deutlich erkennen. Er trug keine Schuhe, nur Socken. Sie ließ das Laken wieder sinken.

Ercole sprach mit mehreren Beamten. Einer von ihnen kam mit zu Sachs. Er trug die Uniform der Staatspolizei.

»Das ist Wachtmeister Bubbico«, sagte Ercole. »Er war als Erster vor Ort, nachdem man den Toten gemeldet hatte.«

»Fragen Sie ihn, wer das Opfer ist.«

Bubbico reichte Sachs die Hand zur Begrüßung. »Ich spreche Englisch«, sagte er dann. »Ich bin mal in Amerika zur Schule gegangen. Das ist zwar schon lange her, aber es müsste noch ausreichen.«

Doch bevor er weitersprechen konnte, ertönte hinter Sachs eine weibliche Stimme. Auf Italienisch.

Amelia drehte sich um und sah jemanden herbeieilen. Eine klein gewachsene Frau mit hübschem, aber ernstem Gesicht und dichtem kastanienbraunen Haar, das sie mit einem schwarzen Band zu einem Pferdeschwanz zusammengebunden hatte. Die Frau war schlank, aber anscheinend durchtrainiert. Sie trug eine sandfarbene Bluse und einen langen grauen Rock, um ihren Hals hing ein Ausweis, an ihrem Gürtel ein krächzendes Funkgerät.

Ihre Haltung, weniger die laminierte Karte, ließ auf Autorität schließen.

Beim Anblick der abgedeckten Leiche verzog die Frau das Gesicht.

»Sie gehören zu dem Lager hier?«, fragte Sachs.

»Ja.« Ihre Augen blieben auf den Toten gerichtet. »Ich bin Rania Tasso.« Sachs bemerkte, dass auf ihrem Ausweis *Ministero dell'Interno* stand. »Die Leiterin.« Sie sprach Englisch mit leichtem Akzent.

Sachs und Ercole stellten sich vor.

»*Orribile*«, murmelte die Frau. »Das ist unser erster Mord. Es gab hier schon Diebstähle und Schlägereien, aber weder Vergewaltigungen noch Morde. Wie furchtbar.«

Einen Moment später traf Massimo Rossi ein und nickte Ercole und Sachs zu. Er wies sich gegenüber Rania aus, und nach ein paar Worten auf Italienisch redeten beide auf Englisch weiter. Der Inspektor fragte die Leiterin und Bubbico, was geschehen sei.

»Die Wachen suchen immer noch nach weiteren Augenzeugen«, sagte Rania. »Bisher haben wir nur die Angaben eines Mitarbeiters, eines Kochs, der beobachtet hat, wie der Täter sich über den Leichnam gebeugt und die Schlinge auf den Boden gelegt hat. Dann ist er zu den Sträuchern und Bäumen da drüben geflohen, hat sich in ein dunkles Auto gesetzt und ist weggefahren. Der Koch konnte das Auto aber nicht genauer beschreiben.«

»Sobald wir davon gehört hatten, sind mehrere Kollegen und ich zur Straße gelaufen«, sagte Bubbico. »Doch wie ich Direktorin Tasso schon erklärt habe, war der Mann bereits weg. Ich habe Straßensperren veranlasst, aber hier herrscht dichter Verkehr. Wir sind in der Nähe des Flughafens, und es gibt hier außerdem viele Fabriken und natürlich einige Agrarbetriebe – was bedeutet, dass es auch viele Straßen und Schleichwege gibt, um von hier zu entkommen.« Er klappte ein zusammengelegtes Papiertuch auf und zeigte ihnen die nur allzu bekannte Schlinge aus dunklem Katgut.

»Wo hat das Ding gelegen?«, fragte Sachs.

»Da drüben. Neben dem Kopf des Toten«, erklärte Bubbico.

»Kennen wir seine Identität?«

»Ja, ja«, sagte Rania. »Er ist bei Eurodac überprüft worden. Gemäß dem Dubliner Übereinkommen. Sind Sie damit vertraut?«

»Ja«, sagte Sachs.

»Er war Malek Dadi, sechsundzwanzig. Geborener Tunesier, aber mit seiner Familie seit zwanzig Jahren wohnhaft in Libyen – seine Eltern und seine Schwester sind immer noch in Tripolis. Er hatte keine Vorstrafen und war ein klassischer Wirtschaftsflüchtling; zum Konflikt in Libyen hatte er nie öffentlich Position bezogen und wurde von keiner der dortigen Fraktionen bedroht. Er stellte kein typisches Ziel für Extremisten wie den IS dar. Er hat hier einfach nur ein besseres Leben gesucht.«

Rania senkte den Kopf. »Das ist so traurig. Ich kann wirklich nicht behaupten, dass ich alle hier kenne. Aber Malek ist erst kürzlich eingetroffen und mir noch gut in Erinnerung. Er hat unter Depressionen gelitten. War sehr verängstigt. Seine Familie hat ihm schrecklich gefehlt, und er hatte starkes Heimweh. Hier im Lager gibt es Vertreter des CIR – des italienischen Flüchtlingsrats. Die haben ihm Hilfe besorgt. Psychologische Hilfe. Die hat ihm bestimmt gutgetan. Und nun das hier...« Sie verzog angewidert das Gesicht.

»Was dann passiert ist, war eine Schande«, erklärte Bubbico. »Einige Leute sind zu dem Toten gerannt und haben ihn ausgeraubt. Sie haben ihm Schuhe und Gürtel abgenommen, all sein Geld und seine Brieftasche.«

»Ich war total entsetzt«, sagte Rania Tasso. »Ja, die Menschen hier sind verzweifelt, aber er war doch einer von *ihnen*. Und dann stehlen sie seine Kleidung? Wie es scheint, hätten sie ihm auch noch das Hemd ausgezogen, wäre es nicht voller Blut gewesen. Grauenhaft.«

»Wissen Sie, wer die Sachen genommen hat?«, fragte Ercole. »Die Gegenstände könnten wichtige Beweismittel sein.«

Aber Rania und der Beamte wussten es nicht. »Die sind untergetaucht.« Sie wies auf die Menge der Flüchtlinge jenseits des Zauns, auf dem eigentlichen Lagergelände.

Dann fügte sie etwas hinzu, das Sachs interessant fand: Ihr war heute Mittag ein verdächtig wirkender korpulenter Mann aufgefallen, der sie anstarrte. Doch er hätte sich auch für die Sicherheitsmaßnahmen oder etwaige Opfer interessieren können. Abgesehen von dieser vagen Beschreibung wusste Rania nichts über ihn. Sie konnte nicht einmal mehr sagen, wo genau er gestanden hatte.

Der Komponist?

Rossis Mitarbeiter Daniela und Giacomo trafen ein. Anscheinend waren sie schon eine Weile vor Ort und hatten Erkundigungen eingezogen. Daniela ging zu ihrem Chef und sprach auf Italienisch mit ihm.

»Können Sie sich für uns mal umhören?«, wandte der Inspektor sich dann an Rania. »Ob jemand im Lager etwas gesehen hat? Die Flüchtlinge wollen nicht mit uns reden.«

Sie antwortete auf Italienisch, eindeutig bejahend.

»Bitte versichern Sie den Leuten, dass wir nicht *sie* verdächtigen«, fügte Sachs hinzu. »Der Täter ist Amerikaner, ein geistesgestörter Mörder.«

»Dieser Komponist, von dem ich gelesen habe?«

»Ja.«

Rania schaute durch den Zaun auf die Wand aus Flüchtlingen. »Und Malek ist schon der zweite Einwanderer, den er getötet hat«, sagte sie nachdenklich.

»Den Ersten konnten wir retten«, betonte Ercole. »Aber Sie haben recht, Malek ist der zweite Flüchtling, den er als Opfer ausgewählt hat.«

»Und der Grund dürfte wohl klar sein«, stieß Rania hervor.

Rossi und Sachs sahen sie fragend an.

»Die Begräbnisstunde.«

Rossi nickte, aber Sachs wusste nicht, was gemeint war, und fragte nach.

»Das ist die Überschrift einer Rede, die ein Politiker in Rom bei irgendeiner öffentlichen Veranstaltung gehalten hat«, erklärte Rania. »Sie hat seitdem großes Aufsehen erregt und wurde in vielen Zeitungen abgedruckt. ›Die Begräbnisstunde‹ bezieht sich auf das Problem mit den Asylbewerbern. Viele der Bürger von Italien, Griechenland, der Türkei, Spanien oder Frankreich fühlen sich bedroht – dass sie von immer neuen Scharen von Einwanderern, die in ihr Land strömen, erdrückt werden könnten. Wie durch einen Erdrutsch, der sie zermalmt. Und als Folge davon verhalten sich immer mehr dieser Bürger den armen Teufeln gegenüber feindselig.« Sie sah Rossi an. »Es heißt zum Beispiel, die Polizei würde Straftaten, die gegen die Migranten gerichtet sind, weniger energisch verfolgen als Straftaten gegen Einheimische oder Touristen. Dieser Komponist mag ja ein Psychotiker sein, aber er ist auch clever. Er weiß, was viele Leute hier denken, darunter auch viele Amtsträger, und er glaubt, man würde sich nicht besonders anstrengen, um ihn aufzuhalten. Also macht er Jagd auf Flüchtlinge.«

»Ja, ich habe solches Gerede auch schon gehört«, sagte Rossi langsam. »Aber es stimmt einfach nicht, dass die Opfer uns egal sind. Ich versichere Ihnen, wir werden dieses Verbrechen ebenso gründlich untersuchen wie den ersten Fall. Und genauso sorgfältig, als wäre das Opfer ein Geistlicher oder der Ministerpräsident.« Dann musste er unwillkürlich lächeln. »Vielleicht sogar *noch* gründlicher, als wäre es ein Ministerpräsident.«

Rania verstand eindeutig nicht, was daran witzig sein sollte. »Ich sehe jedenfalls nicht allzu viele Beamte hier.« Sie schaute sich um.

»Wir sind in Neapel. Hier gibt es Straßenkriminalität. Und die Camorra. In letzter Zeit häufen sich Berichte über geplante Terroranschläge in der ganzen EU, auch in Italien. Wir sind zu wenige mit zu vielen Aufgaben.«

Das rührte sie nicht. Sie blickte abermals zu dem Laken, das mittlerweile von Blut durchtränkt war, und sagte nichts mehr.

Der Transporter der Spurensicherung traf ein. In ihm saß auch die Frau, an die Sachs sich noch vom Vortag erinnerte, als sie Ali Maziq aus dem Reservoir des Aquädukts gerettet hatten.

Keine Sorge, wir schreiten das Gitternetz ab...

Die Beamten machten sich an die Arbeit, hatten nach einer Stunde gewissenhafter Suche aber anscheinend kaum etwas vorzuweisen. Alle Fußabdrücke rund um das Opfer waren verwischt worden, doch es konnten immerhin einige an der Stelle gesichert werden, an der das Auto geparkt hatte, hinter einer Baumreihe. Unter dem Toten lagen einige libysche Dinar und ein Haftnotizzettel. Er hatte weder ein Telefon noch eine Prepaidkarte oder eine Brieftasche bei sich. Es meldete sich ein Zeuge, der Mitarbeiter einer in London ansässigen Nichtregierungsorganisation, die sich in Flüchtlingslagern rund um das Mittelmeer engagierte. Er hatte zwar den eigentlichen Mord nicht mit angesehen, doch immerhin einen Blick auf das Gesicht des Komponisten erhascht, als dieser einen Moment bei dem Toten verharrte, nachdem er die Schlinge abgelegt hatte.

Der Mann konnte nicht mit weiteren Einzelheiten aufwarten, doch Rossi rief seinen uniformierten Kollegen Giacomo herbei und sprach kurz mit ihm. Der Beamte ging zu seinem Streifenwagen, kehrte mit einem Laptop zurück und startete darauf ein Programm. Sachs erkannte es als SketchCop FACETTE, eine gute Software zur Anfertigung von Phantombildern. Obwohl das FBI auch in der heutigen hochtechnisierten Zeit weiterhin menschliche Zeichner bevorzugte, konnten die meisten Strafverfolgungsbehörden kaum ausreichend talentierte Leute finden und griffen daher auf Programme wie dieses zurück.

Nach zehn Minuten hatten sie ein Bild des Komponisten vorliegen – wenngleich nach Sachs' Ansicht ein ziemlich undetailliertes. Es wurde in die Questura hochgeladen und von dort an alle italienischen Polizeibehörden weitergeleitet. Auch Sachs würde eine Kopie erhalten.

Die Spuren wurden in Plastik verpackt und an Ercole übergeben. Er trug sich auf den zugehörigen Registrierkarten ein und ließ seinen Blick über den Tatort schweifen. Dann sagte er, er würde die Beweismitteltüten im Kofferraum des Mégane verstauen, und machte sich dorthin auf den Weg.

Rossi erhielt einen Anruf und ging mit dem Telefon am Ohr ein Stück beiseite. Er winkte Bubbico, ihm zu folgen.

Sachs betrachtete das Lager. Was für ein riesiges, chaotisches Gelände. Viele blaue Zelte, aber auch improvisierte Behausungen. Stapelweise Brennholz, Wäscheleinen, an denen ausgeblichene Flaggen baumelten, Hunderte leerer Kartons, weggeworfene Wasserflaschen und leere Konservendosen. Leute, die auf Teppichen saßen, auf Holzkisten, auf der blanken Erde. Die meisten mit übergeschlagenen Beinen. Einige hockten. Alle schienen dünn zu sein und eine beträchtliche Anzahl zudem krank. Viele der Menschen mit hellerer Haut waren schwer von der Sonne verbrannt.

So viele Leute. Tausende. Eine Flut.

Nein, ein Erdrutsch.

Die Begräbnisstunde...

Eine Stimme ließ sie zusammenzucken. »Oh, wie es scheint, leiden auch Sie unter einer Behinderung, Detective Sachs.«

Sie drehte sich um und sah sich unvermittelt Dante Spiro gegenüber.

»Bei *Ihnen* ist es die Schwerhörigkeit.«

Sie sah ihn verständnislos an.

Er schob sich eine Zigarre in den Mund, und da sie hier unter freiem Himmel waren, zündete er sie auch an, nahm einen tiefen Zug und steckte das goldene Feuerzeug wieder ein. »Ihnen wurde aufgetragen, Ihre Tätigkeit auf die Unterstützung des Kriminallabors zu beschränken. Und als Dolmetscherin aus dem Arabischen zu fungieren. Sie tun hier weder das eine noch das andere. Stattdessen sind Sie hier und ermitteln.« Er wies auf ihre Latexhandschuhe und die Gummibänder an ihren Schuhen.

Dante Spiro wird nicht glücklich sein. Aber um ihn kümmere ich mich später.

Ich fürchte, später ist jetzt, Rhyme.

Der Staatsanwalt kam näher. Doch Sachs hatte noch nie eine Auseinandersetzung gescheut und ging ihm entgegen, bis nur noch ein knapper Meter sie trennte. Amelia war ein ganzes Stück größer als er.

Noch jemand kam hinzu. Ercole Benelli.

»Und Sie! Forstwachtmeister!« Die Worte klangen verächtlich. »*Die da* steht nicht unter meinem Befehl, *Sie* hingegen schon. Dass Sie diese Frau an den Tatort gelassen haben, in aller Öffentlichkeit – also genau das, was ich Ihnen untersagt habe –, ist ganz und gar inakzeptabel!« Und als würden die Worte in einer fremden Sprache nicht bedrohlich genug klingen, schaltete er auf Italienisch um. Das Gesicht des jungen Beamten wurde rot, und er senkte den Blick zu Boden.

»*Procuratore*«, setzte er an.

»*Silenzio!*«

Sie wurden durch eine Stimme von jenseits des gelben Absperrbands unterbrochen. »*Procuratore* Spiro!«

Er drehte sich um und stellte fest, dass der Mann, der ihn ansprach, einer von mehreren Reportern dort an der Absperrung war. Da der Tatort außerhalb des Maschendrahtzauns lag, kamen die Medien näher ans Geschehen heran, als dies innerhalb des Lagers der Fall gewesen wäre. »*Niente domande!*« Spiro winkte schroff ab.

Doch der Reporter, ein junger Mann in einem staubigen, zerknitterten Anzugjackett und einer engen Jeans, ließ sich nicht beirren, kam näher und feuerte einfach weitere Fragen auf ihn ab.

Spiro erstarrte plötzlich mitten in der Bewegung und wandte sich wieder dem Reporter zu. Dann fragte er ihn etwas auf Italienisch, offenbar die Bitte um eine Klarstellung.

Ercole übersetzte flüsternd. »Der Reporter hat den Staatsanwalt um eine Stellungnahme gebeten. Es geht um das Gerücht, man würde ihn in Rom für seine weise Voraussicht loben, zwei berühmte amerikanische Spurenexperten nach Italien eingeladen zu haben, um bei der Aufklärung des Verbrechens zu helfen.«

Laut Ercole erwiderte Spiro, er wisse nichts von einem solchen Gerücht.

Der Reporter fuhr fort, Spiro sei anscheinend über seinen Schatten gesprungen, habe das Wohlergehen der italienischen Bevölkerung an die erste Stelle gesetzt und alles getan, um sie vor diesem psychotischen Killer zu schützen. »Andere, geringere Staatsanwälte wären viel zu kleingeistig gewesen, um derartige Ermittler aus Übersee hinzuzuziehen, aber nicht Spiro. Er wisse, wie wichtig es sei, Landsleute des Täters einzusetzen, denn die könnten ihn womöglich besser durchschauen.«

Spiro beantwortete noch einige weitere Fragen.

Ercole sagte: »Die wollen wissen, ob es stimmt, dass er höchstpersönlich gefolgert hat, der Täter würde hier zuschlagen, und es fast noch geschafft hätte, den Komponisten eigenhändig zu ergreifen. Er antwortet, ja, das sei richtig.«

Dann gab Spiro noch eine kurze Verlautbarung ab, die der Reporter sich eifrig notierte.

Der Staatsanwalt ging zu Amelia Sachs und schockierte sie damit, dass er ihr einen Arm um die Schultern legte und in die Kameras grinste. »Los, lächeln!«, flüsterte er barsch.

Sie gehorchte.

Ercole wollte sich hinzugesellen, doch Spiro zischte nur: »*Scappa!*«

Der junge Beamte wich zurück.

Als der Reporter sich abgewandt hatte, um einen besseren Platz für Fotos von der Leiche zu ergattern, sah Spiro Sachs an. »Sie erhalten eine vorläufige – und eingeschränkte – Gnadenfrist. Und Sie dürfen sich auch an den Tatorten blicken lassen. Aber Sie werden nicht mit der Presse reden.« Er machte kehrt und ging weg.

»Halt!«, rief sie mit schneidender Stimme.

Spiro blieb stehen und drehte sich um. Seine Miene verriet, dass er es nicht gewohnt war, in diesem Tonfall angesprochen zu werden.

»Ihre Anspielung vorhin, auf die Behinderung – die war unter Ihrer Würde«, sagte Sachs.

Sie sahen einander direkt in die Augen, und für mehrere lange Sekunden rührte keiner von ihnen auch nur einen Muskel. Dann schien es, als würde er ihr vielleicht, nur vielleicht mit einem winzigen Nicken recht geben, bevor er zu Massimo Rossi weiterging.

* * *

Beinahe hätte er den Mercedes zu Schrott gefahren.

Stefan war wegen der Katastrophe beim Lager dermaßen außer sich, dass ihm Tränen in die Augen stiegen und er auf seiner Flucht in die Hügel oberhalb von Capodichino fast eine Abzweigung verpasste.

Er hielt am Straßenrand an, stieg aus und ließ sich auf die

kühle Erde sinken. Vor seinem inneren Auge sah er das Blut aus dem Hals des Mannes strömen, wie es auf dem sandigen Untergrund außerhalb des Lagers eine glockenförmige Lache bildete. Des Mannes, der nun nie mehr den ersten Taktschlag seiner neuen Komposition liefern würde.

Des Mannes, der auf ewig verstummt war.

»*Alas, my love...*«

Es tut mir leid, Euterpe... Es tut mir so leid...

Oh, wende dich ja niemals von deiner Muse ab. Nie, nie-nienie...

Erweise dich bloß nicht als Enttäuschung.

Dass Stefan nicht *gewollt* hatte, dass der Mann auf diese Weise starb, spielte keine Rolle. Seine Komposition war ruiniert, sein Walzer – so perfekt – war ruiniert.

Er trocknete sich die Augen und schaute zurück zum Lager.

Der Anblick ließ ihn vor Verblüffung erstarren. Wäre es ein Geräusch gewesen, dann eine Dynamitexplosion.

Nein!

Unmöglich.

Das konnte nicht sein...

Stefan lief im Schutz der Kiefern und Magnolien ein Stück den Hügel hinunter und blieb hinter einem knorrigen Baum stehen, die Wange fest an dessen Rinde gedrückt.

Wirklich?

Ja, ja, in der Tat! Er schloss abermals die Augen und sank auf die Knie. Er war am Boden zerstört.

Denn unterhalb von ihm, an genau der Stelle, an der der Mann gestorben war, an der sein Blut so schnell und erbarmungslos hervorgesprudelt war, stand Artemis.

Die rothaarige Polizistin aus der Fabrik in Brooklyn. Stefan wusste, dass jemand aus New York nach Italien gekommen war, um bei der Fahndung nach *Il Compositore* zu helfen. Doch er hätte nie damit gerechnet, dass es sich dabei um dieselbe Frau handeln könnte, die so raffiniert die Fabrik ausfindig gemacht hatte und kurzerhand durch das Tor gebrochen war – ganz wie die Göttin vom Olymp, die sie darstellte, die Jägerin, die sich auf ihre Beute stürzt.

Nein, nein, nein …

Für Stefan zählte nur eines: die Harmonie zu erreichen. Er würde nicht zulassen, dass etwas oder jemand ihm diesen Zustand der Gnade verwehrte, in dem die Sphärenklänge in allumfassender Perfektion ertönten. Und doch war sie hier, Artemis, mit der Absicht, ihn aufzuhalten und sein Leben in die Dissonanz zu treiben.

Er wusste, er durfte hier nicht bleiben, lag aber trotzdem verkrümmt am Boden und zitterte vor Verzweiflung. Irgendwo in der Nähe zirpte ein Insekt, rief eine Eule, zerbrach ein großes Tier einen Zweig und ließ das trockene Gras rascheln.

Doch die Geräusche brachten ihm keine Linderung …

Artemis … hier in Italien.

Kehr zu deinem Haus zurück, ermahnte er sich. Bevor sie anfängt, auch hier nachzusehen. Denn das wird sie. Sie ist tödlich, sie ist scharfsinnig, und das Jagdfieber hat sie gepackt.

Sie ist eine Göttin. Sie wird spüren, wo ich bin!

Stefan stand auf und stolperte zurück zum Wagen. Er ließ den Motor an, wischte sich die letzten Tränen weg und bog wieder auf die Straße ein.

Was sollte er tun?

Ihm kam eine Idee. Womit würde eine Jägerin wohl auf keinen Fall rechnen?

Ganz klar: dass sie selbst zur Beute eines anderen Jägers werden könnte.

34

Um zweiundzwanzig Uhr an jenem Abend kam das Komponisten-Team erneut in der Questura zusammen.

Alle außer Dante Spiro, der einem eigenen Zeitplan folgte ... und sich stets bedeckt hielt.

Rhyme schaute immer wieder ungeduldig zum Labor, wo Beatrice still an ihrer Spurenanalyse arbeitete. Ihre Finger mochten kurz sein und ihre Hände klein, doch sogar von hier aus konnte Rhyme erkennen, wie geschickt sie mit dem Material hantierte.

Ihm war zudem nicht entgangen, dass Thom während der letzten paar Minuten zweimal demonstrativ auf seine Armbanduhr geschaut hatte. Ja, ja, ich hab's kapiert.

Aber Rhyme wollte noch nicht weg und schon gar nicht zu Bett gehen. Er war beschwingt, wie immer bei einem komplexen Fall. Müde von der Reise, ja, aber zur Ruhe würde er nur schwer finden, sogar in ihrem Luxushotel.

»War das nun ein vorsätzlicher Mord?«, fragte Sachs. »Oder ist bei dem Entführungsversuch etwas schiefgegangen? Vielleicht ist jemand hinzugekommen. Oder das Opfer hat ihn entdeckt und sich gewehrt. Und nachdem der Mann tot war, hat er trotzdem die Schlinge hinterlassen, als Zeichen für seine ursprüngliche Absicht.«

»Oder seine Psychose hat sich verstärkt und er wird gewalttätiger«, schlug Ercole vor. »Er will sich nicht mehr die Zeit für weitere Kompositionen nehmen.«

Beatrice Renza kam in den Raum und brachte einen Schreibblock mit ihren Notizen mit. »So, hier sind meine Ergebnisse. Für die Tafel.« Sie wies auf eines der Flipcharts. »Ich habe außerdem die Informationen hinzugefügt, die einer der Beamten vor Ort sich notiert hat.«

Ercole reichte ihr den Stift und fing gar nicht erst eine Diskussion über die Handschrift an.

Fammi la traduzione«, sagte sie.

Er nickte und übersetzte ihre Einträge ins Englische. Während sie schrieb, korrigierte er ihre Fehler und buchstabierte einige der Wörter für sie.

DURCHGANGSLAGER CAPODICHINO

- Opfer:
  - Malek Dadi, 26.
  - Tunesischer Staatsbürger, wohnhaft in Libyen, Flucht aus wirtschaftlichen, nicht politischen Gründen.
  - Todesursache: Blutverlust infolge von Verletzungen der Drosselvene und Halsschlagader (siehe Bericht des Amtsarztes).
- Keine Tatwaffe gefunden.
- Tatort zertrampelt, Spuren weitgehend vernichtet.
- Männliche Person hat früher an jenem Tag das Lager beobachtet; Beschreibung entspricht dem Komponisten. Keine weiteren Informationen.
- Reste von Amobarbital (Arznei gegen Panikattacken) in Schuhabdruck des Verdächtigen neben dem Opfer.
- Miniatur-Henkersschlinge, gefertigt aus Instrumentensaite, kein Hersteller feststellbar. Vermutlich Cello, 32 Zentimeter lang.
- Reifenspur: Michelin 205/55 R16 91H, wie an den anderen Tatorten.
- Schuhabdrücke: Converse Cons, Größe 45, wie an den anderen Tatorten.
- Laut Zeugenaussagen hat Verdächtiger großes schwarzes oder marineblaues Fahrzeug gefahren.
- Haftnotizzettel, gelb.

- Herkunft nicht feststellbar.
- Adresse in blauer Tinte (Hersteller der Tinte nicht feststellbar): Via Filippo Argelati 20-32, Mailand.
- Keine identifizierbaren Fingerabdrücke.
- Lag unter dem Opfer, aber unklar, ob er vom Opfer, dem Komponisten oder einer anderen Person stammt.
- Personal des Lagers sucht derzeit nach weiteren Zeugen.
- Siehe FACETTE-Gesichtswiedergabe.

Das Phantombild des Komponisten zeigte einen rundlichen, kahlköpfigen Weißen, einmal mit Mütze, einmal ohne. Er sah aus wie zehntausend andere rundliche Weiße. Rhyme hatte es nur äußerst selten erlebt, dass ein solches Bild Hinweise erbrachte, die zu einer Festnahme führten.

»Dieser Haftnotizzettel«, grübelte Rossi. »Mailand ... Was könnte das sein? Gehört es zu Malek Dadi? Oder hat der Komponist eine Verbindung dorthin? Vielleicht ist er über Mailand eingereist und hat dort ein Versteck eingerichtet, um erst dann nach Neapel zu fahren und hier sein Unwesen zu treiben.«

»Liegt Mailand in der Nähe?«, fragte Rhyme.

»Nein, das sind siebenhundert Kilometer von hier.«

»Wir müssen dem nachgehen«, sagte Sachs.

»Am besten, wir wenden uns an die Polizei von Mailand«, schlug Ercole vor. »Sie kennen doch bestimmt jemanden dort, *Ispettore.*«

»Sicher, das ist nicht der Punkt. Aber wir brauchen jemanden, der die Natur dieses Falls schnell begreift. Und der weiß, wonach er Ausschau halten muss. Ich glaube, es wäre besser, jemanden von hier zu schicken. Ercole, verstehen Sie mich nicht falsch, aber Sie sind noch sehr neu in diesem Geschäft. Ich frage mich, ob ...«

»Ich fahre«, warf Sachs ein.

»Das wollte ich vorschlagen.«

»Und was ist mit Spiro?«, fragte Rhyme.

»Ach, das habe ich dir ja noch gar nicht erzählt«, sagte Sachs. »Ich stehe nicht mehr auf seiner schwarzen Liste. Ein Reporter hat erwähnt, wie sehr man ihn in Rom dafür lobt, dass er uns aus Amerika hinzugezogen hat.« Sie senkte die Stimme. »Er hätte sogar fast gelächelt.«

»Dante Spiro und ein Lächeln?« Rossi lachte. »Eher stirbt ein Papst.«

»Ich suche mir jemanden im dortigen Konsulat, der für mich übersetzt«, sagte Sachs und sah Ercole an. »Sie können hierbleiben und sich um andere Dinge kümmern.«

Andere Dinge...

Er begriff, genau wie Rhyme, dass sie auf den Fall Garry Soames anspielte. Die Wohnung des Studenten musste noch untersucht werden. Einen Moment lang befürchtete Ercole, sie würde die Angelegenheit nun vor Rossi erwähnen, doch natürlich tat sie das nicht.

»Das Flugzeug, das uns hergebracht hat, ist vorläufig in England. Haben Sie eine Maschine, die ich nutzen kann?«

Rossi lachte. »Nein, haben wir nicht, fürchte ich. Wir fliegen Alitalia wie jeder andere, abgesehen von sehr seltenen Ausnahmen.« Er sah zu Ercole. »Die Forstwache hat Flugzeuge.«

»Um Waldbrände zu bekämpfen. Bombardier Vier-Fünfzehn Super Scooper. Und wir haben eine Piaggio P Hundertachtzig. Aber die sind alle nicht hier in der Nähe stationiert.«

Sein Tonfall verriet Rhyme, dass er in Wahrheit meinte, die Maschinen seien nicht zum Transport von amerikanischen Polizisten gedacht, auch falls sie hier in der Nähe gewesen wären.

»Ich sehe mal bei Alitalia nach«, sagte Ercole.

»Nein«, wandte Rhyme ein und sah Sachs an. »Ein Linienflug kommt nicht infrage. Ich will, dass du die Waffe mitnimmst.«

»Ja, das würde ziemlich viel Zeitaufwand und Papierkram bedeuten«, sagte Rossi.

Es verstößt gegen die Vorschriften...

»Was dann?«, fragte Sachs. »Eine Nachtfahrt?«

»Nein«, sagte Rhyme. »Ich habe da so eine Idee. Aber dazu muss ich telefonieren.« Dann schaute er zu Thom. »Schon gut, schon gut. Ich erledige das vom Hotel aus.«

Außerdem wollte er unbedingt seine Mission fortsetzen, sich an den Geschmack von Grappa zu gewöhnen.

V

SCHÄDEL UND KNOCHEN

Samstag, 25. September

35

Um acht Uhr morgens zeigten Rhyme, Sachs und Thom ein weiteres Mal ihre Pässe am stark befestigten Eingang des amerikanischen Konsulats vor. Die Posten der US-Marines ließen sie hinein in die Lobby. Rhyme war ausgeruht und nur leicht verkatert – Grappa schien in dieser Hinsicht nachsichtiger zu sein als Single Malt Whisky.

Fünf Minuten später befanden sie sich im Büro des Generalkonsuls höchstpersönlich, eines gut aussehenden Mittfünfzigers von kräftiger Statur. Er trug einen grauen Anzug mit weißem Hemd und einer Krawatte, deren tiefes Blau an das funkelnde Wasser draußen erinnerte. Henry Musgrave hatte die vornehmen Umgangsformen und den scharfsichtigen Blick eines Berufsdiplomaten. Im Gegensatz zu Charlotte McKenzie hatte er kein Problem damit, auf Rhyme zuzugehen und ihm die Hand zu schütteln.

»Ich habe natürlich schon von Ihnen gehört, Mr. Rhyme. Ich bin des Öfteren in New York und Washington. Und Sie schaffen es in die Nachrichten, sogar in der Hauptstadt. Manche Ihrer Fälle... zum Beispiel dieser eine Kerl, dieser Giftzeichner, wie er genannt wurde. Ich muss schon sagen, alle Achtung.«

»Tja, äh, nun.« Rhyme war zwar durchaus für Lob empfänglich, aber im Augenblick nicht zu Anekdoten aufgelegt. Der Komponist würde mit Sicherheit wieder zuschlagen wollen – entweder weil er im Durchgangslager einen Fehlschlag erlitten hatte oder weil er tatsächlich immer weiter in den Wahnsinn abglitt.

Musgrave begrüßte auch Sachs und Thom mit einem begeisterten Handschlag. Dann setzte er sich und schaute auf seinen Computermonitor. »Ah, es wurde bestätigt.« Er las einen Moment lang und blickte dann auf. »Ich habe gerade einen Bericht zur Lage der nationalen Sicherheit erhalten. Er unterliegt nicht der Geheimhaltung, sondern geht auch an die Medien raus. Das dürfte Sie interessieren. Die CIA und das österreichische BVT, das Bundesamt für Verfassungsschutz und Terrorismusbekämpfung, haben einen Terroranschlag in Wien vereitelt. Dabei wurden ein halbes Kilo C4, ein zum Zünder umgebautes Mobiltelefon und der Grundriss eines am Stadtrand gelegenen Einkaufszentrums sichergestellt. Bisher gab es noch keine Verhaftungen, aber die Fahndung läuft.«

Rhyme erinnerte sich an die Vielzahl von Meldungen über vermehrte terroristische Umtriebe – sowohl in Europa als auch in den Vereinigten Staaten. Das war auch der Grund dafür, dass die Staatspolizei weniger Beamte als üblich zu den Ermittlungen im Fall des Komponisten abstellen konnte.

Okay, verstanden. Gute Neuigkeiten für alle Beteiligten. Und nun weiter im Programm.

Musgrave löste sich von dem Bildschirm. »Also, ein Serienmörder aus Amerika.«

Rhyme warf Sachs einen Blick zu. Es blieb keine Zeit, den Diplomaten hinsichtlich der Taten des Komponisten zu korrigieren.

»Die Italiener hatten auch ein paar von der Sorte – das Monster von Florenz zum Beispiel«, sinnierte der Generalkonsul. »Oder Donato Bilancia. Der hat siebzehn Menschen auf dem Gewissen. Zurzeit wird gegen eine Krankenschwester ermittelt, die fast vierzig Patienten umgebracht haben soll. Und dann gab es noch die Bestien Satans. Verurteilt wurden sie für lediglich drei Ritualmorde, aber es könnte noch weitere gegeben haben. Ich schätze, was die Opferzahl insgesamt betrifft, dürften die amerikanischen Serienkiller ungeschlagen sein. Zumindest wenn man dem Kabelfernsehen Glauben schenken kann.«

»Kolumbien, China, Russland, Afghanistan und Indien liegen deutlich vor den USA«, merkte Rhyme lakonisch an. »Aber nun zu unserer Anfrage: Bleibt alles wie abgesprochen?«

»Ja, ich habe mich gerade noch einmal vergewissert.«

Am Abend zuvor hatte Rhyme bei Charlotte McKenzie angerufen und gefragt, ob sie für Sachs einen Flug nach Mailand an Bord einer Regierungsmaschine arrangieren könne. Sie musste leider verneinen, wollte die Bitte aber an den Generalkonsul weiterleiten. Etwas später rief dann Musgraves Assistentin zurück und berichtete, ein amerikanischer Geschäftsmann, der in Neapel einige Termine zur Wirtschaftsförderung wahrnehme, besitze einen Privatjet, der am Vormittag in die Schweiz fliegen werde. Unterwegs könne die Maschine mühelos einen Zwischenstopp in Mailand einlegen. Er würde sich heute Morgen mit ihnen im Konsulat treffen, um die Einzelheiten zu besprechen.

Und nun tauchte Musgraves Assistentin im Eingang des Büros auf, gefolgt von einem hoch aufgeschossenen Mann mit rotblondem Haarschopf. Er lächelte allen zu und trat vor. »Mike Hill.« Dann reichte er jedem die Hand, auch Rhyme, ohne den Rollstuhl groß zu beachten.

Rhyme war nicht überrascht, als der Generalkonsul ihm erklärte, Hill – ein jugendlicher Computerfreak, wie eine jüngere Ausgabe von Bill Gates – sei hier, um den Italienern moderne Technik zu verkaufen: Sein Unternehmen exportierte Geräte zur Breitband- und Glasfaserkommunikation, gebaut in einer eigenen Fabrik im Mittelwesten.

»Henry hat mir erzählt, was Sie brauchen, und ich bin gern

behilflich.« Dann runzelte er die Stirn und zeigte nun doch auf den Rollstuhl. »Aber ich weiß leider nicht, wie wir den hier an Bord bekommen wollen.«

»Es geht nur um mich«, sagte Sachs.

»Müssen Sie bestimmte Termine einhalten?«

»Falls möglich, möchte ich heute Vormittag dorthin und heute Abend wieder zurück.«

»Der erste Teil ist kein Problem, wir setzen Sie in ein paar Stunden dort ab. Aber der Rückflug könnte schwierig werden. Die Besatzung hat heute noch weitere Flüge zu erledigen. Falls dabei die maximal erlaubte Flugdauer erreicht wird, müssen die Leute in Lausanne oder Genf übernachten.«

»Das macht nichts«, sagte Rhyme. »Hauptsache, wir kommen zunächst mal schnell nach Mailand.«

»Okay, wohin genau möchten Sie denn?«, fragte Hill. »Mailand hat zwei Flughäfen. Malpensa, der größere, liegt etwa dreißig Kilometer nordwestlich der Stadt, und je nach Tageszeit kann der Verkehr ziemlich zäh werden. Linate hingegen ist zentral gelegen und bietet sich an, wenn Sie direkt in Mailand zu tun haben.«

Rossi hatte gesagt, die Adresse befinde sich im Stadtgebiet, nicht außerhalb. »Linate.«

»Okay, kinderleicht. Ich verständige die Besatzung. Die müssen einen Flugplan einreichen. Zwei Stunden Vorlauf dürften genügen. Und mein Fahrer wird Sie zum hiesigen Flughafen bringen.«

»Mr. Hill ...«, setzte Sachs an.

»Mike, *per favore.*« Sein italienischer Akzent war der schlimmste, den Rhyme je gehört hatte. »Und falls Sie über Geld reden wollen, vergessen Sie's. Der Zwischenstopp in Mailand kostet nicht viel und geht aufs Haus.«

»Haben Sie vielen Dank.«

»Dies ist meine erste und wahrscheinlich auch letzte Gelegenheit, bei der Ergreifung eines Verrückten zu helfen. Es ist mir ein Vergnügen.« Hill stand auf, zog sein Telefon aus der Tasche und ging in eine Ecke des Büros. Rhyme hörte, wie er erst mit dem Piloten und dann mit seinem Chauffeur sprach, um alles in die Wege zu leiten.

»Lincoln, Amelia«, erklang die Stimme einer Frau an der Tür. Rhyme blickte auf und sah Charlotte McKenzie eintreten. Sie wirkte ein wenig derangiert; ihr kurzes blondes Haar stand ab, und ihre kupferfarbene Bluse war etwas zerknittert. Vielleicht forderte die Erkältung ihren Tribut. »Henry.« Sie nickte auch Thom zu.

»Haben Sie eine Mitfluggelegenheit nach Mailand gefunden?«, fragte sie Rhyme.

Musgrave wies auf Mike Hill, der immer noch telefonierte, und sagte zu McKenzie: »Mikes Maschine nimmt Detective Sachs noch heute Vormittag mit.«

»Gut. Glauben Sie, dass dieser Kerl, der Komponist, Neapel verlassen hat und nun dort oben ist?«

»Die Verbindung nach Mailand ist unklar«, sagte Sachs. »Bislang ist es nur eine Adresse auf einem Zettel, der an dem Tatort im Flüchtlingslager gelegen hat.« Sie sah Musgrave an. »Eines noch: Gibt es jemanden in unserem Mailänder Konsulat, der mich fahren und für mich übersetzen könnte?«

»Ich habe dort einen Kollegen«, sagte Charlotte McKenzie. »Er macht das Gleiche wie ich, ist Kontaktbeamter für Rechtsfragen. Pete Prescott. Ein guter Mann. Ich frage gern mal nach, ob er Zeit hat.«

»Das wäre prima.«

Charlotte verschickte eine Textnachricht. Kurz darauf meldete ein Signalton den Eingang einer Antwort. »Ja, das geht klar. Ich schicke Ihnen seine Nummer auf Ihr Telefon, Amelia.«

»Danke.«

Mike Hill gesellte sich zu ihnen und steckte sein Telefon ein. Musgrave stellte ihn McKenzie vor. Dann wandte der Geschäftsmann sich an Sachs. »Es ist alles geregelt. Mein Fahrer holt Sie um elf Uhr ab. Wo am besten?«

Sie nannte ihm die Adresse des Hotels.

»Das kenne ich. Ein herrlicher alter Prachtbau. Immer wenn ich dort absteige, komme ich mir vor, als würde ich zum Rat Pack gehören.«

Eine weitere Person betrat das Büro, der schmächtige, sehr blasse Mann unbestimmbaren Alters, den Rhyme tags zuvor hier kennengelernt hatte. Ach ja, er arbeitete für die Pressestelle. Wie war doch gleich sein Name?

Der Neuankömmling nickte den Anwesenden zu und stellte sich Hill vor. »Daryl Mulbry.«

Dann nahm er Platz und wandte sich an Rhyme. »Wir werden von Medienanfragen überschwemmt – sowohl wegen Garry als auch wegen des Komponisten. Wären Sie bereit, in einem Interview Rede und Antwort zu stehen?« Mulbry hielt inne und schien zu überlegen, ob er angesichts von Rhymes Zustand die richtigen Worte gewählt hatte.

Was für ein Unsinn. »Nein«, teilte Rhyme ihm kurz und bündig mit. »Ich habe derzeit nichts zu sagen, außer dass uns ein Phantombild des Komponisten vorliegt, aber das wurde sowieso schon an die Medien weitergegeben.«

»Ja, ich habe es gesehen. Ein bedrohlicher Kerl. So massig. Aber was ist mit Garry? Gibt es da etwas Neues?«

Rhyme konnte sich vorstellen, wie Dante Spiro wohl reagieren würde, wenn er in der Zeitung las, dass ein nicht namentlich genannter »amerikanischer Berater« sich über den Fall geäußert hätte.

»Noch nicht.«

»Was ich noch erwähnen wollte«, warf McKenzie ein. »Garry wird bedroht. Wie schon gesagt, Sexualstraftäter sind besonders gefährdet. Hinzu kommt, er ist Ausländer... Nun, es ist problematisch. Man versucht, ihn nicht aus den Augen zu lassen, aber es gibt keine Garantien.«

»Keine Presse«, beharrte Rhyme. »Doch während Amelias Abwesenheit werde ich mich weiter mit Soames beschäftigen.«

»Oh, gut«, sagte McKenzie. Ihr unschlüssiger Tonfall verriet Rhyme, dass sie sich fragte, wie genau er das anstellen würde, wo doch sein Hintern in einem Rollstuhl saß und dieses Land alles andere als behindertengerecht ausgestattet war.

Er verriet ihr nicht, dass er über eine Geheimwaffe verfügte. Genau genommen sogar über zwei.

36

Die Schwarzen Schreie hatten angefangen.

Der Fehlschlag beim Lager und der Anblick der rothaarigen Polizistin hatten sich insgeheim zusammengetan, um ihn frühmorgens hochschrecken zu lassen und seinen Kopf mit den Schreien zu füllen, schrill wie der Bohrer eines Zahnarztes.

Ja, er hatte einen Plan für Artemis. Ja, Euterpe hatte ihm von hoch oben beruhigende Gedanken eingeflüstert. Doch wie er nur zu gut wusste, ließen entschlossene Schwarze Schreie sich kaum jemals aufhalten. Er hatte gehofft, sie vorläufig in den Griff zu bekommen, aber von vornherein gewusst, dass er am Ende unterliegen würde. Es war so ähnlich, als würde man aufwachen und ein erstes Zwicken in den Eingeweiden verspüren, ganz schwach, eigentlich nicht der Rede wert. Trotzdem wusste man ohne jeden Zweifel, dass man in einer Stunde vor der Kloschüssel knien würde, weil einen ein Virus oder eine Lebensmittelvergiftung erwischt hatte.

Flüsternde Schreie, die wenig später zu den Schwarzen Schreien werden würden.

Und so kam es dann auch.

Zittrige Finger und schweißfeuchte Haut waren *gar nichts* im Vergleich zu einem Schwarzen Schrei.

Er lief in dem Bauernhaus auf und ab, dann draußen in der feuchten Dämmerung. Aufhören, aufhören, aufhören!

Doch sie hatten nicht aufgehört. Also hatte er zusätzliche Medikamente eingeworfen (das hatte noch nie funktioniert, auch diesmal nicht) und war in dem 4MATIC an den Ort gerast, an dem er jetzt stand: die chaotische Innenstadt von Neapel, deren fortwährend widerhallende Kakofonie, so hoffte er inständig, die Schreie übertönen würde. (Das funktionierte *manchmal*. Ironischerweise konnte ausgerechnet Lärm ihn vor den Schwarzen Schreien retten – so viel und so laut und so chaotisch wie möglich.)

Er stürzte sich ins Gedränge auf den Bürgersteigen, kam an Imbissständen vorbei, an Bars, Restaurants, Wäschereien, Andenkenläden. Vor einem Café blieb er stehen. Stellte sich vor, er könne die Gabeln auf dem Porzellan hören, die zubeißenden Zähne, die mahlenden Kiefer, die schlürfenden Lippen…

Die schneidenden Messer.

Als würden sie Kehlen aufschlitzen…

Er saugte den Lärm in sich auf, inhalierte ihn förmlich, um die Schreie zu ersticken.

Lass sie aufhören, lass sie aufhören…

Er dachte an seine Jahre als Teenager, von dem die Mädchen die Blicke abwandten, die Jungen aber niemals, die starrten immer, und bisweilen lachten sie auch, wenn Stefan das Klassenzimmer betrat. Damals war er dünn, ein recht guter Sportler, konnte den einen oder anderen Witz erzählen, sich über Fernsehserien unterhalten oder über Musik.

Das Normale stellte das Sonderbare nicht in den Schatten.

Wie oft er sich im *Klang* der Stimme einer Lehrerin verlor, der Melodie ihrer Worte, nicht im Inhalt, der kein bisschen zu ihm durchdrang.

»Stefan, wie lautet das Ergebnis?«

Oh, was für eine schöne Modulation! Eine Triole am Ende des Satzes. Synkopiert. G, G, dann B, weil ihre Stimme sich zur Frage hob. Herrlich.

»Stefan, du hast mich zum letzten Mal ignoriert. Ab mit dir zum Direktor. Sofort!«

Ach, »Direktor«, eine sogar noch bessere Triole!

Erst dann wurde ihm klar: Mist, ich hab's schon wieder verbockt.

Und die anderen Schüler sahen entweder weg oder starrten ihn an (was beides gleich grausam war).

Sonderbar. Stefan ist sonderbar.

Tja, das war er wohl. Ihm selbst war das ebenso bewusst wie allen anderen. Seine Reaktion: Dann macht mich entweder unsonderbar oder haltet die Schnauze.

Nun, an dieser belebten Ecke einer geschäftigen Stadt, presste Stefan seinen Kopf gegen eine alte Steinmauer und ließ sich von tausend Geräuschen überspülen, durchdringen, wie in warmem Wasser baden, das rasende Herz umschmeicheln und besänftigen.

Und in seinem Kopf, in seiner lodernden Fantasie hörte er die rote Glocke schlagen, die sich am Abend zuvor vom Hals des Mannes aus auf dem Boden ausgebreitet hatte.

Er hörte den Klang des Blutes in seinen Ohren donnern, laut wie eine Blutglocke, die schlug und schlug und schlug.

Er hörte die Schreie des Flüchtlings.

Er hörte die Schwarzen Schreie.

Seit seiner Pubertät, nach der die Schwarzen Schreie angefangen hatten, war es ein beständiger Kampf gewesen, sie in Schach zu halten. Töne waren Stefans Lebenselixier, tröstlich, erklärend, aufschlussreich. Das Knarren der Bretter, das Rascheln der Zweige, das Tappen winziger Tierfüße in dem Garten in Pennsylvania, das Gleiten einer Schlange im Unterholz. Doch so wie gesunde Keime zu einer Blutvergiftung führen können, konnten auch Geräusche sich gegen ihn wenden.

Stimmen wurden zu Tönen und Töne zu Stimmen.

Der Rammhammer an einer Straßenbaustelle sprach in Wahrheit zu ihm: »Keller, Keller, Keller, Keller.«

Der Gesang eines Vogels war nicht der Gesang eines Vogels. »Sieh baumeln, sieh baumeln, sieh baumeln.«

Der Wind war nicht der Wind. »Ohhhhh weg, ohhhhh weg, ohhhhh weg.«

Das Knarren eines Astes. »Tropf, tropf, tropf, tropf…«

Und die Stimme aus einer zugeschnürten Kehle, die vielleicht geflüstert hätte: »Leb wohl, ich hatte dich lieb«, wurde lediglich zum Prasseln von Kieseln auf Holz.

Nun ein weiterer Schwarzer Schrei, ein übler Geselle, der heulende Bohrer. Es fing in seinen Lenden an – ja, man konnte sie da unten hören – und sauste in seiner Wirbelsäule empor, durch seinen Kiefer, durch seine Augen, in sein Gehirn.

Neiiiiiiiin…

Er öffnete die Augen und blinzelte. Die Passanten sahen ihn beunruhigt an. In diesem Teil der Stadt gab es zum Glück Obdachlose, ebenfalls geschundene Seelen, daher ragte er nicht weit genug heraus, als dass sie die Polizei verständigt hätten.

Das wäre gar nicht gut gewesen.

Das hätte Euterpe ihm nie verziehen.

Er bekam sich immerhin gut genug in den Griff, um weitergehen zu können. Nach einer ganzen Reihe von Häusern blieb er stehen. Wischte sich den Schweiß ab, drückte sein Gesicht gegen eine Wand, rang nach Luft. Er schaute sich um. Stefan befand sich in der Nähe der berühmten Basilika Santa Chiara auf der rund anderthalb Kilometer langen Via Benedetto Croce, die den altrömischen Kern Neapels in der Mitte teilte und weithin als Spaccanapoli bekannt war, der Spalt von Neapel.

Es war eine chaotische Straße, schmal, voller Touristen und Fußgänger und Fahrräder und Motorroller und schnittiger Autos. Bei den Straßenhändlern und in den Geschäften gab es Souvenirs zu kaufen, Devotionalien, Möbel, Commedia-dell'Arte-Figuren, Räucherfleisch, Büffelmozzarella, Limoncello-Flaschen in der Form des Landes sowie eine einheimische Dessertspezialität, Sfogliatelle, knusprige Gebäckstücke, die Stefan innig liebte – nicht wegen ihres Geschmacks, sondern wegen des Klangs der krossen Kruste zwischen den Zähnen.

Trotz der frühen Stunde war es schon heiß. Er nahm seine Mütze ab und wischte sich mit einem der mitgebrachten Papiertücher über den kahl rasierten Kopf.

Ein Schwarzer Schrei entstand, doch Stefan richtete seine Aufmerksamkeit verzweifelt wieder auf die Straßengeräusche um ihn herum. Das Knattern der Motorroller, Rufe, eine Hupe, das Geräusch von etwas Schwerem, das über Steine gezogen wurde, ein fröhliches Kinderlied, das aus dem Ghettoblaster eines Straßenkünstlers erklang – eines Mannes mittleren Alters, der in einer Kiste saß, die einer Wiege ähnelte. Nur sein Kopf schaute heraus, bedeckt von einer Kinderhaube, und davor lag der Körper einer Puppe. Der schaurige Anblick und der bizarre Gesang des Mannes lockten die Passanten an.

Der Wind, wie er über ihm Wäschestücke an einer Leine flattern ließ.

Mommy still, Mommy still.

Dann bemerkte er ein weiteres Geräusch, das immer lauter wurde.

Tack... tack... tack.

Der Rhythmus fesselte ihn sofort. Der volle Klang. Stefan schloss die Augen. Das Geräusch näherte sich von hinten, aber er wandte sich ihm nicht zu. Er kostete es aus.

»*Scusati*«, sagte die Stimme einer Frau. »Nein, äh, ich meine: *Scusami.*«

Er öffnete die Augen und drehte sich um. Sie war vielleicht neunzehn oder zwanzig. Schlank, mit Zöpfen, die ein ovales, hübsches Gesicht einrahmten. Sie trug Jeans und zwei Tanktops, weiß unter dunkelblau, sowie einen hellgrünen BH, wie das dritte Paar Träger ihm verriet. Von einer ihrer Schultern hing eine Kamera, von der anderen ein Rucksack. Und ihre Füße steckten allen Ernstes in Cowboystiefeln mit hölzernen Absätzen. Von denen hatte das eigentümliche Geräusch gestammt.

Sie zögerte und sah ihn unschlüssig an. Dann: *»Dov'è un taxi?«*

»Du bist aus Amerika«, sagte er.

»Oh, du auch.« Sie lachte.

Für ihn war klar, dass sie das gewusst hatte.

Und sie flirtete mit ihm. Er hatte ihr wohl auf Anhieb gefallen, und als Frau von heute war sie zum Angriff übergegangen. Allein reisende Studentinnen wie sie hatten kein Problem damit, den ersten – oder zweiten oder dritten – Schritt zu machen. Und falls der Junge oder zum Spaß vielleicht auch das Mädchen Nein sagte, würde sie freundlich lächeln, kein Thema, und weiterziehen, getragen von der unverwüstlichen Einheit aus Jugend und Schönheit.

Er war korpulent, er war verschwitzt. Doch er sah nicht schlecht aus. Und er war kein Aufreißer, sondern ungefährlich und anschmiegsam.

»Ich weiß nicht, wo du hier ein Taxi finden kannst, tut mir leid.« Er wischte sich wieder das Gesicht ab.

»Heiß, oder?«, sagte sie. »Dabei haben wir schon September.«

Ja, obwohl natürlich nicht die feuchte Luft des südwestlichen Italiens Ursache seiner Transpiration war.

Eine Gruppe Kinder in Schuluniformen strömte vorbei, sorgfältig bewacht von einer Glucke von Lehrerin. Stefan und das Mädchen machten ihnen Platz. Dann wichen sie wieder zur anderen Seite aus, weil ein Piaggio-Motorroller auf sie zuraste. Ein grauhaariger Lieferant mit einer schmutzigen Fischermütze ließ sie abermals beiseitetreten, als er sich mit einer schweren Sackkarre voller Kartons mühevoll seinen Weg bahnte und dabei unter wütenden Blicken beständig fluchte, als wäre der Bürgersteig sein Privateigentum.

»Was für eine verrückte Stadt! Ist es nicht großartig hier?« Ihr sommersprossiges Gesicht war quietschvergnügt und ihre Stimme hell, aber nicht hoch. Falls ihre Worte Blütenblätter gewesen wären, dann die von blassroten Rosen, schon gepflückt, aber noch feucht. Er konnte spüren, wie die Töne gleich solchen Blütenblättern auf seine Haut fielen.

Kein Vergleich mit dem schnarrenden Krächzen dieser Flüchtlingsfrau, Fatima, der Musikhasserin.

Wenn das Mädchen sprach, wurden die Schwarzen Schreie leiser.

»Ich kenne bei uns zu Hause keine vergleichbare Stadt«, sagte er, weil es genau das war, was jemand von zu Hause sagen würde. In Wahrheit hielt er New York City für durchaus vergleichbar, aber im Hinblick auf seine jüngsten Abenteuer dort behielt er *diese* Meinung lieber für sich.

Sie plauderte charmant drauflos und erwähnte, sie sei gerade erst in Südfrankreich gewesen. Er auch schon mal? Nein? Echt schade. Oh, Cap d'Antibes. Oh, Nizza!

Die Schreie ließen weiter nach, während er zuhörte. Und er war auch nicht blind: Was für eine wunderschöne junge Frau!

Was für eine liebliche Stimme!

Und das Geräusch ihrer Stiefel! Wie eine Trommel aus Rosenholz.

Stefan hatte Freundinnen gehabt, selbstverständlich. Aber das war lange her. Vor dem, was die Ärzte – wenngleich niemals offen ihm gegenüber – den Bruch nennen würden, ungefähr im Alter von zweiundzwanzig. Damals hatte er es einfach aufgegeben, normal sein zu wollen, und sich der tröstlichen Welt der Geräusche überlassen. Etwa zu der Zeit, als Mommy im Keller ganz still wurde, still und kalt in dem stillen und heißen Keller, während die Waschmaschine die letzte Ladung

Handtücher schleuderte, die in dem Haus jemals gewaschen werden würde.

Etwa zu der Zeit, als Vater beschloss, er wolle nicht länger an einen gestörten Sohn gefesselt sein.

Davor aber, vor dem Bruch, klar, da hatte es hin und wieder ein hübsches Mädchen gegeben, das sich nicht an dem Sonderbaren störte.

Er hatte durchaus Spaß daran gehabt – an den vereinzelten Nächten –, obwohl ihn immer weniger die eigentliche Erregung interessierte als die Geräusche der Vereinigung. Das Fleisch mit seinem charakteristischen Klang, mitunter die Haare, auch die Zungen, die Feuchtigkeit.

Die Fingernägel.

Nicht zu vergessen die Kehlen und Lungen und Herzen.

Dann jedoch wurde das Sonderbare noch sonderbarer, und die Mädchen wandten mehr und mehr ihre Blicke von ihm ab. Es fing an, sie zu stören. Was ihn wiederum gar nicht störte, denn er verlor selbst das Interesse. Sherry oder Linda flüsterten ihm zu, er solle ihren BH öffnen, während er sich fragte, wie wohl Thomas Jeffersons Stimme geklungen haben mochte oder mit welcher Geräuschkulisse die *Titanic* im Meer versunken war.

»Ich bin nur für ein paar Tage hier«, sagte nun die junge Frau mit den Cowboystiefeln. »Am Anfang war ich mit einer Freundin unterwegs. Sie hatte sich kurz zuvor von ihrem Freund getrennt, aber dann hat er angerufen und sie bequatscht, und da ist sie einfach zu ihm zurückgeflogen, schmoll, schmoll. Und hat *mich* verlassen! Was sagt man dazu? Aber wir sind hier in Italien! Soll ich etwa vorzeitig nach Cleveland zurückkehren? Doch wohl kaum. Und hier stehe ich jetzt. Und rede und rede und rede. Bitte entschuldige. Ich bin berüchtigt dafür. Dass ich zu viel rede.«

Ja, das tat sie allerdings.

Doch Stefan lächelte. Das konnte er gut. »Ach was, kein Problem.«

Seine Einsilbigkeit schreckte sie nicht. »Und was machst du hier?«, fragte sie. »Gehst du zur Uni?«

»Nein, ich arbeite.«

»Oh, und als was?«

Derzeit lege ich Leuten Schlingen um die Hälse.

»Als Toningenieur.«

»Im Ernst? Bei Konzerten und so?«

Da die Schwarzen Schreie sich inzwischen weitgehend gelegt hatten, konnte er wieder normal agieren, was auch erforderlich war, wie ihm klar war. Er ging seinen Vorrat an unauffälligen Alltagstonfällen und -worten durch und wählte einige aus. »Schön wär's. Ich messe die Lärmbelästigung.«

»Hm. Interessant. Lärmbelästigung. Durch den Verkehr und so?«

Er hatte keine Ahnung. Die Tätigkeit war frei erfunden. »Ja, genau.«

»Ich bin Lilly.«

»Und ich Jonathan«, sagte er. Der Name hatte ihm schon immer gefallen.

Wegen der Triole. Jonathan.

Ein Name im Walzertakt.

»Da fallen hier in Neapel bestimmt viele Daten an, oder wie auch immer das festgehalten wird.«

»Ja, die Stadt ist ziemlich laut.«

Eine Pause. »Und du weißt wirklich nicht, wo man ein Taxi bekommen kann?«

Er sah sich um, denn das würde eine unauffällige, normale Person in so einem Moment tun. Dann zuckte er die Achseln. »Wohin willst du denn?«

»Ach, es geht um so ein Touristending. Ein Typ in meinem Hotel hat es mir empfohlen. Er hat gesagt, es sei toll da.«

Stefan überlegte.

Keine gute Idee... Er sollte sich lieber auf seinen Plan für Artemis konzentrieren (der war echt nicht schlecht). Andererseits stand nicht sie hier vor ihm, sondern Lilly.

»Tja, ich hab ein Auto.«

»Wirklich? Du fährst? Hier?«

»Ja, es ist verrückt. Aber wenn man einfach ausblendet, dass es so etwas wie Verkehrsregeln gibt, klappt es ganz gut. Und man darf bloß nicht höflich sein und jemanden vorlassen. Man fährt einfach drauflos. So wie alle anderen.«

Unauffällig und normal. Stefan war gut in Form.

»Möchtest du vielleicht mitkommen?«, fragte Lilly. »Ich meine, falls du nichts anderes vorhast.«

Ein Schwarzer Schrei fing an. Stefan erstickte ihn im Keim.

»Um was für einen Ort geht es denn?«

»Der Typ hat gesagt, es sei dort total unheimlich.«

»Unheimlich?«

»Ja, praktisch menschenleer.«

Demnach würde es da still sein.

Stille war nie ratsam. Sogar die besten Absichten gingen über Bord, wenn es still war.

Trotzdem musterte Stefan nun Lilly von Kopf bis Fuß und sagte: »Klar, lass uns fahren.«

37

Schädel.

Zehntausend.

Zwanzigtausend.

Hunderttausend Schädel.

Nein. Sogar noch mehr.

Schädel, ordentlich aufgereiht, mit den Augenhöhlen nach vorn und Dreiecken aus Dunkelheit, wo einst Nasen gewesen waren, darunter Reihen gelber Zähne, viele mit Lücken.

Dies war der Ort, an den Lilly ihn gelotst hatte. Der Friedhof Fontanelle in Neapel.

Unheimlich...

Oh, und wie.

Es war keine Begräbnisstätte im herkömmlichen Sinn, sondern eine bedrohliche Höhle, die – laut Reiseführer – im siebzehnten Jahrhundert als Massengrab gedient hatte, als die halbe Bevölkerung Neapels der Pest zum Opfer gefallen war.

»Gerüchteweise wurden hier noch viel mehr begraben, bis zurück in die Zeit des antiken Roms. Unter unseren Füßen könnte eine Million Schädel liegen.«

Sie standen am Eingang, einem großen natürlichen Torbogen, der in die Dunkelheit führte. Die Hauptsaison war vorbei, und so gab es hier nur wenige Besucher.

Darüber hinaus schien es sich bei den anderen nicht um gewöhnliche Touristen zu handeln, denn sie zündeten andächtig Votivkerzen an und beteten.

Unheimlich... und still. Fast lautlos.

Nun, er würde damit klarkommen müssen. Stefan wischte sich den Schweiß ab und steckte das Papiertuch ein.

»Ist was?«

»Nein, mir geht's gut.«

Sie gingen tiefer hinein, und das Geräusch von Lillys Absätzen hallte von den Wänden wider. Herrlich! Sie las derweil in ihrem Reiseführer und flüsterte – dieser Ort forderte förmlich zum Flüstern heraus –, dass Neapel im Zweiten Weltkrieg massiv bombardiert worden sei und diese Höhle zu den wenigen Orten gezählt habe, die den Leuten Schutz vor den alliierten Flugzeugen bieten konnten.

Das Licht war gedämpft, und die Flammen der Kerzen ließen gespenstische Schatten von Schädeln und Knochen aufflackern – als würden nach Hunderten oder sogar Tausenden von Jahren die Opfer wieder zum Leben erwachen.

»Gruselig, was?«

»Allerdings.« Jedoch nicht, weil es gruselig aussah. Sondern wegen der Stille. Diese Höhle war wie eine Petrischale für Schwarze Schreie. Zwei von ihnen fingen an zu stöhnen. Wollten sich erheben. Wuchsen in ihm an.

Bis ihm etwas einfiel. Eine neue Mission. Gut, gut.

Die Schwarzen Schreie erstarben.

Eine neue Mission.

Die mit Lilly zu tun hatte. Und plötzlich war er zutiefst dankbar, dass er das Mädchen getroffen hatte. Es war, als hätte seine Muse sein Elend gespürt und ihm Lilly geschickt...

Danke, Euterpe...

Natürlich war dies eindeutig keine gute Idee, davon war er, wie schon zuvor in der Innenstadt, weiterhin überzeugt. Doch er dachte auch: Als ob mir eine Wahl bliebe.

Der Fehlschlag am Abend zuvor... Das Schwirren der Klinge beim Flüchtlingslager. Das sich ausbreitende Blut in der Form einer Glocke. Die Albträume, die Schallwellen der nahenden Schwarzen Schreie.

Oh, er brauchte das hier.

Er nahm Lilly sorgfältig in Augenschein. Vermutlich mit gierigem Blick. Bevor es ihr auffallen konnte, schaute er wieder weg.

Lilly tat nun mädchenhaft. Lächelte, ungeachtet der Wand aus Schädeln, deren dunkle Augenhöhlen sie beide anstarrten.

»Hallo!«, rief sie.

Das Echo tanzte hin und her.

Stefan hörte es noch lange, nachdem ihre Aufmerksamkeit schon wieder etwas anderem galt.

Sie drangen tiefer in die düstere, kühle Höhle vor.

»Dein Gesicht«, sagte sie.

Stefan sah sie an, neigte den Kopf.

»Du hattest die Augen geschlossen. Woran denkst du? Wer all diese Leute gewesen sind?« Sie wies auf die Schädel.

»Nein, ich habe bloß gelauscht.«

»Gelauscht? Ich kann gar nichts hören.«

»Oh, es gibt hier tausend Geräusche. Du hörst sie auch, bist dir dessen aber nicht bewusst.«

»Wirklich?«

»Da wäre zum Beispiel unser Blut, unser Herzschlag. Dann unser Atem. Das Geräusch unserer Kleidung, wie sie sich aneinander und an unserer Haut reibt. Ich kann deine nicht hören und du meine nicht, aber die Geräusche sind da. Ein Motorroller – der ist schwierig, denn es ist das Echo eines Echos. Ein tropfendes Geräusch. Wasser, schätze ich. Da! Dieses Klicken. Jemand hat ein Foto geschossen. Mit einem alten iPhone vier.«

»Wow. Das erkennst du? Und es war so weit weg. Ich habe gar nichts gehört.«

»Du musst es bewusst zulassen. Dann kannst du überall etwas hören.«

»Überall?«

»Nun ja, mit wenigen Ausnahmen. Nicht in einem Vakuum. Nicht im All.« Stefan erinnerte sich an einen Film, *Alien* (kein schlechter Streifen, in jeder Hinsicht). Der Werbespruch dazu hatte gelautet: *Im Weltraum hört dich niemand schreien.*

Er erzählte Lilly nun davon. Und fügte hinzu: »Kennst du das auch, wenn man in Weltraumfilmen die Laserstrahlen hört und wie die Raumschiffe ineinanderkrachen und explodieren? Tja, das ist alles falsch. In Wahrheit würde es völlig lautlos passieren. Jedes Geräusch – ein Schuss, ein Schrei, ein Babylachen – benötigt Moleküle, gegen die es prallen kann. Das ergibt dann einen Klang. Deshalb variiert die Geschwindigkeit des Schalls. Auf Meereshöhe beträgt sie rund eintausendzweihundert Kilometer pro Stunde. Und achtzehntausend Meter über dem Meersspiegel sind es nur noch rund eintausend Kilometer pro Stunde.«

»Wow, das ist ja ein ganz schöner Unterschied! Weil die Luft da oben dünner ist?«

»Genau. Und im All gibt es gar keine Moleküle mehr. Da ist überhaupt nichts. Falls du also deinen Mund öffnen und deine Stimmbänder in Schwingungen versetzen würdest, könnte niemand dich hören. Doch angenommen, es wäre jemand bei dir und würde dir seine Hand auf die Brust legen, während du schreist – dann könnte er dich hören.«

»Weil die Moleküle in seinem Körper die Schwingungen weitertragen würden.«

»Richtig.«

»Ich mag es, wenn Leute sich für ihre Jobs begeistern. Als du vorhin gesagt hast ›Toningenieur‹, dachte ich, hm, ziemlich langweilig. Aber du bist, du weißt schon, mit Leib und Seele dabei. Das ist cool.«

Schon komisch, wenn die eine Sache, die dich verrückt macht, dir zugleich deine geistige Gesundheit bewahrt.

Er beobachtete sie nun dabei, wie sie sich zur Seite wandte und zu einer lateinischen Inschrift ging, die in den Stein gemeißelt war.

Tack, tack, tack.

Ihre Stiefel.

Dies ist keine gute Idee …

Verschwinde von hier, forderte Stefan sich in Gedanken selbst auf. Sag ihr auf Wiedersehen. Es hat Spaß gemacht. Komm gut wieder nach Hause.

Doch er spürte, dass inzwischen Euterpe über ihm schwebte, ihn behütete und ihm die Erlaubnis gab, zu tun, was er tun musste. Alles, um die Schwarzen Schreie abzuhalten. Sie würde es verstehen.

Zur Rechten öffnete sich in der Höhlenwand eine dunkle Aussparung.

»Lass uns da mal hingehen.« Er zeigte in die Richtung.

»Da? Da ist es aber ziemlich finster.«

Ja, das war es. Ziemlich finster, aber *völlig* verlassen.

Einen Moment lang fragte Stefan sich, ob er sie wohl überzeugen müsste, doch anscheinend war Lilly der Ansicht, sie befinde sich nicht in Gefahr. Er mochte vielleicht ein bisschen eigenartig sein, er schwitzte recht viel, er war dicklich, aber er war ein Toningenieur, der sich gern unterhielt und interessante Sachen sagte.

Frauen fielen stets auf Männer herein, die redeten.

Oh, und außerdem war er Amerikaner. Wie gefährlich konnte er schon sein?

»Okay, geht klar.« Mit funkelndem Blick.

Sie gingen in die Richtung, in die er gezeigt hatte.

Er tat so, als würde er sich umsehen, und ließ sich ein kleines Stück zurückfallen.

Hörte das markante Geräusch ihrer Stiefelsohlen und absätze:

Tack, tack, tack ...

Er warf einen Blick über die Schulter. Sie waren nun ganz allein.

Stefan griff in die Tasche und schloss die Hand um das kühle Metall.

Tack, tack, tacktacktacktacktack ...

38

Carl Sandburg.

»Carl... Der Dichter, richtig?«, fragte Amelia Sachs den Mann mit dem schütteren Haar, der am Steuer des kleinen grauen Renault saß.

Der Kollege von Charlotte McKenzie hatte sie am Terminal von Linate erwartet, dem kleineren der beiden Mailänder Flughäfen, unweit des Stadtzentrums. Sie steckten im dichten Verkehr.

»Ja, richtig«, erwiderte Pete Prescott. »Er hat ›Chicago‹ geschrieben.« Der Rechtsexperte senkte ein wenig die Stimme, wohl um poetischer zu klingen, glaubte Sachs, und rezitierte die ersten Zeilen, angefangen mit »Schweineschlachter der Welt«.

»Kommen Sie von dort, aus Chicago?« Sachs wusste nicht, was das alles sollte.

»Nein, aus Portland. Ich will sagen, das Gedicht könnte genauso gut von Mailand handeln. Mailand ist das Chicago von Italien.«

Ach so. Alles klar. Sie hatte sich schon gewundert.

»Arbeitsam, geschäftig, nicht die hübscheste Stadt der Welt, bei Weitem nicht. Aber sie hat Energie und einen gewissen Charme. Ganz zu schweigen vom *Letzten Abendmahl*. Der Modewelt. Und La Scala. Mögen Sie die Oper?«

»Nicht wirklich.«

Eine Pause. Sollte heißen: Wie kann jemand mit einem Puls die Oper nicht mögen?

»Zu schade. Ich könnte Karten für *La Traviata* heute Abend bekommen. Andrea Carelli singt. Es wäre kein Rendezvous.« Er sagte das, als würde er erwarten, dass sie nun eilig versicherte: »Nein, nein, ein Rendezvous wäre wunderbar.«

»Tut mir leid. Ich muss möglichst noch heute Abend zurück.«

»Charlotte hat erzählt, dass Sie an diesem Fall arbeiten. Dem Entführer.«

»Stimmt.«

»Zusammen mit dem berühmten Detective Lincoln Rhyme. Ich habe ein paar dieser Bücher gelesen.«

»Er mag sie nicht besonders.«

»Wenigstens schreibt jemand über ihn. Über einen Kontaktbeamten für Rechtsfragen wird niemand je Romane schreiben, fürchte ich. Obwohl ich ein paar ziemlich interessante Fälle hatte.«

Er führte das nicht näher aus – wofür sie dankbar war –, sondern konzentrierte sich auf sein Navigationsgerät. Der Verkehr wurde schlimmer, und Prescott bog in eine Nebenstraße ab. Im Gegensatz hierzu war die Reise von Neapel nach Mailand regelrecht blitzschnell über die Bühne gegangen. Der Fahrer des Computermillionärs Mike Hill, ein Italiener, wie er im Buche stand, mit vollem Haar und ansteckendem Lächeln, hatte vor dem Hotel in einem glänzenden schwarzen Audi bereits auf sie gewartet. Er war sofort aufgesprungen, um ihre Tasche für sie zu tragen. Eine halbe Stunde später, nach einer ausgiebigen Geschichtsstunde über Süditalien, vorgetragen in ziemlich gutem Englisch und mehr als nur ein wenig flirtend, waren sie am Rollfeld für Privatflugzeuge in Neapel eingetroffen. Amelia war an Bord der eleganten Maschine gegangen – die sich als sogar noch hübscher erwies als das Flugzeug, das sie nach Italien gebracht hatte –, und wenig später befanden sie sich in der Luft. Unterwegs führte sie ein angenehmes Gespräch mit einem von Hills leitenden Angestellten, der für einige Termine in die Schweiz flog. Angenehm, ja, wenngleich der junge Mann ein absoluter Computerfreak war und sie seinen begeisterten Monologen über den aktuellen Stand der Hochtechnologie bisweilen kaum folgen konnte.

»Offen gestanden ist Mailand mir lieber als die anderen Städte in Italien«, sagte Prescott nun. »Hier gibt es weniger Touristen. Und mir schmeckt das Essen besser. Im Süden verwenden die zu viel Käse.«

Nachdem sie tags zuvor ein Stück Mozzarella vorgesetzt bekommen hatte, das annähernd ein Pfund gewogen haben musste, verstand sie zwar, was er meinte, war aber dennoch versucht, die neapolitanische Küche zu verteidigen. Sie widerstand dem Impuls.

»Andererseits ist der Verkehr hier wirklich zum Abgewöhnen.« Er verzog das Gesicht und wechselte auf eine neue Route, vorbei an Geschäften, kleinen Industriebetrieben, Großhändlern und Wohngebäuden, deren Fenster oft hinter merkwürdigen Jalousien aus Metall oder Drahtgeflecht verborgen lagen, die von oben nach unten heruntergelassen wurden. Sachs versuchte anhand der Beschilderung zu ergründen, was die jeweiligen Firmen herstellten oder anboten. Es gelang ihr nur begrenzt.

Und ja, es ähnelte tatsächlich manchen Teilen von Chicago, das sie zu einigen Aufenthalten her kannte. Mailand war eine steinfarbene, staubige Stadt, derzeit geprägt vom ausbleichenden Herbstlaub, obwohl der graubraune Farbton durch die allgegenwärtigen roten Dächer gemildert wurde. Neapel war viel bunter – allerdings auch viel chaotischer.

Genau wie Hills dunkelhäutiger überschwänglicher Fahrer hielt auch Prescott gern Vorträge über die Geschichte der Nation.

»So wie bei uns in den Vereinigten Staaten existiert auch in

Italien ein Nord-Süd-Gefälle. Der Norden ist eher industriell, der Süden landwirtschaftlich. Klingt das vertraut? Ein Bürgerkrieg im eigentlichen Sinne ist zwar nie ausgebrochen, aber es gab Kämpfe, um die diversen Königreiche zu vereinigen. Genau hier hat ein berühmter Aufstand stattgefunden. *Le Cinque Giornate di Milano*, die fünf Tage von Mailand. Sie waren Teil des ersten Unabhängigkeitskrieges, Ende der Vierzigerjahre des neunzehnten Jahrhunderts. Damals wurden die Österreicher aus der Stadt vertrieben.«

Er entdeckte voraus einen Verkehrsstau und bog scharf rechts ab. »Dieser Fall«, sagte er dann. »Der Komponist. Warum ist er ausgerechnet nach Italien gekommen?«

»Wir sind uns nicht sicher. Da er sich bislang zwei illegale Einwanderer als Opfer ausgesucht hat, spekuliert er womöglich darauf, die Polizei würde bei Flüchtlingen nicht so genau hinsehen. Und selbst wenn, wären die Ermittlungen komplizierter als unter normalen Umständen.«

»Halten Sie ihn für so berechnend?«

»Absolut.«

»Oh, das darf doch nicht wahr sein!«

Der Verkehr war zum Stillstand gekommen. Sachs hatte Prescott vom Flugzeug aus angerufen und ihm die Adresse von dem Haftnotizzettel genannt, der bei dem ermordeten Malek Dadi gefunden worden war. Prescott hatte ihr versichert, die Fahrt vom Flughafen würde nur eine halbe Stunde dauern. Mittlerweile waren sie bereits doppelt so lange unterwegs.

»Willkommen in Mailand«, murmelte er, fuhr rückwärts über den Bürgersteig, wendete und suchte sich eine andere Route. Amelia musste daran denken, dass Mike Hill sie vor dem Verkehr rund um den größeren Mailänder Flughafen gewarnt hatte. Wie lange würde es wohl dauern, sich durch dreißig oder vierzig Kilometer voller so zäh fließender Automassen zu kämpfen?

Knapp anderthalb Stunden nach ihrer Landung folgte Prescott dann dem Verlauf eines breiten, flachen Kanals. Die Gegend war teils heruntergekommen, teils spleenig chic, teils kitschig grell. Wohnhäuser, Restaurants und Läden.

»Das sind die Navigli«, verkündete Prescott und wies auf die trübe Brühe. »Von den ursprünglich mehr als hundertfünfzig Kilometern Wasserstraße sind nur noch wenige übrig. Durch sie war Mailand an die Flüsse angebunden, auf denen der Transport von Gütern und Passagieren stattfand. Viele italienische Städte liegen an Flüssen, manchmal zu beiden Ufern. Mailand nicht. Dies war der Versuch, das Problem durch künstlich angelegte Kanäle zu lösen. Am Entwurf der Schleusen hat Da Vinci höchstpersönlich mitgearbeitet.«

Er bog in eine ruhige Straße ab und fuhr bis zu einer Kreuzung, an der Gewerbegebäude standen. Weit und breit war niemand zu sehen. Prescott parkte direkt unter einem Halteverbotsschild, vollkommen selbstverständlich, als sei er sich absolut sicher, dass man ihm keinen Strafzettel verpassen würde, geschweige denn den Wagen abschleppen.

»Da drüben ist es: Via Filippo Argelati zwanzig zweiunddreißig.«

Auf einem Schild, früher rot, heute zu Rosa ausgebleicht, stand: *Fratelli Guida. Magazzino.*

»Gebrüder Guida«, übersetzte Prescott. »Lagerhaus.«

Das Schild war sehr alt, und Sachs vermutete, dass die Brüder längst nicht mehr lebten. Massimo Rossi hatte ihr eine Textnachricht geschickt, laut der das Gebäude einer Mailänder Firma für Gewerbeimmobilien gehörte. Vermietet war es an eine Firma mit Sitz in Rom, aber dort ging niemand ans Telefon.

Sachs stieg aus dem Wagen und ging bis zu dem Lagerhaus. Die hellbraune Fassade des zweigeschossigen verputzten Gebäudes war mit zahllosen Graffiti bedeckt. Die Fenster waren von innen dunkelbraun gestrichen. Amelia ging in die Hocke und berührte einige grüne Glasscherben vor dem großen zweiflügeligen Tor.

Dann kehrte sie zurück, und auch Prescott stieg aus. »Könnten Sie hier warten und die Gegend im Auge behalten?«, bat sie. »Falls jemand kommt, schicken Sie mir eine Nachricht.«

»Ich ...« Er war nervös. »Ja, ist gut. Aber wieso sollte jemand hier auftauchen? Ich meine, hier scheint schon seit Monaten oder sogar Jahren niemand mehr gewesen zu sein.«

»Nein, jemand war sogar im Laufe der letzten Stunde hier. Ein Fahrzeug. Es ist über eine Flasche vor dem Tor gerollt. Sehen Sie das Glas?«

»Oh, da. Ja.«

»Im Boden der Flasche steht immer noch ein kleiner Rest Bier.«

»Falls hier was Illegales stattfindet, sollten wir die Carabinieri oder die Staatspolizei verständigen.« Ihm war unbehaglich zumute.

»Keine Sorge. Denken Sie einfach nur an die Nachricht.«

»Werde ich. Sicher. Verlassen Sie sich darauf. Was soll ich denn schreiben?«

»Ein Smiley-Emoji reicht aus. Ich muss bloß die Vibration fühlen.«

»Fühlen ...? Ach, der Klingelton ist abgeschaltet. Damit niemand Sie hören kann? Falls jemand da drinnen ist?«

Eine Antwort war nicht nötig.

Sachs ging wieder zu dem Gebäude und nahm neben dem Tor Aufstellung, die Hand am Griff der Beretta in ihrer Jackentasche. Es bestand kein Grund zu der Annahme, der Komponist könne in seinem dunklen Auto nach Mailand gefahren sein und hier vor dem Lagerhaus die Flasche überrollt haben, um nun im Innern mit einem Messer oder eine handlichen Schlinge zu lauern.

Es bestand aber auch kein überzeugender Grund dafür, es *nicht* anzunehmen.

Sachs hämmerte mit einer Faust gegen das Tor und rief in passablem Italienisch: »*Polizia!*«

Sie war richtig stolz auf die geglückte Aussprache und ignorierte die Tatsache, dass sie hier gerade eine illegale Amtsanmaßung beging.

Es antwortete ohnehin niemand.

Ein weiteres Hämmern. Wieder nichts.

Dann ging sie auf die Rückseite des Gebäudes. Dort gab es ein kleineres Tor, doch es war mit einer beeindruckenden Kette und einem Vorhängeschloss gesichert. Sachs klopfte erneut.

Und erneut reagierte niemand.

Sie kehrte zu Prescott zurück. »Und?«, fragte er.

»Alles fest verriegelt.«

Er war erleichtert. »Gehen wir jetzt zur Polizei? Damit die sich einen Durchsuchungsbefehl besorgen? Und Sie fliegen zurück nach Neapel?«

»Würden Sie bitte mal den Kofferraum öffnen?«

»Den... oh.« Er gehorchte.

Sie suchte kurz und nahm dann den Radschlüssel heraus.

»Darf ich?«, fragte Sachs.

»Äh, sicher.« Er schien angestrengt zu überlegen und sich womöglich daran zu erinnern, dass er das Ding noch nie benutzt hatte, sodass man nicht *seine* Fingerabdrücke auf dem Einbruchswerkzeug finden würde.

Sachs hatte beschlossen, dass die Vordertür – die für die Menschen, nicht das große Doppeltor – einfacher zu knacken war als die Kette auf der Rückseite. Sie schaute sich um – es gab weiterhin keine Augenzeugen – und steckte den Radschlüssel in den Spalt zwischen Tür und Rahmen. Dann zog sie mit aller Kraft, bis der Riegel des Schlosses aus dem Schließblech gezogen wurde und die Tür aufschwang.

Sie legte den Radschlüssel in einiger Entfernung ab, damit niemand ihn sich als Waffe greifen konnte. Dann zog sie die Beretta und betrat mit einem schnellen Schritt das Lagerhaus. Im ersten Moment konnte sie kaum etwas erkennen und musste die Augen zusammenkneifen, um sich an die Dunkelheit da drinnen zu gewöhnen.

39

Wie seltsam, was das Leben für uns bereithält.

Noch vor zwei oder drei Tagen war er ein Baumbulle gewesen, ein Dachsbulle... ein Pilzbulle.

Und jetzt war er Kriminalermittler. Beteiligt an einem wichtigen Fall. Der Jagd auf den Komponisten.

Die Beamten der Staatspolizei und Carabinieri mussten sich oft jahrelang mit Straßenraub und kleinen Diebstählen abmühen, hier mal ein Auto, da mal eine Halskette im Vorbeifahren... und bekamen nie die Gelegenheit, an einem solchen Fall mitzuarbeiten.

Ercole fuhr durch das hübsche Viertel unweit der Universität von Neapel und dachte belustigt darüber nach, dass dies sogar schon der *zweite* Mehrfachmord war, in dem er ermittelte (ja, Amelia, ich weiß: Der Komponist ist kein *Serien*mörder). Beim ersten Mal waren die Opfer jedoch ein Dutzend gestohlener Rindviecher in den östlich gelegenen Hügeln gewesen. Und auch dort war eine Entführung vorangegangen, wenngleich die Unglücklichen ruhig und friedlich von selbst auf die Ladefläche des Lastwagens gelaufen waren, der sie dann wegbrachte, um sie zu Schmorbraten und Frühstücksfleisch verarbeiten zu lassen.

Doch nun war Ercole ein echter Ermittler, der gleich allein einen Schauplatz untersuchen sollte.

Und was noch aufregender war: Der berühmte Lincoln Rhyme hatte ihn als seine »Geheimwaffe« bezeichnet.

Nun ja, als eine der Geheimwaffen. Die andere saß neben ihm. Thom Reston, der Betreuer des Mannes.

Im Gegensatz zum ersten Teil der heimlichen Ermittlungen im Fall Soames – der Fahrt zu Natalia Garellis Wohnung –, hatte Ercole diesmal keinerlei Bedenken. Das musste wohl am Jagdfieber liegen, dachte er. Außerdem hielt er es durchaus für möglich, dass das abscheuliche Verbrechen tatsächlich von jemand anders begangen worden war, der es dann dem unschuldigen Garry Soames in die Schuhe geschoben hatte. Daher war Ercole fest entschlossen, alles in seiner Macht Stehende zu tun, um der Sache auf den Grund zu gehen. Vorhin hatte er sich Rat bei einer Expertin geholt, die rein zufällig atemberaubend aussah und Daniela Canton hieß. Die wunderschöne – und musikalisch interessierte – Beamtin bekleidete beim Überfallkommando zwar keinen hohen Rang, aber zu ihren Aufgaben gehörte es oft, als erste Polizistin vor Ort die Spuren zu erkennen und vor Verunreinigung zu schützen, damit sie später gesichert werden konnten. Aus diesem Grund war sie die perfekte Adressatin für seine Fragen. Sie hatten bei einem Cappuccino in der Cafeteria der Questura gesessen, und die Frau hatte ihm sachlich kühl erläutert, worauf er achten musste, wie man an einen Tatort heranging und, was am wichtigsten war, wie man die Spuren in keiner Weise verunreinigte oder veränderte. Oder zuließ, dass andere dies taten.

Wie sich herausstellte, hatte er das meiste schon von Amelia Sachs gelernt, doch es war schön, mit Daniela an einem Tisch zu sitzen und zu verfolgen, wie ihre himmelblauen Augen sich zur dunklen Decke des Raumes hoben, während sie sprach.

Ihre langen, anmutigen Finger rund um die Tasse zu betrachten.

Eine Gepardin mit azurblauen Krallen.

Er hatte inzwischen allerdings beschlossen, dass sie vielleicht weniger ein Geschöpf der Wildnis als vielmehr ein Filmstar war, wenn auch aus einer anderen Zeit: die Art Frau, die in den Filmen der großen italienischen Regisseure vorgekommen war – Fellini, De Sica, Rossellini, Visconti.

Also widerstand er dem plötzlichen Impuls, ihr ein Foto von Isabella zu zeigen. Obwohl er sehr stolz war, fiel ihm kein glaubhafter Vorwand ein, um mit einer solch himmlischen Frau über eine brütende Taube zu reden. Er machte sich einfach nur Notizen.

Gewappnet mit Danielas Einblicken und einer schnellen Durchsicht der Leitlinien der Spurensicherung hatte Ercole Benelli sich in diese Mission gestürzt. Und nun steuerte er das arme kantige Auto auf einen Bürgersteig (wie Neapolitaner häufig zu parken pflegten) und stieg aus – sein Mitverschwörer tat es ihm gleich.

Thom ließ den Blick in die Runde schweifen. »Wo sind wir hier?«

»In der Nähe der Universität. Hier wohnen viele Studenten, Schriftsteller und Künstler. Ja, ich weiß, es sieht nicht allzu ansprechend aus, aber es ist wirklich nett hier.«

Die Straße war typisch für diesen Teil von Neapel. Schmale Mietshäuser mit gelben, grauen oder roten Fassaden – die zumeist einen neuen Anstrich benötigten. Manche der Wände waren mit Graffiti verziert, und die Luft roch »aromatisch«; die letzte Müllabfuhr lag mehrere Tage zurück, was für Neapel weder ungewöhnlich noch allein die Schuld der Stadt war, denn die Camorra kontrollierte den größten Teil der Entsorgungsbranche und der Deponien. Deshalb kam es zu Verzögerungen, sobald jemand mit den Schmiergeldzahlungen im Rückstand war.

Wäsche hing an Leinen. Kinder spielten in den Gassen und Hinterhöfen. Mindestens vier Fußballspiele waren derzeit im Gang, und das Alter der Spieler reichte von sechs oder sieben bis Anfang zwanzig. Die Älteren, bemerkte Ercole, waren konzentriert bei der Sache, mit großem Einsatz und Geschick; manche von ihnen wirkten gar wie Profis.

Er selbst hatte nie ernsthaft gespielt – zu groß, zu schlaksig –, sondern sich als Junge hauptsächlich für das Beobachten von Vögeln und für Brettspiele begeistert.

»Haben Sie mal Fußball gespielt?«, fragte er Thom.

»Nein. Auf der Uni war ich in der Fechtmannschaft.«

»Fechten! Das ist ja aufregend. Haben Sie auch an Wettbewerben teilgenommen?« Der Betreuer war schlank, aber muskulös.

»Ja, ich habe ein paar Turniere gewonnen.« Er sagte das in aller Bescheidenheit.

Ercole hakte weiter nach, bis Thom schließlich einräumte, dass er es fast bis zu den olympischen Spielen geschafft hatte.

»Da ist das Gebäude.« Ercole hielt darauf zu. Das Haus hatte zwei Etagen und war anscheinend zur Vermietung umgebaut worden: Man hatte dem Erdgeschoss nachträglich und wenig elegant einen zweiten Eingang verpasst. In dieser unteren Wohnung hatte Garry Soames gelebt. Was nicht schwierig zu erkennen war, denn an der billigen Holztür hing ein auffälliges Plakat, das verkündete, der Bereich sei auf Anordnung der Polizei gesperrt und jeglicher Zutritt verboten. War das üblich? Eine ganze Etage abzusperren, obwohl sie nur in Verbindung zu einer Straftat stand, aber nicht der eigentliche Tatort war?

Vielleicht bei einem so schrecklichen Vergehen wie einer Vergewaltigung, ja.

Thom lächelte. »Da steht, wir dürften nicht hier sein, richtig?«

»Betreten verboten, ja. Lassen Sie uns nach hinten gehen. Hier vorn sind wir wie auf dem Präsentierteller.« Sie folgten einer Gasse voller Unkraut zur Rückseite des Hauses.

Unterwegs meldete Ercoles Telefon den Eingang einer

Textnachricht. Es war die Antwort auf eine Anfrage, die er kurz zuvor abgeschickt hatte – während der Herfahrt.

Ercole, ja, ich habe nach der Arbeit Zeit für einen Aperitivo. Wie wäre es mit dem Castello um 21.00 Uhr?

Ein dumpfer Schlag, ganz tief in seinem Bauch. Tja, sieh sich das einer an. Er hatte fest damit gerechnet, dass sie seinen Vorschlag, gemeinsam etwas trinken oder essen zu gehen, ablehnen würde, und sich schon innerlich darauf eingestellt.
Dachsbulle, Pilzbulle...
Doch sie hatte zugesagt! Er hatte eine Verabredung!
Und schrieb nun zurück: *Geht klar!*
Nach kurzem Überlegen ersetzte er das Ausrufezeichen durch einen Punkt und schickte die Nachricht ab.
Okay. Zurück an die Arbeit, Inspektor Benelli.
Es war unwahrscheinlich, dass jemand durch die Vordertür eingedrungen sein könnte, um die falschen Spuren zu deponieren. Dabei wäre er gesehen worden. Und hier hinten? Es gab nur eine Tür, und zwar im ersten Stock, an der Terrasse. Und die Fenster, die groß genug gewesen wären, um hindurchzuklettern, lagen schwer erreichbare drei Meter über dem Boden. Im Erdgeschoss gab es nur schmale Fensterschlitze an den Seiten des Gebäudes, die mit etwa zwanzig Zentimetern Höhe viel zu klein für einen Eindringling waren. Wie dem auch sei, man hatte die Scheiben mit Farbe übermalt und eindeutig seit Ewigkeiten nicht mehr geöffnet, falls überhaupt jemals.

Thom zeigte auf zwei dickliche Arbeiter, die das Nachbargebäude strichen. Ercole und er gingen hin. Die Männer sahen die Uniform des Beamten und stiegen von ihrem Gerüst. Ercole fragte, ob sie während der letzten Tage jemanden hinter dem Haus gesehen hätten. Sie erwiderten, ihnen seien nur ein paar Jungen aufgefallen, die hier Fußball gespielt hätten.

Thom bat Ercole, sich zu erkundigen, ob die Leitern der Männer nachts hier vor Ort blieben, sodass ein Eindringling sie ausborgen könnte. Doch die beiden verneinten und erklärten, sie würden ihre gesamte Ausrüstung abends mitnehmen. Wobei ein Einbrecher natürlich eine eigene Leiter mitgebracht haben könnte. Ercole lieh sich nun eine von den Arbeitern und benutzte sie, um jedes der hohen Fenster zu inspizieren. Sie waren alle verriegelt oder übermalt. Er brachte die Leiter zurück und betrat den Hinterhof.

Dort stemmte er die Hände in die Seiten und nahm die Rückseite des Hauses genau in Augenschein. Hier hinten lag Müll und nicht viel anderes. Unter der Terrasse standen zwei große leere Blumenkübel aus Kunststoff. Es gab hier unten keine Hintertür – nur ein winziges Fenster rechts von der Terrasse. Genau wie die anderen an den Seiten war es mit Farbe übermalt.

Er zog Latexhandschuhe an und streifte Gummibänder über seine Schuhe. Thom tat es ihm gleich. Dann stiegen sie zu der Terrasse in der ersten Etage empor. Auf ihr standen ein Gartenstuhl mit ausgebleichter, zerrissener Auflage sowie drei weitere große Blumentöpfe, diesmal voller trockener, rissiger Erde, aber ohne Pflanzen. Eine Tür mit Fenster führte in die obere Wohnung. Ercole rüttelte daran. Verschlossen, genau wie die Fenster. Durch die schmutzigen Scheiben konnte er eine Küche sehen, aber weder Geräte noch Mobiliar. Auf der Arbeitsplatte lag eine dicke, unversehrte Staubschicht.

Auch Thom schaute hinein. »Da wohnt niemand. Also scheiden etwaige Nachbarn als Zeugen aus.«

»Ja. Zu schade.«

Sie stiegen wieder zum Hinterhof hinab. Ercole folgte Danielas Ratschlag und entfernte sich ein Stück vom Gebäude, bestimmt zehn Meter. Dann betrachtete er das Haus als Ganzes. Sie hatte erklärt, so ließen sich Zusammenhänge besser erkennen.

Wo waren die Türen und Fenster, wie kam man hinein und hinaus? Wo gab es Nischen und Gassen – Orte, an denen man sich verstecken und einen Einbruch planen konnte?

Von wo aus konnten Leute im Innern nach draußen blicken, und wo konnte man von außen hineinschauen?

Wo standen Mülltonnen, die Beweise enthalten könnten?

Wo könnte man Waffen verstecken?

Fragen über Fragen. Nur hilfreiche Antworten gab es keine. Er schüttelte den Kopf.

»Sie müssen *er* werden«, sagte Thom leise.

»Er?«

»Der Täter.« Der Betreuer hatte ihn beobachtet und anscheinend Ercoles ratlose Miene bemerkt.

»Wie ist das gemeint, *er werden*?«

»Das ist der Grund, weshalb Lincoln als Leiter der Spurensicherung des NYPD so erfolgreich gewesen ist. Und weshalb er Amelia damals als Schützling ausgesucht hat. Ich selbst könnte das nicht.« Der Betreuer überlegte kurz. »Es geht darum, sich in den Kopf des Täters zu versetzen. Sie sind kein Polizist mehr. Sie sind der Mörder, der Einbrecher, der Vergewaltiger, der Kinderschänder. So wie manche Schauspieler praktisch zu den Figuren werden, die sie darstellen. Das kann ziemlich hart sein. Man begibt sich an finstere Orte. Und es kann eine Weile dauern, wieder herauszufinden. Aber die besten Tatortspezialisten beherrschen diese Fähigkeit. Lincoln sagt, es sei ein schmaler Grat zwischen Gut und Böse, dass aus den besten Ermittlern mühelos die schlimmsten Verbrecher werden könnten. Also, Ihr Ziel hier ist nicht, Spuren zu finden, sondern die komplette Straftat erneut zu begehen.«

Ercole sah wieder das Gebäude an. »*Ich* bin der Verbrecher.«

»Genau.«

»*Allora*, ich habe vor, Spuren in der Wohnung zu platzieren, um Garry Soames schuldig wirken zu lassen.«

»Richtig«, sagte Thom.

»Aber die Vordertür liegt an einer belebten Straße mit vielen Nachbarn. Dort kann ich nicht einbrechen. Vielleicht könnte ich mich als Interessent für die obere Wohnung ausgeben, und wenn der Immobilienmakler mich hereinlässt, schleiche ich mich nach unten in Garrys Wohnung und schiebe ihm die Beweise unter.«

»Würden Sie als Verbrecher so etwas tun?«, fragte Thom.

»Nein. Natürlich nicht. Denn dadurch könnte man meine Anwesenheit nachvollziehen. Ich muss also von der Seite oder von hinten eindringen. Aber die Türen und Fenster sind verschlossen oder übermalt. Und es gibt keine Anzeichen für...«

»Oh, Ercole, Sie denken wie ein Ermittler. Nachdem das Verbrechen geschehen ist. Sie müssen wie der *Verbrecher* denken. Sie müssen der Verbrecher *sein*. Sie sind der echte Vergewaltiger, der Garry belasten muss. Oder Sie sind die Freundin, die er schlecht behandelt hat und die sich rächen will. Sie sind verzweifelt. Das hier muss unbedingt klappen.«

»Ja, ja«, flüsterte Ercole.

Ich bin also der Täter.

Ich stehe unter Druck oder bin wütend. Ich muss da rein und die Drogen in Garrys Schlafzimmer deponieren.

Ercole fing an, den Hinterhof abzuschreiten. Thom folgte ihm. Der Beamte hielt abrupt inne. »Die Drogen sind aber nur ein Teil meiner Straftat. Ich muss auch dafür sorgen, dass niemand davon erfährt. Andernfalls wird die Polizei daraus sofort Garrys Unschuld ableiten und nach mir suchen.«

»Ja, gut. Sie haben ›nach mir‹ gesagt, nicht ›nach ihm‹.«

»Wie würde ich das anstellen? Ich bin kein Akrobat, der sich durch den Schornstein abseilt. Ich kann keinen Tunnel in die Wohnung graben...«

Ercole suchte die Rückseite des Gebäudes ab und verspürte tatsächlich einen Anflug von Verzweiflung. Ich habe nur wenig Zeit, denn man darf mich nicht sehen. Ich habe kein spezielles Werkzeug, denn ich bin kein professioneller Einbrecher. Trotzdem *muss* ich da rein und sicherstellen, dass an den Türen und Fenstern keine Einbruchspuren zurückbleiben. »Keinerlei Spuren...«, murmelte er. »Wie stelle ich das an? Wie?«

Thom blieb stumm.

Ercole starrte das Haus an, in das er einbrechen musste. Er starrte und starrte.

Und dann begriff er es. Er lachte auf.

»Was ist?«, fragte Thom.

»Ich glaube, ich kenne die Antwort«, sagte der Beamte leise. »Blumenkübel. Die Antwort sind Blumenkübel.«

40

Gleich würde Blut fließen.

Alberto Allegro Pronti schlich aus den Schatten einer Gasse hinter dem Lagerhaus der Gebrüder Guida in der Via Filippo Argelati 20-32 in Mailand.

Er hatte an einem wackligen Tisch gesessen und ein Glas Valpolicella getrunken, roten natürlich, als aus einem halben Block Entfernung ein Geräusch an seine Ohren gedrungen war. Ein Klopfen. Womöglich auch eine Stimme.

Er war sofort aufgestanden und zu dem Ort gelaufen, von dem das Geräusch seiner Meinung nach gestammt hatte: dem Lagerhaus.

Nun stand er hinter dem alten Gebäude und glaubte hinter einem der übermalten Fenster eine Bewegung wahrzunehmen.

Jemand war dort drinnen.

Und das war gut für Pronti und ziemlich schlecht für den Unbekannten.

Der Achtundfünfzigjährige, drahtig und stark, ging zu seinem Tisch zurück und nahm einen Eisenstab von fast einem Meter Länge. Ein Ende hatte ein Gewinde, auf dem eine quadratische Mutter dauerhaft festgerostet war.

Die Waffe war sehr wirksam, sehr gefährlich und sehr tödlich.

Pronti rief Mario zu, er würde die Angelegenheit selbst regeln und brauche keine Hilfe. Dann näherte er sich wieder leise der Rückseite des Lagerhauses und spähte durch eine der Scheiben, deren Farbe er kürzlich von innen abgekratzt hatte, um genau hierzu in der Lage zu sein – etwaige Eindringlinge zu beobachten und mit ihnen nach eigenem Ermessen zu verfahren.

Mit rasendem Puls warf er einen schnellen Blick hinein und rechnete halb damit, genau in das Gesicht eines anderen zu schauen. Dem war nicht so. Ihm fiel jedoch auf, dass in dem Durchgang zur Treppe in den ersten Stock ein Schatten stand. Ja, es gab eine Zielperson.

Auf den Ballen seiner Joggingschuhe huschte er zur Hintertür und nahm einen Schlüssel aus der Tasche. Damit öffnete er das Vorhängeschloss und zog behutsam die Kette aus den Ringen, die an die Tür und den Rahmen geschraubt waren. Dann legte er die Kette lang ausgestreckt hin, damit die Glieder nicht versehentlich gegeneinanderschlagen und klirren würden.

Auch das Schloss legte er sorgfältig ab, weit weg von anderem Metall. Er spuckte leise auf die Angeln, um sie anzufeuchten.

Pronti war gut ausgebildet worden.

Dann schob es sich ins Innere, den tödlichen Knüppel fest umklammert.

Fast lautlos.

Es dauerte einen Moment, bis seine Augen sich an die Dunkelheit gewöhnt hatten, wenngleich Pronti sich hier gut auskannte: Das Lagerhaus war wie ein riesiger Pferdestall gebaut, in dem knapp zwei Meter hohe Trennwände das Erdgeschoss in verschiedene Bereiche unterteilten. In den Boxen türmten sich Abfall und alte, verrottende Baumaterialien. Nur in einem der Abteile gab es einen hohen Stapel Kartons und Paletten, die jüngste Lieferung einer Firma, die diesen Bereich gemietet hatte. Hier war der Boden sauber und frei von Staub, sodass

Pronti sich hinter den Kartons verstecken konnte, ohne verräterische Fußabdrücke zu hinterlassen. Das machte er nun und wartete, lauschte auf das Knarren der Dielen über seinem Kopf und schloss gelegentlich die Augen, um sich besser konzentrieren zu können.

Blut...

Seine Zielperson kehrte zum oberen Ende der Treppe zurück und kam vorsichtig wieder herunter. Danach würde der Unbekannte entweder zur Vordertür gehen oder den Mittelgang wählen. In beiden Fällen würde er Pronti und dem tödlichen Knüppel den Rücken zuwenden.

Sein taktisch geschultes Gehör – wie das einer Fledermaus – würde genau spüren, wo der Hurensohn sich befand. Pronti würde vortreten und zuschlagen. Er neigte den Kopf und lauschte. O ja, genau wie früher... in der Armee. Die Zeit war mit schönen und weniger schönen Erinnerungen verknüpft. Wenn Mario und er beim Essen oder Wein zusammensaßen, langweilte Pronti ihn oft mit den Geschichten über seine Heldentaten.

Er musste unwillkürlich an das eine Mal auf dem Fluss denken, dem Po...

Doch dann riss Pronti sich zusammen. Bleib gefälligst bei der Sache.

Du bist im Kampfeinsatz.

Die Schritte erreichten das Ende der Stufen und hielten inne. Der Unbekannte überlegte, in welche Richtung er weitergehen sollte.

Links zur Tür oder geradeaus?

Egal, du wirst auf jeden Fall meinen Zorn zu spüren bekommen.

Pronti nahm den Knüppel in beide Hände. Er roch die eiserne Mutter dicht an seiner Nase. Blut und Rost riechen ähnlich, und seine Waffe würde gleich mit beidem überzogen sein.

Doch dann... Was war das?

Es gab einen dumpfen, lauten Schritt, dann noch einen und noch einen. Im hinteren Teil des Lagerhauses! Der Eindringling hatte nicht den direkten Weg durch den freien Mittelgang und vorbei an Pronti gewählt, sondern sich für eine der Boxen voller Bauschutt entlang der Seitenwand entschieden. Pronti hatte geglaubt, sie sei unpassierbar.

O nein, mein Freund, du entkommst mir nicht.

Pronti trat aus seinem Versteck, hob den Knüppel mit beiden Händen und schlich zum rückwärtigen Bereich des Gebäudes, wo sein Gegner offenbar zur Hintertür wollte. Auch gut. Der Mann würde sich der Tür nähern... und Pronti ihm den Schädel einschlagen.

Leise... leise...

Als er fast da war, ließ ihn ein weiterer Schritt – ganz nah – zusammenzucken.

Aber da war niemand.

Was ist das?

Wieder ein dumpfer Aufprall.

Und ein Backsteinbruchstück, das ihm vor die Füße rollte.

Nein, nein! Seine militärische Ausbildung hatte ihn im Stich gelassen.

Die Schritte waren gar keine gewesen, sondern ein Ablenkungsmanöver. Natürlich!

Eine Stimme hinter ihm gab einen barschen Befehl.

Es war die Stimme einer Frau, ausgerechnet, und sie sprach Englisch, das er kaum verstand. Doch es erforderte nicht allzu viel Fantasie, auf den Inhalt zu schließen, und so ließ Pronti schnell die Stange fallen und hob beide Hände.

* * *

Amelia Sachs steckte die Waffe weg.

Sie stand über dem dünnen, unrasierten Mann, der trotzig auf dem Boden des Lagerhauses saß. Er trug schmutzige Kleidung. Pete Prescott war bei ihr und begutachtete die Metallstange, die der Mann bei sich gehabt hatte. »Eine fürchterliche Waffe.«

Sie warf einen Blick darauf. Ja, allerdings.

»*Il suo nome?*«, fragte Prescott.

Der Mann blieb stumm. Sein Blick huschte zwischen ihnen beiden hin und her.

Prescott wiederholte die Frage.

»Alberto Allegro Pronti«, sagte er. Dann sagte er noch etwas, und Prescott zog einen Ausweis aus der Tasche des Mannes.

Das Dokument bestätigte seine Identität.

Es folgte ein schneidender und herausfordernder italienischer Wortschwall. Sachs verstand ein paar Brocken. »Er ist Kommunist?«

Seine Augen leuchteten auf. »*Partito Communista Italiano!*«

»Die wurde neunzehnhunderteinundneunzig aufgelöst«, sagte Prescott.

»*No!*«, protestierte Pronti und lieferte einen langen und feurigen Monolog auf Italienisch. Sachs nahm an, dass er ein Veteran der alten Bewegung war, die heutzutage für kaum jemanden mehr eine Bedeutung besaß.

Der Mann redete weiter und verzog das Gesicht.

Prescott wirkte belustigt. »Er hat gesagt, Sie müssten sehr fähig sein, weil Sie ihn überrumpeln konnten. Er sei nämlich ein ausgebildeter Soldat.«

»Ist er das?«

»Nun, ich bin mir nicht sicher, was die Ausbildung angeht, aber er hat vermutlich Wehrdienst geleistet. In Italien musste jeder Mann ein Jahr zum Militär.« Prescott stellte ihm eine Frage.

Pronti senkte den Blick und antwortete.

»Wie es scheint, war er Koch in der Armee. Aber er betont, dass auch er die Grundausbildung absolviert hat.«

»Was macht er hier? Und bitte ohne politische Vorträge.«

Es stellte sich heraus, dass der Mann obdachlos war und in einer Gasse hauste, nur einen halben Block entfernt.

»Warum wollte er mich angreifen?«

Prescott lauschte mit geneigtem Kopf der Aussage des Mannes. »Bis vor ein paar Wochen hat er in diesem Lagerhaus gewohnt«, erklärte er dann. »Es hatte seit mindestens einem Jahr leer gestanden. Er hatte sogar eine Kette und ein Vorhängeschloss für die Hintertür angeschafft, um hier jederzeit Zutritt zu haben und keine Überfälle fürchten zu müssen. Er hatte es sich nett gemacht. Dann aber ist der Eigentümer oder ein Mieter zurückgekommen, um hier Sachen zu lagern, und ein Mann hat ihn bedroht und ihn rausgeworfen. Und ihn verprügelt. Außerdem hat er Mario getreten.«

»Wer ist Mario?«

»*Il mio gatto.*«

»Seine...«

»...Katze.«

»*Era scontroso*«, fügte Pronti hinzu.

»Der Mann, der ihn rausgeworfen hat, war... unangenehm«, sagte Prescott.

Wie wohl die meisten Katzentreter.

»Heute hat er jemanden gehört und angenommen, der Mann sei zurückgekehrt. Pronti wollte es ihm heimzahlen.«

»War heute jemand vor uns hier?« Sachs dachte an die zerbrochene Flasche.

»Ja«, übersetzte Prescott. »Ein paar Arbeiter haben entweder etwas eingelagert oder abgeholt. Vor ungefähr zwei Stunden. Er hat geschlafen und sie verpasst. Aber dann hat er Sie gehört.«

Sachs griff in die Tasche und reichte dem Mann einen Zwanzigeuroschein. Er bekam große Augen und rechnete sich vermutlich aus, wie viel billigen Wein er davon kaufen konnte. Dann zeigte sie ihm das Phantombild des Komponisten und das Passfoto von Malek Dadi.

»Haben Sie die beiden schon mal gesehen?«

Pronti verstand, schüttelte aber den Kopf.

Die wahrscheinlichste Erklärung lautete also, dass Dadi den Zettel von jemandem im Lager bekommen hatte, um sich hier womöglich einen Job suchen zu können, sobald man ihm Asyl gewähren würde.

Aber um auf Nummer sicher zu gehen, dass nicht doch eine Verbindung zu dem Komponisten bestand, sagte Sachs nun: »Wenn Sie ihn sehen...« Sie wies auf ihr Telefon. »Rufen Sie mich an?« Dabei tat sie so, als würde sie eine Nummer eintippen und zeigte auf sich selbst.

»*Nessun cellulare.*« Er verzog enttäuscht das Gesicht, als müsse er ihr das Geld zurückgeben.

»Gibt es hier in der Nähe einen Laden, wo ich ihm ein Prepaidtelefon besorgen könnte?«

»Ja, einen *tabaccaio* ein paar Häuserreihen entfernt.«

Sie gingen alle drei zu dem winzigen Geschäft, und Prescott kaufte mit Amelias Geld ein Telefon samt einiger Freiminuten für Anrufe und Textnachrichten.

Dann speicherte sie ihre Nummer in dem Gerät ein. »Schreiben Sie mir, falls Sie ihn sehen.« Sie gab ihm das Nokia und weitere zwanzig Euro.

»*Grazie tante, Signorina!*«

»*Prego.* Fragen Sie ihn, wie es Mario geht, seinem Kater. Nachdem man ihn getreten hat.«

Prescott gab die Frage weiter.

Pronti antwortete mit finsterer Miene.

»Er sagt, Mario wurde nicht schlimm verletzt. In erster Linie fühlte er sich wohl in seinem Stolz getroffen.« Prescott zuckte die Achseln. »Aber ist das nicht oft der Fall?«

41

Capitano Rhyme blickte auf. Er telefonierte gerade mit Amelia Sachs.

Ercole hatte etwas sagen wollen, hielt nun aber den Mund.

Sachs war immer noch in Mailand und berichtete, der Haftnotizzettel müsse höchstwahrscheinlich zu Malek Dadi gehört haben, nicht zu dem Komponisten. Der Vollständigkeit halber würde sie in dem Lagerhaus aber Erdproben nehmen und die Schuhabdrücke fotografieren. Außerdem habe sie fast dreihundert Fingerabdrücke gefunden, viel zu viele für eine brauchbare Analyse. Doch das sei bestimmt nicht von Belang, denn eine Verbindung zu dem Komponisten scheine mehr als fraglich.

Rhyme war enttäuscht, wenngleich nicht überrascht. Und es enttäuschte ihn auch, dass Sachs erst am nächsten Tag nach Neapel zurückkehren konnte, weil die Besatzung von Mike Hills Privatflugzeug in der Schweiz übernachten musste und sie erst am Morgen abholen würde.

Sachs erzählte jedoch, sie habe bereits ein schönes Hotel gefunden, das Manin, gleich gegenüber einem herrlichen Park, der früher den berühmten Zoo von Mailand beherbergt habe. Auch La Scala, das Opernhaus, liege nur wenige Minuten entfernt, ebenso der Mailänder Dom. Touristenziele wie diese waren ihr eigentlich nicht wichtig, aber sie würde sie vermutlich trotzdem besichtigen, denn es blieb nicht genug Zeit, um das zu tun, was sie am liebsten gemacht hätte: nach Maranello zu fahren – der Heimat von Ferrari – und mit einem F1 eine Runde auf der Rennstrecke zu drehen.

Sie beendeten das Telefonat, und Rhyme sah den Forstwachtmeister an. »Okay, Ercole, legen Sie los.« Er nickte auch Thom zu, um sich zu bedanken.

»Beatrice Renza hat ihre Untersuchung der Spuren abgeschlossen.« Ercole senkte die Stimme, was unnötig war, denn sie waren allein. »Im Fall Soames. Ich schildere Ihnen nun die Beweislage. Zuerst in Bezug auf die Wohnung, wo der Übergriff stattgefunden hat.«

Ercole ging zum Tisch und zog den Schreibblock hervor, den das unautorisierte Ermittlungsteam für seinen geheimen Auftrag benutzte – die tragbare Tabelle. Er schrieb sorgfältig, offenbar eingedenk der Kritik an seiner Handschrift.

DIE RAUCHSTATION, NATALIA GARELLIS WOHNUNG, VIA CARLO CATTANEO

- Spuren:
  - Essigsäure.
  - Aceton.
  - Ammoniak.
  - Ammoniumoxalat.
  - Asche.
  - Benzol.
  - Butan.
  - Kadmium.
  - Kalzium.
  - Kohlenmonoxid.
  - Kreuzkümmel.
  - Enzyme:
  - Protease.
  - Lipasen.

- Amylasen.
- Hexamin.
- Methanol.
- Nikotin.
- Phosphate.
- Kalium.
- Rotwein.
- Safran.
- Natriumkarbonat.
- Natriumperborat.
- Curry.
- Tabak und Tabakasche.
- Kardamom.
- Urat.

ORT DES ÜBERGRIFFS, NACHBARDACH, VIA CARLO CATTANEO

- Spuren:
    - Kreuzkümmel.
    - Enzyme:
        - Protease.
        - Lipasen.
        - Amylasen.
    - Phosphate.
    - Safran.
    - Natriumkarbonat.
    - Natriumperborat.
    - Kardamom.
    - Curry.
    - Urate.

»Wie Sie sehen, gibt es zwischen den beiden Orten viele Übereinstimmungen«, sagte Ercole aufgeregt. »Demnach ist es wahrscheinlich, dass die Person, die all diese Spuren an der Rauchstation hinterlassen hat, auch der Angreifer war.«

Nicht unbedingt wahrscheinlich, aber durchaus möglich, dachte Rhyme. Er überflog die Listen, zog Erklärungen in Erwägung, stellte Theorien auf und verwarf sie wieder.

»Beatrice arbeitet daran, uns zu erläutern, was diese Chemikalien bedeuten könnten.«

»Schön, schön, schön, das ist vielleicht aber gar nicht nötig.«

Der Forstwachtmeister hielt inne. »Aber für sich betrachtet sind das doch bloß Substanzen«, wandte er dann ein. »Wie können wir sagen, woher sie stammen? Wir müssen begreifen, was sich ergibt, wenn man sie kombiniert.«

»Und genau das habe ich gemacht«, murmelte Rhyme. »Die Chemikalien an der Rauchstation – zum Beispiel die Essigsäure, das Aceton, Ammoniak, Benzol, Butan und Kadmium – stammen, wenig überraschend, von Zigaretten.«

»Aber das sind doch Gifte, oder?«

Thom lachte. »Sie sollten lieber nicht rauchen, Ercole.«

»Nein, tue ich nicht. Werde ich auch nicht.«

Rhyme runzelte wegen der Unterbrechung die Stirn. »Also, wie gesagt, an der Rauchstation finden sich Rückstände von Zigarettenrauch. Kommen wir zu den anderen Bestandteilen: Ich sehe ein Waschmittel. Dann natürlich die Gewürze. Curry. Indisches Essen. Und am Ort des Übergriffs? Nur Waschmittel und Gewürze. Versuchen Sie sich zu erinnern, Ercole. War dort auf dem Dach irgendwo in der Nähe Wäsche aufgehängt? Ich habe das in Neapel überall gesehen.«

»Nein, dort oben nicht, da bin ich mir sicher. Ich habe nämlich genau danach Ausschau gehalten. Weil ich dachte, vielleicht hat jemand seine Wäscheleine eingeholt und dabei etwas gesehen.«

»Hm«, machte Rhyme und verzichtete darauf, ihm einen Vortrag über die Unzuverlässigkeit von Augenzeugen zu halten. »Das Paar, das dort wohnt... haben Sie die Telefonnummer?«

»Von der Frau des Paars, ja. Natalia. Sie ist auch Studentin. Und sehr schön.«

»Und was interessiert mich das?«

»Das würde es, wenn Sie sie gesehen hätten.«

»Rufen Sie sie an. Sofort. Finden Sie heraus, ob sie vor der Party Wäsche gewaschen hat. Und ob es auf der Party indisches Essen gab. Curry.«

Ercole nahm sein Telefon und wählte die Nummer. Rhyme stellte erfreut fest, dass sofort jemand an den anderen Apparat ging. Es folgte ein Gespräch auf Italienisch; wie fast immer klang es viel leidenschaftlicher und ausdrucksvoller, als es wohl auf Englisch gewirkt hätte.

Dann trennte Ercole die Verbindung. »Was die Wäsche angeht, haben Sie richtig vermutet, tut mir leid. Natalia hatte am Nachmittag Bettwäsche gewaschen für den Fall, dass einige Gäste hätten übernachten wollen, anstatt so spät noch Auto zu fahren. Diese Spur stammt also nicht von dem Vergewaltiger. Und für das Essen gilt leider das Gleiche. Auf der Party gab es nur Snacks – also Kartoffelchips, Nüsse und so weiter – und ein paar *dolce*, Süßigkeiten. Aber zum Abendessen vor der Party hatten sie und ihr Freund ein Currygericht bestellt. Ich erinnere mich an ein Foto von ihm. Er ist Inder. Das sind also auch keine guten Neuigkeiten für uns.«

»Leider nicht.«

Die Gewürze und das Waschmittel an der Rauchstation dürften von Natalia hinterlassen worden sein – entweder als sie sich dort unter die Gäste gemischt oder als sie hinterher aufgeräumt hatte. Und die Spuren am Ort des Übergriffs waren demnach entstanden, als sie dem Opfer zu Hilfe geeilt war.

»Haben Sie nicht erwähnt, Garry habe geglaubt, eine frühere Freundin wolle vielleicht Rache an ihm nehmen?«, fragte Ercole.

»Das hat seine Anwältin uns erzählt«, sagte Rhyme. »Die Freundin heißt Valentina Morelli und ist anscheinend in Florenz oder dort in der Nähe. Sie hat noch immer nicht zurückgerufen.«

In diesem Moment meldete Ercoles Telefon den Eingang einer Textnachricht. Er warf einen Blick auf das Display und schien zu erröten. Dann tippte er lächelnd eine Antwort.

Rhyme und Thom sahen sich an. Rhyme nahm an, dass sie beide das Gleiche dachten: eine Frau.

Wahrscheinlich diese attraktive Blondine, Daniela, um die er ständig herumscharwenzelt war.

Eine Verabredung mit einer schönen, leidenschaftlichen Polizistin – nun, der junge Mann hätte es schlechter treffen können, wusste Lincoln Rhyme aus eigener Erfahrung.

Ercole steckte sein Telefon ein. »Das Beste habe ich für den Schluss aufgehoben.«

»Und das heißt?«, fragte Rhyme genervt. Sachs war nicht da, um seine mürrische Art zu bändigen.

»Signor Reston hat mir bei Garrys Wohnung sehr hilfreiche Ratschläge gegeben. Er sagte, ich solle mich in den Täter hineinversetzen. Das habe ich gemacht, und wir konnten etwas ziemlich Interessantes herausfinden.«

Rhyme zog ungeduldig beide Augenbrauen hoch.

»Das Haus war in seiner Bauart typisch, nämlich symmetrisch. Für jedes Fenster auf der rechten Seite gab es eines auf der linken Seite. Für jeden Giebel vorn gab es einen hinten. Für jede...«

»Ercole?«

»Äh, ja. Doch auf der Rückseite gab es etwa zwanzig Zentimeter über dem Boden nur ein Fenster, um Licht in die untere

Wohnung zu lassen. Und zwar auf der – von hinten betrachtet – rechten Seite. Nur das eine. Warum gab es links nicht auch eines? Alles war symmetrisch, nur das nicht. Der Hinterhof war links nicht höher als rechts, außer genau an der Stelle, an der das Fenster gelegen hätte. Dort gab es einen kleinen Hügel. Und unter der Terrasse standen leere Blumenkübel. Genau die gleichen gab es auch *auf* der Terrasse, dort aber voller Erde.«

Rhymes Interesse war geweckt. »Der Täter hat also das linke Fenster aufgebrochen. Gehört es zu Garrys Schlafzimmer?«

»Ja. Und er oder sie hat dann drinnen die Drogen verstreut und danach die Erde aus den beiden Töpfen benutzt, um das Fenster zu verdecken.«

»Aber die Spurensicherung hat weder Glas noch Erde auf dem Boden gefunden.«

»Ah«, sagte Ercole. »Er oder sie war schlau und hat einen Glasschneider benutzt. Hier, sehen Sie.« Er entnahm einem Aktendeckel mehrere zwanzig mal fünfundzwanzig Zentimeter große Hochglanzfotos und legte sie vor Rhyme hin. »Beatrice hat die für uns ausgedruckt.«

Rhyme erkannte die gleichmäßigen Bruchkanten in der ungefähren Form eines Rechtecks.

»Nachdem er fertig war, hat er ein Stück Pappe außen vor das Fenster gestellt und dann die Erde davor aufgehäuft«, fuhr Ercole fort. »Leider gab es weder auf den Blumenkübeln noch auf der Pappe irgendwelche Fingerabdrücke. Aber ich habe Spuren gesehen, die von Latexhandschuhen hätten stammen können.«

Gut.

»Und ich habe Fußabdrücke gefunden, die vermutlich der Einbrecher hinterlassen hat.«

Rhyme nickte beifällig. Dem jungen Mann stand womöglich eine glänzende Zukunft bevor.

Ercole ergänzte nun die kleine Beweistabelle.

GARRY SOAMES' WOHNUNG,
CORSO UMBERTO I, NEAPEL

- Niedriges Fenster; aufgeschnitten.
  - Keine Fingerabdrücke, aber Spuren deuten auf Latexhandschuhe hin.
  - Mit Pappe abgedeckt und dann hinter Erde versteckt, um Einbruch zu vertuschen.
- Schuhabdrücke vor dem zerbrochenen Fenster und auf dem Boden im Innern.
  - Größe 7½ (m) / 9 (w) / 40 (europäisch), Ledersohle.
- Gamma-Hydroxybuttersäure, Vergewaltigungsdroge.
- Reifenabdruck im Schlamm (Hinterhof).
  - Continental 195/65 R15.
- Erdprobe aus Schuhabdruck.
  - Wird derzeit analysiert.

»Und die Vergewaltigungsdroge? Wo war die?«

»Auf dem Fenstersims.«

Rhyme betrachtete die Tabelle. »Wer zum Teufel ist der Einbrecher?«, grübelte er. »Dieselbe Person, die bei der Polizei angerufen und Garrys Namen genannt hat? Das war eine Frau. Auch die Schuhgröße könnte zu einer Frau passen.«

»Ich habe den Reifentyp nachgeschlagen. Den Continental. Wir wissen nicht, ob der Einbrecher ihn hinterlassen hat, aber der Abdruck war nur ein oder zwei Tage alt, und es hätte einen Sinn ergeben, dort hinten zu parken, um nicht von der Straße aus gesehen zu werden.«

»Ja, stimmt.«

»Leider eignet dieser Reifen sich für sehr, sehr viele verschiedene Autos. Doch wir können ...«

Ein Stimme durchschnitt die Luft wie der Knall einer Peitsche. »Forstwachtmeister. Sie verlassen den Raum. Sofort.«

Rhyme drehte den Rollstuhl zu Dante Spiro herum. Der schlanke Mann trug einen schwarzen Anzug mit weißem Hemd, aber ohne Krawatte. Zusammen mit dem Ziegenbart, dem kahlen Kopf und der zornigen Miene ergab das ein wahrhaft dämonisches Aussehen.

»Signore...« Ercoles Gesicht war weiß.

»Raus. Sofort.« Gefolgt von einer bösartigen Tirade auf Italienisch.

Der junge Beamte warf Rhyme einen Blick zu.

»Nicht er ist Ihr Vorgesetzter, sondern ich«, knurrte Spiro.

Der junge Mann ging los, hielt aber deutlichen Abstand zu Spiro.

»Und schließen Sie die Tür hinter sich«, murmelte der Staatsanwalt ihm zu, ohne dabei Rhyme aus den wütenden Augen zu lassen.

»*Sì, Procuratore.*«

42

»Wie konnten Sie es wagen? Sie arbeiten *gegen* einen Fall, bei dem ich die Anklage vertrete?«

Spiro ging auf Rhyme zu.

Thom trat vor.

»Sie auch«, sagte der Staatsanwalt. »Raus hier.«

»Nein«, erwiderte der Betreuer ruhig.

Spiro sah Thom in die Augen, schien dann aber zu entscheiden, dass es die Mühe nicht wert war, ihn zum Weggehen zu bewegen. Was der Betreuer ohnehin unter keinen Umständen getan hätte.

Zurück zu Rhyme. »Ich wollte Sie nie hier haben. Ihre Anwesenheit war unerwünscht. Massimo Rossi war der Ansicht, es könnte von Vorteil sein, und da er der leitende Ermittler ist, habe ich mich dummerweise erweichen lassen und zugestimmt. Doch wie sich nun zeigt, sind Sie auch bloß einer von denen.«

Rhyme runzelte fragend die Stirn.

»Ein wichtigtuerischer Amerikaner. Sie haben keinen Sinn für Anstand, Loyalität und Zuständigkeiten. Sie sind Teil einer großen, grobschlächtigen Maschine von einem Land, das blindlings vorantrampelt und alles in seiner Bahn niederwalzt. Ohne sich jemals dafür zu verantworten.«

Rhyme hatte keine Lust, diesem oberflächlichen Blödsinn zu widersprechen; er war nicht siebentausend Kilometer weit geflogen, um die amerikanische Außenpolitik zu verteidigen.

»Ja, zugegeben, Sie haben ein paar hilfreiche Gedanken zu dem Fall geäußert, doch genau genommen haben Sie uns dieses Problem überhaupt erst eingebrockt! Der Komponist ist ein Amerikaner. Es ist Ihnen nicht gelungen, ihn ausfindig zu machen und aufzuhalten. Daher ist Ihre Mitwirkung hier nun wirklich das *Mindeste*, was Sie tun können. Doch nun das Gegenteil? Sie *untergraben* einen Fall, *meinen* Fall, den Fall gegen einen Mann, der eines schrecklichen sexuellen Übergriffs beschuldigt wird, begangen an einer bewusstlosen Frau? Das ist wirklich vollkommen inakzeptabel, Mr. Rhyme. Garry Soames ist nicht das Opfer einer Hexenjagd. Er wurde gemäß den Gesetzen dieses Landes, einer Demokratie, verhaftet, auf der Grundlage hinreichender Anhaltspunkte und Zeugenaussagen, und kann sich aller ihm zustehender Rechte bedienen. Inspektor Laura Martelli und ich werden den Spuren nachgehen. Falls er sich als unschuldig erweist, wird man ihn freilassen. Doch vorläufig scheint er der Täter zu sein und bleibt in Gewahrsam, solange kein Richter ihn bis zum Prozess aus der Haft entlässt.«

Rhyme wollte etwas sagen.

»Nein, lassen Sie mich ausreden. Falls Sie zu mir gekommen wären und gesagt hätten, Sie möchten etwas zu seiner Verteidigung vorbringen oder einen forensischen Ratschlag erteilen, hätte ich das verstanden. Aber das haben Sie nicht getan. Um diese Travestie noch schlimmer zu machen, haben Sie für Ihre Zwecke einen *unserer* Beamten eingespannt, diesen jungen Mann, der bis vor ein paar Tagen den Zustand von Ziegenställen kontrolliert und Strafmandate verteilt hat, wenn jemand ungewaschenen Broccolini verkaufen wollte. Sie haben Einrichtungen der Polizei für unerlaubte Ermittlungen der Verteidigung missbraucht. Das ist ein schwerer Verstoß gegen die hiesigen Gesetze, Mr. Rhyme. Und ein Affront gegen Ihr Gastland, was ich, ehrlich gesagt, noch viel schlimmer finde.

Ich werde gegen Sie und Ercole Benelli ein Verfahren vorbereiten und auch einleiten, sofern Sie nicht sofort das Land verlassen. Und ich versichere Ihnen, Sir, die Annehmlichkeiten der Haftanstalt, die ich für Ihre Unterbringung empfehle, werden Ihnen nicht gefallen. Mehr habe ich zu dieser Angelegenheit nicht zu sagen.«

Er machte kehrt, ging zur Tür und öffnete sie.

»Die Wahrheit«, sagte Rhyme.

Spiro hielt inne und drehte sich zu ihm um.

»Für mich ist nur eines von Bedeutung«, sagte Rhyme. »Die Wahrheit.«

Ein kaltes Lächeln. »Soll das etwa eine Entschuldigung werden? Noch so etwas, das die Amerikaner lieben: *Entschuldigungen*. Sie machen, was sie wollen, und dann entschuldigen sie ihr Verhalten kurzerhand. Wir töten Tausende zu Unrecht, aber es war ja im Dienst einer höheren Sache. Wie sehr Ihr Land sich schämen muss. Tag und Nacht.«

»Keine Entschuldigung, Herr Staatsanwalt. Eine Tatsache. Es gibt absolut nichts, das ich nicht tun würde, um zur Wahrheit vorzudringen. Und das beinhaltet, hinter Ihrem Rücken und notfalls auch hinter dem eines jeden anderen tätig zu werden. Ich wusste, dass wir damit gegen alle Gepflogenheiten verstoßen, wenngleich ich es nicht für gesetzwidrig gehalten habe.«

»Das ist es aber«, bekräftigte Spiro.

»Garry Soames könnte durchaus der Vergewaltiger von Frieda S. sein. Das ist mir egal, ganz ehrlich. Falls meine Nachforschungen seine Schuld ergeben, überlasse ich Ihnen die Ergebnisse genauso gern wie im Fall entlastender Beweise. Das habe ich auch Garrys Anwältin gesagt. Ich kann jedoch nicht zulassen, dass irgendwelche Zweifel bleiben. Hat dieses Beweisstück uns alles verraten, was es zu sagen hat? Hält es etwas vor uns zurück? Ist es doppelzüngig? Gibt es vor, etwas völlig anderes zu sein?«

»Sehr clever, Mr. Rhyme. Benutzen Sie diese Personifizierungen auch in Ihren Seminaren, um die Studenten zu fesseln?«

Das machte er tatsächlich.

»Ihre Ermittlungen in dem Vergewaltigungsfall ließen sich nicht schlecht an...«

»Herablassung! Noch so etwas, das ihr Amerikaner hervorragend beherrscht.«

»Nein, im Ernst. Sie und Inspektor Martelli haben gute Arbeit geleistet. Doch es gibt auch Lücken. Ich habe jedenfalls einige Ansatzpunkte gefunden, deren genauere Untersuchung ich für lohnenswert hielt.«

»Ach, das sind doch bloß Worte. Sie haben mein Ultimatum gehört. Verlassen Sie sofort das Land, oder tragen Sie die Konsequenzen.«

Er wandte sich wieder ab.

»Haben Sie von dem Einbruch in Garrys Wohnung gewusst?«

Spiro hielt inne.

»Jemand mit Latexhandschuhen hat das Fenster seines Schlafzimmers zerschnitten und danach hinter Pappe und Erde versteckt, um den Einbruch zu vertuschen. Das war der Raum, in dem die Spuren der Vergewaltigungsdroge an seiner Kleidung gefunden wurden. Die Droge findet sich auch auf dem Fenstersims – *außerhalb* des Gebäudes.«

Rhyme nickte Thom zu. Der Betreuer nahm den Schreibblock mit der Beweistabelle und wollte ihn Spiro reichen, doch der winkte ab.

Und ging zur Tür.

»Bitte. Werfen Sie nur einen Blick darauf.«

Der Staatsanwalt seufzte laut, kam zurück und schnappte sich den Block. Dann überflog er die Einträge. »Und Sie haben Spuren gefunden, die jemanden von der, wie Sie das nennen, Rauchstation mit dem Ort in Verbindung bringen, an dem das Opfer missbraucht wurde. Hier, der *detersivo per il bucato* – das Waschmittel – und die Gewürze.«

Demnach erkannte er das Waschmittel anhand der Bestandteile. Beeindruckend.

»Doch das beweist gar nichts«, stellte Spiro fest. »Die Quelle dieser Spuren dürfte die Gastgeberin gewesen sein, Natalia. Sie hat dem Opfer geholfen. Und ihr Freund, Dev, ist Inder. Was den Curry erklärt.« Die Miene des Staatsanwalts wurde weicher. Er neigte den Kopf. »Ich habe ihn zunächst auch verdächtigt. Während ich in der Universität seine Aussage aufgenommen habe, hat er ständig irgendwelche Studentinnen taxiert. Sein Blick kam mir gierig vor. Und man hatte ihn an dem betreffenden Abend im Gespräch mit Frieda gesehen. Aber seine Anwesenheit auf der Party ist für jede Minute belegt. Und seine DNS stimmt nicht mit der aus der Vaginalprobe des Opfers überein.«

»Die Überwachungskamera eines nahen Hotels hat leider nicht funktioniert«, fügte Rhyme hinzu.

»So was kommt vor.«

»Ja, Sie haben recht. Die Spuren von Natalias Dach bringen uns nicht weiter. Aber die aus Garrys Wohnung. Dort gab es einen Fußabdruck.«

Spiro wurde sichtlich neugierig. Er schaute in der Tabelle nach. »Eine kleine Männergröße oder die einer *Frau*. Und es war eine Frau, die anonym behauptet hat, Garry habe Frieda etwas in den Wein geschüttet.«

»Ercole hat eine Bodenprobe aus dem Fußabdruck genommen. Sie wird gerade analysiert. Von Beatrice. Das könnte sich als hilfreich erweisen. Die Spur muss allerdings nicht vom Vergewaltiger stammen. Es könnte auch jemand sein, der Garry einfach nur in Schwierigkeiten bringen will – vielleicht die anonyme Anruferin. Garrys Anwältin hat uns erzählt, dass er ein ziemlicher Frauenheld war. Ein Aufreißer, verstehen Sie?«

»Ich verstehe.«

»Und womöglich hat er die Frauen nicht so behandelt, wie die das gern gehabt hätten. Es gibt eine Frau in Florenz, die...«

»Valentina Morelli«, sagte Spiro. »Ja, ich versuche selbst, sie ausfindig zu machen.«

Einen Moment lang herrschte Schweigen. Dann legte sich ein Ausdruck auf Spiros Gesicht, der zu besagen schien: Eigentlich weiß ich es ja besser, aber...

»*Allora, Capitano Rhyme*, ich werde diesem Ermittlungsansatz nachgehen. Und ich werde vorläufig darauf verzichten, Sie und Forstwachtmeister Benelli dafür zu belangen, dass Sie Einrichtungen der Polizei missbräuchlich verwendet und sich in eine laufende Untersuchung eingemischt haben. Vorläufig.«

Er zog eine Zigarre aus seiner Brusttasche, hob sie an die Nase, roch daran und steckte sie dann wieder ein.

»Meine Reaktion auf Ihre Anwesenheit, das ist Ihnen vielleicht aufgefallen, stand in keinem Verhältnis zu Ihrem, wenn ich so sagen darf, Vergehen. Sie sind unter großem persönlichen Risiko hergekommen – in Ihrer Verfassung sind solche Reisen gewiss kein Vergnügen. Es bleiben Gefahren.«

»Das gilt für jedermann.«

Spiro ging nicht darauf ein. »Und es gibt keine Garantie, dass Sie im Fall seiner Ergreifung tatsächlich eine Auslieferung des Komponisten bewirken könnten. Vergessen Sie nicht...«

»Die Wolfszitzenregel.«

»Ganz recht. Doch Sie sind trotzdem hergekommen, auf der Jagd nach Ihrem Täter.« Er neigte den Kopf. »Auf der Jagd nach der *Wahrheit*. Und ich habe mich auf Schritt und Tritt dagegen gewehrt.«

Spiro ließ den Blick über die Flipcharts schweifen, auf denen die Tabelle zum Fall des Komponisten stand. »Es gab einen Grund dafür«, sagte er dann langsam. »Einen persönlichen

Grund, der schon allein deswegen keine Rolle bei unserer Arbeit spielen dürfte.«

Rhyme sagte nichts. Er freute sich über jede Gelegenheit, weiterhin an den beiden Fällen arbeiten zu können – ganz zu schweigen davon, dass er nicht in einem italienischen Gefängnis landete –, also ließ er den Mann reden.

»Die Antwort reicht weit zurück«, sagte der Staatsanwalt. »Bis in die Zeit des Zweiten Weltkriegs, als Ihr Land und mein Land erbitterte Feinde waren...« Spiro lächelte. »...und auch wieder nicht.«

43

»Sie haben wahrscheinlich noch nie etwas vom *Esercito Cobelligerante Italiano* gehört.«

»Nein«, sagte Rhyme.

»Die mitkriegführende italienische Armee. Ein komplexer Name für ein simples Konzept«, erklärte Spiro. »Und was viele Amerikaner ebenfalls nicht wissen: Italien und die Alliierten waren nur zu Beginn des Krieges Gegner. Im Jahr neunzehnhundertdreiundvierzig, also lange vor dem Fall Deutschlands, haben beide Seiten dann einen Waffenstillstand unterzeichnet. Es stimmt, dass einige faschistische Verbände trotzdem an der Seite der Nazis geblieben sind, doch unser König und der Ministerpräsident haben sich den Amerikanern und Briten angeschlossen und *gegen* die Nazis gekämpft. Die mitkriegführende Armee war der italienische Teil der Alliierten. Aber wie Sie sich denken können, ist ein Krieg eine komplizierte Angelegenheit. Krieg ist *sciatta*. Schmutzig. Obwohl seit September dreiundvierzig der Waffenstillstand galt und wir fortan Verbündete waren, haben viele der amerikanischen Soldaten den Italienern nicht getraut. Mein Großvater war ein tapferer und dekorierter Infanteriekommandant, der mit seiner Kompanie die amerikanische Fünfte Armee beim Durchbruch der Bernhard-Linie unterstützen sollte. Die lag auf halbem Weg zwischen Rom und Neapel und war eine hartnäckig verteidigte Abwehrstellung der Nazis. Er führte seine Männer in der Nähe von San Pietro hinter die feindlichen Linien, griff den Gegner aus dem

Rücken an und errang einen glorreichen Sieg, wenn auch unter schweren Verlusten. Doch als die amerikanischen Truppen vorrückten, fanden sie die Einheit meines Großvaters *hinter* der Front vor. Von seinem Auftrag wussten sie nichts. Sie entwaffneten die ungefähr dreißig Überlebenden der Kompanie und trieben sie zusammen. Aber sie machten sich nicht die Mühe, mit ihrem eigenen Hauptquartier Rücksprache zu halten. Sie hörten auch nicht auf die Erklärungen meines Großvaters. Stattdessen wurden die Männer in ein Kriegsgefangenenlager verfrachtet, in dem bereits dreihundert Nazis untergebracht waren.« Er lachte verbittert auf. »Können Sie sich vorstellen, wie lange die Italiener da drinnen überlebt haben? Etwa zehn Stunden, heißt es. Und der Bericht besagt, dass die meisten von ihnen sehr qualvolle Tode gestorben sind, darunter auch mein Großvater. Die Amerikaner hatten zwar die Schreie gehört, sich aber nicht darum gekümmert. Als die Wahrheit ans Licht kam, hat ein Major der Fünften Armee sich bei den sechs Überlebenden entschuldigt. Ein *Major*. Kein General, kein Oberst. Ein Major. Er war achtundzwanzig Jahre alt.

Ich möchte noch etwas hinzufügen: Krieg ist nicht nur schmutzig, er hat auch unvorhersehbare Konsequenzen. Meine Mutter war noch ein kleines Mädchen, als ihr Vater in jenem Lager gestorben ist. Sie hat ihn kaum gekannt. Doch der Verlust hat etwas in ihrer Seele zerstört. Davon war jedenfalls meine Großmutter fest überzeugt. Sie kam nie so ganz mit dem Leben zurecht. Zwar hat sie geheiratet und mich und meinen Bruder zur Welt gebracht, aber nach meiner Geburt fingen die Episoden an. Und sie wurden schlimmer. Auf Depression folgte Manie, dann wieder Depression und wieder Manie. Manchmal, wenn sie meinen Bruder und mich von der Schule abholen wollte, hat sie sich mitten auf der Straße ausgezogen. Manchmal auch in der Kirche. Sie fing an zu schreien. Man hat sie diversen Behandlungen unterzogen, extremen Behandlungen.«

Es ist selten, dass jemand die Bestandteile von leitfähigem Gel erkennt...

»Die haben aber nicht geholfen, sondern nur ihr Kurzzeitgedächtnis zerstört. Die Traurigkeit ist geblieben.«

»Und wie geht es ihr heute?«

»Sie lebt in einem Heim. Mein Bruder und ich besuchen sie dort. Manchmal erkennt sie uns. Es gibt neue Medikamente, die haben sie stabilisiert. Die Ärzte sagen, mehr dürfen wir uns wohl nicht erhoffen.«

»Es tut mir leid, das zu hören.«

»Kann ich auch daran Ihrem Land die Schuld geben, zusätzlich zu dem Tod meines Großvaters? Ich habe es zumindest getan, und aus irgendeinem sehr unfairen Grund hat es mir die Last erleichtert. *Allora*, das wollte ich Ihnen sagen. Nicht mehr und nicht weniger.«

Rhyme nickte und akzeptierte die versteckte Entschuldigung, die dennoch von Herzen kam, da war er sich sicher.

Spiro schlug sich auf den Oberschenkel und erklärte damit das Thema für beendet. »So, wir sind uns einig, dass es uns beiden im Fall Garry Soames um die Wahrheit geht. Was machen wir als Nächstes?«

»Die Analyse der Vergewaltigungsdroge in Rom sollte beschleunigt werden. Wir müssen herausfinden, ob die Partikel in seiner Wohnung mit dem Mittel in Friedas Blut übereinstimmen.«

»Ja, ich werde das veranlassen.«

»Und Beatrice schließt die Untersuchung der Bodenprobe ab, die wir vor Garrys Fenster genommen haben.«

»*Bene.*«

»Doch ich habe noch eine Idee. Ich würde gern eine zusätzliche Analyse durchführen. Ercole kann das mit Beatrice besprechen.«

»Ah, der Forstwachtmeister. Den hätte ich ja fast vergessen.« Spiro ging zur Tür, steckte seinen Kopf hinaus und erteilte einen schroffen Befehl.

Ercole kam herein und sah wie ein kleines Häuflein Elend aus.

»Sie werden nicht entlassen, Ercole, jedenfalls *noch* nicht.« Spiro musterte ihn finster. »Captain Rhyme hier hat Ihnen den Hintern gerettet.«

Der junge Mann rang sich ein Lächeln ab, das ziemlich kläglich geriet.

Spiros Miene wurde sogar noch kälter. »Aber falls Sie jemals wieder versuchen, eine solche Masche abzuziehen, ist Ihre Laufbahn beendet.«

»Ich verstehe nicht, was Sie meinen.«

»Ach, nein? Nun, ich spreche nicht von Ihrem albernen Vorwand, Detective Sachs als Dolmetscherin für Arabisch mitzunehmen, obwohl der lachhaft durchsichtig war. Ich rede von dem Reporter am Durchgangslager Capodichino, Nunzio Parada, der mich gestern Abend mit Fragen gelöchert hat. Er ist ein Freund von Ihnen, nicht wahr?«

»Ich ... äh, kenne ihn ganz gut, ja.«

»Und haben Sie sich nicht weggeschlichen, als Sie mich dort eintreffen sahen, und ihn überredet, er möge mich für meinen Scharfsinn loben, die Amerikaner hergeholt zu haben?«

Die Wangen des Beamten leuchteten rot auf. »Es tut mir sehr leid, *Procuratore*, aber ich dachte, die Beteiligung von Detective Sachs würde uns allen nützen, und Sie, bei allem Respekt, schienen nicht gewillt zu sein, ihr dazu die Erlaubnis zu geben.«

»*La truffa*, Ihr Schwindel diente einem Zweck, Ercole, also habe ich mitgespielt, obwohl ich Sie durchschaut habe. Wir konnten dadurch das Gesicht wahren und gleichzeitig die fähige Signorina Sachs direkt an den Ermittlungen beteiligen. Aber es war ein billiger Trick und noch dazu erbärmlich schlecht durchdacht.«

»Warum sagen Sie das, *Procuratore*?«

»Ist es Ihnen denn nicht in den Sinn gekommen, dass man mich nicht loben, sondern eher dafür verspotten würde, dass ich ausgerechnet die Detectives nach Italien einlade, denen der Serienmörder in New York entwischen konnte?«

Rhyme und Thom lächelten.

»Gott sei Dank sind die Reporter dämlich genug, dass ihnen dieser Widerspruch ebenfalls entgangen ist. Doch in Zukunft werden Sie mir gegenüber ehrlich sein. Ich bin doch sanft wie ein Kätzchen, oder etwa nicht?«

»*Allora, Procuratore,* um die Wahrheit zu sagen ...«

»Sie führen sich auf, als hätten Sie Angst vor mir!«

»Ich glaube, dass viele Leute Angst vor Ihnen haben, Signor Spiro. Bei allem Respekt.«

»Warum?«

»Sie sind streng. Sie sind dafür bekannt, Leute anzuherrschen, sogar anzubrüllen.«

»Das machen Generäle auch oder Künstler oder Forscher. Weil es notwendig ist.«

»Ihr Buch ...«

»Mein Buch?«

Ercole wies auf die Jacketttasche des Mannes; der Ledereinband und die Seiten mit Goldschnitt ragten ein kleines Stück daraus hervor.

»Was ist damit?«

»*Allora*, Sie wissen schon.«

»Wie können Sie das behaupten, wo ich Sie doch gerade um eine Erklärung gebeten habe?«, fragte er barsch.

»*Procuratore*, Sie notieren sich darin, wer Ihnen unangenehm aufgefallen ist. Wem Sie es heimzahlen wollen.«

»Ach, tue ich das?«

»Das erzählt man sich zumindest. Ich habe das so gehört.«

»Nun, Forstwachtmeister, dann sagen Sie mir, wie viele Leute

Sie darin finden, die ich für den Pranger vorgemerkt habe.«
Spiro hielt ihm das Buch hin. Ercole nahm es zögernd.

»Ich...«

»Lesen Sie, Forstwachtmeister. Lesen Sie.«

Er schlug die Seiten auf. Rhyme erhaschte einen Blick auf enge Zeilen in winziger, aber sehr präziser italienischer Handschrift.

Ercole runzelte die Stirn.

»Der Titel«, sagte Spiro. »Lesen Sie vor, was oben auf der ersten Seite steht. Laut.«

»*La Ragazza da Cheyenne*«, las Ercole und sah Rhyme und Thom an. »Das heißt *Das Mädchen aus Cheyenne*.«

»Und darunter?«

»*Capitolo Uno*. Kapitel eins.«

»Und danach? Bitte fahren Sie fort, übersetzen Sie für *Capitano* Rhyme.«

Ercole war verwirrt. Dann neigte er den Kopf und übersetzte mit stockender Stimme. »Falls der Vier-Uhr-fünfundzwanzig-Zug nach Tucson nicht überfallen worden wäre, hätte Belle Walker ihren Verlobten geheiratet, und ihr Leben wäre genauso langweilig und vorhersehbar verlaufen wie das ihrer Schwestern und zuvor ihrer Mutter.«

Ercole blickte auf.

»Das ist ein Hobby von mir«, sagte Spiro. »Ich mag amerikanische Cowboygeschichten und lese viele davon. Schon seit ich ein Junge war. Wie Sie wissen, sind die italienischen und amerikanischen Western untrennbar miteinander verbunden. Sergio Leone. Die Clint-Eastwood-Filme. *Für eine Handvoll Dollar. Zwei glorreiche Halunken.* Dann das Meisterwerk *Spiel mir das Lied vom Tod.* Sergio Corbuccis *Django* mit Franco Nero in der Hauptrolle. Und natürlich die Musik, die Ennio Morricone für so viele dieser Filme geschaffen hat. Das hat er übrigens auch für den letzten Film von Quentin Tarantino getan. Bei den Romanen gefallen mir vor allem die Western, die im neunzehnten Jahrhundert von Frauen verfasst worden sind. Von ihnen stammen sogar einige der besten Titel. Haben Sie das gewusst?«

Kein Stück, dachte Rhyme. Und es ist mir auch völlig egal. Aber er nickte gehorsam.

»Faszinierend, *Procuratore*«, sagte Ercole, der vermutlich erleichtert war, nicht in dem verhängnisvollen Buch zu stehen.

»Ganz meine Meinung. Mary Foote hat achtzehnhundertdreiundachtzig einen klugen Roman über Goldgräber geschrieben. Von Helen Hunt Jackson stammt *Ramona*, ziemlich bekannt, aus dem Jahr danach. Und einer der interessantesten Vertreter ist *Told in the Hills* von Marah Ellis Ryan. Es geht darin sowohl um das Verhältnis zwischen den Rassen als auch um eine Abenteuergeschichte. Das finde ich bemerkenswert. Immerhin wurde der Text vor deutlich mehr als hundert Jahren geschrieben.«

Spiro zeigte auf das Buch, in dem Ercole immer noch las. »Ich versuche mich nun auch an einem Western«, sagte der Staatsanwalt, »und habe mir als Hauptfigur diese Belle Walker ausgedacht. Eine Frau aus der höheren Gesellschaft der Ostküste wird zu einer Gesetzeshüterin und jagt Verbrecher. Und später, in zukünftigen Büchern, wird sie Anklägerin. Wie Sie also sehen, Forstwachtmeister, brauchen Sie keine Angst zu haben, auf diesen Seiten zu enden. Was nicht heißen soll, dass es keine gravierenden Konsequenzen geben wird, falls Sie sich ab jetzt auch nur den geringsten Verstoß erlauben sollten.«

»Ja, ja.« Die Augen des jungen Beamten richteten sich abermals auf die Seiten.

Spiro nahm ihm das Buch aus den Händen.

»Aber *Procuratore*, bitte, wer hat denn nun den Zug überfallen? Wilde? Banditen?«

Spiro verzog das Gesicht und winkte ab. Ercole verstummte sofort.

»So, wir arbeiten an zwei Fällen gleichzeitig. Und im Augenblick möchte Captain Rhyme, dass Sie Beatrice um eine weitere Analyse im Zusammenhang mit Garry Soames bitten... Welche denn?«

»Ich habe die Tabelle und die Aussagen der Zeugen gelesen«, antwortete Rhyme. »Und ich hätte gern eine vollständige Untersuchung der Weinflasche, die an der Rauchstation sichergestellt wurde.«

»Der Inhalt wurde bereits auf die Vergewaltigungsdroge überprüft und die Außenseite auf Fingerabdrücke und DNS.«

»Ich weiß, aber ich möchte darüber hinaus, dass die Oberfläche der Flasche sowie das Etikett auf Partikelspuren untersucht werden.«

»Sorgen Sie dafür«, sagte Spiro zu Ercole.

»Ja, ich rede gleich mit Beatrice. Wo befindet sich die Flasche?«

»Die Asservatenkammer liegt ein Stück den Flur hinauf. Beatrice weiß Bescheid. Gibt es sonst noch etwas, Captain Rhyme?«

»Bitte nennen Sie mich Lincoln. Nein, ich glaube, das ist vorläufig alles.«

Spiro sah ihn fragend an. »Sie interessieren sich für den Wein, der auf der Party serviert wurde. Ich selbst stelle mir noch eine weitere Frage.«

»Und die wäre?«

»Diese dritte Person, die in Garry Soames' Wohnung eingebrochen ist, könnte dort belastendes Material deponiert haben, um entweder einen Unschuldigen zu belasten oder den wirklichen Vergewaltiger zu schützen oder sich an Soames zu rächen.«

»Ja. Das ist zumindest eine Theorie.«

»Wissen Sie, es gibt noch eine Möglichkeit. Der Einbrecher könnte ein Freund von Soames sein, der bezwecken will, dass wir genau das annehmen: dass Soames hereingelegt wurde... obwohl er in Wahrheit *doch* der Vergewaltiger gewesen ist.«

VI

DAS RATTENHAUS

Sonntag, 26. September

44

Die Gulfstream G650 setzte zum Anflug auf Neapel an, sanft wie ein Cadillac, dessen Federung in den Komfortmodus geschaltet war.

Amelia Sachs war heute als einzige Passagierin an Bord, und die Flugbegleiterin hatte es gut mit ihr gemeint.

»Noch etwas Kaffee? Sie sollten unbedingt die Croissants probieren. Die mit Schinken und Mozzarella gefüllten sind am besten.«

Daran könnte ich mich wirklich gewöhnen...

Nun, nach dem üppigen Frühstück und der reichlichen Dosis Koffein, lehnte Sachs sich zurück und sah aus dem Fenster. Das Durchgangslager Capodichino war deutlich zu erkennen. Von hier aus wirkte es wie ein unordentliches Gewimmel, viel größer, als es am Boden zu sein schien. Wo würden all diese Leute wohl landen?, fragte sie sich. Würden sie in zehn Jahren hier in Italien leben? In anderen Ländern? Oder würden sie in ihre Heimat zurückkehren müssen – um doch noch ein Schicksal zu erleiden, das sie durch ihre Flucht lediglich aufgeschoben hatten?

Würden sie noch leben oder bereits verstorben sein?

Ihr Telefon summte – hier an Bord mussten Mobiltelefone nicht abgeschaltet werden. Sachs nahm das Gespräch an.

»Ja?«

»Detective Sachs... Verzeihung, *Amelia*. Massimo Rossi hier. Sind Sie noch in Mailand?«

»Nein, wir landen gerade, Inspektor.«

»In Neapel?«

»Ja.«

»Gut, gut. Wir haben über die Internetseite der Questura nämlich eine Nachricht erhalten. Der Absender schreibt, er – oder sie, es wurde kein Name genannt – habe am Abend der Ermordung von Dadi kurz nach der Tat einen Mann auf einem Hügel beim Lager gesehen. Der Unbekannte habe bei einem dunklen Auto gestanden. Das Italienisch ist schlecht, daher sind wir uns sicher, dass der Tippgeber ein Übersetzungsprogramm benutzt hat. Ich nehme an, er ist einer der Straßenhändler und seine Muttersprache ist Arabisch.«

»Konnte er den Ort genauer bezeichnen?«

»Ja.« Rossi nannte ihr einen Straßennamen. Er hatte bereits Google Earth konsultiert und einen Pfad gefunden, der auf den besagten Hügel führte. Der Inspektor beschrieb ihr die Einzelheiten.

»Wahrscheinlich sind wir soeben darüber hinweggeflogen. Ich nehme mir den Ort auf dem Rückweg mal vor.«

»Ercole Benelli trifft sich dort mit Ihnen. Falls ein Übersetzer benötigt wird.« Er kicherte. »Oder eine echte Dienstmarke die Zungen lösen muss.«

Sie trennte die Verbindung. Ein besorgter Bürger hatte sich gemeldet, was sagte man dazu?

Ein *halbwegs* besorgter Bürger.

Würde es dort wohl Spuren geben?

Vielleicht, vielleicht auch nicht. Doch man durfte sich keine Gelegenheit entgehen lassen, auch nur ein Mikrogramm an Partikeln zu sichern.

* * *

Amelia Sachs saß auf der Rückbank von Mike Hills Limousine, während der fröhliche Fahrer erneut mit ihr flirtete und sie mit weiteren Einzelheiten über Neapel unterhielt. Heute ging es um die Ausbrüche des Vesuv, und sie erfuhr zu ihrer Überraschung, dass am tödlichsten nicht etwa die Asche, das Erdbeben oder die Lava waren, sondern die giftigen Dämpfe.

»Es dauert nur wenige Minuten. *Peng.* Heißt das so?«

»Ja.«

»Peng und tot. Tausende! Das bringt einen doch zum Nachdenken, oder? Man sollte keinen Moment seines Lebens verschwenden.« Er zwinkerte ihr zu, und sie fragte sich, ob er sich wohl regelmäßig auf Naturkatastrophen bezog, um Frauen zu verführen.

Sie hatte ihm den Zielort genannt, und der Audi schlängelte sich nun durch die Hügel nördlich des Lagers. In einer von Bäumen gesäumten Senke sah sie Ercole Benelli warten, und bat den Chauffeur, er möge dort anhalten.

Sie begrüßten einander, und Amelia stellte Ercole dem Fahrer vor. Die beiden Männer wechselten ein paar Worte auf Italienisch.

»Können Sie hier warten?«, fragte Sachs. »Es wird nicht lange dauern.«

»Ja, ja! Selbstverständlich.« Der große Mann lächelte, als könne er einer schönen Frau sowieso nichts abschlagen.

»Ist das der Pfad?«, fragte sie Ercole.

»Ja.«

Sachs schaute sich um. Das Lager war von hier aus nicht zu erkennen, aber sie nahm an, dass der Weg zu einem guten Aussichtspunkt führte.

Sie streiften sich Gummibänder über die Schuhe und gingen los. Der Weg war steil und bestand zumeist aus Erde und Gras, doch es gab auch einige glatte Trittsteine, die hier nicht zufällig zu liegen schienen. War dies eine alte Römerstraße?

Der Aufstieg ließ sie keuchen. Und schwitzen. Es war heiß, sogar schon zu dieser frühen Stunde.

Eine leichte Brise hüllte sie in lieblichen Duft.

»Telinum«, sagte Ercole. Er hatte anscheinend bemerkt, dass Amelia den Kopf in Richtung des Wohlgeruchs wandte.

»Ist das eine Pflanze?«

»Ein Parfüm. Doch es bestand aus manchem, was Sie hier riechen: Zypresse, Kalmus und süßem Majoran. Telinum war das beliebteste Parfum zu Cäsars Zeiten.«

»Julius?«

»Der und kein anderer«, sagte Ercole.

Sie erreichten die Kuppe des Hügels. Hier standen keine Bäume, und, jawohl, man konnte von hier aus das Lager gut überblicken. Sachs war enttäuscht, dass auf den ersten Blick nichts auf den Komponisten hindeutete. Sie gingen weiter, in die Mitte der Freifläche.

»Wie war es in Mailand?«, fragte Ercole. »Captain Rhyme hat erzählt, dass Sie nichts gefunden haben.«

»Nein. Aber wir konnten eine Möglichkeit ausschließen. Das ist genauso wichtig, wie eine Spur bestätigt zu finden.«

»Genauso?«, fragte er ein wenig spöttisch.

»Okay. Nein. Aber nachgehen muss man ihr trotzdem. Außerdem habe ich heute Croissants an Bord eines Privatjets gegessen und kann mich daher wohl kaum beklagen. Übrigens, ich sehe hier weder irgendwelche Fußabdrücke noch… nun ja, überhaupt irgendwas. Wo hat er denn gestanden?«

Sie sahen sich um, und Ercole schritt die Lichtung sorgfältig ab. »Nein, nichts«, sagte er und kehrte zu Sachs zurück.

»Wieso sollte der Komponist herkommen? Es war nach dem Mord, hat der Zeuge behauptet.«

»Um zu sehen, wer hinter ihm her ist?« Der junge Beamte zuckte die Achseln. »Oder um mit den Göttern, mit Satan oder sonst wem Rücksprache zu halten, der ihm Befehle erteilt.«

»Das ergibt genauso viel Sinn wie alles andere.«

Ercole schüttelte den Kopf. »Hinter den Bäumen da drüben wäre er geschützt gewesen. Ich schaue mal nach.«

»Und ich gehe dort unten hin.« Sachs steuerte eine kleine Lichtung an, die etwas hangabwärts und damit näher am Lager lag.

Was hat er hier gewollt?, fragte sie sich ein weiteres Mal.

Es lag für ihn völlig abseits. Den Pfad zu erklimmen hätte ihn wertvolle zehn Minuten gekostet, die er dringend für seine Flucht brauchte.

Dann blieb sie abrupt stehen.

Der Pfad!

Man konnte das Lager nur von hier oben aus sehen – und umgekehrt von dort aus gesehen werden –, nachdem man den Pfad von der Straße heraufgestiegen war. Dennoch hatte der Tippgeber geschrieben, er habe den Verdächtigen neben einem dunklen Wagen stehen gesehen.

Unmöglich.

Man konnte mit einem Auto nicht nach hier oben gelangen; es musste in der Senke und damit außer Sichtweite zurückbleiben.

Dies war eine Falle!

Der Komponist hatte die E-Mail selbst geschickt – in schlechtem Italienisch, als automatische Übersetzung aus dem Englischen –, um sie oder andere Beamte herzulocken.

Sachs drehte sich um, rief Ercoles Namen und wollte gerade wieder zur Kuppe hinaufsteigen, als sie den Schuss hörte. Einen lauten Gewehrschuss, der von den Hügeln widerhallte.

Oben angekommen, duckte Amelia sich ins Unterholz am Rand der Freifläche und zog ihre Beretta. Unten in der Senke sah sie Hills Fahrer erschrocken hinter dem Audi in Deckung hocken. Er hatte sein Mobiltelefon am Ohr und schien lautstark die Polizei zu verständigen.

Und dann schaute sie dicht über das trockene, raschelnde Unkraut hinweg und sah Ercole Benelli bäuchlings ausgestreckt vor einer prächtigen Magnolie im Staub liegen. Sie richtete sich auf und wollte zu ihm laufen, als ein zweites Projektil unmittelbar vor ihr in den Boden einschlug. Erst einen kleinen Moment später erfüllte auch das Donnern des Schusses die Luft.

* * *

»Ein einziges Interview?«, fragte der Mann am anderen Ende der Leitung mit seinem sanften Südstaatenakzent, durch den die Bitte gleich viel überzeugender wirkte.

»Nein«, entgegnete Rhyme trotzdem.

Daryl Mulbry war hartnäckig, das musste man dem bleichen Kerl lassen.

Rhyme und Thom saßen im Frühstücksraum ihres Hotels. Normalerweise hatte Rhyme morgens kaum Hunger, doch in Europa war das Frühstück im Zimmerpreis inbegriffen, und außerdem war sein Appetit größer als üblich, vielleicht wegen der Reise, vielleicht auch wegen der intensiven Arbeit an den Fällen.

Oh, und nicht zu vergessen: Das Essen hier war verdammt gut.

»Garry wurde zusammengeschlagen. Was auch immer wir über den Fall publik machen, könnte ihm zu einer Verlegung aus dem Allgemeintrakt verhelfen.« Mulbry war mit Charlotte McKenzie in dem ihr zugewiesenen Büro im Konsulat und hatte das Gespräch auf den Lautsprecher gelegt. »Die Aufseher sind anständige Leute und versuchen, ihn im Blick zu behalten«, erklärte sie nun. »Aber sie können nicht überall sein. Ich brauche nur einen Hinweis auf seine mögliche Unschuld, um seine Verlegung zu bewirken.«

»Können Sie denn wenigstens *uns* verraten, was Sie bisher herausgefunden haben?«, fragte Mulbry.

Rhyme seufzte. »Es gibt Hinweise, dass er unschuldig sein könnte, ja«, sagte er und bemühte sich, geduldig zu bleiben. Konkreter wollte er nicht werden, weil er fürchtete, Mulbry würde es an die Medien durchsickern lassen.

»Wirklich?« Das war McKenzie. Sie klang begeistert.

»Doch das ist nur die eine Hälfte der Geschichte. Wir müssen in der Lage sein, auf den echten Täter zu verweisen. Und so weit sind wir noch nicht.« Spiro hatte ihrer weiteren Beteiligung zugestimmt, doch Rhyme würde ohne Rücksprache mit dem Staatsanwalt auf keinen Fall eine Presseerklärung abgeben.

»Könnten Sie uns einen der Anhaltspunkte nennen?«, fragte Mulbry.

Rhyme blickte quer über den Tisch. »Oh, tut mir leid. Ich habe jetzt einen wichtigen Termin. Hier ist jemand, den ich sprechen muss. Ich melde mich so bald wie möglich wieder.«

»Nun, falls…«

Klick.

Rhyme richtete seine Aufmerksamkeit auf den Mann, den er gemeint hatte und der sich dem Tisch näherte: ihren Kellner, einen schmalen Burschen mit weißer Jacke und extravagantem Schnurrbart. »*Un altro caffè?*«, fragte er Rhyme.

»Das heißt…«, setzte Thom an.

»Ich kann es mir denken. Ja, bitte.«

Der Mann ging weg und brachte gleich darauf eine Tasse Americano.

Thom sah sich im Raum um. »Hier in Italien ist niemand fett. Ist dir das auch schon aufgefallen?«

»Was hast du gesagt?«, fragte Rhyme. Sein Tonfall verriet, dass er in Gedanken woanders war. Er dachte über die beiden Fälle nach, über Garry Soames und den Komponisten.

»Sieh dir dieses Essen an«, fuhr der Betreuer fort. Er wies auf das große Buffet mit verschiedenen Arten von Schinken, Salami, Käse, Fisch, Obst, Müsli, Gebäck, einem halben Dutzend Brotsorten und geheimnisvollen Leckerbissen in glänzendem Papier. Eier und andere warme Gerichte wurden auf Bestellung frisch zubereitet. Jeder hier aß eine vollwertige Mahlzeit, und ja, niemand war fett. Mollig vielleicht. Wie Beatrice. Aber nicht fett.

»Nein«, sagte Rhyme nachdrücklich und beendete damit das drohende Gespräch über die Fettleibigkeit vieler Amerikaner – ein Thema, das ihn nicht im Mindesten interessierte. »Wo, zum Teufel, bleibt sie? Wir müssen uns an die Arbeit machen.«

Mike Hills Privatjet hatte Amelia Sachs in Mailand abgeholt und zurück nach Neapel gebracht. Sie war vor einer halben Stunde gelandet. Dann wollte sie mit Ercole noch einem möglichen Hinweis in den Hügeln oberhalb des Flüchtlingslagers nachgehen, doch Rhyme hatte nicht gedacht, dass es so lange dauern würde.

Der Kellner näherte sich ein weiteres Mal.

»*No, grazie*«, sagte Thom.

»*Prego.*« Dann, nach kurzem Zögern: »Dürfte ich vielleicht um *un autografo* bitten?«

»Meint er das ernst?«, murmelte Rhyme.

»Lincoln«, wies Thom ihn tadelnd zurecht.

»Ich bin ein Cop. Ein *ehemaliger* Cop. Wer legt Wert auf mein Autogramm? Der Mann kennt mich doch gar nicht.«

»Aber du bist auf der Jagd nach dem Komponisten«, sagte Thom.

»*Sì! Il Compositore!*« Die Augen des Kellners leuchteten.

»Es ist ihm ein Vergnügen.« Thom nahm den Bestellblock des Kellners entgegen und legte ihn vor Rhyme hin. Der rang sich ein gequältes Lächeln ab, ließ sich einen Stift geben und schrieb umständlich seinen Namen auf das Papier.

»*Grazie mille!*«

»Sag...«, wollte Thom ihn auffordern.

»Spiel jetzt ja nicht den Schulmeister«, flüsterte Rhyme ihm zu und sah den Kellner an: »*Prego.*«

»Die Eier sind übrigens hervorragend«, sagte Thom. »*Le uova sono molto buone.* War das richtig so?«

»*Sì, sì! Perfetto! Caffè?*«

»*E una grappa*«, unternahm Rhyme einen Versuch.

»*Sì.*«

»*No.*« Von Thom.

Der Mann bemerkte die unnachgiebige Miene des Betreuers, nickte und ging weg, nicht ohne Rhyme zuvor einen verschwörerischen Blick zuzuwerfen. Das sollte wohl bedeuten, dass er seinen Grappa wenn schon nicht jetzt, so doch demnächst bekommen würde. Rhyme lächelte.

Er schaute zum großen Fenster hinaus und sah Mike Hills Limousine vor dem Hotel anhalten. Sachs stieg aus und streckte sich.

Irgendetwas stimmte nicht. Ihre Kleidung war staubig. Und was war das da auf ihrer Bluse? Etwa Blut? Sie lächelte nicht.

Er sah zu Thom. Auch der Betreuer runzelte die Stirn.

Der Fahrer, ein kräftiger, dunkelhäutiger, behaarter Mann – so typisch italienisch – eilte herbei und holte ihre kleine Tasche aus dem Kofferraum. Sachs schüttelte den Kopf – die nette Geste war nicht nötig; die Tasche wog höchstens fünf Kilo. Die beiden wechselten ein paar Worte, und er neigte den Kopf. Dann gesellte er sich zu einer Gruppe anderer Fahrer, um eine Zigarette zu rauchen und – wie Rhyme es bei den Italienern schon oft aufgefallen war – sich angeregt zu unterhalten.

Sachs kam in den Frühstücksraum.

»Amelia!«, sagte Thom und stand auf, um sich bemerkbar zu machen.

»Was ist los?«, fragte Rhyme ernst. »Bist du verletzt?«

»Nein, es geht mir gut.« Sie setzte sich und leerte ein volles Glas Wasser auf einen Zug. »Aber ...«

»Oh, verflucht. Eine Falle?«

»Ja. Der Komponist. Er hat ein Gewehr, Rhyme. Mit Hochgeschwindigkeitsmunition.«

Rhyme neigte den Kopf. »Und Ercole? Er war doch bei dir.«

»Auch ihm ist nichts passiert. Im ersten Moment dachte ich, er sei getroffen worden, aber der Komponist hat vermutlich über Kimme und Korn gezielt, ohne Zielfernrohr. Sein Schuss ging fehl, und Ercole hat sich einfach fallen gelassen und tot gestellt. Mir hat er dann dicht vor die Füße geschossen, aber ich habe das Feuer erwidert, und wir konnten von dem Hügel fliehen.«

»Geht es dir wirklich gut?«

Sie berührte einige Kratzer an ihrem Hals. Dann blickte sie an ihrer gelbbraunen Bluse hinunter und verzog das Gesicht. »Da sind wohl ein paar Steinchen aufgespritzt und haben mich erwischt, aber Hills Fahrer hat sofort die Polizei verständigt, und die war sehr schnell vor Ort. Die Spurensicherung nimmt sich gerade den Tatort vor, aber ich konnte nicht erkennen, von wo aus er geschossen hat, und es waren auch nur zwei Schüsse, also hat er die Hülsen wahrscheinlich eingesammelt und mitgenommen. Hoffentlich findet man wenigstens die Projektile. Die Kollegen hatten jedenfalls Metalldetektoren dabei. Ercole ist geblieben, um ihnen zu helfen.«

Der Komponist war bewaffnet. Erst mit einer Schlinge, dann mit einem Messer und nun mit einem Gewehr.

Tja, das änderte alles. Von nun an mussten sie bei jedem Schauplatz davon ausgehen, dass er ihnen dort auflauerte, um sie auszuschalten.

Was auch immer seine Mission war, ob er die Welt nun vor Dämonen oder wiedergeborenen Hitlers erretten wollte, sie war so wichtig für ihn, dass er nicht einmal vor dem Mord an Polizisten zurückschreckte, um sie zum Abschluss zu bringen.

Sachs trank einen Schluck von Rhymes Kaffee. Sie hatte sich im Griff, wie stets nach einer solchen Situation. Nervös wurde sie nur, wenn Langeweile und Ruhe die Oberhand gewannen. Sie bekam einen Anruf, hörte kurz zu und trennte die Verbindung wieder.

»Das war Ercole. Der Standort des Schützen lässt sich nicht bestimmen, und er hat alle errichteten Straßensperren umgehen oder passieren können. Aber eines der Projektile wurde gefunden. Es sieht nach einer zwei-siebziger Winchester aus.«

Ein beliebtes Kaliber für Jagdgewehre.

Rhyme erzählte ihr davon, dass Spiro ihren unerlaubten Ermittlungen zur Entlastung von Garry Soames auf die Schliche gekommen war. Und sich wieder beruhigt hatte.

»Hat Beatrice uns verraten?«

»Nein, sie wusste nicht, dass es keine offizielle Genehmigung gab. Ich glaube, Dante ist einfach nur ein sehr, sehr guter Ermittler. Doch wir haben uns ein Küsschen gegeben und wieder vertragen. Jedenfalls bis zu einem gewissen Punkt. Aber von nun an sprechen wir die Dinge mit ihm ab.«

Dann schilderte Rhyme ihr einige Einzelheiten der Spurenanalyse von Natalia Garellis Dach, wo der Übergriff stattgefunden hatte, und Garry Soames' Wohnung.

»Nun, das sind ja interessante Neuigkeiten.«

»Bezüglich der Vergewaltigungsdroge warten wir immer noch auf die Untersuchungsergebnisse aus Rom. Außerdem fehlt noch die Analyse der Bodenprobe, die Ercole aus Garrys Hinterhof mitgebracht hat. Aber lass uns in die Questura fahren. Mal sehen, ob unser Freund so leichtsinnig gewesen ist, sein Jagdgewehr ohne diese verdammten Latexhandschuhe zu laden.«

* * *

»Fatima!«

Fatima Jabril hörte die freundliche Stimme und drehte sich zu dem belebten Gehweg zwischen den Zelten um. Rania Tasso kam auf sie zu. Die sonst so ernste Frau – ähnlich wie Fatima selbst – lächelte diesmal.

»Direktorin Tasso.«

»Rania. Bitte nennen Sie mich Rania.«

»Ja, das haben Sie schon gesagt. Verzeihung.« Fatima legte das in Papier gewickelte Päckchen ab, das sie hielt, und stellte ihren Rucksack daneben – er enthielt medizinische Vorräte und musste ungefähr zehn Kilo wiegen. Als sie sich aufrichtete, knackte ein Knochen in ihrem Rücken.

»Ich habe von dem Baby gehört!«, sagte Rania.

»Ja, beide sind wohlauf. Mutter und Kind.«

Erst eine halbe Stunde zuvor hatte Fatima als Hebamme bei einer Geburt geholfen. In diesem »Dorf« mit Tausenden von Einwohnern waren Geburten keine Seltenheit, doch dieses kleine Mädchen war etwas Besonderes gewesen – das hundertste Kind, das in diesem Jahr in Capodichino das Licht der Welt erblickte.

Und zur Überraschung aller Anwesenden hatten die tunesischen Eltern ihre Tochter Margherita genannt, nach der Frau des Königs von Italien im späten neunzehnten Jahrhundert.

»Kommen Sie in der Klinik gut zurecht?«, fragte Rania.

»Ja. Die Einrichtungen sind nicht schlecht.« Sie zeigte auf den Rucksack voller Hilfsmittel. »Obwohl ich mir manchmal wie eine Ärztin in einem Krisengebiet vorkomme. Immer unterwegs, um aufgeschlagene Knie oder Brandwunden zu verbinden. Die Leute sind unvorsichtig. Ein Mann hat Ziegenfleisch gekauft – von den Händlern da draußen.« Fatima schaute durch den Zaun zu den Verkaufswagen und -ständen. »Und dann hat er in seinem Zelt ein Feuer angezündet.«

»Nein!«

»Die Leute wären erstickt, wenn ihr kleiner Sohn nicht zu mir gelaufen wäre und mich gefragt hätte, warum Mama und Papa so fest schlafen.«

»Das waren bestimmt keine Beduinen«, sagte Rania.

»Nein, natürlich nicht. Nomaden wissen, wie man in Zelten wohnt. Was dort sicher ist und was nicht. Diese Familie war aus einem Vorort von Tobruk. Es ist alles glimpflich abgegangen, aber ihre Kleidung wird auf ewig nach Rauch riechen.«

»Ich werde ein Flugblatt verteilen lassen, dass die Leute so etwas nicht tun sollen.«

Fatima hob das Päckchen auf und lächelte – vielleicht zum ersten Mal in Gegenwart einer anderen Person hier, abgesehen von ihrem Mann oder Muna. »Es ist ein Wunder!«, sagte sie zu Rania. »Meine Mutter hat uns aus Tripolis Tee geschickt. Adressiert an mich im Durchgangslager ›Cappuccino‹ in Neapel.«

Rania lachte. »Cappuccino?«

»Ja. Aber es ist angekommen.«

»Das ist wirklich ein Wunder. Die italienische Post ist berüchtigt dafür, sogar bei korrekter Anschrift falsch zuzustellen.«

Die Frauen nickten sich zum Abschied zu und gingen ihrer Wege. Fatima hatte schwer an dem Rucksack zu schleppen. Sie kehrte zu ihrem Zelt zurück, stellte die Last ab, begrüßte ihren Mann, hob dann ihre Tochter hoch und schloss sie in die Arme. Khaled blickte zufrieden drein. Und ein wenig verschwörerisch.

»Was gibt es denn, mein Ehemann?«

»Ich habe gerade von einer Arbeitsstelle erfahren, die ich möglicherweise bekommen könnte, sobald unser Asylantrag bewilligt wird. Es gibt hier einen Tunesier, der schon seit Jahren in Neapel lebt und eine Buchhandlung für arabische Kunden besitzt. Er will mich vielleicht einstellen.«

Khaled war als Lehrer sehr glücklich gewesen – er liebte Worte und Geschichten. Nach der Befreiung, als das nicht länger möglich war, hatte er als Kaufmann gearbeitet. Das hatte ihm nicht nur keinen Spaß gemacht, sondern ihm war auch wenig Erfolg beschieden gewesen (hauptsächlich weil die Männer auf den Straßen eher aufs Plündern versessen waren als auf den Aufbau einer Demokratie). Fatima lächelte ihren Mann nun an, wandte dann aber den Blick ab... um ihn nicht merken zu lassen, dass sie im Herzen spürte, es würde nicht gelingen. Die Erfahrungen des letzten Monats verrieten ihr, dass sie hier in Italien nicht einfach wieder als zufriedene, fröhliche Familie von vorn anfangen und so tun konnten, als wäre nichts geschehen.

Unmöglich. Sie hatte den Eindruck, das Verhängnis lege sich wie ein schwerer Umhang auf ihre Schultern. Fatima drückte ihre Tochter fest an sich.

Aber ihr Mann war so naiv, und sie wollte ihm nicht die Hoffnung rauben. Khaled erzählte, der Buchhändler wolle sich draußen vor dem Lager auf einen Tee mit ihm treffen. Ob Fatima ihn wohl begleiten würde? Sie war einverstanden. Und musste unwillkürlich an ihren ersten gemeinsamen Abend zurückdenken, als sie Tee in der Nähe des riesigen Platzes in Tripolis getrunken hatten, der in der Kolonialzeit ausgerechnet von den Italienern erbaut worden war. Damals hatte er Piazza Italia geheißen, heute Platz der Märtyrer.

Die Befreiung...

Fatima erbebte vor Zorn.

Narren! Wahnsinnige! Die unsere Welt zerstören und...

»Was ist denn, Fatima? Du siehst so besorgt aus.«

»Ach, nichts, mein Ehemann. Lass uns gehen.«

Sie traten hinaus und gaben Muna bei einer Nachbarin ab, die selbst vier Kinder hatte. Ihr Zelt war hier die inoffizielle Krabbelstube.

Dann ging das Ehepaar in den hinteren Teil des Lagers. Hier gab es eines der provisorischen Tore – ein schlichtes Loch im Maschendrahtzaun. Die Wachen wussten davon, unternahmen aber so gut wie nichts dagegen, dass die Leute sich hinausschlichen, um etwas einzukaufen oder Freunde und Verwandte zu treffen, die nach der Bewilligung ihres Asylantrags das Lager verlassen hatten. Fatima und Khaled duckten sich nun durch die Öffnung und folgten dann einer Baumreihe mit niedrigem Unterholz.

»Oh, sieh mal«, sagte Fatima. Khaled ging einige Schritte weiter, während seine Frau eine kleine blühende Pflanze betrachtete. Die Blüten waren wie winzige violette Sterne inmitten dunkelgrüner Blätter. Sie würde einige für Muna pflücken. Fatima wollte sich bücken, erstarrte dann aber und keuchte auf.

Ein großer Mann schob sich plötzlich durch die Büsche. Er hatte helle Haut und dunkle Kleidung, eine dunkle Mütze und eine Sonnenbrille. Und er trug blaue Gummihandschuhe.

Genau wie Fatima vorhin, als sie die wunderhübsche kleine Margherita auf die Welt geholt hatte.

In einer Hand hielt der Fremde eine Art Kapuze aus dunklem Stoff.

Fatima wollte schreien und zu ihrem Mann laufen.

Doch die Faust des Unbekannten kam wie aus dem Nichts und erwischte sie voll am Kinn. Fatima kippte nach hinten, so stumm, als hätte Gott, gepriesen sei Sein Name, ihr die Stimme geraubt.

* * *

Binnen einer Stunde hatte die Einsatzgruppe im Fall des Komponisten sich in dem fensterlosen Lagezentrum neben dem Labor der Spurensicherung versammelt. Außer Rhyme, Sachs und Thom waren Spiro und Rossi sowie Giacomo Schiller anwesend, der rotblonde Beamte des Überfallkommandos.

»Sind Sie verletzt?«, fragte Spiro mit Blick auf Sachs' Hals.

Sie erwiderte, es gehe ihr gut.

Rhyme erkundigte sich nach neuen Erkenntnissen über die Flucht des Komponisten nach dem Attentat auf Sachs und Benelli.

»Bislang gibt es keine«, sagte Rossi. »Aber die Spurensicherung hat den Ort gefunden, von dem aus er geschossen hat. Mit Abdrücken seiner Converse-Schuhe. Zurzeit suchen sie die Stelle weiträumig mit Metalldetektoren ab, aber wahrscheinlich hat er die Patronenhülsen mitgenommen.« Er schüttelte den Kopf. »Und ich muss Ihnen leider mitteilen, dass es auf dem sichergestellten Projektil keine Fingerabdrücke gibt. Es passt auch zu keinem Eintrag in unserer landesweiten Ballistikdatenbank. Wir können wohl davon ausgehen, dass er die Waffe hier bei uns gekauft oder gestohlen hat.«

Rhyme nickte. Der Komponist hätte es nicht gewagt, ein Gewehr aus den Vereinigten Staaten einzuschmuggeln. Auch falls das legal möglich gewesen wäre, hätte er beim Zoll viel zu viele Fragen beantworten müssen.

Ercole Benelli traf ein. »*Scusatemi, scusatemi!* Ich bin spät dran.«

Spiro musterte den jungen Mann besorgt. »Kein Problem, Ercole. Sind Sie in Ordnung?«

»Ja, ja, alles bestens. Man hat nicht zum ersten Mal auf mich geschossen.«

»Wirklich?«

»Ja, ein blinder Bauer hat mich für einen Dieb gehalten, der ihm die preisgekrönte Sau vom Hof stehlen wollte. Aber sein Schuss ging weit daneben.« Er zuckte die Achseln.

»Trotzdem, eine Kugel ist eine Kugel«, sagte Spiro.

»Genau.«

»Gibt es Zeugen?«, fragte Sachs.

»Nein, wir haben die ganze Gegend durchkämmt. Nichts.« Der Beamte runzelte die Stirn. »Das alles ergibt wenig Sinn. Eine solche Waffe scheint gar nicht zu seinem Profil zu passen.«

Sachs war anderer Ansicht. »Ich glaube, er gerät immer mehr unter Druck. Das Amobarbital verrät uns, dass er Panikattacken und Angstzustände erleidet. Sein Befinden könnte sich verschlimmert haben.«

»Wie ist er an das Gewehr gekommen?«, fragte Rhyme.

»Das war vermutlich nicht allzu schwierig«, sagte Rossi. »Bei Pistolen und automatischen Waffen sieht das anders aus, da braucht man schon einen Kontakt zur Unterwelt; die Camorra hat Zugriff auf ein riesiges Arsenal. Aber das Gewehr hat er wahrscheinlich einfach gestohlen. Es gibt hier auf dem Land viele Jäger.«

»Wir alle müssen uns ab jetzt ganz besonders vorsehen«, warnte Rhyme. »Jeder Tatort könnte heiß sein. Wissen Sie, was ich damit meine? Dass der Komponist mit seinem Gewehr oder einer anderen Waffe in der Nähe lauert.«

Rossi sagte, er würde eine entsprechende Alarmmeldung an alle Kollegen veranlassen.

»So«, wandte Spiro sich an Sachs. »Wenn ich Lincoln richtig verstanden habe, scheint es keine Verbindung zwischen dem Komponisten und dem Lagerhaus gegeben zu haben.«

»Zumindest sieht es nicht danach aus. Es wurde dort niemand beobachtet, auf den seine Beschreibung passt. Zwar gibt es dort Schuhabdrücke, aber keine von Converse Cons. Und die Fingerabdrücke können wir vergessen. Ich habe Beatrice einige Bodenproben mitgebracht. Vielleicht findet sie darin Partikel, die ihn mit dem Ort in Zusammenhang bringen, aber ich bezweifle es.«

»Nachdem wir gestern zu Abend gegessen hatten, habe

ich mir die Aufzeichnungen der Überwachungskameras vom Flughafen vorgenommen und nach jemandem gesucht, der der Komponist sein könnte und nach Mailand geflogen ist«, sagte Ercole. »Leider gehen die meisten Flüge über Rom, was Hunderte von Möglichkeiten bedeutet. Und die Aufnahmen haben mehrere Tage umfasst. Aber ich habe nichts entdecken können.«

Rhyme war das Pronomen nicht entgangen. Nachdem *wir* zu Abend gegessen hatten. Er musste an Ercoles Textnachrichten und die Blicke denken, die der Forstwachtmeister Daniela Canton zugeworfen hatte.

Beatrice betrat den Raum und wandte sich in holprigem Englisch an alle Anwesenden. »Ich habe hier die Ergebnisse der letzten Tests. *Primo*, die Erdproben, die Ercole von dem Einbruch in Garry Soames' Wohnung mitgebracht hat. Daraus lässt sich nichts Konkretes ablesen. Falls wir eine andere Stelle oder andere Schuhe zum Vergleich erhalten, könnte man eventuelle Übereinstimmungen feststellen, aber für sich allein hilft diese Probe uns nicht weiter.«

Sie sah Sachs an. Und anstatt es auf Englisch zu versuchen, sprach sie auf Italienisch weiter, und Ercole übersetzte. »Es geht um die Partikel aus dem Mailänder Lagerhaus. Ja, es gab dort Erde, die man womöglich Kampanien zuordnen könnte. Wegen des Vesuvs haben wir hier nämlich viele charakteristische Vulkanrückstände. Doch zwischen Mailand und Neapel findet ein reger Warenaustausch statt, mit täglichen Transporten. Daher hat die Anwesenheit von neapolitanischer Erde in Mailand nicht unbedingt viel zu bedeuten. Die restlichen Proben weisen nicht auf Kampanien oder Neapel hin, sondern sind typisch für ein beliebiges Lagerhaus: Diesel, Benzin...«
Er bat sie, etwas zu wiederholen, was sie auch machte. Dann fragte er sie erneut. Sie runzelte die Stirn und wiederholte es ganz langsam. »Molybdändisulfid und Polytetrafluorethylen.«

Er warf ihr einen wütenden Blick zu und sagte etwas auf Italienisch. Es entspann sich ein kurzer Wortwechsel, und sie machte eine schroffe Anmerkung. »Woher soll ich denn wissen, was das ist?«, erwiderte Ercole. Dann zu den anderen: »Sie sagt, es sei ein Schmiermittel für schweres Gerät wie Gabelstapler, Förderbänder und so weiter. Und es gab auch wieder Kerosin, was aber ebenfalls normal für ein Lagerhaus ist, weil die Lastwagen immer wieder auch die Ladezonen der Flughäfen befahren.«

Massimo Rossi erhielt einen Anruf. Rhyme erkannte sofort, dass er erschrak.

»*Cristo!*«, murmelte der Inspektor. »Der Komponist hat erneut zugeschlagen. Und schon wieder beim Lager Capodichino.«

»Ein weiterer Mord?«

»Nein, eine Entführung. Er hat die nächste Schlinge zurückgelassen.«

»Die Postpolizei soll die Streamingseiten überwachen«, sagte Rhyme. »Es ist nur eine Frage der Zeit, bis er eine neue Komposition hochlädt.«

Dann sah er Sachs an. Sie nickte. »Ercole?«

Der Forstwachtmeister zog seufzend seinen Autoschlüssel aus der Tasche und ließ ihn in ihre ausgestreckte Hand fallen. Dann liefen sie beide zur Tür hinaus.

45

Amelia Sachs brachte den Mégane mit einer Vollbremsung zum Stehen. Die blinkenden Signalleuchten der zahlreichen Streifenwagen hatten ihnen den Weg zum hinteren Teil des Durchgangslagers Capodichino gewiesen. Der Komponist hatte sich sein Opfer an der Westseite des Lagers geschnappt, gegenüber der Stelle, an der Malek Dadi ermordet worden war.

Sachs und Ercole Benelli stiegen aus dem kleinen Auto und gingen zu einem uniformierten Beamten, der einen Untergebenen dabei anleitete, den Schauplatz weiträumig mit gelbem Absperrband zu sichern. Es schien ihn nicht im Geringsten zu überraschen, eine amerikanische Polizistin mit einer nutzlosen NYPD-Dienstmarke am Gürtel und einer Beretta im Hosenbund zu erblicken, begleitet von einem hochgewachsenen jungen Beamten in der grauen Uniform der Forstwache. Anscheinend hatte Rossi oder Spiro die Kollegen darüber informiert, wer die beiden waren und in wessen Auftrag sie tätig wurden.

Nach einer kurzen Unterredung auf Italienisch sagte Ercole zu Sachs: »Das Opfer wurde auf dieser Seite des Zauns überwältigt, ungefähr dort.«

Sachs folgte seinem ausgestreckten Finger und entdeckte einen weiteren improvisierten Zugang.

»Der Entführer ist da aus den Büschen hervorgetreten, und es kam zu einem Handgemenge. Diesmal allerdings hat er dem Opfer die Kapuze überziehen können und ist verschwunden. Viel interessanter und hilfreicher für uns dürfte aber der Umstand sein, dass jemand dem Opfer zu Hilfe geeilt ist und mit dem Komponisten gekämpft hat.«

Ah, dachte Sachs. Spurenübertragung.

»War es eine der Wachen? Ein Polizist?«

»Nein. Es war die Frau des Opfers.«

»Seine Frau?«

»*Sì*. Die beiden sind dort bei den Bäumen entlanggegangen. Der Komponist hat die Frau zu Boden geschlagen. Aber sie ist wieder aufgestanden und hat sich auf ihn gestürzt. Ihr Name ist Fatima Jabril. Ihr Mann, der entführt wurde, heißt Khaled. Das Paar wohnt erst seit Kurzem im Lager.«

Der Transporter der Spurensicherung traf ein. Zwei Beamte – eine Frau und ein Mann – stiegen aus und fingen an, sich umzuziehen. Sachs erkannte sie von den früheren Schauplätzen wieder. Sie begrüßten sich.

Dann streifte auch Amelia einen Tyvek-Overall über, dazu Füßlinge, eine Haube und Handschuhe. Obwohl es keine offizielle Aufgabenteilung gab, erkundigte die Frau sich mit Ercoles Hilfe bei Sachs, ob sie den primären Tatort übernehmen wolle, an dem der Kampf stattgefunden hatte, während sie und ihr Kollege sich dem sekundären Schauplatz widmen würden: der Rückseite eines Magnolienstrauches und anderer Büsche, hinter denen der Komponist seinen Wagen geparkt und vermutlich dem Opfer aufgelauert hatte.

»*Sì*«, sagte Sachs. »*Perfetto*.«

Die Frau lächelte.

Während der nächsten halben Stunde schritt Sachs das Gitternetz ab und markierte mit kleinen Zifferntafeln die Stellen, an denen Fotos geschossen und Beweise gesichert werden mussten, darunter auch die charakteristische Henkersschlinge. In einem Gebüsch neben der Stelle, an der eindeutig ein Kampf stattgefunden hatte, gelang ihr ein besonders guter Fund: ein Converse-Con-Schuh ohne Schaft.

Als sie fertig war, übernahmen die Beamten der Spurensicherung den Schauplatz, sammelten alles ein, nahmen die erforderlichen Proben und dokumentierten ihre Arbeit mit Fotos und Videoaufnahmen.

Sachs zog sich beim Wagen den Overall aus und nahm die Flasche Wasser, die Ercole ihr anbot. »Danke.«

»*Prego.*«

»Ich möchte mit der Frau des Opfers sprechen«, sagte sie, leerte die Flasche und wischte sich mit ihrem Ärmel das Gesicht ab. Gab es hier denn überhaupt keine kühlen Tage?

Sie gingen zur Vorderseite des Lagers, wo – wie beim letzten Mal – mehrere Busse mit neuen Flüchtlingen eingetroffen waren. Vom Tor aus führte ein bewaffneter Soldat sie zu einem großen Bürocontainer. Daran hing ein Schild: *Direttore*.

Der vollgestopfte Raum besaß zum Glück eine Klimaanlage. Hinter einem Schreibtisch, auf dem sich Papiere türmten, saß eine müde wirkende Brünette und schickte sie zu einer Tür im hinteren Teil. Sachs klopfte an und nannte ihren Namen.

»Kommen Sie herein«, hörte sie.

Amelia und Ercole traten ein und nickten Rania Tasso zu. Sie saß bei einer dunkelhäutigen Frau mit einem entzückenden Kind, einem Mädchen von etwa zwei Jahren. Als die Frau Ercole sah, weiteten sich ihre Augen. Hastig nahm sie ein Tuch, das neben ihr lag, und bedeckte ihren Kopf.

»Das ist Fatima Jabril«, sagte Rania. »Es macht ihr nichts aus, vor Kāfir-Frauen wie uns beiden unverhüllt zu sein, aber nicht vor Männern.«

»Soll ich lieber gehen?«, fragte Ercole.

»Nein, Sie können ruhig bleiben«, erwiderte Rania.

Sachs gewann den Eindruck, dass die Direktorin fremde Sitten und Gebräuche zwar respektierte, aber auch darauf bestand, dass die Leute sich an ihre neue Heimat anpassten.

»Bitte, nehmen Sie Platz.«

Fatima war attraktiv, mit einem langen, schmalen Gesicht – derzeit angeschwollen und durch einen kleinen Verband beeinträchtigt – sowie eng stehenden dunklen Augen. Sie trug ein langärmeliges, hochgeschlossenes Überkleid und Jeans, dazu jedoch auch leuchtend roten Nagellack und dezentes Make-up. Zwischendurch schaute sie immer wieder zu ihrer Tochter, und ihr sonst so durchdringender Blick wurde dann jedes Mal viel weicher. Nun stellte sie eine flehentliche Frage auf Arabisch.

»Sie spricht etwas Englisch, aber mit Arabisch geht es besser«, erklärte Rania. »Und sie macht sich natürlich Sorgen um ihren Mann. Haben Sie schon etwas herausgefunden?«

»Nein«, sagte Sachs. »Doch da die Entführung geglückt ist, glauben wir, dass der Täter ihm noch nichts angetan hat. Ihr Mann heißt Khaled, richtig?«

»Ja«, antwortete Fatima selbst.

»Sie sagen, er hat ihm *noch* nichts angetan?«, hakte Rania nach.

»Korrekt.«

Rania überlegte kurz und übersetzte es dann für Fatima.

Die junge Frau wirkte einerseits erschrocken… aber auch verärgert, regelrecht wütend. Sie war zwar schlank, aber nicht klein, und Amelia konnte sich lebhaft vorstellen, dass sie dem Komponisten ordentlich zugesetzt hatte.

Die Direktorin sah Sachs an. »Ich weiß, dass Sie Fatima einige Fragen stellen möchten. Aber vorher muss ich Ihnen etwas sagen. Ich habe gerade etwas über den Mord an Malek Dadi erfahren, den Flüchtling, der umgebracht wurde. Wenn ich recht verstanden habe, hat *nicht* der Komponist diese Tat begangen.«

»Nein?«

»Mehrere Männer haben unabhängig voneinander ausgesagt, sie hätten den Komponisten im Gebüsch gesehen, wie er die Gegend… wie sagt man? Ausgekundschaftet hat?«

»Ja.«

»Der Komponist hat die Lücke im östlichen Zaun beobachtet. Sobald Dadi sich nach draußen geschlichen hatte, ist er losgelaufen. Er hatte so eine Art schwarze Maske in der Hand, wie er sie auch heute bei Khaled benutzt hat. Doch auf einmal sind mehrere andere Männer aus dem Lager hinter Dadi hergerannt und haben sich auf ihn gestürzt, wohl um ihn auszurauben. Er hat sich gewehrt, und da hat einer der Männer ihm die Kehle durchgeschnitten und sein Geld genommen. Der Amerikaner, der Komponist, soll sogar versucht haben, ihn zu retten.«

»Ihn zu *retten*?«, wiederholte Ercole. »Ist das sicher?«

»Ja. Er ist schreiend auf die Männer zugerannt, aber es war zu spät. Sie sind zurück ins Lager geflohen. Als der Komponist dann Dadi am Boden liegen sah, blieb er schockiert neben ihm stehen und hat den Kopf geschüttelt. Dann hat er die Schlinge hingelegt und ist ebenfalls geflohen.«

»Alles klar. Das sind interessante Neuigkeiten, Rania. Haben Sie vielen Dank. Konnten die Zeugen noch weitere Angaben über ihn machen? Oder über sein Auto?«

»Nein. Das alles ist sehr schnell geschehen.«

Sachs wandte sich an Fatima. »Bitte sagen Sie ihr, dass es mir sehr leid tut.«

Doch die Frau antwortete selbst und auf Englisch. »Ich bin danke dafür.«

»Was ist passiert? Bitte so genau wie möglich.«

Fatima erwiderte schnell etwas auf Arabisch, abgehackt und stakkatohaft.

Rania übersetzte. »Sie und Khaled haben Muna, ihre Tochter, bei einer Nachbarin gelassen und sind nach draußen gegangen, um einen Mann zu treffen, der vielleicht einen Job für Khaled hätte, sobald sie Asyl erhalten. Dort hat der Komponist sie dann überfallen. Er hat Fatima niedergeschlagen und sie zu

Boden gedrückt – und es ist sehr schlimm, wenn ein Nichtmoslem eine muslimische Frau anfasst oder gar schlägt. Das hat ihr einen Schock versetzt, und sie war wie betäubt. Dann hat er Khaled eine Kapuze über den Kopf gezogen, woraufhin dieser sofort ins Wanken geriet. Fatima ist aufgesprungen und auf ihn losgegangen. Doch er hat noch einmal und fester zugeschlagen und sie damit erneut zu Boden geschickt. Bis sie sich dann wieder aufgerappelt hatte, waren die beiden weg, und das Auto ist davongerast. Auch sie konnte nicht erkennen, was für ein Modell es war. Dunkel. Mehr weiß sie nicht.«

»Ich ihn getreten und gekratzt«, sagte Fatima in unbeholfenem Englisch und suchte sich langsam die Worte zusammen. »Er war…« Sie sagte ein arabisches Wort zu Rania.

»Überrascht«, übersetzte diese. »Unvorbereitet.«

»Hat er bei dem Kampf seinen Schuh verloren?«, fragte Ercole.

»Ja. Ich gezogen. Halte Bein fest.«

»Ist Ihnen etwas Ungewöhnliches an ihm aufgefallen? Tätowierungen, Narben? Seine Augenfarbe? Oder die Kleidung?«

Rania übersetzte und wartete die Antwort ab. »Seine Sonnenbrille ist heruntergefallen, und seine Augen waren braun. Ein rundes Gesicht. Sie würde ihn eventuell wiedererkennen, aber sie ist sich nicht sicher. Für sie sehen alle Westler gleich aus. Er hatte kleine Verletzungen im Gesicht, anscheinend von seiner Rasur. Er hat eine Mütze getragen. An den Rest der Kleidung kann sie sich nicht erinnern. Nur, dass sie dunkel war.«

»Wurde sie schlimm verletzt?«

»Nein, nur oberflächlich, sagen unsere Ärzte. Es ist nichts gebrochen. Es wird einen Bluterguss geben.«

Fatima betrachtete Ercoles graue Uniform. Dann sah sie mit verzweifeltem Blick Sachs an. »Bitte. Finden Khaled. Finden mein Ehemann. Es so sehr wichtig!«

»Wir werden tun, was in unserer Macht steht.«

Fatima rang sich ein schwaches Lächeln ab, nahm dann Sachs' Hand und presste sie sich an die Wange. Sie murmelte etwas auf Arabisch, und Rania übersetzte. »Sie sagt, Gott möge Sie segnen.«

46

Die Verletzung war nicht der Rede wert.

Stefan hatte sich nur mächtig erschrocken, als die Frau draußen vor dem Durchgangslager Capodichino plötzlich wieder aufgesprungen war, um schreiend auf ihn einzuprügeln.

Er ging nun in sein Bauernhaus, hängte das 270er Browning-Jagdgewehr in die Halterung über dem Kamin und legte die Schachtel Patronen auf das Sims. Schon komisch, dachte er: ein Jagdgewehr gegen Artemis einzusetzen, die Göttin der Jagd.

Nun, sie würde sich ab jetzt hüten, ihr Wild bedingungslos zu verfolgen. Oh, er glaubte nicht, dass sie die Suche nach ihm aufgeben würde. Aber sie würde Angst haben. Und abgelenkt sein. Sie alle würden das.

Und das bedeutete, dass sie Fehler machen würden… und es somit deutlich weniger wahrscheinlich war, dass ihre Dissonanzen die Sphärenklänge störten.

Derweil saß er nun in seinem Versteck und untersuchte den schmerzenden Arm und das Bein. Bloß ein paar Prellungen. Nichts blutete. Zittrige Finger und schweißfeuchte Haut hatte er trotzdem… und ein Schwarzer Schrei lauerte nur darauf hervorzubrechen.

Er hatte seinen Schuh verloren. Das war mehr als nur ein wenig ungünstig, denn er hatte nur das eine Paar mitgebracht und scheute sich, neue Schuhe zu kaufen, aus Angst, die Polizei könne die Händler instruiert haben, auf einen rundlichen weißen Amerikaner zu achten, der auf Socken ihren Laden betrat. Nachdem sein Opfer sicher und bewusstlos im Kofferraum des Mercedes gelegen hatte, war er daher zu einem der Strände außerhalb von Neapel gefahren. Zunächst hatte er sich überzeugt, dass niemand ihn beobachtete und es auch keine Überwachungskameras gab. Dann hatte er sich ein Paar alte Joggingschuhe geschnappt, die ein Schwimmer unweit der Straße zurückgelassen hatte. Sie passten ganz gut.

Danach war er so schnell wie möglich zurück zu seinem Versteck gefahren.

Stefan betrat nun die dunkle Kammer neben dem Wohnzimmer. Die Rhythmussektion seiner nächsten Komposition lag hier auf einer Pritsche. Er schaute zu Khaled Jabril hinunter. Der Mann war so dürr, viel dünner als seine Frau, hatte ein schmales Gesicht, buschiges Haar und einen Vollbart. Seine Fingernägel waren lang, und Stefan fragte sich, wie sie wohl klingen würden, wenn er sie schnippen ließ. Er erinnerte sich an eine Patientin im Krankenhaus, in *einem* der Krankenhäuser, in New Jersey, glaubte er. Sie hatte ein rosafarbenes Sweatshirt getragen, besudelt mit ihrem Mittagessen. Und während sie so aus dem Fenster schaute, hatte sie mit den Nägeln von Daumen und Zeigefinger geschnippt.

Klick, klick, klick.

Wieder und wieder und wieder.

Ein anderer Patient hatte sich offenbar von dem Geräusch gestört gefühlt und der Frau fortwährend wütende Blicke zugeworfen, aber einen Geisteskranken anzustarren und das gewünschte Ergebnis zu erwarten, ist ungefähr so effektiv, wie einen Baum nach dem Weg zu fragen. Stefan hatte an dem Schnippen nicht das Geringste auszusetzen gehabt. Nur sehr wenige Klänge erregten sein Missfallen – eine schnarrende Stimme zum Beispiel.

Weinende Babys? So viele Nuancen von Bedürfnis, Verlangen, Klage und Verwirrung. Herrlich!

Rammhämmer? Der Herzschlag einsamer Maschinen.

Fingernägel auf einer Schultafel? Tja, *die* waren interessant. Er hatte ein Dutzend entsprechender Aufnahmen in seinem Archiv. Sie standen auf Platz drei der Liste unangenehmer Laute, nach einer Gabel auf einem Teller und einem Messer auf Glas. Die Abscheu davor war kein psychologisches Phänomen. Einige Forscher vertraten die Meinung, die Leute würden darauf wie auf einen primitiven Warnschrei reagieren, aber das stimmte nicht. Es handelte sich vielmehr um einen rein körperlichen Reflex, ausgelöst durch einen bestimmten Megahertzbereich, verstärkt durch die spezifische Form des Ohrs und als schmerzlich empfunden durch die Amygdala-Region des Gehirns.

Nein, nur sehr wenige Geräusche störten Stefan, wenngleich er sofort eingeräumt hätte, dass die Lautstärke durchaus eine Rolle spielte.

Egal welcher Klang – mit zunehmender Dezibelzahl konnte er unangenehm oder sogar schmerzhaft werden... und letztlich zerstörerisch.

Das wusste Stefan aus eigener Erfahrung.

Oh, *diese* Erinnerung gefiel ihm.

Mit zittrigen Fingern.

Er wischte sich den Schweiß ab und steckte das Papiertuch ein.

Ach, Euterpe... Bitte tu doch etwas, um mich zu beruhigen!

Dann sah er, dass Khaleds Finger einige Male zuckten. Was nicht bedeutete, dass der Mann aufwachte. Er würde noch eine ganze Weile schlafen. Stefan kannte sich mit Medikamenten gut aus. Verrückte sind oft auch versierte Pharmazeuten.

Stefans Anspannung ließ nach. Er hatte nun eine Aufgabe. Er setzte sich neben Khaled und nahm aus einem Impuls heraus dessen Hand. Dann schnippte er mit seinen eigenen Fingernägeln gegen die des anderen.

Klick, klick...
Köstlich.

Er zog den Rekorder aus der Tasche und knöpfte das Hemd des Mannes auf.

Dann schaltete er das Gerät ein und drückte es gegen Khaleds Brust. Der Herzschlag war natürlich langsam und leise, so wie bei jedem Schlafenden, aber da es hier so still war, ließ das Geräusch sich trotzdem einwandfrei und deutlich aufzeichnen.

Damit hatte er den Takt. Nun brauchte er noch die Melodie. Er scrollte durch seine Bibliothek und fand etwas, das geradezu darum bettelte, zur Untermalung seines nächsten Videos zu dienen.

Stefan konnte sich keinen anderen Walzer denken, der so perfekt Musik und Tod in sich vereinte.

47

»Das wird aber auch Zeit«, murmelte Rhyme.

Die gesicherten Beweise vom Ort der letzten Entführung waren eingetroffen, und Ercole half Beatrice dabei, sie auf den Untersuchungstischen des Labors auszubreiten. Rhyme, Sachs und Thom schauten vom Lagezentrum aus zu.

»Sein Schuh?«, fragte Rhyme. Dieser Fund überraschte und freute ihn. Aus forensischer Sicht sind Schuhe wunderbare Objekte; sie liefern häufig nicht nur charakteristische Trittmuster, die einen Täter mit einem Schauplatz in Verbindung bringen können, sondern enthalten haufenweise DNS, Fingerabdrücke und alle möglichen Partikel in ihrem Sohlenprofil. Rhyme hatte einmal einen Verdächtigen dadurch überführen können, dass dieser seine Schnürsenkel auf eine spezielle Weise band.

Sachs erläuterte, der Komponist habe den Schuh beim Kampf mit der Frau des Opfers verloren.

Ercole brachte das Beweisstück nun zu Rhyme. »Ein Converse Con in der passenden Größe.«

»Warum haben Sie den mitgenommen?«, herrschte Beatrice ihn an.

Er drehte sich wütend um. »Ich wollte ihn bloß Captain Rhyme zeigen. Er hatte ihn gerade angesprochen. Außerdem steckt das Ding in einer Tüte, und ich trage Handschuhe.«

»Doch nun müssen wir der Verwahrkette einen weiteren Eintrag hinzufügen! Und bei jedem Transport eines Beweismittels besteht die Gefahr einer Verunreinigung.«

Richtig. Rhyme sah Ercole an und zog eine Augenbraue hoch. Der junge Mann seufzte, stellte den Schuh auf einem Tisch ab und unterzeichnete die Registrierkarte, die Beatrice ihm hinhielt.

Dante Spiro und Massimo Rossi kamen hinzu.

Spiro schaute zu Ercole. »*Jetzt* können wir mit einiger Sicherheit vom Anfang eines Musters ausgehen, Forstwachtmeister«, sagte er. »Stimmen Sie mir da zu?«

»Flüchtlinge.«

»*Sì*. Das sind seine bevorzugten Ziele – zumindest in Italien. Wir haben nun drei solcher Opfer.«

»Die Direktorin des Lagers ist überzeugt, dass er annimmt, wir würden bei Asylbewerbern nicht so hartnäckig ermitteln«, sagte Rossi. »Da hat er sich aber geirrt.« Er wies auf die Tabellen.

»Ich frage mich jedoch...«, setzte Ercole an.

»...wie das zu dem Geschäftsmann in New York passt?«, warf Spiro ein.

»Genau, *Procuratore*.«

»Es gibt gewiss eine Erklärung dafür. Muster sind nicht immer symmetrisch. Noch können wir uns nicht sicher sein. Aber wir machen Fortschritte.«

»Da Sie gerade Rania Tasso erwähnen, die Direktorin«, sagte Sachs. »Sie hat mir etwas Interessantes erzählt, und ich weiß nicht, was ich davon halten soll. Sie hat gesagt, der Komponist habe Malek Dadi nicht ermordet, sondern versucht, ihn zu *retten*.«

»Stimmt das?«, fragte Rossi.

Spiro runzelte die Stirn, sagte aber nichts.

»Sie war sich jedenfalls sicher«, antwortete Sachs.

»Wer war denn dann der Mörder?«

»Räuber, Diebe. Andere Flüchtlinge aus dem Lager. Sie haben sich auf Dadi gestürzt, und er hat sich gewehrt. Der Komponist lief hin, um sie aufzuhalten, aber es war zu spät.«

»Seltsam«, sagte Ercole. »Wie passt das zu seinem Profil?«

Doch Rhyme interessierte sich nicht für Profile. »Zwei Löwen jagen dieselbe Gazelle. Keiner will auf die Beute verzichten, die in jedem Fall gefressen wird. Das ist nichts Besonderes. Warten wir ab, was die Beweise uns zu erzählen haben.«

Rossi rief jemanden an und führte ein kurzes Gespräch auf Italienisch. »Bis jetzt wurde noch kein neues Video gepostet«, berichtete er dann.

Eine halbe Stunde später kam Beatrice Renza aus dem sterilen Bereich des Labors zu ihnen und brachte ein Klemmbrett mit. Sie reichte es kommentarlos an Ercole weiter und nahm einen Filzstift. Er übersetzte, und sie schrieb.

DURCHGANGSLAGER CAPODICHINO, ENTFÜHRUNG

- Opfer:
  - Khaled Jabril, libyscher Staatsbürger, 36. Asylbewerber. Tripolis.
  - Eurodac: Keine Einträge als Straftäter/Terrorist.
- Reifenspur: Michelin 205/55 R16 91H, wie an den anderen Tatorten.
- Täter hat bei Handgemenge einen Schuh verloren.
  - Converse Con, Größe 10½ (m) / 13 (w) / 45 (europäisch).
    - Minimale Abnutzung.
    - Keine Fingerabdrücke, aber Hinweise auf Spuren von Latexhandschuhen.
    - DNS gesichert.
      - Entspricht der des Komponisten.
    - Gamma-Hydroxybuttersäure.
    - Triglyzeride, freie Fettsäuren, Glyzerin, Sterole, Phosphatide, dunkelgrünes Pigment. Mikroskopische Fragmente, mutmaßlich von organischem Material.
  - Miniatur-Henkersschlinge, gefertigt aus Instrumentensaite, wie an den anderen Tatorten.
    - Cello.

- Keine Fingerabdrücke.
- Keine DNS.
- Partikelspuren an Fatima Jabrils Kleidung.
  - Erde aus dem Gebiet von Capodichino.
- Keine sonstigen Erkenntnisse.

»An dem Schuh sind keine Fingerabdrücke?«, murmelte Rhyme. »Was, zum Teufel, macht dieser Kerl? Trägt er auch im Schlaf noch Handschuhe?« Dann runzelte er die Stirn. »Dieser Eintrag: die Gamma-Hydroxybuttersäure. Was hat die da verloren?«

»Ja, wie ist das möglich?«, fragte Spiro.

Ercole fragte bei Beatrice nach. »Die Spur stammt von der Erde im Sohlenprofil des Schuhs.«

»Unmöglich. Die gehört doch nicht zu *diesem* Fall, sondern zu Garry Soames. Das ist die Vergewaltigungsdroge. Es hat eine Kreuzkontamination gegeben. Verdammt!«

Rossi wandte sich an Beatrice, die ihm mit ruhiger Stimme antwortete. Es klang keineswegs wie eine Rechfertigung. »Sie sagt, sie sei auch überrascht gewesen, die Droge an dem Schuh vorzufinden«, erklärte der Inspektor. »Aber sie gehe mit Beweisen überaus vorsichtig um und könne eine Verunreinigung ausschließen. Garry Soames' Kleidung sei in einem anderen Teil des Labors und von einem anderen Mitarbeiter untersucht worden.«

Alle Augen richteten sich auf Ercole. »Sie hatten den Schuh in der Hand, Forstwachtmeister«, stellte Spiro fest. »Und Sie haben die Drogenpartikel in Garry Soames' Wohnung gesichert.«

»Ja. Und in beiden Fällen habe ich Handschuhe getragen. Außerdem hat der Schuh in einer versiegelten Beweismitteltüte gesteckt.«

»Dennoch liegt hier eindeutig eine Kontamination vor.«

»Falls ich dafür verantwortlich bin, dann tut es mir leid. Aber ich glaube nicht, dass ich das bin.«

Beatrice wandte ihm ihre runde, versteinerte Miene zu.

Rhyme sah dem jungen Mann die Bestürzung an. Lektion gelernt. »Das ist nicht das Ende der Welt, Ercole. Es stellt aber ein Problem für die Verhandlung dar. Ein Verteidiger könnte den Schuh nun als Beweismittel ausschließen lassen. Doch vorerst können wir die Angelegenheit ignorieren. Unser Ziel ist es, ihn zu finden. Die Verunreinigung wird das Problem der Staatsanwaltschaft von New York sein.«

Spiro kicherte. »Nein, Lincoln, sie wird *mein* Problem vor dem *Tribunale di Napoli* sein.«

Rhyme warf ihm einen gequälten Blick zu.

Die Wolfszitzenregel...

Rhyme schaute wieder auf die Tabelle. »Kommen wir zu den Triglyzeriden, freien Fettsäuren und dem Pigment.«

»Beatrice hat Strukturformeln der einzelnen Chemikalien beigefügt«, sagte Ercole. »Sollen wir die auch hinschreiben?«

»Nein«, erwiderte Rhyme. »Wir haben, was wir brauchen.«

»Und was bedeuten diese Bestandteile?«, fragte Rossi.

»Nun, sie sind im Wesentlichen Fette. Die Energielieferanten der meisten Lebewesen. Moleküle, die Glyzerin und drei Fettsäureketten enthalten. Daher *Tri*-glyzeride. Sie kommen sowohl in Pflanzen als auch in Tieren vor. Doch tierische Fette sind meistens gesättigt.«

»Was heißt das?«, fragte Rossi.

»Kurz gesagt, gesättigte Fette – die schlechte Variante, wenn man den Gesundheitsbewussten glauben darf – heißen so, weil ihre Kohlenstoffketten mit Wasserstoff *gesättigt* sind. Das macht sie stabiler als ungesättigte Fette, die *weniger* Wasserstoff enthalten.« Er wies auf die Strukturformeln. »In unserem Fall ist weniger Wasserstoff enthalten, und daher handelt es sich um ein pflanzliches Fett.«

»Aber welches?«, fragte Ercole.

»Das ist die Vierundsechzigtausend-Dollar-Frage.«

»Die ... was? Ich verstehe nicht«, sagte Beatrice.

»Das war eine Anspielung auf eine alte amerikanische Fernsehsendung. Vor fünfzig, sechzig Jahren oder so.«

Ercole übersetzte für Beatrice. Sie lächelte, was ausgesprochen selten war, und entgegnete etwas, das der junge Beamte dann auf Englisch weitergab. »Sie sagt, so alt sei das gar nicht, verglichen mit den kulturellen Sehenswürdigkeiten hier in Italien.«

Sachs lachte.

»Wir müssen herausfinden, welche Pflanze das ist«, sagte Rhyme. »Gibt es bei Ihnen eine entsprechende Datenbank?«

Beatrice erwiderte, es gebe eine in Rom. Sie würde online gehen und eine Abfrage durchführen. Während sie am Computer saß und etwas eintippte, sprach sie leise mit sich selbst. »*Allora*, ein Triglyzerid-Molekül, ungesättigt, *una* Kohlenwasserstoffkette, zweiundzwanzig Kohlenstoffatome lang. Dunkelgrünes Pigment. Welche Pflanze, welche Pflanze ...?« Schließlich nickte sie. »*Bene*. Ich hab's. Aber ob es uns hilft? Es ist Olivenöl.«

Rhyme seufzte und sah zu Rossi. »Was schätzen Sie, wie viel Olivenöl wird in Italien hergestellt?«

Der Inspektor gab die Frage an Ercole weiter, denn sie fiel natürlich in sein Fachgebiet. »Ungefähr vierhundertfünfzigtausend Tonnen pro Jahr«, erklärte der junge Beamte. »Wir sind der zweitgrößte Produzent der Welt.« Er verzog das Gesicht. »Aber wir schließen allmählich zu Spanien auf.«

Was soll uns das nützen?, dachte Rhyme verärgert. Das Öl konnte von überallher stammen. »Verdammt.«

Das gehörte zu den frustrierendsten Momenten der forensischen Arbeit: Man sicherte mit Mühe und Not eine Spur, nur um dann zu erfahren, dass sie wohl tatsächlich auf den Täter verwies, aber andererseits zu weit verbreitet war, um sich einzugrenzen zu lassen.

Ercole sagte etwas zu Beatrice. Sie verschwand und kam kurz darauf mit einigen Fotos zurück. Er nahm die Bilder sorgfältig in Augenschein.

»Was ist, Ercole?«, fragte Rhyme. »Haben Sie etwas entdeckt?«

»Ja, *Capitano*, das ist gut möglich.«

»Und?«

»Der Verweis auf das organische Material. Die Fragmente. Sehen Sie sich das hier mal an.«

Rhyme musterte die Aufnahmen. Er erkannte Hunderte winziger dunkler Punkte.

»Da wir nun wissen, dass es sich um Olivenöl handelt, möchte ich behaupten, dass diese Spur nicht von dem Öl allein stammt, sondern vom Trester«, fügte Ercole hinzu. »Das sind die Rückstände, die nach dem Pressen der Oliven übrig bleiben.«

»Demnach könnte die Spur nicht etwa aus einem Restaurant oder einer Küche stammen, sondern von einer Produktionsstätte?«, fragte Spiro.

»Ja.«

Das schränkte das Feld ein wenig ein. Doch wie sehr? »Gibt es hier viele Hersteller?«, fragte Rhyme.

»Hier in Kampanien sind es weniger als in Kalabrien, weiter südlich. Doch die Zahl ist immer noch sehr hoch.«

»Inwiefern hilft uns das dann weiter?«, fragte Rhyme. »Und wieso, zum Teufel, lächeln Sie auf einmal?«

»Sind Sie oft so schlecht gelaunt, Captain Rhyme?«, fragte Ercole.

»Eine Antwort auf meine Frage könnte meine Stimmung beträchtlich verbessern.«

»Ich lächele, weil ich eines auf diesem Foto *nicht* sehe.«

Rhyme hob ungeduldig eine Augenbraue.

»Ich kann keine Überreste von Olivenkernen entdecken.«

»Und warum sind die wichtig?«, fragte Sachs.

»Bei der Gewinnung von Olivenöl gibt es zwei Methoden. Man presst entweder die intakte Frucht, oder man entsteint sie zunächst. Cato, der römische Schriftsteller, war der Ansicht, die *denocciolato* Öle – die ohne Kerne – seien von höherer Qualität. Manche schwören darauf, andere sind nicht davon überzeugt. Ich bin mit dem Thema vertraut, weil ich selbst schon Bußgelder gegen Produzenten verhängt habe, die ihr Öl fälschlich als *denocciolato* angepriesen haben.«

Rhyme hätte fast ebenfalls gelächelt, er war ganz kurz davor. »Und diese Methode ist viel zeitaufwendiger und teurer und wird daher von weniger Herstellern angewandt.«

»Genau«, sagte Ercole. »Ich schätze, hier bei uns in der Gegend gibt es nur eine Handvoll.«

»Nein«, widersprach Beatrice, die mit gesenktem Kopf am Computer saß. »Nicht ›eine Handvoll‹. *Solo uno.*« Sie ging zur Karte von Neapel und wies mit kurzem Zeigefinger auf einen Fleck in höchstens fünfzehn Kilometern Entfernung. »*Ecco!*«

48

Amelia Sachs ließ ihren Blick durch die schmutzige Windschutzscheibe über die hügeligen Felder außerhalb von Neapel schweifen.

Die Luft an diesem Nachmittag war staubig, erfüllt mit dem Duft des nahenden Herbstes. Und es war selbstverständlich heiß. Was auch sonst?

Sie und Ercole fuhren vorbei an Hunderten Hektar voller Olivenbäume, jeweils zweieinhalb bis drei Meter hoch. Sie wuchsen ungeordnet, mit verschlungenen Ästen. An den nächstgelegenen Exemplaren konnte sie die winzigen grünen Oliven erkennen – die Früchte genannt wurden, wie Ercole erklärt hatte.

Die Jagd auf den Komponisten verlief bislang glücklos.

Die Staatspolizei und die Carabinieri hatten die Felder rund um die Olivenölfabrik Barbera – die als Einzige Öl aus entsteinten Oliven herstellte – unter sich aufgeteilt, um nach Khaled Jabril und dem Komponisten zu suchen. Dies war der Sektor, den Sachs und Ercole erwischt hatten. Auf der Herfahrt hatte sie enttäuscht festgestellt, dass es zu beiden Seiten der langen Straße kaum etwas zu sehen gab. Dieses Gebiet, nordöstlich von Neapel gelegen, war weitgehend unbewohnt. Es gab ein paar Bauernhäuser, kleine Firmen – meistens Bauunternehmen und Lagerhallen – sowie endlose Felder.

Sie klapperten die wenigen Wohngebäude im Einzugsbereich der Fabrik ab. Und sie erfuhren, dass dort, nein, kein Mann wohnte, der dem Komponisten ähnelte. Und nein, es gab dort auch niemanden, der wie Khaled Jabril aussah. Und keiner der beiden war dort kürzlich jemandem aufgefallen. Oder überhaupt jemals.

Ci dispiace …

Tut mir leid.

Zurück ins Auto.

Wenig später holperten Sachs und Ercole einen Feldweg entlang. Hier gab es gar keine Firmen oder Wohnhäuser mehr, nur noch Olivenbäume, so weit das Auge reichte.

»Das war's«, stellte Ercole fest.

»Rufen Sie die anderen Teams an«, sagte Sachs geistesabwesend und bemühte sich, eine Biene zu verscheuchen, die sich in den Mégane verirrt hatte. »Mal sehen, ob die mehr Erfolg hatten als wir.«

Doch nach drei Telefonaten berichtete Ercole wenig überraschend, dass auch die anderen Suchtrupps nichts Hilfreiches gefunden hatten. Und er vergewisserte sich, dass die Postpolizei weiterhin die sozialen Medien und Streamingseiten überwachte. Aber: »Er hat das Video noch nicht hochgeladen.«

Also war Jabril noch am Leben. Vermutlich.

Sie kehrten zur Straße zurück.

»Hm.« Sachs musterte stirnrunzelnd die Felder.

»Ja, Detective? Amelia?«

»Diese Paste am Schuh des Komponisten. Die Rückstände. Wie nennt man die doch gleich?«

»Das Wort heißt ›Trester‹.« Er buchstabierte es.

»Wird das Zeug weggeworfen, sobald das Öl herausgepresst wurde?«

»Nein, nein, es ist wertvoll. Man kann es zum Beispiel zur Stromgewinnung verbrennen. Aber hier in der Gegend wird daraus hauptsächlich organischer Dünger gewonnen.«

»Dann hat er die Spur vielleicht gar nicht im direkten Umfeld der Olivenölfabrik aufgenommen.«

Er sah sie erschrocken an. »Sie haben recht, es ist sogar eher unwahrscheinlich, denn die Fabrik würde darauf achten, nichts von dem Trester zu verschütten oder zu verschwenden, sondern ihn abzupacken und zu verkaufen. Und wo wir gerade dabei sind: Der Komponist dürfte diese Partikel eher bei einem Hersteller für organischen Dünger aufgenommen haben, nicht hier.«

»Und wissen Sie zufällig, wo wir einen dieser Hersteller finden können?«

»Ah, die Vierundsechzigtausend-Dollar-Frage. Und die Antwort lautet: Ja, das weiß ich.«

* * *

Zwanzig Minuten später befanden sie sich tief in einer ländlichen Gegend, unweit einer Stadt namens Caiazzo, umgeben von hellen Weizenfeldern, die in der dunstigen Sonne schimmerten.

Sachs raste die Schnellstraße entlang, die zu Venturi Fertilizzanti Organici SpA führte. Sie beschleunigte das kleine Auto bis auf 120 Kilometer pro Stunde und dachte: Oh, was ich auf dieser Straße mit einem Ferrari oder Maserati erreichen könnte... Dann schaltete sie herunter und bog mit knapp vierzig in eine Abfahrt ein. Dabei geriet der Wagen kurz ins Rutschen, kaum der Rede wert. Die Lautstärke von Ercole Benellis »*Mio Dio*« war völlig unangemessen.

Ein Blick auf das Navigationsgerät verriet ihr, dass sie gleich abbiegen mussten. Amelia verlangsamte das Tempo und folgte der Anweisung.

»Da vorn«, sagte Ercole fünf Minuten später und zeigte voraus.

Es war ein kleiner Betrieb, bestehend aus einem Bürogebäude sowie ein paar Lagerhallen oder Aufbereitungsanlagen, dazu Felder mit Wällen aus dunklem Material, jeweils ungefähr fünfzig Meter lang und einen Meter hoch. »Sind das die Komposthaufen?«

»Ja.«

Sachs hielt an.

»Sehen Sie, der Haufen am Ende liegt oben an einem Hang. Wenn es regnet, könnte der Trester hinunter ins Tal gespült werden. Können Sie erkennen, ob da ein Haus steht?«

Das konnte Ercole nicht.

Sachs fuhr bis zum Ende des Grundstücks der Düngerfirma. Sie stießen auf eine kleine, unbefestigte Straße, die außen am Rand verlief, und bogen langsam darauf ein.

»Da!«, rief Ercole.

Vor ihnen, etwa dreißig Meter abseits der Straße, konnte man hinter Unkraut, Sträuchern, Eichen, Myrten, Kiefern und Wacholderbäumen gerade noch ein Gebäude erkennen.

Sachs rollte im dritten Gang möglichst leise voran und spielte unablässig mit der Kupplung, um den Motor nicht abzuwürgen.

Kurz vor der Zufahrt zum Haus bog sie hinter einige Büsche ab und schaltete den Motor aus.

»Ich glaube, ich komme hier nicht raus.« Ercole konnte wegen der Sträucher seine Tür nicht öffnen.

»Wir müssen so unsichtbar wie möglich bleiben. Nehmen Sie meine Seite.«

Sachs stieg aus, und Ercole folgte ihr, wobei er umständlich dem Schaltknüppel auswich.

Dann zeigte er zu Boden. »Das ist Trester.« Es war eine dunkle, körnige Substanz. Hinzu kam ein beißender Düngergeruch.

»Wollen wir Inspektor Rossi verständigen?«, fragte er.

»Ja, aber er soll nur ein halbes Dutzend Leute schicken. Es besteht immer noch die Möglichkeit, dass der Komponist sich woanders aufhält.«

Während er telefonierte, behielt sie das Haus im Blick. Es schien ziemlich alt zu sein, ein Bauernhaus aus Holz und schiefen Backsteinmauern. Und es war nicht klein. Sachs gab Ercole ein Zeichen. Gemeinsam folgten sie der langen Zufahrt und hielten sich im Schutz der seitlich stehenden Bäume.

»Wir sollten uns beeilen«, sagte sie, nachdem er das Gespräch beendet hatte. »Er hat zwar sein Video noch nicht hochgeladen, aber ich glaube nicht, dass Signor Khaled viel Zeit bleibt.«

Durchs Unterholz und über einige umgestürzte Bäume hinweg steuerten sie in gerader Linie das Haus an. Insekten umschwärmten sie, hauptsächlich Mücken. Irgendwo in der Nähe stieß eine Taube ihren kehligen Klageruf aus, tröstlich und unheimlich zugleich. Es roch nach Rauch und etwas Stechendem, vielleicht dem vermodernden Olivenöldünger.

Sie folgten der Zufahrt nach links, zu einer einzeln stehenden Garage. Der Hof war sogar noch größer, als er von der Straße aus gewirkt hatte, eine weitläufige Ansammlung mehrerer Gebäude, verbunden durch fensterlose Gänge.

»Gruselig«, flüsterte sie.

»Ja, wie in einem Buch von Stephen King.«

Sie nickte.

Die Garage war verschlossen und hatte keine Fenster. Man konnte unmöglich erkennen, ob jemand sich im Innern aufhielt.

»Was machen wir jetzt?«

»Wissen Sie, was ein Spanner ist?«

»Ja, ein Voyeur. Jemand, der andere unbemerkt beobachtet.«

»Nun, wir werden jetzt ein wenig spannen.« Sie zog ihre Waffe. Ercole tat es ihr gleich. Dann umrundeten sie das Haus und warfen flinke Blicke durch die vereinzelten gardinenlosen Fenster. Im ersten Moment sah es nicht danach aus, als würde jemand hier wohnen, doch dann entdeckte Sachs einen Kleiderhaufen und einige leere Getränkedosen.

Brannte da etwa Licht? In einem der hinteren Räume? Oder war das nur die Sonne, die auf der anderen Seite durch einen Spalt im Vorhang fiel?

Sachs erspähte drinnen eine große Holztür, die in einen Keller zu führen schien. Sie war geschlossen. Konnte Khaled da unten sein?

Stephen King...

Sie hatten die Umrundung des Hauses fast vollendet. Es blieb nur noch ein Fenster übrig, links von der Vordertür. Der Vorhang stand ein Stück offen, also wagte Sachs einen schnellen Blick ins Innere.

Sieh an.

Im Raum hielt sich zwar niemand auf, doch es gab jede Menge interessante Dinge zu sehen. Zum Beispiel ein Jagdgewehr, das über dem Kamin hing. Sachs war sich nicht sicher, aber es konnte durchaus ein 270er Kaliber sein.

Und mitten auf einem Tisch lag ein halbes Dutzend Instrumentensaiten. Eine war zu einer Henkersschlinge gebunden.

49

Als Khaled Jabril aufwachte, bekam er Angst. Nackte Angst.

Er fand sich in einem dunklen, feuchten Raum wieder, in dem es nach Moder und Fäulnis stank. Oder nach Abwasser.

Wo bin ich hier? Wo?

Gott, gepriesen sei Sein Name, wo bin ich?

Nichts ergab einen Sinn. Er hatte keinerlei Erinnerung mehr an die letzte... tja, was? Eine Stunde, eine Woche? Alles war weg. Er glaubte sich vage zu entsinnen, in einem Zelt gewesen zu sein. Es war – ja, es war im Sonnenschein. Im heißen Sonnenschein. Ein Zelt, sein Zuhause. Warum war er in einem Zelt? War etwas mit seiner Wohnung in Tripolis geschehen?

Nein, *ihrer* Wohnung.

Er und andere. Jemand... Ja! Seine Frau! Er sah sie nun vor sich. Ah: Fatima! Ihm war ihr Name eingefallen, Gott sei gepriesen! Und ihr gemeinsames Kind.

Und sie – er glaubte, es war ein Mädchen – hieß... Er konnte sich nicht erinnern und wäre deswegen am liebsten in Tränen ausgebrochen.

Also weinte er.

Ja, ja, es *war* ein Mädchen. Eine wunderschöne Tochter mit lockigem Haar.

Aber war das Mädchen, das er sich vorstellte, wirklich *seine und Fatimas* Tochter? Es könnte auch die seines Bruders sein. Dann kam ihm ein anderer Gedanke. Italien. Er war in... in Italien.

Oder etwa nicht?

Doch wo war er nun? *Hier*? Er war in einem Zelt gewesen. *Dessen* war er sich ziemlich sicher, nur der Grund gab ihm Rätsel auf. Ein Zelt, dann nichts, dann war er an diesem Ort. An mehr konnte er sich nicht erinnern. Sein Gedächtnis war so schlecht – als Folge irgendeiner Droge? Oder war er fast erstickt und seine Gehirnzellen abgestorben? Schon möglich. Seine Kehle tat weh. Sein Kopf auch. Und ihm war schwindlig.

Ein dunkler Raum. Kalt.

Ein Keller, glaubte er.

Wer hatte das getan? Und warum?

Und wieso hatte man ihn geknebelt und seinen Mund mit Klebeband verschlossen?

Etwas strich an seinen nackten Füßen entlang, und er schrie. Was laut für ihn selbst war, aber leise für den Rest der Welt, wegen des Knebels.

Eine Ratte! Ja, hier waren mehrere von denen. Raschelten und huschten.

Würden sie ihn bei lebendigem Leib auffressen?

O mein Gott, gepriesen sei Dein Name!

Rette mich!

Doch das halbe Dutzend – nein, Dutzend, nein, mehr! – Tiere lief an ihm vorbei zu der Wand rechts von ihm. Sie waren nicht an ihm interessiert.

Noch nicht.

Also gut. Was geht hier vor sich? Hände gefesselt, Füße gefesselt. Entführt. Geknebelt. Aber wieso, um alles in der Welt? Weshalb würde Gott – gepriesen sei Sein Name – so etwas zulassen? Allmählich kehrten weitere Teile seiner Erinnerungen zurück – aber keine aus jüngster Zeit. Er wusste wieder, dass er Lehrer in Tripolis gewesen war, bis der Einfluss der Strenggläubigen in Libyen so groß wurde, dass seine säkulare Schule schließen musste. Dann hatte er ein Elektronikgeschäft geleitet, bis der Niedergang von Libyens Wirtschaft dazu führte, dass man den Laden plünderte.

Zum Lebensunterhalt blieb ihnen nur noch, was seine Frau als Krankenschwester verdiente.

Und es wurde sogar noch schlimmer. Keine Dinare, nichts zu essen, die Ausbreitung der Fundamentalisten, IS und Daesh, nach Darna, Sirte und in andere Städte und Dörfer, wie eine Infektion. Steckten *die* hinter seiner Entführung? Männern wie denen waren Verschleppung und Folter auf jeden Fall zuzutrauen. Khaled und seine Familie waren gemäßigte Sunniten und glaubten an eine weltliche Regierung. Dennoch hatte er sich nie offen gegen die Extremisten ausgesprochen. Wie konnten die Mullahs und Generäle des IS überhaupt von seiner Existenz wissen?

Und die libysche Regierung?

Nun ja, *Regierungen*, Plural. In Tobruk gab es den Abgeordnetenrat und die Libysche Nationale Befreiungsarmee. In Tripolis saß der rivalisierende Allgemeine Nationalkongress, der seinen fragwürdigen Machtanspruch mithilfe eines Milizenbündnisses namens Libyens Morgendämmerung durchsetzte. Ja, Khaled bevorzugte den Abgeordnetenrat, aber in aller Stille.

Nein, diese Entführung konnte keine politischen Gründe haben.

Dann kam eine weitere Erinnerung zurück, ganz plötzlich. Ein Boot… ein schaukelndes Boot. Das häufige Erbrechen, die brennend heiße Sonne…

Das Bild des Zeltes schob sich davor.

Und das seiner Tochter. Ja, *seiner* Tochter. Wie *heißt* sie bloß?

Er nahm den Ort seiner Gefangenschaft sorgfältig in Augenschein. Ein altes Gebäude. Backsteinmauern, Holzbalken unter der Decke. Er war in einem Keller. Der Boden war aus

Stein und abgenutzt, verschrammt und uneben. Er sah nach unten, um festzustellen, auf was für einer Art Stuhl er saß, und spürte einen Druck an seinem Hals. Irgendeine Schnur. Er blickte nach oben.

Nein!

Es war eine Schlinge!

Das dünne Seil verlief zu einem Balken über seinem Kopf, von da aus zu einem Balken vor der gegenüberliegenden Wand und hinunter zu einem Gewicht, einer dieser großen runden Scheiben, wie sie an den Enden von Hanteln befestigt werden. Sie stand aufrecht, und zwar auf einem Sims in etwa anderthalb Metern Höhe. Das Sims war geneigt, und hätte das Gewicht sich frei bewegen können, wäre es hinuntergerollt, hätte die Schlinge zugezogen und ihn erdrosselt. Doch Gott sei Dank – gepriesen sei Sein Name – war das Ding festgeklemmt.

Khaled versuchte, sich einen Reim darauf zu machen. Dann nahm er aus dem Augenwinkel erneut eine Bewegung wahr.

Auf dem Boden. Mehr Ratten. Und genau wie die anderen beachteten sie ihn nicht, sondern interessierten sich vielmehr für etwas anderes.

Und dann erkannte Khaled zu seinem Entsetzen, was die ekligen Kreaturen mit ihren roten Knopfaugen und den scharfen gelben Zähnen so unwiderstehlich anzog: der dicke Block, der das tödliche Gewicht davon abhielt, von dem Sims zu rollen und ihn zu töten. Rosa, mit weißer Marmorierung. Ein Stück Fleisch.

Die ersten der Ratten näherten sich nun vorsichtig und argwöhnisch ihrem Ziel. Sie schnüffelten mit ihren spitzen Nasen, wichen zurück und kamen dann wieder näher. Manche wurden von aggressiveren Artgenossen beiseitegeschoben, und dann schien man allgemein zu dem Schluss zu gelangen, dass dieser neue Fund nicht nur harmlos war... sondern auch schmackhaft.

Aus vier Ratten wurden schnell sieben, dann ein Dutzend, die wie riesige graue Bakterien das Fleisch umschwärmten.

Einige Kämpfe brachen aus, unter Kreischen und Beißen. Doch die meisten teilten die Beute mit den anderen.

Und schlugen sich nun die Bäuche voll.

Khaled schrie und brüllte durch den Knebel und warf sich auf dem Stuhl hin und her.

Was die Aufmerksamkeit von ein oder zwei der Nager erregte. Sie warfen ihm aber lediglich neugierige Blicke zu und kauten derweil freudig weiter.

In fünf oder zehn oder zwanzig Minuten würden sie das Fleisch vollständig verschlungen haben. Und das Gewicht würde herunterfallen.

Verzweiflung.

Doch dann kam ein Moment der Freude.

Ja, ja, danke, Gott, gepriesen sei Sein Name. Khaled war der Name seiner Tochter eingefallen.

Muna...

Wenigstens würden ihr Name und die Erinnerung an ihr glückliches Gesicht und ihr dichtes lockiges Haar ihn in den Tod begleiten.

50

Sie versuchten es. Sie versuchten es alle beide und warfen sich gegen die Vordertür des Bauernhauses.

Doch Häuser, die in einer Zeit erbaut worden waren, als es noch keine Alarmanlagen gab, sondern massive Eiche und Ahorn die vorderste Verteidigungslinie darstellten, ließen sich nicht so einfach aufbrechen. Weder damals noch heute.

Ercole hatte ein weiteres Mal bei Rossi angerufen, damit dieser die nächstgelegene Polizeistation benachrichtigte. Es waren die rivalisierenden Carabinieri, doch bei einem Fall wie diesem standen alle Polizisten Italiens auf derselben Seite. Ein Wagen würde in fünfzehn Minuten vor Ort eintreffen, zur ungefähr gleichen Zeit wie die zuvor schon entsandte Staatspolizei.

»Schießen Sie das Schloss auf«, schlug Ercole vor.

»Das funktioniert nicht«, sagte Sachs. »Nicht mit Pistolen.«

Sie umrundeten schnell das Gebäude und blieben dabei wachsam, denn sie konnten nicht wissen, ob der Komponist sich im Innern oder in der Nähe aufhielt. Und mittlerweile wusste er womöglich von seinem Besuch. Und könnte gesehen oder sich zumindest gedacht haben, dass es die Polizei war.

Ercole stolperte über einen alten Gartenschlauch, sprang sofort wieder auf und verzog das Gesicht. Er hatte sich an zerbrochener Töpferware die Handfläche aufgeschnitten. Aber nicht schlimm. Amelia behielt ihre Augen – und Konzentration – auf die Fenster gerichtet und hielt sowohl nach Gefahren als auch nach möglichen Zugängen Ausschau.

Mit Erfolg. Eines der Fenster auf der Rückseite, durch das sie zuvor schon einen Blick geworfen hatten, war nicht verschlossen.

Sie zückte ihre kleine, aber blendend helle Taschenlampe. »Bleiben Sie vom Fenster weg«, rief sie Ercole zu.

Er ging in die Hocke. Sie schaltete die Taschenlampe ein, hielt sie mit der linken Hand hoch über ihren Kopf, trat schnell an das Fenster heran und leuchtete hinein, während sie gleichzeitig mit der Rechten ihre Beretta hob. Falls der Komponist da drinnen mit einer Schusswaffe lauerte, würde er instinktiv auf das Licht zielen. Sachs würde vielleicht eine Kugel in den Arm abbekommen, hätte aber ein oder zwei Sekunden, um selbst zu feuern, bevor sie vor Schmerzen zusammenbrach.

Oder starb, weil ihre Armarterie zerfetzt worden war.

Doch der Raum war leer, abgesehen von staubigen Kisten und Möbeln, die man mit unterschiedlichen Laken abgedeckt hatte.

»Helfen Sie mir hoch.«

Ercole stützte sie ab, zog sich dann selbst auf das Fensterbrett und gesellte sich zu ihr.

Sie gingen zu der geschlossenen Tür, die zum Flur führte.

Er tippte gegen ihren Arm. Amelia lächelte. Ercole reichte ihr Gummibänder.

Sie streiften sie über ihre Schuhe. »Aber keine Handschuhe«, flüsterte er. »Wegen des taktischen Zugriffs.«

Sie nickte. »Wir sichern jeden einzelnen Raum. Das heißt, wir gehen bei jeder geschlossenen Tür und jedem Gegenstand, der groß genug ist, davon aus, dass der Komponist uns dahinter erwartet. Ich leuchte einmal schnell hinein, mit hoch erhobener Lampe, so wie beim Fenster. Dann gehe ich sofort wieder in Deckung. Danach stoßen wir *geduckt* vor. Er wird erwarten, dass wir stehen. Also machen Sie sich so klein wie möglich.«

»Und falls wir ihn finden und er sich nicht ergibt, schießen wir auf seine Arme und Beine?«

Sie runzelte die Stirn. »Nein. Falls er bewaffnet ist, töten wir ihn.«

»Oh.«

»Schießen Sie hierhin.« Sie berührte ihre Oberlippe, dicht unter der Nase. »Um den Hirnstamm zu erwischen. Drei Schüsse. Kriegen Sie das hin?«

»Ich...«

»Sie müssen sich darauf einstellen, Ercole.«

»Alles klar.« Ein entschlossenes Nicken. »*Sì. D'accordo.*«

Ein paar tiefe Atemzüge und die Jagd ging los. An dieses Spiel gewöhnte man sich nie, man hasste es sogar, doch gleichzeitig war es die beste Droge aller Zeiten.

Zuerst steuerte Sachs mit Ercole das Wohnzimmer an, in dem sie das Jagdgewehr gesehen hatte. Nachdem der Raum gesichert war, hob sie das Gewehr aus der Halterung, entfernte den Verschluss und steckte ihn ein. Damit war die Waffe nutzlos. Danach nahmen sie sich ein Zimmer nach dem anderen vor und arbeiteten sich von hinten nach vorn durch das Haus. Die meisten Räume waren leer. Ein kleines Schlafzimmer musste das des Komponisten sein. Neben dem Bett stand ein einzelner Converse Con.

Auch die Küche war mit einiger Häufigkeit benutzt worden.

Sie gingen weiter.

Und als sie im Erdgeschoss fertig waren, kam der erste Stock an die Reihe. Der Komponist war nicht da.

Schließlich kehrten sie zu der Tür zurück, die nach Sachs' Ansicht in den Keller führte.

Vorsichtig drückte sie die schmiedeeiserne Klinke herunter. Die Tür war nicht abgeschlossen.

Amelia Sachs verabscheute Keller. Ein Sondereinsatzkommando konnte in so einem Fall eine Blendgranate werfen, um einem etwaigen Verdächtigen die Orientierung zu rauben, und dann schnell vorstoßen. Doch jetzt? Nur sie beide? Amelia würde die Stufen hinuntersteigen müssen, wodurch erst ihre Beine, dann die Hüften und danach der Rumpf ins Schussfeld des Komponisten gerieten. Hatte er außer dem Gewehr auch eine Pistole gestohlen?

Zwei Schüsse in die Knie, und sie würde hilflos und schreiend nach unten stürzen, wo er ihr dann den Rest geben konnte.

Sie blickte auf und sah, dass Ercole, der mit taktischen Zugriffen noch keinerlei Erfahrungen gesammelt hatte, entschlossen und ruhig wirkte. Amelia war zuversichtlich, dass sie sich auf ihn verlassen konnte, falls ihr etwas zustieß.

»Falls Khaled hier irgendwo ist, dann da unten«, flüsterte sie. »Oder in der Garage. Aber eher hier, glaube ich. Also los. Sie ziehen die Tür auf. Und ich stoße schnell nach unten vor.«

»Nein, das übernehme ich.«

Sie lächelte. »Ich mache das nicht zum ersten Mal, Ercole. Ich gehe voran.«

»Lassen Sie mir den Vortritt. Falls er schießt oder mich angreift, können Sie ihn besser ausschalten, als ich das könnte. Ich bin kein besonders guter Schütze. Trüffelschmuggler sind selten mit AK-Siebenundvierzigern bewaffnet.« Ein Lächeln.

Sie drückte seinen Arm. »Also gut. Bleiben Sie in Bewegung. Hier ist die Lampe.«

Er atmete tief durch. Und murmelte etwas. Einen Namen. Isabella, glaubte sie. Vielleicht eine Heilige.

»Bereit?«

Er nickte.

Amelia riss die Tür auf. Die Klinke knallte gegen die Wand und ließ eine Staubwolke aufwirbeln.

Einen Moment lang rührte sich keiner von ihnen.

Das war kein Keller. Es war ein Wandschrank. Und er war leer.

Beide atmeten schnell.

»Okay. Die Garage. Wir brauchen etwas, um das Vorhängeschloss zu knacken.«

Sie suchten nach Werkzeug. In der Küche fand Ercole ein großes Beil. Sie verließen das Haus und näherten sich geduckt dem Nebengebäude.

Dann bereiteten sie sich auf den Zugriff vor – aber diesmal anders, denn ihnen beiden würde sich sofort ein Schussfeld bieten. Ercole würde das Schloss knacken und das Schiebetor aufziehen, während Sachs in die Hocke ging und mit Taschenlampe und Beretta ins Innere zielte. Dann würde er sich ihr anschließen.

Sie nickte.

Ein Schlag mit dem Beil und das Vorhängschloss flog weg. Er riss das Tor auf… und genau wie bei dem Wandschrank erwartete sie nur Leere.

Seufzend steckten sie ihre Waffen ein und gingen zum Haus zurück.

»Mal sehen, was wir finden können.«

Wie viel Zeit blieb ihnen, bis Khaled starb? Nicht viel, wusste Sachs.

Sie betraten das Wohnzimmer, zogen sich nun auch blaue Handschuhe über und untersuchten den Schreibtisch, die Papiere, Akten, Notizen und Instrumentensaiten in der Hoffnung, etwas über den Aufenthaltsort des Komponisten und seines Opfers herauszufinden.

Amelias Telefon summte – sie hatte den Klingelton vor dem Zugriff abgeschaltet.

»Rhyme«, sagte sie in das Mikrofon, das am Kabel des Ohrhörers hing. »Es ist sein Versteck. Aber sie sind nicht hier. Weder der Komponist noch Khaled.«

»Massimo sagt, die Carabinieri müssten gleich eintreffen.«

Sie konnte die Sirenen schon hören.

»Es bleibt wenig Zeit«, sagte Rhyme. »Er hat sein Video hochgeladen. Massimo hat den Link an Ercoles Telefon geschickt. Die Postpolizei versucht, seine Proxy-Server durch den Fernen Osten zurückzuverfolgen. Er ist zwar kein Edward Snowden, aber es wird dennoch einige Stunden dauern, den Ursprungsort zu bestimmen.«

»Wir machen hier weiter, Rhyme.«

Sie trennte die Verbindung und setzte die Suche fort. »Sehen Sie mal auf Ihrem Telefon nach.«

Ercole hielt ihr das Display hin. »Hier.«

Das Video zeigte den bewusstlosen Khaled Jabril, wie er auf einem Stuhl saß, mit einer Schlinge um den Hals und einem Knebel im Mund. Trotz der kleinen Lautsprecher des Mobiltelefons konnte man mühelos die Basslinie heraushören, mit der die begleitende Walzermusik unterlegt war. Eine schaurige Melodie.

»Ah, dieses Mal benutzt er für den Rhythmus nicht das Keuchen, sondern den Herzschlag des Opfers«, stellte Ercole fest.

»Diese Musik kommt mir bekannt vor«, sagte Sachs. »Wissen Sie, was das ist?«

»Ja, der ›Danse Macabre‹.«

Das bedrohlich pulsierende Stück ließ Sachs tatsächlich erschaudern. Dann fiel ihr Blick auf einige Papiere, die vor ihr lagen.

Nein. Unmöglich.

Sie drückte eine Kurzwahltaste.

»Sachs. Habt ihr was gefunden?«

»Es ist weit hergeholt, Rhyme, aber es ist unsere einzige Chance. Wo ist Massimo?«

»Moment, ich lege dich auf den Lautsprecher. Okay.«

»Ich bin hier, Detective Sachs«, meldete sich Rossi.

»Ich habe hier eine Adresse gefunden. In Neapel.« Sie las sie vor.

»Ja, das ist in den spanischen Vierteln, gar nicht weit weg von uns. Was vermuten Sie dort?«

»Höchstwahrscheinlich Khaled Jabril. Die Frage ist nur, ob er noch lebt.«

51

Sachs sah Massimo Rossi vor einer alten Fabrik stehen, längst geschlossen und mit Brettern vernagelt. Das Wort »*Produzione*« ließ sich noch entziffern, das einstige Wort darüber – ein Name, ein Produkt oder eine Dienstleistung – nicht mehr.

Der Inspektor entdeckte sie nun ebenfalls. »*Qui*«, rief er. »Hier entlang.«

Sie und Ercole waren zu Fuß unterwegs. Es blieb ihnen nichts anderes übrig, denn Neapels *Quartieri Spagnoli* waren ein dicht bevölkertes, chaotisches Labyrinth aus schmalen Straßen und Gassen. »Das Viertel wurde nach der spanischen Garnison benannt, die hier im sechzehnten Jahrhundert stationiert war«, erklärte Ercole. »Falls Sie *hier* einen Jungen wegrennen sehen, dann wird er, anders als in Vomero, wahrscheinlich *tatsächlich* seinen Vater oder Bruder vor der Polizei warnen. Hier sitzt die Camorra. *Tanti Camorristi.*«

Über ihr flatterte Wäsche an weißen Leinen in der sanften Brise, und zahllose Anwohner beobachteten die blinkenden Signalleuchten und die Dutzenden von uniformierten Polizisten. Die Zuschauer standen auf Balkonen und an offenen Fenstern – wo sie vermutlich viel Zeit verbrachten, denn es gab hier weder Vorgärten noch Hinterhöfe oder auch nur ein paar Treppenstufen vor den Haustüren, auf denen man hätte sitzen können, um Babys zu schaukeln oder über Politik und die Ereignisse des vergangenen Arbeitstages zu reden und abends ein Glas Bier oder Wein zu trinken.

Sachs zuckte zusammen, als dicht vor ihr ein großer Korb zum Boden herabgelassen wurde. Ein Junge rannte hin und legte eine Tüte mit Lebensmitteln hinein. Dann stieg der Korb wieder empor, weil drei Stockwerke über ihnen der Vater oder große Bruder die schwere Last einholte.

Das Leben in den spanischen Vierteln schien weitgehend über ihren Köpfen stattzufinden.

Sie betraten nun die Fabrik. Die Luft war nasskalt und stank nach Moder. Die Sockel irgendwelcher Maschinen waren immer noch mit dem Boden verschraubt, ließen aber nicht erkennen, was genau einst auf ihnen befestigt gewesen war. Das ohnehin nicht große Gebäude wirkte dank der vielen Polizisten im Innern noch beengter. Es drang kaum Licht von außen herein, also hatte man helle Scheinwerfer aufgestellt, wodurch die schon von Natur aus unheimlichen Räume in grelles Weiß getaucht wurden und irgendwie noch beunruhigender wirkten, als richtete man eine Lampe auf eine offene Wunde. Sachs sah Daniela und Giacomo und nickte. Die beiden grüßten zurück.

Rossi wies auf einen Durchgang im hinteren Teil der Fabrik. Sachs und Ercole folgten ihm dorthin. »Da unten«, murmelte der Inspektor. »Diesmal hat der Komponist sich selbst übertroffen.«

Er trug bereits Füßlinge. Sachs und Ercole streiften sich nun ebenfalls welche über, gefolgt von blauen Latexhandschuhen. Sie betraten einen kleinen Raum und stiegen in den Keller der Fabrik hinab.

Er erstreckte sich nicht unter dem gesamten Gebäude, sondern nur unter der hinteren Hälfte. Der Gestank nach Moder und Schimmel war hier noch stärker. Und nach Fäulnis. Über ihren Köpfen verliefen Balken, und der Boden bestand aus schartigem Stein, was den Ort irgendwie mittelalterlich erscheinen ließ.

Wie eine Folterkammer.

Was der Keller ja auch gewesen war. Khaled Jabril hatte – genau wie zuvor Ali Maziq – auf einem Stuhl gesessen, und als Hintergrund für das Video des Komponisten diente abermals eine feuchte Wand.

»Er war mit Klebeband gefesselt, und die Schlinge wurde über die Balken geführt. Am anderen Ende hing das da.« Er zeigte auf ein rundes Bodybuildergewicht, das in einer großen Beweismitteltüte auf dem Boden lag. In einer anderen Tüte lag die Schlinge.

»*Qual è il peso?*«, fragte Ercole.

»Zehn Kilo«, erwiderte Rossi.

Der Wassereimer bei Maziq hätte am Ende wohl ungefähr das Gleiche gewogen, schätzte Sachs.

Rossi schnalzte mit der Zunge. »Aber besonders gemein ist das hier.«

Auf einem Sims stand eine Zifferntafel neben einem Stück Fleisch.

Sachs begriff.

»*Ratti?*«, fragte Ercole.

»*Sì.* Genau. *Il Compositore* hat mit dem Fleisch das Gewicht daran gehindert hinunterzurollen. Die Ratten haben es gewittert und angefangen, es zu fressen. Das Opfer hatte also Zeit, womöglich sogar viel Zeit, den eigenen Tod nahen zu sehen.«

»Hat jemand den Komponisten bei seiner Ankunft oder Flucht beobachtet?«, fragte Ercole.

»Nein. Draußen steht ein Handkarren. Wir glauben, dass er das bewusstlose Opfer darauf unter Decken versteckt und von dem nahen Platz hergeschoben hat. Damit hätte er wie ein beliebiger Krämer ausgesehen. Wir hören uns gerade in der Nachbarschaft um, aber obwohl die *Quartieri Spagnoli* nicht besonders groß sind, gibt es hier so viele Menschen, Betriebe und Läden, dass niemand auf ihn geachtet haben dürfte.«

Rossi zuckte die Achseln, wohl um die Hoffnungslosigkeit ihrer Bemühungen zu unterstreichen.

Dann hellte seine Miene sich auf. »Aber nun lassen Sie uns nach oben gehen. Sie möchten den Mann, dessen Leben Sie gerettet haben, bestimmt gern kennenlernen. Ich weiß jedenfalls, dass *er* unbedingt mit *Ihnen* sprechen möchte.«

* * *

Khaled Jabril saß in einem Krankenwagen. Er wirkte benommen und hatte einen Verband um den Hals, schien ansonsten aber unverletzt zu sein.

Die Rettungssanitäter sprachen auf Italienisch mit Rossi und Ercole, und Ercole fasste es danach für Sachs zusammen. »Er ist im Wesentlichen desorientiert. Wegen des Chloroforms und der anderen Drogen, mit denen er gefügig gemacht wurde.«

Khaled sah Sachs an. »Sind Sie diejenige, die mich gerettet hat?« Sein libyscher Akzent war stark ausgeprägt, aber sie verstand ihn.

»Und Officer Benelli hier«, bestätigte Sachs. »Sie sprechen gut Englisch.«

»Es geht so, ja«, sagte der Mann. »Ich habe in Tripolis studiert. An der Universität. Mein Italienisch ist nicht so gut. Ich glaube, jemand hat gesagt, mit meiner Frau sei alles in Ordnung. Und dass sie von dem Mann geschlagen wurde, der mich entführt hat. Ich kann mich gar nicht daran erinnern.«

»Es geht ihr gut. Ich habe nach dem Überfall mit ihr gesprochen.«

»Und meine Tochter? Muna?«

»Auch die ist wohlauf. Die beiden sind zusammen.«

Einer der Sanitäter sagte etwas zu Ercole, und er übersetzte. »Ihre Frau und Ihre Tochter kommen zu Ihnen ins Krankenhaus. Ein Wagen bringt sie aus dem Lager her.«

»Danke.« Dann fing Khaled an zu weinen. »Ohne Sie beide wäre ich gestorben. Möge Gott, gepriesen sei Sein Name, Sie für immer segnen. Sie sind die klügsten Polizisten der Welt.«

Sachs und Ercole sahen sich kurz an. Khaled wusste nicht, dass Klugheit bei seiner Auffindung keine große Rolle gespielt hatte. Der Zettel, der auf dem Schreibtisch des Komponisten in dem Bauernhaus bei der Düngerfirma gelegen hatte, war eine Liste seiner Opfer gewesen – Maziq, Dadi und Khaled Jabril –, jeweils versehen mit der Angabe des Ortes, an der das entsprechende Video aufgezeichnet werden sollte. Sachs hatte kaum glauben können, dass es so einfach sein würde.

Es ist weit hergeholt, Rhyme, aber es ist unsere einzige Chance...
Sobald Rossi die Adresse kannte, hatte er Michelangelo und sein taktisches Team hergeschickt.

Und im Keller waren die Leute dann tatsächlich auf Khaled gestoßen.

Sachs war erleichtert, dass sie ihn nun auf Englisch vernehmen konnte... wenngleich das Ergebnis wenig zufriedenstellend ausfiel. Der umnebelte Khaled Jabril hatte keinerlei Erinnerung an die eigentliche Entführung. Er wusste sogar kaum noch etwas von den Tagen im Flüchtlingslager. Als er zu sich gekommen war, hatte schon die Schlinge um seinen Hals gelegen. Trotz des Knebels hatte er sich heiser geschrien, sowohl um die Ratten zu verscheuchen als auch um jemanden auf sich aufmerksam zu machen (nichts von beidem hatte funktioniert).

Die zehnminütige Befragung führte zu keinem Resultat. Nicht zu einer Beschreibung des Entführers, nicht zu irgendwelchen Dingen, die er gesagt hatte, nicht zu genaueren Hinweisen auf das Auto, in dem Khaled transportiert worden war. Er nahm an, ihm seien meistens die Augen verbunden gewesen, aber er war sich nicht sicher.

Einer der Sanitäter mischte sich ein, und Sachs verstand,

dass sie Khaled nun ins Krankenhaus bringen wollten, damit er dort gründlicher untersucht werden konnte. »*Sì*«, sagte sie.

Während der Rettungswagen sich langsam einen Weg durch die Menge bahnte, schauten Amelia, Ercole und Rossi ihm gemeinsam hinterher.

»*Dov'è il nostro amico?*«, murmelte Rossi und ließ den Blick über diesen chaotischen Teil der Stadt schweifen.

Wo ist unser Freund?, lautete wohl die Übersetzung, glaubte Sachs.

»Vielleicht werden die Spuren es uns verraten«, sagte sie. Dann kehrten sie und Ercole in die Folterkammer zurück.

52

Rhyme sah, dass Dante Spiro sein Telefonat beendete. Ja, Ercole Benelli hatte mit seiner Beschreibung richtig gelegen. Der normale Gesichtsausdruck des Staatsanwalts war eine finstere Miene mit bohrendem Blick, als könnten seine Augen Elektroschocks austeilen. Doch momentan schien er besonders übel gelaunt zu sein.

»Ach! Es deutet nichts darauf hin, dass der Komponist zu seinem Versteck auf dem Land zurückkehrt.«

Außer ihnen beiden hielt sich hier im Lagezentrum in der Questura zurzeit niemand auf. Da Rhyme nirgendwohin musste und für seine Körperfunktionen gesorgt war, hatte er Thom erneut freigegeben und zum Sightseeing geschickt. Lästigerweise hatte der Betreuer sich dennoch bereits mehrmals gemeldet und nach Rhymes Befinden erkundigt. Rhyme hatte schließlich gesagt: »Leg jetzt auf! Mach dir ein paar schöne Stunden! Ich melde mich, falls es ein Problem gibt. Der Telefonempfang ist hier besser als in Teilen von Manhattan.« Das war nicht übertrieben.

Nun dachte er über Spiros Neuigkeiten nach. Im Gegensatz zu dem Tatort, an dem Ali Maziq gefunden worden war, hatte der Komponist in dem Bauernhaus kein System installiert, das ihn vor eventuellen Eindringlingen warnen würde. Daher hatte Rossi beim Haus und rund um die Düngerfirma Leute postiert, um den Mann bei seiner Rückkehr zu ergreifen. Sie hatten bisher auch noch nicht mit der Tatortuntersuchung angefangen. Doch inzwischen waren zwei Stunden vergangen, und Rossi gab Rhymes – und Beatrice Renzas – Drängen nach, die Spurensicherung an die Arbeit zu schicken.

Rhyme rief Sachs an und beorderte sie zurück zu dem Bauernhaus. Sie, Ercole und die Spurensicherung waren in den spanischen Vierteln mit der Fabrik fertig, in der Khaled Jabril beinahe sein Leben verloren hatte.

Beatrice, die im Durchgang zum Labor stand, nickte beifällig, als sie von der Entscheidung erfuhr. »*Bene.*« Sie trug eine Tyvek-Haube auf dem Kopf. »Manchmal entscheiden nur wenige Sekunden darüber, ob eine Spur noch erfolgreich gesichert werden kann oder schon zerfallen ist. Die Untersuchung eines Tatorts sollte zum Schutz der Beweise stets so schnell wie möglich erfolgen.«

Grammatik und Satzbau waren perfekt, nur der starke Akzent fiel auf.

Spiro warf ihr einen seiner Blicke zu. »Und Sie halten mir diesen Vortrag, weil…?«

Rhyme musste lachen. »Sie hält Ihnen keinen Vortrag, Dante, sondern sie *zitiert*, und zwar *mich*. Mein Lehrbuch. Sogar wortwörtlich, glaube ich.«

»Wir benutzen es hier, aber bislang nur auf Englisch«, sagte sie. »Es sollte übersetzt werden.«

»Vielleicht passiert das schon bald.« Er erklärte, dass Thom am Vormittag den Anruf eines der besten Literaturagenten von ganz Italien erhalten habe, eines Mannes namens Roberto Santachiara, der aus der Presse von Rhymes Anwesenheit in Neapel erfahren hatte und mit ihm nun eine italienische Ausgabe seines Buches besprechen wollte.

»Der Titel landet bestimmt auf der Bestsellerliste. Zumindest auf der internen Liste der Spurensicherung.« Dann hob Beatrice einen Aktendeckel. »Okay. Kommen wir zu etwas anderem. Das hier bezieht sich auf den Fall Garry Soames. Ich habe etwas an der Weinflasche entdeckt, um deren Untersuchung Ercole mich gebeten hat.«

Die Flasche, die am Abend des Übergriffs an der Rauchstation auf der Dachterrasse gestanden hatte.

Sie reichte den ausführlichen Bericht an Dante Spiro weiter, der den Text überflog und dann zu Rhyme sagte: »Ich werde übersetzen. Zunächst mal gab es die gleichen Ergebnisse wie bei der ersten Analyse, die Fingerabdrücke, die DNS, den Rest Pinot Nero ohne Rückstände der Vergewaltigungsdroge. Doch außen an der Flasche wurde etwas Neues gefunden.«

»Und zwar?«

»Cyclomethicon, Polydimethylsiloxan, Silikon und Dimethicone Copolyol.«

»Ah«, sagte Rhyme.

Spiro sah ihn an. »Ist das von Bedeutung?«

»O ja, das ist es, Dante. Sogar von großer Bedeutung.«

* * *

Sie war atemberaubend schön.

Wenngleich auf andere Weise als Amelia Sachs, dachte Rhyme. Sachs' Attraktivität war die eines Mädchens von nebenan, auf das man zugehen und das man ansprechen konnte, ohne eingeschüchtert zu sein.

Natalia Garelli gehörte einer anderen Spezies an – eine angemessene Bezeichnung, denn sie hatte etwas Animalisches an sich, mit hohen, markanten Wangenknochen und eng stehenden, fantastisch grünen Augen. Sie trug eine enge schwarze Lederhose, Schuhe mit Absätzen, die sie acht Zentimeter größer als Spiro machten, und eine dünne, figurbetonte braune Lederjacke. So geschmeidig wie Wasser.

Die Frau musterte Rhyme und Spiro, die einzigen Anwesenden im Lagezentrum. Vom Labor aus warf Beatrice einen neugierigen Blick auf den Neuankömmling und widmete sich dann wieder ihrem Mikroskop.

Rhymes Behinderung schien Natalia nicht näher zu interessieren. Sie war mit ihren Gedanken woanders. »Haben Sie mich hergebracht für ... *come si dice*? Eine Gegenüberstellung? Um einen Verdächtigen zu identifizieren?«

»Bitte nehmen Sie Platz, Signorina Garelli. Sind Sie mit Englisch einverstanden? Mein Kollege hier spricht kein Italienisch.«

»Ja, ja.« Sie setzte sich und warf das üppige Haar zurück. »*Allora*. Eine Gegenüberstellung?«

»Nein.«

»Was soll ich dann hier? Wenn ich fragen darf.«

»Wir haben weitere Fragen zu der Vergewaltigung von Frieda Schorel.«

»Ja, natürlich. Aber ich habe doch schon mit Ihnen gesprochen, *Procuratore*, und auch mit *Ispettore*... Wie war doch gleich ihr Name?«

»Laura Martelli. Ja. Von der Staatspolizei.«

»Genau. Und dann habe ich vorgestern noch mit dieser Amerikanerin und seltsamerweise mit einem Beamten der Forstwache geredet.«

Spiro warf Rhyme einen ironischen Blick zu und sah dann wieder Natalia an. »Mich interessiert Folgendes: Sie sagen, Sie und Ihr Freund hätten am Tag der Party etwas Indisches gegessen.«

Eine Pause. »Ja, das stimmt. Zu Abend.«

»Was genau war das?«

»Ich weiß nicht mehr so recht. Wahrscheinlich Korma und Saag. Und Tikka Masala. Warum?«

»Und nachmittags haben Sie Wäsche gewaschen?«

»Ja. Wie ich Ihnen bereits gesagt habe. Oder jemand anderem, der danach gefragt hat. Damit ich für den Fall, dass ein Gast übernachten wollte, saubere Bettwäsche haben würde.«

Spiro beugte sich leicht vor. »Wie lange hat das Opfer Frieda Schorel am Abend der Party mit Ihrem Freund Dev geflirtet?«, fragte er schroff.

»Ich...« Er hatte sie völlig überrumpelt. »Die beiden haben nicht geflirtet. Wer hat das behauptet?«

»Ich kann keine Auskunft über die Aussagen anderer Zeugen erteilen.«

Auch wenn die gar nicht existieren, dachte Rhyme.

Die grünen Augen weiteten sich kurz. Eine beeindruckende Farbe. Kleegrün. Rhyme tippte auf Kontaktlinsen.

»Dev und Frieda haben sich doch bloß einen Scherz erlaubt«, stotterte sie. »Das ist alles. Ihr Zeuge irrt sich. Es war eine Studentenparty. Ein herrlicher Herbstabend. Alle hatten Spaß.«

»Ein Scherz.«

»*Sì.*«

»Wissen Sie, ob Dev jemals Kondome der Marke Comfort-Sure gekauft hat?«

Sie sah ihn empört an. »Wie können Sie es wagen, mir eine derart persönliche Frage zu stellen?«

Spiro ließ sich nicht beirren. »Bitte antworten Sie darauf.«

Sie zögerte. »Ich weiß nicht, welche Marke er kauft«, sagte sie dann.

»Sie sind seine Freundin und wissen so etwas nicht?«

»Nein. Ich habe noch nie darauf geachtet.«

»Wenn ich einen Blick in Ihren Medizinschrank werfen würde, lägen darin Kondome der Marke Comfort-Sure?«

»Diese Frage ist eine Frechheit, und Ihre Einstellung ist es auch.«

Spiro schnaubte verächtlich und reckte das Kinn vor. »Das spielt keine Rolle. Nachdem Sie von zu Hause aufgebrochen waren, hat eine Kollegin Ihre Wohnung durchsucht. Sie hat keine solchen Kondome gefunden.«

»Was? Wie können Sie so etwas tun?«

»Ihre Wohnung ist der Schauplatz eines Verbrechens, Signorina. Das verleiht mir gewisse Befugnisse. Also, wie ich gerade sagte: Es wurden keine gefunden. Laut Auskunft der Kreditkartenfirma hat Ihr Freund jedoch am Tag der Party eine Schachtel Comfort-Sure gekauft. Eine Packung mit vierundzwanzig Kondomen. Und trotzdem waren keine mehr im Haus. Wo sind sie geblieben? Wer hat sie weggeworfen? Denn seien wir ehrlich, das ist die einzig mögliche Erklärung dafür, wie zwei Dutzend Kondome innerhalb so kurzer Zeit verschwinden können. Manche jungen Leute mögen in dieser Hinsicht ja unersättlich sein. Aber im Ernst, zwei Dutzend?«

»Werfen Sie etwa meinem Freund die Vergewaltigung vor? Er wäre niemals zu so etwas fähig.«

»Nein, ich werfe *Ihnen* vor, Frieda Schorel sexuell missbraucht zu haben.«

»*Mir*? Sie sind doch verrückt!«

»Ach, Signorina Garelli. Lassen Sie uns erklären, was wir gefunden haben.«

Er sah zu Rhyme, der mit seinem Rollstuhl näher an die Frau heranfuhr. »Die Öffnung und der Hals der Weinflasche in der Raucherecke auf dem Dach weisen Spuren des Kondomgleitmittels auf, das bei der Marke Comfort-Sure verwendet wird«, sagte er ruhig. »Das könnte darauf hindeuten... nein, Verzeihung, der Befund ist eindeutig: Es stimmt mit dem Gleitmittel an Friedas Oberschenkel und in ihrer Vagina überein. Als meine Kollegin den Tatort auf Ihrem Dach untersucht hat, hat sie Spuren von Waschmittel und indischen Gewürzen, die beide von Ihnen stammen, sowohl an der Rauchstation als auch am Schauplatz des Übergriffs sichergestellt.« Rhyme verzog missmutig das Gesicht. »Nun, natürlich waren Sie an der Rauchstation, denn es ist Ihre Wohnung und Sie waren die Gastgeberin der Party. Doch der Schauplatz des Übergriffs?

Wie konnte das passieren? Es hätte mir gleich auffallen müssen – doch ich habe es zunächst übersehen. Sie und das Opfer haben beide angegeben, Frieda sei über die Trennmauer zwischen den beiden Häusern zurück auf Ihr Dach geklettert und habe erst dann um Hilfe gerufen, woraufhin Sie nach oben geeilt seien. Das war aber etliche Meter vom eigentlichen Tatort entfernt. Wie konnten also Curry und Waschmittel an den Ort gelangen, an dem die Frau missbraucht wurde?«

»Auch Sie sind verrückt!«

Spiro übernahm. »Wir glauben, dass Ihr Freund auf der Party mit Frieda geflirtet hat – und dass die beiden schon seit Anfang des Semesters etwas miteinander hatten, als Sie alle sich kennengelernt haben. *Sie* haben Frieda die Droge in den Wein gemischt. *Sie* sind ihr und Garry nach oben gefolgt und haben gehofft, Frieda würde das Bewusstsein verlieren und Garry diese Gelegenheit zu einer Vergewaltigung nutzen. Das wäre erniedrigend genug für Frieda, dachten Sie. Aber er hat Ihnen den Gefallen nicht getan, sondern Frieda in Ruhe gelassen. Als er weg war, haben Sie die Sache selbst in die Hand genommen. Sie haben eines der Kondome Ihres Freundes eingesteckt, und als oben niemand mehr war, haben Sie die bewusstlose Frieda über die Mauer auf das Nachbardach gezerrt und sie mit der Flasche missbraucht. Dann haben Sie das Kondom versteckt, um es mit dem Rest der Packung am nächsten Tag zu entsorgen, und sich wieder Ihren Pflichten als Gastgeberin gewidmet.«

Rhyme wusste, dass Natalia außerdem die anonyme Anruferin war, die Garry beschuldigt hatte, den Wein manipuliert zu haben, und dass sie persönlich in seine Wohnung eingebrochen war, um dort an seiner Kleidung die Vergewaltigungsdroge zu hinterlassen. Die von Ercole und Thom gefundenen Fußabdrücke konnten durchaus von einer Frau stammen.

»Das ist alles gelogen!«, tobte Natalia, und ihre Augen blitzten hasserfüllt auf.

»Wir haben uns bei der Vernehmung der Partygäste nur nach den Männern erkundigt«, fuhr Spiro nun fort. »Wir werden die Leute als Nächstes nach Ihrem Aufenthaltsort zum Zeitpunkt der Vergewaltigung befragen. Auch der Abgleich der DNS-Spuren hat sich bislang auf die *männlichen* Partygäste und Friedas andere Freunde beschränkt. Wir werden nun einen Beschluss erwirken, auch *Ihre* DNS zu überprüfen.«

Sie lachte spöttisch auf. »Das ist doch lächerlich.« Die Empörung war nicht gespielt. »So darf man mich nicht behandeln.«

Rhyme hatte den Eindruck, sie sei wirklich der Überzeugung, normale Regeln würden für sie nicht gelten... weil sie so schön war.

Natalia stand auf. »Ich lasse mir das nicht länger bieten. Ich gehe jetzt.«

»Nein, das werden Sie nicht.« Spiro stellte sich ihr in den Weg und gab ein Zeichen in Richtung Flur. Daniela Canton trat ein, nahm die Handschellen vom Gürtel und legte sie Natalia an.

»Nein, nein! Das können Sie nicht tun. Es ist... nicht richtig!«

Natalia starrte hinunter auf ihre Handgelenke, und es kam Rhyme so vor, als sei ihr entsetzter Blick vor allem der Tatsache geschuldet, dass das Silber der Handschellen so gar nicht zu dem Gold ihrer Armreife passte.

Aber das bildete er sich bestimmt nur ein.

53

Es war hoffnungslos.

Sein Leben war vorbei.

Garry Soames kamen fast die Tränen, als er den Verhörraum verließ und auf den Gefängnishof gelassen wurde, ungefähr achttausend Quadratmeter mit spärlichem Gras und ein paar Gehwegen, die zu dieser Tageszeit weitgehend menschenleer waren. Langsam kehrte er zu dem Trakt zurück, in dem seine Zelle lag.

Seine Anwältin, Elena Cinelli, hatte ihm mitgeteilt, dass die Polizei zwar in Erwägung ziehe, die Vergewaltigung von Frieda Schorel könne ihm untergeschoben worden sein, der Richter es aber dennoch abgelehnt habe, ihn vorläufig freizulassen, selbst wenn er den Behörden seinen Reisepass ausgehändigt hätte.

Das war so unfair!

Elena hatte gesagt, zwei der besten forensischen Wissenschaftler Amerikas, die gerade wegen eines anderen Falls zufällig in Neapel seien, würden bei der Untersuchung der Spuren mitwirken. Doch »mitwirken« bedeutete nicht, dass sie seine Unschuld beweisen würden. Valentina Morelli, das Mädchen, das so sauer auf ihn geworden war, hatte sich gemeldet und ausgesagt – was auch verifiziert werden konnte –, sie habe sich am Abend des Übergriffs auf Frieda in Mantua aufgehalten. Und nun verdächtigte man wieder ihn.

Was für ein Albtraum…

Er war in einem fremden Land, und seine »Freunde« hatten plötzlich Angst, ihn zu besuchen. Seine Eltern waren immer noch mit den Vorbereitungen ihres Flugs nach Italien beschäftigt (zuerst mussten Garrys jüngere Geschwister anderweitig untergebracht werden). Das Essen hier war grauenhaft, und die einsamen – und verzweifelten – Stunden zogen sich endlos hin.

Dazu diese Ungewissheit.

Und die Blicke, die die anderen Häftlinge ihm zuwarfen. Manche verstohlen und verschwörerisch, als würden sie einen Mitvergewaltiger begrüßen. Die waren einfach nur gruselig. Doch dann gab es noch die anderen, voller Wut, als wollten sie den Lauf der Gerechtigkeit am liebsten selbst in die Hand nehmen, schnell und kompromisslos. Schon mehrere Male hatte er in schlechtem Englisch das Wort »Ehre« gehört, gezischt wie ein Peitschenhieb, weil er sich vermeintlich an einer Frau vergangen hatte.

Und das verdammte Sahnehäubchen? Der Grund, aus dem an besagtem Abend mit Frieda auf dem Dach, unter den Sternen Neapels, gar kein sexueller Übergriff seinerseits hatte stattfinden können?

Er hatte ihn nicht hochbekommen. Er, Garry Soames. Mr. Allzeit-bereit.

Sie hatten sich geküsst, sie hatten sich befummelt... und er war schlaff wie ein Lappen geblieben.

Verzeih, verzeih, verzeih... Ich kann nichts dafür. Ich weiß auch nicht, was mit mir los ist.

Ein Umstand, von dem niemand sonst wusste. Etwas Peinlicheres konnte er sich nicht vorstellen, und es musste unbedingt ein Geheimnis blieben. Weder die Polizei durfte davon erfahren noch seine Anwältin. Niemand. »Nein, ich könnte Frieda gar nicht vergewaltigt haben, auch wenn ich ihr Drogen eingeflößt hätte – was ich nicht habe. Nein, mein kleiner Garry hat sich an dem Abend einfach nicht zum Dienst gemeldet.«

Und jetzt? Was würde geschehen...?

Er wurde aus seinen Gedanken gerissen, als ganz in der Nähe zwei Männer aus einem der Zellentrakte auf den Gefängnishof traten. Die beiden waren klein und muskulös, und Garry wusste nicht viel über sie, außer dass sie Brüder und keine Italiener waren. Albaner, glaubte er. Dunkelhäutig und niemals lächelnd. Sie blieben für gewöhnlich unter sich oder standen allenfalls mit einigen anderen zusammen, die ähnlich wie sie selbst aussahen. Bisher hatten sie noch nie etwas zu Garry gesagt und ihn weitgehend ignoriert.

So auch diesmal. Sie warfen ihm einen kurzen Blick zu und setzten dann ihr Gespräch fort. Ihr Weg verlief ungefähr parallel zu seinem, und sie waren etwa zwanzig Schritte hinter ihm.

Er nickte. Sie erwiderten die Geste und gingen mit gesenkten Köpfen weiter.

Warum zum Teufel bin ich überhaupt zu dieser Party gegangen?, dachte Garry. Ich hätte über meinen Büchern sitzen sollen.

Einerseits bedauerte er nicht, nach Italien gekommen zu sein. Er liebte das Land. Er liebte die Leute und die Kultur und das Essen. Doch er hatte offenbar einen großen Fehler begangen. Ich hätte überallhin gehen können. Aber nein, ich musste ja den großen berühmten Weltreisenden spielen, um all den Spießern in Missouri zu zeigen, dass ich anders war. Etwas Besonderes.

Garry bemerkte, dass die beiden albanischen Häftlinge ihren Schritt etwas beschleunigten. Sie würden ihn gleich einholen, im Schatten des Klettergerüsts – einem kleinen Bereich, in dem Gefangene ihre Familien treffen und mit ihren Kindern spielen konnten, wenn diese sonntags zu Besuch kamen.

Doch er achtete nicht weiter auf sie und dachte wieder an die Party bei Natalia zurück. Er hätte Frieda niemals auf dem Dach allein lassen dürfen. Aber als er ihren schläfrigen Blick gesehen und ihren Kopf an seiner Schulter gespürt hatte... während sich weiter unten bei ihm absolut nichts regte, da musste er einfach fliehen. Er hätte nie gedacht, dass man ihr Drogen verabreicht hatte und sie sich in Gefahr befinden könnte.

Was für ein verfahrener Mist...

Die Albaner kamen immer näher. Sie hießen Ilir und Artin, glaubte er, und sie behaupteten, man habe sie widerrechtlich dafür verhaftet, Menschen zur Flucht aus der Unterdrückung verholfen zu haben. Die Anklage der Staatsanwaltschaft las sich ein wenig anders: dass sie junge Mädchen entführt und nach Scampia verschleppt hätten, einem schmutzigen Vorort von Neapel, wo sie in Bordellen anschaffen gehen mussten. Die Behauptung der Männer, sie seien selbstlose Retter der Geknechteten, stieß auf taube Ohren, denn die meisten der von ihnen »geretteten« Mädchen stammten nicht aus Nordafrika, sondern den baltischen Republiken und sogar Kleinstädten in Italien, wo man ihnen eine Karriere als Fotomodell versprochen hatte.

Garry gefiel es nicht, dass die Männer nun dicht hinter ihm waren. Er bog zur Seite ab, um ihnen aus dem Weg zu gehen.

Doch es war zu spät.

Die beiden kompakten Kraftpakete sprangen vor und warfen ihn auf das Gras.

»Nein!«, keuchte er. Der Aufprall hatte ihm die Luft aus der Lunge getrieben.

»Pssst. Leise!«, zischte Ilir – der Kleinere – ihm ins Ohr.

Sein Bruder vergewisserte sich, dass keine Wärter oder anderen Häftlinge in der Nähe waren, und zog ein langes, dickes Stück Glas aus der Tasche, ein improvisiertes Messer. Das Griffstück war mit Stoff umwickelt, der fünfzehn Zentimeter lange Rest glänzte rasiermesserscharf.

»Nein! Bitte! Kommt schon, ich habe nichts getan!« Vielleicht hielten sie ihn für einen Spitzel, der sie soeben bei der Gefängnisleitung denunziert hatte. »Ich habe nichts gesagt!«

Artin lächelte und wich ein Stück zurück, während Ilir ihn weiterhin zu Boden drückte. »Also, hör zu«, sagte er auf Englisch und mit starkem Akzent. »Hör gut zu, ja? Ich sag dir, was Sache ist. Kennst du Alberto Bregia?«

»Bitte! Ich habe euch nichts getan. Ich bin nur ...«

»He, he. Antworte mir gefälligst. Ja, so ist es gut. Antworte mir. Hör auf zu winseln. Antworte mir.«

»Ja, ich kenne Bregia.«

Wer würde das nicht? Ein psychotischer Riese – eins dreiundneunzig –, der auf jeden anderen Gefangenen losging, der ihm in die Quere kam, auch wenn dessen vermeintlicher Verrat nichts als ein Produkt von Bregias krankem Hirn war.

»Also, Folgendes. Bregia hat ein Problem mit meinem Bruder und mir. Und deshalb will er uns umbringen. He, he. Wir machen jetzt Folgendes.«

Garry versuchte, Ilir wegzustoßen, doch der kräftige Mann hatte ihn fest im Griff. »Aufhören«, murmelte der Albaner. Garry gehorchte.

»Wir müssen dich ein wenig verletzen. Dich hiermit etwas verschönern, ja.« Er hob das Glasmesser. »Aber wir werden dich nicht töten. Es muss zwar ordentlich bluten, doch du wirst nicht daran sterben. Und dann wirst du sagen, dass Alberto Bregia das gemacht hat.«

»Damit er in ein anderes Gefängnis verlegt wird«, sagte Ilir. »Für gefährliche Insassen. Wir haben uns informiert. So funktioniert das. Alles klar?«

»Nein, nicht! Bitte!«

Artin nickte. »Ach, wir stechen nicht oft zu. Sechs, sieben Mal. Das ist gar nichts. Ich bin selbst schon oft gestochen worden. Sieh dir diese Narben an. Die Leute hier im Gefängnis, die reden. Die sagen, man sollte dir die Eier abschneiden, weil du ein Vergewaltiger bist.« Er strich Garry mit der Spitze des Messers über den Schritt. »Nein, nein. Das machen wir nicht.«

Sie lachten beide. »Du hast irgendein Mädchen gevögelt? Wen kümmert's? Also, keine Sorge. Nur das Gesicht, die Brust und vielleicht ein tiefer Schnitt am Ohr.«

»Lass es uns abschneiden«, sagte sein Bruder.

»Ja, es muss nach Bregia aussehen, nach etwas, das er tun würde.«

»Hör mal, du Weichling, hör auf zu flennen. Okay, Artin. Schneid ihn, und dann können wir gehen. Mach schnell!«

Artin murmelte etwas auf Albanisch, und Ilir legte seine schmutzige Hand über Garrys Mund und packte ihn noch fester.

Garry versuchte zu schreien.

Die Glasspitze näherte sich seinem Ohr.

»Signor Soames!«, ertönte auf einmal eine ferne Stimme. »*Dove sei?*«

Das kam aus dem Durchgang, den er kurz zuvor verlassen hatte und der zu den Verhörräumen führte. Ein Mann rief nach ihm.

»Sind Sie noch auf dem Hof?«

Die albanischen Brüder sahen sich an.

»*Mut*«, fluchte Ilir.

Das Messer verschwand, und sie standen sofort auf.

Garry kämpfte sich auf die Beine.

»Kein Wort!«, flüsterte Artin. »Kein Wort, Heulsuse.« Sie drehten sich um und entfernten sich rasch.

Garry trat aus dem Schatten des Klettergerüsts.

Er sah, wer nach ihm gerufen hatte. Es war der stellvertretende Gefängnisdirektor, ein schmaler Mann mit schütterem Haar, der die Uniform der Strafvollzugsbehörde trug. Sie war perfekt gebügelt.

Garry ging zu ihm.

»Geht es Ihnen gut? Was war denn los?« Er musterte die Grasflecke auf Garrys grauem Häftlingsoverall.

»Ich bin hingefallen.«

»Ah, gefallen. Ich verstehe.« Er glaubte ihm nicht, doch im Gefängnis – das hatte Garry sogar in dieser kurzen Zeit schon gelernt – wollte die Leitung oft lieber gar nicht erst Bescheid wissen.

»*Sì?*«, fragte Garry.

»Signor Soames, ich habe gute Nachrichten für Sie. Der für Sie zuständige Staatsanwalt hat soeben angerufen und mir mitgeteilt, dass der wahre Täter gefunden wurde. Man hat bei Gericht bereits Ihre Freilassung beantragt.«

»Wirklich?«, fragte Garry atemlos.

»Ja, ja, er ist sich sicher. Die Entlassungspapiere sind zwar noch nicht unterzeichnet, aber es wird nicht mehr lange dauern.«

Garry blickte hinüber zu seinem Trakt und dachte an die beiden Albaner. »Soll ich in meiner Zelle warten?«

Der stellvertretende Direktor überlegte kurz und schien Garrys zerrissenen Ärmel zu bemerken. »Nein, ich glaube, das ist nicht nötig. Kommen Sie mit ins Verwaltungsgebäude. Sie können in meinem Büro warten. Ich hole Ihnen einen *caffè*.«

Da brachen die Tränen endgültig aus ihm hervor. In wahren Strömen.

54

Das Team hatte sich im Lagezentrum neben dem Labor im Erdgeschoss der Questura versammelt.

Sachs und Daniela Canton vom Überfallkommando hatten die Beweise mitgebracht, die in dem Bauernhaus bei der Düngerfirma gesichert worden waren, und Beatrice Renza arbeitete an der Analyse. Auch die Spuren aus der Fabrik lagen vor. Giacomo Schiller, Danielas Partner, hatte das heruntergekommene Gemäuer *Il Casa dei Ratti* getauft.

Spiro stand mit verschränkten Armen in einer Ecke des Raumes. »Wo ist Ercole?«

Sachs erklärte, er erledige etwas und werde bald zurück sein.

Rossi telefonierte. Nach dem Gespräch erklärte er, er habe den Eigentümer ausfindig gemacht, der dem Komponisten das Bauernhaus vermietet hatte. Der Mann lebe in Rom und habe sich hier in Neapel mit einem Amerikaner getroffen, einem gewissen Tim Smith aus Florida. Doch der Eigentümer habe bestätigt, dass der Fremde dem Phantombild des Entführers ähnelte. Der Mieter habe in bar zwei Monate im Voraus bezahlt und außerdem einen Bonus.

»Einen Bonus für *riservatezza*«, sagte Rossi lächelnd. »Für Verschwiegenheit, würden Sie wohl sagen. So hat der Vermieter es zwar nicht ausgedrückt, aber so habe ich es verstanden. Er nahm an, der Mann wolle sich dort mit seiner Geliebten treffen. Nie im Leben hätte er mit einem Verbrechen gerechnet. Natürlich hat er das, aber es war ihm egal.«

Der Vermieter hatte außerdem behauptet, von dem Geld sei nichts mehr da – und damit auch keine Fingerabdrücke –, doch er könne etwas zu dem Auto des Mannes sagen. Der Mieter habe zwar außer Sichtweite geparkt, doch der Eigentümer sei zufällig von der Hauptstraße abgebogen, um zu einem Restaurant außerhalb der Stadt zu gelangen, und habe dabei einen alten dunkelblauen Mercedes gesehen.

Eine kurze Überprüfung ergab, dass die Reifengröße der Michelins mit älteren Mercedes-Modellen kompatibel war. Rossi ließ den Fahrzeugtyp zur allgemeinen Fahndung ausschreiben.

BAUERNHAUS AUSSERHALB VON CAIAZZO

- Computer Marke Dell Inspiron.
  - Passwortgeschützt; an Postpolizei geschickt.
- Western-Digital-Festplatte, 1 TB.
  - Passwortgeschützt; an Postpolizei geschickt.
- Gewehr Browning AB3, Kaliber Winchester 270.
  - Laut Seriennummer vor drei Jahren aus Privathaus in Bari gestohlen; vermutlich auf dem Schwarzmarkt verkauft.
  - Schachtel mit 23 Winchester-270-Patronen und zwei leeren Messinghülsen.
  - Ballistische Untersuchung bestätigt, dass mit dieser Waffe beim Flüchtlingslager Capodichino auf die amerikanische Polizistin Amelia Sachs und Forstwachtmeister Ercole Benelli geschossen wurde.
- Sechs E-Saiten für Kontrabass, eine zu einer Henkersschlinge gebunden.
- Fährt einen älteren dunkelblauen Mercedes.
- Vier Reifenspuren in Zufahrt:
  - Michelin 205/55 R16 91H (wie an den anderen Tatorten), vermutlich von dem Mercedes.
  - Pirelli 6000 185/70 R15.
  - Pirelli P4 P215/60 R15.
  - Continental 195/65 R15.

- Diverse Kleidungsstücke, einige vom Täter, einige von Opfern (siehe Verzeichnis).
  - Kauf nicht zurückverfolgbar.
- Diverse Toilettenartikel (siehe Verzeichnis).
  - Kauf nicht zurückverfolgbar.
- Lebensmittel (siehe Verzeichnis).
  - Kauf nicht zurückverfolgbar.
- Reiseführer Italien (Fodor's Guide)
  - Kauf nicht zurückverfolgbar.
- Sprachführer Italienisch (Berlitz)
  - Kauf nicht zurückverfolgbar.
- Liste der Opfer mit Angaben zur Person und den Orten der Videoaufnahmen.
  - Ali Maziq.
  - Malek Dadi.
  - Khaled Jabril.
- Weitere Reste von Olanzapin und Amobarbital.
- Fingerabdrücke:
  - Nur von den Opfern.
    - Ali Maziq.
    - Khaled Jabril.
  - Teile des Hauses scheinen mit Alkohol gereinigt worden zu sein.
  - Überall Spuren von Latexhandschuhen gefunden.
- Zwei Dutzend Schuhabdrücke, die nicht mit bisherigen Spuren übereinstimmen.
  - Größe 7½ (m) / 9 (w) / 40 (europäisch), Ledersohle.
  - Größe 10½ (m) / 13 (w) / 45 (europäisch), unbekannter Joggingschuh, stark abgenutzt.
  - Größe 9 (m) / 10½ (w) / 43 (europäisch), unbekannte Machart, vermutlich Wanderstiefel oder Joggingschuh.
  - Converse Cons, wie zuvor; gehören dem Komponisten.
  - Drei weitere Abdrücke von unbestimmter Größe, zwei schlichte Ledersohlen, ein Wanderstiefel Marke Rocky Lakeland.

»Was sollen all die Schuhabdrücke?«, fragte Spiro sich laut.

»Ich würde auf andere potenzielle Mieter tippen, die das Gebäude besichtigt haben«, sagte Rossi. »Und auf die Opfer. Der Komponist hat sie dort gefangen gehalten, bis er bereit war, sein Video aufzunehmen. Vielleicht sind sie zu Fuß vom Auto zum Haus und wieder zurück gegangen – auch wenn sie keine Erinnerung mehr daran haben.«

Rhyme seufzte. »Ich hoffe, dass keiner der Abdrücke von einem *weiteren* Opfer stammt. Dass kein zusätzlicher Name auf dieser Liste steht, muss nicht bedeuten, dass er niemanden sonst entführt hat.«

»Ich finde es überaus merkwürdig, dass es keine Fingerabdrücke gibt«, sagte Beatrice. »Nicht einen einzigen, nur von den Opfern. Es ist, als könnten Sie recht haben, Captain Rhyme: Er trägt die Handschuhe auch im Schlaf.«

»Er macht es uns wirklich so schwer wie möglich«, stellte Spiro mit finsterer Miene fest.

»Keineswegs«, widersprach Rhyme. »Das Fehlen von Fingerabdrücken ist sehr gut für uns. Meinst du nicht auch, Sachs?«

Sie starrte gerade auf die Tabelle. »Ja, ja.«

»Wir meinen Sie das?«, fragte Rossi.

»*Ciao*«, meldete sich eine Stimme vom Eingang. Es war Ercole Benelli, und er brachte eine Mülltüte mit.

Sachs sah sein Lächeln. »Hier kommt die Antwort auf Ihre Frage, Inspektor.«

»Vor ein paar Jahren hatten wir einen Fall«, erklärte Rhyme. »Es ging um einen Auftragsmörder. Wir haben sein Versteck gefunden, und dort gab es nicht einen einzigen Fingerabdruck. Er hat die ganze Zeit Handschuhe getragen. Doch das hieß auch, dass er diese Handschuhe regelmäßig loswerden musste – denn auf deren *Innenseite* bleiben natürlich erstklassige Abdrücke zurück. Dummerweise hat er sie einfach in zwei

Blocks Entfernung in eine Mülltonne geworfen, und wir haben sie dort gefunden. Damit konnten wir ihn identifizieren und letztlich ergreifen. Ich nehme an, das hat Officer Benelli gemacht: Er hat Mülltonnen durchsucht.«

»Ja, ja, *Capitano* Rhyme.« Er hob die grüne Plastiktüte. »Ich habe das hier in einer Tonne hinter einer IP-Tankstelle gefunden, an der Straße zwischen Caiazzo und Neapel. Aber ich fürchte, es hilft uns bei den Handschuhen nicht wirklich weiter.«

Er nahm drei metallene Farbdosen aus der Tüte und stellte sie behutsam auf den Tisch. Rhyme roch kurz daran. Der beißende Gestank ließ ihn die Stirn runzeln. »Methylisobutylketon.«

»Was ist das?«, fragte Rossi.

»Ein Lösungsmittel«, antwortete Beatrice in langsamem Englisch. »Man kann darin hervorragend Latex einschmelzen.«

»Stimmt«, bestätigte Rhyme.

»Auf dem Boden der Dosen ist bloß noch blauer Schlamm«, sagte Ercole. »Die Handschuhe haben sich aufgelöst.«

Spiro sah ihn an. »Aber das scheint Sie nicht sonderlich zu beunruhigen, Forstwachtmeister. Haben Sie uns etwa noch nicht alles gesagt? Raus mit der Sprache.«

»Ja, *Procuratore*. Die Mülltonne, in der diese Dosen gelegen haben, hat einen Deckel, und auf dem waren nicht die Spuren von Handschuhen, sondern einige Fingerabdrücke. Hoffentlich von dem Komponisten, als er die Tonne geöffnet hat, um die Dosen wegzuwerfen. Er hat bestimmt nicht damit gerechnet, dass wir sie finden würden.« Er zog eine SD-Karte aus der Tasche und gab sie Beatrice. Sie setzte sich an den Computer und rief die gespeicherten Bilder auf. Ercole hatte Fingerabdruckpulver benutzt – ein altes Hilfsmittel –, um die Spuren sichtbar zu machen. Es handelte sich durchweg um Teilabdrücke, manche besser, manche schlechter.

Rhyme erkannte jedoch sofort, dass sie nicht für eine Identifizierung ausreichen würden.

Aber als er Beatrice ansah, nickte diese bereits. Sie hatte den gleichen Gedanken gehabt. Nachdem sie etwas eingetippt hatte, erschien in einem zweiten Fenster ein anderer Teilabdruck. Auch er stammte von dem Komponisten und war auf dem Laub hinterlassen worden, während er Ali Maziq beim Abendessen beobachtet hatte, um ihn später an der Bushaltestelle zu entführen.

»Das könnte jetzt einen oder mehrere Momente dauern.« Sie fing an, die beiden Sätze Fingerabdrücke versuchsweise miteinander zu kombinieren, indem sie sie vergrößerte und verkleinerte, rotierte und hin und her bewegte. Im Raum war es vollkommen still. Alle beobachteten den Monitor.

Beatrice rückte sich die modische, grün gerahmte Brille zurecht und nahm den aktuellen Versuch genau in Augenschein. Dann sagte sie etwas auf Italienisch.

»Sie glaubt, das ist der Abdruck des Komponisten«, erklärte Ercole. »Zusammengesetzt aus drei Teilabdrücken und nahezu vollständig.«

Beatrice fing an, mit rasender Geschwindigkeit zu tippen, und sagte etwas, das Ercole erneut für Rhyme und Sachs übersetzte. »Sie hat ihn soeben an Eurodac geschickt, außerdem an Interpol, Scotland Yard und IAFIS in den Vereinigten Staaten.« Beatrice lehnte sich zurück, behielt die Augen aber unverwandt auf den Abdruck gerichtet.

Spiro wollte etwas fragen, doch Ercole kam ihm zuvor. »Ich habe den Eigentümer der Tankstelle gefragt, aber ihm ist niemand bei der Mülltonne aufgefallen. Und seinen Angestellten auch nicht.«

Der Staatsanwalt nickte. Offenbar hatte er genau diese Frage im Sinn gehabt. Dann öffnete er abermals den Mund.

»Es gibt dort keine Überwachungskameras«, sagte Ercole.

»Aha.«

Nach zwei unendlich langen Minuten erklang plötzlich ein Piepton aus Beatrices Computer. Sie beugte sich zum Bildschirm vor und nickte.

»Ecco. Il Compositore.«

Sie drehte den Monitor in die Richtung der anderen.

Er zeigte das Foto eines Mannes mit Vollbart und struppigem Haar, aufgenommen vom Büro des Sheriffs in Bucks County, Pennsylvania. Der Mann war dicklich und starrte mit stechenden braunen Augen in die Kamera.

Die Meldung stammte vom Integrierten Automatischen Fingerabdruck-Identifizierungs-System des FBI und war mit einem Begleittext versehen. »Er heißt Stefan Merck und ist dreißig Jahre alt. Man hat ihn für unbestimmte Zeit in die Psychiatrie eingewiesen, wegen tätlicher Bedrohung und versuchten Mordes. Vor drei Wochen ist er aus der geschlossenen Anstalt geflohen.«

55

Amelia Sachs drehte sich mit dem Telefon am Ohr zu den anderen um. »Ich habe hier die Direktorin der Nervenheilanstalt in Pennsylvania, Dr. Sandra Coyne. Doktor, ich lege Sie jetzt auf den Lautsprecher.«

»Ja, hallo. Habe ich das richtig verstanden? Sie sind in Italien? Und es geht um Stefan Merck?«

»Genau«, sagte Sachs und erklärte ihr, was ihr Patient getan hatte.

Die Frau erwiderte zunächst nichts, wahrscheinlich vor lauter Verblüffung. »O mein Gott«, sagte sie schließlich mit heiserer Stimme. »Diese Entführungen in Neapel. Ja, die waren auch hier in den Nachrichten. Ich glaube, es hieß, die Taten würden einem Verbrechen in New York ähneln. Aber es ist uns nie in den Sinn gekommen, dass Stefan dafür verantwortlich sein könnte.«

»Wie lautet seine Diagnose?«, fragte Rhyme.

»Schizophrene Persönlichkeit, bipolar, schwere Angststörung.«

»Wie konnte er entkommen?«

»Wir sind eine Einrichtung mit mittlerer Sicherheitsstufe. Und Stefan war bis dahin ein mustergültiger Patient gewesen. Er durfte sich frei auf dem Gelände bewegen, und offenbar hatten einige überaus nachlässige Gärtner dort draußen eine Schaufel vergessen. Er hat sie gefunden und sich unter dem Maschendrahtzaun hindurchgegraben.«

»Man hat ihn wegen eines Mordversuchs eingewiesen?«

»Ja, den hatte er in einer anderen Einrichtung begangen. Das Opfer hat bleibende Schäden davongetragen. Stefan wurde für nicht verhandlungsfähig befunden.«

»Ich bin von der Polizei hier in Neapel«, sagte Rossi. »Bitte, Doktor. Wie kann er für die Reise und alles andere bezahlt haben? Hat er genug Geld?«

»Seine Mutter ist schon vor Jahren gestorben und der Vater verschwunden. Es gab irgendein Treuhandvermögen, und er hat in letzter Zeit Besuch von Verwandten bekommen, einer Tante und einem Onkel. Vielleicht haben die ihm etwas gegeben.«

»Können Sie uns die Namen nennen?«, fragte Sachs.

»Ja, ich suche sie aus den Unterlagen heraus.« Sie notierte sich Sachs' Kontaktdaten und versprach, die Daten gleich im Anschluss an dieses Gespräch zu schicken.

»Können Sie sich und damit hoffentlich auch uns irgendwie erklären, warum er das tut?«, fragte Amelia.

Die Frau überlegte. »Stefan lebt in seiner eigenen Welt«, sagte sie dann. »Und die besteht aus Geräuschen und Musik. Alles andere ist unwichtig. Ich muss leider gestehen, dass wir weder das Geld noch die Befugnis haben, Patienten wie ihm Zugang zu wirklich hilfreichen Ressourcen zu verschaffen. In Stefans Fall zu Instrumenten oder dem Internet. Er hat mir seit Jahren erzählt, wie sehr er sich nach Klängen sehnt. Dabei war er nie gefährlich oder bedrohlich, aber irgendetwas muss ihn noch weiter von der Realität entfernt haben.« Es gab eine kurze Pause. »Sie wollen wissen, mit was für einer Person Sie es zu tun haben? Er hat mal in einer Therapiesitzung gesagt, er sei sehr deprimiert. Und warum? Weil er keine Tonaufnahme der Kreuzigung Jesu besitze.«

Das ließ Rhyme an seine eigenen Fantasien denken. Er stellte sich manchmal vor, wie er berühmte historische Tatorte mit modernen forensischen Techniken untersuchte, um die Verbrechen zu analysieren. Golgatha stand ganz oben auf seiner Liste.

»Wieso Italien?«, fragte Sachs. »Gibt es eine Verbindung hierher?«

»Nicht in seiner Vergangenheit. Aber ich weiß, dass er unmittelbar vor seiner Flucht während einer Sitzung mehrmals eine besondere Frau in seinem Leben erwähnt hat.«

»Hat die womöglich irgendwas mit Italien zu tun? Können wir mit ihr reden?«

Sie lachte auf. »Das dürfte ziemlich schwierig werden. Denn wie sich herausgestellt hat, meinte er ein dreitausend Jahre altes Geschöpf der Mythologie, nämlich Euterpe, eine der neun Musen der griechischen und römischen Überlieferungen.«

»Die Muse der Musik«, sagte Ercole.

»Ja, ganz recht.«

Sachs fragte, ob er irgendwelche besonderen Interessen oder eine Vorliebe für bestimmte Speisen habe – oder was Ihnen sonst dabei helfen könnte, Geschäfte oder Orte zu finden, die er eventuell aufsuchen würde.

Dr. Coyne fiel nichts ein, außer der seltsamen Tatsache, dass der Geschmack einer Mahlzeit Stefan egal sei. Ihm gehe es nur um das *Geräusch* beim Essen. Daher bevorzuge er knusprige Gerichte.

Das würde ihnen bei den Ermittlungen kaum etwas nützen.

Rhyme fragte, ob sie außer dem Polizeifoto noch weitere Aufnahmen von Stefan habe.

»Ja, ich kann sie Ihnen gleich schicken. Haben Sie eine E-Mail-Adresse?«

Rossi nannte sie ihr.

Kurz darauf trafen die Bilder ein, ein halbes Dutzend Fotos eines stämmigen, intelligent wirkenden jungen Mannes mit wachem Blick.

Spiro bedankte sich.

»Ich weiß, bei ihm ist offenbar eine Zäsur aufgetreten, eine ziemlich gravierende«, fügte die Frau hinzu. »Doch bisher ist er immer außergewöhnlich vernünftig gewesen. Nach all diesen Entführungen muss er als gefährlich gelten, das ist mir klar. Aber falls Sie ihn finden, versuchen Sie bitte als Erstes, einfach nur mit ihm zu reden, bevor Sie ihm wehtun.«

»Wir werden uns bemühen«, versprach Sachs und trennte die Verbindung.

»Mit ihm reden?«, murmelte Rossi. »Mit einem Mann, der keinerlei Skrupel hatte, aus dem Hinterhalt auf zwei Polizisten zu schießen?«

Spiro betrachtete die Fotos des Entführers. »Was hast du vor, *amico mio*?«, fragte er leise. »Inwiefern verschaffen die Qualen, die du diesen armen Teufeln in New York und Neapel bereitet hast, dir Vergnügen?«

Rhyme wiederum war das vollkommen gleichgültig. Er fuhr zu der Beweistabelle.

Rossi sagte auf Italienisch etwas zu Daniela Canton, woraufhin sie sich an den Computer setzte und anfing zu tippen.

»Ich sende die Bilder an unsere Pressestelle«, teilte Rossi den anderen mit. »Die werden sie auf unserer Internetseite posten und an die Medien weitergeben. Die anderen Strafverfolgungsbehörden werden ebenfalls verständigt. Schon bald werden tausend Augenpaare nach ihm Ausschau halten.«

Rhyme fuhr noch näher an die Flipcharts heran und nahm sie genau in Augenschein. Wieder und wieder. Es war wie bei der Lektüre eines klassischen Romans – bei jedem Durchgang entdeckte man etwas Neues.

Er hoffte auf irgendeine Einsicht, einen winzigen Anstoß, der zur Erkenntnis führte.

Doch er hätte nie damit gerechnet, urplötzlich eine so gravierende Entdeckung zu machen.

Im ersten Moment runzelte er die Stirn. Nein, das konnte nicht sein. Da musste ein Fehler passiert sein. Doch dann fiel sein Blick auf einen bestimmten Eintrag, und dort verharrte er abrupt. »Kommt jemandem irgendwas da oben vielleicht seltsam vor?«, fragte Rhyme angespannt, ohne den Kopf von der Tabelle abzuwenden.

Alle sahen ihn nur verständnislos an.

»Die Reifenspuren und Schuhabdrücke«, fügte er hinzu.

Sachs lachte überrascht auf. »Das ergibt doch keinen Sinn.«

»Stimmt. Und doch steht es da.«

Spiro verstand es als Nächster. »Einer der Schuhabdrücke beim Bauernhaus entspricht dem Schuhabdruck bei Garry Soames' Wohnung.«

»Und eine der Reifenspuren, die ich dort gefunden habe, findet sich auch beim Bauernhaus wieder«, stellte Ercole Benelli fest. »Der Continental-Reifen. Wie kann das sein?«

»Das könnte bedeuten, dass dieselbe Person, die in Garrys Wohnung eingebrochen ist, auch beim Bauernhaus des Komponisten war«, sagte Rhyme.

»Aber Natalia Garelli ist bei Garry eingebrochen«, gab Ercole zu bedenken.

»Das haben wir *angenommen.*« Rhyme sah Spiro an. »Aber wir haben sie nie danach gefragt.«

»Stimmt, das haben wir nicht.«

»Und als wir mit Natalia gesprochen haben, hat sie Garry nicht etwa belastet, sondern versichert, er sei unschuldig«, warf Sachs ein. »Sie wollte es den Serben von nebenan anhängen.«

Rossi strich sich über den Schnurrbart. »Wie es aussieht, gab es bei der Vergewaltigungsdroge doch keine Kreuzkontamination, Ercole. Die beiden Tatorte – Garrys Wohnung und das Versteck des Komponisten – stehen tatsächlich miteinander in Verbindung.«

»Aber wie?«, fragte Spiro.

Lincoln Rhyme sagte nichts. Seine Aufmerksamkeit war nun vollständig auf zwei bestimmte Beweistabellen gerichtet – nicht die aus Italien, sondern die ersten beiden von den Schauplätzen in New York.

86. STRASSE OST 213, MANHATTAN

- Straftat: Überfall/Entführung.
  - Vorgehensweise: Täter hat Kapuze (dunkel, vermutlich Baumwolle) über den Kopf des Opfers geworfen, versetzt mit Betäubungsmitteln, um Bewusstlosigkeit herbeizuführen.
- Opfer: Robert Ellis.
  - Single, lebt vermutlich mit Sabrina Dillon zusammen; ihr Rückruf wird erwartet (geschäftlich in Japan).
  - Wohnhaft in San Jose.
  - Eigentümer eines kleinen Start-ups, Agentur für Medieneinkauf.
  - Keine Vorstrafen, kein Eintrag auf nationaler Warnliste.
- Täter:
  - Nennt sich selbst der Komponist.
  - Männlich, Weißer.
  - Alter: ca. 30.
  - 1,80 bis 1,85 Meter groß.
  - Dunkler Vollbart und langes Haar.
  - Beleibte Statur.
  - Hat dunkle Baseballmütze mit langem Schirm getragen.
  - Dunkle Freizeitkleidung.
  - Schuhe.
    - Wahrscheinlich Converse Cons, Farbe unbekannt, Größe 10½.
  - Fährt dunkle Limousine; Nummernschild, Modell, Baujahr unbekannt.
- Profil:
  - Motiv unbekannt.
- Spuren:
  - Telefon des Opfers.

- Keine ungewöhnlichen Anrufe/Anrufmuster.
- Kurzes Haar, blond gefärbt. Keine DNS.
- Keine Fingerabdrücke.
- Schlinge.
  - Traditioneller Henkersknoten.
  - Katgut, Länge einer Cellosaite.
    - Zu verbreitet; nicht zurückverfolgbar.
- Dunkle Baumwollfaser.
  - Von Kapuze, benutzt zur Überwältigung des Opfers?
  - Chloroform.
  - Olanzapin, Antipsychotikum.
- YouVid-Video.
  - Männlicher Weißer (vermutlich Opfer) mit Schlinge um den Hals.
  - »An der schönen blauen Donau« wird gespielt, im Takt mit Keuchen (des Opfers?).
  - »© Der Komponist« wird am Ende eingeblendet.
  - Endet mit schwarzem Bildschirm und Stille. Um drohenden Tod anzudeuten?
  - Ort der Aufnahme wird ermittelt.

WYCKOFF AVENUE, BUSHWICK, BROOKLYN, AUFENTHALTSORT DES ENTFÜHRUNGSOPFERS

- Benzin als Brandbeschleuniger zur Vernichtung von Beweisen. Ursprung unbekannt.
- Boden wurde gewischt, doch Converse-Con-Abdruck ist geblieben.
- Partikelspuren.
  - Tabak.
  - Kokain.
  - Heroin.
  - Pseudoephedrin (Methamphetamin).
- Zwei weitere kurze blonde Haare, ähnlich denen am Ort der Entführung in der 86. Straße.

- Nach Angaben von Robert Ellis vermutlich von seiner Freundin.
- Mütze und TShirt, weitgehend verbrannt.
  - DNS gesichert; nicht in Datenbank.
  - Nicht zurückverfolgbar.
- Kapuze, weitgehend verbrannt.
  - Nicht zurückverfolgbar.
  - Spuren von Olanzapin (Antipsychotikum).
  - Spuren von Chloroform.
- Keyboard (Musikinstrument), zerstört. Seriennummer gefunden. Gekauft gegen Barzahlung bei Anderson Music, 46. Straße West. Keine Überwachungskamera.
- NetPro WLAN-Router.
  - Gekauft gegen Barzahlung bei Avery Electronics, Manhattan. Keine Videobilder des Verkaufs.
- Batteriebetriebene Halogenlampe, Technology Illumination Industries.
  - Nicht zurückverfolgbar.
- Besenstiel als provisorischer Galgen.
  - Keine Fingerabdrücke.
  - Nicht zurückverfolgbar.
- EyeSpy Webcam.
  - Nicht zurückverfolgbar.
- Zwei ESaiten für Kontrabass, verbunden durch einen Kreuzknoten. Ein Ende zu einer Henkersschlinge gebunden.
  - Nicht zurückverfolgbar.
- Beleg für Devisenumtausch.

Nachdem er die Tabellen zweimal gelesen hatte, schüttelte Rhyme seufzend den Kopf.

»Was ist denn, Captain Rhyme?«, fragte Ercole.

»Es war direkt vor unseren Augen. Die ganze Zeit.«

»Aber was?«

»So offensichtlich, nicht wahr? Ich muss jetzt in Amerika anrufen. Doch in der Zwischenzeit, Massimo, stellen Sie bitte ein taktisches Team zusammen. Wir müssen schnell agieren können, falls die Antwort so ausfällt, wie ich es erwarte.«

* * *

Vierzig Minuten später hatte das Sondereinsatzkommando sich in einer stillen Straße eingefunden. Sie befanden sich in einer Wohngegend von Neapel.

Ein Dutzend SCO-Beamte wurde auf zwei Gruppen aufgeteilt, die zu beiden Seiten einer Haustür in Stellung gingen. Das schlichte Einfamilienhaus war senfgelb gestrichen. Rhyme konnte sehen, wie die tief stehende Sonne sich in der Ausrüstung eines dritten Teams spiegelte, das durch eine Gasse zur Hintertür vorstieß.

Er selbst saß in seinem Rollstuhl vorn auf der Straße, neben dem Mercedes Sprinter. Dicht bei ihm stand Dante Spiro mit einer unangezündeten Zigarre im Mund.

Amelia Sachs hatte sich hinter dem rechten der vorderen Zugriffteams eingereiht, wenngleich man ihr zu ihrer Verärgerung gesagt hatte, dass sie nicht aktiv teilnehmen durfte, falls ein gewaltsames Eindringen notwendig wurde. Der Anführer der Einheit, ein massiger Mann namens Michelangelo, ließ sie dennoch vorn mit dabei sein. Und er hatte ihr eine schusssichere Weste geben lassen, auf deren Vorder- und Rückseite *Polizia* gedruckt stand. Wenn alles vorbei war, wollte sie das Ding gern als Andenken behalten.

Bei Amelias Ankunft vor Ort hatte Michelangelo sie von oben bis unten gemustert und mit funkelnden Augen gerufen: »*Allora!* Dirty Harriet!«

Sie hatte gelacht. »Make my day!«

Nun stieg Massimo Rossi aus einem der Streifenwagen aus und drückte sich einen Ohrhörer tiefer ins Ohr, um einem

Funkspruch zu lauschen. Dann richtete er sich auf. Anscheinend hatte das hintere Team sich bereitgemeldet. Er ging zum Haus und nickte Michelangelo zu. Der kräftige Beamte hämmerte mit einer Faust gegen die Tür – Rhyme konnte es sogar aus dieser Entfernung hören – und rief: »*Polizia! Aprite!* Öffnen Sie die Tür!« Dann trat er beiseite.

Was nun folgte, war das extreme Gegenteil einer Zuspitzung.

Keine Schüsse, keine Barrikaden, keine Ramme.

Die Tür öffnete sich einfach, und obwohl Rhyme zu weit weg war, um die Worte zu verstehen, war ihm klar, dass Charlotte McKenzie vom amerikanischen Konsulat keinen Protest einlegte. Sie war auch nicht überrascht. Sie nickte lediglich und hob beide Hände. Der Mann hinter ihr, Stefan Merck, tat es ihr gleich.

56

Michelangelos Leute hatten das Haus gesichert.

Es hatte nicht lange gedauert; wie die meisten Einfamilienhäuser in diesem Teil von Neapel war es kein großes Gebäude. Die ziemlich verwohnten Räume waren mit nicht zusammenpassenden Möbeln ausgestattet, die meisten davon mindestens zehn Jahre alt. Als wäre es möbliert vermietet worden.

Dank der Hilfe von zwei SCO-Beamten überwand Rhymes cleverer Rollstuhl die einzelne Stufe und fuhr in das Wohnzimmer, wo Charlotte McKenzie mit verschränkten Händen auf einem Diwan saß, als hätte sie gerade ihr Strickzeug weggelegt. Rossi und Spiro standen in der Nähe und sprachen leise und schnell in ihre Mobiltelefone, der Inspektor mit lebhafter Miene, der Staatsanwalt mit versteinerter. Sachs streifte Füßlinge und Latexhandschuhe über und ging in den hinteren Teil des Hauses.

McKenzie warf ihr einen Blick zu und wirkte dabei so zuversichtlich wie jemand, der alle belastenden Beweise andernorts versteckt hatte.

Das werden wir noch sehen…

Der Raum war von warmem gelben Licht erfüllt und roch nach Zimt. Stefan stand hinter der Frau und wirkte vor allem verblüfft. Während McKenzie nicht gefesselt war, trug der Serienmörder – der *verhinderte* Serienmörder – Handschellen. Die zwei Beamten, die Rhyme ins Haus geholfen hatten, behielten die Gefangenen im Auge. Sie waren beide dunkelhäutig und nicht groß – wesentlich kleiner als ihr Chef, der nach dem berühmten Künstler benannt war –, aber sehnig und durchtrainiert. Falls nötig, konnten sie gewiss blitzschnell zuschlagen.

Seit dem Eintreffen der Polizei hatte der Entführer nur ein einziges Wort gesprochen, und zwar zu Amelia Sachs.

»Artemis.«

Eine griechische Göttin, glaubte Rhyme. Er musste sowohl an Ercoles Mutmaßungen denken als auch an die Angaben der Anstaltsleiterin, Stefans Verbrechen hätten mit der Mythologie zu tun.

Nun nahm er Stefan genau in Augenschein. Weder an seinem Erscheinungsbild noch an seiner Miene war irgendetwas Ungewöhnliches. Er war einfach ein gut aussehender junger Mann, dicklich, aber halbwegs fit, mit ersten Stoppeln auf dem rasierten Schädel, der zudem vor Schweiß glänzte. Er trug Jeans und ein graues Mark-Zuckerberg-T-Shirt (so hatte Rossi das genannt; Rhyme konnte mit dem Namen nichts anfangen, offenbar war das irgendein Computer-Typ).

Ihm fiel an Stefan eine kuriose Angewohnheit auf. Der Mann schloss hin und wieder beide Augen und neigte den Kopf zur Seite. Bisweilen lächelte er dabei. Einmal runzelte er die Stirn. Rhyme konnte das Verhalten und die Mimik zunächst nicht einordnen. Dann begriff er, dass Stefan *lauschte*. Anscheinend auf Geräusche. Nicht auf Worte oder Gespräche – momentan wurde nur Italienisch geredet, das er vermutlich kaum beherrschte, jedenfalls nicht ausreichend, um der enormen Sprechgeschwindigkeit der Beamten folgen zu können.

Nur auf Geräusche.

Um welche genau es sich handelte, blieb unklar. Anfangs schien es hier in der Wohnung sogar praktisch keine zu geben, doch dann nahm Rhyme sich an Stefan ein Beispiel, schloss selbst die Augen, filterte die Stimmen heraus und erkannte erst ein oder zwei Geräusche, dann ein Dutzend, dann viele mehr. Das Klirren der Kette von Stefans Handschellen. Die Schritte von Sachs weiter hinten im Haus. Eine ferne Sirene. Das Quietschen einer Tür. Das Klopfen von Metall auf Metall irgendwo draußen. Das kaum merkliche Knarren eines Bodenbretts unter Spiros Gewicht. Ein summendes Insekt. Ein metallenes Knirschen. Ein raschelndes Ungeziefer. Das Summen des Kühlschranks.

Was zunächst ruhig, beinahe still gewirkt hatte, war in Wahrheit ein Füllhorn von Klängen.

Spiro beendete sein Telefonat als Erster und wandte sich auf Italienisch an die uniformierten Beamten. Als auch Rossi mit seinem Gespräch fertig war, einigten er und der Staatsanwalt sich darauf, dass sie Stefan draußen in einen Gefangenentransporter setzen und hier drinnen zunächst Charlotte McKenzie vernehmen würden. Die von Stefan begangenen Entführungen waren unbestritten, während die Rolle der Frau noch nicht abschließend geklärt war. Und auf eine sehr wichtige Frage stand die Antwort ebenfalls noch aus.

»Hier entlang, Sir«, sagte einer der Beamten in schleppendem Englisch zu Stefan.

Stefan schaute zu McKenzie, die nickte. Dann sah sie Spiro und Rossi an. »Geben Sie ihm sein Telefon, damit er Musik hören kann«, verlangte sie mit fester Stimme. »Nehmen Sie die SIM-Karte heraus, wenn Sie wollen, dann kann er es nicht anderweitig benutzen. Aber es ist besser, wenn er Musik hat.«

Der SCO-Beamte schaute fragend zu Spiro, der kurz überlegte. Dann nahm er das Telefon des jungen Mannes vom Tisch, entfernte die Karte und gab es Stefan, dazu ein Paar Ohrhörer, die man ihm zuvor abgenommen hatte.

»Sprechen Sie mit niemandem ein Wort, Stefan«, sagte McKenzie, als er weggeführt wurde.

Er nickte.

Sachs kam zurück und hob vier Plastiktüten. Zwei enthielten

handelsübliche Medikamentenfläschchen. Rhyme warf einen Blick darauf. »Ja«, sagte er. In den anderen Tüten steckten Schuhe. Sachs zeigte ihm die Sohlen.

Nicht *alle* Beweise waren demnach andernorts.

Rhyme entging jedoch nicht, dass Charlotte McKenzie weiterhin unbekümmert wirkte.

Er nickte Spiro zu, der seine Notizen konsultierte und sich an die Verdächtige wandte. »Signorina McKenzie, Ihnen werden einige sehr schwere Vergehen zur Last gelegt, und wir hoffen auf Ihre Kooperation. Wir wissen, dass Sie und Stefan Merck in dem Bauernhaus, in dem Ali Maziq und Khaled Jabril gefangen gehalten wurden, nicht allein gewesen sind. Die Spuren deuten auf mindestens zwei oder drei weitere Personen hin. Und im Durchgangslager Capodichino gibt es mindestens eine Person, die für Sie arbeitet. Wir wüssten gern, wer all diese Leute sind, und je hilfsbereiter Sie sich uns gegenüber zeigen, desto mehr wird sich das für Sie auszahlen. Ich als Staatsanwalt lege nicht nur die Anklagepunkte fest, sondern empfehle dem Gericht auch die Höhe des Strafmaßes. Um Ihnen einen besseren Eindruck Ihrer Lage zu verschaffen, übergebe ich nun an *Capitano* Rhyme, der maßgeblich an den Ermittlungen gegen Sie und Signor Merck mitgewirkt hat.«

Rossi nickte beifällig.

Rhyme fuhr ein Stück näher heran. Sie hielt seinem Blick mühelos stand. »Ich fasse es kurz und bündig für Sie zusammen, Charlotte. Wir haben Beweise, dass Sie sich an dem Ort in Brooklyn befunden haben, an dem Stefan sein erstes Entführungsopfer festgehalten hat. Die Erkältungsmedizin. Pseudoephedrin.«

Ihre Augen verengten sich, aber nur ganz leicht.

Das war der Punkt, der Rhyme so plötzlich bewusst geworden war und ihn zu der verärgerten Anmerkung im Lagezentrum verleitet hatte.

So offensichtlich, nicht wahr?

»Wir haben es für die Spuren einer Meth-Küche in der verlassenen Fabrik gehalten, doch in Wahrheit hat es von dem Medikament gestammt, das Sie gegen Ihre Erkältung einnehmen. Und ich bin sicher, die Zusammensetzung wird genau mit der dort übereinstimmen.« Er nickte in Richtung der Fläschchen in einer von Sachs' Plastiktüten. »Ein Gerichtsbeschluss wird uns erlauben, Haarproben von Ihnen zu nehmen und das Mittel in Ihrem Körper nachzuweisen.«

Ein fragender Blick zu Spiro.

»Überhaupt kein Problem«, bestätigte dieser.

Wie ruhig sie war. Wie eine Soldatin, die damit gerechnet hatte, in die Hände des Feindes zu fallen.

»Wo wir gerade bei Haaren sind, Sie tragen sie kurz und blond gefärbt. Verzeihen Sie mir, aber Sie *haben* bei der Farbe nachgeholfen, nicht wahr? Wir haben entsprechende Haare am Tatort in Brooklyn und an Robert Ellis' Telefon gefunden. Ich bin mir sicher, sie werden mit Ihren übereinstimmen.«

Falls ihr überhaupt etwas anzumerken war, dann Neugier darauf, wie Rhyme und die anderen zu ihren Erkenntnissen gelangt sein mochten. Aber lediglich *ein Anflug* von Neugier.

Rhyme war jedoch noch nicht fertig. »So, wir haben hier Beweise, die Ihre Anwesenheit in Stefans Bauernhaus belegen. Nämlich Ihre Schuhe.« Er schaute zu einer anderen von Sachs' Beweismitteltüten. »Das Sohlenprofil scheint genau zu den Abdrücken dort zu passen. Und in den Rillen werden wir Partikel finden, die dem Boden dort entsprechen.«

Sie schien etwas fragen zu wollen. Er hob eine Hand. »Bitte lassen Sie mich ausreden. Kommen wir zum nächsten Vergehen, der Manipulation von Beweisen gegen Garry Soames wegen des sexuellen Übergriffs. Und der Behinderung der polizeilichen Ermittlungen.« Er sah Rossi und Spiro an und hob fragend eine Augenbraue.

»Das sind beides ernste Straftaten«, sagte der Inspektor. »Wer einen anderen mit vorsätzlich falschen Angaben eines Verbrechens beschuldigt, hat mit gravierenden Konsequenzen zu rechnen. Fragen Sie Amanda Knox zu dem Thema.«

»Es sind wieder die Schuhe«, fuhr Rhyme fort. »Sie werden zu den Abdrücken vor Garrys Fenster passen. Und Ercole hat dort Bodenproben genommen, die wir ebenfalls mit den Partikeln im Profil der Sohlen vergleichen werden. Kommen wir zu den Reifenspuren. Hinter Garrys Wohnung stand ein Auto mit dem Reifentyp Continental 195/65 R15 geparkt. Ebenso bei dem Bauernhaus. Und einen Block von hier entfernt steht auch eines. Ein Nissan Maxima mit amerikanischem Diplomatenkennzeichen, der von der Botschaft in Rom an Sie ausgegeben wurde. Gleich neben dem Nissan steht übrigens Stefans Mercedes 4MATIC von zweitausendsieben. Die Abdrücke seiner Michelin-Reifen wurden an allen Schauplätzen gefunden.

So. Der Fall des Komponisten und der Fall Garry Soames haben miteinander zu tun. Und Sie sind das verbindende Element. Warum? Weil Sie mitbekommen hatten, dass wir aus New York angereist waren, um die hiesige Polizei zu unterstützen, und Sie uns davon abhalten oder uns zumindest verlangsamen wollten. Ich bin mir nicht sicher, wie Sie von der Vergewaltigung und Garry als möglichem Verdächtigen erfahren haben, aber es dürfte nicht schwierig gewesen sein, die italienischen Polizeiberichte zu überwachen oder zu hacken. Sie haben sein Schlafzimmerfenster aufgebrochen und die Vergewaltigungsdroge dort verteilt. Dann haben Sie ihn in einem anonymen Anruf beschuldigt. Und schließlich haben Sie uns unter dem Vorwand hinzugezogen, ein junger amerikanischer Student sei unschuldig hinter Gittern gelandet. Weil Sie uns von unserer Suche nach Stefan ablenken wollten. Und als das nicht ausgereicht hat, haben Sie Ihrem Jungen das Jagdgewehr verschafft, mit dem Stefan uns ›entmutigen‹ sollte. Um uns aufzuhalten. Ich bin mir sicher, dass er absichtlich danebengeschossen hat. Wir sollten nur glauben, er sei gewillt, Polizisten zu töten. Damit wir vorsichtiger sein würden.«

Er verzog das Gesicht und verspürte aufrichtige Reue. »Ich hätte schon etwas früher darauf kommen können. An dem Schuh, den Stefan beim Kampf mit Khaled Jabrils Frau verloren hat, waren ebenfalls Spuren der Vergewaltigungsdroge. Wir haben deswegen – völlig zu Unrecht – einem jungen Beamten schwere Vorwürfe wegen einer vermeintlichen Kreuzkontamination gemacht. Doch als mir klar wurde, wie gewissenhaft er vorgegangen war, habe ich mich gefragt, ob der Komponist nicht vielleicht doch mit der Vergewaltigungsdroge in Berührung gekommen sein könnte. Und so war es dann ja auch: durch Sie. Und wieso habe ich überhaupt angefangen, mir Gedanken in diese Richtung zu machen?« Rhyme hielt inne. Das war vielleicht übertrieben dramatisch, aber es erschien ihm angemessen. »Wegen der *Namen*, Charlotte. Wegen der Namen auf der Liste.« Er sah zu Dante Spiro.

»Ja, ja, Signorina McKenzie. Detective Sachs hat in dem Bauernhaus eine Liste mit den Namen von Stefans Opfern gefunden. Ali Maziq, Malek Dadi und Khaled Jabril. Darauf standen außerdem die Nummern ihrer Mobiltelefone und die Orte, an denen er die jeweiligen Henkervideos mit ihnen aufnehmen würde. So verhält sich kein Serienmörder. Nein, Sie haben Stefan angeheuert, um genau diese Männer entführen zu lassen. Und warum?«

Rhyme übernahm die Antwort. »Ganz einfach. Weil Sie eine Spionin sind.« Er runzelte die Stirn. »Ich nehme an, das ist nach wie vor die korrekte Bezeichnung für Ihresgleichen, oder?«

57

Charlotte McKenzies Gesicht verriet weiterhin keine Regung.

Rhyme hatte zunächst gedacht, sie würde unschuldig tun, aber das stimmte nicht, begriff er. Ihre Miene war die einer Person, die bis über beide Ohren schuldig sein mochte, sich aber nicht darum scherte, ob sie erwischt wurde oder nicht. Der Vergleich von vorhin kam ihm erneut in den Sinn: die gefangene Soldatin. Mit einer Einschränkung: eine Soldatin, die ihre Mission bereits erfüllt hatte.

»Ich habe vor einer Stunde mit einem FBI-Agenten in New York gesprochen«, sagte Rhyme. »Und ich habe ihn gebeten, einige Nachforschungen anzustellen. Vor allem im Hinblick auf eine Mitarbeiterin des Außenministeriums namens Charlotte McKenzie. Ja, die gab es. Doch sobald er etwas tiefer grub, war da nichts mehr. Keine Einzelheiten, kein richtiger Lebenslauf, nur ein paar nichtssagende Angaben. Was genau dem entspricht, das man bei einer – wie er das genannt hat – ›offiziellen Tarnidentität‹ erwarten darf. Jemand ist scheinbar für das Außenministerium tätig, arbeitet in Wahrheit jedoch für die CIA oder eine andere Sicherheitsbehörde. Und offenbar häufig als angeblicher Kontaktbeamter für Rechtsfragen. Er sollte für mich herausfinden, ob es zurzeit amerikanische Geheimoperationen in Italien gibt. Zwar hat er nichts Konkretes gefunden, konnte aber immerhin bestätigen, dass mit Neapel in letzter Zeit viele verschlüsselte Nachrichten ausgetauscht worden sind. Und zwar von einer neuen Regierungsbehörde namens AIS. Alternative Intelligence Service, beheimatet im Norden von Virginia.

Meine Theorie ist die Folgende: Sie sind für den AIS als Agentin im Außeneinsatz tätig und sollten hier in Italien drei mutmaßliche Terroristen verhören, die als vermeintliche Asylbewerber aus Libyen eingereist waren. So etwas ist zuvor schon passiert – erst letztes Jahr konnte die italienische Polizei einen IS-Terroristen in einem Flüchtlingslager in Apulien, genauer in Bari festnehmen.«

Ihre Augen sagten: Ja, ich weiß. Ihr Mund blieb stumm.

»Nun, ich schätze, das Wörtchen ›Alternative‹ in der Bezeichnung Ihrer Organisation bedeutet, dass Sie bei der Ergreifung und Vernehmung Ihrer Verdächtigen ungewöhnliche Methoden anwenden. Sie sind auf die Idee verfallen, zu diesem Zweck einen Serienmörder als Tarnung zu benutzen. Sie haben irgendwie von Stefan erfahren und sich gedacht, er wäre ein guter Kandidat für Ihr Projekt. Daraufhin haben Sie und ein Kollege ihn in der Anstalt besucht – als seine Tante und sein Onkel – und irgendeine Abmachung mit ihm getroffen.

Die erste Entführung – die in New York, die von dem kleinen Mädchen beobachtet wurde –, war von vorne bis hinten inszeniert. Das Opfer war einer Ihrer Leute. Sie mussten den Eindruck erwecken, Stefan sei wirklich psychotisch und nicht etwa auf Flüchtlinge fixiert. Mir kam dieser Vorfall von Anfang an komisch vor. Die Freundin des Opfers hat sich nie bei uns gemeldet. Robert Ellis schien zu keinem Zeitpunkt sonderlich erschüttert zu sein, dass ein Verrückter ihn beinahe erhängt hätte.« Rhyme neigte den Kopf. »Sie mussten befürchten, dass wir Stefan auf den Fersen sein würden, nachdem wir ihn in der Fabrik aufgespürt hatten. Haben Sie dafür gesorgt, dass Fred Dellray und das FBI von dem Fall abgezogen wurden? Mit ein oder zwei Anrufen in Washington?«

Sie erwiderte nichts, und auch Ihr Blick blieb ausdruckslos.

»Nach diesem Vorspiel haben Sie und Ihr Team Stefan hierhergeholt«, fuhr Rhyme fort. »Sie haben die Terrorverdächtigen aufgespürt, entführt und in dem Bauernhaus verhört.« Er sah Spiro an. »Damit hätten wir ein klares Muster, Dante.«

»Allerdings. Endlich. So, das wäre also unser Fall. Und er wird vor Gericht landen. *Allora*, Signorina McKenzie, wir benötigen die Namen Ihrer Komplizen. Und Sie sollten lieber von sich aus gestehen, dass alles sich so abgespielt hat. Da niemand durch Sie zu Tode gekommen ist und die Entführungsopfer mutmaßliche Terroristen waren, haben Sie und die anderen Tatbeteiligten keine allzu hohen Strafen zu erwarten. Aber ungeschoren werden Sie natürlich nicht davonkommen. Also, was haben Sie uns zu sagen?«

Sie dachte eine Weile nach, bevor sie sich am Ende doch noch äußerte. »Ich muss mit Ihnen sprechen. Mit Ihnen allen.« Sie klang ruhig und selbstsicher. Als wäre sie diejenige, die dieses Treffen einberufen hatte. Als hätte sie hier das Sagen. »Alles, was ich Ihnen erzählen werde, ist rein hypothetisch. Und ich werde zukünftig jeden einzelnen Satz davon abstreiten.«

Spiro, Rossi und Rhyme sahen sich an. »Ich bin nicht bereit, derartige Bedingungen zu akzeptieren«, sagte der Staatsanwalt.

»Sie haben keine Wahl. Das eben war kein Vorschlag, sondern eine Feststellung. Alles hier ist hypothetisch und wird von mir in vollem Umfang abgestritten, sollte es jemals wieder zur Sprache kommen.« Sie wartete keine weitere Reaktion ab, sondern fügte hinzu: »Abu Omar.«

Rhyme konnte damit nichts anfangen, bemerkte jedoch, dass Dante Spiro und Massimo Rossi sich ansahen und die Stirn runzelten.

»*Sì*. Das war vor ein paar Jahren hier in Italien«, erklärte Spiro für Rhyme. »Abu Omar war ein Imam in Mailand. Er wurde auf offener Straße von der CIA und unserem eigenen

Geheimdienst entführt. Man hat ihn nach Ägypten geflogen und ihn dort, so behauptet er, gefoltert und verhört. Die an der Operation beteiligten Mitarbeiter der CIA und auch unsere eigenen Leute wurden in Mailand vor Gericht gestellt. Wie ich gelesen habe, bedeutete das für lange Zeit praktisch das Ende der CIA-Präsenz in Italien. Mehrere ranghohe amerikanische Agenten wurden in Abwesenheit zu Haftstrafen verurteilt.«

»Der Fall Abu Omar zeigt exemplarisch, welchen Problemen ein Geheimdienst sich im Ausland stellen muss«, sagte McKenzie. »Da wäre zunächst die staatliche Souveränität. Es gibt keine legale Handhabe, jemanden auf fremdem Boden festzunehmen oder in Haft zu behalten, solange die jeweilige Regierung nicht zustimmt. Und falls die ausländischen Behörden Wind davon bekommen, zieht das ernste Auswirkungen nach sich – zum Beispiel rechtliche Schritte gegen den örtlichen Dienststellenleiter der CIA. Das zweite Problem ist die Auswahl geeigneter Methoden zur Vernehmung der Verdächtigen. Waterboarding, Folter, erweiterte Verhörtechniken, Inhaftierung ohne ein rechtsstaatliches Verfahren – das alles ist nicht mehr unsere Politik. Und ehrlich gesagt ist es auch nicht, wofür Amerika steht. Wir brauchen einen humanen Weg, um an Informationen zu gelangen. Und einen wirkungsvolleren. Folter funktioniert nicht. Ich habe mich eingehend damit beschäftigt.«

Die Fragen lagen allen auf der Zunge: Wie und wo und mit wem als Versuchsperson?

Sachs meldete sich zu Wort. »Ihr AIS inszeniert also Geschichten – wie im Theater –, um Verdächtige zu entführen und zu verhören?«

»So könnte man sagen.« Hypothetisch.

Rhyme kam eine Idee. »Ah, das Amobarbital. Ich dachte, das sei ein Beruhigungsmittel, das Stefan gegen Panikattacken genommen hat. Aber Sie haben es für seinen ursprünglichen Zweck eingesetzt. Als Wahrheitsserum.«

»Das stimmt, allerdings in Zusammenwirkung mit anderen synthetischen Psychopharmaka, die wir entwickelt haben. Die Kombination aus Medikamenten und spezialisierten Verhörtechniken führt zu einer fünfundachtzig bis neunzigprozentigen Kooperationsrate. Der Verdächtige hat so gut wie keinen eigenen Willen mehr und wird uns weder belügen noch Informationen vor uns zurückhalten.« In ihrer Stimme schwang Stolz mit.

»Sie mögen das human nennen, aber für diese Männer bestand trotzdem ein Risiko«, wandte Dante Spiro ein.

»Nein. Sie waren niemals in Gefahr.«

Sachs lachte leise auf. »Die Galgen waren wirklich alles andere als stabil konstruiert.«

»Genau. Wir haben sie so entworfen, dass sie zusammengebrochen wären, bevor die Männer echten Schaden genommen hätten. Und außerdem hätte es in jedem Fall einen anonymen Anruf bei der Polizei gegeben, um rechtzeitig auf die Gefangenen hinzuweisen.«

»Und Malek Dadi, der Mann, der in Capodichino getötet wurde?«, fragte Rossi. »Der wurde zufällig vorher von Dieben ermordet?«

»Ja, tatsächlich. Stefan hat noch versucht, ihn zu retten. Der Tod des Mannes ist ihm sehr nahegegangen. Er hat das persönlich genommen.«

Spiro hob beide Hände. »Eines ist mir noch nicht ganz klar. Die Opfer...«

»Die Verdächtigen, die *Terroristen*«, fiel sie ihm mit fester Stimme ins Wort.

»...die Opfer würden doch von dem Verhör wissen. Sie könnten anderen davon erzählen und dadurch Ihre Operation bloßstellen.«

»Aber das haben sie nicht«, sagte Sachs langsam. »Maziq und Jabril konnten sich an nichts erinnern. Und das schien nicht gespielt zu sein.«

»Das war es auch nicht.«

»Ach, natürlich«, sagte Rhyme. Die anderen sahen ihn an. »Wir sind davon ausgegangen, das leitfähige Gel, das am Fundort des ersten Opfers in Neapel nachgewiesen werden konnte, habe von Stefans Behandlungen gestammt. Doch in Wahrheit haben Sie den *Opfern* Elektroschocks verpasst. Um ihr Kurzzeitgedächtnis zu löschen.«

McKenzie nickte. »Ganz recht. Es würden allenfalls Erinnerungsfragmente zurückbleiben, die unwirklich wie ein Traum erscheinen.«

»Doch was soll nun mit ihnen geschehen?«, fragte Rhyme. »Sie sind immer noch Terroristen.«

»Wir behalten sie im Auge. Und hoffen, dass sie ihre Ansichten ändern. Falls nicht, werden wir ihnen vorsorglich die Leviten lesen. Und schlimmstenfalls siedeln wir sie an einen Ort um, an dem sie keinen Schaden anrichten können.« Sie zuckte die Achseln. »Für nichts im Leben gibt es eine hundertprozentige Garantie. Wir vereiteln Terroranschläge auf eine humane Weise. Es wird vereinzelte Misserfolge geben, aber insgesamt scheint das Projekt zu funktionieren.«

Spiro musterte sie mit schmalem Blick. »Ihre Operation... Die vorgetäuschte Entführung in New York, die echten Entführungen hier, die Freilassung eines psychotischen Patienten, exotische Drogen... So mächtig viel Aufwand. So überaus kompliziert.«

McKenzie zögerte keine Sekunde. »Sie könnten versuchen, mit einem Heißluftballon von hier in die Toskana zu fliegen«, sagte sie ruhig. »Bei günstigem Wind und mit etwas Glück kommen Sie nach einem Tag oder so irgendwo in der Nähe von Florenz an. Oder Sie steigen in ein Flugzeug und landen nach einer Stunde in der Stadt, effizient und schnell, egal, wie das Wetter ist. Ein Ballon ist eine sehr simple Reisemethode. Ein Jet ist viel komplizierter. Aber auf welche Weise kommen sie verlässlicher ans Ziel?«

Rhyme war sich sicher, dass sie diesen Vortrag schon einmal gehalten hatte – wahrscheinlich vor einem Finanzausschuss des Senats oder Repräsentantenhauses.

»Ich werde Ihnen was über meine Vorgeschichte erzählen«, fuhr McKenzie fort. »Und zum Hintergrund des Leiters unserer Organisation.«

»Geheimdienstmitarbeiter werden für gewöhnlich beim Militär oder anderen Regierungsbehörden rekrutiert«, sagte Rossi. »Manchmal auch an den Universitäten.«

»Nun, in meinem Fall war es eine Regierungsbehörde, in seinem der Militärgeheimdienst. Doch davor war ich Produzentin in Hollywood, hauptsächlich für Indie-Filme. Er hat als Student Theater gespielt und danach eine Weile am Broadway gearbeitet. Wir haben beide Erfahrung darin, Unglaubwürdiges in etwas Glaubhaftes zu verwandeln. Und wissen Sie, was die Leute Ihnen am ehesten abkaufen? Die wildesten Fantasien. So dermaßen irrwitzig, dass niemand daran denkt, sie infrage zu stellen. Daher auch Stefan Merck, der psychotische Entführer, der Todeswalzer komponiert. Wie könnte so jemand auch nur im Entferntesten mit Spionage zu tun haben? Und selbst wenn er jemandem davon erzählen würde, würde man ihn als Verrückten abtun.«

»Trotzdem war Stefans Wahl ein Risiko«, sagte Sachs. »Er wurde immerhin wegen tätlicher Bedrohung und versuchten Mordes in die Anstalt eingewiesen.«

»So sieht es auf dem Papier aus«, sagte McKenzie. »Aber es ist ein wenig komplizierter. Vor ein paar Jahren, als Stefan ambulanter Patient in Philadelphia war, hat er in der dortigen Einrichtung mit angesehen, wie ein Krankenpfleger andere Patientinnen missbraucht hat, darunter einige Schwerbehinderte. Der Pfleger wurde zwar gemeldet, aber die Krankenhausleitung hat nichts unternommen. Der Mann hat sich weiterhin an Frauen vergangen, nur jetzt etwas vorsichtiger. Stefan hat in Erfahrung gebracht, wo der Pfleger wohnte, und ist dort eingebrochen. Er hat den Mann an einen Stuhl gefesselt – das war die tätliche Bedrohung – und ihm einen selbst gebauten Kopfhörer aufgesetzt. Den hat er dann an einen Schallgeber angeschlossen und die Lautstärke so weit aufgedreht, dass dem Mann die Trommelfelle geplatzt sind. Er ist nun unrettbar taub.«

»Und der Mordversuch?«

»Anscheinend kann es tödlich enden, wenn ein Geräusch sehr laut ist und man ihm lange genug ausgesetzt wird. Stefans Verteidiger haben behauptet, das habe nicht in seiner Absicht gelegen. Ich bin mir dessen sogar sicher. Für Stefan ist Taubheit schlimmer als der Tod. Das psychiatrische Gutachten hat den Richter dazu bewogen, ihn für nicht verhandlungsfähig zu befinden und für unbestimmte Zeit einzuweisen.«

»Wie sind Sie auf ihn gekommen?«, fragte Spiro.

»Wir wollten einen handlungsfähigen Psychiatriepatienten mit dokumentiertem schizophrenen Verhalten. Zu diesem Zweck haben wir medizinische Unterlagen gesichtet, nun ja, gehackt. Stefan kam uns wie ein geeigneter Kandidat vor. Und die Abmachung, die Sie erwähnt haben, Lincoln? Ich sagte ihm, falls er uns helfen würde, würde ich für seine Verlegung in eine bessere Einrichtung sorgen, wo er Zugang zu Musik und zum Internet hätte. Und er würde ein elektronisches Keyboard bekommen. Er war ganz ausgehungert nach seiner Musik und seiner Geräuschesammlung. Wenn ich das täte, würde er Harmonie erlangen, hat er gesagt.«

Rhyme erinnerte sich daran, dass die Leiterin der geschlossenen Anstalt ihnen praktisch das Gleiche erzählt hatte.

»Stefan mag zwar beunruhigend wirken, aber er ist nicht gefährlich«, sagte McKenzie. »Er ist sogar ziemlich zurückhaltend. Schüchtern. Gestern hat er zufällig ein Mädchen kennengelernt. Er hatte eine Episode, also ist er in die Innenstadt von Neapel gefahren. Der Lärm und das Chaos in den Straßen helfen ihm. Beruhigen ihn. Nur Stille macht ihm wirklich zu schaffen. Wie dem auch sei, er hat dieses Mädchen getroffen. Ihr Name war Lilly. Und er ist mit ihr zum Friedhof Fontanelle gefahren – das ist eine unterirdische Höhle.«

Rossi und Spiro nickten. Sie waren offenbar mit dem Ort vertraut.

»Eine instabile Person hätte sie vielleicht überfallen und ihr etwas angetan«, sagte McKenzie. »Aber wissen Sie, was er gemacht hat? Er hat heimlich das Geräusch ihrer Schritte aufgenommen. Anscheinend hat ihm gefallen, wie ihre Stiefel in der Höhle geklungen haben. Danach hat er sie nach Hause gefahren. Das ist die Art von ›Gefahr‹, die von Stefan Merck ausgeht. Und was die Gewehrschüsse betrifft, die sollten Sie tatsächlich nur auf Distanz halten.«

»Und Garry Soames?«, fragte Sachs. »Der hätte verurteilt werden können.«

»Nein, dazu wäre es nicht gekommen. Wir haben einen unwiderlegbaren Beweis dafür, dass Frieda von Natalia Garelli missbraucht wurde. Sobald die Operation hier beendet gewesen wäre ...«

Sachs schüttelte den Kopf. Sie hatte plötzlich so eine Ahnung. »*Sie* haben das verfluchte Video der Überwachungskamera von dem Hotel auf der anderen Straßenseite.«

McKenzie nickte. »Wir haben das Sicherheitssystem gehackt, das Video heruntergeladen und dann deren Festplatte überschrieben. Es beweist eindeutig, dass Natalia dieses Verbrechen begangen hat. Ich werde es morgen an die Polizei schicken.«

Die Erwähnung der Aufnahme ließ Rhyme an etwas anderes denken. »Und die Videos, die Stefan angefertigt hat? Haben Sie ihm den Auftrag dazu erteilt?«

»Nein, nein. Das war seine eigene Idee. Unser ursprünglicher Vorschlag lautete, er solle eine Schlinge hinterlassen und dazu vielleicht eine Nachricht für die Medien. Doch er war der Ansicht, das Video würde die Welt davon überzeugen, dass er wirklich psychotisch sei.«

»Und wieso ausgerechnet Walzermusik?«, fragte Spiro.

»Die mag er besonders gern. Den Grund hat er mir nie verraten. Ich glaube, es hat etwas mit seinen Eltern zu tun. Vielleicht irre ich mich, aber sie waren bei seiner Geburt nicht verheiratet. Die Hochzeit fand erst statt, als er zehn Jahre alt war. Ich habe ein Foto gesehen, auf dem sie miteinander tanzen, und im Hintergrund ist Stefan und sieht ihnen dabei zu. Die Mutter hatte Probleme mit Alkohol und Medikamenten – und mit zahlreichen Affären. Am Ende hat sie sich umgebracht. Der Vater ist einfach abgehauen und nie zurückgekommen. Vielleicht assoziiert Stefan Walzermusik mit einer glücklicheren Zeit. Oder auch mit Trauer, ich weiß es nicht. Er hat mir erzählt, dass er seine tote Mutter im Keller gefunden hat.«

»Sie hat sich erhängt?«

»Ja, richtig.« McKenzie schüttelte den Kopf. »Was für ein schreckliches Erlebnis für ein Kind.«

Das erklärt so einiges, dachte Rhyme. In seinem Metier war der gerade Weg zwischen Ursache und Wirkung meistens der Richtige. Wer zu spitzfindig wurde, ging oft in die Irre.

»Mehr wollte er dazu nicht sagen. Das musste er auch nicht. Wir stehen uns in gewisser Weise nahe. Nahe genug, dass er tut, worum auch immer ich ihn bitte. Nun ja, was auch immer Euterpe ihm aufträgt.«

»*Sie* sind Euterpe, seine Muse«, sagte Sachs.

»So nennt er mich. Seit ich gesagt habe, ich könne ihm Zugang zu Musik und Computern verschaffen. Er hat mich umarmt und behauptet, ich sei seine Muse. Seine Inspiration bei der Erlangung des Himmelreichs – oder mit seinen Worten: der Harmonie. Stefan hat ein überaus komplexes Weltbild. Es basiert auf dem mittelalterlichen Konzept der Sphärenmusik. Und ich bin ihm auf seinem Weg zur Erleuchtung – zur Harmonie – behilflich.« McKenzie lächelte. »Und Sie, Detective, sind Artemis. Die Göttin der Jagd. Das macht Sie und mich übrigens zu Halbschwestern.«

Ah, *das* hatte Stefan vorhin gemeint.

»Okay«, sagte Rhyme. »Die große Frage lautet, wie erfolgreich der AIS hier gewesen ist.«

»Sehr. Wir haben in unserem Verhör herausgefunden, dass Ali Maziq den Auftrag hatte, nach Wien zu reisen, aus einer Garage am Stadtrand Sprengstoff zu holen und damit einen Anschlag auf ein Einkaufszentrum zu verüben.«

Rhyme erinnerte sich, dass Henry Musgrave, der Generalkonsul, die Vereitelung eines solchen Anschlags erwähnt hatte.

»Die Anrufe in Bozen«, sagte Spiro. »Die sechsstündige Zugfahrt, um dorthin zu gelangen.«

»Ja. Er sollte sich dort mit einem Deutsch sprechenden Kontaktmann treffen, der ihn nach Österreich fahren würde. Malek Dadi wurde leider ermordet, bevor wir ihn befragen konnten. *Sein* Ziel lag in Mailand. Aber dafür haben *Sie* uns weitergeholfen – indem Sie den Haftnotizzettel mit der Adresse des dortigen Lagerhauses gefunden haben.«

Sachs schüttelte den Kopf. »Ah. Ihr ›Kollege‹ Prescott gehört auch zum AIS. Natürlich. Ich hatte Prescott die Adresse des Lagerhauses durchgegeben, noch bevor Mike Hills Privatmaschine in Linate gelandet war. Doch er hat mich nicht auf dem kürzesten Weg dorthin gefahren, sondern einen Umweg quer durch Mailand gemacht, angeblich wegen des dichten Verkehrs. In Wahrheit ging es darum, Ihren Leuten die Zeit zu verschaffen, das Lager auszuheben. Mir ist vor dem Tor eine zerbrochene Bierflasche aufgefallen. Ihre Leute müssen den Sprengstoff unmittelbar vor unserer Ankunft abtransportiert haben.«

»Das stimmt«, sagte McKenzie. »Wir haben ein weiteres halbes Kilo C4 gefunden. Über das Ziel wissen wir immer noch nichts, nur dass es irgendwo in Mailand lag. Aber auch dieser Anschlag wird nicht stattfinden.«

»Und Khaled Jabril?«, fragte Rossi. »Der dritte Terrorist, den Sie verhört haben?«

Ihre Miene verhärtete sich. »Das war falscher Alarm. Unser Kontaktmann in Libyen hatte uns seinen Namen genannt, aber er hat sich als unschuldig erwiesen. Wir haben ihn gründlich vernommen, aber er wusste nichts von irgendwelchen Terrorplänen. Und unsere Methode ist sehr, sehr gut. Falls da etwas gewesen wäre, hätten wir es gefunden.« McKenzie ließ ihren Blick über die Anwesenden schweifen. »So, nun habe ich Ihnen alles erzählt. Rein hypothetisch, versteht sich. Jetzt benötige ich Ihre Hilfe. Es gibt ein Problem.«

»Ich muss schon sagen, Signorina, ich habe im Laufe der Jahre viele Kriminelle kennengelernt, aber noch nie jemanden, der so ohne *contrizione*… ohne Reue gewesen wäre wie Sie«, stellte Rossi fest.

Sie musterte ihn mit kühlem Blick. »Dies ist in unser aller Interesse. Im italienischen wie im amerikanischen.«

»Fahren Sie fort, *per favore*«, sagte Spiro.

»Die Terroristen hier, Maziq und Dadi, wurden in Tripolis von einem Mann namens Ibrahim rekrutiert. Wir wissen nicht viel über ihn oder seinen Hintergrund, ob er zum Beispiel zum IS oder zu al-Qaida gehört. Oder zu einer anderen radikalen Gruppierung. Er könnte auch unabhängig tätig sein und für jeden arbeiten, der ihn bezahlt. Ibrahim hat hier in oder bei Neapel einen Komplizen. Er war der Kontaktmann der Terroristen. Er hat den Sprengstoff geliefert, und er hat die vorbereitende Planung in Wien und Mailand geleistet.«

»Das muss der Mann sein, mit dem Ali Maziq zu Abend gegessen hat, bevor er bei Abruzzo entführt wurde«, sagte Sachs.

»Genau. Maziq hat im Verhör gesagt, sein Name sei Gianni. Natürlich ein Deckname. Mit mehr Informationen konnte er leider nicht dienen.«

Rhyme erinnerte sich, dass Beatrice in den Proben aus dem Mailänder Lagerhaus Erde neapolitanischen Ursprungs gefunden hatte – mit vulkanischen Rückständen. Die musste dieser Mann dort hinterlassen haben. Rhyme brachte es zur Sprache.

»Ja, Gianni war dafür zuständig, den Sprengstoff in Wien und Mailand zu deponieren. Dann ist er hierher zurückgekehrt. Unser Auftrag lautete nicht nur, die Anschläge zu vereiteln, sondern auch, Ibrahims wahre Identität und seinen Aufenthaltsort in Tripolis aufzudecken. Unsere einzige Hoffnung besteht darin, Gianni zu finden. Doch wir haben keine Anhaltspunkte mehr. Werden Sie mir behilflich sein?«

Es stimmte, in ihrem Blick lag nicht der geringste Anflug von Bedauern. Wie es schien, hatte sie die ihr zur Last gelegten Straftaten kaum zur Kenntnis genommen – oder verschwendete jedenfalls keinen Gedanken daran.

Spiro und Rossi sahen sich an. Dann wandte der Staatsanwalt sich an Rhyme. »Und was sagen Sie dazu, *Capitano*?«

VII

DER KLANG DER BEDEUTUNG

Montag, 27. September

58

Um neun Uhr morgens hatte sich der größte Teil des Teams erneut im Lagezentrum im Erdgeschoss der Questura eingefunden.

Rhyme, Sachs und Dante Spiro sowie natürlich Thom, der allgegenwärtige Thom. Ercole Benelli befand sich im Gebäude, hatte aber gerade anderweitig zu tun. Massimo Rossi hatte ihn angewiesen, sämtliche Beweismittel im Fall des Komponisten, der nun mehr oder weniger abgeschlossen war, in die Asservatenkammer der Questura zu bringen und dort registrieren zu lassen.

Rossi selbst würde bald zu ihnen stoßen. Er war oben in seinem Büro und bereitete mit seiner Kollegin Laura Martelli die notwendigen Papiere zur Freilassung von Garry Soames vor. Zu diesem Zweck gingen sie ein weiteres Mal die Beweise durch und vernahmen Natalia, ihren Freund und andere Teilnehmer der Party. Garry saß zwar nicht mehr im Gefängnis, stand in Neapel aber unter bewachtem Hausarrest, bis die Unterschrift des Richters vorliegen würde.

Auch Stefan befand sich in Gewahrsam, aber Charlotte McKenzie war anwesend. Da sie nicht mehr als Diplomatin auftreten musste, trug sie eine schwarze Stoffhose, eine dunkle Bluse und eine geschmeidige Lederjacke. Sie wirkte immer noch großmütterlich – aber sie war eine Großmutter, die vermutlich eine Kampfsportart beherrschte und ihre Freizeit mit Wildwasserfahrten oder gar Großwildjagden verbrachte.

Draußen vor der Tür stand – beinahe in Habtachtstellung – ein uniformierter Beamter mit glänzendem weißen Koppel und Pistolenholster. Sein Auftrag lautete, die Frau auf keinen Fall aus dem Raum zu lassen.

Bevor Rossi gegangen war, hatte er ihm einen ausdrücklichen Befehl erteilt. »*Qualcuno la deve accompagnare all toilette*«, was ziemlich unmissverständlich war, auch auf Italienisch.

Obwohl Ercole alle Beweise mitgenommen hatte, befanden die Tabellen auf den vielen Flipcharts sich noch immer an Ort und Stelle. Sachs hatte zudem eine neue angelegt – über ihre Zielperson Gianni, den Komplizen des Terroristen Ibrahim.

GIANNI (DECKNAME)

- Hält sich mutmaßlich im Großraum Neapel auf.
- Helfershelfer von Ibrahim, derzeit mutmaßlich in Libyen, Auftraggeber von Terroranschlägen in Wien und Mailand.
- Weißer mit dunklem Teint.
- Italiener.
- Wird als »mürrisch« beschrieben.
- Kräftige Statur.
- Keine besonderen Kennzeichen.
- Lockiges dunkles Haar.
- Raucher.
- Kenntnisse über und Zugang zu Sprengstoff.

Ali Maziq war nach den Medikamenten und Elektroschocks nicht mehr in der Lage, ihnen weitere Einzelheiten zu liefern. Angesichts einer so dürftigen Beschreibung und ohne hilfreiche Spuren kamen Rhyme, Spiro und Sachs zu dem Schluss, der beste Fahndungsansatz sei Ali Maziqs Mobiltelefon, das zur beiderseitigen Kontaktaufnahme gedient hatte.

Sowohl die Postpolizei als auch der italienische Inlandsgeheimdienst hatten die Nacht damit verbracht, Maziqs Anrufmuster zu untersuchen. Dadurch war es ihnen gelungen, Giannis Telefon zu identifizieren. Sie brachten ferner in Erfahrung, dass Gianni häufige Gespräche mit einem Festnetzanschluss in Libyen geführt hatte – einem Café in Tripolis. Das musste das Telefon sein, das Ibrahim benutzte. Eine reine Mobilfunkverbindung war ihm offenbar zu riskant.

Inzwischen war Giannis Telefon tot; er hatte sich bestimmt ein neues Gerät besorgt. Und dieses neue Mobiltelefon mussten sie nun identifizieren, damit sie es anpeilen und verfolgen oder zumindest anzapfen konnten, um herauszufinden, ob er bei den Gesprächen seinen Aufenthaltsort oder mehr über seine Identität preisgab.

Massimo Rossi betrat den Raum und sah die Anwesenden darüber diskutieren, wie man am besten an Giannis neue Nummer gelangte. Spiro brachte ihn kurz auf den neuesten Stand.

»Ein Festnetzanschluss, aha«, sagte Rossi. »Schlau von ihm. Nicht zuletzt wegen der Spannungen, die es seit jeher zwischen Italien und Libyen gibt – weil wir das Land früher mal als Kolonie besetzt hatten. Und nun ist unsere Regierung darüber verärgert, wie die da drüben mit der Flüchtlingskrise umgehen – nämlich überhaupt nicht. Niemand in Tripolis oder Tobruk wird mit uns zusammenarbeiten.«

»Ich wüsste da eine Lösung«, sagte Dante Spiro.

Alle im Raum sahen ihn an.

»Sie ist nur leider ein wenig illegal«, fügte er hinzu. »Ein Staatsanwalt könnte schwerlich einen solchen Vorschlag machen.«

»Dann erzählen Sie uns doch nur *rein hypothetisch* davon«, schlug Rhyme vor.

* * *

New York wurde schon oft als die Stadt bezeichnet, die niemals schläft, obwohl das genau genommen nur auf einige wenige Etablissements in Manhattan zutrifft. Ansonsten sorgen die teuren Schanklizenzen und der frühe Arbeitsbeginn dafür, dass die meisten Läden nachts geschlossen haben.

Im krassen Gegensatz dazu steht eine kleine Stadt unweit von Washington D.C., wo Tausende von Leuten in einem massiven Gebäudekomplex rund um die Uhr an der Arbeit sind, auch an Feiertagen und Wochenenden.

Es war einer dieser Mitarbeiter, ein junger Mann namens Daniel Garrison, den Charlotte McKenzie auf Dante Spiros schüchternen Vorschlag hin eine Stunde zuvor angerufen hatte.

Garrisons Position innerhalb der National Security Agency, gelegen im niemals schlafenden Fort Meade, Maryland, trug irgendeine hochgestochene Bezeichnung. Doch seine weniger förmliche Tätigkeitsbeschreibung lautete einfach nur: Hacker.

McKenzie hatte Garrison die Informationen über das Kaffeehaus geschickt, dessen Münztelefon von Ibrahim wahrscheinlich dazu benutzt worden war, mit Gianni wegen der Anschlagspläne in Verbindung zu bleiben. Nachdem nun eine Freigabe der hohen Tiere in Washington vorlag, überwachte Garrison die Bemühungen eines sehr ernsthaft und gründlich arbeitenden Bots, der mit Lichtgeschwindigkeit die Daten der libyschen Hatif w Alaittisalat durchsuchte, der zuständigen Telefongesellschaft. Garrison hatte ihnen mitgeteilt, dieser Exploit sei »kein großes Problem. Eine unserer leichtesten Übungen. Die könnten einem fast leidtun. Na ja, nicht wirklich«.

Schon bald vermeldete der Bot die Daten von Gesprächen zwischen dem Telefon im Kaffeehaus Yawm Saeid – Schöner Tag – in Tripolis, das Ibrahim oft besuchte, und Mobiltelefonen im Großraum Neapel: Dutzende am Vortag, Hunderte im Verlauf der letzten Woche. Anscheinend – und leider – wurde dieser Festnetzanschluss besonders gern zur Kommunikation mit Süditalien genutzt.

Amelia Sachs druckte die Listen aus und hängte sie an die Wand. Falls es nicht zu viele Nummern waren, konnte die Postpolizei sie zurückverfolgen. Mit etwas Glück würde eine davon sich als Giannis neues Telefon erweisen.

Während Rhyme die Listen betrachtete, ließ ihn ein erschrockenes Aufkeuchen dicht neben ihm zusammenzucken.

Er blickte zu Charlotte und glaubte im ersten Moment, sie sei krank, weil das Geräusch aus ihrer Kehle dermaßen gequält geklungen hatte.

»Nein«, sagte sie. »O mein Gott.«

»Was ist?«, fragte Rossi, dem ihre Bestürzung nicht entging.

»Da.« Sie zeigte auf die Liste. »Dieser Anruf aus dem Kaffeehaus in Tripolis bei Giannis altem Telefon. Vor ein paar Tagen.«

»Ja, was ist damit?« Spiro sah McKenzie an und war eindeutig ebenso verwirrt wie Rhyme.

»Sehen Sie die Nummer *darüber*? Das Gespräch unmittelbar vor dem mit Gianni?«

Rhyme bemerkte, dass es sich um eine amerikanische Rufnummer handelte.

»Das ist *mein* Telefon«, flüsterte sie. »Mein verschlüsseltes Mobiltelefon. Und ich kann mich noch an den Anruf erinnern. Er kam von unserem Kontaktmann in Libyen. Wir haben über Maziqs Entführung gesprochen.«

»*Cristo*«, flüsterte Spiro.

»Das heißt, Ihr Kontaktmann, der Sie vor den Anschlägen in Österreich und Mailand gewarnt hat, *ist* Ibrahim, der Mann, der die Terroristen überhaupt erst angeheuert hat«, stellte Sachs fest.

59

»*Mi dispiace*«, sagte Dante Spiro barsch. »Verzeihen Sie meine Unverblümtheit, aber werden diese Leute nicht gründlich überprüft?«

»Unser Kontakt…«, setzte McKenzie an.

»Nein«, fiel Rhyme ihr ins Wort, ebenso gereizt wie der Italiener. »Er ist nicht *Ihr* Kontakt. Er mag so getan haben, aber in Wahrheit hat er Sie nach Strich und Faden an der Nase herumgeführt, um es mal höflich auszudrücken.«

»Wir kennen ihn als Hassan«, murmelte sie kleinlaut. »Und er kam mit den besten Empfehlungen von allerhöchster Stelle – dem Geheimdienstausschuss des amerikanischen Senats und der CIA. Angeblich ein Veteran des Arabischen Frühlings. Ein lautstarker Befürworter des Westens und der Demokratie. Anti-Gaddafi. Er wurde in Tripolis beinahe getötet.«

»Sie meinen, er hat das von sich *behauptet*«, merkte Sachs lakonisch an.

»Seiner Geschichte nach war er ein kleiner Geschäftsmann, kein radikaler Fundamentalist.« Sie sah Spiro an. »Und um Ihre Frage zu beantworten, ja, wir haben ihn gründlich überprüft.«

Ercole Benelli war aus der Asservatenkammer zurückgekehrt und von Rossi auf den aktuellen Stand gebracht worden. »*Mamma mia!*«, rief der junge Beamte. »Ist das wahr?«

»*Allora*«, sagte Spiro. »Ein Kontaktmann der amerikanischen Regierung – Ibrahim/Hassan – rekrutiert in Libyen zwei Terroristen, Ali Maziq und Malek Dadi, und schickt sie als vermeintliche Asylbewerber nach Italien, um in Wien und Mailand Bombenanschläge verüben zu lassen. Er hat hier vor Ort einen Komplizen – diesen Gianni –, der den Sprengstoff besorgt und Hilfestellung leistet. Die zwei Männer sind angekommen, und die Waffen sind bereit. Doch dann informiert dieser Ibrahim/Hassan *Sie* über die Anschläge, damit Sie eine Operation mit Ihrem verrückten Entführer ins Leben rufen können, um die Taten zu vereiteln. Warum? Das ergibt doch alles keinen Sinn.«

McKenzie konnte offenbar nur zu Boden starren. Wer wusste schon, was sie gerade dachte?

Spiro zückte seine Zigarre, roch daran und steckte sie wieder ein, als würde sie ihn zu sehr ablenken.

»Sie haben da gerade einen Ausdruck benutzt«, sagte Rhyme zu ihm.

»Welchen denn?«

»›Vermeintliche Asylbewerber‹.«

»*Sì*.«

Rhyme wandte sich an McKenzie. »Und Sie haben doch bestimmt nach Washington gemeldet, wer diese Terroristen waren und wie sie nach Italien gelangt sind – nämlich indem sie sich als Flüchtlinge ausgegeben haben.«

»Natürlich.«

»Und würde die CIA sich deswegen mit dem italienischen Geheimdienst in Verbindung setzen?«

Sie zögerte. »Nach Abschluss unserer Operation, ja.«

»Ich verstehe nicht, worauf Sie hinauswollen, Captain Rhyme«, sagte Rossi.

Spiro hingegen nickte. »Oh, ich schon, Massimo.« Er sah Rhyme an. »Die Konferenz, die zurzeit in Rom stattfindet. Über die Migranten.«

»Genau.«

»Ja«, sagte Rossi. »Es nehmen mehrere Länder daran teil.«

»Ich habe auf dem Flug hierher etwas darüber gelesen«, sagte Rhyme. »In der *New York Times*. Können wir den Artikel heraussuchen?«

Ercole setzte sich an einen Computer und wählte die Internetseite der Zeitung an. Der Beitrag war schnell gefunden. Alle Anwesenden versammelten sich vor dem Monitor.

KONFERENZ BERÄT FLÜCHTLINGSKRISE

ROM – Angesichts des großen Andrangs von Flüchtlingen aus dem Nahen Osten und Nordafrika wurde eine Eilkonferenz einberufen, an der Vertreter von mehr als 20 Staaten teilnehmen.
Es werden in erster Linie humanitäre Fragen erörtert. Besondere Berücksichtigung findet die Notlage der Asylbewerber, die verzweifelt versuchen, sich vor einem Krieg in Sicherheit zu bringen, vor Armut, Dürre, religiösem Extremismus und politischer Unterdrückung. Dafür riskieren sie ihr Leben auf hoher See und laufen stets Gefahr, von den Menschenschmugglern misshandelt, ausgesetzt, beraubt und vergewaltigt zu werden.
Die Krise hat inzwischen solche Ausmaße erreicht, dass Länder, die sich bisher geweigert haben, eine nennenswerte Anzahl von Flüchtlingen bei sich aufzunehmen, ihre Position überdenken. Japan und Kanada ergreifen beispielsweise Maßnahmen, ihr Flüchtlingskontingent beträchtlich zu erhöhen, und in den Vereinigten Staaten – traditionell eher ablehnend eingestellt – wird vom Kongress eine kontrovers aufgenommene Gesetzesvorlage beraten, die eine hundertfach höhere Aufnahme von Flüchtlingen vorsieht, als dies ge-

genwärtig der Fall ist. Auch Italiens Parlament zieht eine Lockerung der Abschieberegelungen und Vereinfachung der Asylverfahren in Erwägung. Rechtsgerichtete Bewegungen in Italien und andernorts haben sich lautstark – und bisweilen gewaltsam – gegen solche Maßnahmen gestellt.

»Ah, *Capitano* Rhyme«, sagte Rossi mit nervösem Lächeln, »nun begreife ich: Ibrahim und Gianni sind überhaupt keine Terroristen, sondern Söldner.«

Rhyme nickte. »Sie wurden von jemandem, der hier in Italien der politischen Rechten angehört, damit beauftragt, Asylbewerber zu rekrutieren, die hier Terroranschläge verüben sollen. Nicht aus irgendwelchen ideologischen Gründen, sondern um die Behauptung zu stützen, die Flüchtlinge würden eine Gefahr darstellen. Es wäre Wasser auf die Mühlen all derjenigen, die gegen Lockerungen sind, wie das Parlament sie hier gerade berät.« Er lachte humorlos auf. »Wie es aussieht, wurden Sie hereingelegt, Charlotte.«

Sie erwiderte nichts, sondern starrte nur mit verblüffter Miene den Artikel an.

»*Cristo*«, flüsterte Ercole.

»Wir hatten uns schon gewundert«, sagte Charlotte McKenzie schließlich. »Ali Maziq und Malek Dadi waren alles andere als typische Terroristen. Keiner der beiden wurde radikalisiert. Sie waren eher weltlich eingestellt, allenfalls moderat religiös.«

»Vielleicht hat man sie irgendwie unter Druck gesetzt und zu ihren Missionen gezwungen«, gab Rossi zu bedenken.

Amelia Sachs verzog das Gesicht. »Wissen Sie, ich habe mir schon so etwas gedacht. Als der Generalkonsul uns von dem geplanten Anschlag in Wien erzählt hat, sagte er, man habe ein halbes Kilo C4 gefunden. Das ist zweifellos gefährlich, ja. Es könnte Tote geben. Aber für eine wirklich verheerende Explosion reicht es nicht aus.«

»In Mailand war es die gleiche Menge«, sagte Rhyme und sah dabei McKenzie an. »Haben Sie nicht gesagt, in dem Warenhaus habe nur ein halbes Kilo gelegen?«

Die Frau war sichtlich konsterniert. »Ja, ja. Natürlich! Wer auch immer Ibrahim und Gianni beauftragt hat, brauchte gar nicht viele Leute zu töten. Sein Plan sollte lediglich demonstrieren, dass sich unter den Flüchtlingen auch Terroristen verbergen *könnten*. Um das Parlament in Rom dazu zu bewegen, die aktuellen Vorschläge abzulehnen.«

»Und wer ist nun der führende Kopf hinter diesem Plan?«

Spiro sah Rossi an und zuckte die Achseln.

»Die mögliche Erleichterung der Einwanderung und Erschwerung der Abschiebung hat viele Gegner«, sagte der Inspektor. »In erster Linie natürlich die Lega Nord, die als Partei generell gegen unsere Mitgliedschaft in der EU und die Aufnahme von Flüchtlingen ist. Doch es gibt auch noch andere. Meistens aber sind das reguläre politische Bewegungen, die nicht zu Gewalt oder illegalen Aktivitäten wie diesen greifen würden.«

»Vergessen Sie nicht den Nuovo Nazionalismo. Den Neuen Nationalismus«, sagte Spiro mit kaltem Blick.

Rossi nickte. Der Gedanke schien ihm gar nicht zu behagen.

»Der NN spricht sich offen *für* Gewalt gegen Migranten aus«, fuhr der Staatsanwalt fort. »Und er rühmt sich, diverse Regierungsbehörden unterwandert zu haben. Es würde mich nicht überraschen, wenn ein ranghoher NN-Funktionär Ibrahim und Gianni mit der Durchführung dieses Plans beauftragt hätte.«

Rhyme bemerkte, dass Ercole Benelli beunruhigt ins Leere starrte.

»Ercole?«

Der junge Beamte schreckte auf. »Mir ist da etwas eingefallen. Es hat vielleicht nichts zu bedeuten...« Er hielt inne. »Nein, es muss etwas zu bedeuten haben. Ganz eindeutig.«

»Reden Sie weiter«, sagte Spiro.

Ercole räusperte sich. »Ihr Spion«, sagte er zu McKenzie. »Hassan oder Ibrahim, er hat Sie vor *drei* Anschlägen gewarnt, nicht zwei. Wien, Mailand und ein weiterer. Korrekt?«

»Ja, hier in Neapel. Aber Khaled Jabril wurde gründlich verhört und wusste nichts davon. Falscher Alarm, wie schon gesagt. Es muss ein Fehler passiert sein.«

»Nein, nein«, flüsterte Rhyme, der begriff, worauf Ercole hinauswollte.

»Aber es *kann* gar kein Fehler passiert sein«, fuhr der Forstwachtmeister aufgeregt fort. »Wenn Ibrahim drei Anschläge voraussagt, dann kann er sich nicht irren, denn er hat doch alle drei *selbst inszeniert.*«

»Ja, ich verstehe, was Sie meinen«, sagte McKenzie mit großen Augen. »Aber Khaled wusste von nichts, da bin ich mir *sicher.* Unsere Methode funktioniert.«

»Hat Ihr Kontakt Ihnen wirklich den Namen Khaled genannt?«, fragte Rhyme.

»Ja – und dass er im Durchgangslager Capodichino anzutreffen sein würde.« Sie verstummte abrupt. »Moment mal. Nein, das hat er nicht. Er hat mir nur den Familiennamen übermittelt. Jabril.«

Rhyme schaute zu Spiro.

»Sie haben die falsche Person entführt, Signorina McKenzie«, sagte der Staatsanwalt. »Der Terrorist ist in Wahrheit eine Terroristin. Khaleds Frau, Fatima.«

60

Sachs und Ercole rasten zu dem Flüchtlingslager, das etwa zehn Kilometer von der Innenstadt entfernt lag.

Sie parkten am Haupttor und wurden dort bereits von Rania Tasso erwartet, die sie dann hastig durch das Gedränge zwischen den Zelten führte.

»Gleich nach Ihrem Anruf habe ich sämtliche Ausgänge durch unser Sicherheitspersonal abriegeln lassen.« Rania keuchte wegen des hohen Tempos. »Das ganze Lager. Nun kann niemand mehr hinaus. Andere Wachen und die Polizei beobachten Fatimas Zelt – diskret und unauffällig. Bis jetzt ist sie nicht herausgekommen... falls sie überhaupt da ist. Das wissen wir nämlich nicht.«

»Könnte sie das Lager verlassen haben?«

»Schon möglich, falls sie uns zuvorgekommen ist. Wir haben uns an Ihre Anweisung gehalten und weder das Zelt betreten noch mit Fatimas Mann gesprochen. Er wurde übrigens auch noch nicht gesehen.«

Sie erreichten die Mitte des Lagers. Rania zeigte auf eines der Zelte. »Das da ist es.« Hellblau mit Schlammspritzern und einigen Rissen im Tyvek. Davor war Wäsche aufgehängt und ließ an die Signalmasten alter Schiffe denken. Allerdings flatterten dort im Wind nur Bettzeug, die Oberbekleidung eines Mannes und Kindersachen. War das alles, was der Rest der Welt zu sehen bekommen durfte, ohne dass der Anstand verletzt wurde?

Die Zeltklappe war geschlossen. Fenster gab es keine.

Ein uniformierter Beamter mit sehr dunkler Haut und dunklen Augen gesellte sich zu ihnen. Unter seinem Barett lief Schweiß hervor. Er hatte hinter einem Stand Position bezogen, an dem es Wasser in Flaschen gab.

»Antonio. Konnten Sie einen Blick hineinwerfen?«

»Nein, Signorina Rania. Ich weiß nicht, ob Fatima da ist. Oder sonst jemand. Niemand ist herausgekommen oder hineingegangen.«

Sachs schob ihre Jacke zurück und griff nach der Beretta. Ercole öffnete die Klappe seines Holsters.

»Ercole, ich weiß, was Sie denken«, sagte Amelia. »Sie ist eine Frau und Mutter und womöglich keine überzeugte Terroristin. Wir wissen nicht, was Ibrahim und Gianni in der Hand haben, um sie hierzu zu zwingen. Doch wir müssen davon ausgehen, dass sie den Sprengsatz unverzüglich zünden wird, wenn sie glaubt, wir könnten sie aufhalten. Vergessen Sie nicht: Schießen Sie auf…«

»…ihre Oberlippe.« Er nickte. »Dreimal.«

Rania sah sich um. In ihren flinken grauen Augen spiegelte sich nicht nur das helle Sonnenlicht, sondern auch ihre tiefe Sorge. »Bitte seien Sie vorsichtig. Schauen Sie.«

Sachs sah, was die Direktorin meinte. Auf einem freien Fleck neben dem Zelt saßen mehrere Frauen auf provisorischen Sitzgelegenheiten wie Reifen, Schienenschwellen und Wasserkisten und hielten ihre Säuglinge auf dem Arm. Andere Kinder – von etwa zwei bis zehn Jahren – liefen lachend umher und spielten selbstvergessen.

»Räumen Sie die Gegend so gut es eben geht. Aber leise.«

Rania nickte Antonio zu, und er griff nach seinem Funkgerät.

»Nein«, ging Sachs sofort dazwischen. »Und drehen Sie die Lautstärke herunter.«

Sowohl er als auch Rania schalteten ihre Funkgeräte aus und machten sich bei den anderen Sicherheitsleuten per Handzeichen bemerkbar. Die Beamten taten ihr Bestes, um die Flüchtlinge von dem Zelt wegzuführen, doch sobald sie ein paar Meter gegangen waren, strömten hinter ihnen Neugierige an die freien Stellen.

Eine verirrte Kugel konnte jederzeit einen der Unschuldigen treffen, sah Sachs.

Es ließ sich nicht ändern.

Sie erkundigte sich bei Rania nach der Aufteilung des Innenraums. Die Frau schilderte ihr, woran sie sich erinnerte: ordentlich zusammengelegte Kleidung in Kartons vor der rechten Wand, ein Essbereich zur Linken. Eingerollte Gebetsteppiche an einer Seite. Vier Betten – je eines für die Erwachsenen und eines für ihre Tochter sowie ein unbenutztes. Jeweils abgeteilt durch Trennwände aus Stoff.

Verdammt, ein guter Sichtschutz.

Und die Tochter, Muna, hatte einige Spielzeuge aus den freiwilligen Spenden erhalten. Rania sagte, sie hätten auf dem Boden verstreut gelegen. »Passen Sie auf, dass Sie nicht stolpern.«

»Gibt es Koffer oder Truhen, hinter denen man sich verstecken könnte?«

Rania lachte bekümmert auf. »Das einzige Gepäck dieser Leute sind Plastiktüten und Rucksäcke.«

Sachs berührte Ercole am Arm, und er blickte hinunter in ihre Augen. Erfreut stellte sie fest, wie selbstsicher und ruhig er wirkte. Er war bereit. »Sie übernehmen die rechte Seite«, flüsterte sie.

»*Destra*, ja.«

Sachs zog ihre Pistole, hob den linken Zeigefinger und richtete ihn dann nach vorn. Auch Ercole zog seine Beretta. Amelia deutete auf die Zeltklappe, nickte und drang entschlossen ins Innere vor.

Khaled Jabril erschrak und ließ sein Glas Tee fallen, das von dem Tyvek-Boden abprallte und seinen dampfenden Inhalt weithin verteilte. Sachs stieg über die Spielzeuge hinweg – und über die Schachteln, in denen sie gesteckt hatten – und schob schnell die Trennwände beiseite. Außer Khaled war niemand hier.

Er erkannte Sachs natürlich wieder, war aber durch die Medikamente immer noch benommen und desorientiert. »*Aiii*. Was hat das zu bedeuten?«

Sachs holte Rania hinzu. »Ihre Frau«, sagte sie dann zu Khaled. »Wo ist sie?«

»Ich weiß es nicht. Was ist hier los? Geht es ihr gut?«

»Wohin ist sie gegangen? Und wann?«

»Bitte sagen Sie es mir! Ich habe Angst.«

Zum Zeitpunkt seines Verhörs mochte er noch nichts von Fatimas Mission gewusst haben, doch vielleicht hatte sie sich ihm danach anvertraut. Aber als Sachs ihm von Ibrahims und Giannis Plan erzählte, seine Frau als Terroristin einzusetzen, war er eindeutig vollkommen perplex.

Im ersten Moment bekam er kein Wort über die Lippen. Doch dann nickte er. »Ja, ja, sie war in letzter Zeit nicht sie selbst. Sie hat sich nicht normal verhalten. Jemand muss sie dazu gezwungen haben!«

»Das kann gut sein.« Sachs hockte sich vor ihn hin. »Trotzdem wird sie anderen Menschen Schaden zufügen, Khaled«, ermahnte sie ihn ernst. »Bitte helfen Sie uns. Wir müssen Fatima finden. Ist sie im Lager?«

»Nein, sie ist vor einer Stunde weggegangen. Sie wollte ein paar Sachen für Muna kaufen. In dem Laden hier im Lager oder vielleicht auch draußen bei einem der Händler. Ich weiß nicht, ob sie noch etwas gesagt hat. Schon möglich. Seit dem Zwischenfall, seit dieser Sache, die mit mir passiert ist, bin ich sehr durcheinander. Verwirrt.«

»Hat sie ihr Telefon dabei?«

»Das nehme ich an.«

»Geben Sie mir die Nummer.«

Er gehorchte, und Charlotte McKenzie, die über Sachs' Telefon mithörte, sagte: »Alles klar. Ich leite das an Fort Meade weiter. Mal sehen, ob sie das Gerät aufspüren können.«

»Wissen Sie, ob Fatima sich in letzter Zeit mit jemandem getroffen hat?«, fragte Sachs den Flüchtling. »Hat jemand ihr irgendwas gegeben?«

Er runzelte die Stirn. »Vielleicht... Lassen Sie mich nachdenken.« Dann schlug er sich tatsächlich die Hand vor die Stirn. »Ja. Sie hat ein Päckchen bekommen. Mit Tee von ihrer Familie.«

Rania verzog ihr hübsches Gesicht. »Ja, das weiß ich auch noch.«

Er wies auf eine Kiste. »Ich glaube, sie hat es da hineingelegt.«

Ercole öffnete den Deckel und reichte Sachs einen braunen Pappkarton.

Sachs roch daran.

Und seufzte.

»Das hier auch noch«, sagte Ercole. Es war die Plastikverpackung eines billigen Mobiltelefons, leider ohne das Etikett, auf dem die Rufnummer oder Einzelheiten über die SIM-Karte standen. Fatima musste es mitgenommen haben.

Amelia setzte sich ihr Headset auf und drückte eine Kurzwahltaste.

»Was ist?«, ertönte die barsche Frage. »Wir warten.«

»Sie ist nicht hier, Rhyme. Und sie hat ein Päckchen bekommen: C4, vielleicht auch Semtex. Der Größe nach scheint es auch diesmal ein halbes Kilo zu sein. Außerdem ein Telefon. Für die Zündung.«

Mobiltelefone hatten Zeitschaltuhren und Funkgeräte als beliebteste Sprengstoffzünder abgelöst.

»Eine Bombe?«, fragte Rania erschrocken. »Sind wir hier das Ziel?«

Die Leute in der Questura hatten mitgehört und berieten sich kurz.

»Nein, das ist äußerst unwahrscheinlich«, antwortete Rhyme dann. »Der Anschlag hat das vordringliche Ziel, die neue Gesetzesinitiative zu verhindern. Das heißt, es müssen Italiener verletzt werden, nicht die Flüchtlinge.«

Khaled nahm sein eigenes Mobiltelefon. »Soll ich sie anrufen und versuchen, ihr diesen Irrsinn auszureden?«

Rhyme und Spiro besprachen sich, hörte Sachs.

Doch dann war plötzlich McKenzie wieder in der Leitung. »Nicht nötig. Fort Meade sagt, das Telefon ist tot. Sie behalten es weiter im Auge, aber ich möchte wetten, Fatima hat es weggeworfen.« Sie hielt kurz inne. »Moment. Sie haben etwas.« Es gab eine Pause, und Sachs konnte das Geräusch einer Computertastatur hören. »Vielleicht haben wir Glück. Die NSA hat soeben einen Anruf in dem Kaffeehaus in Tripolis registriert, und zwar von einem Prepaidmobiltelefon in Neapel, das erst heute Morgen freigeschaltet wurde. Es ist immer noch aktiv.«

»Gianni?«, fragte Sachs.

»Das wäre wirklich Glück«, sagte Rossi. »Wo ist es?«

McKenzie nannte ihm den Längen- und Breitengrad. Der Inspektor gab die Werte in den Computer ein. »Beim Königspalast mitten in Neapel. Ich schicke sofort ein Team.«

61

Luigi Procopio, der bei diesem Auftrag »Gianni« hieß, lehnte an seinem Wagen. Er stand am Rand des Platzes vor dem Königspalast von Neapel, einem großen, imposanten Gebäude, das einst als Residenz der Bourbonenkönige gedient hatte. Im achtzehnten und neunzehnten Jahrhundert waren sie die Herren des Königreichs Sizilien gewesen. Procopio interessierte sich sehr für die italienische Geschichte.

Er selbst stammte aus Catanzaro, der Hauptstadt der Region Kalabrien, südlich von Kampanien.

Kalabrien ist die Spitze des italienischen Stiefels und bekannt für scharf gewürzte Schweinswurst, Stockfisch und viele andere haltbare Lebensmittel, da in dem heißen Klima seit jeher Vorkehrungen getroffen werden mussten, um Speisen nicht verderben zu lassen.

Kalabrien ist auch bekannt für die 'Ndrangheta, die berüchtigte Vereinigung des organisierten Verbrechens. Der Name »'Ndrangheta« bedeutet »Loyalität«, und es war weithin bekannt, dass die sechstausend Angehörigen der Organisation fest zu ihren Kameraden standen, die sich in Italien auf ungefähr 150 Clans verteilten. Doch das bedeutete nicht, dass die Mitglieder nicht auch allein tätig werden konnten – sie durften und taten es, solange keine Interessenkonflikte auftraten.

Dies galt vor allem, wenn das betreffende Mitglied nicht einer Gruppe in Kalabrien, sondern einem der externen Ableger angehörte, zum Beispiel in Großbritannien oder den Vereinigten Staaten, wo die 'Ndrangheta seit mehr als hundert Jahren an der Ostküste aktiv war. Angefangen hatte es dort mit Schutzgelderpressungen in der Bergbauregion von Pennsylvania, und seit vielen Jahren zählten Drogenhandel und Geldwäsche zu den wichtigsten Erwerbsquellen. Dabei wurde oft mit den einheimischen Vertretern der Mafia und Camorra zusammengearbeitet, ebenso mit amerikanischen und karibischen Banden. (Hochrangige 'Ndrangheta-Funktionäre in Amerika hatten sich angeblich über den Film *Der Pate* geärgert, denn ihrer Ansicht nach war die Mafia viel weniger glanzvoll und clever und skrupellos als sie selbst.)

Der große, dunkle, stark behaarte und einschüchternde Luigi Procopio war zurzeit auf eigene Rechnung unterwegs. Seine Sprachkenntnisse, seine guten Kontakte zum Militär und den Gewerkschaften sowie die Bereitschaft, stets alles Notwendige zu tun, hatten ihn zu einem geübten Mittelsmann gemacht, der Geschäfte zwischen Süditalien, Nordafrika, Europa und den Vereinigten Staaten einfädelte.

Mit sicherem Instinkt hatte er die Gratwanderung zwischen seinen eigenen Interessen und denen der 'Ndrangheta gewagt und dabei Erfolg gehabt.

Wo auch immer es Geld zu holen gab, hatte Procopio seine Finger drin: sowohl natürlich auf den althergebrachten Gebieten wie Waffen, Drogen und Menschenhandel als auch auf den neuen Märkten des einundzwanzigsten Jahrhunderts.

Zum Beispiel im Terrorismus.

Gerade eben erst hatte er Ibrahim im Kaffeehaus Schöner Tag in Tripolis angerufen, um ihn über die Entwicklungen hier in Neapel auf den neuesten Stand zu bringen. Nun rauchte er eine Zigarette und ließ den Blick über den riesigen Platz schweifen.

Dabei sah er auf einmal schwarze Vans und reguläre Streifenwagen in seine Richtung rasen. Die Signalleuchten blinkten, aber die Sirenen blieben stumm.

Sie kamen näher. Noch näher…

Und dann raste die Kolonne an ihm vorbei, und kein einziger der Fahrer oder Passagiere schenkte ihm die geringste Beachtung.

Stattdessen fuhren die Polizisten quer über den Platz und kamen schlitternd bei einem Abfalleimer zum Stehen. Dann sprangen sie heraus, schwer bewaffnete Männer und Frauen, die nach ihrem Ziel Ausschau hielten.

Und das war natürlich er.

Nun ja, genau genommen war es das Mobiltelefon, mit dem er kurz zuvor Ibrahim angerufen hatte. Procopio hatte das eingeschaltete Gerät in einer Papiertüte am Fuß des Mülleimers zurückgelassen. Ein junger Beamter der Staatspolizei nahm den Behälter nun vorsichtig in Augenschein – unter den gegebenen Umständen musste er mit einer Bombe rechnen – und fand dann das Telefon. Er hielt es hoch. Ein anderer Beamter, anscheinend der Einsatzleiter, schüttelte den Kopf, zweifellos vor Enttäuschung, wenn nicht sogar vor lauter Wut. Andere Polizisten musterten die nahen Gebäude, wahrscheinlich auf der Suche nach Überwachungskameras. Doch es gab keine. Procopio hatte sich dessen vergewissert und erst dann den Telefonköder ausgelegt.

Nun drückte er seine Zigarette aus. Er hatte alles erfahren, was er herausfinden wollte. Das war überhaupt der einzige Zweck seines Anrufs in Tripolis gewesen. Er wollte wissen, wie weit die Ermittlungen der Polizei gediehen waren.

So. Sie wussten von Ibrahim, auch wenn sie vielleicht seinen richtigen Namen nicht kannten. Sie wussten, dass Ibrahim mit jemandem hier zusammenarbeitete. Und sie überwachten den Festnetzanschluss und das Mobilfunknetz.

Das bedeutete für Luigi eine vollständige Telefonabstinenz, jedenfalls vorläufig.

Er machte es sich auf dem Fahrersitz bequem und ließ den

Motor an. Am liebsten hätte er nun ein Café angesteuert, sich die nächste Zigarette angezündet und als *aperitivo* einen hübschen roten Cirò bestellt, dazu etwas harte, getrocknete kalabrische Salami und Brot.

Doch das musste warten.

Erst würde Blut fließen.

62

Die Straße bot ein buntes Bild.

Einige der Leute waren Touristen, viele schienen aber auch echte Neapolitaner zu sein – Familien, Frauen mit Kinderwagen, kleine Kinder auf Fahrrädern... und dazu größere Kinder sowie halbwüchsige Jungen und Mädchen. Sie stolzierten einher, waren teils schüchtern, dann wieder zeigefreudig, trugen auffällige Stiefel und schnittige Joggingschuhe und hohe Absätze und gemusterte Strumpfhosen und lässige Hemden, und sie stellten, mit bewusst zurückgehaltenem Stolz, ihre neuesten Errungenschaften zur Schau: Halsketten und modische Handtaschen und Fußkettchen und Sonnenbrillen und Ringe und extravagante Hüllen für ihre Mobiltelefone.

Ihre Flirts wirkten harmlos und bezaubernd, die Teenager noch unschuldig wie tapsige Kätzchen.

Oh, und dazu diese herrliche Aussicht. In der Ferne der Vesuv, davor die Anlegestellen mit den riesigen Schiffen. Und die tiefblaue Bucht.

Doch Fatima Jabril schenkte alldem kaum Beachtung.

Sie war auf ihre Mission konzentriert.

Und schob ihren Kinderwagen ganz behutsam.

»Ah, *che bellezza*!«, rief eine Frau, die selbst schwanger war. Und dann fügte sie lächelnd etwas hinzu. Als sie merkte, dass Italienisch nicht funktionierte, versuchte sie es auf Englisch. »Ihre Tochter!« Die Frau schaute hinunter in den Kinderwagen. »Sie hat die Haare eines Engels! Was für wunderschöne schwarze Locken!« Dann erst fiel ihr der Hidschab der Mutter auf und sie schien sich zu fragen, ob Moslems wohl auch an Engel glaubten.

Fatima Jabril verstand, was gemeint war. Sie lächelte und erwiderte unbeholfen: »*Grazie tante.*«

Die Frau warf noch einen Blick nach unten. »Und wie ruhig sie schläft, sogar hier, bei all dem Lärm.«

Fatima zog sich den Rucksack etwas höher auf die Schulter und ging weiter. Ganz langsam.

Weil hier so viele Menschen waren.

Weil sie niemanden töten wollte.

Weil in dem Kinderwagen eine Bombe lag.

Wie hatte es nur dazu kommen können?

Nun, die Antwort auf diese Frage war ihr durchaus bewusst. Sie dachte jeden Abend vor dem Einschlafen daran und jeden Morgen beim Aufwachen.

An jenen Tag vor einigen Wochen …

Zwei finstere Kerle hatten sie in Tripolis auf offener Straße gepackt – ohne die geringsten Bedenken, eine fremde muslimische Frau anzufassen. Verängstigt und schluchzend war sie im Hinterzimmer eines Kaffeehauses am Platz der Märtyrer gelandet. Dort stieß man sie auf einen Stuhl und befahl ihr zu warten. Der Laden hieß Schöner Tag. Die Ironie trieb ihr nur noch mehr Tränen in die Augen.

Eine Stunde später, eine grauenhafte Stunde später wurde der Vorhang beiseitegerissen, und ein mürrischer bärtiger Mann von ungefähr vierzig Jahren trat ein. Er sagte, er heiße Ibrahim. Dann musterte er sie ausdruckslos und reichte ihr ein Papiertaschentuch. Sie trocknete sich die Augen und warf es ihm ins Gesicht. Er lächelte nur.

Mit hoher Stimme sprach er sie an, auf Arabisch und mit libyschem Zungenschlag. »Lass mich dir erklären, warum du hier bist und was mit dir geschehen wird. Ich habe einen Auftrag für dich. Ah, ah, lass mich ausreden.« Er verlangte nach Tee, der umgehend serviert wurde, vom Inhaber des Cafés persönlich, dessen Hände zitterten, als er die Tassen abstellte. Ibrahim wartete, bis der Mann wieder gegangen war. »Wir haben dich aus mehreren Gründen ausgewählt«, fuhr er dann fort. »Zunächst mal stehst du auf keiner Warnliste. Du bist das, was wir eine Unsichtbare Gläubige nennen. Vergleichbar mit dem, was ein Unitarier für die Christenheit darstellt. Weißt du, was die Unitarier sind?«

Fatima kannte sich mit der westlichen Kultur recht gut aus, hatte aber noch nie von dieser Religionsgemeinschaft gehört. »Nein.«

»Man könnte sie als *moderat* bezeichnen«, sagte Ibrahim. »Daher bist du für die Armeen und Sicherheitsbehörden des Westens *unsichtbar*. Du kannst Grenzen überschreiten und an Zielorte gelangen, ohne als Bedrohung wahrgenommen zu werden.«

Zielorte?, dachte sie erschrocken. Auch ihre Hände fingen an zu zittern.

»Man wird dir ein Ziel in Italien zuweisen, und du wirst dort einen Anschlag verüben.«

Sie war völlig fassungslos und lehnte den Tee ab, den Ibrahim ihr anbot. Er trank einen Schluck mit sichtlichem Behagen.

»Kommen wir zu dem zweiten Grund, aus dem du ausgewählt worden bist. Du hast Angehörige in Tunesien und Libyen. Drei Schwestern, zwei Brüder – und alle, gepriesen sei Gott, sind mit Kindern gesegnet. Auch deine Mutter weilt noch auf dieser Erde. Wir wissen, wo alle wohnen. Du wirst deinen Auftrag erfüllen und diesen Anschlag verüben, oder sie werden getötet – jeder einzelne deiner Angehörigen, vom sechs Monate alten Mohammed bis zu deiner Mutter, wenn sie vom Markt heimkommt, am Arm ihrer Freundin Sonja – die ebenfalls sterben wird, nebenbei bemerkt.«

»Nein, nein, nein ...«

Ibrahim ignorierte ihren Zustand. »Und nun der dritte Grund, weshalb du uns bei dieser Mission behilflich sein wirst. Nach Abschluss des Auftrags werdet ihr – du, dein Mann und deine Tochter – neue Identitäten und einen hohen Geldbetrag erhalten. Ihr bekommt britische oder holländische Pässe und könnt gehen, wohin ihr wollt. Was sagst du dazu?«

Das einzige Wort, das ihr übrig blieb.

»Ja.« Schluchzend.

Ibrahim lächelte und trank seinen Tee aus. »Ihr drei werdet als Flüchtlinge nach Italien reisen. Ein Schlepper, mit dem ich zusammenarbeite, teilt dir heute Abend die Einzelheiten mit. Bei eurer Ankunft wird man euch für die Formalitäten in ein Flüchtlingslager bringen. Ein Mann namens Gianni setzt sich dort mit dir in Verbindung.«

Dann war er ohne ein weiteres Wort weggegangen.

Kaum waren sie im Durchgangslager Capodichino eingetroffen, hatte Gianni tatsächlich angerufen und ihr mit kehliger Stimme eiskalt und unmissverständlich erklärt, es würden keine Ausreden geduldet. Falls sie krank wurde und die Bombe nicht zünden konnte, würde ihre Familie sterben. Falls sie verhaftet wurde, weil sie einen Laib Brot gestohlen hatte, und die Bombe nicht zünden konnte, würde ihre Familie sterben. Falls die Bombe nicht explodierte, weil es einen mechanischen Fehler gab, würde ihre Familie sterben. Falls sie im letzten Moment zurückschreckte ... nun, sie wusste ja.

Und als wäre das alles nicht schlimm genug, war ihr Mann von diesem psychotischen Amerikaner entführt worden! Das allein war schon furchtbar – denn sie liebte ihn von ganzem Herzen –, doch es brachte zudem die Polizei ins Spiel. Würde man Giannis Päckchen mit dem Sprengstoff, dem Telefon und dem Zünder finden? Würde man sie und ihre Tochter an einen anderen Ort bringen, während nach Khaled gesucht wurde?

Doch er war gerettet worden.

Und das war natürlich wunderbar. Aber es zerriss Fatima das Herz. Denn alle, von Rania über die amerikanische Polizei bis zu den italienischen Beamten hatten sich so sehr angestrengt – einige sogar unter Einsatz ihres Lebens –, um Khaled zu finden, einen Mann, den sie gar nicht kannten und der ungebeten in dieses Land gekommen war.

Gewiss gab es hier auch Leute, die Migranten ablehnten, aber außer den paar Demonstranten vor dem Lager hatte Fatima noch keinen einzigen getroffen. Wie herzlich doch gerade eben noch diese Frau gewesen war.

Ihre Tochter, sie hat die Haare eines Engels!

Die meisten Italiener zeigten tiefes Mitgefühl für die Nöte der Asylbewerber.

Wodurch das, was sie in zwei Stunden tun sollte, nur umso schändlicher wirkte.

Doch sie würde es tun.

Falls du auf irgendeine Weise versagst, wird deine Familie sterben...

Aber sie würde nicht versagen. Sie sah das Ziel nun vor sich. Bis zum Anschlag blieben weniger als zwei Stunden.

In der Nähe des Ufers standen einige freie Bänke. Fatima setzte sich mit dem Gesicht zum Wasser. Damit niemand ihre Tränen sehen konnte.

63

Die Fährte zum Königspalast war eine Pleite gewesen. Rhyme war überzeugt, dass Gianni nur deshalb in dem Kaffeehaus angerufen hatte, weil er herausfinden wollte, wie viel die Polizei wusste und ob sie den Mobilfunk überwachte. Nachdem er die Bestätigung erhalten hatte, war er abgetaucht.

Nun konnten sie ihn nicht mehr über sein Telefon finden, und es gab auch keinen konkreten Anhaltspunkt für Fatimas Aufenthaltsort. Also wandte das Team sich der Frage zu, was das beabsichtigte Anschlagsziel sein mochte. Eine Spekulation, sicher, aber ihnen blieb nichts anderes übrig.

Da das Flüchtlingslager in der Nähe des Flughafens von Neapel lag, dachten Rhyme und Spiro sofort daran, dass Fatima es auf ein Flugzeug oder den Terminal abgesehen haben könnte.

»Sie kann keine Bombe an Bord einer Maschine schmuggeln«, sagte der Staatswanwalt. »Aber sie könnte ein Loch in den Zaun schneiden, zu einem startbereiten Flugzeug laufen und den Sprengsatz dort draußen zünden.«

»Das sind alles keine Selbstmordattentäter«, sagte McKenzie. »Die Bomben sollen mit den Mobiltelefonen ferngezündet werden. Ich würde nicht auf einen Flughafen tippen. Schon eher auf einen Bahnhof. Dort gibt es viel weniger Vorsichtsmaßnahmen.«

Rossi rief die Sicherheitsabteilung der Eisenbahngesellschaft an und führte ein kurzes Gespräch. »Sie schicken zusätzliche Leute in die Bahnhöfe«, berichtete er dann. »Wir haben Erfahrungen mit einheimischem Terror, genau wie Sie in Amerika. Anfang August neunzehnhundertachtzig hat eine Terrorgruppe eine Bombe im Hauptbahnhof von Bologna gezündet – fast fünfundzwanzig Kilo Sprengstoff. Sie wurde im Wartesaal platziert, und da es an dem Tag so heiß war, hielten sich besonders viele Leute dort auf, denn es gab da eine Klimaanlage. Das war damals in Italien eine seltene Ausnahme. Mehr als achtzig Menschen wurden getötet und mehr als zweihundert verletzt.«

»Es gab auch Anschläge auf Einkaufszentren, Innenstädte, Vergnügungsviertel, Museen…«, fügte Spiro hinzu.

Rhymes Augen waren auf die Karte von Neapel gerichtet.

Tausend mögliche Ziele.

Charlotte McKenzies Telefon summte. Sie warf einen Blick auf das Display und nahm den Anruf an.

»Was?« Ihre Augen verengten sich. »Gut, gut… Verschlüsseln Sie es und schicken Sie es mir so schnell wie möglich. Danke.«

Alle im Raum sahen sie fragend an.

»Wir haben einen Zufallstreffer gelandet«, erklärte sie. »Das war wieder Fort Meade. Als ich denen Fatimas Telefonnummer geschickt habe, wurde sie automatisch mit einer Warnliste abgeglichen. Die Supercomputer haben vor ein paar Tagen ein Gespräch mitgeschnitten, das mit diesem Telefon geführt wurde. Wegen der aktuellen Terrorlage wird der Großraum Neapel überwacht. Der Bot hat das Wort ›Ziel‹ gehört und der Algorithmus die Speicherung veranlasst. Dank des Abgleichs der von mir übermittelten Nummer mit der Liste hat das System uns die Aufzeichnung gemeldet. Und gleich müsste die Datei uns vorliegen.« Sie tippte etwas in ihr Smartphone ein und wartete eine Meldung ab. Dann betätigte sie eine Taste und legte das Telefon auf den Tisch.

Aus dem Lautsprecher erklang ein Anrufton.

»Ja?« Eine Frauenstimme, die Englisch mit arabischem Akzent sprach. Fatima.

Eine schroffe italienische Männerstimme – das musste Gianni sein – sagte: »Ich bin's. Bist du in Capodichino?«

»Ja, bin ich.«

»Du wirst bald ein Päckchen mit allem Nötigen erhalten. Direkt einsatzbereit. Und ein neues Telefon. Behalte dein aktuelles Telefon nicht bei dir. Wirf es weg.«

»Mache ich.« Fatimas Stimme zitterte.

»Als dein Mann entführt wurde... hat er da irgendwas erzählt, das Verdacht erregen könnte?«

»Wie denn? Er weiß von nichts.«

»Ich...« Er hielt inne. Es gab laute Hintergrundgeräusche – offenbar auf Giannis Seite. Dann fuhr er fort. »Ich bin jetzt in Neapel. Ich kann das Ziel sehen. Es ist gut. Im Augenblick sind nicht so viele Leute da.«

Wieder Lärm. Motorroller, Rufe, laute Stimmen.

Gianni sagte noch etwas, aber die Worte wurden übertönt. Vögel kreischten, dann wieder Rufe.

»...gerade nicht so viel los, wie gesagt. Aber am Montag werden jede Menge Leute hier sein. Haufenweise Zuschauer und Reporter. Du musst es um vierzehn Uhr tun. Nicht vorher.«

»In neunzig Minuten«, flüsterte Spiro neben Rhyme. »*Cristo.*«

»Schildere mir den Plan«, befahl Gianni.

»Ich erinnere mich noch gut daran.«

»Dann kannst du ihn mir ja problemlos aufsagen.«

»Ich gehe zu dem Ort, den Sie mir gesagt haben. Dort gehe ich auf die Toilette. Ich werde westliche Kleidung mitbringen und mich umziehen. Ich schalte das Mobiltelefon ein, das an dem Päckchen befestigt ist. Ich lasse es dort, wo die meisten Leute sein werden. Dann gehe ich zu einem großen Durchgang.«

»Dem Torbogen.«

»Ja, zu dem Torbogen. Der Stein wird mich schützen. Ich wähle die Nummer, und es wird hochgehen.«

»Du weißt die Nummer noch?«

»Ja.«

Rhyme, Spiro und Rossi sahen sich an. Bitte, dachte Rhyme. Sag die Nummer laut auf! Falls einer der beiden das tat, konnte das Team die Nummer an die NSA weiterleiten, damit diese das Telefon hackte und binnen weniger Sekunden unschädlich machte, nachdem es eingeschaltet worden war.

Doch Gianni sagte nur: »Gut.«

Scheiße, dachte Rhyme. »*Mannaggia*«, fluchte Spiro.

»Nach der Explosion wirst du hinfallen, dein Gesicht an dem Stein verletzen und aus den Trümmern torkeln. Weißt du, was torkeln heißt?«

»Ja.«

»Je stärker du verletzt bist, desto mehr werden dich alle für unschuldig halten. Bluten, du solltest bluten. Die werden im ersten Moment glauben, da sei ein Selbstmordattentat geschehen und du bloß eines der Opfer.«

»Ja.«

»Ich gehe jetzt.«

»Meine Familie...«

»Die verlassen sich alle darauf, dass du diesen Auftrag erledigst.«

Es ertönte ein Klicken, als die Verbindung getrennt wurde.

»Wissen wir, wo das Telefon sich befunden hat?«, fragte Rhyme.

»Nein«, sagte McKenzie. »Der NSA-Bot hat nur den Inhalt des Gesprächs aufgezeichnet, nicht die Koordinaten.«

Er widmete sich wieder der Karte von Neapel.

»Können wir dem Gespräch vielleicht etwas mehr über den Ort des Anschlags entnehmen?«, fragte Spiro. »Es scheint sich da heute um irgendeine Veranstaltung zu handeln. Um vierzehn Uhr. Etwas, das Medienvertreter anlocken wird. Was könnte das sein?«

»Am frühen Nachmittag. Ein Sportereignis? Eine Ladeneröffnung? Ein Konzert?«

»Aber an einem Montag?«, gab Ercole zu bedenken.

»Es gibt dort einen steinernen Torbogen, in dem sie sich verstecken soll«, sagte Rhyme. »Um sich vor der Explosion zu schützen.«

Ercole schnaubte verächtlich. »Solche Dinger findet man in Neapel an jeder Ecke.«

Einen Moment lang herrschte Stille.

»Dante, Sie haben gefragt, ob die Aufzeichnung uns noch mehr verrät«, sagte Rhyme dann. »Sie haben das Gespräch gemeint, aber gibt es da sonst noch etwas?«

»Die Hintergrundgeräusche?«

»Genau.«

»Gute Idee.« Spiro sah McKenzie an. »Können Sie mir die Datei an unseren Computer hier schicken? Dessen Lautsprecher sind besser, und wir können vielleicht mehr heraushören.« Rossi nannte ihr die E-Mail-Adresse.

Gleich darauf meldete der Computer den Eingang der Nachricht. Rossi nickte Ercole zu, der aus dem Posteingang eine MP3-Datei auf die Festplatte kopierte.

Der junge Mann tippte etwas ein, und das Gespräch wurde erneut abgespielt. Die Worte waren diesmal viel besser zu verstehen. Doch obwohl Rhyme sich bemühte, gelang es ihm nicht, aus den Geräuschen irgendeinen Schluss zu ziehen.

»Das ist doch aussichtslos«, sagte Rossi.

»Nicht unbedingt«, widersprach Rhyme.

64

Stefan Merck war ein seltsamer Mann.

Schüchtern und mit dunklen Augen, die wie die eines Kindes glänzten. Sein rundes Gesicht hatte etwas Unschuldiges.

Doch er war auch massig und bärenstark, erkannte Rhyme. Was wahrscheinlich an seinen Genen lag, denn er hatte nicht die Statur eines Kraftsportlers.

Als er in den Raum geführt wurde, waren seine Hände gefesselt. »Nehmen Sie ihm die Handschellen ab«, sagte Rhyme.

Spiro überlegte kurz, nickte dann dem Beamten neben Stefan zu und sagte etwas auf Italienisch.

Die Fesseln wurden geöffnet, und Stefan zeigte eine sehr merkwürdige Reaktion. Anstatt sich die Handgelenke zu reiben, wie jeder andere dies wahrscheinlich getan hätte, neigte er den Kopf und lauschte mit geschlossenen Augen offenbar dem Klirren der winzigen Stahlringe, als der Beamte die Handschellen einsteckte.

So hatte er sich auch bei seiner Verhaftung in Charlotte McKenzies Haus verhalten.

Es war, als würde er sich das Geräusch einprägen und es für später archivieren.

Er öffnete die Augen und bat um ein Papiertuch. Rossi reichte ihm eine Schachtel. Stefan zog ein Tuch heraus und wischte sich damit sein Gesicht und den Schädel ab. Als McKenzie sagte: »Setzen Sie sich, Stefan«, kam er dem sofort nach. Nicht aus Angst, sondern als wäre sie ein Teil seines Bewusstseins und er hätte die Entscheidung eigenständig getroffen.

Immerhin stellte sie für ihn nicht irgendeine Bekannte dar, sondern Euterpe, seine Muse, die ihn auf dem Weg zur Harmonie anleitete.

»Diese Männer werden Ihnen erläutern, was zu tun ist, Stefan. Ich erzähle Ihnen später alles, was los war. Doch vorläufig machen Sie bitte, was diese Leute sagen.«

Er hob und senkte langsam den Kopf.

Sie schaute zu Rhyme. »Wir haben hier eine Aufzeichnung, Stefan«, sagte er. »Würden Sie sie sich bitte anhören und uns alle Informationen nennen, die Sie daraus entnehmen können? Wir müssen jemanden finden, und wir glauben, dass die Hintergrundgeräusche uns womöglich zu ihm führen können.«

»Geht es um eine Entführung?«

»Nein«, sagte Rhyme. »Es ist ein Gespräch zwischen zwei Leuten, die einen Terroranschlag planen.«

Er sah zu McKenzie. »Ja«, sagte sie. »Eine davon war eigentlich unsere Zielperson. Ich habe einen Fehler gemacht, und wir haben uns den Falschen geschnappt. Doch es ist jemand anders. Wir müssen sie aufhalten.«

»*Sie*. Aha. Ich habe ihren Mann entführt, doch es hätte die Frau sein müssen.« Er lächelte. »Die meinen Schuh gestohlen hat.«

»Ja.«

Intelligent. Gut.

»Würde es helfen, wenn wir das Licht ausschalten?«, fragte Spiro.

»Nein, das ist nicht nötig.«

Ercole spielte die Audiodatei ab. Nun, da Rhyme um ihren potenziellen Wert wusste, hörte er nur umso aufmerksamer zu. Ihm fielen ein paar Geräusche auf, die er bei den ersten beiden Durchläufen nicht bemerkt hatte, aber das war auch schon alles.

»Noch mal.« Stefan sprach mit fester Stimme. Er war nicht im Mindesten unterwürfig. Schon komisch, wie sogar die unsichersten Charaktere an Zuversicht gewinnen, wenn ihre besonderen Fähigkeiten zum Einsatz kommen.

Ercole spielte die Datei ein weiteres Mal ab.

»Und noch mal.«

Er gehorchte.

»Kann ich bitte einen Stift und Papier haben?«, fragte Stefan.

Spiro reichte ihm beides sofort.

»Es ist bestimmt schwierig, die Stimmen auszublenden«, sagte Rossi.

Stefan warf ihm einen belustigten Blick zu. Anscheinend war es für ihn keineswegs schwierig.

»Geräusche sind besser als Worte. Dem Gehalt von Geräuschen kann man eher vertrauen. Der Dichter Robert Frost hat vom Klang der Bedeutung gesprochen. Das ist ein schöner Vergleich, finden Sie nicht auch? Er hat gesagt, man könne die Wirkung eines Gedichtes empfinden, auch wenn man die Worte nicht versteht – weil es zum Beispiel jenseits einer geschlossenen Tür rezitiert wird. Schon allein die Geräusche würden die beabsichtigten Emotionen und Inhalte übermitteln.«

Das war alles andere als das Geschwafel eines Verrückten.

Er fing an, sich mit deutlicher Handschrift Notizen zu machen. Beatrice Renza wäre begeistert gewesen.

»Der Anrufer war in der Nähe des Hafens«, sagte Stefan, während er schrieb. »Ich höre Schiffshörner sowie Warnsirenen und Signalhupen. Passagier- und Frachtschiffe. Die Dieselmotoren von Schleppbooten.«

»Nicht von Lastwagen?«, fragte Rossi.

»Nein, selbstverständlich nicht. Sie hallen eindeutig von den Wellen wider. Die Hörner und Schiffsmaschinen erkennen Sie doch auch, oder?«

Rhyme jedenfalls nicht. Für ihn war das alles ein Brei aus Lärm.

Stefan schrieb schnell und starrte dann das Blatt an. Er schloss die Augen. Dann riss er sie wieder auf, strich durch, was er gerade geschrieben hatte, und fing von vorn an.

»Ich muss das mal selbst abspielen.« Er ging zu dem Computer und drängte Ercole beiseite.

»Mit diesen Tasten wird ...«

»Ich weiß«, schnitt Stefan ihm brüsk das Wort ab und übernahm die Tastatur. Dann spielte er einzelne Teile der Datei ab, bewegte sich in der Aufnahme vor und zurück und machte sich Notizen. Nach zehn Minuten blickte er auf.

»Ich kann hören, wie Getriebe heruntergeschaltet werden und die Motoren an Lautstärke zunehmen, je näher sie dem Telefon kommen. Das bedeutet, der Anrufer steht oben auf dem Hügel. Der Hügel ist steil. Dort sind hauptsächlich Autos, zumeist kleine Autos, sowohl Benziner als auch Diesel. Bei einem ist der Auspufftopf fast hinüber. Ein paar Transporter sind auch dabei, glaube ich. Aber keine großen Lastwagen.«

Er spielte die Datei ein weiteres Mal ab und starrte unterdessen eine leere Wand an. »Vögel. Zwei verschiedene Arten. Zuerst Tauben. Ziemlich viele. Ich kann sie gelegentlich auffliegen hören. Einmal, weil ein Rollbrett – so ein Ding, das Jungen benutzen – vorbeifährt. Ein anderes Mal, weil Kinder, etwa vier oder fünf Jahre alt, hinter den Vögeln herlaufen. Ihre Schritte und ihr Lachen verraten mir ihr Alter. Die Tauben kehren aber sofort wieder zurück. Und sie fliegen nicht auf, wenn die Autos vorbeifahren. Das heißt, sie befinden sich auf einem Platz oder Hof, nicht auf einer Straße.«

Die Blicke der anderen richteten sich auf die Karte von Neapel, auf der Spiro die Hafenanlagen rot markiert hatte. Er kreuzte nun in der Ufergegend mehrere öffentliche Plätze an, die seinem Wissen nach auf Hügeln lagen.

»Die zweite Vogelart sind Seemöwen. Die gibt es in und um Neapel natürlich überall, aber hier sind es nur vier, glaube ich. Eine stößt einen Paarungsruf aus. Sie ist ein Stück entfernt. Die drei anderen befinden sich näher am Telefon und geben Angriffslaute und Warnungen von sich. Sie kämpfen erbittert, wahrscheinlich um Nahrung, denn sie würden dort nicht nisten. Und da es nur drei sind, streiten sie vermutlich um Abfall in einer kleinen Tonne hinter einem Restaurant oder Haus. Das alles findet in einiger Entfernung vom Ufer statt, denn ansonsten wären es mehr Möwen und es gäbe viel mehr Nahrungsquellen – sowohl Fischerboote als auch Müll. Dann müssten sie sich nicht so verbissen bekämpfen.«

Stefan startete die Datei erneut und hielt sie nach einem Moment an. »In der Nähe ist eine Schule für kleine Kinder, eine Grundschule. Ich tippe auf eine Konfessions- oder Privatschule, denn viele der Kinder haben Schuhe mit Ledersohlen. Ich kann keine Joggingschuhe hören. Ledersohlen deuten auf Uniformen hin und die wiederum auf ein privates oder kirchliches Institut. Und es ist eine Schule, weil sie lachen und laufen und spielen und dann hört das alles fast gleichzeitig auf, und die Schrittgeräusche ändern sich, weil sie alle in der gleichen Geschwindigkeit in den Unterricht zurückkehren.« Er blickte auf. Die anderen starrten ihn an. »Wie schon gesagt, das Grundschulalter der Kinder erkenne ich am Klang ihrer Stimmen und Schrittfolgen. Nicht weit entfernt gibt es eine Baustelle. Metallarbeiten. Schneidbrenner und Niethämmer.«

»Das Stahlgerüst eines Gebäudes«, sagte Rossi.

»Ich weiß nicht, ob es ein Gebäude ist«, berichtigte Stefan ihn. »Es könnte auch etwas anderes aus Metall sein, zum Beispiel ein Schiff.«

»Natürlich.«

»Nun, wir sollten die Worte nicht außer Acht lassen. Hören Sie diese amerikanische Stimme? Ein Mann fragt: ›Wie viel?‹

Er spricht langsam und laut, als würde der andere ihn so besser verstehen. Wie dem auch sei, er spricht wohl mit einem Straßenhändler. Oder vielleicht gibt es dort ein Geschäft mit einem offenen Verkaufsfenster. – Ein Mann übergibt sich. Dann erhält er dafür wütende Kommentare. Also nehme ich an, dass er betrunken ist und nicht krank. Ein Kranker würde Mitgefühl auslösen, und wir würden eine Sirene hören. Das heißt, dort in der Nähe könnte es eine Bar geben. Ich höre, dass Motorroller angelassen werden und dann eine ganze Weile im Leerlauf tuckern. Sie scheinen, zumindest *einige* von ihnen, Fehlzündungen zu haben. Außerdem gibt es Werkzeuggeräusche.«

»Eine Reparaturwerkstatt«, sagte Ercole.

»Ja.« Er lauschte dem nächsten Abschnitt der Aufzeichnung. »Kirchenglocken.« Stefan spielte die Stelle noch einmal ab. »Die Noten sind D, G, G, B, G, G.«

»Sind Sie sich sicher?«, fragte Spiro.

»Ich habe ein absolutes Gehör, ja. Ich erkenne die Noten, aber ich weiß nicht, was sie spielen. Wir müssen die Melodie herausfinden.«

»Können Sie es vielleicht singen?«, fragte Rossi.

Ohne noch einmal die Aufzeichnung zu konsultieren, sang Stefan die Noten mit klarer Baritonstimme. »Ich liege eine Oktave tiefer«, sagte er, als wäre das wichtig.

Ercole nickte. »Ja, ja, das ist das Angelusläuten, *l'Ave Maria del mezzogiorno*, würde ich sagen. Das Mittagsgebet.«

»Eine katholische Kirche«, stellte Rhyme fest.

»Nicht sehr nah dran, aber auch nicht weiter als hundert Meter entfernt, schätze ich. Vielleicht steht sie mit der Schule in Verbindung.«

Dante Spiro markierte die Kirchen in der Gegend, für die sie sich interessierten.

Stefan hörte sich noch einmal die ganze Datei an. Dann schüttelte er den Kopf. »Ich fürchte, das ist so ziemlich alles.«

»Und das können Sie alles hören?«, fragte Spiro.

Stefan lachte. »Oh, nein, ich höre viel mehr. Flugzeuge, das Prasseln von Kies, einen Pistolenschuss in großer Entfernung, zerbrechendes Glas – ein Trinkglas, kein Fenster... aber das ist alles zu allgemein. Es würde Ihnen nicht weiterhelfen.«

»Das haben Sie gut gemacht, Stefan«, sagte Rhyme.

»Vielen Dank«, wandte McKenzie sich an den jungen Mann.

Spiro atmete vernehmlich aus. »*Sei un' artista*. Das heißt, Sie sind ein wahrer Künstler.«

Stefan lächelte, nun wieder ganz schüchtern.

Da beugte Spiro sich zu der Karte vor und konzentrierte sich auf einen Punkt. Er zeigte darauf. »*Ecco*. Ich glaube, Gianni muss dort gewesen sein. Monte Echia. Das ist nicht weit von hier. Ein großer Hügel in der Innenstadt unweit der Bucht. Das würde das Herunterschalten der Getriebe erklären. Es handelt sich hauptsächlich um eine Wohngegend, aber in den Erdgeschossen der Häuser gibt es Geschäfte, zu denen auch eine Werkstatt für Motorroller oder eine Bar zählen könnte, wo dem Mann schlecht geworden ist. Dank des Ausblicks kommen viele Touristen dorthin, also gibt es dort Straßenhändler, die Souvenirs oder etwas zu essen verkaufen. Der Hafen liegt nicht in unmittelbarer Nähe, aber in Hörweite. Und direkt unterhalb gibt es eine Kirche, die Chiesa di Santa Maria della Catena.«

»Touristen?«, fragte Rhyme. »Die gäben ein gutes Ziel ab.«

»Es ist keine große Touristenattraktion«, sagte Rossi, »aber Dante hat recht, es gibt dort viele Anwohner und einige Restaurants. Die Möwen könnten sich bei einer von deren Mülltonnen gezankt haben.«

»Oh«, sagte Rossi. »Da ist *doch* ein mögliches Ziel für Fatima: das Militärarchiv, die Caserma Nino Bixio.«

»Ich weiß nicht, ob das Gebäude noch geöffnet ist«, sagte Spiro. »Aber auch wenn nicht, dürfte es dort im Umkreis Anwohner und Touristen geben, und der Bombenanschlag auf eine staatliche Einrichtung würde bestimmt große Aufmerksamkeit erregen.«

Rossi verständigte bereits das SCO-Team.

Rhyme schaute auf die Digitaluhr: 12:50.

Noch eine Stunde und zehn Minuten bis zu dem Attentat.

* * *

Amelia Sachs trieb Ercoles armen Mégane ein weiteres Mal an seine Grenzen, allerdings diesmal nicht durch hohe Geschwindigkeit, sondern weil das Getriebe sich in den unteren Gängen mächtig anstrengen musste, um den steilen Hang des Monte Echia zu erklimmen.

Als sie die Kuppe erreichten, sahen sie zwei Dutzend SCO-Beamte in taktischer Ausrüstung vor sich, dazu zahlreiche uniformierte Kollegen der Staatspolizei und der Carabinieri. Die Gemeindepolizei von Neapel war ebenfalls vertreten, außerdem Soldaten der italienischen Armee.

Der Chef des Sondereinsatzkommandos, der hochgewachsene Michelangelo, wies mit verärgerter Geste zwei Streifenwagen an, sie sollten ein Stück zurücksetzen und Platz für Sachs machen. Als sie ausstieg, lächelte er, und dann spielten sie noch einmal das Dirty-Harriet/Make-my-day-Spiel.

Amelia setzte sich ihr Headset auf und betrat mit Ercole den Platz vor dem großen roten Archivgebäude. Am westlichen Rand, wo eine steile Klippe sich über einer tiefer gelegenen Straße erhob, gab es mehrere Angebote für Touristen – einen Zeichner, der die Leute mit dem Vesuv im Hintergrund porträtierte, Milch- und Wassereisstände sowie einen Mann mit einem Handkarren voller italienischer Flaggen, Limoncello-Likör, dessen Flaschen wie der italienische Stiefel geformt waren, Pinocchio-Puppen, kleinen runden Pizzen als Kühlschrankmagneten, Stadtplänen und kalten Getränken.

Obwohl es heute sonnig und die Temperatur mild war, hielten sich momentan nur wenige Leute hier auf.

Sachs dachte an die Analyse des Gesprächs zwischen Fatima und Gianni und erkannte nun mehrere der Geräusche wieder, die Stefan beschrieben hatte – die Tauben, die Möwen, die sich bei einer nahen Mülltonne stritten, und die Autos, die herunterschalten mussten, um die Steigung zu bewältigen, genau wie sie selbst es gerade eben getan hatte. Deutlich schwächer waren die anderen Klänge – die Schiffe im fernen Hafen, südlich, in Richtung des Vulkans, die Motorroller-Werkstatt, andere Straßenhändler, Touristen, Kinder auf dem Hof einer Konfessionsschule.

Amelia und Ercole schlossen sich der Suche an und teilten Michelangelo mit, sie würden sich um die Händler und deren Kunden kümmern, da das eigentliche Archiv bereits rundum überwacht wurde.

»*Sì, sì!*«, sagte der massige Mann und lief mit seinen Leuten auf das Gebäude zu. Er sah irgendwie enttäuscht aus, als hätte er gehofft, auf jemanden schießen zu können. Wie sich herausstellte, war der große rotbraune Bau zurzeit tatsächlich nicht geöffnet, doch es gab hier viele Nischen und Schatten und Durchgänge, in denen man eine Bombe verstecken konnte – die Dutzende von Toten und Verletzten fordern würde, wie Dante Spiro betont hatte.

Ercole und Sachs hörten sich in der näheren Umgebung um, zeigten den Leuten ein Foto von Fatima und erkundigten sich, ob jemand sie gesehen habe. Sie wiesen darauf hin, dass die Frau hier westliche Kleidung und höchstwahrscheinlich keine Kopfbedeckung tragen würde. Da Fatima auf dem Bild aber einen Hidschab trug, nahmen die Touristen und Verkäufer zumeist von selbst an, es könne sich um eine Terroristin handeln, und gaben sich umso mehr Mühe, die Unbekannte zu identifizieren.

Doch niemand hatte sie gesehen.

Die beiden gingen die gewundene Straße auf und ab, klingelten an den Türen von Wohnhäusern und befragten Passanten, während uniformierte Polizisten und Carabinieri die am Bordstein geparkten Fahrzeuge überprüften. Einige der Beamten waren mit Spiegeln an langen Stangen ausgestattet, um unter den Autos nach der Bombe suchen zu können.

Wie viel Zeit blieb ihnen?

Laut Sachs' Telefon war es dreizehn Uhr vierzehn.

Noch sechsundvierzig Minuten bis zu dem Anschlag.

Sie kehrten auf die Kuppe des Hügels zurück, wo Michelangelo mit einem Carabiniere sprach, offenbar einem hohen Tier, wenn man den vielen Orden und Abzeichen auf seiner Brust und Schulter glauben durfte. Auch seine Schirmmütze war ziemlich hoch.

Der taktische Einsatzleiter sah Sachs an, schüttelte den roten Lockenkopf und verzog das Gesicht. Dann machte er sich wieder an die Suche.

Sie rief Rhyme an.

»Habt ihr was gefunden, Sachs?«

»Nein, nichts. Und weißt du was? Das hier fühlt sich nicht richtig an.«

»Als wäre das nicht der Zielort?«

»Genau.« Sie ließ den Blick in die Runde schweifen. Eine Windbö wirbelte Einwickelpapiere, Plastiktüten, Zeitungen und Staub auf. »Das Archiv ist geschlossen, und es sind nicht besonders viele Leute hier.«

Rhyme überlegte kurz. »Komisch«, sagte er dann. »Gianni hat gesagt, am Zielort würde heute großer Andrang herrschen.«

»In den nächsten vierzig Minuten dürfte sich hier kaum noch etwas tun, Rhyme. Von der Presse ganz zu schweigen. Es gibt keinen Grund, dass die Medien hier auftauchen sollten.«

»O nein, verdammt!«, rief Rhyme plötzlich.

Sachs' Herzschlag beschleunigte sich. Rhyme war wirklich verärgert.

Sie packte Ercole am Arm, und er hielt sofort inne.

»Ich habe einen Fehler gemacht«, erklärte Rhyme. Dann sprach er mit den anderen in der Questura – Charlotte McKenzie, Spiro und Rossi –, aber Sachs konnte nicht verstehen, was er sagte.

Er kam wieder ans Telefon. »Monte Echia ist nicht das Ziel, Sachs. Das hätte ich wissen müssen!«

»Hat Stefan den Ort denn nicht richtig erkannt?«

»Doch, er war großartig. Aber *ich* habe nicht beachtet, was Gianni zu Fatima gesagt hat. Er hat nicht behauptet, er sei am Zielort. Er hat gesagt, er könne das Ziel *sehen*. Er hat dort gestanden und es sich angeschaut.«

Sachs gab das an Ercole weiter, der sein Gesicht verzog. Dann winkten sie Michelangelo zu sich. Der Mann kam näher, und Ercole berichtete ihm von dem Fehler.

Er nickte und sprach in sein Mikrofon.

Sachs blickte in Richtung der Bucht. »Ich kann den Hafen sehen, Rhyme.«

Er hatte das Gespräch auf den Lautsprecher gelegt, und Spiro hörte mit. »Da unten gibt es jede Menge Sicherheitsvorkehrungen, Detective«, sagte der Staatsanwalt. »Ich glaube nicht, dass die Frau nahe genug herankäme.«

»Wir können auch die Via Partenope und die Promenade erkennen«, sagte Ercole. »Da ist ziemlich viel los.«

Dann fiel Sachs' Blick auf die felsige Insel vor der Via Partenope. »Was ist das da?«

»Das Castel dell'Ovo«, erwiderte er. »Eine beliebte Sehenswürdigkeit. Und wie Sie selbst sehen, gibt es dort viele Restaurants und Cafés.«

»Das könnte es sein«, sagte Spiro abrupt. »Gianni hat Fatima angewiesen, sie solle in einem Torbogen Schutz vor der

Explosion suchen. Die Burg hat Dutzende von Nischen, in denen sie sich verstecken könnte.«

»Und da!«

Zwei große Busse hielten genau in diesem Moment an der Brücke, die zu der Insel führte, auf der die kleine Burg stand. Männer in Anzügen und Frauen in eleganten Kleidern stiegen aus. Auf den Bussen klebten Banner.

»Was steht da?«, fragte Sachs.

»Das ist Werbung für eine Modenschau. Von irgendeinem Designer oder einer Kleiderfirma.«

»Und die Schau wurde bestimmt vorher angekündigt, sodass Gianni wissen würde, dass sie um vierzehn Uhr anfängt.«

Sie schilderte den Leuten in der Questura, was gerade vor sich ging.

»Ja, ja, dass muss es sein!«, sagte Rossi.

Sachs zupfte Ercole am Arm. »Lassen Sie uns gehen.« Und an Rhyme gewandt: »Wir machen uns jetzt auf den Weg.«

Dann trennte sie die Verbindung und lief mit Ercole zu dem Mégane. Sie ließ den Motor an und legte den Gang ein. Michelangelo und seine Leute rannten ebenfalls zu ihren Fahrzeugen.

Sachs wendete mit quietschenden Reifen und raste die Serpentinen hinunter zu der Straße, die am Fuß des Hügels verlief. Sie bog auf den Asphalt ein, musste gegenlenken, um den Wagen abzufangen, und trat das Gaspedal durch. Sachs überquerte in hohem Tempo eine Kreuzung und schaute in den Rückspiegel, um nach Michelangelo Ausschau zu halten. Stattdessen sah sie eine orangegelbe Flamme auflodern.

»Ercole, sehen Sie. Hinter uns. Was ist da los?«

Er schaute über die Schulter und kniff die Augen zusammen. »*Mamma mia!* Ein Feuer. An der Einmündung der Straße, von der wir gerade abgebogen sind, brennt ein Auto. Es steht mitten im Weg.«

»Gianni.«

»Er hat uns beobachtet! Er hält Fatima den Rücken frei. Natürlich. Ich schätze, er hat einen Wagen aufgebrochen, ihn auf die Straße geschoben und angezündet.«

»Um die Polizei aufzuhalten. Die anderen sind nun auf dem Hügel gefangen.«

Ercole meldete diese neue Entwicklung an die Questura weiter.

Über den Lautsprecher seines Telefons hörte sie Rossi entgegnen, er werde zusätzliche Beamte anfordern und die Feuerwehr zum Brandort schicken.

»Wie es aussieht, sind es nur wir beide, Ercole.«

Er schien sich an ihren Fahrstil gewöhnt zu haben, denn er zeigte entschlossen nach vorn und rief: »*Per favore*, Amelia. Geht das nicht etwas schneller?«

65

Wie ein Eishockeyspieler, der in hohem Tempo das Tor umkurvt, kam der Mégane auf die Via Partenope geschossen und legte eine Vollbremsung hin. Ein Eisverkäufer entging nur knapp einer Katastrophe, ebenso zwei Mannequins in neongrünen Kleidern und um wenige Zentimeter ein Bugatti Coupé, das nach Sachs' Einschätzung rund eine Million Dollar wert war.

Sie und Ercole sprangen heraus und rannten zu der Landzunge, die das Castel dell'Ovo mit dem Festland verband.

»Vergessen Sie nicht, Fatima trägt Straßenkleidung«, rief Sachs.

»*Sì.*«

»Und denken Sie an Ihr Ziel. Sie müssen sie sofort aufhalten.«

»Oberlippe. *Sì.* Drei Kugeln.«

Sirenen durchschnitten die Luft – von den Feuerwehrfahrzeugen, die den Brand am Fuß des Monte Echia löschen sollten, und den Staatspolizisten und Carabinieri, die Sachs und Ercole bei der Suche nach Fatima Jabril unterstützen würden.

Es war dreizehn Uhr dreißig.

Was für ein erstklassiges Anschlagsziel diese Insel doch war. Zur Linken der wuchtigen Burg gab es Geschäfte, Restaurants und Anlegestellen voller Touristen und Einheimischer, die die Sonne genossen, sich neapolitanische Speisen und Weine schmecken ließen oder mit einem Segel- oder Motorboot die tiefblaue Bucht von Neapel erkunden wollten. Hinzu kamen heute ungefähr einhundert Schickimickis der Modeindustrie. Im Schatten der hohen Festung hatte man für sie ein Zelt errichtet.

Alles in allem hielten sich hier bestimmt eintausend Leute auf.

Sachs' Telefon klingelte und ließ sie zusammenzucken, weil sie sofort an die Bombe und deren Fernzünder denken musste. Das war zwar alles andere als rational, doch auch diese Erkenntnis beruhigte sie nicht.

»Rhyme.«

»Wo bist du?«

»Auf dem Zugang zur Burg.«

»Ja, ja, Detective«, ertönte Spiros Stimme. »Wir können Sie sehen. Dank der Kameras der Verkehrsüberwachung.«

Zwei uniformierte Beamte vom Wachpersonal der Festung kamen ihnen entgegen. Anscheinend hatte Rossi oder Spiro sie verständigt. Die beiden, eine blonde Frau und ein dunkelhaariger Mann, liefen zu Ercole, der seine und Amelias Identität bestätigte, als wären die Abzeichen und Waffen nicht eindeutig genug.

»Sollen wir hier alles evakuieren, Rhyme?«, fragte Sachs.

Rossi übernahm. Er erklärte, sie hätten sich dagegen entschieden, zumindest vorläufig; die Burg und die Insel seien nur über den schmalen Streifen Land zugänglich, auf dem Sachs und Ercole sich gerade befanden. Wenn es hier zu einer Panik kam, konnte sie tödlich enden, weil die Leute seitlich ins Wasser oder auf die Felsen springen würden, um nicht niedergetrampelt zu werden. »Um dreizehn Uhr fünfundfünfzig bleibt uns vielleicht keine andere Wahl mehr, und das wird dann definitiv mehrere Todesopfer fordern. Wir riegeln aber jetzt sofort den Zugang ab.«

Sachs, Ercole und die beiden Burgwachen überquerten nun

eilig die Landzunge und mischten sich auf der Insel unter die Leute. Dann suchten sie die Wege und Anleger, an denen Hunderte von Vergnügungsbooten vertäut lagen, nach einer schlanken, dunkelhaarigen Frau ab, die vermutlich allein unterwegs sein würde, westliche Kleidung trug und ein Paket, eine Handtasche oder einen Rucksack bei sich hatte. Leider wimmelte es in diesem Teil der Welt von schlanken, dunkelhaarigen Frauen in westlicher Kleidung.

Ihre Blicke schweiften unverwandt über die Menge.

Keine Chance...

Rossi meldete sich. »Das Feuer ist gelöscht, und der Wagen wird nun weggeräumt. Michelangelo und sein Team dürften in zehn oder fünfzehn Minuten da sein.«

Gerade noch rechtzeitig für die Explosion.

»Einige unserer Kollegen sind aber zufälligerweise schon vor Ort«, fuhr Rossi fort. »Sie haben dort verdeckt wegen eines Falls von Schmuggel ermittelt und treffen sich gleich mit Ihnen und Ercole. Wir haben ihnen Fatimas Bild geschickt.«

Sachs verständigte Ercole über die verdeckten Ermittler – und genau in dem Moment fiel ihnen ein junger Mann mit Lederjacke und enger Jeans auf. Er schob die Jacke ein Stück beiseite, sodass seine Dienstmarke zu sehen war. Bei ihm war eine Frau Mitte dreißig. Auch sie nickte ihnen zu. Die beiden, die zwei Burgwachen und Sachs und Ercole trafen sich vor dem Eingang eines Fischrestaurants. Dort beschlossen sie, sich aufzuteilen und in drei verschiedene Richtungen weiterzugehen.

Es war dreizehn Uhr vierzig.

Amelia und der schlaksige Forstwachtmeister stießen schnell nach Westen vor, zu der Seite der Burg, die am weitesten in die Bucht von Neapel ragte. Die Touristen hier lauschten einem Straßenmusiker mit Gitarre, der offenbar eine alte italienische Ballade sang. Sie sah Paare, die sich umarmten, Teenager, die flirteten und herumalberten, eine junge Blondine mit Kinderwagen, gemächlich schlendernde Familien, Männer, die sich unterhielten, ihre Frauen Arm in Arm dahinter, fortwährend umkreist von ihren spielenden Kindern, und Jungen mit Fußbällen, die nicht widerstehen konnten, ihre beachtliche Ballbeherrschung zu demonstrieren.

Niemand sah hier nach Fatima aus, auch nicht nach Fatima in westlicher Kleidung.

Und die Bombe?

Die konnte überall sein. In einem der Abfalleimer, unter einem der Tische in den Restaurants oder Bars, hinter einem Kiosk, neben dem erhöhten Laufsteg für die Modenschau.

Womöglich in der Topfpflanze, an der Amelia gerade vorbeiging.

C4-Sprengstoff, offiziell bekannt als RDX, Research Department Explosive, detoniert mit einer Ausbreitungsgeschwindigkeit von mehr als dreißigtausend Kilometern pro Stunde, also fast sechzig mal schneller als der Schall. Die Dämpfe und die Druckwelle vernichten alles in ihrem Weg. Haut, Eingeweide und Knochen verschwinden einfach in einem blutroten Nebel.

Sachs schickte Ercole nach links zu dem Laufsteg, auf dem gleich die Modenschau anfangen würde. Reporter schossen vereinzelte Fotos von einigen der schönen Frauen – und auch ein oder zwei schönen Männern. Da meldete sich in Amelias Ohrhörer mit sanfter Stimme Rossi, als wolle er sie nicht erschrecken. »Detective Sachs, Michelangelo und die anderen sind gleich da. Wir müssen jetzt evakuieren. Es ist dreizehn Uhr fünfzig.«

Noch zehn Minuten bis zu der Bombe.

»Ich würde das gern vermeiden, Detective. Ich weiß, es wird eine Panik geben. Aber wir haben keine Wahl. Ich schicke die Beamten zu...«

»Halt«, sagte sie. Ihr war ein Gedanke gekommen. Die Frau mit dem Kinderwagen... der passte nicht hierhin. In der Nähe gab es einen Park, am westlichen Ende der Via Partenope. Die freundliche, schön gestaltete Anlage hatte befestigte Wege, Eisverkäufer, Gärten und Bänke. Wie geschaffen für eine Mutter mit Kinderwagen. Doch das Castel dell'Ovo mit all dem Gedränge und den engen Bootsanlegern? Nein.

Und die Frau hatte einen Rucksack über der Schulter getragen. Das ideale Versteck für eine Bombe.

Aber blond? Nun, wenn man sich schon einen Kinderwagen als Requisit kaufte, warum dann nicht auch gleich eine Perücke?

Sachs machte abrupt kehrt. »Geben Sie mir nur noch eine Minute«, flüsterte sie in das Mikrofon. »Ich habe eine Spur.«

»Detective, uns bleibt keine Zeit mehr.«

»Nein, lassen Sie sie dem nachgehen«, sagte Rhyme mit entschlossener Stimme.

»*Sì*, Massimo, lassen Sie sie«, sagte auch Spiro.

Die Sirenen waren nun unüberhörbar und wurden immer lauter. Immer mehr Leute schauten zum Festland. Hörten auf zu lächeln, runzelten die Stirn, erst verwirrt... und dann besorgt.

Sachs eilte weiter nach Süden, in die Richtung, in der sie die Frau und den Kinderwagen zuletzt gesehen hatte. Sie lief steinerne Pfade entlang, die Hunderte, vielleicht sogar tausend Jahre alt waren. Ihr Blick wanderte unaufhörlich hin und her.

Und ihre Hand? Lag dicht neben dem Griff der Beretta.

Dreizehn Uhr fünfundfünfzig.

Wo bist du, Fatima? *Wo?*

Und dann die Antwort: An der südlichsten Mauer der Burg trat die Blondine mit dem Kinderwagen plötzlich aus dem Schatten des Gebäudes, ganz in der Nähe der Anleger. Sie blieb bei einem der Bootsstege stehen, an dem ein halbes Dutzend herrlicher Jachten verzurrt waren, so weiß wie kaltes Mondlicht, die Taue an Deck zu perfekten Rollen gelegt, die silbernen Relings glänzend. Und an Bord: ältere schöne Menschen, gebräunt und sorgfältig frisiert – früher hätte man sie wohl »Jetsetter« genannt.

Es gab dort kein klares Ziel – der Andrang war überschaubar –, aber dafür einen massiven Torbogen, der die Frau vor der Explosion schützen würde.

Fatima – Sachs konnte ihr Gesicht eindeutig erkennen, weil sie sich nervös umschaute – schob den Kinderwagen nun auf den Torbogen zu. Die mattblonde Perücke passte nicht zu ihrer olivfarbenen Haut. Der Rucksack hing immer noch über ihrer Schulter. Die Bombe würde sich nicht mehr darin befinden. Nein, die lag nun in einem belebteren Teil der Insel versteckt.

Sachs zog ihre Waffe, verbarg sie jedoch unter dem Arm und lief los. Sie war noch knapp zehn Meter entfernt, als die Frau sie bemerkte und erstarrte.

»Man hat Sie ausgetrickst, Fatima!«, sagte Sachs langsam und ruhig mit möglichst freundlicher Stimme. »Ibrahim ist nicht der, für den Sie ihn halten. Er benutzt Sie. Er hat Sie belogen.«

Fatima runzelte die Stirn und schüttelte den Kopf. »Nein. Das ist kein Trick!« Ihre Augen waren weit aufgerissen – und rot verweint.

Sachs kam etwas näher. Fatima wich zurück und zog den Kinderwagen herum, sodass er zwischen ihnen beiden war.

»Ich möchte Ihnen nicht wehtun. Es wird alles gut. Nehmen Sie einfach nur die Hände hoch. Lassen Sie uns miteinander reden. Sie wollen das hier nicht tun. Sie würden andere Menschen verletzen, ohne jeden Grund. Bitte!«

Fatima richtete sich auf.

»Ich habe Ihren Mann gefunden«, sagte Sachs. »Ich habe ihm das Leben gerettet, wissen Sie noch?«

Fatima senkte den Kopf. Um einen Moment später lächelnd

aufzublicken. »Ja. Ja, Miss. Ja. Danke dafür. *Shukran!*« Das Lächeln verwandelte sich in eine zutiefst bekümmerte Miene, und Sachs sah Tränen. Dann versetzte Fatima dem Kinderwagen einen Stoß. Es gab am Rand kein Geländer oder auch nur eine niedrige Einfassung. Der Wagen rollte vom Pier und fiel wie in Zeitlupe sechs Meter tief ins Wasser.

Als er mit lautem Klatschen aufschlug, glaubte Sachs darin eine Decke und schwarze Haare zu erkennen. Gleich darauf war er versunken.

Sachs jedoch tat nicht das, was Fatima sich erhofft hatte. Sie ignorierte den Kinderwagen und legte auf die Frau an, weil diese nach dem Telefon in ihrer Tasche griff, um die Nummer zu wählen, mit der die Bombe gezündet wurde.

»Nein, Fatima, nein.«

Fünfzehn Meter über ihnen wurden auf der Burgmauer Schreie laut, weil einige Touristen von dort aus den Absturz des Kinderwagens verfolgt hatten.

Fatima riss das Mobiltelefon hoch. Sie klappte es auf, schaute auf das Tastenfeld und streckte ihren Finger aus.

Amelia Sachs atmete ein, hielt die Luft an und drückte den Abzug. Dreimal.

66

»*Non siamo riusciti a trovare nulla*«, sagte der Taucher.

Ercole Benelli übersetzte. Es tue dem Mann leid, aber er und seine Kollegen von der italienischen Marine hätten im Wasser vor der hoch aufragenden Burg nichts gefunden.

»Sie sollen weitersuchen«, sagte Lincoln Rhyme. Er, Ercole, Sachs, Spiro und Rossi befanden sich im Schatten des wuchtigen Bauwerks unweit der Stelle, an der Fatima den Kinderwagen ins Meer gestoßen hatte. Komischerweise war der größte Teil des vor Jahrhunderten angelegten Geländes für einen Rollstuhlfahrer mühelos zugänglich.

Der Mann nickte, ging unten rückwärts am Pier entlang – er trug Flossen –, drehte sich dann um und watete steifbeinig ins Wasser. Rhyme schaute zu dem halben Dutzend Stellen, an denen Luftblasen von dem abgetauchten Suchtrupp in der Bucht von Neapel kündeten.

Links von ihnen ertönte unvermittelt ein lautes Wehklagen. Eine ältere Frau zeigte auf Sachs und überschüttete sie mit einem zornigen Wortschwall.

Ercole wollte übersetzen, doch Rhyme kam ihm zuvor. »Sie ist empört, dass meine Sachs hier so sehr damit beschäftigt war, einen Terroranschlag zu verhindern, dass sie ein ertrinkendes Baby ignoriert hat. Kommt das ungefähr hin?«

»Wohin?« Er runzelte verwirrt die Stirn.

»Habe ich recht?«

»Sie sind nah dran, Captain Rhyme. Doch die Frau hat den

Anschlag gar nicht erst erwähnt. Sie beschuldigt Ihre Partnerin im Wesentlichen, eine Kindermörderin zu sein.«

Rhyme kicherte. »Sagen Sie ihr, was wirklich passiert ist. Hoffentlich gibt sie dann Ruhe.«

Ercole teilte der Frau die Kurzfassung der Geschichte mit – nämlich dass in dem Wagen kein Baby gelegen hatte, sondern eine Puppe.

Sachs hatte die ganze Zeit gewusst, dass Muna, die kleine Tochter von Fatima und Khaled, nicht in dem Kinderwagen lag. Vorhin im Durchgangslager Capodichino, nachdem Fatima verschwunden war, hatte Sachs das Mädchen in der Obhut einer Nachbarin gesehen, auf der freien Parzelle neben dem Zelt der Jabrils. Und unter den Verpackungen im Zelt war auch ein leerer Karton gewesen, der ursprünglich – dem aufgedruckten Foto nach zu schließen – eine dunkelhaarige Puppe von der Größe eines Babys enthalten hatte. Sachs hatte einen Blick auf die Puppe erhascht, bevor der Kinderwagen versunken war.

Ein cleveres Ablenkungsmanöver, das musste Rhyme der Frau lassen.

Er starrte nun die aufgeregte Touristin an, bis diese verstummte, sich abwandte und wegging.

Staatsanwalt Spiro kam hinzu. »Hat man das Telefon schon gefunden?«

»Nein«, sagte Rossi. »Es sind fünf Taucher in der Bucht. Bislang ohne Erfolg.«

Denn danach suchten die Marinetaucher. Die Ermittler hofften, die SIM-Karte aus Fatimas neuem Telefon retten zu können und auf diese Weise Giannis oder andere Nummern in Erfahrung zu bringen, die zu ihm, zu Ibrahim oder zu der Person aus den Reihen der italienischen Einwanderungsgegner führen könnten, die den Auftrag erteilt hatte, die flüchtlingsfreundliche Gesetzesvorlage in Rom durch einen inszenierten Anschlag zu Fall zu bringen.

Aber die Strömungen in der Bucht waren ihnen anscheinend nicht gewogen.

Das Räumkommando der Carabinieri hatte mit Fatima Jabrils Hilfe den Sprengsatz gefunden und entschärft. Sie hatte ihn tief in einer steinernen Nische der Burg versteckt, nicht weit entfernt von dem Laufsteg der Modenschau. Aus terroristischer Sicht war das eine schlechte Wahl. Die massiven Mauern hätten so gut wie jeden vor den Auswirkungen der Explosion geschützt. Die Spürhunde hatten keine weitere Bombe gefunden, und auch Fatimas Rucksack war überprüft und freigegeben worden. Er enthielt keine Waffen, sondern nur medizinisches Material – Verbände, Desinfektionsmittel und dergleichen. Laut einem Mitarbeiterausweis des Flüchtlingslagers war Fatima als Hilfskraft der dortigen Klinik tätig.

Die Frau selbst befand sich ganz in der Nähe – im Innern der Burg, wo sie von einem Notarzt behandelt wurde. Sie hatte nur leichte Verletzungen davongetragen – zwei gebrochene Finger und eine heftige Prellung. Die 9-mm-Projektile hatten zwar das Telefon zerstört, aber nicht ihre Haut durchschlagen.

Sachs' Schüsse waren bewusst nicht tödlich gewesen.

Nachdem ihr das Telefon auf so dramatische Weise aus der Hand gerissen worden war, hatte Fatima hysterisch reagiert und geschrien, wegen ihres Versagens würde Ibrahim nun ihre Familie in Libyen ermorden.

Doch Sachs hatte ihr erklärt, dass das unwahrscheinlich sei, denn es handle sich bei Ibrahim und Gianni nicht um echte Terroristen, sondern um Söldner, die für die Inszenierung dieser Anschläge bezahlt worden seien. Um Fatima zu beruhigen und sich ihrer Mitwirkung zu versichern, hatte Spiro ihr trotzdem versprochen, ihre Angehörigen durch italienische Agenten in Libyen beschützen zu lassen.

Sie hatte sofort eingewilligt und alles zu Protokoll gegeben, was sie über Gianni wusste. Das war zwar nicht sehr viel, aber sie konnte immerhin bestätigen, dass er ein sonnengebräunter, glatt rasierter Mann mit mürrischer Miene, dichtem lockigen Haar und einer athletischen Statur war, der stinkende Zigaretten rauchte. Sie beschrieb ihn als jemanden, der viel reiste und über seine Zeit nicht frei verfügen konnte. Bei ihren Telefonaten sei er meistens unterwegs gewesen, vorwiegend nicht in Neapel.

Rossis Telefon summte. Er nahm das Gespräch an. »*Sì, pronto?*«

Rhyme konnte nicht erkennen, ob der Inspektor gute oder schlechte Neuigkeiten erhielt. An einem Punkt nahm Rossi einen Stift aus der Brusttasche, zog mit den Zähnen die Kappe ab und schrieb etwas in ein Notizbuch.

Letztlich trennte er die Verbindung und wandte sich den anderen zu. »Das war Beatrice«, erklärte er. »Sie hat auf dem Telefon, das als Zünder an der Bombe hing, einen Abdruck gefunden. Und der war bei uns registriert. Er gehört zu einem Albaner, der sich legal im Land aufhält.«

»Legal?«, fragte Rhyme. »Und warum war er dann im System?«

»Er musste sich einer Sicherheitsüberprüfung unterziehen, weil er auf dem Flughafen Malpensa arbeitet. In Mailand. Er ist Mechaniker für die Tankwagen und diese großen Schlepper, mit denen die Flugzeuge bewegt werden. Jeder Angestellte des Flughafens muss seine Fingerabdrücke registrieren lassen. Ich schätze, er steht irgendwie mit den albanischen Banden in Verbindung. Vielleicht um Drogen am Zoll vorbeizuschmuggeln. Oder auch Sprengstoff, wie es scheint.«

Sachs schaute hinaus aufs Meer und kniff die Augen zusammen. So sah sie aus, wenn sie angestrengt nachdachte. Wenn sie zur Jägerin wurde. Rhyme genoss es, sie in solchen Momenten zu beobachten.

»Sachs?«, fragte er. »Gefällt dir die Aussicht?«

»Malpensa ist der andere Flughafen in Mailand«, erwiderte sie.

»Und?«, fragte Spiro.

»Hat Beatrice in dem Lagerhaus dort denn nicht industrielles Schmiermittel nachgewiesen? Und Kerosin?«

»Ja, hat sie. Aber wir sind dem nicht weiter nachgegangen, weil es keine Verbindung zwischen dem Lagerhaus und dem Komponisten zu geben schien.«

Sie sah Spiro an. »Hier in Italien hat doch jeder Bürger einen Personalausweis, richtig?«

»Ja. Das ist gesetzlich so vorgeschrieben.«

»Mit einem Foto?«

»Ja.«

»Wenn ich Ihnen einen Namen nenne, können Sie mir dann das dazugehörige Foto zeigen?«

»Ja, sofern der Name nicht zu verbreitet ist. Oder falls Sie die Suche durch eine Adresse oder zumindest die Gemeinde oder Stadt weiter eingrenzen können.«

»Der Name dürfte nicht allzu häufig vorkommen. Bitte schicken Sie mir das Bild an mein Telefon. Ich möchte es an jemand anderen weiterleiten.«

»Ich werde das veranlassen. Wem wollen Sie das Foto denn senden?«

»Wissen Sie, was ein ›vertraulicher Informant‹ ist?«

»Oh, Sie haben einen Spitzel.« Spiro zückte sein Mobiltelefon.

67

Sachs saß neben Rhyme im hinteren Teil des behindertengerechten Vans, der in einer der besseren Straßen Neapels stand, der Via di Chiaia oberhalb des schönen Parks, der ein wenig dazu beigetragen hatte, Amelia auf Fatimas Fährte zu bringen, weil er für eine Mutter mit Kind viel geeigneter war als das Castell dell'Ovo.

Dante Spiro war bei ihnen und lauschte per Ohrhörer der Operation, die von Michelangelo geleitet wurde.

Dirty Harriet.

Auf einer Seite des Wagens bot sich eine herrliche Aussicht auf die Bucht, das Castel dell'Ovo zur Rechten und den trügerisch friedlichen Vesuv zur Linken.

Wie alle anderen war Sachs jedoch zurzeit nicht an der Bucht interessiert, sondern konzentrierte sich auf das im Vergleich wesentlich schlichtere Bild auf der anderen Seite: ein hübsches, wenngleich altes, gemauertes Wohnhaus mit gelb gestrichener Fassade. Eine Pension, die Übernachtungen mit Frühstück bot. Sie war ein richtiges Schmuckstück, und die Zimmer würden gewiss nicht billig sein.

»Sind wir sicher, dass er da ist?«, fragte sie. Gemeint war der Mann, der sich den ganzen Plan ausgedacht hatte. Der Ibrahim und Gianni angeheuert hatte. Der versucht hatte, Dutzende von Unschuldigen zu töten, nur um die Öffentlichkeit stärker gegen die Flüchtlinge aufzuhetzen und dadurch die Gesetzesänderungen zu verhindern, die ihr Schicksal erleichtern würden.

Alles unter dem perversen Banner des Nationalismus.

Spiro verfolgte auf seinem Ohrhörer mit geneigtem Kopf den Funkverkehr des Sondereinsatzkommandos. »*Sì, sì*«, sagte er. Dann zu Sachs und Rhyme: »Ja, er ist da drinnen.« Ein grimmiges Lächeln. »Und laut Einschätzung ist er unbewaffnet.«

»Wie können die das wissen?«, fragte Rhyme beunruhigt. »Hat man freie Sicht auf ihn?«

Sachs wusste, dass er sich Sorgen um sie machte. Wenn sie den Raum betrat, in dem der Kopf der Verschwörung sich aufhielt, sollte ohne jeden Zweifel feststehen, ob der Mann bewaffnet war oder nicht.

Sie selbst sah das lockerer, sie hatte ihre Beretta. Eine wirklich feine Pistole, das musste sie zugeben. Die Italiener waren zu Recht berühmt für ihre Küche, Autos, Mode und Waffen. Absolut spitze.

»Michelangelo meldet, dass er nach ihren Erkenntnissen im Augenblick definitiv unbewaffnet sein dürfte. Aber das könnte nicht mehr lange der Fall sein, also sollten wir jetzt losschlagen«, berichtete Spiro.

Amelia sah Rhyme an.

»Bitte sorge dafür, dass möglichst wenig zerschossen wird, Sachs«, bat er. »Das da sind wichtige Beweise. Er ist der Oberbösewicht.«

Dann verließen sie und Dante Spiro den Van.

Sie eilten zur Vorderseite des Gebäudes, wo Michelangelo und vier seiner SCO-Beamten sie erwarteten. Im Gegensatz zu ihrem Chef waren die Männer nicht groß, wirkten durch ihre Ausrüstung aber dennoch einschüchternd: Körperpanzerung, Blendgranaten, Stiefel, Helme. Ihre Heckler-&-Koch-Maschinenpistolen, die von Sondereinheiten überall auf der Welt bevorzugt wurden, waren im Anschlag und feuerbereit.

Spiro gab ihnen ein Zeichen. Die Männer betraten die Pension und schlichen so leise wie möglich die Treppe in den ersten Stock empor.

Im Flur war es dunkel und heiß, die Luft drückend. Die Zimmer mochten Klimaanlagen haben, die Korridore hatten jedenfalls keine. An den Wänden hingen einige Gemälde, die Szenen aus dem alten Italien zeigten, hauptsächlich aus Neapel, mit dem rauchenden Vesuv im Hintergrund. Auf einem der Bilder war sogar gerade ein Vulkanausbruch im Gange, verfolgt von entsetzten Bürgern in Togen und einem kleinen Hund, der zu lächeln schien. Jedes einzelne der Bilder hing schief.

Nachdem Michelangelo die Gruppe angehalten und einer Meldung des draußen stehenden Überwachungsfahrzeugs gelauscht hatte, teilte er seine Leute per Handzeichen in zwei Zweierteams auf. Eines duckte sich unter dem Türspion hindurch, sodass sie zu beiden Seiten der Tür Aufstellung nehmen konnten. Sachs und Spiro hielten drei Meter Abstand. Was war das für ein Geräusch?, wunderte Amelia sich.

Quietsch, quietsch, quietsch…
Stefan hätte es bestimmt sofort gewusst.
Dann hörte sie ein Stöhnen.
Natürlich. Ein Paar hatte Sex.

Deshalb hatten die Polizisten nur anhand der Audioüberwachung gefolgert, dass die Leute im Raum derzeit unbewaffnet waren. Es mochten sich Waffen in Griffweite befinden, aber höchstwahrscheinlich nicht versteckt am Körper der Personen.

Michelangelo hörte etwas über sein Headset – Sachs erkannte es an seinem geneigten Kopf. Er kam zu Spiro und sagte etwas auf Italienisch. »Das zweite Team ist hinter unserer anderen Zielperson in Stellung gegangen«, übersetzte der Staatsanwalt für Sachs. »Er sitzt in seinem Wagen, gleich um die Ecke. Wir führen einen koordinierten Zugriff durch und schlagen hier und dort gleichzeitig zu.«

Die Sexgeräusche aus dem Zimmer waren lauter geworden, das Ächzen schneller. Michelangelo flüsterte Spiro etwas zu, der wiederum für Sachs übersetzte. »Er fragt sich, ob wir noch einen Moment abwarten sollten. Nur damit...«

»Nein«, flüsterte Sachs.

Michelangelo grinste und kehrte zu seinen Leuten zurück. Dann zeigte er auf die Tür und vollführte mit der Hand eine senkrechte Geste, als wäre er ein Priester, der jemanden segnete.

Die Männer traten sofort in Aktion. Einer holte mit einer Ramme aus und hämmerte sie neben der Klinke gegen die Tür, die mühelos nachgab. Dann wich er zurück, ließ die Ramme fallen und griff zu seiner Maschinenpistole, während die anderen bereits mit erhobenen Waffen ins Zimmer stürmten, die Mündungen auf der Suche nach einem Ziel. Sachs eilte voran, dicht gefolgt von Spiro.

Das Bett stand in der Mitte des malerischen Zimmers. Eine dunkelhaarige Italienerin, die nicht älter als achtzehn oder neunzehn sein konnte, kreischte auf und riss hektisch ein Laken an sich, um sich zu bedecken. Der Mann, der neben ihr lag, versuchte im selben Moment das Gleiche. Es gab ein kurzes Tauziehen. Sie gewann.

Eigentlich ein ziemlich lustiger Anblick.

»*Allora!*«, rief Spiro. »Genug! Finger weg von den Laken! Aufstehen und Hände hoch! Ja, ja, drehen Sie sich um.« Dann sagte er etwas auf Italienisch zu der Frau. Offenbar wiederholte er die Anweisungen.

Mit zerwühltem Haar und hochrot angelaufenem Gesicht kam der jungenhafte Mike Hill, der amerikanische Geschäftsmann, in dessen Privatjet Sachs zwei Tage zuvor nach Mailand geflogen war, dem Befehl nach. Er warf einen Blick auf Michelangelos Pistole, dann auf Sachs und beschloss anscheinend, die Hände lieber oben zu behalten, anstatt seine Geschlechtsteile zu bedecken. Die Frau tat es ihm gleich.

Einer der Beamten durchsuchte die Kleidung der beiden. »*Nessun arma*«, verkündete er.

Spiro nickte, und der Mann reichte die Kleidungsstücke an das Paar weiter.

»Ich will einen Anwalt«, forderte Hill, während er sich anzog. »Und zwar sofort. Und sorgen Sie gefälligst dafür, dass es einer ist, der Englisch spricht.«

68

Die Verdächtigen saßen in Haft.

Il Carcere di Napoli.

Michael Hill wartete in einer Zelle auf die Ankunft seines »Spitzenanwalts«, der ihnen allen eine Lektion in Strafrecht erteilen würde, dass ihnen Hören und Sehen verging. So zumindest seine Ankündigung.

Rhyme und Sachs waren im Lagezentrum in der Questura und erhielten aus verschiedenen Quellen eine Reihe von Meldungen.

Hills Frau war zum selben Zeitpunkt im Gefängnis eingetroffen, in dem die Prostituierte aus der Pension es verließ. Die Halbwüchsige war offiziell verwarnt worden. »Die Miene der Ehefrau, das muss ich schon sagen, hat mich ein wenig an die Gesichter der Fans erinnert, die bei einem Autorennen einen Unfall beobachten«, hatte Spiro erzählt. »Einerseits entsetzt, aber andererseits auch ein kleines bisschen schadenfroh. Ich nehme an, die Summe der Scheidungsvereinbarung wird *impressionante* ausfallen.«

Mike Hills Verhaftung hatte sich schnell ergeben, ausgehend von Sachs' ursprünglicher Vermutung, der berüchtigte Gianni könne in Wahrheit der Chauffeur des Amerikaners sein, ein Mann namens Luigi Procopio.

Sie war auf diesen Gedanken gekommen, als sie nach Fatimas Verhaftung über die Bucht von Neapel geschaut und sich an eine Reihe von Dingen erinnert hatte.

Beatrice hatte in dem Warenhaus Rückstände von vulkanischer Erde gefunden. Was bedeutete, dass vor Kurzem wahrscheinlich jemand aus Neapel dort gewesen war. Die Kriminaltechnikerin hatte zudem ein Schmiermittel festgestellt, wie es für schweres Gerät benutzt wurde. Der Albaner, der den Sprengstoff geliefert hatte, war Mechaniker am Flughafen Malpensa und arbeitete an derartigen Maschinen und Fahrzeugen. Er hatte sich im Lagerhaus vermutlich mit der aus Neapel angereisten Person getroffen, um den Sprengstoff zu übergeben.

Wer stand sowohl mit Malpensa als auch mit Neapel in Verbindung? Mike Hill. Da er über die Verkehrsdichte auf dem Weg vom Flughafen in die Innenstadt von Mailand Bescheid wusste, war er offensichtlich selbst schon dort gewesen – und noch dazu auf dem Rollfeld für Privatflugzeuge, wo man Sprengstoff am Zoll und den Sicherheitsbeamten vorbeischmuggeln konnte.

Hill würde sich wohl nicht persönlich mit den Bomben oder der Bezahlung der albanischen Schmuggler abgeben. Doch sein Fahrer vielleicht. Luigi – ein Raucher, glatt rasiert, mit langem schwarzen Haar und dunklem Teint. Und er war jemand, der viel unterwegs war, oft außerhalb von Neapel, wie Fatima ihnen erzählt hatte.

War es reiner Zufall gewesen, dass Hill den Generalkonsul Musgrave ausgerechnet dann angerufen und vom Flug seiner Privatmaschine nach Norden erzählt hatte, als Sachs eine Transportgelegenheit nach Mailand brauchte? Natürlich nicht. Hill, Gianni und Ibrahim mussten von Rhymes und Sachs' Anwesenheit hier erfahren haben, hatten entweder ihre Telefone oder ihr Hotelzimmer verwanzt und wussten daher von der Spur, die nach Mailand wies. Aus Sorge über die Fortschritte des Falls hatte Hill sofort den Generalkonsul kontaktiert und beiläufig sein Flugzeug erwähnt... um die Ermittler auf diese Weise im Auge zu behalten.

Das alles war selbstverständlich nur eine Theorie, aber immerhin eine, die es wert schien, überprüft zu werden.

Um sicherzugehen, schickte Sachs ein Foto von Luigi an ihren Mailänder Spitzel Alberto Allegro Pronti, den obdachlosen Don Quixote der kommunistischen Bewegung. Pronti erkannte Luigi Procopio als den Mann wieder, der ihn aus dem Lagerhaus geworfen hatte.

Ercole hatte bei den Worten des Mannes lächeln müssen. »Alberto fragt, ob der Katzentreter ins Gefängnis kommt«, hatte er für Sachs übersetzt. Und dann dem anderen versichert: »*Sì, certamente.*«

Luigi war von Michelangelos zweitem Zugriffteam auf dem Parkplatz hinter der Pension überwältigt worden, wo er geraucht und Textnachrichten verschickt hatte, während er darauf wartete, dass sein Boss und die einheimische Prostituierte fertig wurden.

Procopios Ergreifung hatte Dante Spiro ganz besonders gefreut. Der Mann war nicht nur maßgeblich an der Ausführung von Hills Plan beteiligt, Flüchtlinge mit inszenierten Terroranschlägen in Verbindung zu bringen, er war auch ein international tätiges Mitglied der 'Ndrangheta. Spiro erklärte, Daniela Canton vom Überfallkommando, die auf Bandenkriminalität spezialisiert sei, habe vor einigen Tagen gerüchteweise erfahren, ein Vertreter der 'Ndrangheta sei hier in der Gegend aufgetaucht. Bei diesen kargen Informationen war es geblieben. Nun wussten sie, wer der geheimnisvolle Unbekannte war.

Mike Hills Beteiligung änderte die gesamte Ausrichtung des Falls. Er war weder ein italienischer Funktionär noch Angehöriger einer rechtsgerichteten Partei wie dem Nuovo Nazionalismo, sondern Amerikaner.

Und sein Plan hatte tatsächlich darauf abgezielt, die öffentliche Meinung zu beeinflussen, allerdings nicht in Italien, sondern in den *Vereinigten Staaten*, wo die vom Kongress beratene flüchtlingsfreundliche Gesetzesinitiative torpediert werden sollte, indem der »Beweis« erbracht wurde, dass unter den Migranten Terroristen verborgen waren – wie verschimmelte Bonbons in einer bunten Tüte Süßigkeiten.

Hill war nicht zufällig in Neapel. Er war hergekommen, um seine Operation zu beaufsichtigen und ihren Erfolg sicherzustellen. Es blieb noch die Frage zu klären, ob er allein hinter diesem Plan steckte. Seine Verbindungsdaten belegten einen regen Nachrichtenaustausch mit dem texanischen Senator Herbert Stanton, einem überzeugten Nationalisten und erbitterten Gegner des Einwanderungsgesetzes. Die Texte waren unschuldig – zu unschuldig, wie Sachs fand. »Dieser Senator steckt tief mit drin«, sagte sie. »Die reden in Code miteinander. Man schreibt niemandem nach Übersee, welches der beste Kartoffelsalat in Austin ist, und fragt nicht um drei Uhr morgens nach, wann die University of Texas das nächste Mal gegen Arkansas spielt.«

Die Zeit – und die Beweise – würden es ihnen verraten.

Spiro betrat den Raum, in einer Hand seine Zigarre, in der anderen seinen angefangenen höchstpersönlichen Louis-L'Amour-Western.

»Kommen wir mal auf unsere Freunde zu sprechen«, sagte er. Damit waren Charlotte McKenzie und Stefan Merck gemeint.

Nach der Festnahme von Gianni und Hill gewann auch der Fall gegen den Komponisten wieder an Relevanz. Dass Hill die Frau – und ihren AIS – manipuliert hatte, war irrelevant. Entführungen sind strafbar.

Ebenso vorsätzlich falsche Beschuldigungen.

Fragen Sie Amanda Knox zu dem Thema...

Sowohl McKenzie als auch Stefan saßen derzeit in getrennten Zellen in Haft.

Massimo Rossi gesellte sich hinzu. »Ah, hier stecken Sie alle.

Wir haben Fatima vernommen, sie ist hier im Gebäude. Das bei ihr ist eine komplizierte Sache. Der Vorwurf lautet auf Terrorismus und versuchten Mord. Ihre Schuld steht außer Frage, und wir können das nicht ignorieren. Es gibt jedoch mildernde Umstände. Sie hat die Bombe so versteckt, dass höchstwahrscheinlich niemand verletzt worden wäre. Und sie hatte den Job in der Klinik des Flüchtlingslagers zum Teil auch deswegen angenommen, um Verbandmaterial und andere medizinische Vorräte zu erhalten, mit denen sie all jenen helfen wollte, die vielleicht *doch* durch die Bombe zu Schaden gekommen wären. Die Sachen waren in ihrem Rucksack. Sie hat mitgeholfen, Signor Hill und Luigi Procopio zu identifizieren, und sie liefert Informationen über Ibrahim oder Hassan oder wie auch immer er in Wahrheit heißen mag. Es ist klar, dass sie – wie Ali Maziq und Malek Dadi – gezwungen wurde, Ibrahims Anweisungen zu folgen, indem er das Leben ihrer Angehörigen in Libyen bedroht hat. Das wird bei den Verfahren gegen sie und Maziq eine wichtige Rolle spielen.«

Er wandte sich an Rhyme. »Ihnen ist bestimmt schon aufgefallen, dass wir hier in Italien einen eher – *come si dice?* – ganzheitlichen Ansatz der Rechtsprechung verfolgen. Die Richter und Geschworenen dürfen vielerlei Punkte in Erwägung ziehen, nicht nur bei der Festlegung des Strafmaßes, sondern auch bei der Bewertung der ursprünglichen Schuldfrage.« Er lächelte. »Und noch eine andere Angelegenheit konnte inzwischen geregelt werden. Garry Soames befindet sich auf freiem Fuß, und gegen Natalia Garelli wurde offiziell Anklage wegen des sexuellen Übergriffs auf Frieda S. erhoben.« Er strich sich mit einem Finger über den Schnurrbart. »Diese Natalia ist wirklich ein Früchtchen. Bei der Anklageverlesung war ihre erste Frage, welche Kosmetikmarken im Gefängnis verkauft würden und ob sie eine Zelle mit Schminktisch und Spiegel bekommen könne.«

Ercole Benelli erschien im Eingang. Rhyme bemerkte sofort, dass er beunruhigt war.

»Signore?«

Rossi und Spiro drehten sich beide zu ihm um, obwohl eindeutig der Inspektor gemeint war.

»*Sì*, Ercole?«

»Ich... hier ist was komisch. Irgendwas stimmt hier nicht.«

»*Che cosa?*«

»Wie Sie sich erinnern, habe ich auf Ihre Anweisung hin die Beweise zur Asservatenkammer gebracht, und zwar alles, was die Spurensicherung und Detective Sachs und ich selbst im Zusammenhang mit Fatima und Mike Hill und dem Vorfall im Castel dell'Ovo eingesammelt hatten – natürlich abgesehen von dem C4-Sprengstoff, den die Armee mitgenommen hat. Ich habe darum gebeten, dass alles bei den Spuren zu Stefan Merck und Charlotte McKenzie abgelegt wird.«

»Richtig so«, sagte Rossi. »Die Fälle hängen natürlich zusammen.«

»Nun, der Verwalter der Asservatenkammer hat daraufhin seine Unterlagen zurate gezogen und mir mitgeteilt, es gäbe keine Akte zu Stefan oder Charlotte. Und auch keine zugehörigen Beweise.«

»Wie bitte?«, fragte Rossi. »Aber haben Sie denn nicht alles dort registrieren lassen?«

»Doch, Signore, doch. Genau wie Sie es mir aufgetragen hatten. Alles, von der Bushaltestelle, dem Lager, dem Aquädukt und dem unterirdischen Fundort, dem Bauernhaus bei der Düngerfirma, der Fabrik in Neapel... sämtliche Tatorte! *Alles!* Ich bin direkt von hier dorthin gegangen. Doch der Verwalter hat es ein zweites und auf meine Bitte hin auch noch ein drittes Mal überprüft.« Sein trauriger Blick richtete sich von Rossi auf Spiro und schließlich auf Rhyme. »Jeder einzelne Beweis im Fall des Komponisten ist verschwunden.«

69

Massimo Rossi eilte zu dem Festnetztelefon, das auf einem der Tische stand, nahm den Hörer ab und wählte drei Ziffern. Nach einem Moment neigte er den Kopf und sagte: »*Sono* Rossi. *Il Caso del Compositore?* Stefan Merck *e* Charlotte McKenzie. *Qual è il problema?*«

Während er zuhörte, verfinsterte sich seine Miene. Dann wandte er sich an Ercole. »*Hai la ricevuta?*«

»Den Beleg?«, fragte Ercole auf Englisch. »Für die Einlieferung der Beweise, meinen Sie?«

»*Sì*. Als Sie alles haben registrieren lassen.«

Der junge Beamte lief leuchtend rot an. »Gerade eben habe ich einen erhalten – für die neuen Beweise. Aber heute Morgen? Nein. Ich habe alles vorn auf den Schalter gelegt. Da war ein Mann weiter hinten in der Asservatenkammer – ich konnte nicht sehen, wer. Ich habe ihm zugerufen, dass ich Beweismittel und die zugehörigen Papiere mitgebracht hätte, und dann bin ich gegangen.«

Rossi starrte ihn fassungslos an. »*Nessuna ricevuta?*«

»Ich ... nein. Es tut mir leid. Das wusste ich nicht.«

Rossi schloss die Augen.

Als forensischer Wissenschaftler konnte Rhyme sich für einen Polizisten kaum eine größere Schlamperei vorstellen als den nachlässigen Umgang mit sichergestellten Beweisen – ganz zu schweigen von ihrem Verlust.

Rossi sagte wieder einige Sätze in den Telefonhörer, und

sein Gesichtsausdruck wurde noch grimmiger. Dann lauschte er der Antwort. »*Grazie. Ciao, ciao.*« Er legte auf und blickte zu Boden, immer noch völlig entsetzt. »Sie sind weg«, sagte er. »Verschwunden.«

»Wie ist das möglich?«, fragte Rhyme barsch.

»Das weiß ich nicht. So etwas ist noch nie vorgekommen.«

»Gibt es eine Überwachungskamera?«, fragte Sachs.

»Nicht in der Asservatenkammer. Die ist nicht öffentlich zugänglich, also besteht keine Veranlassung.«

»Steckt Charlotte McKenzie dahinter?«, fragte Spiro misstrauisch.

Rossi überlegte. »Forstwachtmeister, Sie haben die Beweise dorthin gebracht, als ich Sie darum gebeten habe.«

»Unverzüglich, Inspektor.«

»Charlotte war da schon in unserem Gewahrsam. Stefan auch. Die beiden können es nicht selbst gewesen sein. McKenzies Mitarbeiter – wer auch immer die sein mögen – schon eher. Ein Diebstahl aus der Questura ... so etwas würde nicht einmal die Camorra zu versuchen wagen. Aber ein amerikanischer Geheimdienst?« Er zuckte die Achseln.

»Wir brauchen die Beweise«, sagte Rhyme. »Wir müssen sie finden.« Ohne dieses Material konnte die Anklage gegen McKenzie und Stefan sich nur auf Zeugenaussagen und Geständnisse berufen ... und er wusste, dass McKenzie alles, was sie ihnen über den Alternative Intelligence Service und die Operation hier erzählt hatte, kategorisch abstreiten würde. Und Stefan würde es natürlich nicht wagen, seiner Muse zu widersprechen.

»Inspektor, Signore ...«, stammelte Ercole. »Es tut mir leid. Ich ...« Seine Stimme erstarb.

Rossi sah aus dem Fenster. Dann drehte er sich um. »Ercole, ich muss Ihnen sagen, das ist ein Problem. Ein sehr ernstes. Ich trage dafür die Verantwortung. Ich hätte wissen müssen, dass Sie zu unerfahren sind, und doch habe ich Sie zu diesen Ermittlungen hinzugezogen.«

Mit immer noch hochrotem Gesicht kaute Ercole auf seiner Unterlippe herum. Er wäre wahrscheinlich lieber angeschrien worden, als diesen leisen Ausdruck der Enttäuschung hinnehmen zu müssen.

»Ich halte es für das Beste, wenn Sie sich umgehend zum Dienst bei der Forstwache zurückmelden. Es wird eine Untersuchung geben. Man wird Sie vernehmen und Ihre Aussage protokollieren.«

Als er diese Anweisung erhielt, wirkte Ercole deutlich jünger als Anfang dreißig. Er nickte und ließ den Kopf hängen. Es war nicht allein seine Schuld, glaubte Rhyme, wenngleich er sich noch daran erinnerte, dass Rossi dem Beamten aufgetragen hatte, die Beweise »registrieren« zu lassen, was beinhaltete, dass der Vorgang dokumentiert werden musste.

Rhyme wusste, dass Ercole gehofft hatte, diese Ermittlungen könnten sich für ihn als Sprungbrett zu einer Laufbahn bei der Staatspolizei erweisen.

Nach diesem Zwischenfall dürfte sich jede Aussicht darauf erledigt haben.

»Ercole?«, fragte Spiro. »Wo ist denn der Beleg über die Registrierung der Beweise gegen Mike Hill und Gianni?«

Er übergab das Dokument dem Staatsanwalt.

Ercoles Blick schweifte über alle Anwesenden im Raum. »Es war mir eine Ehre, mit Ihnen zusammenzuarbeiten. Ich habe viel gelernt.«

Aber nicht genug, schien seine Miene zu besagen.

Sachs umarmte ihn. Er und Rhyme reichten sich die Hände, und nach einem letzten Blick auf die Beweistabellen nickte Ercole und ging hinaus.

Rossi schaute dem Mann hinterher. »Es ist ein Jammer. Er war klug. Er hat die Initiative ergriffen. Und ja, ich hätte aufmerksamer sein müssen. Aber nun gut, nicht jedem ist es bestimmt, bei der Kriminalpolizei zu arbeiten. Bei der Forstwache ist er besser dran. Sie entspricht ohnehin eher seiner Natur, würde ich meinen.«

Baumbulle...

»*Mamma mia*«, sagte Rossi. »*La prova*. Die Beweise... Was machen wir denn nun, Dante?«

Spiro musterte ihn einen Moment lang. »Ich sehe keine Möglichkeit, weiter gegen Signorina McKenzie und Stefan vorzugehen«, sagte er schließlich. »Wir müssen sie freilassen.«

Er sah Rhyme an. »Der Fall gegen Mike Hill und Procopio geht allerdings weiter seinen Gang. Ich weiß, dass Sie zumindest Hill in den Vereinigten Staaten vor Gericht stellen möchten. Aber ich kann einer Auslieferung nicht zustimmen. Rom – und ich – haben vor, ihm und seinem Komplizen hier den Prozess zu machen. Es tut mir leid, Lincoln. Aber es gibt keine andere Möglichkeit. Werden Sie in dieser Sache einen Anwalt einschalten?«

Die neuen Freunde waren plötzlich wieder Gegner.

»Uns bleibt nichts anderes übrig, Dante.«

Bekümmert hob Spiro seine Zigarre an die Nase. »Haben Sie gewusst, dass der Kaiser Tiberius, einer unserer eher verrufenen Vorfahren, hier ganz in der Nähe eine luxuriöse Villa hatte? Und er hat Gladiatorenkämpfe geliebt, vielleicht mehr als die meisten anderen Kaiser.«

»Ist das so?«

»In Anlehnung an die Worte, die er jeweils zu Beginn der Wettkämpfe gesprochen hat, wenn alle Gladiatoren und Zuschauer ihn angesehen haben, möchte ich sagen: ›Lasst die Auslieferungsspiele beginnen.‹«

70

»Sie trauen uns nicht?«

Charlotte McKenzie sprach mit Lincoln Rhyme und Amelia Sachs draußen vor dem Polizeipräsidium. Stefan stand neben ihr.

Bei einem schwarzen SUV warteten zwei Agenten der FBI-Vertretung in Rom, ein Mann und eine Frau, beide in dunklen Anzügen, in denen es kaum auszuhalten sein musste. Eine Hitzewelle hatte sich über Neapel gelegt, als wäre der Vesuv erwacht und hätte kochend heiße Luft über ganz Kampanien verteilt.

Auch Rhyme schwitzte stark, aber er spürte es nicht – wie bei den meisten anderen Empfindungen, ob im Guten oder Schlechten. Seine Schläfen juckten gelegentlich, aber Thom stand stets mit einem Papiertuch bereit.

Und einer Ermahnung. »Bleib nicht zu lange in der Sonne«, tadelte der Betreuer ihn. Extreme Temperaturen waren nicht gut für seinen Kreislauf.

»Ja, ja, ja.«

»Ihnen trauen?«, wiederholte Sachs nun.

»Nein«, teilte Rhyme Charlotte McKenzie kurz und bündig mit. Sie hatten zwar keinen Beweis dafür gefunden, doch er hielt es für wahrscheinlich, dass der AIS irgendwie dafür gesorgt hatte, sämtliches belastendes Material gegen die Frau und Stefan aus der Asservatenkammer der Questura verschwinden zu lassen. »Aber wir hatten nicht darüber zu befinden«, fügte er hinzu. »Ihre Reise wurde von höherer Stelle koordiniert. Sie werden mit einer Regierungsmaschine nach Rom und von da aus weiter nach Washington fliegen. Dort erwartet Sie das FBI. Man wird dafür sorgen, dass Stefan in ärztliche Obhut kommt. Und Sie in Ihr rätselhaftes Hauptquartier, wo auch immer das liegt.«

»Das Parkhaus am Flughafen Dulles reicht aus.«

»Danach liegt es beim Generalstaatsanwalt und der Staatsanwaltschaft von New York, über Ihre zukünftige Adresse zu befinden.«

Er wusste jedoch, dass man wegen der Entführung von Robert Ellis keine Anklage gegen sie erheben würde, denn es hatte ja gar keine richtige Entführung gegeben.

Stefan schaute hinaus auf die Stadt und ihre Kakofonie von Geräuschen. Er war in Gedanken völlig woanders, nickte bisweilen und bewegte ein- oder zweimal die Lippen. Rhyme fragte sich, was Stefan wohl gerade hörte. War dieser Moment für ihn vergleichbar mit dem eines Kunstliebhabers, der ein Gemälde betrachtete? Und wenn ja, ähnelte die Erfahrung eher einem abstrakten Kleckserbild von Jackson Pollock oder einer sorgfältig komponierten Landschaft von Monet?

Des einen Wiegenlied ist des anderen Geschrei.

Ein Streifenwagen fuhr vor, und ein Beamter stieg aus, um zwei Koffer und einen Rucksack aus dem Kofferraum zu holen. McKenzies und Stefans Habseligkeiten – aus ihrem Haus und dem Bauernhaus bei der Düngerfirma, nahm Rhyme an.

»Und mein Computer?«, fragte Stefan.

»Der war bei den Gegenständen, die aus der Asservatenkammer gestohlen wurden«, antwortete der Beamte in gutem Englisch. »Er ist weg.«

Rhyme beobachtete McKenzies Augen, als der Diebstahl der Beweise gegen sie erwähnt wurde. Sie zeigte nicht die geringste Reaktion.

Stefan verzog das Gesicht. »Meine Dateien, all die Klänge, die ich hier gesammelt habe. Sie sind verloren?«

McKenzie berührte seinen Arm. »Es gibt von allem eine Sicherheitskopie, Stefan. Das wissen Sie doch.«

»Aber nicht von Lilly. In der Höhle. Tack, tack, tack...«

»Das tut mir leid«, sagte sie.

»Arrivederci«, verabschiedete der Beamte sich durchaus nicht unfreundlich. Er stieg in seinen Wagen und fuhr weg.

Stefans Aufmerksamkeit richtete sich nun auf die Umstehenden. Er ging zu Rhyme. »Ich musste gestern Abend an Sie denken, Sir.«

»Ja?«

Er lächelte und schien aufrichtig interessiert zu sein. »Glauben Sie, dass Sie seit Ihrer Behinderung besser hören können? Wie zum Ausgleich, meine ich.«

»Darüber habe ich auch schon nachgedacht«, sagte Rhyme. »Ich wüsste nicht, wie man das testen sollte, aber vom Gefühl her würde ich sagen, ja. Wenn jemand mein Haus betritt, erkenne ich die Person sofort am Geräusch, sofern ich sie zuvor schon mal gehört habe. Und falls nicht, kann ich aus dem zeitlichen Abstand ihrer Schritte auf ihre Körpergröße schließen.«

»Ja, das Intervall. Das ist sehr wichtig. Die Schuhsohle und das Gewicht erkennt man auch.«

»Ich fürchte, so weit bin ich noch nicht«, sagte Rhyme.

»Aber Sie könnten es lernen.« Stefan lächelte schüchtern, stieg hinten in den SUV ein und rutschte auf die andere Seite hinüber.

Auch McKenzie wollte einsteigen und drehte sich dann noch einmal zu Rhyme um. »Wir leisten gute Arbeit. Wir retten Leben. Und wir tun das auf eine humane Weise.«

Für Rhyme war das eine vollkommen sinnlose Anmerkung.

Er erwiderte nichts darauf. Die Wagentür schloss sich, die Agenten stiegen ein, und der SUV setzte sich langsam in Bewegung. Charlotte McKenzie kehrte in ihre Welt der theatralischen Spionage zurück, Stefan in seine neue Anstalt, wo ihm – so hoffte Rhyme – die Sphärenklänge zur Harmonie verhelfen würden.

Er sah Thom und Sachs an. »Oh, seht mal, da auf der anderen Straßenseite. Ist das nicht unser Café? Und was heißt das? Es ist Zeit für einen Grappa.«

71

Um achtzehn Uhr an jenem Tag saß Lincoln Rhyme in seiner Suite im Grand Hotel di Napoli.

Sein Telefon summte. Nach kurzem Überlegen nahm er den Anruf an.

Es war Dante Spiro. Er schlug vor, sich in einer Stunde zu treffen, um ihre Gladiatorenspiele zu besprechen, das Ringen um die Auslieferung.

Rhyme war einverstanden, und der Staatsanwalt nannte ihm eine Adresse.

Thom holte den Van, programmierte das Navigationsgerät, und schon bald rollten sie durch die Landschaft außerhalb von Neapel – zufälligerweise auch vorbei am Flughafen und dem riesigen Flüchtlingslager Capodichino. Zu dieser Tageszeit, bei Anbruch der Dämmerung, wirkte der Ort wie ein großes mittelalterliches Dorf aus dem vierzehnten Jahrhundert, als Neapel noch ein eigenes Königreich gewesen war. (Ercole Benelli, Forstwachtmeister und Reiseführer, hatte ihnen mit den strahlenden Augen eines Amateurhistorikers davon erzählt.) Allerdings stammten die flackernden Lichter heutzutage nicht mehr von qualmenden, prasselnden Feuern, sondern tragbaren Displays, klein und noch kleiner, weil die Flüchtlinge mit ihren Freunden, Angehörigen, überlasteten Anwälten oder dem Rest der Welt telefonierten oder Textnachrichten austauschten. Vielleicht schauten sie sich auch nur ein tunesisches, libysches... oder italienisches Fußballspiel an.

Der Ort, den Spiro für das Treffen ausgewählt hatte, war kein Konferenzraum eines Hotels und auch nicht seine eigene Villa. Ihr Ziel war ein rustikales Restaurant, das schon uralt sein musste, aber für Rhymes Rollstuhl problemlos zugänglich war. Der Eigentümer und seine Frau, beide stämmige Mittvierziger, beide unglaublich fröhlich, waren geehrt, so angesehene amerikanische Gäste empfangen zu dürfen. Dass deren Ruhm eher einer niederen Kategorie angehörte – sie waren weder Filmstars noch berühmte Sportler –, tat ihrer Begeisterung keinen Abbruch.

Der Wirt brachte schüchtern die italienische Ausgabe eines Buches über Rhyme zum Vorschein, in dem seine Jagd auf einen Mörder geschildert wurde, der als der Knochenjäger bekannt war.

Dieses schwülstige Machwerk?

»Rhyme«, flüsterte Sachs ihm tadelnd ins Ohr, als sie seinen Gesichtsausdruck bemerkte.

»Es ist mir ein Vergnügen«, sagte er begeistert und signierte das Buch. Mit seiner durch die Operation wieder einsatzfähigen Hand bekam er sogar eine bessere Unterschrift hin als damals vor seinem Unfall.

Spiro, Sachs und Rhyme nahmen an einem Tisch vor einem großen gemauerten Kamin Platz – in dem derzeit kein Feuer brannte –, während Thom, der einzige Koch unter ihnen, von den Eigentümern eine Führung durch die Küche bekam, die für Rollstühle ohnehin nicht geeignet war.

Die Bedienung, eine lebhafte junge Frau mit wallendem tiefschwarzen Haar, begrüßte sie. Spiro bestellte Wein: einen vollmundigen roten Taurasi für sich selbst und Rhyme, während Sachs um einen Weißwein bat und einen Greco di Tufo erhielt.

Als die Gläser kamen, brachte Spiro in ironischem Tonfall einen Trinkspruch aus: »Auf die Wahrheit. Und ihre Verhinderung.«

Sie tranken einen Schluck. Rhyme war beeindruckt und würde Thom bitten, sich den Namen des Rotweins zu merken.

Spiro zündete sich eine Zigarre an – was zwar gegen das Gesetz verstieß, aber andererseits war er Dante Spiro. »Also, lassen Sie mich schildern, wie ich mir unser Treffen heute Abend vorstelle. Wir werden die Frage der Auslieferung zwischen uns klären, und falls wir danach noch miteinander reden, genießen wir hier gemeinsam ein schönes Essen. Mein Frau gesellt sich bald zu uns. Und noch ein weiterer Gast. Ich glaube, das Menü hier wird Ihnen gefallen. Dieses Restaurant ist einzigartig. Das Fleisch kommt aus eigener Aufzucht, alles andere aus eigenem Anbau – außer den Fischen, aber die werden immerhin von den Söhnen des Wirts gefangen. In dieser Hinsicht ist der Laden wirklich autark. Sogar diese Weine stammen von eigenen Weinbergen. Wir werden mit etwas Salami und Schinken anfangen. Als nächsten Gang gibt es Paccheri, das ist eine besondere Sorte Pasta aus Hartweizengrieß. Besser geht es nicht.«

»So wie auch der Mozzarella hier unübertrefflich ist«, sagte Sachs mit aufrichtigem, aber auch leicht sarkastischem Lächeln.

»*Ganz genau*, Detective. Der Beste, der sich in Italien finden lässt. Zur Abrundung der Pasta ist natürlich *ragù* dabei. Danach folgt gegrillter Seebarsch, nur gewürzt mit Öl, Rosmarin und Zitrone, und dazu gebratene Zucchini mit Essig und Minze. Außerdem ein himmlischer Eisbergsalat. Zum Abschluss dann *dolce* Sfogliatelle, die muschelförmigen Blätterteigtaschen, die Neapel der Welt geschenkt hat.«

»Für mich eher nicht«, sagte Rhyme. »Aber vielleicht einen Grappa.«

»Nicht vielleicht. *Auf jeden Fall.* Und es gibt hier eine erlesene Auswahl. Wir können auch einen Distillato probieren. Destillierten Wein. Man führt hier meine Lieblingssorte, Capovilla. Die kommt aus Venetien im Norden. Ganz vorzüglich. Aber erst nach dem Essen.«

Spiro gab der Bedienung einen Wink, und sie füllte die Weingläser nach.

Sachs warf dem Staatsanwalt einen skeptischen Blick zu.

Er lachte. »Nein, ich versuche nicht, Sie betrunken zu machen.« Dann legte er die Hände flach auf den Tisch. »Also, wir sind ja leider wieder Kontrahenten geworden.«

»Bei juristischen Fragen habe ich keinerlei Mitspracherecht«, sagte Rhyme. »Ich bin Zivilist. Ein Berater. Meine Sachs hier ist Polizeibeamtin. Sie ist diejenige, die den Fall in New York vortragen wird. Und natürlich sind auch die FBI-Agenten aus Rom beteiligt. Und Vertreter der amerikanischen Anklagebehörden.«

»Ah, eine wahrhaft einschüchternde Armee aus Strafverfolgern, der ich mich stellen muss, wie es scheint. Aber lassen Sie mich Ihnen meine Position erläutern.« Seine schmalen dunklen Augen richteten sich auf Amelia.

Rhyme sah Sachs an. Sie nickte. »Du gewinnst«, sagte er.

Spiro wirkte verblüfft. Es war eines der wenigen Male in den letzten paar Tagen, dass er überrascht zu sein schien.

»*Unsere* Position ist, dass wir uns *gegen* eine Auslieferung Mike Hills an die Vereinigten Staaten aussprechen werden.«

Sachs zuckte die Achseln. »Er gehört ganz Ihnen.«

Spiro nahm einen Zug von seiner Zigarre und blies den Rauch zur Decke. Er sagte nichts, und seiner Miene war nichts anzumerken.

»Streng genommen hat Hill gegen amerikanische Gesetze verstoßen, sicher«, sagte Rhyme. »Aber die Entführungsopfer waren keine amerikanischen Staatsbürger. Und ja, er hat einen amerikanischen Geheimdienst an der Nase herumgeführt, aber der AIS existiert gar nicht, wissen Sie noch? Charlotte McKenzies Ausführungen waren rein hypothetisch. Mit *dem* Fall würden wir nicht weit kommen.«

»Wir können natürlich nicht garantieren, dass jemand aus

dem amerikanischen Justizministerium nicht doch versuchen wird, eine Auslieferung zu erreichen«, sagte Sachs. »Aber meine Empfehlung wird gegenteilig ausfallen.«

»Und ich gehe davon aus, dass Ihre Meinung dort drüben Gewicht besitzt, Detective Sachs«, sagte Spiro.

Ja, das tat sie.

»*Allora*. Vielen Dank, Captain, Detective. Ich verabscheue, was dieser Mann, Hill, getan hat. Und ich möchte der Gerechtigkeit zum Sieg verhelfen.« Er lächelte. »Welch ein Klischee, was?«

»Mag sein. Aber manche Klischees sind wie bequeme, ausgetretene Schuhe oder ein alter Pullover. Sie dienen einem dringend nötigen Zweck.« Rhyme prostete ihm zu. Dann wurde sein Gesicht ernst. »Aber der Fall wird nicht leicht für Sie werden, Dante. Eine Anklage gegen Hill und Gianni – Procopio – wegen dieser Verschwörung muss praktisch ohne Zeugen auskommen. Das Erinnerungsvermögen der Flüchtlinge ist nach den Medikamenten und Elektroschocks stark beeinträchtigt. Und Charlotte und Stefan sind nicht mehr im Land. Ich würde Ihnen empfehlen, den Fall zu vereinfachen. Sie könnten…«

»… sie nur wegen der illegalen Einfuhr von Sprengstoff anklagen«, fiel Spiro ihm ins Wort.

»Genau.«

»Ja, das habe ich mir auch schon überlegt. Der albanische Flughafenangestellte wird eine Aussage machen. Wir haben das C4. Fatima Jabril kann zu jenem Teil des Plans aussagen. Hill und sein Komplize werden eine angemessene Haftstrafe erhalten.« Er hob sein Weinglas. »Das muss als Gerechtigkeit reichen. Manchmal ist einfach nicht mehr drin. Und manchmal ist es auch genug.«

So entstand auch kein Zusammenhang mit dem Fall des Komponisten. In den Nachrichten war vermeldet worden, eine »zuverlässige, aber anonyme« Quelle (mit Sicherheit Charlotte

McKenzie oder einer ihrer Kollegen vom AIS) habe mitgeteilt, der Serienmörder habe Italien mit unbekanntem Ziel verlassen. Die italienische Polizei sei ihm dicht auf den Fersen gewesen, und er habe offenbar erkannt, dass seine Ergreifung nur noch eine Frage von Tagen sein würde. Die Spekulationen über sein nächstes Zielland reichten von Großbritannien über Spanien und Brasilien bis zu seiner Heimat Amerika.

Thom kehrte mit einer Tragetasche in den Gastraum zurück. »Pasta, Käse und Gewürze. Der Koch hat darauf bestanden.« Er setzte sich mit an den Tisch und bat um ein Glas Weißwein, das umgehend serviert wurde. Auf Rhymes Bitte hin fotografierte er die Etiketten auf den Flaschen.

Im Eingang des Restaurants erschien eine Gestalt. Rhyme war überrascht, Ercole Benelli zu erblicken.

Dem jungen Beamten in seiner grauen Uniform der Forstwache schien es ebenso zu gehen.

Es wurden Grüße gewechselt.

»Ah, Hercules«, sprach Spiro ihn mit der englischen Variante seines Namens an. »Der Mann mit den zwölf Aufgaben.«

»Signore.«

Der Staatsanwalt wies auf den Tisch und winkte der Kellnerin.

Ercole setzte sich und bestellte ein Glas Rotwein. »Noch mal, Staatsanwalt Spiro, ich muss mich für meinen Fehler heute Morgen entschuldigen. Ich weiß, er hatte... *conseguenze.*«

»Konsequenzen. O ja. Ohne die Beweise gibt es keinen Fall gegen die amerikanische Spionin und ihren psychotischen Musiker. Aber ich habe Sie nicht hergebeten, um Ihnen eine Strafpredigt zu halten. Wie Sie wissen, schrecke ich notfalls nicht davor zurück, aber nicht unter diesen Umständen. Also, lassen Sie mich erklären, warum Sie hier sind. Ich sage Ihnen das ganz offen und unverblümt, denn wenn Sie als Strafverfolger vorankommen wollen, können Sie sich nicht einfach wie ein junges Fohlen vor der Wahrheit scheuen. Und diese Wahrheit ist die Folgende: Sie haben nichts falsch gemacht. Selbst wenn die Beweise gegen Stefan Merck und Charlotte McKenzie ordnungsgemäß registriert worden wären, hätte man sie trotzdem verschwinden lassen.«

»*No! Procuratore, è vero?*«

»Ja, leider stimmt das nur allzu genau.«

»Aber inwiefern?«

»Es tut mir leid, Ihnen und unseren Gästen hier das mitteilen zu müssen, aber es war Inspektor Massimo Rossi, der für das Verschwinden und die Vernichtung der Beweise gesorgt hat.«

Der junge Beamte war vollkommen verblüfft. »*Che cosa?* Nein. Das kann nicht sein.«

Rhyme und Sachs sahen sich überrascht an.

»Doch, so ist es aber. Er...«

»Aber er war der Leiter der Ermittlungen, er ist ein hochrangiges Mitglied...«

»Forstwachtmeister.« Spiro senkte den Kopf und sah den jungen Beamten durchdringend an.

»*Mi perdoni!* Verzeihen Sie.« Er hielt den Mund.

»Sie haben in den letzten paar Tagen so einiges über die Natur polizeilicher Ermittlungen gelernt.« Spiro lehnte sich zurück. »Forensik, taktische Zugriffe, Körpersprache, Vernehmungen...«

Ercole verzog gequält das Gesicht, schaute zu Sachs und flüsterte: »Hochgeschwindigkeitsfahrten.« Dann richtete er seine Aufmerksamkeit wieder auf Spiro, der sichtlich verärgert war, erneut unterbrochen worden zu sein. »*Mi perdoni*«, wiederholte Ercole. »Bitte fahren Sie fort, Signore.«

»Doch ich glaube, Sie müssen noch einen weiteren wichtigen, sogar ganz wesentlichen Bestandteil unserer Arbeit verstehen. Und das ist die interne Politik der Strafverfolgungsbehörden. Meinen Sie nicht auch, Captain Rhyme?«

»So sicher wie Fingerabdrücke einzigartig sind.«

»Bei uns gibt es gemessen an der Bevölkerung mehr Polizisten als in jedem anderen Land der europäischen Union«, sagte Spiro. »Und mehr Polizei*behörden*. Logischerweise steigt damit auch die Zahl derjenigen, die das System für sich zu nutzen versuchen. Verstehen Sie, was ich sagen will, Ercole?«

»Ich schätze schon, *Procuratore*.«

»Unser Kollege Signor Rossi hat das System manipuliert. Er ist zweifelsohne ein überaus begabter Ermittler und Staatsdiener, aber er ist auch noch mehr. Er ist politisch aktiv.«

»Wie meinen Sie das, Signore?«

»Kaum jemand weiß davon, aber er gehört dem NN an.«

Rhyme erinnerte sich: der Nuovo Nazionalismo. Die rechtsgerichtete Anti-Einwanderungs-Partei. Die zur Gewalt gegen Flüchtlinge aufrief... und vom Team ursprünglich verdächtigt worden war, hinter den inszenierten Terroranschlägen zu stecken.

»Er arbeitet mit einem hohen Regierungsfunktionär in Kampanien zusammen, Andrea Marcos, ebenfalls ein NN-Mitglied. Rossi benutzt seine Rolle als Polizeiinspektor zur Untermauerung seiner Glaubwürdigkeit, hält derweil aber nach günstigen Gelegenheiten Ausschau, um im Dienste seiner Sache tätig zu werden. Ich finde seine Einstellung bedauerlich. Nein, *verwerflich*. Ja, die Flüchtlinge sind eine Belastung. Und manche von ihnen stellen ein Risiko dar, und wir müssen wachsam bleiben. Aber Italien ist aus so vielen Völkern hervorgegangen: Etruskern und Germanen und Albanern und Schlesiern und Griechen und Osmanen und Nordafrikanern und Slawen und Tirolern. Wir haben hier sogar Leute mit französischen Wurzeln! Es gibt Nord- und Süditaliener, Sizilianer und Sarden. Die Vereinigten Staaten mögen vielleicht der *größte* Schmelztiegel der Welt sein, aber auch wir sind ein buntes Bevölkerungsgemisch. Wir als Nation haben ein Herz, und die Not von

Familien, die ihr Leben riskieren, um dem Irrsinn gescheiterter Staaten zu entrinnen, rührt uns an.

Inspektor Rossi glaubt – und zwar seit dem Moment, als ihm klar wurde, dass dieser Serienentführer es auf Flüchtlinge abgesehen haben könnte –, dass der Täter das Richtige tut. Oh, Massimo hat seine Arbeit gemacht, aber insgeheim hat er gehofft, die Asylbewerber würden nicht ungeschoren davonkommen. Je erfolgreicher dieser Mörder wäre, desto eher würde sich womöglich herumsprechen, dass es in Italien so gefährlich ist wie in Libyen und man es sich zweimal überlegen sollte, in dieses Land zu kommen.«

»Die Begräbnisstunde«, sagte Sachs.

Die anderen sahen sie an, und sie erzählte ihnen von der Rede eines römischen Politikers, die Rania Tasso im Flüchtlingslager Capodichino erwähnt hatte. Der Mann hatte diesen Begriff gewählt, um zu verdeutlichen, die Italiener würden von den Scharen der Einwanderer erdrückt.

»Ja, das habe ich auch schon gehört«, sagte Spiro. »Die Begräbnisstunde. Massimo Rossi hat anscheinend ebenso empfunden.«

»Inspektor Rossi hat sich aktiv darum bemüht, den Fall Ali Maziq zu übernehmen«, sagte Ercole zu Spiro. »Er hat die Carabinieri an der Bushaltestelle ausgetrickst, um die Ermittlungen leiten und beeinflussen zu können. Und das wäre ihm auch gelungen, wenn nicht Sie der zuständige Staatsanwalt gewesen wären, Signore.«

Spiro neigte den Kopf, um sich für das Kompliment zu bedanken. Dann fügte er hinzu: »Und wenn unsere amerikanischen Freunde nicht hergekommen wären, um uns zu unterstützen.« Er trank einen Schluck Wein und genoss ihn sichtlich. »Aber ich muss Ihnen noch etwas mitteilen, Ercole. Massimo Rossi hat Sie nur zu einem einzigen Zweck zu den Ermittlungen hinzugezogen: als Sündenbock.«

»*L'ha fatto?*«

»Ja, hat er. Er wollte den Fall beeinflussen oder gar torpedieren, konnte es aber nicht selbst tun. Und seinen Protegé wollte er auch nicht opfern, diesen jungen Beamten... wie heißt er doch gleich?«

»Silvio De Carlo.«

»Ja. Der kam für ihn nicht infrage. Silvio soll bei der Staatspolizei noch so richtig Karriere machen. Massimo wollte, dass Sie, ein Beamter der Forstwache, die Schuld für das Scheitern des Falls auf sich nehmen würden. Also hat er Sie mit den Beweisen zur Asservatenkammer geschickt, dann deren Verschwinden arrangiert und mit dem Finger auf Sie gezeigt.«

Ercole trank einen großen Schluck Wein. »Und nun bin ich als derjenige bekannt, der eine wichtige Ermittlung zu Fall gebracht hat. Ich werde niemals zu einer anderen Polizeibehörde wechseln können. Vielleicht ist sogar meine Laufbahn bei der Forstwache gefährdet.«

»Ach, Ercole. Nicht so voreilig, ja? Denken Sie doch mal nach. Rossi hat Ihnen einen Fehler vorgeworfen, keine Straftat. Er selbst hat ein Verbrechen begangen, indem er den Diebstahl der Beweise veranlasst hat. Er möchte ganz bestimmt nicht, dass die Angelegenheit genauer unter die Lupe genommen wird.«

»Ja, das ergibt einen Sinn.«

»Aber es stimmt, bei der Staatspolizei werden Sie wohl definitiv nicht mehr landen können.«

Ercole trank seinen Wein aus und stellte das Glas ab. »Vielen Dank, Signore. Es ist sehr freundlich von Ihnen, mich wissen zu lassen, dass ich keine Schuld am Scheitern dieses Falls trage. Und ich danke Ihnen auch für Ihre Offenheit, was meine weitere Karriere betrifft.« Er seufzte. »Dann *buona notte*. Ich fahre jetzt nach Hause zu meinen Tauben.« Er streckte die Hand aus.

Spiro ignorierte sie. »Tauben?«, murmelte er. »Soll das ein Scherz sein?«

»Nein, Signore. Es tut mir leid. Ich...«

»Und habe ich gesagt, unser Gespräch sei beendet?«

»Ich... Nein. Ich bin...« Der stammelnde junge Mann sank zurück auf seinen Stuhl.

»Dann seien Sie doch bitte still und lassen Sie mich ausreden. Ich habe Ihnen doch noch gar nicht gesagt, weshalb ich Sie hergebeten habe. Außer um mit unseren amerikanischen Freunden zu Abend zu essen, natürlich.«

»Oh, mir war nicht bewusst, dass ich zum Essen eingeladen bin.«

»Wieso sollte ich Sie wohl in ein Restaurant kommen lassen, das nebenbei bemerkt zu den Besten in ganz Kampanien zählt, wenn Sie uns nicht auch Gesellschaft leisten sollen?«, herrschte Spiro ihn an.

»Natürlich. Sehr freundlich von Ihnen, Signore.«

»*Allora*, wo war ich? Ich habe einige Erkundigungen eingezogen. Es ist praktisch noch nie vorgekommen, dass ein Beamter der Forstwache, vor allem in Ihrem Alter, direkt ins Ausbildungsprogramm der Carabinieri versetzt wurde. Aber die interne Politik kann natürlich auch positive Seiten haben, nicht nur negative. Ich habe ein paar Gefallen eingefordert und dafür gesorgt, dass Sie in einem Monat dort in den Dienst aufgenommen werden, um mit der militärischen und polizeilichen Ausbildung zu beginnen.«

»Bei den Carabinieri?«, flüsterte Ercole.

»Das habe ich doch gerade gesagt. Und Sie haben es gerade gehört. Man hat mir erzählt, Sie hätten schon seit Längerem den Wunsch gehabt, dorthin zu wechseln.«

Es verschlug dem jungen Mann fast die Sprache. »*Mamma mia! Procuratore* Spiro, ich weiß nicht, was ich sagen soll. *Grazie tante!*« Er ergriff mit beiden Händen die Hand des Staatsanwalts, und einen Moment lang glaubte Rhyme, er würde sie küssen.

»Genug!«, sagte Spiro. »Ein Monat dürfte ausreichend Zeit sein, um eventuell noch offene Fälle bei der Forstwache abschließen zu können. Ihr Vorgesetzter hat erwähnt, Sie hätten beinahe einen besonders hinterhältigen Trüffelfälscher verhaftet, wäre Ihnen nicht *Il Compositore* dazwischengekommen. Ich nehme an, Sie möchten diesen Fall gern zum Abschluss bringen.«

»Ja, in der Tat.« Ercoles Augen verengten sich.

»Und noch etwas dürfte Sie interessieren. Die Dienstvorschriften der Carabinieri haben sich geändert. Wie Sie vielleicht wissen, wurden die Beamten früher absichtlich fern der Heimat eingesetzt, damit sie nicht abgelenkt sein, sondern bestmöglich ihre Arbeit verrichten würden. Das ist nicht länger der Fall. Daher kann Beatrice Renza von der Spurensicherung ganz beruhigt sein, denn ihr neuer Freund muss Kampanien nicht aus beruflichen Gründen verlassen. Sie können hier vor Ort bleiben.«

»*Beatrice?* Oh, *Procuratore*, nein, ich... Also, ja, wir haben vorgestern Abend im Castello einen *aperitivo* getrunken. Und dann habe ich sie nach Hause begleitet.« Er lief rot an. »Ja, womöglich bin ich über Nacht geblieben. Und Sie begleitet mich morgen zu meinem Brieftaubenwettflug. Aber ich weiß nicht, ob wir beide eine Zukunft haben. Sie ist eine außerordentlich schwierige Frau, wenngleich auch sehr intelligent und mit ganz eigenem Charme.«

Sein Wortschwall – und sein rotes Gesicht – ließen sie alle lächeln.

»Nicht Daniela?«, fragte Sachs. »Ich dachte, Sie würden sie attraktiv finden.«

»Daniela? Nun, ihre Schönheit ist nicht zu übersehen. Und sie ist eine sehr fähige Polizistin. Aber wie soll ich sagen?« Er sah Sachs an. »Sie mögen doch Autos, also werden Sie vielleicht verstehen, wenn ich sage, dass unsere Getriebe nicht synchron laufen. Ergibt das irgendeinen Sinn?«

»Aber ja«, erwiderte Sachs.

Rhyme hatte sich also geirrt. Es war Beatrice, die Ercoles Herz für sich eingenommen hatte, mochte sie auch eine Herausforderung darstellen. Nun, Lincoln Rhyme würde sich auch immer wieder für die Herausforderung entscheiden, anstatt sich mit einem hakenden Getriebe herumzuärgern, mochte das Automobil auch noch so schön sein.

Die Tür des Restaurants öffnete sich, und eine hochgewachsene Frau – mit der Figur und Haltung eines Fotomodells – trat ein. Sie trug ein dunkelblaues Kostüm und hatte einen Aktenkoffer in der Hand. Ihr dunkles Haar war zu einem schwungvollen Pferdeschwanz zusammengefasst. Als sie den Tisch sah, lächelte sie. Spiro stand auf. »Ah! *Ecco mia moglie* – meine Frau, Cecilia.«

Die Frau setzte sich, und Spiro bedeutete der Kellnerin, den ersten Gang zu servieren.

VIII

DIE LIBELLE UND DER WASSERSPEIER

Dienstag, 28. September

72

»Wir haben vielleicht ein Problem.«

Thom schaute über die Schulter zu Sachs und Rhyme. Der behindertengerechte Van steuerte am Flughafen von Neapel soeben die gesicherte Zufahrt zum Bereich für Privatmaschinen an.

Rhyme drehte den Kopf mühsam nach links – der Rollstuhl war im rechten Winkel zur Fahrtrichtung befestigt – und entdeckte einen schwarzen SUV, der sich ihnen soeben in den Weg stellte.

Dahinter standen uniformierte Wachen – italienische Beamte – gelangweilt am Tor und schienen sich für keines der beiden Fahrzeuge groß zu interessieren. Das hier ging sie offensichtlich nichts an.

Sachs seufzte. »Wer? Massimo Rossi?«

»Aus welchem Anlass?«

»Weil er und Mike Hill die gleiche verdrehte Philosophie verfolgen?«, mutmaßte Thom. »Wie Waffenbrüder?«

Hm. Durchaus möglich.

Sachs nickte. »Kann schon sein, sicher. Aber ich glaube, Dante hat recht, und Rossi will in dieser Angelegenheit nun so wenig wie möglich weitere Aufmerksamkeit erregen. Außerdem frage ich mich, ob das Budget der Staatspolizei einen solchen Wagen hergeben würde.«

Das NYPD könnte sich diesen Luxus jedenfalls nicht leisten.

Doch als der bedrohliche SUV ihnen über den unebenen

Asphalt entgegenschaukelte, als wäre er ein Boot in den Wellen, erkannte Rhyme das amerikanische Diplomatenkennzeichen.

Das minimierte die Gefahr, hier in Italien im Gefängnis zu landen.

Stattdessen in den USA?

Vor ihnen, jenseits des Maschendrahtzauns, stand ihr geliehener Jet, um sie in die Lüfte zu entführen. Das Flugzeug hatte die Stufen bereits ausgeklappt und wirkte regelrecht einladend. Rhyme zog kurz in Erwägung, einfach wegzurennen – im übertragenen Sinne natürlich, denn der Rollstuhl stellte ein gewisses Hindernis dar, und außerdem würde sich damit das Problem, von den amerikanischen Behörden verhaftet zu werden, nicht aus der Welt schaffen lassen.

Nein, sie mussten wohl oder übel anhalten. Und Rhyme erteilte Thom die entsprechende Anweisung.

Der Betreuer bremste behutsam, und der Van quittierte das mit leisem Quietschen.

Nach dreißig Sekunden öffnete sich die Beifahrertür des SUV, und Rhyme war überrascht, wer dort ausstieg: der kleine Mann mit dem so überaus bleichen Gesicht. Auf dem Hemd unter seinem grauen Jackett waren Schweißflecke sichtbar, und er telefonierte gerade. Mit einem freundlichen Lächeln und erhobenem Finger bat er um einen Moment Geduld. Rhyme sah Sachs an. Auch sie runzelte die Stirn. Dann fiel es ihr ein: »Daryl Mulbry. Aus dem Konsulat.«

»Ach, richtig.« Der Mann von der Pressestelle.

»Die Tür«, sagte Rhyme.

Thom drückte einen Knopf. Mit einem weiteren Quietschen, ganz ähnlich dem der Bremsen, glitt die Tür neben Rhyme zurück.

»Die Rampe auch?«, fragte Thom.

»Nein, ich bleibe hier. *Er* soll zu uns kommen.«

Mulbry beendete sein Gespräch und steckte das Telefon ein. Dann ging er zu dem Van und setzte sich genau vor Rhyme hin, ohne sich lange bitten zu lassen.

»Hallo allerseits«, begrüßte er sie liebenswürdig mit seinem sanften Südstaatenakzent.

»Hat Ihre Abteilung gerade viel zu tun?«, fragte Sachs.

Mulbry lächelte. »Seit dieser Meldung, der Komponist habe das Land verlassen, bombardieren die Journalisten uns regelrecht mit Anfragen. Sie machen sich ja keine Vorstellung!«

»Sie haben diese Meldung doch selbst verfasst«, sagte Rhyme. »Sie arbeiten mit Charlotte McKenzie zusammen.«

»Ich bin sogar ihr Chef. Der Direktor des Alternative Intelligence Service.«

Ach, der New Yorker Schauspieler. Ja, Rhyme konnte sich gut vorstellen, wie er für eine Charakterrolle gelobt wurde. Wahrscheinlich hatte er allen die Schau gestohlen.

»Ist in Ihrer Branche überhaupt jemand der, der er zu sein vorgibt?«, fragte Rhyme.

Mulbry lachte nur und wischte sich den Schweiß ab.

»Darf ich Ihnen eine Frage stellen?«, fragte Rhyme.

»Nur eine?«

»Vorläufig. Ibrahim.«

Mulbry verzog das Gesicht. »Ah, ja. Ibrahim. Alias Hassan, unser ›zuverlässiger‹ Kontaktmann in Tripolis. Ibrahims wahrer Name lautet Abdel Rahman Sakizli. Freiberuflicher Söldner. Er leitet Operationen für den IS, für die Lord's Resistance Army, für den Mossad. Seine Loyalität gehört dem, der am meisten zahlt. Leider hatte Hill mehr Geld als wir, also hat Ibrahim beschlossen, uns zu hintergehen.« Mulbry schnalzte mit der Zunge.

»Wo ist er?«

Er runzelte die Stirn, ein wenig zu übertrieben. »Gute Frage. Er scheint verschwunden zu sein.«

»Und Sie bezeichnen sich als das nettere, sanftere Gesicht der nationalen Sicherheit?«, tadelte Rhyme.

»Wir waren das nicht. Zuletzt soll er sich in der Begleitung zweier charmanter, wunderschöner Frauen befunden haben, die gerüchteweise rein zufällig dem italienischen Auslandsgeheimdienst angehören. Nun, Captain Rhyme...«

»Nennen Sie mich ruhig Lincoln. Wenn Sie uns schon festsetzen wollen, dann sprechen Sie mich wenigstens mit meinem Vornamen an.«

»Festsetzen?« Er schien aufrichtig verwirrt zu sein. »Warum sollten wir Sie festsetzen?«

»Weil wir Mike Hill kampflos Dante Spiro überlassen haben, damit der ihn hier vor Gericht stellen kann.«

»Ach, *das*. Wir lassen ihn hier fünf oder zehn Jahre im eigenen Saft schmoren. Wissen Sie, wir konnten ihn nicht wegen der Terrorgeschichte drankriegen. Denn wir existieren ja gar nicht. Dante wird Gerechtigkeit für beide Länder üben. Wirklich schlau, Hill nur wegen des Sprengstoffs anzuklagen. Hatten Sie dabei Ihre Finger im Spiel?«

Keine Ahnung, wovon Sie da reden, schien Rhymes Miene zu besagen.

»Bliebe noch sein Kumpel, der Senator aus Texas«, fuhr Mulbry fort.

»Sie wissen von ihm?«, fragte Sachs.

Mulbry lächelte sardonisch. »Man wird in Washington gehörig mit ihm Schlitten fahren. Heimlich, still und leise, versteht sich. Ach, das dürfte Ihnen gefallen: Mir ist gestern Abend ein Gedanke gekommen. Verglichen mit Mike Hill war Stefan Merck der geistig Gesündere der beiden. Und der Interessantere. Glauben Sie mir, mit *dem* würde ich gern mal ein Bier trinken. Also, Sie fragen sich bestimmt, was genau ich hier mache.«

Im Van war es heiß und wurde noch heißer, denn die altersschwache Klimaanlage kam nicht gegen die strahlende Sonne an. Mulbry wischte sich abermals den Schweiß von der Stirn. »Soll ich Ihnen mal eine Geschichte erzählen? Wissen Sie, dass die technische Abteilung der CIA vor Jahren versucht hat, eine künstliche Libelle zu bauen? Man kann sie in Langley im Museum besichtigen. Prächtig. Ein echtes Kunstwerk. Ausgestattet mit einer frühen Miniaturkamera, einem Audiosystem und einem für seine Zeit revolutionären Flugmechanismus. Und wissen Sie was? Das Ding war völlig nutzlos. Schon der leichteste Gegenwind hat es total aus der Bahn geworfen. Doch einige Jahre später hat die Idee, die hinter diesen Libellen steckte, uns die Drohnen gebracht. Es kommt eben auf die Verfeinerung an. Wie immer im Leben. Man könnte sagen, der AIS ist ein Versuch, eine solche Libelle zu bauen. Das Komponistenprojekt hätte ziemlich gut funktioniert. Mit einer Einschränkung.«

»Der Gegenwind.«

»Genau! Und der waren Sie und Detective Sachs. Ich möchte behaupten – und das ist keine Schmeichelei –, nicht viele Leute wären in der Lage gewesen, unsere Geschichte zu durchschauen, mit dem musikalischen Entführer und so weiter.«

Nicht *viele*?, dachte Rhyme.

»Nach der Stürmung von Charlottes Haus haben Sie dargelegt, wie Sie ihr auf die Schliche gekommen sind.« Er grinste breit. »Wir haben selbstverständlich mitgehört.«

Rhyme neigte den Kopf.

»Beeindruckend, Lincoln, Amelia. Und während ich Ihren Ausführungen gelauscht habe, ist mir eine Idee gekommen.«

»Wie Sie aus Ihrer Libelle eine Drohne machen können.«

»Das gefällt mir. Also. In der Welt der Geheimdienste gibt es HUMINT – Informationen von menschlichen Quellen vor Ort. Außerdem haben wir Satelliten, können uns in Computer hacken, Telefon- und Datenleitungen anzapfen oder Videoüberwachung nutzen. Das nennt man Signal beziehungsweise Electronic Intelligence, SIGINT und ELINT. Doch bis Sie unsere Libelle abgeschossen haben, Lincoln, ist mir nie in den Sinn gekommen, wie viele Informationen wir aus Spuren ablesen könnten. Aus forensischen Beweisen.«

»Wirklich?«

»Oh, wir haben eine Spurensicherung oder wir borgen uns ein Team vom FBI, der Armee oder sonst wem aus. Doch meistens erst hinterher, wenn eine Operation danebengegangen ist. Dann sichern wir Fingerabdrücke, Sprengstoffsignaturen oder Handschriften. Wir setzen forensische Ermittlungen nicht...«

Bitte sag nicht proaktiv!

»...proaktiv ein. So wie *Sie* Spuren analysieren, als würden die zu Ihnen sprechen.«

Sachs lachte los, klar und laut. »Rhyme, ich glaube, er will uns anheuern.«

Mulbrys bleiches Gesicht verriet, dass genau das seine Absicht war. »Vergessen Sie nicht, wir sind der ›Alternative‹ Intelligence Service. Ein forensisches Team, das eine Spionageoperation leitet, wäre doch wirklich mal ein neuer Ansatz. Sie beraten das NYPD. Wieso nicht uns? Sie waren hier international tätig. Hier sind Sie – *in Italia*! Auch wir haben Privatflugzeuge. Die gehören zwar der Regierung und haben daher keinen Alkohol an Bord, aber Sie dürfen sich gern Ihre eigenen Drinks mitbringen. Das verstößt nicht gegen die Regeln. Jedenfalls nicht gegen Regeln, die irgendwen kümmern.«

Mulbry bekam allen Ernstes leuchtende Augen. »Und ich dachte mir: Was für eine großartige Tarnung das doch wäre! Ein berühmter forensischer Wissenschaftler und seine Mitarbeiterin. Ein waschechter Professor. Ja, ich gebe zu, ich habe mich über Sie informiert, Lincoln. Stellen Sie sich nur mal vor, wie das ablaufen würde: Sie helfen in Europa den örtlichen Behörden dabei, einen schwierigen Fall aufzuklären – ein Serienmörder, ein Sektenführer, ein großer Geldwäscher. Oder Sie halten in Singapur einen Vortrag am dortigen Fachbereich Strafjustiz über die neuesten Entwicklungen auf dem Gebiet der Spurensicherung. Und in Ihrer freien Zeit überprüfen Sie, ob Natascha Iwanowitsch, dieses ungezogene Mädchen, Gespräche belauscht hat, die nicht für ihre Ohren bestimmt waren. Oder ob Park Jung versucht hat, ein kleines Bauteil zur Zündung eines nuklearen Sprengsatzes zu kaufen, das nicht in seine Finger gehört.«

Mulbry warf Sachs einen Blick zu. »Ihre Anstellung beim NYPD stellt ein gewisses Problem dar. Aber kein allzu großes. Wissen Sie, auch die Polizei hat Kontaktbüros in Übersee. Oder Sie lassen sich beurlauben. Das ist alles verhandelbar.«

Falls Rhyme in der Lage gewesen wäre, etwas in seinem Rumpf zu spüren, hätte er nun wohl eine gewisse Regung empfunden. Er merkte immerhin, dass sein Herzschlag sich beschleunigt hatte; der Rhythmus in seinen Schläfen verriet es ihm. Patriotismus konnte es nicht sein, denn das war rührseliger Blödsinn, den er rundheraus ablehnte. Nein, was ihn reizte, war die Aussicht auf eine völlig neue Art von Herausforderung.

Ihm kam ein Gedanke. »EVIDINT«, sagte er.

»Evidence Intelligence.« Mulbry schob die Unterlippe vor und nickte. »Nicht schlecht.«

»Machen Sie sich aber nicht zu viele Hoffnungen«, murmelte Rhyme. »Wir sind noch längst nicht so weit, eine Vereinbarung zu treffen.«

Mulbry nickte. »Sicher, sicher. Aber wie wär's, darf ich Ihnen zum Spaß mal kurz einen Fall schildern? Nur so als Beispiel?« Das wirkte wie eine spontane Idee, aber Rhyme nahm an, dass es sich um einen vorab präparierten Köder handelte, als würde ein Angler mit äußerster Sorgfalt eine Fliege anfertigen, um damit einen besonders scheuen und raffinierten Barsch zu fangen.

»Nur zu.«

»Uns liegen Informationen vor, dass jemand aus dem Umfeld des Internationalen Strafgerichtshofs in Den Haag ermordet werden soll. Nicht sofort, aber im Laufe des nächsten Monats. Es gibt eine Verbindung nach Prag. Leider haben wir bisher hauptsächlich SIGINT – abgefangene Telefonate und E-Mails, die alle so vage sind wie der Sprecher in einem Viagra-Werbespot. Unseren Leuten liegt nur ein einziges echtes Beweisstück vor.«

Rhyme hob eine Augenbraue.

»Der Kopf eines Wasserspeiers.«

»Ein Wasserspeier.«

»Offenbar ein Andenken aus, tja, wo auch immer man Köpfe von Wasserspeiern als Souvenir kaufen kann. Das Ding ist grau. Aus Plastik. Und wasserspeiend.«

»Und wieso ist das ein Beweisstück?«, fragte Sachs.

»Wir benutzen immer noch tote Briefkästen. Öffentliche Orte, an denen Nachrichten an andere Personen hinterlegt werden, für gewöhnlich...«

»Ich habe die *Bourne*-Filme gesehen«, fiel Sachs ihm ins Wort.

»Ich nicht«, sagte Rhyme. »Aber ich weiß, was gemeint ist.«

»Wir hatten erfahren, dass die bösen Jungs einen toten Briefkasten auf dem Platz bei der berühmten astronomischen Rathausuhr von Prag unterhalten würden. Also haben wir uns auf die Lauer gelegt.«

»Rund um die Uhr?«, fragte Sachs und konnte sich ein Lächeln nicht verkneifen. Rhyme nickte anerkennend. Das Wortspiel gefiel ihm.

Auch Mulbry musste lächeln. »Sie sind nicht die Erste, der

das eingefallen ist. Wie dem auch sei, nach zwei Tagen ist ein Mann mit Hut und Sonnenbrille an der bezeichneten Stelle vorbeigekommen und hat den Wasserspeier auf einem Fensterbrett abgelegt, dem toten Briefkasten. Das war ein Zeichen – eine Freigabe oder ein Startsignal, nehmen wir an. Wir versuchen immer noch, dem auf den Grund zu gehen.«

»Ist jemand aufgetaucht und hat etwas mit dem Wasserspeier gemacht?«

»Ein paar Halbwüchsige haben das Ding gesehen und es geklaut. Aber wir haben es uns von ihnen zurückgeholt.« Mulbry zuckte die Achseln. »Wenn Sie möchten, können Sie einen Blick darauf werfen. Vielleicht fällt Ihnen ja etwas auf.«

»Wann war das?«

»Vor ungefähr einer Woche.«

Rhyme schnaubte verächtlich. »Das ist viel zu lange her. Alle wichtigen Spuren haben sich längst in Luft aufgelöst.«

»Es wurde nur von dem Kerl mit der Sonnenbrille und dem Jungen, der es gestohlen hat, angefasst. Wir konnten im Innern keine Nachricht oder etwa einen Code finden. Der Wasserspeier selbst war die Botschaft. Vielleicht die Ankündigung eines abgesprochenen Schachzugs. Daher dachten wir uns, Sie könnten sich das Ding ja mal anschauen und ...«

»Das wäre sinnlos.«

»Es steckt in einer Beweismitteltüte. Unsere Leute haben Handschuhe getragen. Und der tote Briefkasten – das Fensterbrett – wurde nicht angefasst. Wir haben das überwacht.«

»Der tote Briefkasten ist kein Tatort. Nicht im Mindesten. Ein anderer Ort wäre von sehr viel größerem Interesse gewesen, sofern Sie schnell gehandelt hätten.«

»Sie meinen den Laden, in dem er den Wasserspeier gekauft hat?«

»Natürlich nicht«, murmelte Rhyme. »Und er hat ihn nicht gekauft. Er hat ihn gestohlen. Von irgendeinem Verkaufsstand weitab jeder Überwachungskamera, mit Handschuhen an den Fingern. Damit so wenige Partikel wie möglich übertragen würden. Nein, der wichtige Schauplatz war der, an dem die andere Seite bei Bier oder Kaffee gesessen hat.«

Mulbrys Miene erstarrte. »Was wollen Sie damit sagen?«

»Falls ich ein Spion wäre, der in einer Stadt wie Prag eine Operation vorbereitet, würde *ich* als Erstes die Füchse identifizieren wollen. Das heißt, Ihre Leute.«

»Es waren nicht wir direkt. Wir arbeiten mit denen zusammen.«

»Gut. Wer auch immer. Dieser Wasserspeier hatte lediglich den Zweck, Ihr Überwachungsteam zu enttarnen.«

Mulbry runzelte die Stirn und neigte den Kopf.

»So ein Wasserspeier ist auffällig und bleibt auf keinen Fall unbemerkt«, fuhr Rhyme fort. »Sodass Ihr Team an Ort und Stelle geblieben ist, um jeden Passanten zu filmen, der hingesehen hat. Und als diese Halbwüchsigen das Ding mitgenommen haben, sind Ihre Leute ihnen hinterhergelaufen. Die Gegenseite hat das alles beobachtet, hat Ihre Leute identifiziert und ist ihnen wahrscheinlich gefolgt, um ihre Wohnungen zu verwanzen und ihre Telefone abzuhören. Hm, ein Plastikspielzeug im Wert von einem Euro oder welche Währung die in Tschechien auch haben mögen, hat eine Ihrer Zellen vollständig auffliegen lassen. Der Tisch und die Stühle, von denen aus der Feind darauf gewartet hat, dass Sie sich zeigen würden, hätten uns jede Menge verraten. Hätten *Ihnen* jede Menge verraten. Aber das Mobiliar wurde seitdem abgewischt, die Servietten gewaschen, die Rechnung weggeworfen, das Geld zur Bank gebracht, die Pflastersteine gescheuert – ich glaube, dort gibt es ein Kopfsteinpflaster – und die Aufzeichnungen der Kameras überschrieben.«

Mulbry blieb einen Moment lang vollkommen still. »Verdammt noch mal«, flüsterte er dann.

»Sie sollten die Leute lieber warnen, dass sie enttarnt worden sind«, sagte Sachs.

Sie und Rhyme wechselten erneut einen Blick. »Wir werden über Ihr Angebot nachdenken. Und uns melden«, sagte er zu dem Agenten.

»Das hoffe ich sehr.« Mulbry schüttelte ihnen die Hand, verabschiedete sich von Thom, stieg aus dem Van und zog sein Telefon aus der Tasche.

Thom legte den Gang ein und fuhr los. Sie hielten an der Passkontrolle und beim Zoll, legten ihre Papiere vor und erhielten sie zurück. Der Van fuhr weiter.

Rhyme lachte auf. »Tschechien.«

»Ich war schon zweimal in Prag«, sagte Thom. »Die česnečka mag ich besonders. Knoblauchsuppe. Oh, und die Obstknödel. Ganz wunderbar.«

»Und wie ist der einheimische Schnaps?«, fragte Rhyme.

»Slibowitz. Ziemlich stark. Mit mindestens fünfzig Prozent Alkohol.«

»Was du nicht sagst.« Rhyme wurde neugierig.

Sie hielten neben dem Flugzeug, und Thom machte sich an die komplizierte Prozedur zum Ausfahren der Rampe. Sachs stieg aus und hängte sich ihre Computertasche über die Schulter. »Spione, Rhyme? Ernsthaft?«

»Es sind schon merkwürdigere Dinge geschehen.«

Ihr Blick wanderte zu dem Kopiloten, der soeben die äußere Sichtprüfung der Maschine beendete.

Alles an dem Jet schien ordnungsgemäß befestigt und funktionsfähig zu sein.

Der gut aussehende junge Mann – in Anzug, weißem Hemd und Krawatte – näherte sich nun seinen Passagieren. »Es ist alles bereit, Sir. Die Flugzeit dürfte ungefähr anderthalb Stunden betragen.«

Sachs runzelte die Stirn. »Nach New York?«

Der Kopilot war sichtlich verwirrt und schaute zu Rhyme.

»Wir fliegen noch nicht zurück in die USA«, erklärte dieser. »Erst treffen wir uns mit ein paar Freunden in Mailand.«

»Mit Freunden?« Sie warf einen Blick auf Thom, der so angestrengt das Flugzeug anstarrte, als wolle er es einer zweiten Sichtprüfung unterziehen. Und Amelia ausweichen. Aber er lächelte dabei.

»Lon Sellitto. Ach ja, und Ron Pulaski.« Der junge NYPD-Beamte, mit dem sie oft zusammenarbeiteten.

»Rhyme?«, fragte Sachs zögernd. »Was ist in Mailand?«

Er überlegte kurz. »Wie heißt das noch mal?«, fragte er Thom.

»Eine *Dichiarazione Giurata*.«

»Eine besonders leckere Vorspeise?«

»Ha. Nein, eine beeidigte Erklärung, die wir vor dem dortigen Generalkonsul abgeben müssen.«

»Und wozu?«

»Das ist doch klar. Weil wir ohne das Ding nicht heiraten können. Ercole und Thom haben alles vorbereitet. Danach fahren wir zum Comer See. Der Bürgermeister dort wird uns trauen. Wir müssen den Hochzeitsfestsaal mieten – das ist Teil der Vereinbarung. Ich schätze, das Ding ist viel zu groß für uns, aber so läuft das nun mal. Lon und Ron werden unsere Trauzeugen sein.«

»Flitterwochen am Comer See, Rhyme«, sagte Sachs lächelnd.

Rhyme nickte in Thoms Richtung. »Er war ziemlich hartnäckig.«

»Und was ist mit Grönland?«, fragte sie.

»Vielleicht anlässlich unseres ersten Hochzeitstags«, sagte Rhyme und fuhr mit seinem Rollstuhl zu der Hebebühne, mit deren Hilfe er in die Kabine des eleganten Jets gelangen würde, dessen Triebwerke bereits angelaufen waren.

DANKSAGUNG

Mit unendlichem Dank an: Will und Tina Anderson, Cicely Aspinall, Sophie Baker, Felicity Blunt, Penelope Burns, Jane Davis, Julie Deaver, Andy Dodd, Jenna Dolan, Cathy Gleason, Jamie Hodder-Williams, Kerry Hood, Emma Knight, Carolyn Mays, Wes Miller, Claire Nozieres, Hazel Orme, Abby Parsons, Michael Pietsch, Jamie Raab, Betsy Robbins, Lindsey Rose, Katy Rouse, Deborah Schneider, Vivienne Schuster, Louise Swannell, Ruth Tross, Madelyn Warcholik... und vor allem an meine italienischen Freunde: Roberta Bellesini, Giovanna Canton, Andrea Carlo Cappi, Giranrico Carofiglio, Francesca Cinelli, Roberto Constantini, Luca Crovi, Marina Fabbri, Valeria Frasca, Giorgio Gosetti, Michele Guittari, Paolo Klun, Stefano Magagnoli, Rosanna Paradiso, Roberto und Cecilia Santachiara, Carolina Tinicolo, Luca Ussia, Paolo Zaninoni... und ich muss leider vermelden, dass die wunderbare Tecla Dozio verstorben ist, deren Krimibuchhandlung in Mailand stets zu den Höhepunkten meiner internationalen Reisen gezählt hat.

Seine größte Waffe ist deine Angst!

576 Seiten. ISBN 978-3-7645-0573-8

Ein Konzert in einem beliebten Nachtclub endet für die Besucher in einem Albtraum, als ein Feueralarm ausgelöst wird. Der Notausgang ist blockiert – es kommt zu einer Massenpanik, bei der zahlreiche Menschen sterben. Kathryn Dance ermittelt und stößt auf Beweise, die infrage stellen, dass es sich bei den Geschehnissen um ein tragisches Unglück handelte. Ein psychopathischer Täter hat offenbar die Angst der Konzertbesucher ausgenutzt, um seine perversen Bedürfnisse zu befriedigen. Dance muss alles daransetzen, ihn unschädlich zu machen, denn sie ist sicher, dass er wieder zuschlagen wird ...

Lesen Sie mehr unter: **www.blanvalet.de**